**현대 동아시아
문학의 이해**

현대 동아시아 문학의 이해

초판 1쇄 발행 2017년 2월 20일

엮 은 이	김재용, 신민영
지 은 이	나쓰메 소세키, 심수경, 홋타 요시에, 메도루마 슌, 루쉰, 샤오훙, 쥐에칭, 모옌, 룽잉종, 장원환, 뤼허뤄, 천잉전, 카렌 손버, 구도 요시미, 하마다 하야오, 니시카와 미쓰루, 양쿠이, 류슈친
옮 긴 이	황요찬, 심정명, 곽형덕, 손지연, 신여준, 김태성, 김창호, 김관웅, 송승석, 최말순, 신민영
펴 낸 이	최종숙
펴 낸 곳	글누림출판사

책임편집	이태곤
디 자 인	홍성권
편 집	권분옥 안혜진 홍혜정 박윤정 최기윤
마 케 팅	박태훈 안현진
기 획	고나희 이승혜

주 소	서울시 서초구 동광로 46길 6-6(반포4동 577-25) 문창빌딩 2층(06589)
전 화	02-3409-2055
팩 스	02-3409-2059

전자메일	nurim3888@hanmail.net
홈페이지	www.geulnurim.co.kr
등록번호	제303-2005-000038호(2005. 10. 5)

정가는 뒤표지에 있습니다.

ISBN 978-89-6327-367-9 03800

이 저서는 2016년 교육부의 산업연계 교육활성화 선도대학(PRIME)사업의 재원으로 수행된 것임

현대 동아시아 문학의 이해

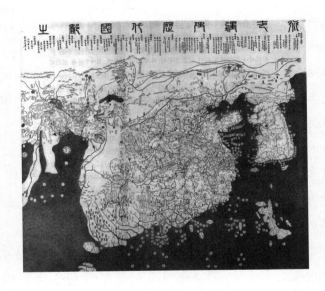

김재용 · 신민영 공편

책 머리에

20세기 후반 이래 우리에게 '세계화'나 '글로벌'이라는 수사는 더 이상 낯설지 않다. '전 지구화(globalization)'라는 거대한 흐름은 이미 삶의 미시적 영역에까지 미치고 있다. 아마도 이는 유형화되어가는 우리의 소비욕망을 통해서도 쉽게 확인할 수 있을 것이다. 한편 동시에 전지구화의 흐름과 상반하는 움직임 역시 못지않게 거세졌다. 국민국가(nation-state)를 당위적인 사고의 준거단위로 상정하고 그 경계를 확고히 하려는 정치경제적 행위가 어느 때보다 두드러지는 것이 사실이다. 역행하는 방향성을 지닌–'전 지구적'과 개별 '국민국가'라는– 두 흐름이 긴장 속에 대치하는 국면을 이루고 있는 셈이다.

그런데 이렇듯 날카롭게 맞서는 두 흐름에 틈을 내고 사유의 폭과 질을 전환해보려는 시도가 2000년대 이후 부쩍 힘을 얻고 있는 듯하다. 세계와 국민국가의 매개항으로서 '지역'을 다시 소환하려는 시도가 바로 그것이다. 일반적으로 한국은 지리적 근접성 및 문자적 유사성, 인종적 공통성을 토대로 '동아시아' 안에서 사유된다. '동아시아' 안에서 으레 한반도와 함께 논의되는 중국 대륙과 일본 열도 등은 '중화문화권(中華文化圈)' 아래에서 오랫동안 문화와 가치관을 공유했으며, 역사기억의 중첩과 충돌을 통해 서로에게 밀접하게 연루되어 있었다. 특히 '근대'와 조우하는 과정에서 이들 나라들은 '제국'과 '식민지' 혹은 '식민자'와 '피식민자'라는 위계구조로써 훨씬 더 노골적이고 폭력적이며 직접적인 방식으로 서로를 대면하였다. 그러나 이들 나라들이 접촉하고 간섭하면서 발생시킨 내부적 균열과 차이는 '동양'이나 '아시아'라는 이름으로 재구성된 공통감각을 훌쩍 뛰어넘는다. 그러므로 우리는 '동아시아'라는 사유 지평 위에서 공통감각과 내적 차이들이 교차하고 경쟁하는 의미의 결들을 폭넓게 조망해볼 수 있다.

이러한 시야와 연구태도를 전제로 하여 원광대 '글로벌동아시아 문화콘텐츠 교실'에서는 『현대 동아시아 문학의 이해』를 편집, 출간하였다. 본서는 학생들이 작가들의 역사적·시대적 문제의식과 사유를 생생하게 체현할 수 있기를 기대하며 주목할 만한 소설작품과 첨예했던 문학논쟁 등을 중심으로 엮었다. 그리고 목차에서 확인할 수 있듯이 본서는 일본과 오키나와, 중국과 대만을 구별하여 구성하였다. 이는 오키나와와 대만이 각각 일본과 중국의 종속된 일부로서 설명해내거나 포섭해낼 수만은 없는 독자적인 의미망을 지닌 역사공동체로서의 지위를 담보하고 있기 때문이다.

오키나와 문학은 단순히 '일본문학'이라 부를 수 없는 지점들을 안고 있다. 오키나와의 정체성을 사유하고 지지하는 작가들의 작품에서는 특히 더욱 그러하다. 오키나와 전투 당시 일본군에 의해 강요된 오키나와인들의 집단 자살이나 오키나와 미군기지 건설 반대 등의 주제는 일본의 본토 문학에서 좀처럼 찾아보기 어렵다. 이들 주제는 오키나와라는 역사공동체를 설명하는 데 있어 가장 중요한 기억이자 현안이지만, 야마토(大和) 일본인들의 귀에는 잘 들리지 않는 목소리들이다.

이와 마찬가지로 대만작가와 대만문학 역시 '중국작가', '중국문학'이라는 명칭으로 매끄럽게 일괄적으로 귀속되지만은 않는다. '중국'이라는 기표가 상상해내는 외연에서 대만의 지위 또한 매우 독특하다. 대만은 대륙으로부터 '섬'이라는 형태로 떨어져 나와 있는데다가 20세기 근대에 대한 역사공동체의 기억 또한 많은 부분에서 다르다. 시모노세키 조약 이후 대만은 섬 전체가 일본 식민제국주의의 직접적인 영향력 아래에 놓여 있었다. 게다가 1945년 제2차 세계대전의 종식 이후에도 대만은 바로 대륙으로 '귀환'하지 못했고—혹은 '귀환'하지 않았고, 한 세기 가까운 시간을 식민 본국(일본)과 중국 대륙 사이에 끼어있는 형국으로 지내왔다. 그렇기 때문에 대만의 작가들이 자기 시대와 세계를 전망하는 시각은 꽤나 흥미롭고 문제적이다. 본서는 바로 이러한 '동아시아적' 감각 위에서 목차와 내용이 구성되었다.

끝으로 본서가 '근대'와 '세계체제'라는 변인들과 맞닥뜨리면서 '동아시아'에서 생산된 다양한 작품들과 논쟁들을 독해하는 과정을 통해서 한두 개로 동질화되지 않는 의미들의 굴절과 전유를 밀도 있게 사유할 수 있는 기회가 되기를 바란다. 그리고 나아가 지역과 세계에 대한 현재적 이해의 지평이 확대될 수 있기를 기대한다.

2017년 2월
공동편자

목차

대만

부록 1

부록 2

일본

- 나쓰메 소세키 夏目漱石
- 심수경 沈秀卿
- 홋타 요시에 堀田善衛

나쓰메 소세키 (夏目漱石 1867~1916)

본명은 나쓰메 긴노스케(夏目金之助)이며, 메이지 시기 활동했던 소설가이자 평론가·영문학자이다. 『나는 고양이로소이다』
(吾輩は猫である), 『마음』(こころ) 등의 작품으로 널리 알려져 있으며, 모리 오가이(森鷗外)와 더불어 메이지 시대의 대문호로
꼽힌다. 소설, 수필, 하이쿠, 한시 등 여러 장르에 걸쳐 다양한 작품을 남겼다.

이상한 소리 変な音

上

깜빡 졸았나 보다. 잠에서 깨어 보니 옆방에서 묘한 소리가 들려왔다. 처음에는 무슨 소리인지도, 어디서 나는 소리인지도 전혀 알 수 없었으나, 듣고 있다 보니, 점점 귓속에서는 소리의 정체에 대한 짐작이 정리되기 시작했다. 듣자 하니 강판으로 무 같은 것을 서걱서걱 갈고 있는 모양이었다. 나는 그렇게 확신하였다. 그런데 지금 이 시간에, 대체 무슨 이유로, 옆방에서 무를 갈아대고 있는지 전혀 상상되지 않았다.

깜빡 했는데, 여기는 병원이다. 조리사 아줌마는 여기서 무려 50미터나 떨어진 2층 건물 부엌에나 가야 있다. 병실에서는 취사는 물론 과자 취식도 금지되어 있었다. 더구나 지금 이 늦은 시간에 대체 무슨 이유로 무를 간단 말인가. 이 소리는, 분명 다른 소리가 무 가는 소리처럼 들리는게 틀림없다고, 바로 마음속으로는 깨닫긴 했지만, 그렇다면 대체 어디에서 왜 저런 소리가 나는지 생각해 보았으나 역시 알 길이 없었다.

나는 결국, 무슨 소리인지 알아내지 못한 채, 좀더 의미 있는 일에 내 머리를 사용해보려 하였다. 하지만 일단 귀에 거슬리게 된 이 정체

불명의 소리가 계속해서 내 고막에 호소하는 한, 희한하게 신경을 건드려, 도무지 잊혀지지 않았다. 병실주변은 너무도 고요하였다. 이 건물에 아픈 몸을 맡긴 환자는 약속이라도 한 듯 조용하였다. 잠이 든 것인지, 명상이라도 하는 것인지, 말하는 이는 아무도 없었다. 복도를 지나가는 간호사의 실내화 소리조차 들리지 않았다. 그런 중에, 이 서걱서걱 무언가를 갈아 대는 듯한 이상한 울림만이 마음에 걸렸다.

내 방은 원래 병실 두 개를 이어 만든 특실이었는데, 병원 사정으로 다시 둘로 나뉘었다. 화로 같은 물건이 놓인 옆방은, 다시 그 옆 병실과는 흔한 보통 벽으로 경계를 이루고 있었고, 침상이 깔려있는 다다미 6장짜리 이쪽 방에는, 동쪽 벽에 6자짜리 수납장이 달려 있었고, 그 옆에 헝겊으로 만든 장지문이 달려있어, 양쪽을 왕래할 수 있게 되어 있었다. 이 얇은 장지문을 덜컹 열기만 하면 옆방에서 무슨 짓을 하고 있는지 쉽게 알 수 있었지만, 모르는 남에게 그만큼의 무례한 짓을 감히 저지를 정도의 큰일은 물론 아니었다. 마침 여름철에 접어든 시기여서, 툇마루 쪽은 항상 활짝 열려있었다. 툇마루는 원래부터 이 건물 전체에 가늘고 길게 이어지고 있었다. 하지만 환자가 마루 끝에 나가면 서로의 병실이 빤히 보이는 어색함을 피하기 위해, 일부러 방 두 개마다 여닫이 문을 설치해 서로의 경계선으로 삼았다. 이 문은 나무판자 위에 가느다란 살을 십자 모양으로 대놓은 세련된 디자인이었는데, 소사가 매일 아침 걸레질을 할 때마다, 아래층에서 열쇠를 들고 와, 하나 하나 이 문을 여는게 하루 일과였다. 나는 몸을 일으켜 문지방 위에 올라섰다. 이 소리는 이 여닫이 문 뒤에서 나는 것 같았다. 문 아래에는 두 치정도 공간이 떠있었는데, 거기로는 아무 것도 보이지 않았다.

이 소리는 그 후에도 자주 반복되었다. 어떤 때는 5, 6분 동안 계속되며 내 청신경을 자극할 때도 있었고, 또 어떤 때는 그 반도 안되는 시간에 뚝 그칠 때도 있었다. 하지만 결국 그 소리가 무엇인지 알아볼 기회도 얻지 못한 채 지나갔다. 그 방 환자는 조용한 남자였으나, 때때로 한밤중에 간호사를 작은 소리로 깨우곤 하였다. 간호사가 또 기특한 친구여서 작은 소리로 한 두 번 불리우면 싫은 내색 하나 없이 「네.」하고 답하며, 바로 일어났다. 그렇게 일어나 환자를 위해서 무언가 하고 있는 모양이었다.

어느 날 회진의사가 옆방에 왔을 때, 여느 때보다 꽤나 시간이 걸리는가 보다 했는데, 이윽고 낮은 말소리가 들려왔다. 그런데 그 말소리는 2, 3명의 목소리가 낮게 엉켜있어 좀처럼 진척이 없는 질퍽거림마저 띠고 있었다. 이윽고 의사의 목소리로, 어차피 그렇게 당장에 나을 병은 아니십니다, 라는 소리만은 확실하게 들려왔다. 그리고 2, 3일쯤 지나, 이 환자 방에서 조심스레 드나드는 사람들의 인기척이 났다. 모두 자신들의 몸놀림을, 마치 환자에게 배려라도 하듯, 조용히 움직이고 있는 것 같았는데, 환자 자신도 그림자처럼 어느 틈엔가 어딘가로 사라져 버렸다. 그리고 그 후에, 당장 다음 날부터 새로운 환자가 들어왔는데, 입구 기둥에 건 하얗게 이름을 쓴 검정바탕 이름표가 바뀌었다. 예의 서걱서걱 갈아대는 기묘한 소리의 정체는 결국 밝혀내기도 전에, 환자가 퇴원해 버린 것이었다. 얼마 안 있어 나도 퇴원하였다. 그리고, 그 소리에 대한 호기심은 이를 마지막으로 사라져버렸다.

下

퇴원한지 3개월 만에 나는 다시 같은 병원에 입원하였다. 병실은 지난번 병실과 번호 하나 다를 뿐이었는데, 즉 그 서쪽에 이웃한 방이었다. 벽 하나 사이를 둔 옛 거처에는 누가 있는지 유심히 살펴보았으나, 사람소리 하나 나지 않았다. 비어 있는 것이다. 그 하나 더 앞쪽이, 즉 지난 번 그 이상한 소리가 나던 병실인데, 이 방에는 지금 누가 있는지 알 수 없었다. 나는, 그 후 일어난 극심한 내 몸의 변화와, 그 극심한 변화가 머릿속으로 옮겨와, 얼마 전부터 겪게 된 과거의 그림자에게 주어진 동요가, 끊임없이 현재를 향하여 전달하는 파문 때문에, 강판 사건 따위 떠 올려볼 짬도 없었다. 그것보다는 오히려 나와 비슷한 운명을 가진 같은 병원에 입원한 환자들의 경과가 더 마음에 걸렸다. 간호사에게 1등실 환자가 몇 명 있냐고 물어보니, 3명뿐이라고 답하였다. 병이 위중하냐 물으니 그런 것 같다고 했다. 그리고 하루 이틀쯤 지나 나는 그 3명의 병 상태를 간호사로부터 들을 수 있었다. 한 사람은 식도암이었다. 또 한 사람은 위암이었고, 나머지 한 사람은 위궤양이었다. 모두 오래 가지 못할 환자들뿐이라며, 간호사는 그들의 운명을 한꺼번에 예언하였다.

나는 툇마루에 놓은 작은 베고니아 꽃을 보며 시간을 보냈다. 베고니아 꽃을 사온 사람 말에 따르면, 실은 처음에는 국화를 사려고 했는데, 꽃집 주인이 국화 값으로 16관(貫 : 옛 화폐단위)이나 불러, 5관으로 깎아 달라고 했으나 거절당했다고 한다. 그래서 돌아 오는 길에 다시 들러, 그럼 6관 줄테니 깎아달라고 했으나 역시 깎아주지 않았다고 하며, 꽃집 주인은 올해는 홍수 때문에 국화가 비싸다고 이유를 설명했다고 한다. 이 이야기를 생각해 보며, 시끌벅적한 縁日(엔니찌 : 부처님과 신의 강탄(降誕)·서원(誓願)에 깊은 인연이 있는 날로, 이날에 참배하면 부처님의 공덕이 있다고 한다)의 야경을 머리 속으로 그려보기도 하였다.

　이윽고 식도암에 걸린 남자가 퇴원하였다. 위암에 걸린 사람은 모든걸 내려놓기만 한다면 죽음 따윈 아무 것도 아니라며 아름답게 이 세상을 떠나갔다. 위궤양인 사람은 증상이 점점 악화되어 갔다. 한밤중에 잠에서 깨보면, 때때로 동쪽 끝 방에서 간병인이 얼음 깨는 소리가 났다. 그 소리가 그치자 동시에 환자는 죽고 말았다. 나는 일기에 적어 넣었다. --「세 사람 중 두 명이 죽고 나만 남았기에, 죽은 사람들에게 나만 살아 있다는게 미안해진다. 그 환자는 구토증세가 있어, 저쪽 편 끝 병실에서 이쪽 복도 끝까지 울리게 큰 소리로 항상 웩웩대며 토해댔다. 그 소리가 요 2, 3일 사이 뚝 그쳐 안 들리기에, 꽤나 상태가 호전될 줄 알고 다행스럽게 생각하고 있었으나, 실은 피로가 극도에 달해, 소리를 낼 기운마저 잃어버렸다는 사실을 나중에 알게 되었다.」

　그 후 환자는 수시로 바뀌며 병실을 들락거렸다. 내 병은 날이 감에 따라 점차 회복되어 갔다. 나중에는 실내화를 신고 넓은 복도 여기저기를 산책하기 시작하였다. 그러다 우연한 기회에, 어느 병실담당 간호사와 말을 섞게 되었다. 어느 따뜻한 날 점심 무렵, 식후 운동 겸해 수선화 꽃병 물을 갈아주려고 세면장에 가 수도꼭지를 틀었을 때, 그 간호사가 담당 병실 그릇을 씻으러 들어 왔다. 늘 하던 대로 인사하며 잠시 내 손에 들린 적갈색 화분과, 그 안에 담긴 터질 듯 부풀어 오른 수선화 둥근 뿌리를 번갈아 보더니, 이윽고 내 옆 모습으로 시선을 옮기고는, 지난 번 입원하셨을 때보다 훨씬 안색이 좋아지셨다며, 3개월 전의 나와 지금의 나를 비교하듯 평하였다.

　「지난 번이라고 했는데, 그때도 자네가 병실담당으로 그 병실에 와 있었나?」

「네, 바로 옆방이었지요. 한동안 ○○씨 병실에 있었지만, 모르셨나 보네요.」

○○씨라면 바로 그 이상한 소리를 냈던 동쪽 옆방 병실에 있던 사람이다. 나는 간호사를 보며, 이 친구가 바로 그 때 한밤중에 불러대도, 상냥하게「네.」하고 답하며 일어났던 그 여자였다는 사실에, 조금 놀라지 않을 수 없었다. 하지만, 그 무렵 내 신경을 그렇게나 자극했던 소리의 원인에 관해서는 달리 물어볼 생각도 들지 않았다. 그래서, 아 그랬었군, 이 한 마디 후 화분을 닦고 있었다. 그러나 여자는 갑자기 좀 정색한 어조로 이런 말을 했다.

「그 때 선생님 병실에서 때때로 이상한 소리가 났었는데요……」

나는 불의의 역습을 당한 사람처럼, 간호사를 보았다. 간호사는 말을 이어갔다.

「매일 아침 6시쯤이 되면 꼭 소리가 나는 것 같았어요.」

「아, 그거 말인가.」나는 무언가 떠오른 듯 나도 모르게 큰 소리로 말했다.

「그건 말이지, 자동숫돌 소리야. 매일 아침 면도를 하거든. 안전면도기를 숫돌에 대고 가는 소리야. 요새도 갈고 있지. 거짓말 같으면 와서 보든지.」

간호사는 그저 아~ 라고 했다. 계속 들어보니, ○○씨라는 환자는, 몹시도 그 숫돌소리를 싫어하여, 저게 무슨 소리야? 대체 무슨 소리야? 라며 간호사에게 물어 봤다는 것이다. 간호사가 도무지 모르겠다고 했더니, 옆방 환자는 꽤나 몸 상태가 좋아서 아침에 일어나면 바로 운동을 하고, 그 운동기계소리인가 보다고 하면서 부럽다는 말을 몇 번이고 반복했다는 말이었다.

「그건 그렇고, 그럼 그쪽에서 나는 소리는 뭐였나?」

「저희 쪽에서 나는 소리요?」

「그 왜 무 가는 것 같은 이상한 소리가 자주 났잖아.」

「아, 그 소리요. 그건 오이 가는 소리였어요. 환자분이 다리가 화끈거려 죽겠다며 오이 즙으로 식혀달라고 하셔서, 제가 매일 갈아드렸어요.」

「그럼 역시 그 소리는 강판소리였군.」

「네.」

「그랬군, 이제야 겨우 알았네. 그런데 대체 ○○씨는 무슨 병이었나?」

「직장암이었어요.」

「아, 그 병이라면 좀 힘들겠군.」

「네, 이미 돌아가셨지요. 이곳에서 퇴원하시고 바로 돌아가셨습니다.」

　나는 잠자코 내 방으로 돌아왔다. 그렇게나 오이 가는 소리로 남속을 태우다 죽은 남자와, 숫돌 소리로 남을 부럽게 만들다 회복된 사람과의 차이를, 마음 속으로 비교하며 생각해 보았다.

황요찬 옮김

오에 겐자부로 (大江 健三郎 1935~)

오에 겐자부로(大江 健三郎)는 일본의 작가로, 제2차 세계대전 패전 이후의 일본 전후세대를 대표하는 작가이다. 시코쿠(四国) 에히메(愛媛) 현의 한 마을에서 태어나 자랐으며, 18세의 나이에 불문학을 공부하기 위해 도쿄로 갔다. 학생 시절이었던 1957년부터 글을 쓰기 시작했다. 동시대 불문학과 영미문학에서 많은 영향을 받았으며, 특히 사르트르 소설에 심취했다. 도쿄대학 불문과 재학 당시 「사육(飼育)」이란 작품으로 아쿠타가와 상을 수상했다.

초기에는 전후파 작가답게 전쟁 체험과 그 후유증을 소재로 인간의 내면세계를 응시하는 사회비판적인 작품을 많이 썼다. 그러나 결혼 후에는 장애인에 대한 사회적인 편견 속에서 장애가 있는 아들을 어렵게 키운 경험을 바탕으로 하는 작품을 여럿 발표함으로써 전후세대의 인권 문제를 파헤쳤다는 평가를 받고 있다. 그는 1994년 일본 작가로서는 가와바타 야스나리(川端康成, 1968년 수상) 이후 26년 만에 노벨 문학상을 수상했다.

오에 겐자부로의 삶과 작품세계

-『사육』에서 노벨문학상까지

심수경

일본의 도쿄도립대학(東京都立大学) 국문학과에서 오에 겐자부로의 작품 연구로 박사학위를 받았다. 현재 서일대학교 비즈니스일본어과 조교수로 재직하고 있다.

연구 논문으로는 「근대기 일본과 조선에서의 동요운동에 관한 연구」(2016), 「대중가요 속에 나타난 사랑의 양태」(2015), 「일본의 校歌에 관한 연구-근대기 교가를 중심으로-」(2014), 「노랫소리운동에 관한 일고찰」(2014), 「금지곡에 관한 사정 -전후 한국과 일본의 방송금지곡의 규제근거와 금지사유를 중심으로-」(2013), 「신이 부재하는 교회-오에 겐자부로 『공중제비(宙返り)』론-」(2011), 「메타포로서의 종교— 무라카미 하루키『1Q84』·오에 겐자부로『공중제비』를 중심으로 —」(2011) 등 오에 겐자부로의 작품연구를 비롯한 다수의 논문과, 옮긴 책으로 오사카 재일조선인 시지『진달래·가리온』(2016) 등이 있다.

세계적인 노벨문학상을 수상한 일본의 작가는 모두 몇 명일까? 답은 두 명이다. 첫 번째 수상자는 1968년 가와바타 야스나리(川端康成)로, 우리에게는『설국(雪国)』으로 유명한 작가이다. 그로부터 26년 후인 1994년 두 번째 수상자가 나왔다. 바로 오에 겐자부로(大江健三郎)이다.

오에 겐자부로는 1935년 에히메현(愛媛県) 기타군(喜多郡) 오오세무라(大瀬村/현,우치코초内子町)라는 작은 마을에서 7남매 중 3째 아들로 태어났다. 그리고 1944년 오에가 9세 되던 해 부친을 잃는다. 오에는 작품에 아버지의 실체를 쫓아 복원하고자 하는 주인공을 그리기도 하는데 이는 오에 자신의 모습이기도 할 것이다.

에히메현 마쓰야마히가시(松山東)고교를 졸업한 오에가 시코쿠(四国)를 떠나게 된 것은 도쿄대학(東京大学) 입시에 응시하면서이다. 이렇듯 대학입시를 치르기 위해 시코쿠를 떠나기 전까지 산골짜기 마을에서 자란 오에에게 시코쿠의 자연환경은 그의 문학세계 형성에 커다란 영향을 미치게 된다. 이후 그의 작품에 산골짜기 마을은 공간적 배경으로서는 물론 신화와 역사를 가진 '소우주'로서의 공간으로까지 확대되어 등장한다.

1954년 도쿄대학 불문과에 입학한 오에는 대학 재학 시절 현상소설에 투고한 「기묘한 일(奇妙な仕事)」이 입상하여 「도쿄대학신문(東京大学新聞)」에 실리고 아라 마사토(荒正人)등 당대의 저명한 문예평론가들로부터 전후의 허무주의를 잘 나타낸 작품이라는 호평을 얻으며 문단의 주목을 받는다. 1958년에는 『죽은 자의 사치(死者の奢り)』가 일본의 권위 있는 문학상인 아쿠타가와상(芥川賞) 후보작이 되었고, 같은 해 『사육(飼育)』으로 제39회 아쿠타가와상을 수상하게 된다.

오에는 한국에도 잘 알려진 작가로 1975년에는 저항시인 김지하 투옥에 항의하며 오다 마코토(小田実) 등과 단식투쟁을 벌이기도 하였고, 2004년에는 헌법9조 개정 반대모임인 '9조 모임(9条の会)'의 일원으로 일본의 이른바 평화헌법 개정 반대운동을 벌이고 있는 사회참여적 지식인이다.

노년기에 접어든 지금까지도 많은 작품을 집필하는 그의 문학세계의 방대함과 사회에서의 그 역할은 그에게 대작가라는 수식어를 붙이는데 조금의 망설임도 없게 한다.

오에 겐자부로의 작품

오에의 작품을 대략 초기 중기 후기로 나누어 볼 때 초기의 작품은 주로 허무주의와 재일조선인 등의 마이노리티 즉 '약자', '소수자'가 등장하는 사회참여적 경향이 짙은 작품이 주를 이룬다. 『기묘한 일』(1957), 『죽은 자의 사치』(1958), 『싹 뽑기 새끼 쏘기(芽むしり仔撃ち)』(1958), 『우리들의 시대(われらの時代)』(1959), 『세븐틴(セヴンティーン)』2부작, 『절규(叫び声)』(1962) 등이 여기에 속한다.

이러한 작품 경향은 1963년 오에에게 뇌에 장애를 가진 아들이 태어나면서 변화하게 되는데, 이후 오에는 작품에 장애를 가진 아들과의 공생의 삶을 그리기 시작한다.

1964년 발표된 『개인적인 체험(個人的な体験)』 이후의 작품 군이다. 『만엔원년의 풋볼(万延元年のフットボール)』(1967), 『아버지여, 당신은 어디로 가십니까?(父よ、あなたはどこへ行くのか?)』(1968), 『우리의 광기를 견딜 길을 가르쳐주오(われらの狂気を生き延びる道を教えよ)』(1969), 『홍수는 내 영혼에 이르고(洪水はわが魂に及び)』(1973), 『동시대 게임(同時代ゲーム)』(1979), 『레인트리를 듣는 여인들(「雨の木」を聴く女たち)』(1982), 『타오르는 푸른 나무(燃え上がる緑の木)』3부작(1993)이 이 시기에 쓰여 진다. 르포르타주로는 『히로시마 노트(ヒロシマ・ノート)』(1965)와 『오키나와 노트(沖縄ノート)』(1969)가 대표적이다.

후기 작품으로는 『공중제비(宙返り)』(1999), 『체인지링(取り替え子)』(2000), 『슬픈 얼굴의 동자(憂い顔の童子)』(2002), 『오에 겐자부로 왕복서간 폭력에 대항하여 쓰다(大江健三郎往復書簡 暴力に逆らって書く)』(2003) 등을 들 수 있다.

여기에서 특히 2005년 이후의 작품은 노년기 작품으로 구분해 볼 수 있겠다. 『책이여, 안녕!(さようなら,私の本よ！)』(2005), 『아름다운 애너벨리 싸늘하게 죽다(臈たしアナベル·リイ 総毛立ちつ身まかりつ)』(2007), 『수사(水死)』(2009), 『만년양식집(晩年様式集)』(2013) 등과, 평론·수필로는 『회복하는 인간(「伝える言葉」プラス)』(2006), 『오에 겐자부로 작가자신을 말하다(大江健三郎作家自身を語る)』(2007), 『말의 정의(定義集)』(2012) 등 노년기로 접어든 작가가 지금까지 자신의 생을 회고하며 정리하는 내용을 주로 담고 있고, 사회에, 그리고 장애를 가진 아들에게 자신의 부재(不在)에 대비하여 전하는 메시지를 담고 있다.

한편, 오에가 작품에서 다루고 있는 주요 테마는 크게 '감금상태', 미국과의 관계, 재일조선인 등 소수자 문제, 정치와 천황, 장애아들과의 공생, 신화와 구원의 문제 등으로 나누어 볼 수 있는데 여기에서는 산골짜기 마을을 배경으로 한 첫 작품 『사육』과, 오에의 미국에 대한 인식, 조선인 등 소수자 문제, 장애아들과의 공생, 천황에 대하여 소개한다.

원시적 공동체로서의 산골짜기 마을과 이방인 -『사육』

앞에서 언급했듯이 오에가 유소년기를 지낸 시코쿠의 지리적·자연적 환경은 작품의 배경으로 종종 등장하는데 오에가 처음으로 고향인 시코쿠의 산촌을 무대로 그린 작품이 바로 『사육』이다. 『사육』은 1958년 『문학계(文学界)』 1월호에 발표되어 제39회 아쿠타가와상 수상작이 된 작품으로 산골 소년과 흑인병사를 중심으로 이야기가 전개된다.

무대는 홍수가 나 '읍내'로부터 차단된 제2차 세계대전 중의 산골짜기 마을이다. 총격을 받은 비행기가 추락하고 그 비행기에서 낙하산으로 탈출해 생존한 미국 흑인 병사 한 명을 현(縣)의 지령이 내릴 때까지 마을에서는 '나'의 집 지하 창고에서 '사육'하기로 한다. '나'는 "흑인 병사를 짐승처럼 사육한다"는 생각에 전율을 느낀다.

흑인 병사에게 식사를 운반해 주고 그것을 먹는 흑인 병사를 바라보며 그와 함께 있는 시간이 거듭되면서 '나'와 흑인 병사 사이에는 차츰 인간적인 친밀감이 생겨난다.

> 아침식사 바구니를 다시 가져다 주고 우리도 아침식사를 끝낸 후 다시 지하 창고에 돌아가 보니 흑인 병사는 연장통에서 스패너와 소형 해머를 꺼내 바닥에 깔아 놓은 부대주머니 위에 가지런히 올려놓고 있었다. 흑인 병사가 옆에 앉은 우리를 보고 누렇게 더러워진 커다란 이를 드러내며 웃었다. 우리는 흑인 병사도 웃는다는 사실이 충격적이었다. 그리고 우리는 흑인 병사와 급속히 깊고 강한 거의 '인간적'인 유대로 연결되어 있다는 것을 알게 되었다.[01]
>
> 『죽은 자의 사치·사육』, p.118.[02]

어느 날 '나'는 흑인 병사가 발목에 걸려 있는 덫 때문에 상처가 생겨 고통스러워하는 모습을 보고 흑인 병사의 덫을 풀어주기로 결심한다. 그리고 '나'와 친구들이 풀어준 덫을 얌전히 앉아 수리하는 흑

---

01 본고에서 인용한 작품의 번역은 모두 필자에 의한다.

02 작품 인용은 大江健三郎(1959)『死者の奢り·飼育』(新潮社)에 의한다. 이하『사육』인용 동일.

인 병사는 이윽고 읍서기의 의족을 수리해 준 것을 계기로 산책을 허락받게 된다.

흑인 병사와 냇가에서 물놀이를 하며 '나'는 그의 목욕하는 모습을 감동하며 바라본다. 아이들은 흑인 병사의 익살스런 몸짓에 눈물을 흘리며 웃어대고 물장구를 치며 즐거운 한 때를 보낸다.

> 어느 무더운 여름 오후, 미쓰쿠치가 흑인 병사를 냇가로 데리고 가자는 제안을 하고 우리는 지금까지 그것을 생각하지 못했던 것을 어이없어 하며 때(垢)로 끈적거리는 흑인 병사의 손을 잡아끌면서 계단을 올라갔다. 광장에 모인 아이들이 환호성을 지르면서 우리를 둘러쌌고, 우리는 햇볕에 뜨겁게 달궈진 자갈길을 달려갔다.
> 우리는 모두 새처럼 발가벗고 흑인병사의 옷을 잡아 벗기자 이내 물속으로 뛰어들어 신나게 물장구를 쳤다. 우리는 모두 자기의 새로운 발상에 열중했다. 벌거벗은 흑인 병사는 물속 깊은 곳에서도 겨우 허리가 수면에 가려질 정도로 키가 컸지만 그는 우리가 물을 끼얹을 때마다 목 졸림을 당하는 닭처럼 비명을 지르며 물속으로 머리를 집어넣고 환호성과 함께 물을 뿜어대면서 몇 번이고 잠수했다　　　　　　　　　　　『죽은 자의 사치·사육』, p.124.

다음 날 아침 식사 후 흑인 병사의 노랫소리가 들린다. 그러나 그 후 흑인 병사는 현에 넘겨지게 되고 그 사실을 알고 달려온 '나'는 '검은 야수'와 같이 돌변한 흑인 병사에게 붙잡혀 방패막이용 포로가 된다.

어른들의 무리 속에서 아버지가 도끼를 들고 나왔다. 아버지의 눈이 분노로 타오르고 개의 그것처럼 뜨거운 것을 나는 보았다. 흑인 병사의 손톱이 목에 깊숙이 박혀 나는 신음했다. 나는 아버지가 우리를 향해 도끼를 휘두르는 것을 보고 눈을 감았다. 흑인 병사가 나의 왼쪽 팔목을 잡고 그것을 자기 머리를 방어하기 위해 들어 올렸다. 지하 창고 안의 모든 사람이 울부짖었고 나는 내 왼쪽 손과 흑인 병사의 두개골이 부서지는 소리를 들었다. 내 턱 아래에 있는 흑인 병사의 기름진 빛나는 피부 위에서 끈적끈적한 피가 방울이 되어 튕겨졌다. 우리를 향해 어른들이 몰려오고 나는 흑인 병사의 팔의 이완과 내 몸이 타는 듯한 통증을 느꼈다.

『죽은 자의 사치·사육』, p.134.

그러나 저항하던 흑인 병사는 마을 사람들에게 죽임을 당하고 '나'는 구출된다. 아버지가 흑인 병사를 죽이기 위해 휘두른 도끼에 '나'의 손은 부서지고 그 손의 부상이 회복될 무렵, '나'는 아이들의 썰매타기를 바라보며 "나는 이제 아이가 아니다"라는 생각을 '계시'처럼 느끼며 작품은 끝난다.

닫힌 프리미티브의 공간

오에 겐자부로는 제1작품집 『죽은 자의 사치』(1958)의 후기에서 수록작품의 의도에 대해 다음과 같이 언급한다.

나는 이들 작품을 1957년의 거의 후반에 썼습니다. 감금된 상태,

닫힌 벽 속에 사는 상태를 생각하는 것이 일관된 나의 주제였습니다.

　이 작품의 공간은 산골짜기 마을로 이곳 역시 폐쇄된 공간으로 등장한다. 홍수로 인해 읍내와 차단되고 흑인 병사를 읍내까지 '운반'하는 일조차 쉽지 않은 장소이다.

　　우리에게 전쟁은 마을 젊은이들의 불안과, 때때로 우편배달부
　　가 전해주는 전사자 통지 정도에 지나지 않는다. 전쟁은 단단한
　　표피와 두꺼운 과육에 침투하지 못했다.
　　　　　　　　　　　　　　　　　『죽은 자의 사치·사육』, p.85.

　하지만 『사육』에서의 공간은 비슷한 시기에 발표된 다른 작품에서 보이는 '감금상태'와는 다소 차이를 보인다. 다른 작품에서 보이는 공간의 폐쇄성은 일반적으로 시대 폐색감을 나타내고 있는데 반해, 『사육』에서의 폐쇄적 공간은 문명이 잘 미치지 않는 프리미티브의 공간으로서 등장한다. 문명과는 다소 거리가 있는, 때문에 전쟁도 이들에게 있어서는 그저 저 먼 곳의 일일 뿐이다.
　또한 이 공간은 '축제'의 공간이다. 마을 사람들과 아이들이 흑인 병사에게 가졌던 두려움이 차츰 소멸되고 특히 아이들과 흑인 병사는 무더운 여름 한 때 냇가에서 즐거운 시간을 보낸다. 흑인 병사라는 이방인을 중심으로 하는 이 놀이에서 흑인 병사는 축제의 트릭스타로서 존재하게 된다.

　　우리는 다리가 몸을 지탱할 수 없을 때까지 웃고, 그러다 지칠

대로 지쳐 쓰러진 우리의 말랑말랑한 머리에 슬픔이 스며들 정도
였다. 우리는 흑인 병사를 매우 드문 가축, 천재적인 동물이라고
생각했다. 우리가 얼마나 흑인 병사를 사랑했는지, 저 멀리 빛나
는 여름 오후의 물에 젖은 무거운 피부 위에 반짝이는 태양, 자갈
길의 짙은 그림자, 아이들과 흑인 병사의 냄새, 환희에 쉰 목소리,
그 모든 충만함과 리듬을, 나는 어떻게 전하면 좋을까?

　우리에게는 그 눈부시게 빛나는 탄탄한 근육을 드러낸 여름, 갑
자기 뿜어져 나오는 유정(油井)처럼 기쁨을 퍼뜨리고 우리를 검은
중유로 뒤덮게 하는 여름, 그것이 언제까지고 끝 없이 계속되고
결코 끝나지 않을 것처럼 느껴졌다.

『죽은 자의 사치·사육』, p.125.

그들이 얼마나 즐거운 축제의 시간을 보냈는지, 얼마나 행복한 시
간을 보냈는지 잘 드러나 있는 장면이다. 이 장면은 『싹 뽑기 새끼
쏘기』에서의 축제의 장과 매우 유사하다. 『싹 뽑기 새끼 쏘기』에서
는 감화원 소년들 속에 조선인 부락의 '이'소년이 연대하며 이방인인
'이'소년을 중심으로 축제가 진행된다. 그리고 오에는 이 작품을 "가
장 행복한 작품"이라고 말한다. 위의 작품 인용에서도 나타나 있듯
이 『사육』에서의 '나'를 비롯한 아이들과 흑인 병사는 매우 행복한 시
간을 보냈고, 이러한 의미에서 『사육』은 『싹 뽑기 새끼 쏘기』와 맥을
같이 하는 "행복한 작품" 계열로 볼 수 있다. 어쩌면 『사육』의 세계가
보다 확대된 것이 『싹 뽑기 새끼 쏘기』라고도 할 수 있겠다.

전쟁 · 소년 · 흑인 병사

이 작품의 무대는 외부와 단절된 공간이며 이 마을 사람들에게는 전쟁도 실감 없는 저 먼 곳의 이야기로밖에 인식되지 않았다. 하지만 작품 말미에서 '나'는 전쟁에 대해 실감하게 된다.

> "전쟁도 이정도 되면 끔찍한 것이군. 아이의 손가락까지 부숴버려"라고 서기가 말했다.
>
> 나는 숨을 깊이 들이마시며 잠자코 있었다. 전쟁, 피투성이의 대규모로 벌어지는 오랜 전투, 그것이 계속되고 있을 것이다. 먼 나라에서 양의 무리와 베어낸 잔디를 흘려보내는 홍수처럼 그것은 결코 우리 마을에는 들어오지 않았을 전쟁. 하지만 그것이 내 손가락과 손을 엉망으로 뭉그러뜨리러 온다. 아버지가 도끼를 휘둘러 전쟁의 피에 취하게 하면서. 그리고 갑자기 마을은 전쟁으로 뒤덮여 그 소란 속에서 나는 숨도 쉴 수가 없다.
>
> 『죽은 자의 사치 · 사육』, p.139.

"단단한 표피와 두꺼운 과육에 침투하지 못했"던 전쟁이 어느 순간 마을 내부로 들어오게 되고, 그것이 흑인 병사의 출현으로 촉발되기는 하였으나 전쟁은 인간의 '광기'를 부추겨 흑인 병사를 죽이고 '나'의 손은 으스러진다.

하지만 흑인 병사를 '사육'하며 그와 보냈던 원시적이며 원초적인 경험들은 더 이상 '나'를 어린아이에 머물게 하지 않는다. 벌거벗은 몸, 자연체 그대로의 축제, 도끼에 망가진 손과 타는 듯한 고통, 이러한 일련의 사건들은 '나'가 더 이상 아이가 아닌, 어른들의 세계로 진입하기 위한 일종의 통과의례와도 같은 것이리라. 그렇다면 흑인 병사는 '나'를 어른의 세계로 인도하는 안내인이다. 이러한 관점에서 볼 때 『사육』은 한마디로 성장소설이라고도 할 수 있겠다.

이 작품의 또 하나의 특징으로 볼 수 있는 것은 고유명사가 등장하지 않는다는 것이다. 오에 작품에는 특히 초기작품에는 고유명사 대신 '나', '동생', '흑인 병사', '사립대생', '여학생' 등과 같은 일반명사를 주로 사용하는 특징이 있는데, 이 작품에서도 역시 일반명사를 사용함으로써 어떤 한 시대와 개인에 국한하지 않는 보편성을 획득하고, 나아가 신화적 성격을 띤 세계로 화하게 되는 계기를 마련하고 있다.

한편, 이 작품에는 자연묘사가 생생하게 그려져 있고 주인공의 심리 변화 등도 세밀하게 그려져 있다.

> 단단한 표피의 밖, 지붕에 올라가면 저 멀리 작게 빛나는 바닷가, 파도가 넘실대고 첩첩이 이어지는 산과 산 너머의 도시에는 오랜 동안 견뎌온 전설처럼 장대하고 어색해진 전쟁이 탁한 공기를 토해내고 있었다.　　　　　　　『죽은 자의 사치·사육』, p.84.

지붕 위에 올라가면 저기 멀리 바닷가가 작게 빛나 보이고, 넘실대는 파도, 첩첩이 이어지는 산과 산… 이 풍광이 마치 눈앞에 펼쳐지는 듯한 느낌으로 육박해 온다. 이것은 아마도 작가가 오랫동안 시코쿠의 골짜기 마을에서 생활로써, 실감으로써 체험해 온 자연환경의 영향일 것이다. 이처럼 시코쿠의 마을은 『사육』을 필두로 하여 같은 해 쓰여진 장편소설 『싹 뽑기 새끼 쏘기』 등 많은 작품에 무대배경으로 등장하게 된다.

산골마을 소년과 미국

일본이 패전을 맞은 것은 오에가 10세 때였다. 이후 오에는 1947년 시행된 전후 민주주의에 입각한 교육을 받고 자란다.

그런데 일본의 패전은 어린 오에에게 어떻게 다가왔을까? 후일 오에는 에세이에서 이렇게 말한다.

> 천황은 초등학생인 우리들에게도 두려운, 압도적인 존재였다. 나는 교사들로부터 천황이 죽으라고 하면 어떻게 할 것인가? 라는 질문을 받았을 때 다리가 떨리는 극도의 긴장감을 기억한다. 그 질문에 서툰 대답이라도 한다면 죽임을 당할 것 같은 생각이 들 정도였다. 야, 어때? 천황폐하가 너에게 죽으라고 말씀하시면 어떻게 할래? 죽겠습니다. 할복해 죽겠습니다. 새파랗게 질린 소년이 대답한다. 좋아, 다음 녀석, 이라고 교사가 소리치고 그리고 다음 소년이 다시 질문을 받는 것이었다.
>
> 『엄숙한 외줄타기』, p.19.[03]

오에는 그의 에세이에서 이날의 기억을 전쟁의 공포로부터의 해방과 패전이라는 열등감을 동시에 느꼈던 날로 기록한다. 어린 오에는

---

03 작품 인용은 大江健三郎(1965)「戦後世代のイメージ- '天皇'」『厳粛な綱渡り』(文芸春秋)에 의한다. 이하 『엄숙한 외줄타기』 인용 동일.

교사들로부터 천황이 죽으라고 한다면 어떻게 하겠느냐는 질문을 받았을 때 다리가 후들거릴 정도로 공포를 느꼈다고 말한다. 그리고 그 질문에 소년들은 두려움으로 얼굴이 새파랗게 질려 "죽겠습니다. 할복해 죽겠습니다" 라고 대답한다. 일본의 패전은 이러한 상황으로부터 해방을 안겨다 주었다. 하지만 다른 한편에는 이와는 모순된 패전으로 인한 열등감과 굴욕감이 자리 잡게 된다. 그리고 공교롭게도 오에가 처음 배운 외국어는 "헬로halloo!"였다. 그것은 다름 아닌 패전국 일본에 점령군으로 들어온 외국인들에게 건네는 인사였다.

> 어느 날 아침, 중요한 훈시가 있다는 이유로 우리는 교정에 소집되었다. 우리 초등학생들은 불안과 기대로 떨고 있었다. 교감 선생님이 단상에 올라갔다. 여러분, 주둔군이 마을에 들어오면 큰 소리로 '헬로'로 맞이합시다. 주둔군을 무서워할 필요 없어요. 여러분, 큰 소리로 '헬로' 하고 손을 흔들어 맞이합시다.
>
> 『엄숙한 외줄타기』, p.32.

주둔군을 "헬로"로 맞이하는 마을 어른들. 이 상황은 그들이 '패전'이라는 말에 과도할 정도로 진저리를 내며 '종전'이라는 말에 집착하는 현상과 동일하다. 어느 날 교장은 조례시간에 학생들에게 "여러분, 일본이 전쟁에 졌다고 생각해서는 안 됩니다.", "결코 패전했다고 생각해서는 안 됩니다"라고 연설한다. 소년 오에 자신에게도 패전이라는 말은 고통스럽고 불안에 사로잡히게 하는 말로, 종전이라는 말은 묘한 편안함을 주는 말로 다가왔다.

소년 오에에게 내재해 있는 미국에 대한 열등감과 굴욕감은 초기 작품의 모티브가 된다.

대표적인 작품이 『인간 양(人間の羊)』이다. 1958년 발표된 『인간 양』은 패전한 일본에 주둔한 연합군 점령기의 이야기로, 버스 안에서 벌어지는 일을 그렸다.

술에 취해 교외의 캠프로 돌아가는 외국병사들. 그리고 그들과 함께 있던 창녀로 생각되는 일본인 여성이 버스 안에서 주인공인 '나'를 유혹하는 말을 한다. 이 말에 당혹감과 수치심을 느낀 '나'는 여자를 밀어낸다. 그러자 외국인 병사는 나이프를 들고 위협하며 '나'의 바지를 벗겨 엉덩이를 드러내게 하고 버스 안을 기어 다니도록 요구하며 노래에 맞추어 때리기 시작한다. "양 쏘기, 양 쏘기, 팡! 팡!" 운전수와 승객 중 일부도 외국병사의 지시에 따라 '나'와 같은 '양'이 되고 만다. 나머지 일본인 승객은 모두 침묵한 채 보고만 있을 뿐이다. 그들이 버스에서 내린 뒤 굴욕을 당한 승객과 그 상황을 모면한 승객들 사이에는 미묘한 위화감이 흐르고 위기를 모면한 승객들은 외국병사의 행위를 비난하며 경찰에 알릴 것을 주장한다. 특히 위기를 모면한 '교사'인 남자가 적극적으로 굴욕당한 사람들 ——양들—— 을 선동하지만, 굴욕을 당한 한 남자가 그를 때리자 승객들의 감정은 급속히 식어간다. 그런데 '나'가 버스에서 내리자 '교사'가 따라오면서 '나'를 경찰서로 데리고 가 사건의 전말을 이야기하고, 경찰은 살인도 상해사건도 아닌 내용에 열의를 보이지 않는다. 경찰에게 자신의 이름도 밝히지 않고 침묵한 채 경찰서를 나오는 주인공의 뒤를 '교사'가 집요하게 따라오며 이름을 캐묻는 장면에서 작품은 끝난다.

패전을 맞은 일본에 들어온 점령군의 존재와 일본인의 갈등, 서양 특히 미국에 대해 굴욕적 자세로 있는 비열한 일본인을 그려냄으로써 패전 후의 일본의 상황──미국과 일본의 관계──을 표현하고 있다. 주인공의 굴욕감을 통해 미점령군 체제하의 일본을 다룬 이 단편의 모티브는 이후 서양인과 일본인 창녀의 관계로 확대되어 그려지게 된다.[04]

오에는 패전한 일본과 미국과의 관계를 '강간당한 여성'에 비유하고 있고 전후 일본사회를 강자에게 저항하는 의지를 상실한 '성적 인간'으로 정의하고 있다. 이 시기의 작품에 등장하는 미군 상대의 일본인 창녀 등이 그러한 힘의 역학관계를 나타내는 인물들이다. 1959년에 발표된 『우리들의 시대』에도 이러한 인물들이 등장한다. 서양인과 서양인을 상대로 하는 일본인 창녀 요리코(賴子), 그리고 그 창녀에게 기생해 살아가는 미나미 야스오(南靖男)라는 청년이 등장한다. 주인공 미나미 야스오는 프랑스문학과에 재학 중인 정치에 무관심한 23세의 대학생이다. 오에가 이에 대하여 "강자로서의 외국인과 많든 적든 굴욕적인 입장에 있는 일본인, 거기에 그 중간자로서의 존재(외국인 상대의 창녀와 통역 등), 이 3자의 상관성을 그리는 것이 모든 작품에 반복된 주제였습니다."(오에 겐자부로 『보기 전에 뛰어라 見るまえに跳べ』(1958) '후기')라고 언급하고 있는 것처럼 작품 속에서 '성(性)'적인 이미지를 매개로 하여 미국과 일본의 관계를 그려낸다.

미나미 야스오는 침체해 있는 웅덩이 같은 생활에서 탈출하고자 프랑스 서점과 일본 신문사가 공동으로 주최한 현상논문에 응모하고

---

04 본고의 『인간 양』, 『우리들의 시대』, 『절규』, 『만엔 원년의 풋볼』, 오에 히카리에 대한 내용은 심수경(2009) 「오에 겐자부로와 장훈, 그리고 윌리엄 블레이크」 『세계 속의 일본문학』(한국일어일문학회)의 내용을 부분적으로 전재하거나 가필하였다.

당선되어 일본을 탈출할 기회를 얻지만 결국 프랑스행을 포기한다. 이 미나미 야스오가 처해 있는 상황은 바로 무기력한 '감금상태'이다. 초기 작품에는 이처럼 '감금상태(監禁狀態)', '꽉 막힌 벽 안에서 살아가는 상태(閉ざされた壁のなかに生きる狀態)'가 자주 등장하는데, 이 폐쇄공간은 패전 후 미국에 의해 지배당하는 일본의 상황, 허무와 무기력이 가득 찬 전후 일본의 상황을 나타낸다.

1967년에 발표된 『만엔원년의 풋볼』은 1860년(만엔원년)과 1960년이라는 두 시대를 오가며 백년이라는 시간적 거리에도 불구하고 각기 다른 두 시대의 공통점을 발견해 가는 작가의 독특한 시각이 엿보이는 작품이다. 100년이라는 거리의 시간을 오가며 다양한 사건의 전모가 밝혀지게 되는데, 이 100년의 시간 속에서 일본의 근대화와 제국주의, 그리고 그로 인해 디아스포라 재일조선인이 존재하게 되었음을 작가는 잊지 않고 이야기한다.

네도코로 미쓰사부로(根所蜜三郎)와 그의 동생 다카시(鷹四)는 신생활을 시작하기 위해 고향으로 돌아간다. 그곳에서 미쓰사부로와 동생 다카시는 자신들의 증조부 형제와 그 지역에서 일어난 농민반란의 진상을 두고 엇갈린 견해를 보인다. 무성한 소문과 추측이 난무하는 가운데 작품 말미에서 반전이 일어나며 사건의 진실이 밝혀진다.

무라카미 하루키의 『1973년의 핀볼』이라는 타이틀로도 패러디된 『만엔원년의 풋볼』은 제목에도 나타나 있듯이 미국이 키워드의 하나이다. 즉 1967년 당시 'football'이라고 한다면 일반적으로 미국의 '아메리칸 풋볼'을 떠올렸을 것이라는 추측을 할 수 있다.

이 작품의 주요한 모티브의 하나인 1860년은 미국파견사절단 일행이 미일수호통상조약의 비준서를 교환하기 위해 간린마루(咸臨丸)에 승선하여 미국으로 건너간 해이며, 다른 한편으로는 개국파인 이이 나오스케(井伊直弼)가 양이파에게 암살당한 해이기도 하다.

1860년에서 100년 후인 1960년은 미일안보조약개정(미군의 일본주둔 등을 골자로 한 조약-필자 주) 반대운동인 안보투쟁이 일어난 해이다. 100년의 거리를 둔 두 시대가 모두 미국과의 관계를 둘러싸고 첨예한 문제가 대두된 시기로, 한마디로 말하면 이 작품은 미일관계 100년의 이야기라고도 할 수 있다. 또한 막부 말인 1860년대의 증조부시대와 1960년대 중반이라는 100년의 시간적 거리를 두고 벌어지는 일들의 유사성에 대해 이야기하며 역사의 반복성에 대해 말하고 있는 작품이다.

오에 겐자부로와 재일조선인

초기 작품에 보이는 또 하나의 특징은 재일조선인 등 일본에서의 소수자에 대한 문제를 다루고 있다는 것이다.

오에는 데뷔 초기에 미국에 대한 불편한 감정을 표현하는 한편으로 재일조선인의 현실에도 관심을 가졌다. 『싹 뽑기 새끼 쏘기』, 『우리들의 시대』, 『절규』, 『만엔원년의 풋볼』 등이 재일조선인이 무게감을 가지고 등장하는 대표적인 작품이다.

『싹 뽑기 새기 쏘기』는 오에의 첫 장편소설로 오에는 이 작품을 "행복한 작품"이라고 회상하고 있다. 태평양전쟁이 한창이던 때, 감화원에 수감 중이던 소년범들을 전쟁으로 인해 산 속 깊은 곳에 위치한 벽

촌으로 집단 소개(疏開)하게 되면서 일어나는 일을 그린 소설이다.

　이 작품에서는 조선인 부락이 산골마을 옆에 위치하며 그들의 지배를 받고 있는 것으로 그려진다. 감화원 소년들이 소개되어 온 날 마을에는 전염병이 퍼져 가축들이 죽어가고 이날 밤 마을 어른들은 감화원 소년들만 남겨놓은 채 전염병을 피해 몰래 옆 마을로 피난한다. 어른들이 떠난 비일상의 공간에서 소년들은 조선인 부락의 소년 '이'와 차별과 피차별이라는 어른들 세계에 있어서의 권력구조를 벗어나 조선의 진혼곡을 공유하며 축제를 벌이고 재일조선인 소년 '이'를 중심으로 공동체를 이룩하게 된다. 작가가 후일 "행복한 작품"이라 회상하고 있는 이유 중 하나가 여기에 있다고도 볼 수 있다.

　앞서 본 『우리들의 시대』에는 정치에 무관심한 대학생 미나미 야스오(南靖男)가 등장한다. 야스오라는 그의 이름은 태평양전쟁 시 항공대 장교로 남방으로의 출격명령을 받고 가던 중 행방불명이 된 그의 아버지가 야스쿠니신사(靖国神社)와 관련지어 붙여준 이름이다. 이런 그의 이름에서 보듯 이 소설은 태평양전쟁이라는 파괴의 역사를 키워드의 하나로 삼은 작품이다.

　한편, 야스오에게는 시게루(滋)라는 남동생이 있고, 시게루는 조선인 소년 고정흑(高征黑), 타야 코지(田谷康二)와 함께 '불행한 젊은이들'이라는 재즈트리오를 결성해 클럽 등에서 노래를 하며 대형 트럭으로 세계일주하는 꿈을 가지고 있다. 이 작품에서 '고'는 과거의 역사를 더욱 선명히 드러내는 인물이다. 그는 전쟁시대에 산촌의 우산 공장에서 숙식하며 살았고 그 때 자신은 일본 국민이고 '천황'의 적자였다고 생각하며 그 때를 황금시대로 회상하고 있다. 그는 재즈트리오의 다른 멤버들도 모르는 일본의 국가를 기억하고 있고, 과거에는 '천황'을 위해 죽는 것을 의심하지 않았다. 때문에 전쟁이 끝나고 일본이 패했을 때 모든 것을 거짓처럼 느끼기도 했다.

오에는 재일조선인 '고'를 등장시켜 일본의 식민지 통치기에 '조선'이 겪었던 정신적 상처를 표현하고 있고, 근대 일본의 제국주의가 아시아 국가들에게 가했던 고통을 독자들에게 이야기하고 있다. 작품에서 알제리의 아랍인이, 일본인은 미제국주의에 고통받는 피압박민족이라고 하며 프랑스로부터 압박당하는 알제리와 같은 처지에 있다고 말하는 부분은 광기의 역사를 달린 가해자이면서 스스로 피해자 입장에 서려고 하는 일본의 자기기만에 대한 지적이다.

『절규』에도 '조선인'이 등장한다. 조부가 불가리아에서 이주한 슬라브계 미국인 '다리우스 세르베조프'와 그의 보호 아래 일본인 '나', 일본인과 흑인 사이의 혼혈아인 '도라(虎)', 재일조선인 '구레 다카오(吳鷹男)'가 공동생활을 영위하고 있다.

'구레'는 조선인 아버지와 일본인 어머니 사이에서 태어난 반(半)조선인, 반(半)일본인이다. 그의 어머니는 그를 일본인으로 키우기 위해 아버지를 내쫓는다. 하지만, 그는 일본인으로 성장하기보다는 자신을 '반(半)일본인'으로 생각하고 일본이라는 공간을 자기가 살아갈 곳으로 생각하지 않는다. 자신을 외계의 어딘가에서 온 '괴물'로 인식하고 있는 그는 이런 자신의 인식을 현실로 구체화하기 위해 자신이 다니고 있던 정시제 고교(定時制고교 : 야간 등 특별한 시간이나 시기에 수업을 하는 학교-필자 주) 옥상에서 여고생을 살해한다. 그리고 경찰에 수차례 자신의 범행을 알리는 전화를 하기도 한다. 결국 그는 체포되고 재판을 받지만, 상고하고 싶지 않다는 뜻을 밝힌다. 더 이상 외부의 인간에게 재판받고 싶지 않다는 이유에서이다.

『절규』는 1958년 8월에 일어난 고마쓰가와(小松川)사건을 소재로 한다. 고마쓰가와사건은 '고마쓰가와고교 정시제 1학년 조선인 가네코진우 즉 이진우'(당시18세·工員)가 같은 학교 여고생(16세)을 살해한 사건을 말한다. 그는 같은 학교 여고생을 학교 옥상에서 살해한 뒤 수 차례 경찰에 자신이 범인임을 알리는 괴전화를 한다. 이 사건의 범인 이진우에 대해서는 같은 해 10월 형사처분이 결정되고 11월 15일에 첫 공판이 열렸다.

그의 가족사를 보면 실제로는 부모 모두 조선인이었고, 재판 당시 사건을 조선인의 불우한 환경이 빚어낸 비극으로 인식하며 그의 구명운동이 일어나기도 했다. 1960년 8월에는 작가인 오카 쇼헤이(大岡昇平)를 비롯한 일본의 지식인들이 '이소년을 돕는 모임'을 만들어 그의 구명작업을 벌였으나 결국 1962년 미야기 형무소에서 형이 집행되어 22살로 생을 마감한다.

『절규』의 광고 문구에는 이 작품에 대해 "현대를 사는 고독한 청춘의 꿈과 좌절"을 그린 작품으로 표현하는 경우가 보이는데, 이 작품은 보편적인 청춘의 일이라는 표현으로는 다 포괄되지 않는 문제, 다시 말해 일본 사회 내의 재일조선인을 비롯한 사회적 소수자에 대한 차별의 문제를 제기한 작품으로 보아야 할 것이다. 사건 발생 당시 '이소년을 돕는 모임'에서 이 사건을 재일조선인의 문제로 다룬 것 이외에는 지금까지 『절규』에 대해 사회성을 언급한 비평보다는 '내부 인간의 범죄'라는 실존의 문제로 논평되는 일이 많다. 하지만 이 작품에서 미국인 세르베조프, 일본인인 나, 재일조선인 소년 구레, 아프리카의 혼혈아 도라를 통해 제국주의적 권력구도를 그리고 있다는 면에서 사회성을 전부 배제할 수는 없다. 어떻게 보면 사회적으로 민감한 사건을 소재로 한 작품에 대해 청춘 일반의 이야기라는 보편성으로만 포장하려 하는 담론 자체에 일본 사회의 둔감함 또는 문제에 대하여 직시하지 않고 회피하려는 일본 사회의 단면을 엿볼 수 있다.

오에가 재일조선인 문제에 관심을 가지게 된 것은 그의 고향 마을과 인접한 곳에 조선인 마을이 있어 조선인과의 교류도 다소 있었기 때문으로 생각된다. 오에는 "나는 일본인이 재일조선인에게 그다지 공정하다고 말할 자신이 없다"고 언급하며 일본이 안고 있는 문제에 대해 진지하게 고민하고 작품을 통해 일본사회에 그 메시지를 발신하려 하는 것이다.

전후세대와 천황

1960년 10월에 야마구치 오토야(山口二矢)라는 17세 애국당 당원인 소년이 히비야공회당(日比谷公会堂)에서 열린 당대표 연설회에 참가한 아사누마 이네지로(浅沼稲次郎) 사회당 위원장을 살해하는 사건이 발생한다. 당시 이 연설회는 TV로 방송되고 있었기에 그 충격은 이루 말할 수 없다. 오에 겐자부로 또한 전후 민주주의교육을 받고 자란 세대가 일으킨 이 사건에 커다란 충격을 받는다. 오에는 "일상생활의 기본적 모럴의 하나인 '주권재민(主権在民)'의 감각, 주권을 자신의 내부에서 찾으려는 태도가 이제 모든 전후세대의 일반적인 생활감각이라고 할 수 없게 된 것을 발견하고 받은 쇼크였다"(오에 『엄숙한 외줄타기』 p.133)고 언급한다.

또 야마구치 오토야의 사건 후 얼마 지나지 않은 1961년 2월에는 후카자와 시치로(深沢七郎)의 「풍류몽담(風流夢譚)」의 표현을 문제삼은 시마나카(嶋中)사건이 발생하는 등, 1960년대 초는 '테러의 계절'이었다. 그리고 그것들은 모두 '우익'에 의해 일어난 것이었고 그들의 행동의 근거가 '천황'이었던 것에서 전후 일본의 민주주의에 의문을 던지게 된 것이다.

시마나카 사건은 1960년 『중앙공론(中央公論)』 12월호에 후카자와 시치로의 「풍류몽담」이 게재된 것을 빌미로 1961년 2월에 역시 17세 애국당 소년 고모리 가즈타카(小森一孝)가 중앙공론사 사장집에 침입하여 가정부를 살해하고 사장부인에게 중상을 입힌 사건이다. 이후 「풍류몽담」은 지금까지 「세븐틴」 2부와 함께 출판이 금지되기에 이른다.

오에 겐자부로는 야마구치 오토야 사건을 소재로 1960년 『문학계(文学界)』 1월호와 2월호에 각각 「세븐틴(セヴンティーン)」, 「정치소년 죽다(政治少年死す)」를 발표한다. 하지만 곧 『문학계』 3월호에는 편집장의 이름으로 사과의 글이 실리고 2부에 해당하는 「정치소년 죽다」는 봉인된 채 지금까지 출판되지 못하고 있다.

줄거리를 살펴보면, 주인공 '나'는 오늘로 17세가 된 소년이다. 가족 중 자위대병원 간호사로 일하는 누나 외에는 아무도 그의 생일을 기억해 주지 않는다. 아버지는 독학으로 사립고등학교의 교감의 자리에 올라간 인물로 미국식 자유주의를 표방하고 있지만, 학생에게는 물론 '나'에게도 관심 없는 인물이다. 형은 동경대를 졸업하고 TV

방송사에서 일하지만 무기력한 사람이 되어 현재 모던 재즈에만 탐닉하는 생활을 보내고 있다. 학급에서도 열등생인 '나'는 타인의 시선에 불안해 하는 자의식 과잉의 인물이지만, 우연한 기회에 '황도파(皇道派)'에 입당하게 되고 그 후 황도파 제복 뒤에 숨어 자신의 불안을 감출 수 있게 된 '나'는 가장 용감하고 횡포한 세븐틴이 되어 간다는 스토리이다.

2부인 「정치소년 죽다」는 '나'가 좌익파 당수를 살해하고 독방에서 수감생활을 보내는 이야기가 전개된다. 그리고 마지막에 독방 벽에 '천황폐하만세' '칠생보국(七生報国)'이라는 글귀를 적은 뒤 자살로 생을 마감하는 이야기이다.

그로부터 수년 후 발표한 「작가는 절대로 반정치적일 수 있을까?(作家は絶対に反政治的たりうるか?)」(1966)라는 글에서 오에는 이 작품을 쓴 이유에 대해 "우리 외부와 내부에 보편적으로 깊이 존재하는 천황제와 그 그늘에 대한 나의 이미지를 펼치기 위한 일"이라고 언급한다.

오에는 17세 소년의 불안한 사상이 이론적 근거에서가 아니라 우연한 기회와 감정에 의해 충동적으로 결정된다는 것을 1960년대의 정치적 풍토 속에서 그려냈다.

이 사건이 17세 소년의 불안한 사상에서 비롯된 것이라고는 하지만 일본 내에서 천황이 가지는 의미가 얼마나 뿌리 깊은 것인지를 오에는 작품을 통해 표현하고 있는 것이다.

1960년 10월에 일어난 17세 소년 야마구치 오토야의 우익테러를 모델로 하여 그린 「세븐틴」 2부작 이후 일본의 전후 민주주의의 실체

를 쫓아 그려내려 한 오에 겐자부로는 일본에 있어서의 '천황'이라는 존재를 중심으로 그 의미를 추구하며 그것을 아버지의 다양성으로 작품에 그려낸다. 『아버지여, 당신은 어디로 가십니까?(父よ、あなたは どこへ行くのか)』(1969), 『친히 내 눈물을 닦아 주시는 날(みずから我が涙 をぬぐひたまう日』)(1971)이 이러한 계보에 속해 있는 작품이다.

장애아들과의 공생 – 오에 겐자부로와 아들 히카리

　1963년 오에에게 아들 히카리(光)가 태어난다. 이후 오에의 작품은 장애 아들과의 공생의 삶을 그리기 시작한다. 장애 아들과의 공생의 삶은 결코 쉽지 않았을 것이라는 추측을 해 볼 수 있다. 아마도 그의 작품은 그 지난한 과정을 극복하는 하나의 방법이 아니었을까?

　1964년 발표된 『개인적인 체험』은 장애를 가진 아들을 받아들이는 과정이 오에에게도 노력이었음을 보여주는 작품이다.

　주인공 '버드'는 대학원을 자퇴하고 입시학원 교사로 일하는 27세 청년으로 15세 때부터 '버드'라는 별명으로 불린다. 그는 지방도시의 고교를 퇴학처분 당하고 검정시험으로 대학에 진학하여 국립대학 교수의 딸과 2년 전 결혼했다. 출산을 앞둔 아내가 입원해 있는 병원에서 걸려온 전화를 받고 달려 간 그에게 전해진 소식은 태어난 아이가 머리에 이상이 있는 "괴물"이라는 사실이었다.

　　전화벨이 울렸다. 버드는 잠에서 깨어났다. 어제 밤부터 내리기
　　시작한 비가 지금까지 내리고 있다. 버드는 침대를 빠져나와 차갑

고 눅눅한 방바닥을 맨발로 디디며 전화기가 있는 곳으로 토끼처럼 뛰어 갔다. 버드가 수화기를 들자 낯선 남자의 목소리가 들려왔다. 인사도 하지 않고 그의 이름을 확인하더니 "지금 당장 병원으로 와 주십시오. 아기에게 이상이 있어 상담을 해야 합니다." 버드는 순간 고립무원이 된 듯한 느낌에 빠져 들었다.

『개인적인 체험』, p.25.[05]

병원으로 찾아간 버드에게 의사는 "현물(現物)을 보시겠습니까?"하고 말한다. 태어난 아기를 인간이 아닌 물체로 취급하는 의사. 그 현실은 오에에게 받아들이기 힘든 사실이었을 것이다. 그 후 버드는 대학 동창인 히미코(火見子)에게 달려가 현실도피의 생활을 시작한다. 히미코는 그런 버드에게 "아기는 요람 속에서 죽여 버리는 편이 좋다. 아직 싹트지 않은 욕망을 키우는 것 보다는"이라는 윌리엄 블레이크의 시를 들려준다. "Sooner murder an infant in it's cradle than nurse unacted desires...." 이 시는 영국 시인 윌리엄 블레이크(William Blake)의 『천국과 지옥의 결혼』(1790-93)에 수록된 「지옥의 격언」 중 일부이다. 장애아들을 받아들이는 과정이 오에에게 노역이었음을 상상할 수 있는 부분이다. 하지만 버드는 이러한 '개인적인 체험'의 과정을 거쳐 장애를 가진 아들의 아버지가 되기로 결심한다.

나는 아기 괴물에게 수치스러운 많은 행동을 반복하고 도망치

---

05 작품 인용은 大江健三郎(1981) 『個人的な体験』 (新潮社)에 의한다. 이하 『개인적인 체험』 인용 동일.

면서 도대체 무엇을 지키려고 한 것인가? 도대체 어떤 내 자신을 지켜내려고 애쓴 것인가? 버드는 이런 생각을 하고 깜짝 놀랐다. 답은 제로다. 『개인적인 체험』, pp.245-246.

"버드, 수술로 아기의 생명을 구한다고 해도 그게 무슨 의미가 있지? 그는 식물적인 존재일 뿐이야. 넌 자기 자신을 불행하게 만들 뿐 아니라, 이 세계에서 완전히 무의미한 존재를 하나 살리게 될 뿐이라고. 그것이 아기를 위한 일이라고 생각하는 거야? 버드." "그건 나 자신을 위해서야. 남자로서 계속 도망치기만 하는 행동을 멈추기 위해서라고."하고 버드는 말했다.

그러나 히미코는 이해하려 들지 않았다. 그녀는 의심스러운 듯이, 그리고 대항이라도 하듯이 버드를 노려보았다. 눈에 가득 고인 눈물도 아랑곳 하지 않고 작은 미소를 지으려 애쓰면서 "식물 같은 기능밖에 못 하는 갓난아기를 무리하게 살리는 것이 버드가 새로 획득한 휴머니즘인가?"하고 조롱했다.

"나는 더 이상 도망하며 책임 회피하는 남자가 되고 싶지 않을 뿐이야"하고 버드는 굽히지 않았다.

『개인적인 체험』, pp.247-248.

결국 버드는 깊은 고뇌와 방황 끝에 자기기만과 타인을 통한 '아이 죽이기'를 인정하고 수술을 통해 아이가 살아날 수 있도록 한다. 아이를 살린다는 것은 아버지가 된다는 사실을 받아들이는 것이다. 힘든 과정을 거쳐 오에는 아버지와 장애를 가진 아들의 '공생(共生)'의 삶을 살기로 결심하는 것이다. 그것은 자신의 전 생애에 걸쳐 아이에게 무한한 책임을 진다는 의미이며, 아들의 미래뿐 아니라 아들과 함께 하는 자신의 미래 또한 회피하지 않고 받아들이는 용기를 결단하는 일이다. 『개인적인 체험』은 한 남자가 아버지로 거듭나는 아버지 탄생의 이야기가 되는 것이다.

『개인적인 체험』이 아들에 관한 내용이라면 『아버지여, 당신은 어디로 가십니까?』는 오에 겐자부로의 작품에서 종종 보이는 아버지의 실체(형상)를 추구하는 내용이다. 오에가 9세에 사망한 아버지에 대한 갈망과 자신 또한 한 아이의 아버지가 되어 있는 모습에서 아버지를 모방함으로 아버지를 복원하며 그 실체를 쫓고자 하는 시도가 작품의 화자를 통한 전기 기록 작업을 통하여 이루어진다. 또한 그와 동시에 오에의 일련의 '천황'에 대한 담론을 엿볼 수 있는 작품이기도 하다. 다시 말해 '아버지'는 육친의 아버지임과 동시에 보다 확대된 일본국의 '아버지'로서의 '천황'을 의미하기도 한다. 따라서 이 작품에서의 '아버지' 또한 다의성을 함축하고 있다.

오에는 때로 서양의 시인, 작가의 작품을 매개로 하여 작품을 쓰는 일이 있다. 윌리엄 블레이크도 그 중 한 사람으로 오에는 블레이크의 시를 매개로 하여 아들과의 관계를 써 내려가곤 한다. 『개인적인 체험』, 『아버지여, 당신은 어디로 가십니까?』 등이 블레이크의 시구에 감명을 받은 계보에 있는 작품이다. 『아버지여, 당신은 어디로 가십니까?』라는 작품의 타이틀은 'The Little Boy Lost'라는 윌리엄 블레이크 시의 내용 중 일부이다.

잃어버린 작은 소년[06]	The Little boy Lost
아빠, 아빠, 어딜 가세요.	Father, Father, where are you going
그렇게 빨리 걷지 마세요.	O do not walk so fast.
말 좀 하세요. 아빠, 아빠의	Speak father, speak to your little boy
꼬마 아들에게 말 좀 하세요.	Or else I shall be lost,
제가 길을 잃겠어요.	
밤은 어두운데 아빠는 없고	The night was dark no father was there
아이는 이슬에 젖었네.	The child was wet with dew.
깊은 진창길 아이는 울었네	The mire was deep, & the child did weep
그리고 짙은 안개는 날렸네	And away the vapour flew.

독자에게 오에로 인식되는 '나'는 어느 날 두 번째 뇌수술을 앞두고, 달린다는 것이 무엇인지도 모르는 5세의 아들을 바라보며 아들에게가 아닌 죽은 아버지에게 "아버지! 아버지! 당신은 어디로 가십니까?"라고 외치며 비탈길을 달려 내려간다. 그 때 갑자기 아들이 태어나서 처음으로 달리기 시작하는 것이다. 이 때 '나'의 내면에서는 블레이크의 시가 '나'와 완전히 일체화된 세계를 경험하게 되는 것이다.

블레이크의 시가 인용된 또 하나의 작품은 『새로운 사람이여 눈뜨라』로 대학시절 오에에게 가시처럼 꽂혔던 윌리엄 블레이크의 시는

---

06 작품 인용은 번역문, 원문 모두 윌리엄 블레이크저·김영무역(2000) 『순수의 노래 경험의 노래』(혜원출판사)에 의한다. 인용문은 pp.66-67.

『순수의 노래 경험의 노래』라는 시집에 실려 있다. 이 시집의 제목은 그대로 오에의 작품 타이틀이 되어 『새로운 사람이여 눈뜨라』 속의 제1작이 된다.

이 블레이크의 시는 작품 속에 녹아들어 자신의 부재 즉, 죽음이 아들에게 가지고 올 혼란을 걱정하는 아버지의 마음을 애잔하게 드러내고 있다. 아버지는 장애를 가진 아들에게 자신의 죽음이 초래할 혼란을 예측하며 말과 사물에 대해 설명한 정의집을 만들 계획을 한다. 완벽하게 세계, 사회, 인간에 대한 안내를 아들이 잘 이해할 수 있는 언어로 표현해 내는 것이 실제로 거의 불가능하다는 것을 알면서도 자신의 사후에 아들이 결코 삶의 길에서 방황하는 일이 없도록 어떻게든 아버지로서 아들에게 남길 정의집을 쓰려고 한다. 자신이 죽는 날, 경험으로 자신의 내부에 축적되어 있는 모든 것이 아들의 순진무구한 내면으로 흘러 들어가 정의집을 읽는 아들을 상상하기도 하면서 말이다. 『새로운 사람이여 눈뜨라』 속의 제1작 「순수의 노래 경험의 노래」라는 제목은 오에의 이러한 바람의 표출이기도 한 것이다.

단행본 『새로운 사람이여 눈뜨라』의 마지막 작품으로 수록되어 표지 타이틀이 된 「새로운 사람이여 눈뜨라」는 실제 오에의 작품에 관해 언급하면서 그의 아들 히카리에 대한 이야기가 전개된다.

이요가 다니는 양호학교에서는 전교생이 한 학기씩 학교 기숙사에서 생활하는 규칙이 있다. 이요가 기숙사 생활을 시작한 후 첫 주말, 이요가 집으로 돌아와 생긴 일이다. 이요에게 밥을 먹자고 말한 나(아버지-필자 주)를 향해 이요는,

"이요는 그쪽으로 가지 않겠습니다. 이요는 이제 없으니까요. 이요는 절대로 모두가 있는 곳으로 갈 수 없습니다!"

내 시선이 식탁으로 향하는 것을 아내가 지켜보고 있다. 그런 아내의 시선 앞이라 더욱 더 어찌할 바를 모를 정도의 단적인 상실감이 나를 엄습해왔다. 도대체 무슨 일이 벌어진 것일까? 실제로 지금 일어나고 있고, 앞으로도 계속해서 일어날 것인가? 점차 발버둥 칠 정도로 생각이 더해져 비록 눈물은 나오지 않았지만 볼부터 귀까지 벌겋게 홍조되는 것을 나는 막을 수가 없었다. "이요, 그렇지 않아. 이젠 집에 왔으니 이요는 집에 있는 거야." 라고 여동생이 타이르듯 말했지만 이요는 잠자코 있을 뿐이다.

성격적으로 한 박자 내지 두 박자 정도 쉬듯 자신의 생각을 검토한 후, 그만큼 누나보다 늦게 남동생이 다음과 같이 말했다. "이요도 올해 스무 살이 됐으니 더 이상 이요라고 불리고 싶지 않을 거야. 기숙사에서는 아무도 그렇게 부르지 않잖아." (중략) "히카리 형, 저녁 먹자. 엄마가 맛있는 음식 많이 해 놨어" "네, 그렇게 하겠습니다. 감사합니다." 하고 이요는 변성기를 시작한 남동생과는 전혀 다른, 맑은 동자(童子)의 목소리로 말했다. 아내와 이요의 여동생은 긴장이 풀린 안도감과, 그것을 넘은 탈구된 듯 한 이상함에 다시 소리를 내며 웃었다. (중략) 그런가! 이요라는 별명은 이제 없어져 버리는 건가? 하고 생각했다. 하지만 그것은 자연스러운 시간의 흐름이겠지. 아들이여 분명 이제 우리는 너를 이요라는 유아의 이름이 아닌 히카리로 불러야 하는구나. 너는 이제 그런 나

이가 된 거야.　　　　　『새로운 사람이여, 눈뜨라』, pp.308-309.[07]

이 작품은 1983년 6월에 발표된 작품으로 1963년생인 아들 히카리
가 꼭 스무살이 되는 해이다. 이것은 아버지와 밀착관계에 있던 자녀
의 성장을 확인하고 자신의 품에서 떠나 보내야 하는 현실을 인정할
수 밖에 없는 아버지의 마음을 잘 표현하고 있다. 이것은 세상 모든
부모가 갖는 자녀의 성장에 대한 기쁨과 동시에 느끼는 상실감의 표
현이기도 하다.

오에는 장애를 가진 아들 히카리를 모델로 하여 작품 속에 종종
'진' '모리('숲'이라는 뜻)' '이요(eyoree)'라는 이름으로 등장시킨다. 그 중
사소설적으로 쓰인 『새로운 사람이여 눈뜨라』에 등장하는 이요는 현
실의 오에 히카리와 매우 가깝게 인식되며 때로는 현실의 인물과 동
일시되기도 한다. '이요'라는 이름은 디즈니 애니메이션 『곰돌이 푸』
에 나오는 당나귀 이름에서 따 온 것이다. 작품에서는 아들이 '이요'
로 불리고 있지만, 실제로 그의 가정에서는 '푸'로 불렸다고 한다.[08]
소설 속에서는 현실에서 있는 그대로 사용하지 않고 조금 변형하는
형태로 같은 작품에 나오는 당나귀 이름을 사용한 것으로 보인다.

사소설적 경향이 농후한 작품인 만큼 '이요'와 '히카리'를 동일시하
기 쉬운 것이 사실이다. 그렇다면 이요는 오에 히카리일까? 이것이
소설인 이상 허구성을 전부 배제할 수는 없고, 따라서 이요와 히카리
의 거리는 아마도 곰돌이 '푸'와 당나귀 '이요' 사이 정도로 보면 되지

07　작품 인용은 大江健三郎(1986)『新しい人よ、眼ざめよ』(講談社) 에 의한다.
08　立花隆(1994)「イーヨーと大江光の間」『文学界』12月号, pp.206-215.

않을까? 여기서는 두 인물 사이의 거리에 대한 인식은 독자들의 몫으로 남기고 싶다.

'마지막 소설'과 노벨문학상 수상

> 나는 너무나도 젊은 나이에 거의 우연처럼 소설을 쓰기 시작해 작가 생활을 시작했다. 그 우연성의 여운이 지금도 내 작품, 내 삶의 방식에 부정하기 어려울 정도로 남아있는 것은 알고 있다. 그것은 30년 가까운 작가로서의 생활에 계속 있어왔다. 그렇다면 「마지막 소설」은 계획을 세우고 잘 구상하여 시간과 노력을 충분히 들여 달성하고 싶다. (중략) 그래서 '마지막 소설'로서 써야 할 주제를 몇 가지로 정리해 가는 그 첫 노트로 이 문장을 썼다.
>
> 『「마지막 소설」』, pp.59-61.[09]

오에는 1988년 자신의 '마지막 소설'에 대한 의사를 표명한다. 작가 생활의 총결산으로서의 소설을 구상하는데 그 '마지막 소설'은 『타오르는 푸른 나무』 3부작으로 이 작품을 '마지막 소설'로 오에는 절필하게 된다. 하지만 이 절필선언은 얼마 지나지 않아 깨지고 오에는 다시 글을 쓰기 시작한다. 그 계기가 된 것 중 하나로 오에 겐자부로의 노벨문학상 수상을 들 수 있다.

---

09 작품 인용은 大江健三郎(1994) 『「最後の小説」』(講談社)에 의한다.

오에 겐자부로는 1994년 일본작가로는 두 번째로 노벨문학상을 수상하게 된다. 일본의 첫 번째 노벨문학상 수상자는 『설국』으로 유명한 가와바타 야스나리이고 그의 노벨문학상 수상 기념 연설문 제목은 「아름다운 일본의 나(美しい日本の私)」였다. 두 번째 노벨문학상 수상자인 오에 겐자부로의 연설문 제목은 「애매한 일본의 나(曖昧な日本の私)」이다.

스웨덴 스톡홀름의 수상식장에서 오에는 「애매한 일본의 나」라는 제목으로 기념강연을 하게 되는데, 이것은 일본의 첫 번째 노벨문학상 수상 작가였던 가와바타 야스나리의 「아름다운 일본의 나」를 모방해 붙인 제목이다.

노벨문학상 수상 기념강연에서 오에는 주로 두 가지 테마로 이야기를 진행한다. 하나는 일본이 과거 아시아 국가들에게 준 파괴적 행동을 지적하는 것이었고, 또 하나는 오에의 문학세계에 하나의 전환점이 된 장애아들의 출생과 공생에 관한 내용이다. 이 두 가지는 오에의 문학을 이루는 커다란 테마인 것이다.

일본어로 글을 쓰는 작가로는 처음으로 이 자리에 섰던 가와바타 야스나리는 〈아름다운 일본의 나〉라는 제목으로 강연을 했습니다. 그것은 참으로 아름답고 애매모호(vague)한 것이었습니다. (중략) 만일 가능하다면, 저는 예이츠의 역할을 배우고 싶습니다. 현재 문학이나 철학으로서가 아니라 전자공학이나 자동차 생산 기술에 의존해 그 힘을 세계에 알리는 우리나라의 문명을 위해서, 또한 가까운 과거에 그 파괴를 향한 광신이 국내와 주변국 사람들의 이성을 짓밟은 역사를 가진 나라의 구성원으로서. 이와 같은 현재를 살고 있고, 이와 같은 과거에 새겨진 고통스런 기억을 지닌 자로서 저는 가와바타와 한목소리로 '아름다운 일본의 나'라고 말할 수가 없습니다. (중략) 다시 개인적인 이야기가 됩니다만, 지적 발달 장애를 안고 살아가는 제 아들은 새의 노래에서 출발해 바흐나 모차르트의 음악을 지향하며 성장했고, 드디어 스스로 곡을 만들게 되었습니다. 초기 소품들은 풀잎에서 반짝반짝 빛나는 이슬과 같은, 신선한 광채이자 기쁨 그 자체였다고 생각됩니다. (중략) 그렇지만 히카리가 작곡을 계속하는 동안 아버지인 저는 히카리의 음악에서 울부짖는 어두운 영혼의 목소리를 들어야만 했습니다. 지적 장애 상태에서 기울인 치열한 노력이 그의 '인생 습관'인 작곡에 기술의 발전과 구상의 심화를 가져왔습니다. 그리고 그것이 지금까지 언어로는 찾아낼 수 없었던 그의 가슴 깊은 곳에 있던 어두운 슬픔의 응어리를 찾아내게 한 것입니다.

그러나 그 울부짖는 어두운 영혼의 목소리는 아름답고, 음악으로 그것을 표현하는 행위 자체가 어두운 슬픔의 응어리를 치유하고 회복시키는 것 또한 분명합니다. 나아가 히카리의 작품은 우리나라에서 동시대를 살아가는 감상자들을 치유하고 회복시키는 음악으로 받아들여지게 되었습니다. 예술의 절묘한 치유 능력에 대한 확신의 근거를 저는 여기에서 발견합니다.

그리고 저는 비록 충분히 검증된 것은 아니지만, 이 신조에 따라 20세기가 테크놀로지와 교통 수단의 가공할 만한 발전을 통해 쌓아온 '피해를 묵직한 아픔으로 받아내고', 특히 세계의 변경에 위치한 자로서 변경에서 전망할 수 있는 인류 전체의 치유와 화해를 위해 어떻게 하면 예의 바르면서도 동시에 위마니스트적인 공헌을 할 수 있는지 모색해나가고자 합니다.

『아버지의 여행가방』, pp.212/216/224-225.[10]

오에는 지리적으로 동양에 위치한 일본의 서양추구에서 오는 "애매모호함"을 말하며 아시아 국가들에게 행한 일본의 과거의 잘못에 대해 말하고 있다. 그러면서 일본의 신비주의적 선의 아름다움을 말한 가와바타 야스나리보다 아일랜드의 시인 윌리엄 버틀러 예이츠를 더 가깝게 느낀다고 말한다. 파괴를 향한 광신에 사로잡혔던 나라의 구성원으로서 가능하다면 예이츠의 역할을 배워 문학으로 인간의 온건한 이성을 지키고 싶다고 말한다. 그리고 인류 전체의 치유와 화해를 위해 공헌할 수 있는 방법을 모색하고자 한다는 말로 기념강연을 마친다.

노벨문학상 이후

오에 겐자부로는 『타오르는 푸른 나무』 3부작(1993~95년)을 발표하고, 약 4년 후인 1999년 6월 『공중제비(宙返り)』를 발표한다.

『공중제비』는 컬트 종교집단의 이야기로, 패트론(師匠)과 가이드(案內人)로 불리는 인물들이 명상을 통해 신으로부터 부여되는 비전을 인간의 언어로 바꾸어 가며 종교집단을 이끌어 간다. 이들은 각각 구세주와 예언자로 불리며, 구세주인 패트론이 명상을 통해 본 신의 비

---

10 작품 인용은 오르한 파묵 외저·이영구 외역(2009) 「애매한 일본의 나」 『아버지의 여행가방』 (문학동네)에 의한다.

전을 예언자인 가이드가 인간의 언어로 번역(Chugaeri)하여 종교적 세계를 구축해간다. 그러던 중 과격파 신자들의 테러를 감지하고 그것을 막기 위해 지금까지 자신들의 이야기는 장난(冗談)이었다고 방송을 통해 '전향(Chugaeri)' 선언을 하고, 그로부터 10년 후 새롭게 종교집단을 구성하며 벌어지는 일을 그린 작품이다.

이 작품은 오에의 '마지막 소설'로 이야기되는 『타오르는 푸른 나무』 3부작 이후 잠시 휴지기간을 지나 다시 소설 창작에 대한 의욕을 드러낸 장편소설이다.

이후 영화감독 이타미 주조(伊丹十三)와의 일을 그린 작품 『체인지링』을 비롯하여, 『만년양식집』 등과 평론·수필로는 『회복하는 인간』, 『오에 겐자부로 작가자신을 말하다』, 『말의 정의』 등의 작품을 발표하고 있고, 또 2014년에는 오에 자신이 직접 자신의 단편작을 선정하여 출판하는 등 노작가로서 자신의 작품을 재해석하는 작업을 진행하고 있다. 그 단편선집 후기 「살아가는 습관」에서 오에는 자신이 기초해 온 '시대정신'에 대해 말한다. 이 오에의 '시대정신'에 관한 언급을 인용하며 이 글의 마무리로 대신한다.

작년 가을(2013년 가을-필자 주) 『만년양식집』을 간행했습니다. '3.11 대지진'이 일어나고 시간이 좀 지난 후부터 문예지에 연재하는 형태로 쓰기 시작했습니다만, 써내려가는 동안에 그것이 내 장편소설의 마지막 작품이 될 것이라는 것을 깊이 실감하게 되었습니다.

그것이 책의 형태로 나오면 나는 자신이 써 온 모든 소설을 다시 읽어보기로 생각하고 우선 가지고 있는 단행본과 잡지를 복사해 단편소설을 정리했습니다. (중략) 나에게 있어 다시 읽는다는 것은 부분적으로나마 다시 쓴다는 것입니다. 지금 모든 단편소설에서 일정 수를 선택하여 이 경우에도 나는 필요에 따라 고쳐 쓰기 작업을 하여 최종적으로는 정본(定本)을 만들려고 합니다. 그렇게 하면서 그 단편 하나하나에서 자신이 살아온 '시대정신'을 읽어낼 수 있다는 것을 (때때로 소극적·부정적 표현이 될 때도 있습니다만) 믿게 되었습니다. (중략) 나는 이 '전후의 정신'[11]을 다음과 같이 설명하고 있습니다.

"열 살에 전쟁이 끝나고 주둔군 지프가 마을에 들어와 어린 마음에도 그것이 두려웠다. 하지만 열두 살에 일본국 헌법이 시행되고 중학교 3년간 헌법과 교육기본법에 대해 배웠다. '좋은 시대'가 되었다고 생각했다.

지금의 젊은 사람들은 상상할 수 없을 테지만, 당시의 혼란에는 무언가 생동하는 감각이 있었다. 개인의 권리가 보장되고 나도 도쿄 혹은 세계로 나아가 무언가 하고 싶은 생각이 들었다. 전후는 밝았다. 지금 79세인 나에게 67년간 이어진 '시대정신'은 부전(不戰)과 민주주의 헌법에 기초한 '전후의 정신'이었습니다."

『오에 겐자부로 자선단편』, pp.831-833.[12]

---

11 오에는 '시대정신'을 잘 나타낸 작품으로 나쓰메 소세키의 『마음(こころ)』을 들며 소세키의 '메이지의 정신'을 오에 자신에게 적용시키면 '전후의 정신'이라고 말한 후 언급한 내용이다.

12 작품 인용은 大江健三郎(2014)「生きることの習慣―あとがきとして」『大江健三郎自選短篇』(岩波書店)에 의한다.

자신을 지탱해 온 시대정신이 전후 민주주의임을 밝히는 82세의 노작가 오에 겐자부로의 만년의 작업을 계속해서 기대하고 싶다.

홋타 요시에 (堀田善衛 1918~1998)

일본의 소설가, 평론가. 도야마(富山)현 다카오카(高崗)시 출신이다. 1936년 가나자와 이중(旧制金沢二中)에서 게이오기주쿠 대학(慶應義塾大學) 정치과 예과로 진학했다. 1940년 문학부 불문과로 옮겨 수학했다. 대학 시절에는 시를 썼는데, 잡지 『비평 (批評)』에서 활약하면서 이름을 알렸다. 태평양 전쟁 당시에는 국제문화진흥회 상하이 사무소에서 근무했으며, 패전 후 일본으로 돌아왔다. 패전 직후 상하이 현지 일본어 신문인 『개조일보(改造日報)』에 평론 「희망에 관해서(希望について)」를 발표했다.

이름을 깎는 청년 名を削る青年

칭기즈칸이 남자 집에 나타난 것은 새해가 되고 얼마 지나지 않은 어느 일요일이었다.

소개를 받고 남자도 자신과 가족을 소개했다. 그때 말할 필요도 없이 젊은이는 어떤 이름으로 소개되었다. 소개되었을 때 그는 일순 목구멍 깊은 곳에서 윽 하는 작은 목소리를 내며 미간을 찌푸리더니 고개를 숙여버렸다. 짧은 순간이었지만 남자는 조금 이상하게 생각했다. 게다가 그의 몸이 일순 굳어진 것도 같았다.

소개 받은 이름은 윌리엄 조지 맥거번이라고 했다. 윌리엄 조지 맥거번이라고 하면 맥아더 장군처럼 스코틀랜드계 미국인을 상상할지 모른다. 하지만 남자와 그 가족 앞에서 소파에 앉아 약간 등을 구부리고 있는 사람은 남자의 친척이라고 사람들에게 소개해도 딱히 이상하지 않을, 일본인 혹은 동양인연한 동양인이다.

이 윌리엄 조지 맥거번을 데리고 온 남자의 친구가 다른 이름은 박정수라고 합니다라고 했다.

이때 또 다시 그가 나지막하게 윽 하고 신음했다. 이때는 미간을 찌푸리지도 않았고 고개를 숙이지도 않았지만 요컨대 이 젊은이는 자기 이름에 뭔가 거북한 마음을 품고 있나 보다는 사실만은 남자도 이해할 수 있었다. 젊은이는 베트남에서 싸우고 있는 미군에서 탈영한 병사였다.

젊은이를 데리고 온 친구가 돌아간 뒤 남자는 이 젊은이를 위해 비워둔 방으로 그를 안내하여 화장실이나 욕실 사용법 같은 것을 얼추 가르쳐주었다. 좋아하고 싫어하는 음식도 물어보았다. 이것은 꼭 필요한 절차다. 그리고 원래 있던 응접실 겸 거실로 다시 돌아오자 젊은이가 말했다.

"한두 가지 질문을 해도 될까?"

"물론."

남자는 대답했다.

"나 같은 사람을 맡아주어서 정말로 고맙게 생각해. 하지만 정말로 당신은 귀찮은 일이라고 생각하지 않아?"

젊은이는 말쑥한 양복을 입고 흰 와이셔츠에 넥타이를 맸으며 바지에도 각이 서 있었다. 게다가 트렁크까지 하나 가지고 있었다. 이런 탈영병은 처음이었다. 대개는 기껏해야 재킷 한 장을 걸쳤을 뿐 칫솔도 가지고 있지 않았다. 그게 당연하다. 미국인이라면 아마 문 페이스라 할 만한 희고 동그란 얼굴에 안경을 꼈고 머리카락이 이마를 비스듬하게 덮고 있다.

"그 질문은 불필요하네."

이렇게 전제하고 남자는 대강 다음과 같이 설명했다.

탈영병들을 집에 맞아들이는 일을 나는 굳이 그렇게 딱딱하게 생각하고 있지는 않다. 그들을 집에 두는 일이 다른 가족을 성가시게 한다면 그런 불일치는 곤란하니까 거절할 것이다. 집안사람들 모두가 좋다고 하면 맞아들이면 그만이다. 자네는 어쩌면 좀 냉담한 태도라고 생각할지도 모르지만. 어쨌든 자네가 일본을 나가서 자네가 희망하는 그리고 자네가 안전하게 생활할 수 있는 나라로 가기 위한 여정에 오를 때까지, 혹은 다른 어떤 일본인 집에 준비가 됐다고 하면 그때까지, 나는 자네를 맡을 것이다. 가족의 일원이라고 말하는 것이 혹 자네에게 어쩐지 위선적인 느낌을 준다면 하숙비를 내지 않는 하숙인으로서 함께 생활하는 것뿐이다. 딱히 흥분하거나 분발해야 할 일은 아니다. 사상이라는 면에서는 별개지만. ······ 설명하는 중간부터 남자가 갑자기 유보 조건을 붙이거나 무어라 서론을 다는 식으로 이야기하게 된 이유는 남자의 눈앞에 있는 미국인인 동시에 한국인이기도 한 듯한 청년의 눈에서 꼭 집어 말할 수 없는 의혹 같은 것을 읽었기 때문이었다.

"하지만 만일 무슨 법률에 걸린다면?"

"아니, 그런 걱정도 불필요하네. 미국과 맺은, 기지 등을 제공하는 조약은 식민지적일 정도로 고마운 조약인 데다 자네들, 정의의 전사인 미군 병사들 중에 탈영병이 나오리라고는 예상하지 않았기 때문에 우리 측에 적용할 법률이 없어. 하지만 만일 무슨 법률에 걸린다면 억지로 침범하지는 않더라도 어쨌든 걸리면 돼. 다시 말해 붙잡히면 되네. 붙잡히면 형무소로 들어가면 돼. 그것도 별일은 아니야. 형무소에 가는 인간은 이 세상에 드물지 않아. 형무소에 들어가면 회사에서는 잘릴지 몰라도 내 일은 자영업이네. 동양에는 궁지에 몰린 새가 품에 들어오면 사냥꾼도 죽이지 않는다, 의로운 일을 보고 행하지 않음은 용기가 없음이라 같은 속담이 있지만 그런 생각을 딱히 하지도 않네. 그 정도의 일이라고도 생각하지 않으니까······."

도중에 법률이나 형무소 이야기까지 나오면서 남자 스스로도 아무래도 말을 잘못하고 있다는 생각이 들었지만 요컨대 그만둘 수가 없었다. 남자는 비교적 영어로 자유롭게 이야기할 수 있는 편이기는 해도 외국어로는 역식 종횡무진 이야기할 수가 없었다. 속담까지 고심해서 옮기면서도 실은 이것도 쓸데없는 일인데 싶었다.

청년은 고개를 숙이고 잠자코 생각에 잠겨 있다. 남자는 문득 생각이 나서 물어보았다.

"내가 질문을 하나 해도 될까?"

굳어진 얼굴을 들자 안경 렌즈 아래의 눈이 번뜩였다. 꽤 심한 근시인 모양이다.

"좋아."

"자네를 뭐라고 부르면 될까? 윌리엄이나 빌이라 부르는 게 좋나, 아니면 박이라고 부르면 되나?"

청년은 남자가 예상한 대로 움찔했는지 잠깐 남자의 얼굴을 정면으로 쳐다보고 있다 다시금 고개를 숙여 버렸다. 예상대로이기는 하지만 남자는 그 이유를 모른다. 하지만 누가 됐든 호칭 없이 같이 살수는 없다.

"아무 거나 상관없어."

청년은 이렇게 답했는데 그 목소리는 몹시 약해서 남자는 뭔가 절망적인 느낌까지 받았다. 그리고 청년은 이어서 물었다.

"그럼 당신 가족은 당신을 뭐라고 부르지?"

"가족들은 아버지라고 불러."

"'아버지'가 뭐지?"

"파더, 파파라는 뜻이야."

"그럼 나도 아버지라고 불러도 돼?"

"상관없어. '가족의 일원'이니까."

청년의 희다기보다 창백한 얼굴에서 처음으로 긴장이 풀리더니 입가도 조금씩 풀어졌다. 이때 처음 남자는 깨달았다. 그래, 나는 대낮부터 마시지는 않지만 이럴 때는 영화에서 곧잘 나오듯 일단 위스키라도 내 놓으면서 이야기했어야 했다고.

위스키를 따라주고 물었다.

"한국어를 기억하나?"

이 청년이 가지고 온 신상 조사서는 아직 대충 훑어보기만 했다.

"잊었어. 완전히 잊었어. 일본어 쪽을 그나마 조금 알아. 어쨌든 당신에게 오기 전에 일 년 반 동안 방에 틀어박혀서 텔레비전만 보며 지냈으니까."

"그럼 일본어로 이야기할까?"

"아니, 아버지, 그건 안 돼. 일 년 반 동안 하루 종일 일방적으로 일본 텔레비전을 듣기만 했으니까. 듣기만이라면 조금은 알지도 모르지만."

성가신 손님이었다. 집안에서 그에 관한 이야기를 나눌 때는 조심해야만 하겠다. 신상 조사서에는 탈영 이후 도쿄에 있는 어느 대사관의 한 방에서 일 년 반 동안 보호를 받았다고 되어 있었다. 폐소공포증 기미가 있다고도 적혀 있었다. 상당히 성가신 손님이 될 것 같은 예감이 들었다. 그냥 양키 보이가 아니다. 동그란 문 페이스에 있는 눈동자의 움직임에서 마음속에 복잡한 굴절이 있음을 확실히 읽어낼 수 있었다. 친구가 아니라 아버지로서 접해야 하는 걸까 하고 남자는 언뜻 생각했다.

"아버지, 거기에 쓰여 있겠지만……."

이렇게 말을 꺼내더니 청년은 남자가 손에 들고 있던 신상 조사서를 가리키며 이야기했다.

"나는 1945년에 조선의 서울에서 박정수로 태어났어. 부모님에 대한 기억이 없지는 않지만 막연한 기억일 뿐이야. 하지만 가난하고 비참한 생활을 했던 기억은 있어. 1950년에 한국전쟁이 일어나서 북한군이 서울에 들어왔을 때 고아가 됐어. 부모님이 죽었는지 어땠는지도 몰라. 요컨대 정신을 차려 보니 길거리에 나 혼자 있었을 뿐이야. 나는 다섯 살이었어. 조선에서 학교를 다닌 적은 한 번도 없어. 이런 부랑아가 당시에는 몇 백 명씩 있었을 거야. 미군 기지에서 내버리는 것들이나 도둑질로 생활을 유지했지. 미군 병사가 된 뒤에도 마찬가지였을지 몰라."

청년은 남자 집에 온 뒤 처음으로 흰 이를 보였다. 가지런하고 아름다운 이였다.

"아홉 살 때 미국인들이 조직한, 전쟁고아를 양자로 들이는 모임이라는 단체를 통해 로스앤젤레스로 가게 됐어. 나는 아이오와 시의 실업가로 많은 주유소를 소유하고 있는 사람 집에 보내져서 그 집에서 나이가 제일 적은 일곱 번째 아들이 되었어."

"일곱 번째?"

"그래, 진짜 아들과 딸이 총 여섯 명 있어서 나는 양자로 일곱 번째……."

"아들과 딸이 여섯 명이나 있는데 또 양자를……?"

"그래, 그게 부유한 나라의 휴머니즘인 모양이야."

"그렇군……."

그렇군 하고 대답하면서도 남자는 어쩐지 그게 '무서운 휴머니즘'이라는 생각이 들었다.

"집은 아이오와 시 교외에 있었는데 저택 안은 넓이가 삼 에이커나 됐고 나이가 백 살이 넘는 나무가 열 몇 그루씩 심겨 있었어. 인공 연못도 있었고. 숲에서는 사슴을 키웠지."

한 정(町) 반 그러니까 삼천 평이 이 에이커 반 정도라는 것을 남자는 어떤 일로 조사한 적이 있었다.

"처음에 나는 아무 것도 하고 싶지 않았어. 내게 주어진 방에 틀어박혀 있기만 했지. 말도 통하지 않았어. 군대 영어 흉내는 금지였어. 전쟁의 포화를 입고 북쪽 군대와 남쪽 군대와 미군이 몇 번씩이나 서로 롤러로 밀어붙이듯 작전을 한 서울 빈민가에서 스무 시간 정도 만에 그런 곳에 가게 되면 인간이 대체 어떻게 될지 상상이 가? 아홉 살 아이도 인간이니까."

"그렇군……."

"하지만 역시 그러다 곧 익숙해졌어. 인간이라고는 해도 역시 아이니까. 부모가 돼준 사람은 마이클 G. 맥거번, 어머니는 메리였어. 두 분 다 친절한 사람들이었다, 이렇게 말해야겠지."

"그렇겠지."

"어쨌든 로스앤젤레스에서 비행기를 갈아타고 아이오와 시로 가서 그 집에 도착한 뒤에 처음 해야 했던 일은 세탁이었어. 세탁이라기보다는 차라리 소독이라고 해야 할지도 모르지."

"세탁……?"

"나 자신을 세탁……. 뜨거운 샤워기 물을 뿌리고 박박 문질러서 동양인의 온갖 때를 벗겼지. 실은 하는 김에 피부색도 밀어내고 싶었겠지만. 그리고 약품으로 소독을 받았고, 의사 두 명이 와서 신체검사를 했어. 합격을 한 거겠지.”

“흠······.”

“그러고 나서 얼마 뒤에 나는 윌리엄이라는 이름을 얻었어. 교회에 가서 세례를 받고.”

“그랬군.”

“그런데 그건 무척 이상한 느낌이어서 어린 마음에도 도통 납득이 가지 않았어. 어머니인 메리가 빨갛게 바른 큰 입술을 커다랗게 위아래로 움직이면서 ‘윌리엄, 자, 이제부터 너는 윌리엄이 되었어. 하느님이 인정해주셨어’라고 말했을 때는 정말로 깜짝 놀랐지.

‘왜 내가 윌리엄이야? 박정수면 왜 안 돼?’

이렇게 물었더니 ‘왜기는, 너는 맥거번 가족의 일원이 됐으니까’라고 하더군.

그날 밤 큰 파티가 열려서 손님이 이백 명쯤 왔어. 나를 가족 전부의 지인들에게 소개하고 내가 가게 될 초등학교 선생님들과 만나게 해주려는 것이기도 했지. 나는 마치 꿈을 꾸는 기분이었어. 정말로 정말이 아닌, 꿈속에 있는 기분이 들어서 그 기분을 어떻게든 표현하려고 아는 군대 영어를 머릿속에서 찾아봤어. 그리고 ‘fuck me’라고 했다가 혼이 났지. fuck me라는 건 아시다시피······.”

“음······.”

“이때의 파티에 대해서는 지금도 똑똑히 기억해. 학교 선생, 여선생이 내게 이런저런 말을 걸고는 like a dreaming이라는 말과 happy라는 말을 외우게 했어. 그리고 날 테이블 위에 세우고 손님들에게 ‘라이크 드리밍, 해피!’라고 큰소리로 말하라고 하더군. 나는 시키는 대로 했어. 다들 환성을 지르고 모두가 행복한 듯 새빨간 얼굴을 하고 있었어. 해피했던 건 그들 쪽이고 나는 정말로 라이크 드리밍이었어. 라이크 드리밍이기는 했어도 어린 마음에도 구경거리가 된 것 같은 기분을 얼마간 느꼈지만."

등을 굽힌 채 무릎과 무릎 사이로 긴 손을 똑바로 내밀어 합장하듯 손을 모으고 그는 이야기했다. 눈으로는 합장하는 모양을 한 손끝을 보고 있었다.

"초등학교에 갔어. 번듯한 사립학교였지. 매일 아침 대학에 다니는 둘째 아들이 자동차로 셋째 딸 이하의 아이들을 각자 학교로 실어다 줬어. 수준이 높은 학교였지만 일 년 반 만에 나는 반에서 가장 우수한 학생이 됐어. 학생들 중에는 영어 철자 하나 제대로 못 쓰는 애들이 사분의 일 정도는 있었지. 나는 한 학년을 월반한 적도 있어. 물론 동양인이니까 이래저래 언짢은 일도 있었고. 하지만 대체로 순조롭게 중학교로 올라갔고 고등학교에도 들어갔어. 달라진 거라고 하면 중학생 때 양어머니가 바뀌었어."

"양어머니가 바뀌었다?"

"그래, 메리가 이혼하고 나가고 다른 에스더라는 여자가 들어왔는데 생활은 별로 달라지지 않았어. 어쨌든 넓디넓은 삼층집이다 보니 사고라도 생기거나 파티라도 있지 않는 다음에야 혼자 있는 시간이 더 많았으니까."

아이들이 일곱이나 있는데 어머니가 바뀌면 어떻게 되는가…….

"그러다 고등학교 때 사건이 하나, 뭐 사건이라고 하면 과장일 수도 있지만 어쨌든 사건 같은 게 일어났어."

"어떤……?"

남자는 이렇게 묻다 문득 생각이 나서 청년의 긴 이야기를 중단시켰다.

"자네는 이 집에 얼마동안이나 있어야 할지 몰라. 삼주가 될지 한달이 될지 두 달이 될지, 그건 아직 모르네. 앞날은 길어. 천천히 들을 테니⋯⋯."

남자는 이렇게 말했지만 청년 쪽에서는 일단 이야기를 꺼낸 이상 좀체 끝이 나지 않는 모양이었다.

"응⋯⋯. 그런데 그 사건이라는 건⋯⋯."

하면서 다시 이야기를 시작하다 거기서 스스로도 이야기가 끝이 없다는 것을 깨달았는지 희고 가지런한 이를 한 번 더 보였다.

"그래(well), 앞날은 길어⋯⋯."

이렇게 수긍하더니 또 머리를 흔들며 스스로를 납득시키는 듯한 동작을 보였다.

"이렇게 긴 일생 이야기(life story)를 한 건 처음이야."

"언제 다시 그 뒷이야기를 천천히 듣지. 이제 시작이지 않나."

이렇게 말하고 남자는 자기 일로 돌아가려고 자리에서 일어났다. 그리고 청년을 서가로 데려가 뭔가 읽을거리를 집으라고 했더니 청년은 책을 두 권 골랐다. 한 권은 윌리엄 쉬어라는 미국 역사가가 쓴 『제삼제국의 흥륭과 몰락』이라는 나치스 제국의 역사와 제 이차 대전과 관련한 책이었고, 또 한 권은 작가 콜린 윌슨이 편찬한 『현대살인백과』였는데, 둘 다 천 페이지를 넘어서 페이퍼백이면서도 화장지 롤만큼 부풀어 있는 책이었다. 그리고 후자를 빼낼 때 청년은 희고 가지런한 이를 드러내며 무의미하게 씩 웃어 보였다. 그는 베트남에서 사람을 몇이나 죽이고 왔다.

"두꺼워서 좋아."

남자는 작업으로 돌아갔지만 일이 손에 잡히지 않았다. 이상한 이물이 옆구리 부근으로 개입해 들어와 이미 존재하고 있었다.

확실히 이상한 이물은 이미 존재하는 중이었다. 지금까지 본 평범한 아메리칸 보이와는 전혀 다르다. 또 중국계와도 다르다.

그러면 뭐가 다르냐고 묻는다면 아직 막연했다.

남자 집에서는 식사 등과 관련해 특별한 일은 하나도 하지 않았다. 평소와 똑같이 했다. 청년은 입으로 찹찹 소리를 내며 음식을 먹었다. 남자의 가족은 이것이 신경 쓰였지만 남자는 주의를 주지 말라고 했다. 이런 버릇은 하루아침에 고쳐지는 것도 아니고 결혼이라도 해서 아내에게 듣고 나서야 처음으로 처음으로 없어지는 종류가 아니겠냐고 가족에게 고하며 참으라고 말했다.

날씨가 좋은 날에는 뜰에 나가 일광욕을 하고 작은 밭이나 화단을 돌보았다. 청년은 그런 일을 좋아하기도 했고 잘하기도 했다. 아무리 추워도 태연했다. 각종 화학비료를 사오라고 해서 토양을 비옥하게 만드는 것을 남자와 가족에게 가르쳐주기까지 했다. 그가 화학비료 이름을 말할 때마다 영일사전을 꺼내 와야 했다.

"이 일로 생활을 한 적도 있어."

그가 말했다.

"생활을?"이라고 되묻자 "지난번에 내 라이프 스토리를 어디까지 이야기했더라?"라고 한다.

"응, 고등학교 때 있었던 한 '사건' 부분까지네."

"그렇지, 그 사건이라는 건 내가 다니던 고등학교에 일본인 유학생이 하나 오면서부터 시작됐어. 시작됐다고 해서 딱히 내가 그 일본인 유학생과 치고받고 싸우는 요란한 사건을 일으킨 건 아니야. 다나카라는 학생이었어. 이 학생은 수업 때 영어를 반 정도밖에 알아듣지 못해서 때때로 복도 구석이나 나무 그늘에서 울곤 했어. 나는 그 뒷모습을 보고 문득 생각한 적이 있어. 나는 저 다나카만큼 전혀 공부에 열심이지도 않고 성실하지도 않다고. 오히려 대충 대충이었지. 다나카는 어깨를 작게 떨면서 혼자 울고 있었어. 여자아이들이 달래주자 더더욱 심하게 울었어. 그건 그냥 그 뿐인 일이었지만 문득 나는 다른 생각이 들었어. 같은 동양인이면서 왜 그는 그에게 특유한 다나카라는 이름을 갖고 있는데 나는 윌리엄 조지 맥거번 같은 묘한 이름이고 어째서 박정수가 아니냐는."

또 이름 이야기가 나왔다. 하지만 이번에는 처음처럼 신음을 하거나 몸이 굳어지는 일은 전혀 없었다.

남자가 잠자코 있자 청년은 곧장 이어서 말했다.

"하지만 박정수가 아니게 된 이유는 명백하고 딱히 희한할 일도 아니지. 그래도 일단 그렇게 생각하기 시작했더니 나는 이제 더 이상 윌리엄 조지 맥거번으로 있거나 그렇게 불리는 일을 참을 수 없어졌어. 나는 학교에 가지 않게 됐고 이 맥거번 가에 피해를 주기도 싫었어. 그 사실을 깨닫고 나서 나흘 뒤에는 집을 나왔지."

"나흘 뒤에……?"

"그래."

꽤 신경질적인 사내라는 사실은 그 전부터 알고 있었다. 흙을 손질할 때는 설령 서리가 앉아 있어도 천천히 하는데, 송충이 때문에 말라버린 나무를 한 그루 자르게 했더니 처음부터 끝까지 엄청난 속도로 톱질을 하다 끝내 톱을 부러뜨린 적이 있었다.

"나흘 뒤에 집을 나왔어. 저 일본인 다나카는 열심히 공부를 하고 있지만 그 공부는 다나카라는 그의 이름과 딱 붙어 있는 그 자신에게도 도움이 돼. 그렇기 때문에 울기도 하는 거지. 하지만 나는 대체 뭐지 하고 생각했더니 맥거번이라는 남의 이름으로는 뭘 하든 하나도 나 자신을 위한 일이 되지는 않는다는 생각이 들었어. 이름은 기호에 지나지 않다고 한들, 기호가 붙는 것은 물질이지 인간이 아니야."

"그렇군."

"그리고 돈 많은 맥거번 가의 일곱 번째 아들로 편하게 자라 대학 같은 데 들어간들 뭐가 되겠냐는 생각이 들었어. 대학을 나와서 맥거번 가가 지배하는 사업 중 하나에 취직을 한다고 해도 나 자신으로부터는 점점 더 멀리 떨어질 뿐이야. 나는 나 자신이 되고 싶었어. 내가 나 스스로 만든 그런 자기 자신(identification)을 원했어."

차츰 빨라지고 또 점점 목소리가 높아지는 청년의 이야기를 들으며 남자는 스스로가 어떤 이상한 감개에 빠져드는 것을 느꼈다.

"게다가 나는 박정수로도 돌아갈 수 없다는 생각이 들었어. 박정수였을 때의 생활, 그건 대체 뭐지! 파리처럼 미군 기지에 모여들어 거기서 버려지는 잔반을 손으로 집어먹는 부랑아……그런 것으로는 두 번 다시 돌아가고 싶지 않았고, 그런 나는 윌리엄 조지 맥거번보다 더 싫었어. 노는 노다, 나는 이렇게 정했어. 그래서 그때까지 도움을 받은 것에 감사하는 편지를 두고 집을 나왔어. 히치하이크를 해서 로스앤젤레스까지 갈 생각이었지. 도중에 로키 산맥 아래에 있는 휴양지의 모텔에서 당분간 일했어."

"거기서 화단이나 그런 일을 한 건가?"

"맞아. 일 년 정도나 있었어."

그러고 보니 하고 남자는 이 청년이 식사한 뒤에 밥그릇이나 접시, 반찬 그릇을 씻는 데 이상한 열의를 보인다는 사실을 떠올렸다. 설거지도 했던 모양이다. 남자 아내의 앞치마를 빌려 입고 세제를 듬뿍, 아니 세제 거품이 산더미처럼 부풀어서 안에 있는 접시나 그릇이 보이지 않을 정도로 넣고 씻었다. 미국식 설거지법일 것이다. 그리고 젖은 접시나 밥그릇을 닦을 때는 마른 헝겊을 몇 장이나 달라고 해서 뽀득뽀득 소리를 내고 한 장 한 장 전등 빛에 비추어 보며 윤이 나는지 어떤지를 확인할 정도로 공을 들였다.

남자는 질문을 하나 해보았다.

"그럼 그 모텔에서 자네는 뭐라고 불렸나?"

"그냥 조라고만. 조라면 아무 의미도 없고 그 이상은 아무도 물어보지 않았어. 마음이 편했지."

"그럼, 우리도 자네를 조라고 불러도 될까?"

"아니, 노야. 지금 나는 미국 시민이 아니고자 하니까."

"흠……."

미국 시민이 아니고자 한다라……. 하지만 그렇다면, 그러면 그것은 무엇을 의미하는가? 미국 시민이 아니고 그럼 무엇이 되겠다는 말인가?

하지만 남자는 잠자코 있었다.

"그렇지만 나는 곤란을 겪고 있어."

청년은 스스로도 곤혹스러워 했다. 아니, 그보다 진실이 아무래도 농담으로 밖에 받아들여지지 않는, 혹은 농담이 진실 그 자체며 진실과 몰래 바뀔 수도 있는 그 자신의 상태를 깨닫고 있었다.

"그때 가출한 뒤로 줄곧 나는 이 문제를 생각하고 있어. 하지만 해결 방법이 없어. 당신이 내게 말을 걸 때도 이름을 부르지 않으려 하는 건 나도 알아. 그렇게 세세하게 신경을 써준다는 것에 진심으로 감사도 해. 하지만 나 스스로도 곤란을 겪고 있어."

남자 또한 깊은 곤혹스러움을 느꼈다. 게다가 이것이 곤혹스러움이라는 거미줄 정도의 일이 아니라는 사실도 곧장 깨달을 수밖에 없었다. 이는 실로 문제가 남자 쪽으로 던져지고 있다는 데에 기인하고 있었다. 남자가 자기 자신의 이름을 가지고 있고, 그 이름이 그의 고등학교 동급생이었다는 다나카 군과 마찬가지로 '딱 붙어 있다'는 사실이 눈앞에 있는 청년에게 어쩐지 미안하게 느껴진다는, 남자로서도 지금까지 경험한 적 없는 이상한 문제였다. 거기다 그가 미국 시민이 아니고자 한다고 말하는 것을 들으면, 이쪽이 버젓한 일본인이라는 점이 또 다나카 군과 마찬가지로 아무래도 참 거북한 일이 된다. 아무도 의심하지 않는, 의심했다가는 모든 자기 검증의 기초조차 무너질 법한 의문이 자못 동양인연한 한 사람의 젊은 동양인의 몸으로 화해 남자의 눈앞에서 흙에 흰 화학비료를 섞고 있다.

"아버지, 당신은 미국에 가출한 사람을 수색하는 일을 전문으로 하는 회사가 있다는 걸 알아?"

"저런, 그런 게 있나?"

"있어. 그 회사의 에이전트는 발견률이 65%가 넘는다고 거들먹거렸지. 그래서 나는 결국 잡혀서 또 원래의 윌리엄 조지 맥거번으로 돌아가야만 했어."

"집에 돌아갔다는 뜻이야?"

"아니, 자유롭게 지내도 되고 돈이 필요하면 보내주겠지만 단 늘

주소를 통보한다는 조건 하나로……."

"뭐, 좋은 조건 아닌가?"

"그건 징병 카드가 올 수도 있었기 때문이야. 징병 카드가 공중에 뜨게 되면 아이오와의 명가인 맥거번 가의 명예에 지장이 생기거든. 그래서 나도 굳이 맥거번 가의 명예를 더럽힐 필요도 없었으니까 주소는 알리기로 했어."

"그래서 징병 카드가 왔나?"

"샌프란시스코에 있을 때."

"그랬군."

"그래서 또 나는 윌리엄 조지 맥거번이라는 이름으로 매일 매일을 살지 않으면 안 되게 됐어. 군복에, 작업복에, 모든 것에 이 이름이 붙었어."

청년은 침을 탁 뱉었다.

"하지만 곤란하게 됐군. 어떻게든 부를 이름을 찾아야지 가족들도 헬로, 헬로만으로는 곤란하다고들 해."

"그럴 거라고 나도 생각해. 아버지, 뭔가 발명해 줘."

이렇게 말하고 청년은 화학비료를 섞는 작업을 마치고 그의 말로는 '미국 제국주의'를 마시러 집으로 들어갔다. 예의 거무튀튀한 청량음료를 청년은 '미국 제국주의 병(a bottle of U.S. Imperialism)'이라고 불렀다.

남자는 뜰에 멍하니 서서 지금 나는 대체 무슨 생각을 하면 되는지를 생각했다.

그런 남자의 머릿속을 무언가 한 가지가 가로질러 갔다. 다음과 같은 말로 시작하는 것이었다.

태초에 신이 천지를 창조하셨다. 땅은 정해진 형태 없이 공허했고 어둠이 심연의 표면에 있었다. 신의 영이 물의 표면을 덮었다. 신이 빛이 있으라고 하시자 빛이 있었다. 신이 보시기에 좋았다.

　이런 말로 태초의 무, 공허 속에 우주의 유가 존재하기 시작한다. 천지창조였다. 그리고 빛에서부터 시작해 천지 삼라만상, 온갖 생물, 식물, 동물, 새와 짐승과 벌레와 물고기가 만들어진다. "이렇게 천지와 만물이 다 이루어졌다." 그리고 인간이 만들어진다. 남자 아담이다. 그리고 신은 아담 혼자로는 쓸쓸하리라는 이유로 다양한 반려를 내려주었다.

　여호와 신이 이르시되 사람이 혼자인 것은 좋지 않으니 내가 그를 위해 그에게 걸맞은 조력자를 만들겠다. 여호와 신이 흙으로 들판의 모든 짐승과 하늘의 모든 새를 지으시고, 아담이 여기에 뭐라고 이름을 붙이는지 보시려고 이것들을 그가 있는 곳으로 데려가자, 아담이 생물에게 붙인 이름이 곧 그들의 이름이 되었다. 아담은 모든 가축과 하늘의 새와 들판의 모든 짐승에게 이름을 주었다.

　인간인 아담에게 신이 이름을 붙이는 권한을 위양했다는 이 사실이 가로지르듯 남자의 머리로 들어왔다. 들어와서 거기에 눌러 앉아 버렸다. 신은 왜 인간에게 명명권을 위양했나?
　이름이 없는 이에게 이름을 붙이고 말로 설명할 수 없는 존재를 명명하는 것, 이것이 바로 인간이 하는 창조의 처음이자 마지막 형태다. 인간 세계에서는 명명되고 표현이 주어진 것만이 존재이고, 존재로서 시민권을 가질 수 있을 것이다. 이름이 없는 것은 비존재나 미(未)존재다.

남자는 그대로 뜰에 멍하니 서 있었다. 청년이 말하는 미국 제국주의 또한 마찬가지다. 설사 그런 침략행위가 있었다고 해도 이를 그렇게 명명하고 표현하지 않으면 그런 것으로 존재하지는 않게 될 것이다.

남자는 마른 잎을 모아 와서 모닥불을 피우기 시작했다. 하는 김에 종이 쓰레기도 태우고 비닐봉지나 플라스틱으로 된 자질구레한 것들도 불에 던져 넣었다. 비닐 종류는 파르스름한 불꽃을 내고 플라스틱 제품은 시커먼 연기를 자욱하게 피워 올리며 탄다. 플라스틱으로 된 빈 세제 용기는 청년이 대량으로 사용하다 보니 다섯 통이나 쌓였다. 남자는 비닐 찌꺼기처럼 시간이 아무리 지나도 바라지 않는 것을 거의 미워하다시피 했다.

'미국 제국주의'로 목을 적시고 온 청년이 다시 뜰로 나와서 말했다.

"그런 비닐이나 플라스틱을 태우면 유독가스가 나와. 미국이었다면 법률로 처벌을 받을 걸, 공기오염죄로. 저쪽에서 스모그도 오는데."

"허, 그런가."

말하면서 그가 가리키는 쪽 하늘을 올려다보니 바람 때문에 가까운 공업도시에서 흘러온 연무가 동네 동쪽까지 검붉고 불길하게 다가와 있었다.

왜 신은 인간에게 모든 사물, 삼라만상에 이름을 붙이는 권한을 주었을까? 그 이름을 거부하는 이는 신의 뜻을 거스르게 되나?

이것은 터무니없는 문제라는 것을 남자는 깨달았다.

"아버지, 당신은 제트기 한 대가 뉴욕에서 파리까지 난다고 할 때 공기 중의 산소를 얼마나 소비하는지 알아?"

청년이 느닷없이 물었다.

"아니, 모르겠는데."

"사발 제트기일 경우 뉴욕에서 파리까지 약 삼십 톤이야."

"호……, 삼십 톤이나. 정말인가?"

"정말이고말고."

산소 같은 것은 요컨대 기체라서 무게는 없는 것이나 매한가지라는 것이 남자의 상식이었다. 이 말이 사실인지 거짓인지 확인할 방법도 없었지만 삼십 톤이나 쓴다면 큰일일 것이다.

"그거 큰일이군. 하루에 몇 천 대씩 나니까 지구 전체로 보면……."

"그렇지. 그래서 이 산소가 어디서 무엇을 통해 보급되는지 알아?"

"글쎄……, 잘은 모르겠는데."

"아무 것도 모르는군. 식물이나 해초의 동화작용을 통해서야."

"아하……."

"그런데 이 제트기나 공업 일반의 산소 소비가 지구상에 있는 자연의 보급 능력을 이미 웃돌고 있어."

"그럼 인간은 점차 호흡이 곤란해져서 인공 산소를 사서 숨을 쉬어야만 한다는 건가?"

"그보다 먼저 지구 전체의 공업화와 함께 저 스모그가 밤낮으로 계속 나오다 농도가 짙어지면서 쌓여서 지구 전체를 둥그렇게 덮어 버리지. 그러면 산소가 모자라는 것은 물론이지만 지구 표면 온도가 올라가는 바람에 북극과 남극 얼음이 녹아서 여기저기 다 물에 잠기게 돼. 뉴욕이나 도쿄, 함부르크 같은 해안 도시는 전부 바다 속으로 가라앉아. 요컨대 인류의 종말이지. 자살이야. 나는 그때가 빨리 오기를 바라. 그리고 바다 표면이 넓어지면 이번에는 온도가 떨어지기 시작하지. 지구 전체의 평균 온도가 지금보다 고작 사 도나 오 도 떨어지면 빙하기가 다시 돌아올 거야. 이건 과학적으로도 입증된 사실이야. 아버지는 알아? 요전의 빙하기는 기껏해야 사만 년 전이었어."

남자가 청년에게서 처음으로 보는 눈빛이었다. 안경 안쪽에서 눈을 내리깔고 있기는 했지만 그 젊은 눈동자는 이상하게 빛나고 있었다. 악의가 담겨있다기보다는 오히려 기쁨으로 빛나는 것 같았다.

검붉은 연무가 한 발 한 발 머리 위로 다가왔다. 청년이 그쪽을 가만히 바라보고 있었다.

남자는 말해봤자 소용없는 일이라고 생각하면서도 작게 중얼거려 보았다.

"그건 또 왜? 자네는 아직 젊은데."

격한 대답이 돌아왔다.

"나는 미워해, 나는 미워해, 이 모든 것들을(I hate, I hate all this……)."

목소리는 나지막했지만 이 말은 청년의 뱃속 깊은 곳에서 나오는 신음소리처럼 들려서 남자는 무심코 부엌에 서서 일하고 있는 아내 쪽을 보았다. 아내를 감싸듯 보았다. 청년의 내부에서 어떤 격렬한 것이 소용돌이치고 있다는 사실은 소나무를 베면서 톱을 두 동강 내버린 데서도 짐작할 수 있었지만, 세계 파멸에 대한 이 정도의 꿈이 있으리라고는 남자도 생각하지 않았다.

그리고 청년 자신도 어쩌면 이 정도 말까지 입에 담을 생각은 실은 없었던 모양이다. 말없이 눈꺼풀만 몇 번 깜빡거리면서 잠깐 동안 우두커니 서 있었다.

하지만 얼마 안 돼 어깨가 약간 굽은 젊은 등 뒤로 두 손을 잡더니 천천히 뜰 한가운데 있는 오래된 벚나무 주위를 걷기 시작했다.

"샌프란시스코에서 징병 카드를 받고 입영했어. 훈련을 받고 우선 독일로 파견됐지. 독일에서 한국으로 이송되었어."

"한국으로……?"

"그래, 그 바보들은 내가 한국어를 할 줄 안다고 생각한 거지."

이미 평정을 되찾은 뒤였다.

"한국에서 나는 엄청나게 불행했어. 전재는 거의 복구되어 있었지. 서울 거리도 못 알아볼 정도로 달라졌어. 하지만 미군기지 주변은 역시나 여자와 부랑아들이야. 그 부랑아들 중 하나였던 내가 이번에는 11년 뒤에 미군 병사의 일원으로서, 철망 안쪽에 있는 사람으로서, 그런 여자를 사고 부랑아들에게 물건을 던져주는 쪽 인간으로서 이름까지 윌리엄 조지 맥거번이 되어 돌아온 셈이지. 지금 나는 확실히 탈영병이지만 실은 탈영병도 아니야. 거기까지 가지도 않았어. 그 한참 앞 단계에서 나는 나라라는 게 싫어. 필요 없어. 그리고……, 그런 나는 대체…… 어떤 인간이라고 아버지는 생각해?"

갈라진 목소리였다.

남자도 아무 말도 할 수 없었다.

"철망 안에 있든 밖에 있든 조금도 행복하지 않아. 하지만 적어도 나는 한국에 있으면서 철망 안쪽 인간이어서는 안 된다고 생각했어. 그렇게 결심했어. 그렇다고 내가 한국인은 또 아니야. 만일 그런 게 허락된다고 해도 철망 바깥에서 한국인들 속에 섞여서 한국인으로 살 수도 없거든. 11년 동안의 미국 생활이 나를 송두리째 바꾸어버려서 아무리 해도 철망 바깥에 있는 예의 아시아적인 불결함은 못 견디겠어. 김치처럼 한국인으로서의 자기 검증(identity)에 꼭 필요한 건 더러워서 손에 들기도 보기도 싫어. 하지만 그렇다고 해서 아무래도 한국에는 있고 싶지는 않다는 생각이 바뀌지는 않아. 눈 딱 감고 나는 베트남 전속을 신청했어. 전쟁쯤 되면 상태가 달라질 거라고 생각했어. 그런데……."

갑자기 걸음을 멈추고 청년은 푹 쭈그리고 앉았다. 두 주먹을 쥐고 짧게 깎은 머리를 두드린다. 그 머리 바로 앞에는 발그스름한 산다화 꽃이 지지 않고 남아 있었다.

저녁을 먹은 뒤에는 가급적이면 기분 전환을 위해 드라이브를 가기로 했다. 사고를 내거나 속도위반을 하지 않도록 운전은 극도로 신중해야만 했다. 하지만 드라이브를 가도 드라이브 인 같은 곳에 들어갈 수는 없다. 이미 구속영장은 나와 있었고 사진도 신문에 몇 번씩 실렸다. 빈 주차장에 차를 세우고 보온병에 담아온 커피나 예의 '미국 제국주의'를 마시는 정도다. 경찰 검문이 있으면 타고 있는 사람 전부가 땀을 흘렸다. 하지만 청년 본인은 태연했다.

"나는 구십 마일을 넘는 속도로 밟은 적이 있어."

이런 태평한 소리를 한다. 구십 마일은 거의 백오십 킬로미터였다.

이 청년 옆에 앉아서, 아니 그가 온 첫날부터 그렇기는 했지만 남자는 이상하게 거의 근본적인 문제만 생각하고 있었다. 그것은 너무나도 근본적이거나 혹은 **시원적**이어서 근본적인 우스꽝스러움을 동반하고 있었지만, 눈앞에 그런 존재가 인간으로 존재하는 이상 농담이 아니었다.

모든 사람에게, 아니 삼라만상 만물에 이름이 있다는 것은 과연 옳은가? 없다는 것, 무라는 것은 옳지 않은 일인가?

이름이 없는 이, 이름을 거부하는 이는 인간이 아닌가?

누구나가, 모든 인간이 어느 나라의 국민이라는 것은 이상하지 않은가? 국민이라는 것과 인간이라는 것은 같지 않다. 과연 같은가?

대관절 이 길에서 인민 일반이 아니라 교통 검문 경찰이 국가를 대표하고 있다는 것이 이상하지 않은가?

경보가 하나 들어왔다. 너무 자주, 매일 밤처럼 드라이브를 나가는 것은 역시 위험하다고 한다……. 일본 인민 중에는 터무니없이 감이 좋을 뿐 아니라 참견하기도 아주 좋아할 가능성이 있는 사람이 역시 있기 때문이란다…….

드라이브는 사흘에 한 번 정도 하기로 하고 밤에는 다시 텔레비전과 잡담으로 보내게 되었다.

그때까지는 이렇다 할 생각이 없었던 남자도 이런 경보를 접하고 보니 역시 얼마간 신경질적이 되었다. 깊은 밤중에 한 번은 집 주변을 둘러보는 처지로 몰리고 만다.

그러다 퍼뜩 깨닫게 된다. 이 밤의 어둠, 그러니까 집 덧문 바깥과 모든 문 바깥 자체, 문과 벽 바깥의 모든 것, 이 밤의 어둠 자체가 국가라고.

국가라는 이상하게 추상적인 존재가 밤의 어둠으로 변해 지극히 구체적으로 남자의 집을 물밀듯이 포위하고 있는데, 이것은 어떤 문틈으로든 안으로 들어오려고, 침입하려고, 침입해서 이 청년의 인간을 앗아가려고 했다. 낮이라고 바꿔 말해도 마찬가지다. 낮과 밤이, 낮도 밤도 다 국가라는 것은 어찌된 일인가?

가족 모두 머리가 조금 이상해지고 있었다. 전에는 이런 일이 없었다.

"성명이 있고 이름이 있고 그것을 자기 것으로 승인한다는 것은 그 자체로 무언가를 가지거나 소유한다는 뜻일까?"

청년이 없는 곳에서 남자는 가족 모두에게 이렇게 질문해 보았다.

"앗. 머리가 도는 것 같아! 정신이 이상해졌어!"

딸 하나가 이렇게 절규하더니 자기 방으로 뛰어갔다. 그리고 방에서 아마 부서지지 않는 무언가를 골라서 냅다 던지는 듯한 소리가 났다.

아무리 딸이 절규를 하고 물건을 집어던지더라도 이름이 없다고 하며 한국 이름도 미국 이름도 거부하는 청년에 비하면 확실히 갖고 있고 소유하고 있다고 해야 하리라. 설사 그것이 인간으로서 최소한의 기본적인 조건 중 하나라고 해도. 그러면 그는 이 최소한의 인간이기 위한 조건을 거부하고 있는가? 하지만 이를 거부한다는 것은 무엇을 거부한다는 말인가? 인간이고 싶지 않은가?

청년에게 묻는다면 필시 내가 나 같은 인간이고 싶지 않기 때문이라고 할 것이다. 하지만 모든 인간은 스스로 그러한 것 이외의 인간일 수 없을 터이다.

여기까지 생각해보고 남자는 문득 깨달았다. 저 청년은 어쩌면 '다리'가 아닐까 하고.

어디에서 어디로 걸려 있는 다리인가?

어쩌면 그건 과거 중에서도 아주 오래된 과거, 성서의 창세기에서 '태초에……'라고 말하는 인간의 시원에서부터 걸려 있는 다리인가, 혹은 이 문 바깥, 창문 바깥까지 물밀듯이 밀려와 있는 밤의 어둠인 국가가 한참 전에 사라지고 없어진 미래, 그런 먼 미래로 지금부터 걸릴 다리인가. ……

"로켓을 타고 달에 간다는 건 미래로 가는 걸까, 아니면 과거로 가는 걸까?"

중얼거리듯 말하자 남자의 아내까지 묘하게 심기가 불편해져서 고개를 돌려 버렸다.

애초에 탈영병 한 사람을 이렇게 거창하게 생각할 필요는 없다. 결국 그냥 탈영병일 뿐이지 않은가. 물론 그 말이 맞다. 하지만 저 청년은 어쩌면 어떤 다리, 왜 나쁜지는 모르겠지만 다리라는 말이 나쁘다면……, 하나의 맹아이기는 할 것이다. 하지만 무엇의 맹아인가……?

청년이 큰 지도첩을 가지고 다가왔다. 요즘에는 열심히 세계 지도 연구를 하고 있다. 남자 집을 나가서 일단 정착하게 될 북유럽의 어느 중립국의 지리와 거기까지 가기 위해 통과해야만 하는 방대한 거리에 대해 생각하기 시작한 것이다. 옥스퍼드 대학이 편찬 간행한 지도책이었다.

"영국인은 멍청해."

이런 말을 한다.

"왜?"

"세계지도 책이라면서 삼분의 일은 잉글랜드와 스코틀랜드의 상세도가 차지하고 있어."

"아아, 그런가? 그럼 미국산을 보여줄까? 삼분의 일은 합중국의 각주 지도야."

"내가 만일 지도를 만든다면 세계 전체에 페이지를 공평하게 나누겠어. 그리고 국경은 일절 표시하지 않을 거야. 벌거벗은 지구의 모습 그대로를 만들겠어."

청년은 익살스럽게 두 팔을 들고 미소를 지었다. 그리고 지도를 덮고 말했다.

"내 이름 생각해 봤어, 아버지?"

오늘 밤은 기분이 좋은 모양이다.

"음……"

남자는 며칠 전부터 별 이유 없이 말콤X라는 미국 흑인운동 지도 자의 이름이 신경 쓰였다. 머리에 달라붙어서 떨어지지 않았다. 동시에 죽임을 당한 다른 지도자 마틴 루터 킹이라는 목사가 있었다는 사실을 떠올리고, 마틴 루터 킹이라니 이건 또 참 거창한 이름을 다 붙였구나 하는 생각도 했다. 마틴 루터는 말할 것도 없이 독일 종교개혁의 큰 지도자였다. 그것도 모자라서 이 마틴 루터 아래에 킹, 왕이라는 말까지 붙이다니 어쩌면 이렇게 욕심을 부린 이름일까 하고. 그런 이름을 대체 누가 붙였을까? 아니면 직접 붙였을까?

"글쎄, 미국에 말콤X라는 사람이 있었는데……"

남자가 그의 기분을 상하게 하지나 않을까 조심하면서 말을 꺼내자마자 이렇게 말한다.

"흑인은 싫어. 그 놈들은 군대에 들어갈 수 있었던 걸 기뻐해. 대부분이 자기는 흑인인 주제에 아시아인을 무시하지."

이래서야 말도 못 붙이겠다. 하지만 하고 남자는 한 번 더 밀어 보았다.

"기다려 보게. 그것과는 관계없어. 말콤X라는 이름을 쓰는 이 지도자에게도 분명 X뿐만이 아니라 제대로 된 가족 이름이 있었을 거야. 그런데 자네도 알다시피 그들은 노예의 자손이고, 아프리카에서 강제로 끌려 나왔을 때 아프리카 문화와 단절된 데다 아프리카에서 쓰던 이름도 뺏겼어. 이름을 뺏긴다는 건 모든 자기 검증(identification)을 위한 수단을 빼앗겼다는 뜻이야. 자네와는 반대지, 자네는 적극적으로 거부하고 있으니. 그리고 그들은 자기와는 아무런 인연도 없는 말콤 존스니, 말콤 킹이니, 마틴 루터 킹 같은 이름을 얻었어……. 즉 노예명이지. 그걸 이 말콤X는 X라고 해서 아마 거부한 걸 거야. 아프리카인으로서 자기가 확립될 때까지 미국에서는 X라고 하기로 한 게 아닐까, 나는 이렇게 짐작하네."

"아하, 그랬군. 말콤X에 대해서는 나도 조금 흥미가 있었어."

흥미가 돋는 모양이었다.

"어떤 식으로?"

"X는 재미있으니까."

"Y, Z라도 좋았겠지만 X라고 한 점이 재미있지."

"하지만 나를 말콤X라 부르는 건 싫어. 아버지."

"왜?"

"딱히 이유는 없어……."

흑인과 동일화(assimilate)되는 것이 아무래도 싫은 모양이다. 사실 이름 따위는 딱히 이유가 없는 것에 속한다고 콕 집어 말해야 하나……. 남자는 망설였다.

잠깐 침묵한 뒤에 청년이 지도첩을 다시 펼치더니 첫 번째 페이지에 있는 세계전도를 남자에게 보여주며 불쑥 말했다.

"이상해, 정말. 세계라고 해봤자 국가만 있고 국가 외에는 아무 것도 없다는 게. 아버지.(It's strange, really…… ridiculous. Only nations and nations only……in this world, my Otosan.)"

남자는 또 멍해졌다. 해줄 말이 없다.

청년은 지도첩을 넘겼다.

"나머지는 바다와 남극뿐이야. 단 한 군데, 어느 나라에도 속하지 않는 남극에 살려면 무엇보다도 국가의 후원이 없으면 안 되겠지."

"맞는 말이야. 우리가 사는 현대에서는……."

"아까 나는 미군 신분증명서(identity card)를 태워버렸어."

"어째서?"

"나는 나야. 다른 누구도 아니야.(I is me, more than anything else.)"

"그렇군……."

이제 마음대로 해라…….

일본에서 나가면서 뭔가 써서 남기고 싶은 말은 없는지 물었더니 쓴다고 하면서 온통 틀린 철자로 글을 쓰고 서명을 하며 미합중국 육군 하사관이라는 계급을 붙이기에 자네는 이제 하사관이 아니라고 했더니 아니, 나는 지금도 어엿한 하사관이야, 잘못된 건 미국 육군이 야라고 의기양양하게 단언한 탈영병도 있었는데.

군인이라는 신분증명서를 태워버렸다면 달리 그가 그임을 증명할 물건은 아무 것도 없어졌다는 뜻이다. 즉 그가 그임을 증명하는 것은 그가 그라는 사실뿐이라는 말이다. 그가 일본을 나가서 북유럽에 있는 그 나라에 입국할 때, 아니, 그 전에 그 나라에 도착하기 위해 통과해야만 하는, 증명서라는 물건이 무턱대고 중요한 취급을 받는 다른 나라가 과연 그의 통과를 받아들여줄지 어떨지…….

하지만 태워버린 건 원래대로 돌아가지 않는다.

"그럼 자네를 자네라고 증명하는 물건은?"

"미스터 윌리엄 조지 맥거번이라고……?"

"다른 수가 없지 않나."

"숫자는 추상일 뿐이니까 하고, 실은 이것도 던져버리려고 했는데."

이렇게 말하며 약간 앞으로 굽은 얄팍한 가슴팍에 손을 넣어 그가 개 꼬리표(dog tag)라고 부르던 동으로 된 인식표를 꺼냈다. 그러고는 목을 구부리며 사슬이 달린 이 '꼬리표'를 남자 손에 던졌다. 로마자로 된 기호 아래 여덟 자리 숫자가 늘어서 있다. 천만대에 달하는 번호다.

"이건 내가 맡아 두겠네."

"그래주기를 나도 바랐어."

"왜?"

"판단은 아버지에게 맡기고 싶었어. 누가 뭐라고 하든, 당신은 이 세계에 속하는 사람이니까."

국가는 밤의 어둠으로도 낮의 빛으로도 둔갑해 이 집 문과 창문과 벽으로 바싹 다가와 있었지만, 그 집 안에 있는 남자 또한 국가였다. 한 사람의 인간일 뿐 아니라 국가인(人)이기도 했다. 그리고 국가인인 남자 앞에 있는 청년은 이 쓸데없는 여분인 국가인 부분을 도려내고 깎아 없애려 하고 있다. 태초의 인간인 아담과 비교하면 확실히 쓸데없는 여분 아닌가. 그리고 이 청년을 겨우 스치다시피 **이 세계**와 이어주는 것은 둔탁한 빛을 발하는 사슬 달린 '개 꼬리표' 단 한 장이다. 게다가 그것은 지금 남자가 손에 쥐고 있다. 이 청년이 인간이고 나는 국가인인가……. 남자 또한 딸처럼 악 하고 소리 지르고 싶었다.

하지만, 하지만 하고 남자는 위아래 축이 뒤집힌 듯한 머리로 가능한 한 사무적인 생각을 하려고 애썼다. 이 나라를 나갔을 때 이 '개 꼬리표' 한 장만으로 과연 저 증명서 왕국 같은 관료국가가 받아줄지 어떨지. 망명을 하는 데 가장 필요한 것이 국적 증명이고 신분 증명이며, 망명을 하기 위해서는 망명할 **국가**가 필요하다니……. 하지만 그건 다른 이야기다.

얼마 전에 남자는 청년의 얼굴을 스케치한 적이 있었다. 색지에 수

묵화로 그렸는데 남자로서는 꽤 잘 됐다고 생각했다. 튀어나온 광대뼈와 커다란 귀……. 그림으로 그려 보니 누가 뭐래도 그는 한국인이고 동양인이지 않으면 안 되었다. 그때 색지를 청년에게 건네며 남자로서는 정말로 부주의하게, 정말이지 깜빡 잊고 청년에게 서명을 하라고 했다. 청년은 잠깐 생각하다 남자가 그린 초상화의 머리 위에 연필로 동그란 원을 그렸다. 다시 말해 천사의 후광이나 광륜 같은 것을 그려 넣었다.

"자네는 천사인가?"

"그럴지도 모르지(May be)."

"꽤나 볼품없는 천사로군."

청년은 두 손을 뒤로 돌려서 나는 흉내를 냈다. 그리고 갑자기 말했다.

"그래, 서명을 하지."

남자 손에서 붓을 잡아채듯이 가져가서는 흐늘흐늘한 붓을 어쨌든 다루어가며 다음과 같이 썼다.

卍✡☭

"이게 자네 사인인가?"

"그래."

청년이 윌리엄 샤이어의 『제삼제국의 흥륭과 몰락』을 탐독하던 중이기 때문이기도 할 것이다. 卍는 말할 필요도 없이 나치스고, ✡는 제이차 대전 중에 나치스가 점령 지역의 유대인에게 붙이게 한 기장이다. 그리고 ☭는 선악을 이원론적으로 나누는 미국에서는 악의 표상일 공산주의 소련의 국가 표시다.

모든 악한 것을 이름으로 갖는 천사.

"위스키를 마실까, 아버지?"

역시 청년은 오늘 밤에는 어쩐지 기분이 좋은 모양이다.

청년은 스트레이트로 마시고, 남자는 따뜻한 물을 섞고 향료로 정향을 한 알 넣어서 마셨다.

"아버지, 그 정향(clove)이 어디서 나는지 알아?"

"모르는데."

"아무 것도 모르는군. 그건 마다가스카르 섬 특산이야. 도금양과(科)의 상록교목으로 옅은 붉은색 작은 꽃이 피지. 지금 아버지가 잔에 넣은 건 그 꽃봉오리를 말린 거야."

"호, 그런가?"

정향부터 시작해서 도금양과니, 상록교목이니 하는 말은 남자로서도 사전의 도움을 받아야만 했다.

"아무 것도 모르면서 어떻게 그렇게 태연하지? 나는 뭐든지 연구해. 김치는 싫어하지만 어떻게 만드는지는 연구했어."

가족들은 모두 침실로 가버렸다.

단 둘이서 마시다 남자는 문득 묘한 생각이 났다.

"자네 말이야, 칭기즈칸이라는 이름은 어때?"

"칭기즈칸. 어째서?"

남자는 어디에 들어가서 무엇을 하든 어쨌든 수위에게 신분증명서를 보여주는 데서부터 시작하는, 증명서 국가 같은 저 광대한 나라에 대해 언뜻언뜻 생각하며, 그 광대한 나라의 남쪽을 아시아에서부터 말을 몰아서 달려 나가는 거대한 기마집단을 영화라도 보는 것처럼 그려보고 있었다.

"칭기즈칸은 아시아에서 유럽까지 달려갔어. 하지만 그는 굳이 국가라는 걸 만들지는 않았지. 따라서 국경도 만들지 않았어. 그들이 있었던 곳이 그들의 장소였을 뿐이네. 그들의 고향은 **그날** 그들이 밥을 먹는 천막이야. 그뿐이지. 몽골제국 같은 건 역사가들이 지어낸 이야기일 뿐이야. 그들은 달려 나갔어. 그뿐이지."

"그리고 미군과 마찬가지로 수많은 파괴를 저질렀지. 죽이고 불태우고 파괴했어."

"그렇지."

"하지만 나는 이제 결코 죽이지도 불태우지도 파괴하지도 않을 거야, 절대로."

"칭기즈칸이라는 이름은 어때? 불태우지도 죽이지도 파괴하지도 않는 칭기즈칸."

"마음에 들었어. 이제부터 나를 그렇게 불러도 돼."

그리고 청년은 영어로는 칭기스한이라고 부른다고 주장했다.

"아버지, 라면을 먹겠어?"

"응, 먹지."

칭기즈칸은 라면을 잘 끓였다. 즉석 라면에다 냉장고에서 꺼낸 갖가지 재료를 넣어 제법 솜씨 좋게 만들었다.

"나는 샌프란시스코에서 중화요리점에서 일했어."

라면을 먹으며 이렇게 말했다.

"호, 그랬나?"

식사 후 뒷정리뿐만 아니라 이걸 보면 요리도 잘했겠지만, 남자의 아내, 그가 말하는 어머니를 생각해서 사양하고 있었을 것이다.

"그래서 중화요리에 대해서는 거의 알고 있어. 장래에는 어딘가에서 중화요리가게를 열고 싶어."

"아하……."

칭기즈칸이 유럽에서 중화요리가게를 시작하는가.

"북유럽 그 나라에도 중화요리가게가 있을까?"

"있어, 두 집쯤 있었어. 번듯한 곳이었지."

"그래? 거기에 한 번 더 제자로 들어가야겠다."

국가를 스스로 깎아 없애려고 하기는 하지만 자기 장래에 대해서는 착실한 계획을 갖고 있었다.

"하지만 북유럽 그 나라에는 나무가 많이 있을까?"

"그건, 북유럽은 나무와 호수와 바위와 만의 나라니까."

"그건 곤란한데."

"어째서?"

"나는 알레르기성 비염이 있어서 나무나 목초의 풍매화가 꽃가루를 날리는 계절이 되면 힘들어. 특히 봄에 날아다니는 삼나무 꽃가루가 문제야."

"그거 곤란하게 됐군. 그럼 시민권을 얻으면 나무가 없는 나라로 가서 거기서 중화요리가게를 하면 돼."

"그런 나무 없는 나라가 있을까?"

"없지는 않지. 없다고 해봤자 적다는 뜻이야. 스페인이나 모로코가 좋겠지. 알제리도 좋고."

"그래? 그럼 모로코에 가서 중화요리가게를 하겠어."

칭기즈칸은 남자 집에 와서 처음으로 밝게, 하얀 이를 드러내며 구김살 없이 웃었다. 하지만 칭기즈칸의 그 웃는 얼굴을 보면서도 남자는 자신이 말한 시민권, 나무가 없는 **나라**라는 말에 구애되지 않을 수 없었다.

나라와 나라라고 해봤자 거기에 **사이** 같은 것은 없다. 노골적인 국경과 국경이 접하고 있을 뿐, 그 사이에는 가령 이렇게 국가는 싫다고 하는 칭기즈칸이 서 있을 다리 하나 걸려 있지 않다.

박정수로서 조선에서 태어나 전쟁고아가 된 뒤 미국으로 옮겨져 윌리엄 조지 맥거번이 됐다. 그리고 병사로서 독일을 거쳐 한국에 돌아간 뒤 베트남에서 베트남인과 싸우다 탈영하여 박정수와 윌리엄 조지 맥거번 둘 다를 깎아 없애고 ᴚ✡ꝫ라고 서명한다. 이윽고 칭기즈칸이 되어 북유럽에 간 뒤에는 모로코에서 중화요리가게를 하겠다고 한다…….

"거기 가서 자리를 잡으면 나는 나를 위한 적당한 이름을 직접 지을 생각이야. 남이 나를 뭐라고 부르든. 칭기스한은 좋은 이름이지만 어쨌든 남들은 상관없어, 그건 다른 문제야. 나는 내 이름을 직접 짓겠어."

그가 남자 집에 있는 동안 남자를 포함해 누구도 그를 칭기즈칸이라고 입 밖에 내어 부르지는 않았다.

매화가 지기 시작할 무렵 칭기즈칸은 떠났다.

벌거벗은 사내를 내보낸 것 같은 느낌이 들었다.

장송을 할 때의 출관과도 비슷한 느낌이 들었다.

남자 집에서는 얼마동안 텔레비전만 떠들었다.

심정명 옮김

오키나와

· 메도루마 슌 目取眞俊

메도루마 슌 (目取眞俊 1960~)

1960년 오키나와(沖繩)현 나카진(今歸仁) 출생. 류큐대학 법문학부 국문학과 졸업. 1983년 「물고기 떼의 기록」으로 류큐신보 단편소설상을 수상하면서 문단에 등단했다. 1986년에는 「평화거리라 이름 붙여진 거리를 걸으면서」로 신(新)오키나와 문학상을 수상했다. 1997년 「물방울」로 아쿠타가와상을, 2000년에 「넋들이기」로 가와바타 야스나리 문학상과 기야마 쇼헤이 문학상을 수상했다. 장편소설로는 오키나와 내의 미군 문제를 다루기 시작한 『무지개 새』(2006)와 『눈 깊숙한 곳의 숲』(2009)이 있다. 메도루마는 오키나와 내의 마이너리티의 문제를 시작으로, 오키나와 전에서의 일본군의 만행, 그리고 미군 문제에 이르기까지 다양한 작품 세계를 펼치고 있다. 평론 활동을 활발히 펼쳐서 두 권의 평론집을 냈으며, 대중 강연을 통해 오키나와의 실상을 일본 전국에 알리고 있다. 2010년대에 들어서는 작품 활동보다는 미군기지와 관련된 평화운동에 투신하고 있다. 현재는 헤노코 미군기지 건설 반대 투쟁을 벌이고 있다.

평화거리라 이름 붙여진
거리를 걸으면서 平和通りと名付けられた街を歩いて

시민회관을 마주보고 세워진 류큐대학 부속병원 구내를 빠져나가서 지붕이 낮은 헌 집이 밀집한 뒷골목을 더듬이가 꺾인 개미처럼 머리를 비스듬히 하고 달려온 가주(カジュ)는 자기 집으로 이어지는 좁은 골목길 입구까지 와서 그 남자가 맞은편에서 걸어오는 것을 눈치채자 멈춰 섰다.

"이야, 가즈요시(一義) 군 지금 학교에서 돌아오는 거구나?"

퇴색한 카키책 사파리재킷을 입은 남자는 정답게 오른손을 들어 웃어 보이며 발걸음을 빨리해 다가왔다. 가주는 멈춰선 채로 오학년치고는 많이 작은 체구를 경계심이 넘치는 작은 동물처럼 상반신을 조금 앞으로 구부리고 남자의 움직임에 맞춰서 시선을 올렸다. 초여름(오키나와에는 여름과 겨울이라는 용어는 있었지만 봄과 가을에 해당하는 것은 없었다고 한다. 원문의 '若夏'는 오키나와의 계절에 대한 감각을 나타낸 말로 봄에서

• 각주는 모두 옮긴이가 붙인 것이다. 본문의 대화문에 쓰인 우치나구치(오키나와어)는 일본어와의 차이를 드러내기 위해 남겨두었다.

여름에 들어서기까지의 계절을 이른다.) 활력에 넘치는 태양이 뒤로 밀어낸 가주의 짧게 깎은 머리카락이나 가는 목덜미에 난폭하게 빛을 문질러댔다. 남자는 그늘이 진 골목길에서 태양 아래로 갑자기 나와 당황한 탓인지 얼굴을 찡그리더니 햇볕의 양을 측량이라도 하듯이 양손을 벌리며 과장스럽게 놀랐다. 가주는 자신의 머리를 쓰다듬으려 뻗쳐오는 울툭불툭한 손을 마치 물새 부리를 피하려는 잔 물고기처럼 재빨리 피하고 혐오스러운 눈빛을 노골적으로 드러내 남자를 매섭게 쏘아봤다. 남자는 싫은 얼굴 하나 보이지 않은 채 허리를 굽혀 가주의 얼굴을 들여다보려 했다.

"공원에 가지 않을래? 아이스크림 먹으러 가자."

가주는 입술을 다부지게 다물고 눈 안쪽이 아플 정도로 시선을 날카롭게 세웠다. 남자가 팔을 잡으려는 것을 뿌리치고 아주 작은 틈으로 빠져나가 골목길로 뛰어들었다. 조금 축축한 골목길 냄새가 코를 찔렀다. 남자는 폭이 넓은 어깨를 외국인처럼 움츠리고 몸을 일으키더니 쓴웃음을 짓고 가주를 내려다봤다.

"어제 아버지랑 어머니가 다투셨니?"

가주는 몸을 날려 골목길 깊숙한 곳으로 내달렸다. 열어젖혀진 현관으로 뛰어 들어가 문을 있는 힘껏 닫고 구두를 벗어 던지더니 자기 방으로 뛰어 들어갔다. 가주는 책상 위에 던지듯 내려놓은 란도셀(등에 매는 초등학생용 책가방.)에 얼굴을 파묻었다.

"엄마 오빠가 울어요."

먼저 돌아와서, 함께 쓰는 좁은 공부방에서 책을 읽고 있던 동생 사치코(サチコ)가 책을 껴안더니 거실 커튼을 열어젖히고 부엌 쪽으로 달려갔다.

"가주야 무슨 일이니. 또 누가 울린 거야."

하쓰(ハツ)가 옆집 사이에 있는 작은 뜰에서 서둘러 와서 가주의 등을 다정하게 어루만졌다. 뜰에 만든 채소밭에서 방금 전에 뽑아 한쪽 손에 쥐고 있는 파 냄새가 가주의 눈을 자극했다.

"오빠 왜 울어."

가주는 하쓰의 허리에 매달려 얼굴을 살짝 내비치고 있는 사치를 있다가 때려주마 하고 생각하면서 눈물을 닦았다. 하쓰는 무리하게 이유를 캐물으려 하지 않았다. 가주의 마음속에 응어리진 것을 녹이기라도 하듯 천천히 등을 어루만졌다.

"엄마, 또 그 남자가 왔었어."

하쓰는 겨우 눌러왔던 분노가 다시 되살아나는 것을 느끼면서도 그것을 표정에 내비치지 않기 위해 억지웃음을 지었다. 고개를 든 가주의 얼굴이 눈물로 얼룩진 것을 양쪽 엄지손가락으로 닦아주면서 부드럽게 말했다.

"아무 걱정할 필요 없단다. 그 남자가 왔다고 해도."

가주의 눈에서 겁먹은 기색은 여전히 사라지지 않는다. 대부분의 어른들은 이 아이의 흰자위 푸르고 맑은 커다란 악의 없는 눈동자를 보면 저도 모르게 눈을 피해 버리고 싶을 것 같았다.

"할머니를 데리러 온 건 아니겠지?"

하쓰는 뭐라고 대답해야 할지 몰랐다.

"가주야 왜 그런 걸 걱정하고 그래. 아무도 할머니를 데려가지 않아."

가주는 열심히 하쓰를 응시하고 있다. 하쓰는 엉겁결에 눈을 피할 것 같아서 그 상황을 얼버무리려고 가주의 머리를 안았다. 발육이 늦은 연약한 몸은 여전히 조금씩 떨고 있다.

"자, 어서 할머니를 모시고 와야지. 곧 어두워질 거야. 엄마는 저녁을 차리마."

하쓰는 가주와 사치코의 등을 밀더니 애써 밝은 목소리를 내서 둘을 집밖으로 내보냈다. 하쓰는 나란히 달려가는 두 아이를 보면서 어렴풋이 꺼림칙함을 느끼며 그 기분을 달래기 위해 라디오 스위치를 눌러서 민요 프로그램 채널에 맞추고 설거지대로 향했다.

가주는 병원 앞 신호를 건너서 시민회관 측면을 통해 요기공원(與儀公園)으로 들어가자 작은 목소리로 노래를 부르면서 뒤따라오는 사치의 팔을 있는 힘껏 꼬집었다.

"아파, 왜 꼬집고 그래."

사치는 가주의 팔을 뿌리치더니 꼬집힌 곳을 문지르면서 입술을 삐죽 내밀었다.

"뭐 하러 아까 엄마한테 말했어."

"자기가 울어놓고 왜 그래. 사치가 나쁘다는 거야."

가주가 주먹을 쳐들기도 전에 사치는 손이 닿지 않는 곳으로 뛰어 도망쳤다. 그리고 등을 돌려 튕기듯이 뛰어 내려가면서 혀를 내밀더니 분수 쪽으로 도망쳤다. 가주는 큰소리로 욕설을 퍼부었지만 뒤쫓을 기분은 들지 않았다. 산책을 하고 있는 어른들이 웃고 있다. 갑자기 창피함을 느껴서 모른 척을 하고 히메유리 거리(ひめゆり通り)와 인접한 문 쪽으로 향해 갔을 때, 소년 야구 몇 팀인가가 철조망에 둘러싸인 그라운드에서 연습을 하고 있었다. 야구팀에는 사 학년부터 들어갈 수 있다. 유치원 무렵부터 할머니 손에 이끌려 야구 연습을 곧잘 서서 봐왔기 때문에 사학년이 됐을 때 기뻐서 어찌할 줄 몰랐다. 즉시

하쓰와 함께 구(區) 팀 지도를 하는 자전거포 아저씨가 있는 곳에 갔지만, 그는 곤란하다는 듯 웃을 뿐 끝내 팀에 넣어주지 않았다. 몸이 지나치게 허약한데다 가주의 운동능력으로는 무리라는 것이 그 이유였다. 하쓰는 화가 난 듯한 표정으로 그 말을 듣고 있었다가 말대꾸 한마디 하지 않고 가주를 데리고 돌아왔다.

돌아오는 길에 낙담해서 계속 아래를 보고 있던 가주가 문득 옆을 올려다보자, 지금까지 입을 다물고 가주의 손을 힘차게 잡아끌던 하쓰가 입술을 악물고 한곳을 응시하면서 흘러내리려는 무언가를 필사적으로 참고 있었다. 가주는 하쓰의 손을 세게 마주잡으면서 실망감이 급속히 사라져가는 것을 느꼈다.

가주는 철망에서 떨어지자 그라운드 옆에 전시돼 있는 D51기관차 앞에 가서 섰다. 다시 페인트가 칠해진 지 얼마 되지 않는 검은 고철덩어리는 질주할 기회를 빼앗겨 쓸쓸해 보였다. 신호가 청색으로 바뀌는 소리가 들려왔다. 가주는 머리를 비스듬히 하고 걷는 평상시 자세로 문 쪽으로 달려갔다.

신호를 건너 중학교 옆길로 곧장 가자 노렌시장(農連市場)으로 나갔다. 물을 뿌려놓은 아스팔트 도로에 양배추 잎이 몇 개나 들러붙어 있는 것을 보거나, 피망이나 강낭콩이 산처럼 쌓여있는 앞에 앉아있는 아주머니들의 모습을 한동안 멈춰서 바라보다가 천천히 앞으로 나아가자, 평화거리로 이름 붙여진 시장으로 이어지는 교차로로 나갔다. 정체돼 있는 차에서 뿜어져 나오는 배기가스가 석양에 뜨거워져 숨이 콱 막힐 것 같았다. 얼굴을 찌푸리고 신호가 바뀌기를 기다리고 있을 때 뒤에서 누군가가 부르는 소리가 났다. 길가에서 놋대야에 넣은 생선을 팔고 있는 네댓 명 여자들 가운데 한 명이 가주에게 손짓을 해

부르고 있었다. 후미(フミ) 아주머니였다. 붉게 탄 둥근 얼굴에 눈썹과 속눈썹 선이 선명하게 새겨져 있고, 엄해 보이며 긴장된 입술을 그 순간 느슨하게 풀더니 살찌고 짧은 손가락을 펼쳐 손을 흔들고 있었다.

"아줌마, 언제 돌아왔어요?"

"어제 왔지."

후미 아주머니는 가주의 할머니 우타(ウタ)와는 찰떡궁합이었다. 후미 아주머니는 서른여섯 살 차이의 띠 동갑인 우타가 자신을 친자식처럼 귀여워해줬다고 하면서 돈을 받지 않고 곧잘 생선을 집에 놓고 가고는 했다. 이미 십여 년이나 이 교차로 근처 노천에서 생선장수를 하고 있었고, 사춘기에 들어섰을 때부터 가주가 이 거리에서 아주머니 모습을 보지 못했던 적은 거의 없었다. 그러던 것이 일주일 정도 전부터 아주머니가 물건 팔려고 위세 좋게 외치던 소리가 갑자기 들려오지 않아 걱정이 돼서 옆에 있는 아주머니에게 묻자, 결혼해서 얀바루(山原, 오키나와 북부의 산림 지대. 얀바루는 도성이 있던 슈리(首里)에서 북쪽의 삼림지대를 바라보며 차별적인 어조로 부르던 용어다.)로 간 큰딸의 출산을 도우러 갔다고 알려줬다.

"아이는 태어났어요?"

"사내아이야. 가주 너처럼 똑똑한 아이가 되면 좋을 텐데."

후미는 그렇게 말하며 쭈그려 앉은 가주의 머리를 생선 비린내 나는 손으로 거칠게 쓰다듬더니 깨끗한 치열을 내보이며 웃었다. 가주는 후미의 포동포동한 손가락에 깊숙이 파고든 은색 반지를 봤다. 25센트 은화를 꿰뚫어서 만든 것이라고 자랑하던 그 반지는 이제는 도저히 뺄 수 있을 것 같지 않았다. 후미는 가주의 시선을 눈치 채고 생선의 미끈미끈한 체액을 앞치마에 닦고서 반지를 햇볕에 비춰 보였다. 후미는 가주가 눈을 가늘게 뜨고 손가락으로 그것을 만지는 것을 만족해하며 바라본 후, 곧잘 하는 습관대로 반지를 코에 대고 냄새를 맡더니 얼굴을 찌푸렸는데, 그것을 보더니 가주가 웃었다.

"고약한 냄새가 나면 안 맡으면 되잖아요."

"고약한 냄새가 나는 것을 알면 괜히 더 맡고 싶어져."

가주는 후미의 뺨에 연한 물빛을 반사하고 있는 비늘을 손가락으로 가리켰다. 후미는 그것을 떼서 가주의 이마에 붙였다. 까불며 떠들며 비늘을 떼 햇빛에 비춰보니 푸른 연무 가운데 흰 파문이 새겨져 있다.

"가주야 아깐 어디로 가려던 참이었니?"

가주의 몸짓을 흥미로운 듯이 보고 있던 후미가 방금 떠올렸다는 듯이 물었다.

"아앗, 그렇지 할머니를 데리러 가지 않으면 안 돼요."

후미의 얼굴이 희미하게 어두워졌다.

"할머니는 여전히 건강하시지?"

"네."

후미 아주머니의 표정 변화를 눈치 채지 못한 채 가주는 기세 좋게 일어섰다.

"그럼 어서 찾으렴. 곧 어두워질 거야."

힘찬 것을 부드러운 것으로 감싼 듯한 목소리였다. 이른 여름의 빛은 아직 여유롭게 남아있었지만 성질 급한 가게의 광고등(廣告燈)이 천천히 들어오기 시작하고 있다. 가주는 고개를 크게 끄덕이더니 고개를 갸웃하고 달음질쳐 사라졌다. 순식간에 북새통 속에 뒤섞인 가주의 작은 뒷모습을 배웅하던 후미는 가슴의 울적함을 떨쳐내듯이 지나가는 여자들에게 위세 좋게 말을 걸었다.

"자아, 언니들. 오늘 잡은 고기야(이마이유다요). 사지 않으면 후회할 거야."

가주는 평화거리에 가게를 내고 있는 안면이 있는 아주머니들에게 우타에 대해 묻고 다녔다.

"바로 조금 전까지만 해도 거기 있었어."

아주머니들은 모두 친절했지만 어딘가 곤혹스러운 표정으로 가주를 봤다. 유선에서 흘러나오는 가요곡과 좌우로부터 들려오는 손님을 끄는 목소리에 들뜬 거리에서 가주는 좁은 골목길을 때때로 들여다보면서 계속 걸었다. 일단 국제거리까지 나와 되짚어오다 사쿠라자카(櫻坂) 술집 거리로 이어지는 언덕이 보이는 곳까지 갔을 때였다. 가주는 언덕 아래쪽에 있는 햄버거 가게에서 머리카락이 긴 여자 고등학생처럼 보이는 점원의 손에 끌려서 나오는 우타를 발견했다. 소녀는 길을 알려주는 것인지 가주가 있는 쪽을 손가락으로 가리키며 우타의 귓가에 입을 갖다 대며 무언가 말하고 있다. 소녀에게 정중하게 몇 번이고 고개를 숙이는 우타의 모습은 겉옷에 새빨간 털실로 짠 숄을 걸치고 황색 고무 샌들을 신은 차림이었다. 우타가 품에서 흰 종이조각을 꺼내서 주려고 하는 것을 소녀는 손을 흔들어 거부하더니 가만히 거리를 두고 가게 안으로 들어갔다. 우타는 불안한 발걸음으로 천천히 걷기 시작했다.

"할머니."

기쁜 목소리를 내지르며 가주가 뛰어가서 접근하려던 순간이었다. 우타는 갑자기 멈춰서 눈을 크게 뜨고 무언가 두려운 것이라도 본 것처럼 "아악" 하고 경련을 일으키듯 짧게 외치더니 비틀대며 언덕을 오르기 시작했다. 가주는 놀라서 뒤를 확인했지만 이상한 것은 아무 것도 없었다. 바로 그 뒤를 따라가자 우타는 기어가듯이 언덕에 올라 영화관 건너편에 있는 중앙공원(中央公園) 쪽으로 돌아갔다. 조금 늦게 공원에 들어가 주변을 둘러보니 우타의 모습은 어디에도 눈에 띄지 않았다.

"할머니."

가주는 가주마루(榕樹) 거목이 가지를 펼치고 있는 아래로 조심조심 나아갔다. 느닷없이 젊은 여자의 비명소리가 들렸다. 가주는 우뚝 선 채 꼼짝도 하지 않았다. 이어서 빗소리와 음악소리가 흘러나오는 것을 듣고서야 영화관 앞에 틀어놓은 선전용 비디오에서 나는 소리라는 것을 알았지만 가슴의 고동은 잠잠해지지 않았다. 가주는 앞으로 나아갈 용기가 없어서 주변을 응시하며 확인하다가 가주마루 뿌리 부근에 사람 그림자가 웅크리고 있음을 알아챘다. 언제고 도망칠 수 있는 자세를 취하며 가까이 다가가보니 우타는 무릎 사이에 고개를 묻듯이 웅크리고 앉아서 필사적으로 가주마루 그늘에 숨으려 하고 있었다. 우타는 양손으로 귀를 가리고 무언가 영문도 모를 말을 중얼대면서 작은 몸을 더욱 작게 만들려 하고 있었다.

"할머니."

가주는 가만히 우타의 어깨에 손을 얹었다. 갑자기 손목을 사납게 꼭 쥐었다고 생각하자마자, 가주의 몸은 지면에 넘어뜨려졌고, 그 위로 우타의 몸이 올라타 눌렀다.

"왜 이래요. 왜 그러는 거예요. 할머니."

일어서려고 발버둥 쳤지만 우타는 믿기지 않을 정도로 센 힘으로 가주를 꽉 누르고 있다.

"조용히 해. 군대가 오고 있어(삐타이누슨도)."

가주는 몸이 굳었다.

"할머니. 이제 군대는 안 와요."

잠시 지나 가주는 우타의 손을 부드럽게 어루만지면서 귓가에 속삭였다. 우타는 입을 다문채로 몸을 떨고 있었다. 무언가 따뜻한 것이 가주의 등을 적시고 있다. 가주는 손을 뒤로 뻗쳐서 우타의 다리를 만졌다. 이상한 냄새가 코를 찔렀다.

"할머니 집으로 돌아가요."

가주는 우타를 일으켜 세우고서 단단한 혈관이 불거져 나온 손을 끌며 언덕에서 천천히 내려왔다.

가주가 욕실에서 나오자 우타는 이미 안쪽 삼첩 방에서 자고 있었다. 안쪽이라고 해도 가주가 태어난 해에 태풍으로 반쯤 부서진 것을 고쳐 다시 세운 이후 지붕 함석만을 몇 년에 걸쳐서 새로 한 것뿐인 좁은 집이라 거실 사이에 베니어를 세워 미닫이로 칸막이를 해놔서 텔레비전 소리도 죄다 들렸다. 가주는 젖은 머리칼을 베스타월로 닦으면서 사치가 보고 있는 텔레비전 볼륨을 줄였다.

"뭐야 오빠, 하나도 안 들리잖아."

"할머니가 주무시잖아."

사치가 무신경한 것에 화가 났다. 베스타월을 손에 든 채로 우타의 방으로 들어가자, 덧문을 닫아놓아서 아주 컴컴했다. 선풍기의 낮은 날개 소리가 들려올 뿐 우타의 기척을 느낄 수 없다. 섣불리 앞으로 걸어가다 자고 있는 우타를 밟아서는 안 됐기에 어둠 속을 둘러보며 눈을 적응시켰다. 마침내 방의 구석 쪽에 희고 어렴풋한 덩어리가 떠올랐다. 하쓰가 덮어준 것을 숨 막힐 듯 더워하며 발로 차버려 구석까지 간 것이겠지. 그것은 우타가 언제나 쓰던 타월 천으로 만든 이불이었다. 가주는 그 바로 옆에 태아처럼 몸을 둥글게 웅크리고 누워있는 형체를 알아차리고 신중에게 발을 움직여 형광등 스위치 끈에 손을 뻗다가 도중에 그만두었다. 선풍기 소리가 들려오기는 했지만 방안은 무더워서 가주의 매끄러운 피부에 땀방울이 맺히기 시작했다. 가주는 허리를 숙여 우타의 숨결에 귀를 기울였다. 평온한 숨결이었다. 가주는 한동안 그 소리를 듣더니 안심하고 방에서 나왔다.

침실 안에서 사치와 개미 집 놀이를 하다 어느새 잠이 들어버린 사치의 옆에서 꾸벅꾸벅 대고 있을 때, 현관문이 조용히 열리는 소리가 났다.

"아버지다."

가주는 비몽사몽 속에서 생각했다.

세이안(正安)은 현관의 마룻귀틀에 몸을 던지듯이 앉아 편상화 끈을 울적한 듯 풀었다.

"잔업 했어요?"

하쓰는 반찬을 볶으면서 물었다.

"응."

일에서 돌아오면 세이안은 목욕을 끝낼 때까지 거의 말을 하지 않았다.

어느 정도 지났을까. 가주는 아려한 칸막이 저편으로부터 아버지와 어머니의 대화 소리가 한들한들 흔들리면서 다시 가까워지는 것을 느꼈다.

"오늘 또 그 남자가 왔었어요."

하쓰는 세이안의 반응을 살피면서 슬며시 이야기를 꺼냈다.

"그래서 뭐?"

초조한 듯한 목소리였다.

"그날 당일 식전 시간만이라도 좋으니까 어머니를 밖에 내보지 말아주지 않겠냐고요."

"또 똑같은 소리군."

세이안은 입으로 가져가려던 아와모리(泡盛) 컵을 난폭하게 식탁에 내려놓았다.

"그렇죠. 애들이 깰지도 몰라요."

하쓰는 커튼 쪽으로 시선을 향하고 목소리를 좀 낮춰달라고 손으로 신호를 했다.

"뭐야, 우리 부모님을 뭐라고 생각하는 거야. 우리 어머니가 무슨 나쁜 짓을 한다고 그래(완가오카가나니카와루사스루테카)?"

"그런 말이 아니잖아요. 그래도 세상 사람들 눈도 있으니까……"

"세상 사람들 눈(시킨누츄누미)? 뭐가, 난 싫어(누가, 이야야). 자기 부모가 세상 사람들한테 부끄러우면 모른 척이라도 하란 말이야?"

"그런 말이 아니잖아요. 그렇게 오해하지 말아요."

"시끄러워. 아니 언제부터 경찰 편이 된 거야? 황태자가 오키나와에 피를 뽑으러 오니까 위험하다고? 보기 흉해? 두들겨 맞아 죽을지도 몰라."

세이안은 커튼 쪽으로 눈을 돌리고 있는 하쓰를 노려보다가, 격하게 혀를 차더니 사기 주전자 손잡이를 들어 급하게 차를 마셨다. 가주는 완전히 잠이 깨서 숨을 죽이고 그 우물거리는 듯한 소리를 들었다.

"오늘 마카토(マカト) 아줌마한테 불평을 들었어요."

세이안은 사기 주전자를 놓고 태도가 일변해 겁먹은 듯한 눈초리로 하쓰를 봤다. 마카토 아주머니는 평화거리에서 초콜릿이나 담배 등을 파는 예순이 지난 어기찬 늙은 여자로 이웃에서 혼자 살고 있다.

"매번 세탁물을 더럽혀서 곤란하데요. 게다가 최근에는 그것이 묻은 손으로 시장에서 팔 물건을 만지니까 모두의 불만이 끊이지 않는다고. 어떻게 안 되겠냐고 그러잖아요."

세이안은 식탁 위에 흘러넘친 물방울을 응시하며 아무런 말도 하지 못한 채 입술을 떨고 있다. 하쓰는 말하지 말 것을 그랬다고 후회했지만 사과를 하지도 못하고 자신도 입을 다물었다. 세이안의 입에서 헐떡이는 듯한 가냘픈 목소리가 흘러나왔다.

"나이를 들면…… 누구나 정신이 흐려지는 거잖아(다루야테인, 카니하즈레루사)."

그것을 마지막으로 둘의 대화는 들리지 않았다. 가주는 커튼을 열고 무언가 호소하고 싶었지만 베개를 안고서 불안함을 견뎠다.

"그런 말 한다고 해서 뭘 어쩌라고. 여기서 생선을 팔지 않으면 어디서 팔라는 게야. 아저씨, 우리들 보고 먹고 살지 말라는 거야."

너무나도 큰 소리에 옆을 지나고 있던 사람들이 멈춰 서서 생선이 들어있는 큰 대야를 사이에 두고 서로 노려보고 있는 체격이 좋은 남자와 후미를 쳐다봤다. 남자는 통행인들의 시선을 알아차리더니 검게 탄 얼굴에 웃음을 지으며 아무런 일도 아니에요 하는 듯이 손을 흔들었다. 사람들의 통행은 원래대로 돌아갔다. 한낮이 지났지만 조금도 약해질 기색이 없는 햇볕이 피가 섞인 적갈색 얼음물 안에서 어찌할 바를 모르는 듯 군청색 하늘을 보고 있는 생선의 몸을 날붙이처럼 번쩍이게 하고 있다. 앉아있는 것만으로도 배어 나오는 땀에 작은 먼지가 엉겨 붙어 목덜미나 팔이 끈적끈적해진 것이 후미의 조바심을 쓸데없이 부채질 했다.

"그런 커다란 소리 내지 마세요. 아까도 말했지만 계속 그렇게 해달라는 것도 아니고 그저 단 하루만 해달라는 거잖아요."

"단 하루라니. 아저씨 남 일이라고 그렇게 쉽게 말하지 마. 아저씨, 그니까 잡아온 생선은 다 썩혀 내버리라 이 말이야. 우린 단 하루도 놀며 지낼 여유가 없는 사람들이야."

길 건너편에서 줄지어 손님을 기다리고 있는 택시 운전사들이 흥미로운 듯 후미의 큰소리에 귀를 쫑긋 세우고 있다. 남자는 목소리를 낮춰달라고 부탁했지만 후미는 듣지 않았다.

"어째서 우리가 코타이시덴카(황태자)를 위해서 일을 쉬지 않으면 안 된다는 거야, 엉?"

남자는 흥분한 후미의 비난을 피하려는 듯이 옆에서 일하는 척 하며 둘의 대화에 귀를 세우고 있는 다른 생선 파는 여자들에게 호소했다.

"그렇지. 아주머니들도 미치코(美智子) 비 전하는 좋아 하시죠. 그렇게 아름다운 미치코 비 전하에게 무슨 일이라도 생기면 오키나와의 수치잖아요."

"뭐라고, 아저씨 지금 우리들이 미치코덴카(미치코 전하)에게 무슨 짓을 할거라는 거야?"

후미는 지금이라도 달려들 기세로 대야 위로 몸을 내민다.

"그 무슨, 설마 아주머니들이 그런 일을 한다 그 말이 아니에요. 내가 걱정하는 것은 말입니다. 그치 예전 해양박람회 때 히메유리 탑에서 황태자 전하와 미치코 비 전하에게 화염병을 던진 그 엄청난 사건

(1975년 7월 17일 본토 복귀 후 황족으로서는 처음으로 오키나와를 찾은 당시의 황태자(현재의 천황) 부부에게 히메유리 탑 수로에 숨어 있던 도쿄 출신과 나하시 출신 두 남성이 화염병과 폭죽을 던진 사건을 말한다.)이 있었잖아요. 오키나와에는 아주머니들 하고는 달리 나쁜 생각을 하는 사람들이 있으니 말이야. 만약에 말이에요. 그런 무리들이 아주머니들이 쓰는 식칼을 빼앗아서 덤벼들기라도 하면 말이야……"

후미는 깜짝 놀라 말도 나오지 않았다.

"같지도 않은 놈이, 뭐라고(이야구토루문야, 난테)?"

너무나도 이상한 이야기에 분노가 치밀어 올라서 엉겁결에 도마 위에 있는 생선회 식칼을 치켜들자, 남자는 "으앗." 하고 엉덩방아를 찧더니 양손으로 얼굴을 막았다. 옆에 있는 여자들이 서둘러 후미를 말리고 어르고 달랬다. 후미는 식칼을 놋대야 속에 던져버리고 코웃음을 쳤다.

"흥. 미친 소리만 하네. 그런 소리 하려거든 나하에 있는 식칼이란 식칼은 모두 경찰서로 가져가서 금고에 넣어 지키고 있으면 되잖아."

남자는 쓴웃음을 짓고 일어나 바지에 묻은 먼지를 털다 길 건너편에서 웃고 있는 택시 운전사들을 의식하더니 표정을 갑자기 바꿔 날카로운 눈빛으로 노려봤다. 일어서자 남자의 몸은 이상할 정도로 커 보였음에도 후미는 조금도 기가 꺾이지 않았다. 남자는 위압하듯이 후미를 내려다보더니 지금까지와는 싹 달라진 태도로 낮게 위협하는 듯한 음성으로 말했다.

"이 못돼 먹은 아주머니가(에, 야나하메). 누구 허락을 얻고 여기서 장사하고 있어? 내가 보건소에 한마디만 해도 이 썩은 생선은 두 번 다시 팔 수 없어. 알겠어?"

"뭐라고……."

후미는 말을 멈추지 않고 남자를 노려봤다. 남자는 그런 후미를 조소하듯이 몸을 뒤로 젖히고 가슴 주머니에서 선글라스를 꺼내서 썼다.

"다시 올 거야. 내가 하는 말 들어. 아줌마."

"이 나쁜 자식이(야나우와쿠스야)."

후미는 수중에 있던 비닐봉지에서 소금을 덥석 쥐어서 그 남자에게 있는 힘껏 끼얹었다.

"나쁜 경찰 자식(야나케사치야). 뭐 저런 불쾌한 놈이 다 있어."

후미는 분노를 가라앉히지 못 한 채로 눈을 번뜩이며 남자가 사라진 부근을 한동안 계속해서 노려봤다.

"후미 언니, 잠깐만."

바로 옆에서 둘의 대화를 걱정하며 듣고 있던 마쓰(マツ)가 후미의 어깨에 손을 댔다.

"왜 그래."

후미는 표정을 누그러뜨리더니 평소의 쾌활함을 금방 되찾고 뒤돌아 봤다. 마쓰는 다른 여자들 쪽을 때때로 쳐다보면서 우물거리고 있었다.

"왜 그래. 무슨 일이야."

"있잖아 후미 언니. 화내지 말고 들어요. 아까 하던 이야기를 들었는데 역시 경찰이 하는 말을 듣는 편이 좋지 않을까."

후미는 놀라서 마쓰에게 무릎걸음으로 조금씩 다가갔다. 마쓰는 치뜬 눈으로 후미를 보다가 바로 눈을 내리 깔았다.

"우리들이 여기서 더 이상 생선을 못 팔게 하면 곤란하잖아……. 최근에 보건소 사람들이 자주 조사하러 와서 항상 걱정이 돼. 요즘은 그래 신문에도 여기가 비위생적이라고 실렸잖아.”

그 기사가 실린 것은 일주일 정도 전이었다. 그 날 보건소 직원이
와서 이런저런 질문을 하고 몇 마리인가 생선을 가져가더니 며칠 후
에 “여름철 노점 판매 생선에 주의”라는 표제어와 함께 후미를 비롯
한 상인들의 사진이 신문에 크게 실렸다.

“이름은 잊어버렸지만 그 뭐라고 하는 박테리아가 많이 있다던데.”

신문을 손에 들고 파고들듯이 읽고 있는 후미에게 마쓰가 말을 걸
자, 후미는 눈을 부라리고 말했다.

“저 자가 뭘 알겠어. 우리들은 어름까지 가득 사와서 생선이 상처
입지 않도록 주의를 하고 있잖아. 그런 일은 없어. 매번 생선을 사주
는 아주머니들에게 무슨 일이라도 생기면 큰일이라는 것 정도는 잘
알아. 우리들은 이미 몇 십 년이나 여기서 장사를 하고 있잖아. 나하
사람들(나한츄)은 예부터 우리들이 파는 생선을 먹고 살아왔어. 예나
지금이나 생선은 같은 생선인데 어째서 이제와서 비위생적이라고 하
는 거야. 우리들은 아침에 막 잡아온 신선한 생선(이마이유-)을 팔고 있
어. 다른 곳에서 파는 냉동보다 훨씬 신선해.”

꿩장히 성이 나서 청산유수로 떠들어대는 후미의 말에 압도당해
서, 마쓰를 비롯해 다른 여자들도 모두 후미를 둘러싸더니 무슨 일이
있어도 여기서 생선을 팔겠노라고 서로 맹세했었다. 그런데도 어째
서 이제 와서 마쓰가 그런 힘없는 소리를 내뱉는 것인지 후미는 이해
할 수 없었다.

“뭘 걱정하는 거야. 난 어릴 적부터 어머니와 함께 여기서 생선을
팔아왔어. 누구도 그만두게 하지 않아. 어째서 그 남자가 하는 말을
두려워 하고 그래.”

"그래도 언니. 경찰이 하는 말인데 거스르지 않는 편이 좋지 않겠어."

"어째서. 내가 이상하다고 그러는 거니."

후미는 주저주저 하던 마쓰의 태도에 화가 나서 어찌할 바를 몰랐지만 무조건 혼낼 기분도 들지 않아 자리에서 일어나 "잠깐 봐줄래."라는 말을 남기고 평화거리 쪽을 향해 잰걸음으로 걸어갔다.

변했네 여기도. 후미는 평화거리의 혼잡함을 살찐 몸으로 밀어젖히듯이 걸으면서, 지금까지 몇 번이고 말했는지 헤아릴 수 없는 말을 가슴 속에서 중얼거렸다. 이전에는 뚫린 나무 상자에 베니어판을 걸쳐놓고 그 위에 속옷이나 가쓰오부시(가다랑어를 짜개 발리어 쪄서 말린 포.)나 미군에게 불하받은 HBT(미군 군복. Herringbone Blouse and Trousers. 오키나와 전 이후 미군이 의복이 부족한 오키나와 주민에게 보급했다.) 바지 등을 산더미처럼 쌓아놓고 팔던 아주머니들의 목소리가 양쪽에서 위세 좋게 울려서, 그 사이를 걸어가는 것만으로도 가슴속이 욱신거렸다. 지금도 인파는 변함이 없었지만 아르바이트 아가씨들의 가느다란 목소리가 들려왔고, 그것도 외국의 '떠들썩한 노래'에 지워졌다. 어느새 머리 위 지붕도 정비돼 소나기가 오면 서둘러서 상품을 정리하는 늙은 아주머니들을 도와주곤 하던 즐거움도 사라져 버렸다. 몹시 화려한 컬러타일이 전면에 깔린 거리는 이미 자신이 걸을 장소가 아닌 것만 같은 기분이 들었다. 후미는 "대 바겐세일! 해산물 축제"라고 쓰인 내림 깃발 광고가 서있는 큰 슈퍼 앞에서 멈춰 섰다. 유리창 건너편에서 움직이는 쇼핑객들은 수족관 속의 물고기 같았다.

"어서 오세요. 홋카이도 특산 게는 어떠세요."

아직 중학생 정도로밖에 보이지 않는 얼굴이 흰 아가씨가 기분 좋은 웃음을 머금고 가는 목청으로 힘껏 외치고 있다.

'난 이토만(糸満) 특산 생선장수라오.'

그것에 끌려서 웃으면서 마음속으로 그렇게 중얼거린 후미는 갑자기 참을 수 없을 정도로 쓸쓸함이 덮쳐오는 것을 느끼며 원래 있던 곳으로 되돌아갔다. 바로 이 년 전까지 이 슈퍼가 있는 부근에는 우타를 시작으로 패전 직후부터 가게를 낸 여자들이 밖에서 몰려오는 파도에 몸을 맞대고 자신을 지키고 있는 산호처럼 작은 가게를 늘어놓고 있었다. 전쟁에서 남편을 잃고 여자 혼자서 아이를 키운 여자들은 모두 후미보다 스물넷에서 서른여섯 살이나 나이가 많았지만, 후미는 그녀들 가운데 있을 때가 가장 즐겁고 마음이 편안했다. 적에게 습격당한 잔 물고기가 산호 덤불에 숨어들어서 몸을 지키듯 무언가 불쾌한 일이 있으면 후미는 여기로 달려와서 말끝을 올려가며 독특한 어조로 가슴속에 쌓여있는 것을 죄다 쏟아 부었다.

"아이고, 자네 혀는 작은 정어리가 뛰는 것 같아."

어디서부터라고 할 것 없이 그런 목소리가 튀어나와 흰 파도가 부서지듯이 여기저기서 시원시원한 웃음소리가 터졌다. 여기서는 어떠한 괴로움도 웃음으로 바뀌었다.

후미가 그 중에서도 특히 우타와 친해진 것은 계기가 하나 있었다. 후미가 평화거리에서 나와서 어머니가 하던 생선 장사 일을 이어받아 노렌시장으로 이어지는 노상에서 한 지 얼마 되지 않을 무렵 폭력단 네 댓 명이 들이닥쳐 자릿세를 내라고 위협하러 온 적이 있었다. 평소에는 남자들에게 한 걸음도 뒤로 물러서지 않고 바다에서 일하던 후미도 그 때만큼은 역시 다른 여자들 그늘에 숨어서 벌벌 떨고 있을 뿐이었다. 거기에 쉰이 넘은 작은 체구의 나이든 여자가 오더니 스커트 앞이 벌어지는 것도 상관하지 않고 가부좌를 틀더니 후미의 옆에 앉았다.

"이봐 아저씨들 뭐 살 거야?"

우타는 사람 좋아 보이는 웃음을 머금고 남자들을 둘러봤다.

"어이 빌어먹을 할멈(에, 야나하메). 돈 내놓으라고 했잖아."

카키색 바지를 입은 서른 가량의 남자가 우타 앞에 웅크리더니 위협하며 말했다.

"뭘 산다고? 이봐, 너 같은 사람에게는 이걸 줄게."

우타는 태연한 얼굴로 비닐봉지에서 샛줄멸치를 가득 담더니 남자의 얼굴 앞으로 들이밀었다.

"지금 날 깔보는 거야? 죽여 버릴 수도 있어 지금.(쿠루사린도, 스구)."

남자의 손이 비닐봉지를 쳐서 떨어뜨리자 햇볕에 탄 노면에 샛줄멸치가 흩날렸다. 멀리서 보고 있던 사람들은 저도 모르게 고개를 움츠렸고, 후미는 살아있다는 기분이 들지 않았다.

"에구구 뭐하는 게야, 아깝게. 아저씨, 이게 얼마나 맛있는 줄 모르지."

우타의 목소리는 어딘가 즐거운 듯한 기분조차 들었다.

"그런데 말이지 아저씨. 샛줄멸치 먹으려고 사람에게 잡히는 생선도 있어. 작다고 해서 함부로 먹지 않는 편이 좋을지도 몰라. 아저씨는 지혜가 있잖아."

"뭐라고 지껄이는 거야?"

우타는 남자를 무시하고 물고기를 줍기 시작했다. 후미는 지금이라도 남자가 우타의 목덜미를 붙잡고서 땅에 내동댕이칠 것만 같아서 도움을 청하고 싶었지만 목소리가 나오지 않았다. 남자는 밉살스럽다는 듯이 우타의 행동거지를 바라보다가 무언가 낮게 중얼대더니 마침내 일어서서 놋대야 속에 있는 생선에 침을 뱉고 물러갔다. 후미 일행을 향해 미소를 보내는 우타의 얼굴에는 화를 내고 싶어도 낼 수 없는 애교가 넘치고 있었다.

그 이후 후미는 우타에게 절대적인 신뢰를 갖고 무슨 일이 있을 때마다 "우타 언니, 우타 언니." 하면서 달려갔다. 우타가 다른 아주머니들과 마찬가지로 남편을 전쟁에서 잃어버린 것은 이전부터 알고 있었다. 사내 아이 하나와 여자 아이 둘을 데리고 겨우 연명하는 생활을 해온 것 또한. 후미는 우타의 사투리를 듣고 얀바루 사람이라는 것을 알아챈 후, 그녀가 나하에서 살아가는 것은 보통일이 아닐 거라 생각했지만, 그것을 입 밖으로 내지 않았다. 우타는 자신의 과거에 대해서는 거의 말하려고 하지 않았다. 다만 딱 한번 우타가 전쟁 중에 있었던 일을 말해준 적이 있다. 그것은 장남인 요시아키(義明)를 잃었을 때에 대한 것이었다. 후미는 수다를 떨고 돌아가는 길에 문득 발걸음을 멈추고 조금 떨어진 곳에서 부지런하게 일하고 있는 우타를 바라보면서 그 이야기를 곧잘 떠올렸다. 그리고 반복해서 마음속에서 반추하는 동안 지금은 마치 그것을 자신이 경험한 것 같다고 생각하게 됐다.

격렬한 비였다. 동굴(가마) 입구 쪽에서 자고 있던 요시아키가 있던 곳까지 안개와도 같은 물거품이 깔려있었다. 우타는 몸에 지장이 있다고 생각해 안쪽으로 데려가려 했지만, 요시아키는 어째서인지 힘없이 고개를 저으며 싫어했다. 요시아키의 목피부가 부어서 갓난아기처럼 깊은 주름살이 잡히고 뒤틀린 것이 애처로웠다. 방위대(오키나와 전에서 방위 소집에 따라 만 17세 이상에서 만 45세까지 남자를 보조병력으로 편성한 부대. 그 수는 2만 수 천 명에 이르렀고 약 60%가 전사했다.)에 동원된 남편

에이키치(榮吉)의 소식은 전혀 알 수 없다. 우타는 아직 한 살도 되지 않은 세이안을 장녀 기쿠(キク)가 업게 하고, 자신은 간장이 좋지 않은 요시아키를 업고서, 세 살이 이제 막 된 차녀 유키에(그キエ)의 손을 잡아끌고 부락 사람들과 함께 산과 들판을 갈팡질팡 도망쳐 다녔다.

동굴 안쪽에서 세이안의 가냘픈 울음소리가 들려왔다. 동시에 숨 죽인 목소리로 남자가 질책하는 소리가 들렸다. 심장을 누가 세게 조른 것 같은 고통에 우타는 허리를 들었지만 울음소리는 금방 그쳤다. 차갑고 무거운 액체가 괴인 듯한 정적이 안쪽 어둠속으로 되돌아가고, 입구에 덮어둔 각종 나무 잎을 때리는 빗소리가 한참 동안 높아졌다. 녹색으로 물든 빛에 반사돼 이상하게 부풀어 오른 요시아키의 얼굴은 살아있는 사람으로는 보이지 않았다. 태어날 때부터 허약한 체질인데다가 이 년 정도 전부터 신장병을 앓아서 누워만 있는 날이 많았다. 미군이 상륙한 후 집을 떠날 때 어두운 예감이 뇌리를 스치는 것을 필사적으로 부정했지만 현실은 무자비한 것이었다. 동굴을 이동해 가며 함포 사격으로부터 도망치던 날들, 요시아키를 등에서 내려놓고 날이 갈수록 부종이 심해져 가는 몸을 파고 들어가는 허리띠 자국을 주물러서 풀어주다가, 우타는 몇 번이고 목소리를 죽여서 돌과 같은 눈물을 떨어뜨렸다.

요시아키는 어째서인지 오늘 동굴 입구 쪽에서 자고 싶어 했다. 이삼 일 전부터 몸을 움직이는 것은 고사하고 목소리를 낼 기력조차 없어졌는데, 오늘 아침은 줄곧 빛 쪽으로 고개를 움직이고 있음을 우타는 알아채고 그가 신선한 공기를 마시고 싶었던 것이라고 생각했다. 다른 사람들의 허가를 얻어 밖에서 보이지 않을 것 같은 입구 근처 바위 그늘에 몸을 숨기고 요시아키를 눕히자 부종으로 코도 막혀 있는 것인지, 생선처럼 입만 **빠끔빠끔** 거리며 비와 여러 나무의 향이 나는 바깥공기를 탐닉했다. 천장에서 물 한 방울이 이마에 떨어졌다. 이제 막 태어난 병아리 눈처럼 몹시 부어오른 눈꺼풀에 묻혀서 앞부분만이 보이는 속눈썹이 살짝 움직였다. 그때 우타는 겨우 알아챘다. 이 아이는 내 얼굴이 보고 싶은 것이야. 엄마 얼굴을 보기 위해 빛이 필요했던 것이구나. 하지만 빛을 손에 넣어도 이미 눈꺼풀을 열 힘조차 잃어버린 후였다. 우타는 눈물을 참으면서 긴장한 얇은 피부를 상처입지 않도록 떨리는 손가락 끝을 힘껏 진정시키면서 집게손가락과 엄지로 요시아키의 눈꺼풀을 열어줬다. 눈곱투성이의 누렇게 흐려진 흰자 안에 힘없이 빛을 발하고 있는 옅은 갈색 눈동자가 있다. 요시아키의 얼굴에 희미하게 웃음이 떠오른 것 같은 기분이 들어 우타는 머리를 숙이고 차가워진 몸을 안았다. 요시아키가 숨을 거둔 것은 그로부터 한 시간도 지나지 않아 비가 그쳐 태양이 투명한 빛을 발하던 정오 무렵이었다.

후미는 걸으면서 자신도 모르게 눈물을 흘리고 있는 것을 알아차렸다. 두툼한 손바닥으로 눈을 비비고 코를 크게 훌쩍였다. 지나쳐 가는 사람들이 웃으면서 후미를 봤지만, 그런 것에는 개의치 않았다. 이런 과거의 일들을 자신의 직접 체험한 것이 아니라 우타로부터 들은 것이라는 사실을 믿을 수 없었다. 아니, 나는 분명히 배가 아파서 요시아키라는 사내아이를 낳고 그 아이의 죽음을 지켜봤다. 후미는 손가락 끝에 아직 요시아키의 눈꺼풀의 감촉마저 남아있다고 생각했다.

'우타 언니가 경험했던 것이잖아. 어째서 내가 경험한 것이 아니라고 할 수 있겠어.'

그렇게 혼잣말을 한 후미는 언젠가 우타 언니가 폭력단을 쫓아버린 것처럼 그 형사를 내쫓지 못한 자신이 분했다.

우타 언니처럼 되고 싶다. 친하게 어울리게 되면 될수록 후미는 그렇게 생각했다. 우타는 너그러워서 사람을 미워하거나 싫어하거나 하는 그러한 기분이 마음에 떠오르거나 하는 것일까 싶을 정도로 항상 사람 좋은 미소를 머금고 있다. 그러면서 폭력단의 위협에도 기가 꺾이지 않고 농담을 하며 응대하는 우타처럼 되고 싶노라 후미는 계속 생각했다. 반면 천성이 격렬하고 바로 시비조로 상대를 몰아세우고 마는 자신의 성격이 싫어서 어쩔 줄 몰랐다.

"나도 나이가 들면 우타 언니처럼 웃을 수 있으려나."

어느 날 무심코 그런 말을 한 적이 있다. 우타는 아무런 말도 하지 않고 기쁜 듯한 표정으로 "헤헤." 하고 그 특유의 표정으로 웃을 뿐이었다.

매장으로 돌아오자 가주가 놋대야 앞에 쭈그리고 앉아서 진지한 표정으로 마쿠부(マクブ, 오키나와 현산의 물고기.)의 이빨이나 눈을 만지고 있다.

"가주 오늘은 혼자구나."

뒤에서 말을 걸자 튀듯이 뒤돌아보고 충치투성이인 치아를 보이며 기쁜 듯이 웃는다. 우타 언니와 똑같은 웃음이야 하고 후미는 생각했다.

"오늘 할머니는 뭐 하시니?"

"집에서 주무세요."

후미는 놀랐다.

"왜 어디가 아프셔?"

"어디가 아프지는 않아요. 엄마가 오늘은 집에 있으라고 해서 집에서 주무세요."

"그렇구나."

후미는 신경이 쓰였지만 그 이상 묻지 않았다.

"그래, 가주야. 이 생선 할머니에게 가져다 드리렴."

후미는 예전에 우타가 즐겨 사가던 그루쿤(グルクン, 오키나와 현산의 물고기.) 다섯 마리를 비닐봉지에 넣어 가주에게 건네줬다.

"돈은요?"

"아냐. 아냐. 할머니한테 조만간 놀러 간다고 말씀 드리렴."

"네, 고맙습니다."

한손에 생선이 든 비닐봉지를 늘어뜨리고 머리를 비스듬히 하고 경둥경둥 달려가는 가주의 뒷모습을 바라보면서, 후미는 가슴 밑바닥에 무언가 안 좋은 예감이 달라붙는 듯한 느낌이 들었다.

"세이안 씨, 과장님이 사무실에서 부르세요."

점심 도시락을 다 먹고 작업하던 동료와 함께 휴게소에서 잡담을 하고 있던 세이안에게 최근에 입사한 여자 사무원이 얼굴만 빼꼼히 내밀고 밝은 목소리로 말을 걸었다.

"무슨 일이지."

이야기를 그치고 자신을 보고 있는 모두에게 그렇게 말하고 휴게소에서 나가자, 얼굴이나 목덜미에 강한 직사광선이 작은 곤충이 무리지어 오듯이 쏟아져 들어왔다. 자외선이 눈을 방해해서 창고 앞에 있는 포크리프트는 녹은 버터 덩어리처럼 일그러져 보였다. 더위를 피해 모두 창고 그늘에서 자고 있겠지. 구내에서 일하고 있는 사람으로 치자면 선체 페인트를 다시 새로 칠하고 있는 화물선 선원들뿐이었다.

이 항구에서 항만 노동자 일을 하게 된 지 반 년 정도가 지났다. 오랫동안 일하던 건설회사가 불황으로 도산하고 날품팔이 생활을 쫓은 지 삼 년이나 됐다. 지금은 옛 친구에게 소개를 받고 정기적으로 항만에서 일하고 있어서 슈퍼에서 파트타임으로 일하고 있는 하쓰의 급료를 합치면 어떻게든 일가 다섯 명이 먹고 살 수는 있다. 하지만 병이라도 걸리면 끝장이라는 불안감에 시달리지 않는 날은 없었다.

사무소에 들어가자 책상에 앉아서 신문을 읽거나 잡담을 하고 있던 남자들 몇이 얼굴을 들었지만, 이렇다 할 반응도 보이지 않은 채 바로 원래 상태로 돌아갔다. 냉방이 지나치게 돼서 세이안은 자신도 모르게 어깨를 움츠렸다. 과장인 오시로(大城)의 모습이 보이지 않는 동안 벽에 죽 늘어서 있는 표창장을 선 채로 보고 있자 방금 전의 사무원이 측면 문에서 나타나 "어머나." 하고 붙임성 있는 웃음을 지었다.

"거기 앉아서 기다리시면 돼요. 지금 차를 준비해 올게요."

세이안은 옆 소파로 시선을 내리깔고 엉거주춤한 웃음을 띠며 머리를 숙였을 뿐 그곳에 앉으려 하지 않았다. 젊은 사무원은 신기한 듯이 눈동자를 움직여 납득한 것처럼 고개를 끄덕이더니 문 건너편 쪽으로 사라졌다. 그리고 바로 녹엽이 눈에 떠오를 정도로 향기롭게 김이 빠져나오는 사기 주전자를 손에 들고 나타나 찻종에 차를 따르더니 소파 테이블에 신중하게 내려놓았다.

"따듯할 때 드세요."

세이안은 미안해하며 어색하게 고개를 숙이고 조심스럽게 앉아 찻잔을 손에 들었다.

"미야(ミヤ) 씨, 여기에도."

"알아서 마시세요."

그녀는 말을 건 서른 살 정도의 남자에게 놀리듯이 그렇게 말하고 소녀와 같이 가냘픈 몸을 돌려 자신의 자리로 돌아갔다.

　괜찮은 여자야, 도쿠다(德田) 씨라고 했나. 차를 홀짝이며 눈썹이 고운 화장기 없는 옆얼굴을 아무렇지도 않은 듯 바라보고 있자 기세 좋게 안쪽 문이 열리고 훌떡 벗겨진 머리까지 햇볕에 탄 오시로가 서류봉투를 손에 들고 나왔다. 세이안은 허둥대며 자리에서 일어나 고개를 숙였다. 오시로는 뒤에서부터 나온 쉰 살이 넘은 듯한 양복차림의 풍채 좋은 남자를 앞에서 이끌며 세이안의 옆을 그냥 지나쳐 밖으로 나갔다. 세이안은 그로부터 10분 정도 기다렸다. 시계를 보니 이미 한 시 오 분 전이었다. 사무소 안에서는 모두 변함없이 담소를 나누고 있겠으나, 현장에서는 슬슬 작업 준비를 하고 있을 무렵이다. 세이안은 늦게 갔을 때의 거북함을 생각하니 불안해져서 연신 시계를 들여다봤다. 갑자기 입구 문이 밀어젖혀지더니 오시로가 혼자서 돌아왔다. 세이안이 일어서서 인사할 틈도 주지 않고 오시로는 이미 눈앞에 앉아 오픈셔츠 앞을 열어 가슴에 공기를 집어넣고 있었다.

　"기다리게 해서 미안하네. 갑자기 손님이 와서."

　젊은 여자 사무원이 차를 내오면서 오시로와 세이안을 흘끗 봤다. 세이안은 얼굴이 달아오르는 것을 느꼈다.

　"어머니는 건강하신가."

　"네?"

　세이안은 생각지도 않은 물음에 우물거렸다.

　"자네 어머니는 이제 연세가 얼마나 되셨나."

　"네. 올해 일흔 여섯입니다만."

　"이른 여섯인가. 우리 어머니보다는 두 살 위시군. 아니지 세 살 위군. 으음, 그건 됐네만, 역시 나이를 먹으면 여러모로 쉽지 않겠지."

"그렇습니다만."

마사야사는 수상쩍은 듯이 오시로를 봤다.

"우리 어머니는 요즘 기억력이 조금 떨어지기 시작한 모양이라서. 자네 집은 어떤가."

어떻게 대답을 하면 좋을지 알 수 없었다.

"아니 사실은 내 친구 중에 경찰서에서 일하는 녀석이 있어. 그 친구로부터 조금 들었네만 자네 어머니에 대한 일로 최근 평화거리에서 대수롭지 않은 사건이 있었던 모양이야."

'사건'이라는 말이 세이안을 위협했다. 사무소 안에 있는 모두가 귀를 기울이고 있다.

"사건이라는 표현은 요란스럽더라도. 으음, 파출소에 고충이 있었다는 정도겠지만 말이야. 자네도 듣기는 했겠지?"

"아니, 저는 아무 것도……"

오시로는 눈살을 찌푸리며 한순간 험상궂은 눈으로 세이안을 보다가 금세 표정을 풀었다.

"흐응 그건 어째서일까. 나는 자네 쪽에도 틀림없이 소식이 갔을 것이라 생각했네만."

"저기 어떠한 고충인지요."

웃는 표정 이면에 의심 깊어 보이는 오시로의 시선을 느끼며 세이안은 기가 죽었다.

"아니 내 친구 이야기로는 최근에 자네 어머니가 여기저기 가게 상품을 만져서 곤란하다는 것 아닌가. 더러워진 손으로 말이야……. 그치 노인네가 되면 아무래도 배설을 거리낌 없이 하게 되잖아. 실은 내 양친은 아직 아무렇지도 않지만 여동생 네는 곤란한 모양이야. 시어머니가 손으로 집어서 벽에 비벼대는 모양이야 그걸 말이지."

모두의 시선이 일제히 자신에게 쏟아지는 듯한 기분이 들어서 얼굴을 들 수 없었다.

"최근에 치매 증상으로 대소변을 못 가리는 것은 알고 있었습니다만 타인에게까지 폐를 끼친 것은 몰랐습니다."

세이안은 거짓말을 했다.

"어쨌든 인간은 누구라도 나이를 먹으니 어쩔 수 없는 일이지만. 실은 오늘 자네를 부른 것은 친구로부터 부탁받은 일이 있어서야. 이런 말을 내 입으로 하는 것은 좀 그렇지만 친구말로는 파출소에 어떻게 좀 해달라는 불만 섞인 민원이 끊이지 않는 모양이잖나. 게다가 어린아이도 아니시니, 그렇지 보호만 하고 있을 수도 없는 노릇이고. 그래서 가능하면 되도록 사람이 혼잡한 곳에 혼자서 돌아다니시지 않게 해줄 수 없겠나 하는 것이네."

어조는 동정적이었지만 소파에 기대서 수연히 대답을 기다리고 있는 태도는 싫다는 대답을 용납하지 않겠다는 기운이 서려있다. 거절하면 일을 계속할 수 없겠지 하고 세이안은 입술을 깨물었다.

"알겠습니다. 가능한 밖에는 혼자 나가시지 않게 하겠습니다."

"그렇게 하는 것이 좋겠지. 우선 나이 드신 분이 혼자 다니는 것은 위험해. 교통사고만 해도 날 수 있고, 무더운 날에는 뇌일혈로 쓰러질 수 있잖나. 그래서 말이지 이번 수요일 내일 모레 일이지만."

세이안은 고개를 들었다. 오시로는 노골적으로 얼굴에 웃음을 띠고 있다.

"그날은 특히 밖에 나가시지 않게 해달라고 하더군. 이유는 알겠지?"

"네에."

"그런가. 그러면 잘 부탁하네. 우리 모두 노친을 돌보느라 고생이 많군. 뭐 아내들 고생이 가장 크겠네만."

오시로는 시간이 아까운 듯 남은 차를 단숨에 다 마시더니 "자 그럼."하고 큰 걸음걸이로 안쪽 방으로 걸어 들어가 버렸다. 세이안은 입을 다문 채 고개를 숙이고 사무실에서 나왔다. 밖의 더위가 후텁지근해서 현기증이 났다. 엉겁결에 아스팔트에 한쪽 무릎을 세우고 앉아서 한동안 눈구멍을 진정시키며 시계를 보자 이미 한 시에서 십오 분이나 지나 있었다. 세이안은 무리하게 달려서 현장으로 향했다.

"세이안 씨, 세이안 씨."

그날 일당을 받고 사무소를 나가 문 쪽으로 걸어가고 있던 세이안을 낮에 "미야 씨"로 불리던 사무원이 불러 세웠다. 언제나 마음을 누그러뜨리는 웃는 표정과 달리 걱정하는 듯한 그녀의 눈길이 오후 내내 닫혀있던 세이안의 가슴 속에 깊이 스며들었다.

"세이안 씨 어머님은 몸이 상당히 안 좋으신가요?"

"아니요, 으음……"

"우리 할머니도 돌아가시기 전에 보통 일이 아니었어요. 밤에 집을 빠져나가서 큰 소동이 벌어지거나, 이웃 집 물건을 함부로 가져오셨거든요. 마지막에는 누워만 계셔서 저도 학교에서 돌아오면 어머니와 교대로 항상 아래 쪽 시중을 들었어요."

세이안은 우두커니 선채로 고등학교를 이제 막 나온 듯한 아가씨의 진지한 표정을 똑바로 쳐다볼 수 없었다.

"이런 말씀을 드리는 것은 실례일지 모르겠지만 저는 과장님이 하신 말씀을 들을 필요가 없다고 생각해요. 걸을 수 있는 동안 그 즐거움을 빼앗아서는 안 된다고 생각합니다. 누워만 계신 할머니를 떠올리고 그렇게 생각했어요. 그러니까……"

세이안은 깊숙이 끄덕이더니 그대로 고개를 떨궜다. 젊은 사무원은 그러한 세이안을 응시하고 있다.

"저기 사모님께 힘내시라고 전해주세요. 저는 그 말을 꼭 하고 싶었어요."

"아, 잠시만 기다려요……"

어색한 듯이 고개를 숙이고 걸어서 멀어져 가던 그 아가씨를 세이안은 허둥대며 불러 세웠다.

"저기 아가씨 이름이 뭐였더라."

"도쿠무라(德村)에요."

"도쿠무라 씨. 정말 고마워요."

아가씨의 얼굴에 꾸밈없이 웃는 얼굴이 돌아왔다. 세이안은 사무소로 달려가는 뒷모습을 바라보며 누그러진 표정으로 문을 향해 걸어가면서 퍼뜩 걸음을 멈췄다. 오시로의 차는 아직 구내에 주차돼 있다. 세이안은 사무소로 돌아가려 했다. 하지만 차마 발걸음을 뗄 수 없었다. 오 분 이상이나 그곳에 서있었을까. 세이안은 크게 숨을 쉬고 자신의 그림자를 밟아 뭉개듯이 발길을 향해 버스 정류장으로 서둘러 갔다.

방과 후 교정에서 피구를 하며 놀고 있던 가주는 하교 차임이 울리는 것을 신호로 학급 친구인 토모(トモ)및 요시(ヨシ)와 함께 교문을 향해 달려갔다. 이 둘에게서 멀리 뒤처져 문으로 뛰어나온 가주의 앞길을 문기둥 그늘로부터 남자가 나타나더니 가로 막았다. 카키색 사파리재킷을 입은 그 남자였다.

"이야 이제 집에 가는가 보구나."

남자는 언제나처럼 허물없는 태도로 히죽거렸다. 가주는 남자로부터 눈을 떼지 않고 뒤로 물러섰다. 앞서 나가 기다리고 있던 토모와 요시는 가주가 떨고 있는 모습을 민감하게 알아채 다시 돌아오더니 양 옆에서 가주의 몸을 착 밀착시키고 남자를 노려봤다.

"아무 것도 무서워 할 것 없어. 오늘은 가즈요시 군에게 맛있는 것을 사주려고 기다리고 있었단다. 너희들도 함께 갈래……"

남자가 말을 끝까지 다 하지도 않았을 때 가주와 친구들은 교내로 뛰어 들어갔다. 교정에 남아있던 학생들이 "무슨 일이야. 무슨 일이야." 하고 달려오는 가주와 친구들을 봤다.

"마치코(マチコ) 선생님."

가주는 떠들썩한 여자 학생 몇 명에게 둘러싸여 다가오는 서른을 조금 넘긴 마른 체형의 여자 선생님을 큰 소리로 불렀다. 마치코(眞知子)는 지금이라도 울 것 같은 얼굴을 하고 비스듬한 자세로 달려오는 가주와 그 옆에 함께 있는 토모와 요시 그리고 이 셋 뒤에서 어중간하게 다가오는 거무스름한 피부의 얼핏 보기에 체육교사처럼도 보이는 튼튼해 보이는 체격의 남자를 봤다. 가주는 반쯤은 즐거운 듯한 비명을 내지르는 여자아이들을 좌우로 밀어 헤치고 마치코의 몸으로 달려들었다.

"무슨 일이야. 도대체."

마치코는 커다랗게 어깨를 들썩이고 있는 가주의 등을 문지르면서 토모와 요시 그리고 사파리재킷 남자를 쳐다봤다.

"이 아저씨가 갑자기 쫓아왔어요."

급하게 숨을 내쉬며 토모가 남자를 손가락으로 가리켰다. 남자는 이삼 미터 정도 떨어진 곳에 멈추더니 쓴웃음을 짓고 있었다.

"이봐요, 무슨 일이시죠. 어째서 이 아이들을 쫓아다니는 겁니까."

"아니 저는 그다지 그럴 생각은 없었습니다만. 가즈요시 군에게 조금 볼 일이 있어서."

"거짓말이야."

마치코의 품에서 얼굴을 내밀고 가주가 외쳤다.

"무슨 일인 거죠. 이 아이들에게 이상한 행동을 하기만 해보세요. 경찰을 부르겠어요."

"경찰이라. 이거 난처하네."

남자는 교정의 여기저기를 주목하고 있는 학생들을 둘러보더니 교문 쪽으로 되돌아가기 시작했다.

"기다려요. 도대체 당신은 누구죠. 이름을 말하지 않으면 지금 당장 직원실로 가서 다른 선생님들을 불러올 겁니다."

남자는 걸음을 멈추고 입맛을 다시며 마치코를 살피듯이 봤다. 마치코의 의중을 알아차리고 토모와 요시가 직원실로 달려갔다. 남자의 날카로운 눈이 이 둘을 쫓았다.

"그다지 걱정할 일은 아닙니다. 저는 가즈요시 군의 아버지인 세이안 씨와 아는 사이입니다. 오늘은 셋이서 식사라도 할 생각으로 함께 가자고 온 것뿐입니다. 자아 그럼 가즈요시 군, 그럼 다음 기회에 함께 맛있는 거 먹으러 가자꾸나."

남자는 직원실에서 토모 등을 따라 남자 선생님들이 나오는 것을 확인하더니 침착한 태도를 유지하면서도 재빠른 발걸음으로 교문 밖으로 나갔다. 마치코는 겁내하는 아이들을 두고서 뒤를 쫓아가지도 못한 채 다른 교사들이 오는 것을 기다렸다. 마침내 달려온 교감과 이과(理科)의 마에바라(前原) 선생님이 이야기를 들은 후 바로 학교 주변을 찾아봤지만 남자의 모습은 이미 사라진 뒤였다.

"가즈요시 군, 저 남자는 누구지?"

교감이 무언가를 물어도 가주는 잠자코 있을 뿐 대답하지 않았다.

"오늘은 쇼크를 받은 것 같으니 여기까지만 하면 어떨까요."

마치코의 제안에 교감도 끄덕이더니 아이들을 귀가시키고 직원실로 들어갔다. 도중에 다시 숨어서 기다리고 있을지도 모른다고 하며 마치코는 가주를 집까지 데려다 주기 위해 함께 교문을 나왔다. 요기 공원을 지나면서 작년에 전임(轉任)해와 가주의 담임이 된 후 가정방문을 하러 갈 때 길안내를 받았던 때를 떠올렸다. 그 때는 마치코의 손을 끌며 공원을 지날 때 지름길이에요 하며 신이 나있었는데 지금은 고개를 숙인채 얼굴을 들려고 하지도 않았다. 남자에 대한 분노와 의문이 새삼 치밀어 올라왔다.

학교에서 가주의 집까지는 오백 미터도 되지 않았다. 마치코는 길을 건너서 십이 층의 류큐대학 부속병원 건물을 올려다보고 한숨을 쉬며 작년에 들었던 그대로 현관 옆 정원수 수풀 그늘로부터 보건학부 건물 사이를 통과해, 간호학교 부지를 지나 복잡하고 좁은 골목길로 들어서고 있었다.

"분명히 이 길이었지."

과연 이 골목길 부근까지 오자 길 찾는 것에 자신감이 사라져서 입을 다물고 고개만 끄덕이는 가주를 재촉하면서 어떻게든 기억에 남아 있는 함석지붕을 얹은 집 앞까지 찾아갔다.

"실례합니다."

유리문 너머로 말을 걸자 "네." 하는 여자아이 목소리가 돌아왔다.

"앗, 마치코 선생님."

문을 연 것은 사치였다. 가주와 달리 낯가림을 하지 않는 사치는 작년 가정방문 때 마치코의 얼굴을 기억한 이후 학교에서 만날 때마다 달려들어서 떠오르는 말을 일방적으로 하고, 마지막에는 언제나 "사학년이 되면 마치코 선생님 반이 되면 좋겠어요."라고 말하는 것이 입버릇이었다.

"어머니는 안 계시니?"

"안 계세요. 아직 일터에서 돌아오시지 않았어요. 그래도 벌써 네 시가 넘었으니 오실 거예요."

근처 슈퍼에서 일하고 있는 하쓰는 바빠지기 전에 삼십 분 정도 집에 돌아와 서둘러서 저녁상을 준비해 놓고 바로 다시 일터로 돌아가는 것이 관례였다.

"오빠 또 무슨 나쁜 일이라도 벌인 거야?"

사치는 마치코 옆에서 고개를 숙이고 서있는 가주를 놀리듯이 말했다. 하지만 평상시라면 바로 화를 내던 가주가 오늘은 그러한 제스처조차 보이지 않자 사치는 방금 자신이 내뱉은 말을 후회하면서 마치코를 봤다.

"아니야. 가주는 언제나 착한 아이인데 오늘은 조금 이상한 사람이 있어서, 불쾌한 기분이 들어서 그래. 그렇지 가주."

마치코는 두 살 어린 사치 쪽이 누나처럼 가주를 신경쓰는 것이 이상하기도 했고 믿음직스럽기도 해서 자연히 입가가 벌어졌다.

"이상한 사람이라면 그 피부가 검은 경찰 말인가."

"경찰? 경찰이라니 무슨 소리니, 사치."

"오늘 학교에서 돌아올 때 교문 근처에서 누가 불러 세우던데요. 무서워서 바로 도망쳤지만요."

"그 사람 어떤 모습이었니?"

"더럽혀진 녹색의, 그게, 미국 트럭 색깔 같은 상의에 아래는 청바지였나."

'그 남자다' 마치코는 가슴 속에서 중얼거리며 떠올리는 것조차 싫다는 듯 얼굴을 찡그리고 있는 사치의 손을 잡았다.

"있지 사치. 어째서 그 경찰들이 사치랑 가주를 따라다니는 거니."

"나한테만 오는 것이 아니라 집에도 와요."

"어째서?"

"잘은 모르지만 할머니 때문인 것 같아요."

"할머니 때문이라고?"

마치코는 작년 가정방문을 왔을 때 하쓰를 뒷전으로 돌리고 말하던 할머니를 떠올렸다.

"이 아이는 태어날 때부터 몸이 약했지. 매번 친구들한테 당하고 울고 왔어. 학교에서는 그런 일이 없을까요? 그렇군요, 잘 부탁드립니다……"

가주가 쓸데없는 말은 하지 않았으면 좋겠다고 말하고 싶은 듯이 얼굴이 붉게 상기돼 무릎을 꿇고 있는 것을 보면서, 마치코는 "걱정하지 마세요. 가주도 열심히 하고 있어요. 그치 가주." 하고 말하며 웃자, 할머니는 "그렇지만 선생님." 하고 다시 다른 이야기를 꺼내는 것이었다. 그것은 어디에나 있는 손주를 익애하는 할머니 모습으로밖에는 비치지 않았는데, 도대체 가주의 할머니와 경찰 사이에 무슨 관련이 있다는 것인가.

"할머니에게 무슨 일이라도 있었니?"

"그게 조금……"

사치는 어두운 표정을 지으며 곤란한 듯이 가주를 봤다. 묻지 않는 편이 좋았겠다고 마치코는 생각했다.

"선생님 전 이제 괜찮아요. 정말 감사합니다."

갑자기 가주가 화가 난 듯이 구두를 벗어 던지더니 방으로 올라 갔다. 사치는 의아한 눈빛으로 마치코를 봤지만 마치코도 곤란한 듯 "그냥 내버려두렴."이라는 말만 남기고 자리를 떠났다.

골목길에서 나와서 부속병원 현관 앞까지 왔을 때였다. 마치코는 신호를 건너서 이쪽으로 오는 하쓰를 보고 바로 알아챘다.

"가즈요시 군의 어머님 아니세요?"

말을 걸자 울적한 얼굴로 발밑으로 시선을 떨어뜨리며 걷고 있던 하쓰가 허를 찔린 듯 고개를 들었다.

"아아, 긴죠(金城) 선생님 오랜만에 뵙네요."

그렇게 말하기까지 잠시 짬이 있었다. 마치코는 피곤한 모양이야 하고 생각하면서 하쓰의 손을 끌고 정원수 수풀 안 녹석(綠石)에 나란 히 앉아 학교에서 일어났던 일을 간략하게 설명했다.

"남자 경찰이요?"

하쓰는 얼굴을 찌푸렸다. 방금 전 사치의 표정과 똑같았다. 역시 건 드려서는 안 되는 것이 있는 듯한 기분이 들어서 사정을 자세히 캐묻 는 것은 꺼려졌다.

"당분간은 가즈요시 군을 집에까지 바래다주면 어떨까요. 왕복 이 십 분도 걸리지 않으니 저는 괜찮습니다."

"아니요. 선생님이 그렇게까지 해주시는 것은 너무 죄송해서요. 걱정하지 않으셔도 됩니다. 수요일까지만이라서요."

"수요일까지요?"

하쓰는 마치코의 시선을 피하듯이 고개를 끄덕이더니 허둥대며 일어섰다.

"언제나 가주를 걱정해주셔서 정말 감사해요. 오늘은 일부러 배웅까지 해주셔서."

"아니요. 그런 것은 그다지."

하쓰는 정중히 몇 번이고 고개를 숙이고 병원 옆쪽을 향해 잦은걸음으로 사라졌다.

'수요일이면 내일 모래인데. 도대체 무슨 일이지.'

마치코는 현관 계단을 내려가 신호가 바뀌는 것을 기다리면서 방금 전에 나눴던 대화를 다시 한 번 생각했다. 신호가 바뀌었다. 마치코는 길을 건너면서 정면에 있는 시민회관을 바라봤다. 벽돌을 성벽처럼 겹겹이 쌓은 처마에 이끼가 자라서 차분한 느낌을 발하고 있고 세로로 내걸린 현수막의 흰 색이 선명히 빛나고 있었다.

"제××회 헌혈추진전국대회 —— 날일 7월 13일, 수요일."

눈으로 문자를 쫓던 마치코는 "수요일이라." 하고 자신도 모르게 말 하고 길을 건너 시민회관 계단을 뛰어 올라가 현수막을 올려다봤다. 이삼 일 전에 읽은 신문기사와 한 장의 사진이 떠올랐다. 그것은 이 대회에 출석하는 황태자 부부 경비를 위해서라는 것으로 도로 인근의 불상화나 긴네무(ギンネム, 루카나 루코셉팔라(Leucaena leucocephala) 열대아메리카 원산의 상록수로 꽃은 백색이며 향내를 내뿜는다.)가 무참하게 잘려나간 사진이었다. 그 때는 단지 아깝다고 생각했던 정도였는데 함께 실린 기사를 떠올리자 새삼스레 무언가 으스스한 기분이 들었다.

신문에서는 '과잉경비'에 대해 변호사 단체가 항의성명을 내 지나친 경비의 몇 가지 사례가 열거돼 있었다. 그 중에서도 수 개 월도 전부터 황태자가 통과하는 연도의 전 세대, 사무소 등에 대해 경찰이 정보 수집을 해서 가족구성이나 근무처부터 사상, 정당지지 등까지 조사를 했다고 하는 사례가 나와있었는데 그것을 갑자기는 믿을 수 없었지만, 오늘 있었던 일을 떠올리니 어쩌면……이라는 기분이 들어서 으스스한 감정을 느끼지 않을 수 없었다.

그런데 어째서 가주의 할머니가 경찰 등에게…….

마치코는 그것을 이해할 수 없었다.

수요일이라 해도 반드시 그 대회와 관계가 있다고만은 한정할 수 없으니 내 지나친 생각인지도 모르겠다.

마음속 어딘가에 불안감이나 꺼림칙함을 느끼면서 결국 마치코는 그렇게 자기를 납득시키며 학교로 돌아갔다.

아침부터 내리고 그치기를 반복하던 비는 점심 무렵부터 소나기로 바뀌어 내렸다. 후미는 근처 가게 앞에 생선을 둔 채로 우산을 펼쳐들고 우타와 안면이 있는 아주머니들이 이제 더 이상 없다는 것을 알면서도 평화거리를 걷기 시작했다. 귀가 이상해질 정도로 볼륨을 끝까지 올려 군가를 틀고 비에 흠뻑 젖은 히노마루를 내걸고 검게 칠한 차체에 국화 문양 사이에 지성(至誠)이라고 써넣은 우익 선전차가 그녀의 눈앞을 지나쳐갔다.

오늘 한 시에 황태자 일행이 오키나와에 올 예정이다. 후미가 사는 이토만에는 황태자 일행이 둘러볼 예정인 마부니(摩文仁, 오키나와 남단에 있는 이토만 시 지구. 오키나와 전 당시 격전지로 전후 평화기념공원 등이 건립돼 있다.) 전적공원(戰跡公園)이나 전에 화염병이 날아든 히메유리의 탑 등이 있어서 무시무시할 정도의 경비 태세가 이뤄지고 있었다. 오늘 아침 후미가 남편 고타로(幸太郎)의 경화물차로 나하까지 오는 동안에도 도로 여기저기에 경관이 서있어서 몇 번이고 검문에 걸려서 그녀는 울화통을 터트렸다.

"에이 당신들 도대체 똑같은 검문을 몇 번이나 해야 속이 후련한 거야? 우린 지금 바빠. 화가 나서 못 살겠어."

얼굴이 희고 동안인 젊은 경관은 얼빠진 얼굴을 하고 후미를 봤다. 차가 발진하자 후미는 고타로에게 말했다.

"나쁜 사람들이야(야나문타야). 시마구와(섬사람)만이 아니라 나이차 (내지인) 경관까지 있잖아."

정말로 뭐가 황태자 오키나와 방문 환영이야. 모두, 과거의 아픔을 잊고선. 후미는 뒤에서 오는 자동차를 무시하고 느릿느릿 가고 있는 우익 선전차에 돌이라도 던지고 싶었다.

소토쿠(宗德)만 해도 그렇지. 전쟁에서 가족을 셋이나 잃고서 군용 지료(軍用地料)를 받아 주머니 사정이 좋아졌다 해서 자민당 뒤꽁무니나 따라다니며 살다니.

어젯밤의 일이다. 구장인 니시메 소토쿠(西銘宗德)가 작은 일장기 깃발을 두 개 가져왔다.

"그게 뭐야."

술이라도 들이켜고 온 것인지 붉은 얼굴을 번질번질 번뜩이고 있는 소토쿠를 후미는 차갑게 바라봤다.

"내일이잖아. 황태자 전하와 미치코 비 전하가 오시는 날이. 모두 환영하러 가자고 깃발을 나눠주러 왔어."

"어째서 우리들이 깃발을 흔들어야 하는 건데."

"그거야 이런 마음가짐이지. 마음가짐."

"무슨 마음가짐?"

"황태자 전하를 환영한다고 하는 그런 마음가짐 말이야."

"환-영-? 으음 너 말이야. 전쟁에서 형님이랑 누님을 잃었잖아. 그런데도 그 입에서 환영 한다는 말 따위가 용케도 나오는 구나. 나는 너희 기쿠(キク) 언니가 아단바(阿旦葉)로 팔랑개비를 만들어 준 것을 지금도 기억하고 있어. 상냥하고 좋은 언니였어. 그런데 언니가 어떻게 됐어? 여자 정신대에 끌려가서 아직 유골도 찾지 못하고 있잖아. 널, 기쿠 언니가 얼마나 귀여워했었는데……"

"뭐라 그러는 거야. 나도 전쟁은 질색이야(완눈유누문도야루). 마찬가지야. 하지만(야시가) 황태자 전하가 전쟁을 일으켰어? 그것과 이건 별개야."

"아아, 다를 거 없어. 네가 뭐라고 해도 나는 환영 따위는 하지 않겠어."

후미는 깃발을 움켜쥐더니 앞뜰에 던져버렸다.

"그래 맘대로 해."

소토쿠는 분연히 문 쪽으로 향했다.

"그래 그 썩어빠진 깃발은 들고 돌아가야지."

후미가 화를 냈지만 소토쿠는 꼼작도 하지 않았다. 맨발로 앞뜰로 뛰어나가 그것을 주은 후미는 갈기갈기 찢어서 화장실 안으로 던져버렸다.

"저 녀석은 머리가 벗겨지더니 기억도 다 벗겨진 모양이야."

평화거리라 이름 붙여진 거리를 걸으면서 후미는 분해서 접어놓은 우산으로 몇 번이고 지면을 때렸다.

그 사이에 후미는 어떤 여자가 욕을 퍼붓는 소리가 어딘가에서 들려오는 것을 알아차렸다. 목소리가 나는 쪽으로 가보니 거리에서 조금 안쪽으로 들어간 곳에 두 칸 정도를 차지하고 가게를 차려놓은 과일가게 앞에 사람들이 모여 있었다. 다른 사람보다 몇 배는 호기심이 왕성한 후미는 발돋움해서 안을 들여다봤다. 키가 작은 후미는 좀처럼 안의 모습을 알 수 없어서 초조했는데, 살이 찐 몸을 이끌고 사람들 사이를 헤치고 앞으로 나가자 나이든 여자가 흙탕물로 더럽혀진 아스팔트 위로 굴러가고 있는 오렌지 몇 개를 엎드려서 줍고 있었고, 허리에 손을 대고 그것을 깔보듯이 바라보고 있는 후미와 동년배의 여자 모습이 보였다.

"우타 언니."

후미는 나이든 여자에게 달려가 어깨를 안았다.

"아이고 이게 뭐하는 짓이야."

여자를 노려보자 그 여자도 입술을 떨면서 되받아 노려보았다.

"어찌됐든 간에 말이야. 이걸 봐봐 이걸. 더러운 손으로 만져서 이제 팔 수 없게 됐어."

여자가 내민 바나나송이를 보고 후미는 할 말을 잃고 주변에 감돌고 있는 이상한 냄새의 정체를 알았다. 길 위에 무릎을 꿇고 양손에 든 오렌지를 입으로 가져가려고 하는 우타의 손을 누르고 손에 든 물건을 보자, 그것에도 흠뻑 흰 알과 같은 것이 섞인 거무스름한 갈색 배설물이 묻어 있었다.

"우타 언니."

눈 안쪽이 타들어 갈 것처럼 뜨거웠다.

"바나나만이 아니냐. 오렌지에도 사과에도 그랬어. 아까부터 가게 앞에서 물건에 손을 계속 대길래 뭔가 하고 보고 있자 자기 똥을 비벼 대고 있잖아. 화가 나서 정말."

후미는 거칠게 눈물을 훔치더니 그 여자에게 조금씩 다가갔다.

"응 그래도 자기도 이 언니가 누군지 알잖아. 바로 얼마 전까지 이 거리에서 함께 가게를 내고 있었어. 그렇게까지 말할 필요는 없잖아. 자기도 예전엔 우타 언니 도움을 받은 적이 있지 않아."

여자는 과연 한 순간 주춤하더니 바로 지지 않으려고 응수했다.

"뭐야 정말. 자기 일이 아니라는 거야. 우리는 매일 나오는 매상으로 생활하고 있어. 이런 일을 당하면 먹고 살 수 없어. 게다가 이 언니가 이런 일 하는 것은 처음도 아니잖아. 팔아야 할 야채나, 양복을 건드려 놔서 모두가 곤혹스러워 하고 있어. 언니는 모르겠지만."

후미는 아무런 말도 하지 않았다. 문득 옆을 보자 우타가 똥이 범벅이 된 오렌지를 베어 먹으며 입에서 국물을 흘리고 있다. 후미는 허둥대며 오렌지를 집어 들더니 손가락으로 가리키며 웃고 있는 대학생처럼 보이는 남자를 노려보고 우타를 안아 일으켜 세웠다.

"내가 변상해 줄게. 그래 얼마 변상해 주면 되지."

"오천 엔 정도 되려나."

여자는 무뚝뚝하게 대답했다. 후미는 앞치마 주머니를 뒤졌다. 삼천 엔과 동전 밖에 없었다.

"나머지는 내일 줄게."

여자는 무언가 말하려고 했지만 내민 돈을 떨떠름하게 받았다.

"자 비켜. 구경거리가 아니야."

돈을 건네자 여자의 얼굴을 보려고도 하지 않고 후미는 구경꾼들에게 마구 화풀이 하면서 우타의 어깨를 안고서 그 자리를 떠났다.

"언니 잠깐 기다려."

거리로 나가서 이삼십 미터 정도 갔을 때, 뒤에서 아까 그 여자가 말을 걸었다.

"왜 그래. 나머지는 내일 낸다고 했잖아."

"그게 아니야. 그런 일 때문에 부른 게 아니야."

후미의 말에 그녀는 풀이 죽은 듯한 얼굴을 했다.

"이거 돌려줄게."

여자가 내민 돈을 후미는 물리쳤다.

"아까는 나도 화가 나서 제 멋대로 굴었어. 나도 우타 언니를 미워해서 그렇게 말한 게 아니야."

"나도 알아."

후미는 끄덕였다. 하지만 분노는 사라지지 않았다. 그것은 이 여자에 대한 분노가 아니라 막연한 무언가 보다 커다란 것에 대한 분노였다.

"됐어. 그 돈은 받아둬."

후미는 우타와 보조를 맞춰서 천천히 걸었다. 살집은 풍부했지만 신장은 남보다 훨씬 작은 체구인 후미의 팔 안에 들어갈 정도로 우타의 몸은 작아져 버렸다. 평화 거리를 나왔을 때 비는 여전히 계속 내리고 있었다. 후미는 우산을 들고 얼굴을 찌푸리면서 호기심어린 시선을 노골적으로 보내는 사람들의 가차 없는 시선으로부터 우타를 지키며 계속 걸었다.

황태자 부부 오키나와 방문 이누야마(犬山) 지사 등이 출영
경비진의 두꺼운 벽과 비가 올 듯한 날씨 가운데 황태자 부부가
12일 오후 1시 ANA특별기로 오키나와에 도착했다. 이번 오키나와

행은 일본 적십자사 명예 부총재로서 13일 오후 1시 반부터 나하시 시민회관에서 열리는 제××회 '헌혈 운동추진 전국 대회'에 출석하는 것이 목적인데 그 사이에 이토만시 마부니 국립 오키나와 전몰자 묘지, 오키나와 평화기념당, 히메유리의 탑을 참배하는 것 외에 오키나와현 적십자 혈액센터 등을 방문한다.

황태자 부부의 오키나와 방문으로 그날 나하공항, 마부니 전적 공원 등 인근 도로에는 53년 '7·30(교통법변경)' 이후 엄중 경계 태세가 시행돼 헌혈운동추진 전국대회 당시 다른 현에서는 그 예를 찾아보기 힘든 긴박한 공기가 조성됐다…… 황태자 부부는 한동안 귀빈실에서 휴식을 취하고 호위차를 앞에 앞세워 그 길로 남부 전적지로 향했다. 공항을 나서자 팔 년 만에 현민 앞에 모습을 보인 황태자 부부에게 연도를 메운 주민들의 눈길이 일제히 쏟아졌다. 군중이 크게 술렁이며 환영하는 작은 깃발이 펄럭이는 그 옆에서 군중을 노려보면서 직립 부동자세를 계속 하고 있는 경찰관. 오로쿠(小祿, 우루쿠라고도 한다. 오키나와현 나하시 남단부에 위치한 지구.) 자위대기지 앞에는 육해공 자위대원 등이 펜스 근처에 줄을 서서 황태자부부의 차량에 일제히 경례. 현내에서 자위대가 황족 환영에 대한 의사를 적극적으로 표명한 것은 과거에는 없던 일로 수 백 미터에 달하는 제복 행렬은 엄숙함 가운데서도 이상한 한 장면을 연출했다.

이토만 가도에도 환영 인파는 끊이지 않아서 황태자 부부의 차량 행렬이 모습을 보이기 전부터 연도에는 작은 일장기 깃발을 든 주민으로 가득 찼다. 황태자 부부는 차 안에서 얼굴에 웃음을 머금고 조금씩 손을 흔들며 환영에 응답했다.

남부 전적지에서는 국립전몰자묘원(國立戰沒者墓苑), 오키나 와평화기념당을 참배. 게다가 과거 오키나와사범학교 여자 학생, 직원 등 224명을 합사(合祀)한 히메유리의 탑을 참배해, 전사한 소녀들의 명복을 빌었다.

"전쟁에서 그만큼 피를 흘리게 해놓고 뭐가 헌혈대회야."

세이안은 신문을 탁탁 쳐서 네 번 접더니 다다미 위에 내던졌다. 음량을 짜내 텔레비전을 보고 있던 가주와 사치가 겁먹은 듯한 눈빛을 자신에게 향하고 있는 것에 화가 났다.

"몇 시까지 티비를 보려고 그래. 어서들 자."

세이안은 일부러 술에 취한 듯이 꾸며서 난폭하게 말했다. 둘은 바로 커튼 그늘로 모습을 감췄다. 식기를 씻고 있던 하쓰가 손을 멈추더니 세이안을 보고 있다.

"뭐야 사나운 눈매를 하고서(누가, 야나미치키시치). 하고 싶은 말이 있으면 해."

하쓰는 수도꼭지를 비틀더니 식기를 헹궜다.

눈 가장자리에 아련히 녹색 그림자가 비쳤다. 세이안은 눈을 감고 손으로 더듬어 아와모리 컵을 들었다. 우타의 방문에는 녹색 페인트가 칠해진 새 걸쇠가 채워져 있다. 아까부터 아무리 피하려고 해도 눈이 그곳으로 향한다.

세이안은 어제 회사에서 돌아오는 도중에 한참을 망설인 끝에 철물점에 들렀다. 우타를 집밖으로 내보내지 말라고 했지만 낮에는 아무도 돌보는 사람이 없다. 남은 수단은 그것밖에는 없었다. 버스에서 내려 류큐대학 부속병원 앞 포장된 길을 걸으면서 주머니 안의 금속을 만지작대며 몇 번이고 버리려고 했다. 하지만 그럴 수 없었다. 시민회관을 바라보자 "헌혈운동 추진 전국대회"라고 크게 쓴 현수막이 바람에 펄럭이고 있다. 큰 소리로 외치면서 현수막을 찢고 있는 자신의 모습을 눈에 떠올려봤다. 난 아무 것도 할 수 없잖아(완야, 눈스루쿠도나란). 세이안은 주머니 속 걸쇠를 꼭 쥐며 도망치듯이 귀가를 서둘렀다. 그래도 막상 집에 도착하고 나서 역시 걸쇠를 채울 수는 없었다.

하쓰는 아직 식기를 씻고 있다. 물소리와 식기가 부딪치는 소리가 신경을 긁어대고 있는 것 같다.

"당신 지금 몇 시라고 생각하는 거야. 남은 것은 내일 해(누쿠이야아 치야세)."

하쓰는 수도꼭지를 잠그고 손을 씻으면서 잰걸음으로 세이안 앞을 지나 아이들 방 커튼을 젖히더니 안으로 사라졌다.

"평화거리에서 조금……"

치마에서 물방울이 떨어지는 흙투성이인 개처럼 불쌍한 모습의 우타를 후미가 데려온 것은 점심 무렵이었던 것 같다. 후미는 우타를 욕탕으로 데려가 옷을 갈아입히고 세시 무렵 사치가 돌아올 때까지 우타의 머리맡에 앉아서 작은 소리로 무언가 말을 걸고 있었다고 한다. 귀가한 이후 사치와 이웃 여자들로부터 들은 것을 뒤죽박죽 이야기하는 하쓰의 말을 들으며, 세이안은 방문을 열어젖히고 구석에 웅크리고 있는 우타의 어깨를 매우 거칠게 흔들었다.

"네, 어머니 정신 차려 보세요. 무슨 일이예요?"

"여보 그만 둬요."

하쓰가 외친다.

"말해 보세요. 어머니."

"귤을 어디로 가져가니(미칸야다니무치이코자가)?"

"네에?"

"귤 말이다. 어서 요시아키에게 먹여야 한단 말이야."

세이안은 손을 놓고 망연자실 한 채 우타를 봤다.

"요시아키가 귤을 얼마나 좋아하는지 알아. 빨리 가져가야 해."

우타는 네 발로 기어 다다미 위를 엎드려 다니며 귤을 찾고 있다. 하쓰와 문 옆에서 그것을 들여다보고 있던 가주와 사치는 그런 둘을 지켜보고 있다.

"어머니 요시아키는 사십 년 전에 사라졌잖아요!"

세이안은 뒤에서 우타를 안아 일으켰다.

"거짓말 하지 마(유쿠시무누이스나). 요시아키는 지금 얀바루 산에서 날 기다리고 있어."

우타는 화가 났다. 하쓰가 들어와서 우타를 어르고 달래며 눕혔다. 우타가 잠이 들자 세이안은 드라이버를 가져와서 문에 걸쇠를 달기 시작했다.

"여보."

"아무 말도 하지 마."

나는 지금 이것 밖에는 할 수 있는 것이 없다. 세이안은 자신을 타일렀다. 문을 닫고 걸쇠를 걸고 뺄 수 없게 머리를 구부린 다섯 치(五寸) 못을 찔러 넣으려고 할 때 하쓰가 팔에 매달렸다.

"빠지지 않을 거예요, 여보. 그것만은 하지 마세요."

세이안은 손에 든 다섯 치 못을 바라보고 있다가 천천히 그것을 텔레비전 위에 놓았다.

하쓰는 아이들 방에 들어간 채 나오지 않았다. 사치인가, 가주인가,

어느 쪽인가가 혹은 둘이 함께 흐느껴 우는 소리가 들렸다. 세이안은 느닷없이 분노가 치밀어 올라서 빈 아와모리 삼합 병을 치켜들었다. 하지만 병은 힘없이 다다미 위에 떨어졌다. 세이안은 휘청거리며 일어서서 수도꼭지에 남아있는 물을 마시고 걸쇠를 바라보더니 한숨을 쉬고 침실로 들어갔다.

"얘야, 학교는?"

시간이 될 때까지 숨을 장소를 찾고 있자 뒤에서부터 달려온 조깅복 차림의 남자가 갑자기 말을 걸었다. 가주는 잽싸게 공원 출구 쪽으로 달렸다. 도중에 뒤를 보자 남자는 가볍게 발을 구르며 이쪽을 보고 있다. 가주는 길모퉁이를 돌다 남자가 정원수 그늘로부터 남다른 곳으로 뛰어가는 것을 확인한 후 주위 기색을 살피면서 근처에 있는 가주마루 나무에 올랐다. 단단하고 윤기 있는 잎사귀 사이로 요기(與儀) 네거리 근처 입구에 세워진 은색의 가늘고 긴 막대 위 시계를 보자 12시 30분을 조금 넘은 시각이었다. 눈길을 아래로 똑바로 내리자 사루비아 꽃이 멀리서 봐도 선명히 불꽃처럼 빛나고 있었는데 그 옆에 제복을 입은 경찰 한 명이 주위를 둘러보면서 트랜시버로 교신을 하고 있다. 거기서부터 시민회관 쪽으로 네 그루의 가주마루 큰 나무가 늘어서 있었는데 그 가지가 서로 엉켜서 벽이 온통 녹색이었다. 그 아래 벤치에는 노인 몇 명이 평소와 다름없이 하루 종일 앉아 있다. 오늘도 지팡이에 턱을 올리거나 흰 수건으로 얼굴을 가리고 하늘을 보고 누워서 제각각의 자세로 멍하니 시간을 죽이고 있다. 그 앞을 마침 경찰 한 명이 지나고 있다. 오그라든 셔츠에 무릎까지 오는 헐렁한 잠방이 차림의 대머리 노인이 손을 흔들어 경관을 멈춰 세우려 했지만 무시당한 후 울고 싶은 것인지 웃고 싶은 것인지 알 수 없는 표정으로 좌우에 있는 노인에게 말을 걸었다. 하지만 둘 다 의자 뒤에 기대자고 있는 것인지 입을 크게 벌린 채 미동조차 없다. 그 경관에 대해서 말하자면 엉덩이 부근에 열심히 흔들고 있는 꼬리라도 있는 것인 양 무엇이든 상관에게 보고하고 있다. 그 경관이 있는 힘껏 시원스레 경례를 하려다 모자가 날아가자 허둥대며 그것을 줍고 나서 야단을 맞고 원래 있던 부서로 돌아가려 할 때, 대머리 노인이 "음, 저기 말이지." 하고 말을 걸었다. 아직 스무 살 정도로 보이는 경관은 상관에게 들리지 않을 정도로 "걸리적 거린다고 이 빌어먹을 영감아. (윤카시마사누햐, 야나탄메452)" 하고 지나가며 말했다. 노인은 매우 기쁜 듯이 끈적끈적하게 웃으며 옆 두 사람에게 말을 걸었지만 두 사람은 변함없이 새가 둥지라도 만들 듯 커다란 입을 벌리고 잠에 빠져 있다.

어제 뉴스에서는 시민회관에서 식전이 시작되는 것은 1시 반이라고 했다. 가주는 코타이시덴카(황태자 전하)와 미치코덴카(미치코 전하)가 30분 정도 전에는 올 것이라 생각하고 사 교시 수업이 끝난 후 급식 당번을 땡땡이 치고 교문을 나왔다.

학교 앞 보도에는 이미 사람이 모이기 시작하고 있었다. 성질이 급한 나이든 여자가 손에 작은 일장기 깃발을 들고 가드레일에 상체를 쑥 앞으로 내밀고 도로 저편을 바라보고 있다. 공원 방향으로 달려가 요기 사거리 육교를 건너려할 때 계단 층층대 입구에 서 있던 투구벌레로 변한 것 같은 몸집이 큰 남자가 가주 앞을 가로막아 섰다. 약간 흐린 하늘에서 새어나오는 햇볕을 받고 둔하게 빛나는 두랄루민 방패를 앞에 세운 남자는 짙은 감색 난투복(亂鬪服)으로 몸을 단단히 하고 네모진 커다란 턱에 헬멧 끈을 세게 쥔 채로 가주를 내려다봤다.

"지, 집에 뭘 놓고 온 걸 가지러 가려고요."

허둥대는 기색을 보이지 않으려 했지만 무릎이 떨리는 것을 멈출 수 없었다.

"그렇구나. 그렇지만 오늘 이 육교는 네 시까지 건널 수 없단다."

"그래도, 이 육교를 건너지 않으면 집에 못 가는데요."

가주는 일부러 울 듯 한 표정을 지어 보였다.

"소대장님 어떻게 할까요?"

몸집이 큰 기동대원 남자가 곤란한 듯이 웃자 흰 지휘봉을 손에 들고 계단 통행로에서 도로를 흘겨보고 있던 얼굴이 검은 중년 남자를 불렀다.

"웃는 얼굴을 보이지마."

남자는 꾸짖는 말을 퍼붓고 가주를 한 번 바라봤다. 가주는 몸이 움츠러들었다.

"어린아이군. 건너편 횡단보도로 건너게 해."

남자는 다른 의견을 용납하지 않겠다는 어조로 그렇게 명령하고 쌍안경으로 멀리 도로를 바라봤다. 가주는 몸집이 큰 기동대원이 손가락으로 가리켜준 방향으로 달렸다. 연도 의 사람들을 밀어 헤치며 횡단보도를 건너려하자 이번에는 제복을 입은 경관이 멈춰 세웠다.

"잃어버린 물건을 가지러 가요."

이번에는 아까보다 차분하게 그렇게 말하자, 경관은 "어서 건너." 하고 손으로 신호를 했다. 도로로 뛰어간 가주는 중앙까지 와서 무심코 좌우를 보고 엉겁결에 걸음을 멈추고 "앗."하고 작은 외침을 내뱉었다. 교차로에서 시민회관까지 200미터 이상에 걸쳐서 도로 양측에 푸른 잿빛 제복제모 차림의 경관이 같은 간격으로 열을 지어 서있었던 것이다. 가주는 한순간 영화 속에라도 뛰어든 것 같은 기분이 들어서 한기를 느꼈다.

"빨리 건너."

경관들의 눈이 기계 장치처럼 일제히 이쪽을 봤다. 가주는 웃고 있는 군중 속으로 파고들더니 공원 철책을 뛰어넘었다.

"뭐야."

다박나룻을 기른 남자의 꾀죄죄한 얼굴이 눈앞에 갑자기 나타났다. 가주는 하마터면 남자와 충돌할 뻔 했다. 크로톤(croton) 그늘에 몸을 숨기려는 듯 지면에 상자를 깔고 앉아있던 남자가 무언가를 살피듯이 가주를 둘러보고 있다. 옆에는 주간지와 과자봉지가 흩어져 있고 입이 벌려진 휴대용 봉지 안에는 회중전등이나 수건이 들려다 보이는 채로 내던져져 있다.

"어린아이군."

남자는 중얼대더니 상자 위에 누워 위를 향해 보고 뒹굴다 가슴 주머니에 넣어둔 소형 라디오에서 이어폰을 꺼내 귀에 대더니 귀찮다는 듯이 손으로 가주를 쫓아버렸다. 가주는 손가락으로 리듬을 타고 있는 남자의 머리맡 옆으로 발소리를 죽이고 지나쳐서, 정원수 숲에서 나와 운동장 쪽으로 달려갔다. 그리고 가주가 수돗물을 한껏 마신 후 한숨을 돌리고 철망 쪽을 걷고 있을 때 조깅복 차림의 남자가 불러 세워서 멈췄던 것이었다.

가주는 나무줄기가 네 갈래로 갈라져 있는 틈에 몸을 숨기고 주변 상황을 주시하면서 시계를 바라보고 있었다. 난투복 차림의 기동대원 두 사람이 큰 걸음으로 옆을 지나쳐갔다. 가주는 숨을 죽이고 단단한 편상화 바닥이 아스팔트를 울려대며 지나가는 것을 지켜봤다. 히메유리의 탑 거리에서 차량검문을 하고 있는 경찰관이 울려대는 벨소리가 들렸다. 옆을 보니 도로는 매우 혼잡했다. 가끔 울려대는 경적소리에 덮이듯이 뒤쪽에서 위압적인 폭음이 가까워지고 있다. 가주는 가주마루 잎 사이로 보이는 침울한 회색 하늘을 올려다봤다. 자주봐서 익숙한 미군의 칙칙한 짙은 녹색과는 달리 남빛에 오렌지의 굵은 선이 들어간 소형 헬기가 머리 위를 저공으로 질주해 날아갔다.

갑자기 가주는 아침부터 생각해온 계획을 실행에 옮기는 것이 두려워졌다. 가주는 아침에 집에서 나올 때 우타의 방에 채워진 걸쇠를 한 번 보고 할머니를 이런 지경에 빠지게 한 그 놈들에게 반드시 복수하겠다고 다짐했다. "저 둘만 오지 않았다면……" 가슴 속에서 몇 번이고 이 말을 반복했다. 수업 등은 귀에 들어오지 않았다. 어떻게든 해서 저 둘이 하려고 하는 것을 방해하고 싶었다. 하지만 그것을 하기 위한 좋은 방법을 가주는 생각해낼 수 없었다. 하지만, 어떠한 한 가지라면 할 수 있을 것 같은 기분이 들었다. 그것은 이 둘을 맞이하기 위해 연도에 일장기를 흔들고 있는 어른들 사이에 섞여 들어가 차를 기다리다 두 사람의 얼굴에 있는 힘껏 침을 뱉는 것이었다.

시계 바늘이 한 시를 가리켰다. 가주는 가주마루 나무에서 뛰어 내려 공원 출구를 향해 달렸다.

"으음, 젊은이는 몇 살이야."

평상시처럼 생선을 앞에 두고 책상다리를 하고 손님을 부르고 있던 후미는 더위에 지쳐서 자동판매기에서 캔에 든 주스를 사와서 아침부터 옆에 서있는 젊은 제복 경관에게 그것을 하나 내밀었다. 아무리 봐도 스무 살 정도로밖에는 보이지 않는 가늘고 키가 큰 경관은 열중 쉬어 자세로 코끝에 땀이 찬 채로 평화거리 입구 쪽을 응시하고 있었다.

"에이구 거절하지 않아도 돼. 아무리 젊어도 아침부터 그렇게 계속 서있으면 덥지 않아."

"근무 중이라서요."

경관은 전방에서 눈을 떼지 않고 중얼거리더니 가볍게 머리를 숙였다.

"에구구 그렇게 딱딱하게 말하지 않아도 될 것을. 내가 사는 부락에 주재하는 모모하라(桃原) 순사는 곧잘 긴무추 긴무추(근무중)라고 말하면서 잔교에서 캔 맥주를 앞에 두고 낚시를 하며 다녀. 어서 마셔."

경관은 크게 결후를 움직였지만 받으려고 하지 않았다. 후미는 입술을 삐죽거리며 앉더니 생선 위에 각빙을 덮은 놋대야에 여분의 캔 주스를 던지더니 자기가 마시던 캔을 따 연속해서 세 번 벌컥대며 마셨다.

"아아 맛있다. 살 것 같아(누치구스이다네). 그런데 젊은이도 힘들겠어. 이렇게 더운데도 쓸데없는 걱정이나 하잖아. 응, 조금은 쉬는 것이 좋아. 햇빛을 너무 쏘이면 뇌막염에 걸려. 오키나와에 그렇게 나쁜 사람은 없어. 그렇게 걱정이 되면 어째서 황태자 전하 등을 오키나와에 일부러 부른 거야."

경관은 들리지 않는다는 듯한 기색을 하며 몸을 갈수록 더욱 경직시키며 부동자세를 취하고 서있다. 그 모습이 우스꽝스러워서 후미는 마침내 소리를 내서 웃었다.

오늘 아침 일을 시작하고 한 시간 정도 지났을 때였을까. 갑자기 순찰차 한 대가 후미 가 있는 앞에 까지 와서 멈추더니 그 제복 경관이

차에서 내려 후미로부터 이 삼 미터 떨어진 곳에 섰다. 생선을 내리고 있던 후미는 수상하게 생각하며 사라져가는 순찰차를 봤다. 그러자 뒷좌석에서 고개를 비스듬히 하고 이쪽을 보고 있는 것은 바로 사파리재킷을 입은 남자였다.

"나를 감시할 셈이네."

주먹을 지켜들고 발을 동동 구르며 경관에게 따져 물었지만 그 경관은 키가 작은 후미의 머리 넘어 평화거리 쪽을 본 채로 상대도 하지 않으려 했다. 끝내는 후미도 풋내기를 상대로 화내는 것이 바보 같아져서 무시하고 장사에 열중하기로 결심했다.

하지만 평상시와 비교해 잘 팔리지 않았다. 그것은 옆에서 경관이 서서 경계를 하고 있기 때문이지만 무엇보다도 오늘 장사를 하러 나온 생선 장수가 후미 한 명이었기 때문이었다.

오늘 아침 평상시처럼 고타로가 고기잡이를 하고 오자 후미는 배에 실린 생선을 대야에 나눠서 일하러 나갈 준비를 마치고 마쓰네 집에 들렀다.

"후미 언니. 난 오늘 나하에 가지 않으려고 해."

후미의 따지는 듯한 어조에 마쓰는 미안한 듯이 눈을 내리깔았다.

"오늘은 오키나와시 주변을 돌아보려고. 때로는 중부까지 발을 뻗어도 좋잖아."

"그 남자가 한 말이 무서워서잖아."

"그건 아닌데……"

"거짓말 하지 않아도 돼. 보건소에서 압력을 넣으면 곤란한 것은 나도 매한가지야. 확실히 나도 황태자 전하가 오키나와에 오는 것은 용서할 수 없어. 우리 아버지도 오빠도 천황을 위해서라며 군대에 끌려가서 전쟁에서 죽었어. 천황이라도 황태자라도 눈앞에 있으면 귀싸대기를 때리고 싶어. 그래도 말이지 아무리 그렇게 생각한대 해도 설마 식칼로 찌르거나 하지는 않아. 그 자들도 인간이야. 그런데 그 남자가 얼마 전에 나한테 뭐라고 한 줄 알아. 너도 옆에서 들었잖아. 아주머니는 그렇지 않을지 몰라도, 누군가가, 아주머니 식칼을 빼앗아서 할지도 모르잖소 하며 말했지. 썩을 놈(아노쿠사래문와). 누가 소중한 식칼을 그런 일로 쓰겠어. 그런 도리에 맞지 않는 이야기를 순순히 따르면 그런 놈들은 우리를 더욱더 우습게 알거야. 나는 무슨 일이 있어도 갈 거야."

후미는 위세 좋게 말했지만 마쓰는 "미안해 언니."라고 반복해서 말할 뿐이었다. 그 이상 아무런 말도 하지 못 한 채, 후미는 다른 여자들 집을 돌았지만 돌아오는 대답은 모두 마찬가지였다.

"썩어빠진 경찰들(야나쿠사리케사치야)."

아침부터 몇 번이고 마음속에서 반복했던 말이 자신도 모르게 무심결에 입 밖으로 나왔다. 옆에 있던 경관이 지금 한 말을 확인하려는 듯 후미를 봤다. 후미는 땀투성이에 성실한 체하는 얼굴이 웃겨서 손뼉을 치며 웃고 나서 일부러 큰 소리로 외쳤다.

"이봐 젊은이. 내가 그거보다 더 제대로 된 일자리 하나 찾아 줄 테니 경찰 따위 그만둬버려. 아직 젊은데 인생이 아깝잖아."

후미는 일어서서 엉덩이에 묻은 먼지를 털고 놋대야에 얼음을 더넣고 두려움이 없는 표정을 짓고서 분연한 모습의 젊은 경관에게 다가갔다. 상대는 기가 꺾인 것인지 뒷걸음질 쳤다. 후미는 경관 얼굴에 자신의 붉게 탄 얼굴을 바싹 붙이듯이 발돋움해서 중얼거렸다.

"이봐 젊은이. 지금 몇 시야?"

경관은 허둥대며 손목시계를 봤다.

"으음 12시 55분입니다."

"그치 저기 식당 시계는 젊은이 것보다 5분 정도 빠른 모양이야. 이미 1시가 돼있으니까."

경관은 무슨 일인지 알지 못한 채 무심결에 후미가 손가락으로 가리킨 방향을 봤다.

"젊은 양반 이 생선 좀 봐줘. 안심하고 맡길 수 있겠어."

놀라서 뒤돌아보자 후미는 이미 요기공원 쪽으로 성큼성큼 걸어가고 있다.

"잠, 잠시 기다리세요."

"식칼 도둑맞지 않게. 확실히 지켜보고 있어야 해."

후미는 생생한 웃음소리를 내지르며 손을 흔들더니 혼잡함 속으로 사라졌다.

"늦네. 아직도 안 오는 건가."

가주 옆에서 연신 주위 사람의 시계를 들여다보고 있던 나이든 여자가 초조한 듯이 가드레일에 기대 몸을 앞으로 내밀고 도로 저편을 바라봤다.

"이미 1시 10분인데 말이야."

작업복 차림의 남자가 손목시계를 보고 진절머리가 난다는 듯한 얼굴로 목덜미에 흐르는 땀을 훔치고 있다. 어제 큰비가 내린 여파로 지독하게 후덥지근했다. 가주는 입 안에 괸 침을 이상한 냄새를 풍기고 있는 아스팔트 길바닥에 뱉어 버렸다. 가주는 아까부터 그렇게 하면서 혀를 쩍쩍대며 침을 모아서는 무언가 목표를 찾아내 뱉는 것을 반복하고 있었다. 점심 휴식시간도 끝나가고 있는데 도로 양측에는 OL이나 회사원 풍의 젊은 남녀를 포함해서 작은 일장기를 손에 든 노인이나 묘하게 멋을 낸 아주머니들 등이 군중을 형성하고 있다. 아까 본 투구벌레로 변한 듯한 기동대원은 변함없이 건너편 육교 아래 우뚝 서 있다. 그 남자만이 아니라 도로나 길모퉁이 여기저기에 투구벌레로 변한 사람들이 서 있다. 더 나아가 육교 위에는 일반인과 마찬가지 차림을 하고 있지만 눈초리가 날카로운 남자들이 십여 명이나 트랜시버로 교신하면서 아래를 지켜보고 있다. 근처 빌딩 옥상에도 표적이 될 만한 곳은 경관이 서서 눈을 뻔뜩이고 있다. 그 중에는 영화 촬영기로 주위 상황을 찍고 있는 사람도 있다. 가주는 그러한 모습을 신기한 듯이 바라보면서도 경계를 게을리 하지 않았다. 그 자들의 차가 오면 가드레일의 끊어진 횡단보도까지 재빨리 이동해서 경관 사이를 빠져나가 뛰어들면서 침을 있는 힘껏 뱉을 작정이었다.

퍼뜩 멀리서 환성 소리가 들리는 것을 깨달았다. 주위 어른들도 긴장한 빛이 역력했다. 환성은 천천히 커지며 가까워지고 있다. 육교 아래 기동대원들의 방패가 수중에서 몸을 뒤집는 생선처럼 빛을 발하고 있다. 위쪽에서는 사복형사들이 일제히 카메라를 준비해 몇 명인가가 계단을 뛰어 내려갔다. 갑자기 환성이 장벽을 깨고 교차로를 덮치며 지금까지 고개를 숙이고 있던 작은 일장기 깃발이 서로 내가 먼저라며 경쟁이라도 하는 것처럼 미친 듯이 흔들렸다. 트랜시버를 귀에 대고 있던 그 기동대 소대장이 흰 지휘봉을 올렸다.

"앗 왔다 왔어."

옆으로 살이 찐 중년 여자가 요란스러운 교성을 내질렀다. 가주는 가드레일에 다리를 걸치고 길 위에 비스듬히 몸을 쑥 내밀었다. 사이드

램프를 점멸시켜가며 두 대의 백색 오토바이가 교차로에서 돌아서 오고 있었고 순찰차에 이어서 세 대의 검은색 고급차가 커브를 돌았다.

"뒤로 물러서 주세요."

차도에 서있던 제복경관이 양손을 옆으로 벌려 인파를 물리쳤다. 가주는 뒤에서부터 밀려서 위험하게 차도에 떨어질뻔 했지만 가드레일에 필사적으로 매달리면서 가까이 다가오고 있는 차를 쳐다봤다. 첫 번째 차는 험상궂은 눈빛으로 군중을 바라보고 있는 사나운 눈매의 남자들이 타고 있다. 그리고 가주는 두 번째 차 뒷좌석에서 눈이 부어 있고 얼굴에 핏기가 없는 남자와 여자의 얼굴을 봤다. 바로 카드레일에서 내려가려 했는데 군중이 점점 뒤에서부터 밀려왔다. 가주는 살찐 여자의 배를 팔꿈치로 밀어내고 가까스로 군중을 헤치고 나와서 시민회관을 뒤로 하고 비스듬하게 기운 머리를 흔들며 전력으로 달렸다. 달리고 있는 가주의 옆에서 웅성대는 작은 일장기 깃발의 건조한 소리와 환성이 물결치면서 앞서갔다. 가주는 그것을 필사적으로 앞지르려 뛰었다. 가주는 군중 위로 새어나오는 순찰차 지붕에서 나오는 빨간 빛을 보면 그 자리에 멈추게 될 것 같아서 필사적으로 횡단보도가 있는 곳까지 가서 군중 사이를 예리한 각도로 파고들었다.

"앗 아파, 뭐야 이 아이는."

팔꿈치로 허리를 얻어맞은 여자가 비명을 내질렀다. 가주는 정신 없이 어른들을 좌우로 밀어제쳐 맨 앞줄로 뛰쳐나갔다. 순찰차에 뒤이어 검은색 차 한 대가 눈앞을 통과해 갔다. 가주는 입을 삐죽 내밀었다. 도로 건너편에 놀란 표정으로 가주를 쫓아내려는 듯한 몸짓을 하고 있는 사파리재킷 남자의 모습이 보였다. 가주의 가슴에 차가운 사이다처럼 웃음의 거품이 치밀어 올라왔다. 두 대째 차가 다가왔다.

뒷좌석에 탄 두 사람의 얼굴은 하쓰가 보던 부인잡지 그라비어 사진보다도 훨씬 늙어보였고, 신선도를 잃은 오징어처럼 창백하게 부은 뺨에 웃어서 생긴 주름이 생겼고, 토우처럼 부어오른 눈꺼풀 사이의 가느다란 눈에서는 연약한 빛이 새어나오고 있다. 가주의 온 신경이 눈과 입에 집중돼 전신에 소름이 돋았다. 가주는 있는 힘껏 한 걸음 내딛었다. 다음 순간 가주는 뒤에서부터 격렬하게 부딪쳐 나가 떨어져서 길 위에 굴렀다. 치아가 부러지는 소리가 두개골에 울리고 금녹색 빛이 난비하는 가운데로 원숭이와도 같은 검은 그림자가 내달렸다. 가주는 필사적으로 몸을 일으켜 외쳤다.

"할머니."

그것은 우타였다. 차 문에 몸을 부딪쳐 두 사람이 타고 있는 앞 유리창을 손바닥으로 큰 소리가 나도록 두드리고 있는 백색과 은색 머리카락을 마구 흐트러뜨린 원숭이와 같은 나이든 여자는 바로 우타였다. 앞뒤 차 안에서 힘이 센 남자들이 뛰어나와 우타를 떼어내더니 눈 깜짝할 사이에 황태자 부부가 탄 차를 둘러싸고 방어 자세를 취했다. 길 위에 내팽개쳐져 허리띠가 풀려서 옷 앞부분 가슴이 벌어진 우타의 위로 사파리재킷 남자나 아까 공원에서 라디오를 듣고 있던 부랑자 같은 남자가 덤벼들었다. 양측에서 팔을 잡히면서도 우타는 나이든 여자라고 생각할 수 없을 정도의 힘으로 난폭하게 날뛰었다. 가주는 입에서 피와 침을 흘리며 내내 서서 울부짖고 저항하는 우타를 봤다. 개구리처럼 벌려져 버둥버둥 대는 살이 홀쭉해진 다리 안쪽으로 황갈색 오물 범벅인 얇은 음모가 드러났고 붉게 문드러진 성기가 보였다.

"앗 아파."

사파리재킷 남자가 손등을 물리자 비명을 내질렀다. 아스팔트에 떨어진 의치가 밟혀 바스러졌다. 우타는 남자에게 매달려서 놓으려 하지 않았다. 남자의 주먹이 우타의 얼굴을 강타했다.

"우타 언니에게 뭐하는 짓이야."

제지하는 경관을 뿌리치고 후미가 형사 등에게 몸을 세게 부딪쳤다. 후미의 힘찬 노호나 요란스러운 비명이 주위를 흔들어놓아서, 흐린 하늘에 일직선으로 쏘아진 불화살처럼 군중 가운데서 드높이 손휘파람 소리가 났다. 동시에 가주의 뒤에서는 눈앞에 벌어지고 있는 혼란과는 어울리지 않는 문란한 웃음이 흘러나왔다. 그것은 낮은 중얼거림이라는 포자를 흩뿌려서 금세 주변을 감염시켜 갔다. 누군가가 자동차를 손가락으로 가리켰다. 정차하고 있던 두 사람이 탄 차가 서둘러 발진했다. 가주는 웃는 표정을 짓는 것도 잊은 채 겁먹은 듯이 우타를 보고 있는 두 사람의 얼굴 앞에 황갈색을 띤 두 개의 손모양이 있는 것을 알아차렸다. 그것은 두 사람의 뺨에 척 달라붙어 있는 것 같았다. 사람들의 실소를 의아하게 생각했던 것인지 조수석에 있던 노인이 속도가 느려지는 자동차에서 내려서 창문을 보더니 새파랗게 질려서 매우 허둥대며 손수건으로 창문을 닦았다. 하지만 손수건만으로는 부족해서 중후해 보이는 노인은 차와 함께 비척비척 달리면서 턱시도 소매로 똥을 닦았다. 똥이 칠해진 고급차는 웃음과 짙은 냄새를 남기고 시민회관 주차장으로 사라졌다.

우타와 후미는 도로 건너편 쪽으로 끌려갔다. 가주는 그 뒤를 따라가려 했지만 경관에게 붙잡혀서 보도로 끌려나왔다. 눈물과 피와 땀과 침에 더럽혀진 얼굴을 어깻죽지로 훔치면서 흥분이 사라지지 않는 인파를 누비고 나아가며 건널 곳을 찾아서 육교가 있는 곳까지 오자 그 사파리재킷 남자가 육교 위에서 지금이라도 울 것 같은 얼굴을 하고 트랜시버에 얼굴을 숙이고 있었다. 남자는 가주를 알아차리더니 다리 교각에 몸을 쑥 내밀더니 화를 냈다.

"네가 데려온 거?."

가주는 남자가 육교에서 뛰어내려 오는 것을 보고 북적임 속에 숨어서 공원으로 뛰어 들어갔다. 그리고 시민회관을 크게 우회해서 집으로 돌아왔다.

우타의 방문은 걸쇠가 비틀려 끊어져 있고 나사못이 튀어나온 채로 비스듬하게 기울어져 있다. 살짝 손으로 누르자 끼익 하는 애처로운 소리를 내며 못이 떨어졌다. 가주는 그것을 들었다. 어두컴컴한 집안 어디로부터 새어나오는 한줄기 빛을 받아 아주 새롭게 보이는 나사못은 분노에 미친 동물의 이빨처럼 날카롭게 빛나고 있다. 가주는 뾰족한 그 앞을 자신의 팔에 찔러서 세로로 상처를 입혔다. 뜨겁게 끓어오르는 증오가 몸에서 뿜어져 나왔다. 가주는 있는 힘껏 문을 후려갈기고, 갑자기 덮쳐온 웃음의 소용돌이 가운데 몸을 떨면서 흘러넘치는 눈물을 힘껏 튕겨냈다.

　　황태자 전하의 말씀 (요지)
　　오키나와현에서 개최된 대회에 임하는 것을 실로 기쁘게 생각합니다. 오키나와는 헌혈 비율이 전국 평균을 크게 상회해 정말로 마음이 든든합니다. 그것은 오늘 표창을 받은 분들을 시작으로 헌혈운동을 추진해온 관계자의 줄기찬 노력이 있었기에 가능했다고 생각합니다. 마음으로부터 경의와 감사의 마음을 표하고 싶습니다. "누치도다카라" 목숨이야말로 보물이라 류큐 노래의 한 절에

서 부르고 있듯이 목숨은 바꿀 수 없는 것. 헌혈에 의해 살릴 수 있
는 많은 생명에 대해 생각하며 헌혈운동이 한층 더 앞으로 나아가
기를 바라고 있습니다.

골목길에 인접한 유리창으로부터 비쳐 들어오는 아침 햇살에 머리
맡 자명종의 형광색이 약해졌다. 우편함에 신문이 배달되는 소리가 벽
널 한 장을 사이에 두고 가주의 귓가에 들렸다. 비몽사몽 중에 그 소리
를 듣고 있던 가주가 조금 지나 허둥대며 일어나 시계를 봤다. 5시 40
분. 잠들지 않으려 4시 무렵까지 계속 깨어있었는데 어느새 잠들어 버
렸다. 가주는 옆에서 자고 있던 사치를 깨우지 않기 위해 살짝 잠자리
에서 빠져나와 거실과 아이들 방을 나누고 있는 커튼을 젖혔다.

식탁 위에는 어젯밤 아버지가 마신 삼합 병과 찻종이 정리되지 않
은 채 놓여있다. 가주는 맹장지에 귀를 대고 부모님 방의 상황을 살폈
다. 선풍기가 돌고 있는 낮은 소리와 세이안이 때때로 숨이 막혀 괴로
운 듯 내고 있는 코고는 소리가 들렸다. 세이안은 술을 많이 마신 밤
은 항상 지금처럼 불규칙한 소리를 내며 코를 골았다. 가주는 조금만
힘을 가해도 비명을 내지르는 마루청을 신중하게 골라서 우타의 방
앞에 섰다. 모든 것이 낡아서 생기가 없는 색조를 띤 어두컴컴한 집
안에서 이제 막 싹튼 새잎처럼 반들반들한 녹색 걸쇠는 아름다울 정
도로 보여 밉살스러웠다. 머리 부분이 직각으로 구부러진 다섯 치 못
이 둔한 빛을 띠고 있다. 그저 때려 박았을 뿐인데도 어떠한 복잡한
자물쇠보다도 떼어내는 것이 곤란한 것 같은 기분이 들었다.

어제 경찰서로 모시러 간 부모님과 함께 우타가 돌아온 것은 10시
가 넘은 시각이었다. 우타는 누군가 몸을 씻긴 듯 조금 말쑥한 모습으

로 눈을 조급하게 움직이며 세이안과 하쓰의 부축을 양측에서 받으며 골목길을 천천히 걸어서 왔다. 판잣집 여기저기에서 나온 사람들이 어떻게 맞이하면 될지 몰라서 곤란한 듯한 표정으로 지켜보고 있었다.

"우타 언니 잘 했어. 잘 한 거야."

언제나 불평만 늘어놓던 옆집에 사는 마카토가 눈을 깜박이며 새된 소리로 말했다. 세이안은 순간 화가 난 듯한 험악한 눈으로 마카토를 봤지만 바로 눈을 내리깔고 입술을 깨물며 우타를 억지로 끌고 갔다. 하쓰는 마카토에게 고개를 숙였다. 그 얼굴에는 눈물과 함께 참을 수 없는 웃음이 떠올라 있다. 우타는 이 작은 골목길을 지나가는 것이 처음인 것처럼 신기한 듯한 표정으로 주변을 둘러보고 있다. 가주와 사치는 앞으로 나와서 그 셋이 걸어오는 것을 기다렸다. 세이안은 둘과 함께 집 앞까지 오자 가주와 사치는 뒤에서부터 떠받치려고 우타의 허리에 손을 댔다.

"귀찮게 하지마(카시마사누)."

세이안이 사치의 손을 험악하게 뿌리쳤다. 사치는 울 듯한 표정을 지으면서 분한 듯이 세이안을 올려다봤다.

"자기 자식 얼굴도 모르니 황태자 얼굴을 알 리가 없잖아(쿠와노치라모와카란문누, 코타이시노치라누와카룬나)."

세이안은 뱉어 버리듯이 말했다. 우타는 현관에 웅크리고 앉더니 집에 들어가는 것을 거부했다. 세이안은 칭얼거리는 우타를 질질 끌듯이 집 뒤쪽으로 데려가 거칠게 문을 잠궜다. 하쓰는 가주와 사치를 안고서 세이안의 난폭한 행동을 겁먹은 눈빛으로 지켜봤다. 세이안은 우타를 데리러 가기 전에 고쳐 둔 걸쇠를 걸었다. 그러더니 텔레비전 위에 있는 다섯 치 못에 손을 뻗어서 걸쇠에 걸려고 손을 멈추더니 고개를 숙였다. 마침내 다섯 치 못은 작은 소리를 내며 자물쇠 구멍으로 미끄러져 들어갔다.

가주는 숨을 깊게 쉬었다. 아침 냉기에는 나무 향기가 섞여있는 듯한 기분이 들어서 용기가 솟아났다. 과감히 다섯 치 못을 뽑았다. 그것은 호수 바닥에 떨어진 것처럼 차가워서 화끈거리는 손에 닿는 감촉이 좋았다. 자물쇠를 떼어내고 문을 열자 크게 삐걱거려서 소금 결정과 같은 소리의 파편이 이제 잠에서 막 깨어난 민감한 피부에 박혔다. 가주는 귀를 쫑긋 세웠다. 괜찮다.

덧문이 내려져 닫혀있는 우타의 방은 아직 어둠에 갇혀있다. 그래도 눈이 익숙해지자 덧문 판자 사이에서 새어나오는 빛 속에 우타의 바짝 말라 새처럼 홀쭉한 가냘픈 다리가 < 모양으로 꺾여 두 개가 겹쳐져 있는 것이 보였다. 가주는 그 썩은 나뭇가지와 같은 다리를 바라보고 있다가 우타의 복사뼈 부근에 무언가 검은 것이 움직이고 있는 것을 알아채고 웅크리고 그것에 손을 뻗었다. 한순간 그것은 부서져 흩어지며 낮은 날개소리를 내며 가주의 주위를 둘러쌌다. 몇 마리의 파리가 한 무리를 지어서 우타의 복숭아뼈에 멈춰있던 것이었다. 어제 내던져졌을 때 까진 것이다. 둥근 상처 자리에 설마른 점액이 가냘픈 빛을 반사하고 있다. 파리는 상처 자리에서 나는 냄새에 이끌려 금방 다시 그곳에 내려앉으려 했다. 가주는 파리를 내쫓으면서 사치보다 더 얇아 보이는 우타의 장딴지를 위로하듯이 어루만졌다. 쭈그러든 살의 축 늘어진 탄력은 작은 비늘이라도 되는 것처럼 껄끔거리는 피부를 통해 무언가를 말하고 있는 것 같았다.

"할머니."

옆으로 향해 누워 있는 우타의 귓가에 입을 접근시켜 불러봤지만 대답이 없다. 가주는 불안에 쫓겨서 우타의 몸을 흔들었다. 우타는 목구멍 깊은 곳에서 이상한 소리를 내며 고개를 들었다. 먼지를 빛내며 점차 세지는 빛에 우타의 머리칼이 하얗게 모습을 드러냈다. 가주는 그 아래로 검게 시든 얼굴을 들여다보며 중얼거렸다.

"할머니 얀바루에 가요. 얀바루로."

우타는 아무런 반응도 보이지 않았다. 가주는 일어서더니 우타의 손을 잡았다. 우타는 모래땅의 마른 풀처럼 이렇다 할 저항도 없이 가주에게 이끌려 일어났다. 너무나도 가벼운 느낌에 가주는 놀랐다. 집에서 나올 때도 가주만이 마루청을 삐걱거리게 했을 뿐 우타의 발걸음은 위험해 보이기는 했어도 공중에 떠있는 것처럼 조용했다.

평화거리는 으스스한 상태였다. 가게 셔터는 아직 눈을 내리깔고 자고 있다. 지붕에 매달린 두 줄 광고등의 파르께한 빛이 더러워진 컬러타일을 비추고 있다.

가주와 우타 두 사람만이 거리를 걷고 있을 뿐이었다. 가주는 때때로 우타가 걷는 것이 너무 느려 초조한 듯 앞서 갔지만, 붙이고 나서 바로 찢겨진 포스터의 남은 부분을 들여다보거나 가게 앞에 쌓인 스티로폼을 손톱으로 벗겨 내거나 하면서 우타를 기다렸다.

"할머니. 이사람 할머니가 좋아하는 사람은 아니죠."

가주는 주변 가게보다 시대가 뒤처진 듯한 낡은 목조 양복점 벽널에 붙여진 색 바랜 향토 연극 포스터를 두드리며 호들갑을 떨었다. 하지만 우타는 깊이 허리를 구부린 채로 얼굴을 들려고 하지도 않은 채 입을 다물고 잰 걸음으로 계속 걸었다. 가주는 조금 낙담해 소라게처럼 굼실굼실 움직이는 다리를 보면서 우타의 뒤를 따라 걸었다. 갑자기 우타의 다리가 멈췄다. 가주는 고개를 들었다. 우타는 대 바겐세일 내림 깃발이 비스듬히 내걸린 커다란 슈퍼 앞에 멈춰있다. 단단해 보이는 쇠격자 셔터가 두 사람 앞에 내려져 있다. 우타는 움푹 팬 작은 눈을 씀벅거리며 검은 격자를 바라보고 있다. 틀니를 하고 있어서 움츠러든 턱이 조금 움직이며 무언가 말한 듯 했지만 가주에게는 아무런 말도 들리지 않았다.

우타는 다시 걷기 시작했다. 거리 건너편에서 폐품 회수차가 오르골 소리를 울리면서 다가왔다. 지나쳐갈 때 마스크를 한 붙임성 있는 눈빛의 아주머니가 기분 좋은 땀 내음이 풍길 듯한 흐트러진 머리카락을 쓸어 올리며 가주와 우타를 봤다. 가주는 무언가 말하지 않을까 걱정했지만 아주머니는 바쁜 듯이 상자를 평평하게 쌓은 작업에 쫓기고 있다. 매달려 있는 시계를 보니 이미 7시가 다 되려하고 있다. 세이안과 하쓰는 훨씬 전에 둘이 없어졌다는 것을 눈치 채고 찾고 있을 것이다. 가주는 서둘러서 버스에 타야지 하며 초조해 했는데 아무리 손을 잡아끌고 독촉해도 우타의 걸음걸이는 빨라지지 않았다. 그래도 어떻게 해서든 국제거리에서 나오자 거리에는 이미 평상시와 같은 떠들썩함과 정체가 시작돼 있었다. 가주는 우타의 손을 잡고 신호를 건넜다. 걱정하고 있던 대로 반도 가지 않았는데 신호가 적색으로 바뀌어 버렸다. 양측에 정차돼 있는 택시가 연속해서 경적을 울리며 가주와 우타를 위협했다. 겨우 다 건너자 가주는 두 사람을 노려보며 급 발진하는 운전사에게 혀를 내밀어 보였다.

버스는 하행선 용으로 중부방면으로 일을 하러 가는 사람들로 꽤 붐비고 있다. '나하—카데나(カデナ)—문비치(ムーンビーチ)—나고(ナ

ゴ)'라고 표시된 버스에 타려고 했지만 우타가 계단을 잘 오르지 못하자 앞서 탄 젊은 여성이 손을 끌어서 올려줬다. 가주는 "고맙습니다." 하고 웃어 보이며 앞에서 세 번째 좌석에 우선 우타를 앉히고 이어서 자신도 앉았다. 버스가 달리기 시작했s다.

가주는 꿈을 꾸고 있다. 눈을 뜨자 옆에 서 있던 여자 고등학생들이 웃으면서 가주를 보고 있다. 어디까지 온 것일까. 창밖에는 싱그러운 태양의 꽃가루가 잔디밭 위에 금색으로 쏟아져 내리는 미군기지가 펼쳐져 있다. 철망에 연해서 심어진 협죽도 꽃이 흰 나비떼처럼 바람에 흔들려 아름다웠다. 양쪽 팔에 새긴 문신을 드러내놓고 있는 붉은 얼굴의 미군 병사 두 명이 조깅을 하면서 버스에 손을 흔들었다.

"할머니 얀바루는 아직 멀었겠죠."

가주는 창에서 쏟아져 들어오는 햇빛에 얼굴을 찌푸리며 우타에게 물었다. 우타는 자리에 얼굴을 기대고 조용히 자고 있다. 은색이 섞인 백발이 햇빛을 받아서 빛나고 둥근 얼굴의 솜털이 분이 생긴 듯 여린 빛에 휩싸여 있다. 풀 없이 열린 눈에는 달팽이가 기어간 후처럼 은색 막이 씌어 있다. 턱이 수그러지고, 얼굴이 길어진 것처럼 보이는 치아가 없는 입에서 침이 실처럼 늘어져 있다.

"어머 버스 안인데 파리가 있어."

여자 고등학생 한 명이 창문 표면을 걷고 있는 파리를 발견하고 옆에 있는 친구에게 손가락으로 가리켜 알려줬다. 파리가 날아오르더니 우타의 눈에 멈췄다. 가주는 귀찮은 듯이 파리를 쫓았다. 파리는 태양의 온기를 받고 활발해진 것인지 집요하게 우타의 눈에 내려앉으려 했다. 여자 고등학생들 얼굴이 순식간에 굳어지고 숨죽인 소리가 버스 안에 퍼져나갔다. 가주는 파리를 쫓으면서 우타의 이마를 만

졌는데 햇빛을 받고 있는데도 그곳이 차갑다는 것을 깨달았다. 손을
잡자 차가움은 한층 다 가주의 가슴을 파고들었다. 가주는 냉방 송풍
기를 옆으로 향하고 우타의 손을 햇빛으로 따뜻해진 유리창에 가져
다 댔다. 우타의 얼굴에 아스라이 미소가 떠오른 것 같았다.

"할머니. 얀바루는 아직 멀었겠죠."

기지에서 나오는 녹색 빛이 눈부셨고 가주의 몸은 살짝 땀이 밸 정
도로 따뜻했지만, 우타의 손은 시간이 지나도 따뜻해지지 않았다.

곽형덕 옮김

* 작품 중 신문기사, 황태자의 말은 1983년 7월 7일~14일 오키나와타임즈 기사를
  재편집해서 인용한 것이다.

어떤 교과서 검정의 배경 ある教科書検定の背景
― 오키나와에 있어 자위대 강화와 전쟁의 기억

헤노코 먼 바다 '사전조사'를 위한 자위대 투입

"일본 본토의 정치가와 민중이 오키나와와 그곳에 사는 사람들을 강제로 굴복시켜 이의를 제기하는 목소리를 압살하려 한다. 바로 그런 **때가 왔다**."(오에 겐자부로, 『오키나와 노트(沖繩ノート)』, 이와나미 서점, 211쪽, 강조는 원문)

37년의 시차를 두고 일본 본토 정치가와 그들을 지지하는 민중들은 다시 그런 "때가 왔다"고 생각하는 걸까.

2007년 5월 18일, 일본정부 방위성은 나고(名護)시 헤노코(辺野古) 먼 바다에서 나하(那覇) 방위시설국이 수행하는 환경현황조사에 해상자위대를 잠수부로 투입하여 조사기재 설치를 강행했다. 전체 길이 141미터, 배수량 5700톤, 76미리 단장포와 12.7미리 기관총을 갖춘 군함(掃海母艦 '분고[ぶんご]')를 출동시킨다는 정보도 흘러나왔다. 현황조사는 항의하는 주민들을 무력으로 제압하고, 방해를 구실로 치안탄압의 기회도 엿보면서 진행되었다.

오키나와 현내에 새로운 미군기지를 건설하기 위한 작업에 정부 방위성은 앞뒤 가리지 않고 있다. 현재 헤노코 연안에 건설하려는 신기지(V자형 활주로와 항만시설을 갖추고 후텐마기지 '대체시설'로 부른다고 될 일이 아니다)에 대해 나카이마 히로카즈(中井真弘多) 오키나와 현지사와 시마부쿠로 요시카즈(島袋吉和) 나고 시장은 건설 위치를 바다 쪽으로 이동하도록 요구하고 있다. 정부 방위성은 이를 거부하였고 그로 인해 구체적인 건설 계획의 추진은 물론 환경평가도 진행되지 못하고 있다.

그런 가운데 초조해진 나하 방위시설국은 '사전조사'라는 명목으로 헤노코 해역 현황조사에 착수했다. 조사계획과 내용을 공표하지 않고 수행하는 '사전조사'는 환경 평가의 의의를 부정하는 일이며, 위법이라는 비판의 목소리가 현내 평화단체와 환경보호단체에서 일고 있다. 그러나 이를 무시하고 해상자위대까지 투입하여 조사를 강행하는 이상한 사태가 계속되고 있다.

주민운동을 탄압하기 위해 자위대가 출동하는 전대미문의 사태에 대해 "일본의 군대가 다시 현민에게 총구를 겨누나" "자위대가 지키는 것은 주민이 아니라 미군인 건가"라는 분노의 목소리가 오키나와 현내에 끓어오르는 것은 당연한 일이다. 오키나와전에서 일본군이 무슨 일을 저질렀는가? 그 기억은 전쟁을 체험한 이들로부터 다음 세대, 그리고 그 다음 젊은 세대로 전해져 오고 있다. 도카시키(渡嘉敷) 섬이나 자마미(座間味) 섬, 게라마(慶良間) 섬에서 주민에게 '집단자결(集団自決)'을 명령하고 강제한 일. 현내 각지에서 주민학살과 식량강탈을 반복했던 일. 주민을 방공호에서 내쫓아 미군의 포화 속으로 내몰아 수많은 희생을 낳았던 일. 그러한 일본군의 만행은 간단히 잊혀 사라지는 것이 아니다. 부모님과 조부모님, 지인들이 일본군에게 희생된 사람은 오키나와에는 수없이 많다.

그렇기 때문에 정부 여당(자민당, 공명당)의 지지를 받아 당선된 나카이마(中井真) 지사조차도 당황한 기색을 보인 것이다. 5월 19일자 류큐신보(琉球新報) 조간에는 나카이마 지사의 다음과 같은 코멘트가 실려 있다.

"해상자위대가 참가하는 상황이 되리라고는 생각지 못했다. 어찌 되었든 특수한 임무를 띤 해상자위대가 관여할만한 사태인지 아닌지는 의문이며, 반(反)자위대 감정을 조장하는 일은 없어야 한다."

오키나와 현 방위협회 회장도 겸임하고 있는 나카이마 지사 입장에서는, 1972년에 오키나와에 자위대가 배치된 이래 이후 축적해 온 선무(宣撫)공작(불발탄 처리와 긴급환자 이송, 스포츠 대회 참가, 관악대 연주회 등)으로 현민의 반자위대 감정이 모처럼 옅어지고 있는데 그 분위기가 망가질까봐 걱정했을 것이다.

그러나 아베 신조(安部晋三) 수상과 규마 후미오(久間章生) 방위 대신은 그런 나카이마 지사의 목소리에도 전혀 개의치 않는다. 그들에게 정보를 제공하는 정부 방위성 직원은 오키나와 현민이 어떤 반응을 보이는지 주의 깊게 관찰하고 있을 것이다. 이렇게 생각하니 『오키나와 노트』의 한 구절이 떠오른다.

"본토에는 이미 **때**(강조는 원문)가 왔다. 그는 오키나와에 언제 그 **때**가 올지 호시탐탐 노리고 있다."(『오키나와 노트』, 210쪽)

37년 전과 달리 그는 혼자가 아니다. 유사=전쟁법을 시작으로 개정 교육기본법과 국민투표법, 미군재편추진특조법 등을 차례로 만들고, 방위청(防衛庁)을 성(省)으로 승격시킨 그들은, 지금 오키나와에도 **"때가 왔다"**고 판단하는 것은 아닐까.

재일미군재편은 곧 자위대의 재편이기도 하다. 미군과 일체화하여 자위대를 해외에서 활동하도록 하는 동시에 오키나와에서는 대(對)중국을 상정한 도서(島嶼)방위를 위한 자위대 강화를 착착 진행하고 있다. 이번 '사전조사'에 해상자위대를 투입한 것은 신기지건설을 향한 일본 정부 방위성의 결의를 미국정부에 보여주기 위함이다. 그와 동시에 오키나와에 미군과 하나가 되어 도서방위를 수행하는 자위대의 존재를 과시하는 것이며, 오키나와 현민의 반(反)자위대 감정과 반(反)기지운동을 무력화하려는 의지를 나타내는 것이기도 하다.

급속히 추진되는 오키나와 자위대 강화

작년 2006년부터 금년 2007년에 걸쳐 점진적으로 추진된 오키나와의 자위대 강화는 정부 방위성이 말하는 '오키나와의 부담 경감'이라는 말이 기만이라는 것을 나타내고 있다. 류큐신보와 오키나와 타임스 등 현내 신문만 보더라도 알 수 있다.

① 2006년 2월 15일, 항공자위대 나하기지 다키와키 히로유키(滝脇博之) 사령이 미야코(宮古) 섬 시모지시마(下地島) 공항을 자위대가 사용하는 것이 바람직하다는 발언.
② 같은 해 2월 17일, 방위청 수뇌가 항공자위대 나하기지 소속 F4 팬텀 전투기를 2008년 중에 F15 이글 전투기로 갱신하는 방침을 명확히 함.
③ 같은 해 2월 21일, 육상자위대 라이플 사격장이 미군 가데나 탄약고 지구 내 건설을 분명히 함.

④ 같은 해 2월 26일, 나하 방위시설국 사토 쓰토무(佐藤勉) 국장이 미군 캠프 한센 기지 내에서 육상자위대 제 1혼성단(나하)에서 사격 훈련을 2006년도 안으로 개시할 것을 명확히 함.

⑤ 같은 해 6월 23일, 육상자위대 제1 혼성단이, 7월 16일에 요나구니(与那国)에서 개최하는 방재전시회에서 제1 공정단(지바현 나라시노[習志野] 주둔지)의 파라슈트 낙하를 계획하고 있음이 판명. 나중에 중지를 표명.

⑥ 같은 해 6월 23일, 오키나와전 위령의 날(慰霊の日)에, 육상자위대 제1 혼성단 후지사키 마모루(藤崎護) 단장을 포함한 25인이, 제32군사령관 우시지마 미쓰루(牛島満) 중위 등을 기리는 이토만(糸満) 시 마부니(摩文仁) 여명의 탑(黎明の塔)을 참배.

⑦ 같은 해 10월 3일, 정부의 중기 방위력 정비 계획(2005년~2009년)에 명기된 육상자위대 제1 혼성단(약 2천명)의 여단화(3천~4천명)의 일환으로 2009년도를 목표로 미야코 섬에 새롭게 약 2백 명 규모의 부대를 배치하여 새로운 기지건설도 검토하고 있음이 명확해짐.

⑧ 같은 해 10월 23일, 방위청과 항공자위대가 동중국해 군사 전자 정보를 수집, 분석하기 위한 지상전파측정시설을 미야코 섬 분둔(分屯)기지에 설치. 이미 일부는 공사에 착수하였으며 2009년도 운용 개시 예정임을 분명히 했다.

⑨ 같은 해 11월 3일, 방위청 탄도 미사일 방위(BMD) 시스템 정비 계획으로, 항공자위대 나하기지 요자다케(与座岳) 분둔기지(이토만 시)의 레이더 갱신으로, 2009년도부터 탄도 미사일의 탐지·추오가 가능한 신(新)경계(警戒)관제 레이더·FPS-XX의 정비를 개시하여, 2011년도에 운용개시 계획이 분명해 짐.

⑩ 같은 해 11월, 해상자위대와 미해군이 동중국해 센카쿠 제도(尖閣諸島)에 중국이 무력 침공하여 미일이 공동으로 대처하는 첫 연습 실시.

⑪ 2007년 1월 29일, 구마모토(熊本) 현 오노하라(大野原) 연습장에서 육상자위대 제1 혼성단과 재 오키나와 해병대 제3 해병사단의 공동훈련. 오키나와에서 육군자위대 참가는 처음.

⑫ 같은 해 4월 3일, 중원 안전보장 위원회에서 규마 후미오 방위대신이 미야코 섬 시모지시마(下地島)공항에 대해 지역 주민의 합의를 얻어 자위대 을 자위대가 사용하는 것이 바람직하다고 발언.

⑬ 같은 해 4월 27일, 가데나 기지에 잠정 배치 중인 미공군 최신예 스텔스 전투기 F22 A라프타가 참가하는 첫 미일 공동훈련이 실시되고, 오키나와 남서 항공혼성단의 F전투기 등 항공자위대와 F22 등 미군기가 모의공중전을 실시하였다.

미군기지 문제 보도에 비해, 오키나와 내 자위대 강화 실태가 야마토에 거의 보도되고 있지 않은 듯하여 일부러 길게 옮겨 적었다. 이 1년 여 간 이렇게도 많은 자위대 강화 계획이 있었고, 이를 실제로 실행에 옮겼고, 나아가 훈련을 확대해 가고 있다. 이러한 점을 보면 오키나와의 기지문제는 미군만이 아니라 자위대의 문제이기도 함을 알 수 있을 것이다.

특히 눈에 띄는 것은, 센카쿠 제도와 대만에 가까운 미야코 섬, 이시가키 섬, 요나구니(与那国) 섬에 자위대 배치와 기지건설, 연습을 추진하고 있다는 것이다. 또한 재 오키나와 미군과 자위대 공동연습이 육해공에서 활발하게 이루어지고 있으며, 일체화가 추진되고 있는

것도 주목해야 할 것이다. ①~⑬ 외에도 이시가키 섬 방재훈련에 자위대가 참가하고, 요나구니 섬에 자위대 함선이 정기적으로 기항하고 있는 실정이다. 〈츄라상(ちゅらさん)〉, 〈Dr.코트 진료소(Dr.コトー診療所)〉, 〈유리의 섬(琉璃の島)〉 등 텔레비전 드라마 무대가 되면서 관광객이 증가하고, 야마토로부터의 '이주 붐'도 일고 있는 이시가키 섬과 미야코 섬, 그 주변 이도들이 있지만, 그 이면에서는 악취나는 군사강화가 추진되고 있는 것이다.

장해(障害)가 되는 오키나와전의 기억

그런데 미군재편과 연동한 오키나와의 자위대 강화가 모두 원만하게 진행되고 있는가 하면 그건 아니다. 미야코 섬 시모지시마 공항의 군사이용에 대해 지역 주민들이 강하게 반대하고 있다. 시모지에는 민간 전용 파일럿 훈련시설로 3천 미터의 활주로가 있다. 섬의 위치와 활주로의 규모로 볼 때, 자위대만이 아니라 미군도 군사적으로 이용을 원하고 있으며, 거기에 호응하여 일부 의원의 획책으로 2005년 3월에 당시 이라부(伊良部) 쵸 의회에서 자위대 유치 결의가 상정되기도 했다. 그러나 이라부 마을 주민의 반대운동이 거셌다. 주민 설명회에서 의원들은 심한 추궁을 받아 의회결의는 철회되었다.

그 외에 주목해야 할 것은, 국민보호계획 책정이 국가가 목표로 한 금년(2007) 3월 말시점에 오키나와 현은 3할의 자치체밖에 책정되지 못했다. 이는 전국의 9할에 비하면 매우 적은 수치다. 미야코지마(宮古島) 시와 이시가키(石垣) 시, 다라마(多良間) 손(村), 다케토미(竹富)쵸, 요나구니(与那国) 쵸 등은 모두 미책정이었고, 이시가키 시의 경우는 계획을 전제로 한 조례조차 제정되지 않았다(오키나와 타임스 2007년 5월 1일자 조간). 중국과의 유사=전쟁을 상정한 도서방위 강화를 꾀하고 있는 정부, 방위성, 자위대 입장에서는 중요한 사안이었음은 말할 것도 없을 것이다.

여기서 문제가 되는 것이 오키나와전(沖縄戦)의 기억이다. 오키나와 섬처럼 대규모의 지상전이 있지는 않았다고 해도 미야코 섬이나 이시가키 섬, 그 주변 이도 사람들도 공습과 함포사격, 기아와 말라리아로 인해 다수의 희생자를 낳았다. 이시가키 섬은 일본군에 의해 말라리아 창궐지역으로 강제 이주되는 바람에 3600여 명의 사상자가 발생했다. 특히 하테루마(波照間) 섬의 경우는, 특치첩자(特置諜者)로 섬에 들어온 육군 나카노(中野)학교 출신 야마시타 도라오(山下虎雄)라는 일본군 병사가 주민을 협박하여 니시오모테(西表) 섬 하이미다(南風見田)로 강제 이주시켜 수많은 희생을 낳았다. 그 기억은 지금도 도민에게 강하게 각인되어 있다. 오키나와전에서 '집단자결'이나 주민학살의 기억도 공유하고 있고, 일단 유사=전쟁이 발발하면 좁은 섬 안에서 도망갈 곳도 없으니 많은 희생자가 나오리라는 것을 주민은 체험으로 알고 있는 것이다.

이도 지역에서는 긴급환자 이송 등 자위대의 도움을 받는 일도 많다. 그런 점에서는 자위대에게 감사하며, 요나구니 섬처럼 함선이 기항하면서 대원들이 물건을 팔아주어 좋아하는 주민들도 있다. 그러나 자위대가 군대로서의 민낯을 보일 때, 주민의 경계심은 급격히 높아진다. 자위대 뒤에 구(舊) 일본군의 망령은 아직도 떠돌고 있으며, "군대는 주민을 보호하지 않는다"라고 하는 오키나와전의 교훈은 현민 사이에 넓게 침투되어 있다.

오키나와전 기억의 암살

1972년 시정권 반환으로 자위대가 오키나와에 배치된 지 35년이 된다. 그 사이 자위대는 군대로서의 민낯을 숨기고 선무공작을 거듭하면서 현민 안으로 침투해 오고 있다. 그 몇몇 성과를 도약대로 삼아 미군재편 속에서 대 중국을 상정한 남서영토방위를 전면에 내세워 오키나와를 미군의 거점만이 아니라, 자위대의 거점으로 삼고자 하고 있다. 거기에서 커다란 장해가 된 것이 구 일본군의 현민에 대한 만행으로 인한 반군감정이며, 전쟁, 기지에 대한 부정적 인식을 초래하는 오키나와전의 기억인 것이다.

오키나와전이 그러했듯이 근대전은 총력전이다. 주민이 적극적으로 협력하지 않으면 자위대의 전투에도 지장을 초래한다. 오키나와전의 기억이 어떻게 '수정'되어, 현민의 자위대에 대한 협력태세를 만들어 가고 있을까? 1972년부터 추구해 왔지만 아직 충분치 않은 벽을 돌파해 가는 것이 정부, 방위성, 자위대의 과제로 부상하고 있다. 이를 위해서는 자위대의 선무공작만으로는 한계가 있었고, 측면에서의 지원이 필요했다. 이에 최근 2, 3년에 있었던 오키나와전과 관련된 다음과 같은 사건에 주목해 보자.

① 2004년 1월 23일~26일, 천황 부부가 국립극장 오키나와 개관에 맞춰 방문해 처음으로 미야코 섬과 이시가키 섬을 찾는다.

② 2005년 5월 20일~22일, 후지오카 노부카쓰(藤岡信勝) 다쿠쇼쿠(拓殖) 대학 교수를 비롯한 자유주의사관연구회 멤버가 도카시키 섬, 자마미 섬에서 현지조사를 수행.

③ 2005년 6월 4일, 자유주의사관연구회가 도쿄에서 집회를 열어

'집단자결 강요'라고 기술한 부분을 교과서에서 삭제하도록 문부과학성에 지도를 하고, 또 교과서회사와 출판사에 기술을 삭제할 것을 요구하도록 결의한다. 후지오카 노부카쓰 대표는 "이 집회를 기점으로 모든 교과서, 출판물, 아이들 대상 만화를 면밀하게 조사해 하나하나 출판사에 요구하고, 모든 수단을 동원해 거짓을 없애도록 한다"고 발언. (오키나와 타임스 2005년 6월 14일자 조간)

④ 2005년 8월 5일, 구 일본군 우메자와 유타카(梅沢裕) 전 소좌와 고(故) 아카마쓰 요시쓰구(赤松嘉次) 전 대위의 동생이 이와나미 서점(岩波書店)과 오에 겐자부로(大江健三郎) 씨를 오사카 지방재판에 기소.

⑤ 2005년 8월 14일, '고바야시 요시노리(小林よしのり) 오키나와 강연회' 개최.

⑥ 2006년 5월 27일, 소노 아야코(曾野綾子)가 자신의 저서 『어떤 신화의 배경(ある神話の背景)』을 『오키나와전·도카시키 섬 '집단자결'의 진실 일본군의 주민 자결 명령은 없었다!(沖縄戦·渡嘉敷島「集団自決」の真実 日本軍の住民自決命令はなかった！)』(WAC)라는 제목으로 바꾸어 다시 출판함.

⑦ 2007년 3월 30일, 고등학교 교과서 검정 결과가 공표되었다. 문부과학성이 '집단자결'은 군의 명령과 강제가 있었다는 기술에 의견을 달고, 그 기술들을 삭제, '수정'하는 것으로 '집단자결'에 군의 관여 여부를 애매하게 처리한다.

재일미군 재편 논의가 본격화되고 '억지력(抑止力)의 유지'를 내세우며, 오키나와 내 자위대 강화를 추진하는 다른 한편에서 이러한 사건들이 일어났다. 이것은 우연이 아니다. 개별 사건은 각각의 단체나 개인의 생각에 따른 것처럼 보이지만, 그 저류에 흐르고 있는 의지는 공통된다. 그것은 오키나와전의 기억과 역사인식을 '수정'하는 것, 즉 구 일본군의 오키나와 주민에 대한 만행=부정적 측면을 은폐하는 한편에서 주민의 희생을 국가를 위해 신명(身命)을 바치는 것으로 찬미(순국미담화)하고, 군대에 대한 부정적 인식을 없애는 것으로 오키나와 내 자위대 강화를 측면에서 지원해 가는 것이다.

①은 오키나와전과 직접적인 관계는 없는 것처럼 보인다. 그러나 2004년 1월 하순이라는 시기는 자위대의 이라크 파병을 앞두고, 일본 내 '테러 공격' 가능성이 점쳐지면서 긴박한 상황이었다. 그런 와중에 경호가 어려운 미야코 섬, 이시가키 섬을 천황 부부가 굳이 방문한 의미는 무엇일까. 하나는 이라크 파병으로 인해 전시체제로 접어들려고 하는 일본 영토의 경계를 방문하는 국견으로서의 상징적 의미가 있었을 것이다. 동시에 천황의 군대로서 구 일본군이 초래한 나쁜 기억을 위무하고, 남서 영토방위를 위해 미야코 섬과 이시가키 섬을 거점화하려는 자위대를 선도하는 의미를 갖고 있었던 것은 아닐까.

그리고 ②부터 ⑦에 관해서는 오키나와전의 기억과 역사 인식을 '수정'하기 위해 도카시키 섬과 자마미 섬에서 일어난 '집단자결'의 군명(軍命) 문제를 표적으로 하고 있다(⑤의 고바야시 강연회에서는 직접 언급하고 있지 않지만 '집단자결'에 대한 군명의 부정은 고바야시도 얼마 전 주장했다).

주목해야 할 것은 ②부터 ⑦의 관련성이다. ②의 현지조사를 토대로 하여 ③의 집회에서의 결의와 후지오카 대표의 발언을 보면, ④의 제소와의 연관성을 생각하지 않을 수 없다. 실제로 ④의 재판에서 원고인 우메자와 씨나 아카마쓰 씨 가족을 지지하는 사람들 중에는 자유주의사관연구회와 관련 있는 사람들도 많다. 그리고 ⑦의 교과서 검정에서 문부과학성이 '집단자결'에 군의 명령과 강제에 대해 기술 변경을 요구한 이유로 ④의 재판에서 원고인 전 대장이 군명을 부정 하는 의견을 진술한 것과, '집단자결'을 둘러싼 학설이 바뀌고 있음을 들었다. 문부과학성이 학설 상황을 파악하는 참고로 삼았던 '집단자 결'에 관한 저작물 가운데 ⑥의 소노 아야코의 『어떤 신화의 배경』이 재간행된 것도 들고 있다.

군의 관여를 삭제, 애매하게 하는 꼼수

이번 교과서 검정에서는 문부과학성 조사관에 의해 '집단자결'에 관한 기술이 다음과 같이 '수정'되었다.

야마카와 출판사(山川出版社) 『일본사 A』
〈신청도서의 기술〉
일본군에 의해 방공호에서 쫓겨나거나 혹은 집단자결로 내몰린 주 민도 있었다.
〈수정 후〉
일본군이 스파이 혐의로 학살한 일반 주민과 집단으로 '자결'을 강 요한 자도 있었다.

도쿄서적(東京書籍) 『일본사 A』
〈신청도서의 기술〉
일본군이 스파이 용의로 학살한 일반 주민이나 집단으로 '자결'을 강제한 자도 있었다.

〈수정 후〉

'집단자결'에 내몰리거나, 일본군이 스파이 용의로 학살한 일반 주민도 있었다.

시미즈 서원(淸水書院) 『일본사 B』

〈신청도서의 기술〉

그 중에는 일본군에게 집단자결을 강제 당한 사람도 있었다.

〈수정 후〉

그 중에는 집단자결로 내몰린 사람들도 있었다.

지면 사정으로 3사 교과서만 언급했는데, 도쿄서적과 시미즈 서원 교과서처럼 "강요한" "강제당한" 이라는 기술이 삭제됨으로 인해 '집단자결'이 일본군에 의한 강제였다는 사실이 부정된 것은, 다른 회사 교과서도 마찬가지다. 게다가 '일본군'이라는 실행주체까지 삭제하는 것으로 '수정 후'의 기술에서는 누구에 의해 "내몰린" 것인지 불분명해지게 된다. 그에 따라 군의 관여가 있었다는 사실도 애매해지고, 마치 전시 하 혼란이 원인이 되어 "내몰린" 것처럼 읽힌다.

야마카와 출판사 교과서의 〈수정 후〉 기술에서는 "자결한 주민도 있었다"라고 기술하는 것으로 마치 주민이 자발적으로 목숨을 끊은 것처럼 읽힌다. "일본군에 의해……집단자결로 내몰렸다"라는 문구 가운데 "내몰렸다"를 삭제하고 "일본군에게 방공호에서 내쫓기거나"라는 문구와 "자결한 주민도 있었다"라는 문구가 분리되면서 180도 역전된 의미로 고쳐 쓰여졌다.

이와 같은 검정 결과에 대해 우메자와 유타카 씨는 "교과서의 기술 삭제는 목표의 하나였다"라고 기뻐하며 고(故) 아카마쓰 대장의 남동생 아카마쓰 히데카즈 씨는 "원고로 선 것은 교과서에 '자결 명령'이라는 기술이 있었기 때문이다. 삭제되어 이보다 기쁜 일은 없다"고 말했다고 한다. (오키나와 타임스 2007년 3월 31일자 조간)

오사카 지방법원 재판에서 우메자와 씨나 아카마쓰 씨 등의 원고 측 주장만 거론하여 바꿔 쓰도록 명한 문부과학성 조사관의 자세는 중립성을 일탈한 것이며, 애초부터 정치적 의도가 있었다고 밖에 생각되지 않는다. 원래 지금까지는 군의 강제가 있었다는 기술에서도 검정을 통과했기 때문이다. 그러던 것이 금년 2007년 들어 갑자기 바뀐 것은 지금까지 봐 왔던 오키나와 내 자위대 강화와 정치 상황의 변화, 그리고 자유주의사관 연구회를 필두로 한 민간 우파 그룹 활동을 보면서, 문부과학성 관료와 그것과 관련된 정치 세력이 "때가 왔다"고 판단했기 때문일 것이다. 그러나 오키나와에는 아직 "때"가 오지 않았다.

오키나와의 분노와 반격의 목소리

이번 교과서 검정 결과가 나오기 전, 자유주의사관 연구회가 도카시키 섬, 자마미 섬에서 현지 조사를 수행할 무렵부터 오키나와 내에서는 경계의 목소리가 쏟아져 나왔다. 이번 교과서 검정을 계기로 오키나와 현민의 분노에 불이 붙었다. 4월 이후 교과서 검정에 항의하는 집회가 다수 열렸고, 시정촌 의회에서는 항의의 의견서가 차례로 결의되었다. 6월 9일에는 "오키나와전 역사왜곡을 용서하지 않는 오키나와현민대회"가 개최될 예정이며, 그 실행위원회 구성 단체는 5월 23일까지 57개 단체에 달한다. 이미 62년이 흘러 전쟁체험의 풍화가 일컬어지고 있긴 하지만, 오키나와에는 아직 야마토와 다른 전쟁의 기억과 사자들의 기억이 계속해서 살아 있는 것이다.

『오키나와 노트』와 『어떤 신화의 배경』이 간행된 70년대 초 이래, 오키나와에서는 '집단자결' 문제에 대해 조사와 연구가 축적되어 왔다. 도카시키 섬에서는 병기 군조(軍曹)를 통해 사전에 수류탄이 주민에게 배포되었다든가, 미군의 포로가 되는 것에 대한 공포가 만연해 있어 주민이 죽음을 선택하는 방향으로 유도되었던 것, 섬 안에서의 군대와 주민의 관계, 아카마쓰 부대에 의해 저질러진 주민학살과 조선인 군부 학살 등, 다양한 각도에서 사실 규명이 이루어져 왔다. 오키나와에서 '집단자결'이 일본군의 명령, 강제, 유도에 의해 일어난 것이라는 목소리가 높아진 데에는 그러한 조사와 연구가 축적되었기 때문인 것이다.

헌법 '개정' 국민투표가 3년 후에는 가능하게 되어, 집단적 자위권 행사를 가능하게 하는 헌법 해석도 논의되는 가운데, 오키나와에서 자위대 강화와 교과서 검정 문제는 결코 오키나와만의 문제는 아니다. 자위대가 군대로서 그 민낯을 드러내고 있는 지금, '집단자결'을 비롯한 오키나와전의 실상을 알고, "군대는 주민을 보호하지 않는다"라고 하는 오키나와전의 교훈을 모든 일본인이 직시해 주었으면 한다.

부기

2011년 9월 현재, 오키나와 내 자위대의 강화, 특히 도서방위를 내건 사키시마 지역의 자위대 배치와 오키나와전의 역사인식, 교과서를 둘러싼 문제는 그 관계성을 보다 선명하게 드러내 주고 있다.

일본정부 방위성은 2010년 12월 17일에 「헤이세이(平成) 23년 이후 관련 방위 계획 대강(大綱)」을 규정하였는데, 그 안에 '도서 대응 능력 강화'를 다음과 같이 규정하였다.

"자위대 배치의 공백 지역이 된 도서부에 대해 필요 최소한의 부대를 배치하는 동시에 부대 활동 시의 거점, 기동력, 수송능력 및 실효적인 대처능력을 정비하는 것으로 도서부의 공격에 대한 대응과 주변 해공역의 안전확보에 관한 능력을 강화한다."

정부 방위성은 이를 바탕으로 중국의 군사력 증강에 대항하고, "공백 지역이 된 도서부"를 메울 수 있도록 요나구니 섬에 육상자위대의 연안 감시대를 배치할 것을 주장했다. 현재 주둔지 건설에 필요한 마을 부지 구입 예산을 2012년도 계산에 넣도록 했다. 또 해당 지역에서는 자위대 유치를 반대하는 서명이 찬성을 상회하는 등 섬을 양분하는 상태가 되었다.

지금까지 호카마 슈키치(外間守吉) 촌장 등 유치파 의원들은 '섬의 활성화'를 내세워 정부 방위성에 자위대 유치를 주장해 왔다. 기지, 군대를 유치하여 활성화를 꾀하는 발상은 헤노코 신기지 건설을 둘러싸고 나고에서도 나타났었다. 그러나 그 때문에 나고는 지역의 분단과 대립으로 고통을 겪었다. 기지 유치를 추진하는 대신 '사탕'으로 건네진 진흥책이나 자금도 지역을 풍요롭게 하지는 못했다.

2011년 7월 말 요나구니 쵸 인구는 1619명. 연안 감시대는 당면 백

명 규모라고 한다. 그렇다고 하더라도 가족을 포함함 자위대 관계자의 수는 섬의 수장 선거나 의회선거에서 막대한 영향력을 갖는다. 일단 배치된다면 섬의 정치는 자위대에 의해 좌우되어 지역의 산업구조, 생활환경, 행사, 문화도 크게 변화하게 될 것이다.

자위대의 배치, 증강계획은 요나구니 섬만이 아니라, 이시가키 섬이나 미야코 섬에서도 추진되고 있다.

"부대가 활동할 시의 거점, 기동력, 수송능력 및 실효적인 대처능력을 정비하는 것"이라는 문구를 보면, 시모지시마 공항의 군사 이용은 물론이고 각 섬들의 공항, 항만 시설의 사용도 빈번하게 되리라는 것은 분명하다.

그렇게 되면 중국과의 군사적 긴장은 높아지고, 사키시마(先島) 지역 전체가 최전선의 '국방의 방패'로 변모하게 된다. 우발적인 형태로라도 군사충돌이 생기게 되면, 관광을 비롯한 섬의 산업, 사람들의 생활은 커다란 타격을 받게 된다. 새로운 방위계획대강이 제시하고 있는 것은 미군과 자위대가 공동으로 중국과 군사적으로 대항하고, 사키시마 지역을 최전선으로 하여 류큐열도 전체를 본토(야마토) 방위의 방패로 삼아 새로운 '버림 돌(捨石)' 작전에 다름 아닐 것이다.

'만드는 모임' 계열 교과서 채택 책동

그러한 정부 방위성의 사혹(思惑)에 따라 오키나와 내부에서 그에 추동하는 움직임이 나타나고 있다. 2012년도부터 중학교에서 사용할 교과서 채택을 둘러싸고 야에야마(八重山) 지구에서 커다란 혼선이 빚어졌다.

발단은 '교과용 도서 야에야마 채택 지구 협의회'의 다마쓰 히로카쓰(玉津博克) 회장(이시가키시 교육장 "이 '협의회' 위원을 자의적으로 바꾸고, 거기다 교과서 선정 방법을 크게 바꾼 것에서 비롯되었다. 일선 교사에 의한 교과서 순위 매김을 폐지하고, '협의회' 선정도 익명투표로 하는 등, 교과의 전문성을 무시하고 일선 교사들의 의견을 배제하는 다마쓰 회장의 독단적 방식에 야에야마에서 비판의 소리가 쏟아졌다. 동시에 다마쓰 회장의 목적이 '새로운 역사교과서를 만드는 모임' 계열의 교과서를 채택하려는 것이라는 데에서 오는 경계심도 커져갔다. 모든 현의 주목이 쏠린 가운데 8월 23일에 시행된 '야에야마 채택 지구 협의회'에서 이쿠호샤(育鵬社) 공민교과서가 다수결로 선정되어, 이시가키 시, 다케토미 쵸, 요나구니 쵸의 교육위원회에 답신했다.) 이 선정·답신에 대해 지구 내외로부터 비판이 이어져, 다케토미 쵸 교육위원회는 독단으로 도쿄서적의 공민교과서를 채택했다. 지구 내에서 채택 교과서가 양분되는 사태를 수습하기 위해 9월 8일에 3개 시, 쵸의 교육위원 전원이 참가한 가운데 협의가 있었고, 도쿄서적 공민교과서 채택이 다수결로 결정되었다.

그러나 이시가키 시 다마쓰 교육장과 요나구니 쵸 사키하라 노리 교육장은 이에 반발해 반드시 이쿠호샤 판 공민을 책택할 것을 주장했다. 이 때문에 9월 말 현재, 야에야마 지구의 중학교 공민교과서 채택은 미결인 채로 남아 있다.

얼마 전, 다마쓰 교육장이 자민당 요시이에 히로유키(義家弘介) 참원의원으로부터 조언을 받았던 일이 밝혀졌다. 또 9월 13일 도쿄에서 개최된 자민당 문부과학부회와 '일본의 전도와 역사교육을 생각하는 의원 모임(日本の前途と歴史教育を考える議員の会)'이 공동으로 주최하는 회의에 다마쓰 교육장이 출석해 정치적 중립성을 벗어난 행동을 보였다.

다마쓰 교육장은 2010년 9월까지 오키나와 현립 야에야마 고등학교 교장을 지냈으며, 임기 중 퇴직하고 이시가키 시 교육장으로 취임하는 이례적인 형태로 기용되었다. 같은 해 2월에이시가키 시장 선거에서 강경파로 알려진 나카야마 요시타카(中山義隆)가 선출되었고, 이 새로운 시장의 백업과, '만드는 모임' 계열 교과서 채택을 전국적으로 추진하는 자민당의 움직임이 합세하여 다마쓰 교육장의 강경한 입장을 지탱해 주었다.

이 야에야마 지구 교과서 채택 문제가 사키시마 지역의 자위대 배치와 관련되어 있음은 말할 것도 없다. 중국이나 대만과 인접한 국경의 섬들에서 애국심과 국방의식을 강화하여 자위대를 지지하는 시민을 만들어 간다. 그러한 정치 목적을 위해 지역 교육이 동원되어 만신창이가 되고 있는 것이다.

오키나와가 나아가야 할 길

2011년 4월 21일에 최고재판 결과가 나왔다. 오에·이와나미 오키나와전 재판의 결론이 난 것이다. 그러나 원고의 우메자와 유타카 씨와 아카마쓰 히데카즈(赤松秀一) 씨를 사주하여 재판을 일으켜, '집단자결' 군명령과 강제를 부정하고, 교과서를 비롯한 모든 출판물에서 기술을 삭제하도록 큰소리치던 자들의 움직임은 지금도 계속되고 있다. 야에야마의 교과서 채택 문제도 그 움직임과 같은 뿌리를 갖고 있다.

일본 본토 방위를 위해 오키나와를 군사적 방패로 이용하고 여차하면 '버림 돌'로 삼아 잘라내 버린다. 메이지의 류큐처분(琉球処分) 이래 140여 년, 이것이 일본 국가의 오키나와에 대한 기본자세이다. 이를 간파하지 못하고 스스로 지옥의 길로 빠져 들어가는 어리석음을 오키나와인은 두 번 다시 범해서는 안 될 것이다.

중국의 군사강화와 패권적 행동에는 당연히 반대해야 한다. 그러나 경제적 상호의존이 이루어지고 있는 동아시아의 상황을 충분히 고려해, 군사 이권을 위한 과도한 '협위(脅威)'에 휘둘려서는 안 된다. 사키시마를 비롯한 오키나와가 나아가야 할 길은, 인접한 대만과 중국, 동아시아의 여러 나라와 우호관계를 구축하고, 정치, 경제, 문화 등 다방면에서 교류를 심화할 때에 비로소 찾게 될 것이다.

『世界』2007년 7월호에 게재한 글을 가필한 것임*

손지연 옮김

중국

- 루쉰 鲁迅
- 샤오훙 蕭紅
- 쥐에칭 爵青
- 모옌 莫言

루쉰 (魯迅 1881~1936)

루쉰(魯迅)은 '중국 근대문학의 아버지'로 평가받고 있는 작가이다. 본명은 저우수런(周樹人)으로, 자는 예재(豫才)이고 루쉰은 필명이다. 난징의 광로학당 재학 당시 서양근대문학 사상의 영향을 받았다. 해군 학교 졸업 후 22세에 일본으로 건너가 센다이 의학 전문학교에 입학했지만, 일본의 침략 행위에 분개하지 않는 중국의 정신을 개혁해야 한다는 생각에 의학도의 길을 포기하고 글을 쓰기 시작했다. 대표작으로는 『아큐정전(阿Q正伝)』, 『광인일기(狂人日記)』 등이 있다. 특히 루쉰은 『아큐정전』에서 과대망상에 빠진 주인공 아큐의 '정신승리법'을 통해 신행혁명 당시 중국 민중들의 어리석음과 혁명의 허구성을 우회적으로 비판하였다.

아Q정전 阿Q正傳

제1장 머리말

　내가 아Q에게 정전(正傳)을 지어주려 한 것은 이미 한두 해 사이의 일이 아니다. 그러나 한편으로 쓰고 싶은 마음이 있으면서도 다른 한편으로는 또 망설여지기도 하였다. 이 점에서도 나는 뛰어난 문필가가 아니라는 사실을 알 수 있다. 옛날부터 불후의 문장은 모름지기 불후의 인물을 전하게 되기 때문에, 사람은 문장으로써 전해지고 문장은 사람으로써 전해지게 된다. 따라서 결국 누가 누구를 전하게 되는지도 모를 상황이 되는 셈이다. 하지만 나 같은 사람이 결국은 아Q같은 사람을 후세에 전하겠다고 결론짓게 되었으니 이건 숫제 귀신에게 홀린 게 아닌지 모르겠다.

　그러나 금방 썩어문드러질 이 글이나마 쓰려고 붓을 잡자 당장 엄청난 곤혹감이 밀려왔다. 첫째는 이 글의 제목이다. 공자께서 가라사대 "이름이 부정(不正)하면 언어가 불순(不順)하느니라.(名不正則言不順.)"고 하셨다. 이것은 깊이 주의해야 할 문제이다. 전기의 명칭은 아주 다양하다. 열전(列傳), 자전(自傳), 내전(內傳), 외전(外傳), 별전(別傳), 가전(家傳), 소전(小傳)……, 그러나 모두 적합한 명칭이 아니다. '열전'이라고 하자니 이 글은 결코 훌륭한 인물들과 더불어 '정사'에 편입

될 성질의 것이 아니다. '자전(自傳)'은 어떤가? 내가 절대로 아Q는 아니지 않은가? '외전(外傳)'이라 한다면? 그럼 '내전(內傳)'은 어디에 있단 말인가? '내전(內傳)'이라고 해볼까? 아Q는 결코 신선이 아니다. '별전'이라고 한다면? 위대한 총통 각하께서 아Q를 위해 유시를 내려 국사관(國史館)에 그의 '본전(本傳)'을 마련해두라고 분부하신 적이 없다. ─ 영국 정사에 비록 '타짜 열전' 같은 건 없어도 대문호 디킨스가 『타짜 별전』을 쓴 적은 있다. 그러나 대문호라면 가능한 일이지만 나 같은 부류에게는 어림도 없는 일이다. 다음 '가전'이란 제목은 어떤가? 나는 아Q와 종친인지도 모르고, 또 그의 자손들의 부탁을 받은 적도 없다. 혹 '소전'이라 쓴다면? 더욱이나 아Q에게는 별도로 '대전(大傳)'이란 것도 없다. 어쨌든 이 글은 '본전'이라 할 수 있지만 나의 문장을 가지고 생각해보면 문체가 비천해서 수레를 끌고 콩국을 파는 장사치들이나 쓰는 말인지라 감히 '본전'이라고 참칭할 수도 없다. 이에 '삼교구류(三敎九流)'에도 끼지 못하는 소설가들이 자주 쓰는 소위 '한담일랑 제쳐두고, 정전(正傳)으로 돌아가자(閑話休題, 言歸正傳)'라는 구닥다리 가락에서 '정전'이라는 두 글자를 취하여 제목으로 삼는다. 비록 고인(古人)이 찬술(撰述)한 『서법 정전(書法正傳)』의 '정전'이란 제목과 문자상 서로 혼동될 수 있지만 그것까지 다 고려할 수는 없다.

둘째, 옛날 전기의 통례에 의하면 개권벽두에 '아무개, 자(字) 무엇, 어느 곳 사람'이라고 써야 하지만 나는 아Q의 성이 무엇인지 전혀 모른다. 언젠가 그의 성이 자오(趙:조)씨 비슷한 적이 있었지만 그 다음 날 바로 모호해지고 말았다. 그때가 자오 대감의 아들이 수재(秀才:중국 현학縣學에 합격한 사람, 향시鄕試에 응시할 자격이 있음)가 되었을 때였다. 징징 징소리가 마을로 소식을 알려올 무렵 아Q는 막 황주 두 사발을 마시고 덩실덩실 춤을 추며 이건 그에게도 아주 영광스러운 일이라고 하였다. 왜냐하면 그와 자오 대감은 본래 일가간인데 항렬을 꼼꼼하게 따져보면 그가 수재보다 3대가 더 높기 때문이라는 것이다. 그때 그의 곁에서 듣고 있던 몇 사람은 숙연한 마음에 존경심이 우러나기도 하였다. 그러나 누가 알았겠는가? 다음날 그곳 순검[地保]이 아Q를 자오 대감 댁으로 끌고 갈 줄이야. 자오 대감은 아Q를 보자마자 얼굴을 붉으락푸르락하며 호통을 쳤다.

"아Q, 이 멍청한 놈아! 내가 네놈과 일가간이라고?"

아Q는 입도 뻥긋하지 못했다.

자오 대감은 볼수록 분노가 치미는지 몇 걸음을 짓쳐 달려왔다.

"네놈이 감히 함부로 주둥아릴 놀리다니! 내게 어찌 네놈 같은 일가붙이가 있을 수 있단 말이냐? 네 성이 자오가더냐?"

아Q는 입도 뻥긋하지 못하고 뒤로 물러나려 하였다. 그러자 자오 대감이 내쳐 달려와서 그의 뺨따귀를 갈겼다.

"네놈이 어떻게 자오가가 될 수 있단 말이냐? 네놈의 어느 구석에 자오가 자격이 있단 말이냐?"

아Q는 자신이 정말 자오가라고 항변하지도 못하고, 얻어맞은 왼쪽 뺨만 쓰다듬다가 순검과 함께 후퇴하고 말았다. 밖에 나와서 또 일장 훈시를 듣고 그 순검에게 술값 이백 문(文)을 물어줘야 했다. 알 만한 사람들은 모두 아Q가 너무 황당하게 굴어서 스스로 매를 번 것이라 하면서, 아마 그의 성이 자오씨가 아닐지도 모르고, 또 자오 대감이 이곳에 건재해 있는 이상 다시는 그런 헛소리를 지껄여서는 안 된다고 하였다. 그 후로는 그의 가문을 들먹이는 사람이 더 이상 없게 되어 나는 아Q의 성이 무엇인지 끝내 알아낼 수가 없었다.

셋째, 나는 또 아Q의 이름을 어떻게 쓰는지도 모른다. 그가 살아 있을 때 사람들은 모두 그를 아Quei[아구이]라고 불렀지만 죽은 이후에는 아Quei를 들먹이는 사람이 아무도 없게 되었다. 그러니 어찌 '청사에 길이 남을' 일이 있을 수 있겠는가? '청사에 길이 남을' 일로 말할라치면 이 글이 처음인 셈이니 이 때문에 내가 제일 먼저 첫 번째 난관에 봉착하게 된 것이다. 나는 일찍이 아Quei를 '아구이(阿桂 : 아계)'로 쓸까 '아구이(阿貴 : 아귀)'로 쓸까 곰곰이 고민해본 적이 있다. 혹여 그의 호(號)가 웨팅(月亭 : 월정)이거나 8월에 그가 생일잔치를 치른 적이 있다면 그럼 틀림없이 '아구이(阿桂)'로 쓸 것이다. 그러나 그는 호(號)가 없고 있다 해도 아는 사람이 없으며 또 생일 청첩장을 돌린 적도 없다. 따라서 '아구이(阿桂)'로 쓰는 것은 무단에 가까운 일이다. 혹시 그의 백씨(伯氏)나 계씨(季氏)의 성함이 '아푸(阿富 : 아부)'라면 틀림없이 '아구이(阿貴)'로 쓸 것이다. 그러나 그는 혈혈단신 혼자 몸이므로 '아구이(阿貴)'로 쓰는 것에도 근거가 없는 셈이다. 이밖에도 발음이 아Quei인 벽자(僻字)들이 있지만 더 이상 억지로 꿰어 맞출 수 없다. 이전에 자오 대감의 자제분인 무재(茂才 : 수재) 선생에게 자문을 구한 적도 있다. 허나 누가 생각이나 했겠는가? 그렇게 박식하고 고아한 군자분께서도 이에 대해 그처럼 무지할 줄이야. 결론만 말하자면 천두슈(陳獨秀 : 진독수 : 중국신문화운동의 주도자)가 『신청년(新靑年)』을 창간하여 양코배기 문자를 제창했기 때문에 국혼[國粹]이 사라졌고, 그리하여 고찰해볼 방법이 없다는 것이었다. 나의 마지막 수단은 한 동향 분에게 아Q의 범죄조서를 조사해달라고 부탁해보는 것이었다. 8개월 후에야 받아 본 회신에는 그곳 범죄조서에 아Quei와 발음이 비슷한 사람은 아무도 없다고 씌어 있었다. 정말 없는 건지 조사를 하지도 않은 건지 알 수 없지만,

나는 더 이상 다른 방법을 찾을 수 없었다. 주음부호(注音符號 : 옛날 중국어 발음부호, 현재 대만에서 통용됨)가 아직 통용되지 않던 시절이라 양코배기 문자를 쓸 수밖에 없었고, 당시 영국에서 유행하던 중국어표기법에 따라 아Quei로 쓰고 약칭을 아Q로 하였다. 이건 『신청년』의 입장을 맹종하는 것 같아서 스스로도 매우 미안한 마음이 들지만 무재공(茂才公)께서도 모르시는 일을 나라고 무슨 뾰족한 수가 있겠는가?

넷째, 아Q의 본적에 관한 것이다. 혹여 그의 성이 자오 씨라면 현재 군(郡)의 명문으로 불리기 좋아하는 사람들의 관례에 따라 『군명백가성(郡名百家姓)』의 주해를 참조해볼 수도 있다. 거기에는 자오 씨가 '룽시(隴西 : 농서) 톈수이(天水 : 천수) 사람(隴西天水人也)'이라고 되어 있다. 그러나 애석하게도 아Q의 성은 그리 믿을 만한 것이 못 되기 때문에 그의 본적도 다소 결정하기 어렵다. 그는 웨이좡(未莊 : 미장)에 오래 살았지만 늘상 다른 곳에도 거주했으므로 '웨이좡 사람'이라고 단정할 수 없다. 설령 '웨이좡 사람'이라고 쓸 수는 있겠지만 이는 춘추필법에 어긋나는 것이다.

내가 짐짓 위안으로 삼는 것은 '아(阿)'자 한 글자만은 대단히 정확하여 견강부회나 가차(假借)의 흠이 절대로 없다는 것이다. 이 점은 만사에 정통한 분들에게 질정을 받아도 좋다. 그 나머지는 나 같은 천학비재가 천착할 수 있는 바가 아니므로, 이제 '역사벽'이나 '고증벽'이 있는 호적지(胡適之) 선생의 문인들에게 부탁하여 앞으로 새 단서들을 많이 찾아낼 수 있기를 희망할 뿐이다. 그러나 그때가 되면 나의 이 「아Q정전」은 벌써 흔적도 없이 사라지고 없을 것이다.

이상을 서문이라고 할 수 있다.

제2장 승리의 기록

　아Q는 성명이나 본적이 불분명할 뿐만 아니라 이전의 '행장(行狀 : 인물의 행적)'도 불분명하였다. 왜냐하면 웨이좡 사람들은 아Q에게 품팔이를 요구하거나 그를 우스갯거리로 삼았을 뿐, 지금까지 그의 '행장'에는 아무도 신경을 쓰지 않았기 때문이다. 아Q 스스로도 이에 대한 이야기를 하지 않았다. 다만 다른 사람과 언쟁이라도 벌어질 양이면 간혹 눈을 부라리며 호통을 치는 것이었다.

　"우리가 예전에는 네깐 놈들보다 훨씬 잘 살았어, 네깐 놈들이 대체 뭔 화상들이냐고!"

　아Q는 집이 없어서 웨이좡의 서낭당에 거주하였다. 또 일정한 직업도 없어서 주로 사람들에게 품을 팔았다. 보리를 벨 때는 보리를 베고, 방아를 찧을 때는 방아를 찧고, 뱃사공 일을 해야 할 때면 뱃사공이 되었다. 일이 좀 길어지면 더러 임시 주인집에 머물기도 하였지만 일이 끝나면 바로 그곳을 떠났다. 따라서 사람들은 일손이 바쁠 때는 아Q를 기억했지만, 그것도 품팔이꾼으로서의 기억일 뿐, 그의 '행장'에 관한 것은 결코 아니었다. 일단 일손이 한가해지면 아Q라는 존재조차도 모두 망각하는 판이니 무슨 '행장'을 거론할 수 있겠는가? 다만 한번 어떤 영감님이 이렇게 칭송한 적이 있다.

　"아Q는 정말 재주꾼이야!"

　이때 아Q는 웃통을 벗은 채 게으르고 말라빠진 모습으로 마침 그 앞에 서 있었다. 다른 사람들은 이 말이 진심인지 조롱인지 전혀 짐작이 가지 않았지만 아Q는 매우 기뻐하였다.

　아Q는 또 아주 자존심이 강하여 모든 웨이좡 사람들은 그의 안중에도 없었다. 심지어 두 분의 '문동(文童) 선생'에 대해서도 일소의 가

치조차 없다는 태도를 보였다. 대저 문동(文童)이 어떤 분들인가? 장래에 어쩌면 수재(秀才)가 될 수도 있는 분들이다. 자오 대감과 첸(錢:전) 대감이 주민들의 존경을 크게 받는 이유도, 돈이 많다는 점 외에 이 분들이 모두 문동의 부친이기 때문이다. 그러나 아Q는 정신적으로 이들에게 특별한 숭배의 마음을 표하지 않았을 뿐만 아니라, 마음속으로 생각하기를 '내 아들은 네놈들보다 훨씬 더 떵떵거리며 살 거다'라고 하였다. 게다가 읍내를 몇 번 출입하고 나서는 아Q의 자부심이 더욱 대단해졌다. 그러나 이는 오히려 읍내 사람들을 천시하는 태도로 나타났다. 예를 들면 길이 세 자 폭 세 치의 판대기로 만든 의자를 웨이좡에서는 '긴 의자(長凳:장등)'라고 하고 그도 '긴 의자'라고 하는데, 읍내 사람들은 '쪽 의자(條凳:조등)'라고 하였다. 그는 이건 잘못된 것이며 가소로운 일이라고 생각하였다. 또 기름으로 튀긴 대구 부침 요리를 만들 때 웨이좡에서는 반 치 길이로 파를 썰어 넣는데, 읍내에서는 파를 훨씬 잘게 썰어 넣었다. 그는 이것도 잘못된 것이며 가소로운 일이라고 생각하였다. 그러나 그는 웨이좡 사람들을 정말 세상 물정 모르는 가소로운 촌놈들로 취급하였다. 그 이유는 이들이 읍내의 어물 부침 요리조차 한 번도 본 적이 없기 때문이라는 것이다.

아Q는 '예전에 잘 살았고' 식견도 높은 데다 '재주도 뛰어났기' 때문에 거의 '완벽한 사람'이라고 할 수 있지만, 애석하게도 신체에 다소 결점을 가지고 있었다. 가장 골치 아픈 건 그의 두피 여기저기에 언제 생겼는지도 모르는 부스럼 흉터가 있다는 것이었다. 그것은 비록 자신의 몸에 있는 것이긴 해도 아Q는 그걸 별로 귀하게 생각하는 것 같지 않았다. 왜냐하면 그는 부스럼을 뜻하는 '라(癩)'나 이와 발음이 비슷한 '뢰(賴)'자 계열 글자를 모두 피휘(避諱:높으신 분의 이름을 함부로 부르지 않는 것)하게 되었기 때문이다. 나중에는 이 원칙을 더욱 확대하여 하얀 부스럼 모양에서 연상되는 '광(光)'자도 피휘하고, '량(亮)'자도 피휘하게 되었으며, 심지어 '등(燈)'자나 '촉(燭)'자까지도 피휘하게 되었다. 일단 다른 사람들이 이 피휘의 원칙을 범하게 되면 아Q는 그것이 고의건 아니건 부스럼 흉터가 빨개지도록 화를 내었다. 그리고는 상대를 가늠해보고 말이 어눌한 사람이면 욕지거리를 퍼붓고, 힘이 약한 사람이면 두들겨 패기까지 하였다. 그러나 어찌된 영문인지 아Q가 손해 볼 때가 훨씬 많았다. 그리하여 그는 점점 방침을 바꾸어 눈을 치켜뜨고 노려보기로 작정하였다.

그러나 누가 짐작이나 했겠는가? 아Q가 '눈 치켜뜨기 주의[怒目主義]'를 채택한 이후 웨이좡의 건달들이 더욱 기승을 부리며 그를 놀려댈 줄이야. 그를 만나기만 하면 깜짝 놀란 체 하며 말하였다.

"와, 사방이 환하네!"

아Q는 관례대로 화를 내며 눈을 치켜뜨고 노려보았다.

"어쩐지 비상등이 여기 있었군."

그들은 전혀 겁을 내지 않았다. 아Q는 별 수 없이 복수의 저주 한 마디를 궁리해 내야만 했다.

"네깐 놈들에게……"

이때 그는 자기 머리에 있는 것이 고상하고 영광스러운 부스럼이지 절대로 평범한 부스럼이 아닌 것처럼 생각되었다. 그러나 위에서도 언급한 것처럼 아Q는 식견이 있는 사람인지라 다음 말이 '피휘의 원칙'에 저촉되는 것을 알고는 더 이상의 언급은 회피하였다.

그래도 건달들은 그만두지 않고 계속 그를 집적거리며 종당에는 구타까지 하였다. 아Q는 겉으로 보기에는 패배하여 누런 변발을 틀어 잡힌 채 벽에 소리가 나도록 두세 차례 머리를 쥐어박히는 것 같았다. 그러나 건달들이 그제야 직성이 풀려서 의기양양 떠나간 뒤에도 아Q는 잠깐 그곳에 서서 이렇게 생각하였다.

"결국 아들놈에게 맞은 셈이군, 요새 정말 세상 꼴이 말이 아닌 게야……"

그리하여 그는 마음 가득 만족감에 젖어 승리의 행진을 시작하는 것이었다.

아Q는 마음속 생각을 나중에 하나하나 까발리기를 좋아하였기 때문에, 무릇 아Q를 놀려대던 사람들은 거의 모두 그에게 '정신승리법'이 있다는 걸 알게 되었다. 그 후 그들은 그의 변발을 잡아챌 때마다 이렇게 선공의 초식을 날리는 것이었다.

"아Q! 이건 아들이 애비를 패는 게 아니라, 사람이 짐승을 패는 거야. '사람이 짐승을 팬다'고 말혀봐!"

아Q는 두 손으로 자기의 변발 뿌리를 잡고 고개를 비틀며 말하였다.

"벌레를 패는 거다, 됐냐? 난 버러지다. 이래도 안 놓냐?"

하지만 건달들은 버러지라고 해도 놓아주지 않고 접때처럼 그를 근처 아무 데나 대여섯 차례 소리가 나도록 처박고는 마음 가득 만족감에 젖어 승리의 행진을 시작하는 것이었다. 그는 이번에야 말로 아Q가 혼쭐이 난 걸로 생각하였다. 그러나 10초도 안 되어 아Q도 마음 가득 만족감에 젖어 승리의 행진을 시작하는 것이었다. 그는 자신이 '자기 경멸을 제일 잘 하는 사람'이란 걸 깨달은 것이다. 여기에서 '자기 경멸'이란 말을 제외하면 바로 '제일'이란 말만 남는다. 장원급제도 '제일'이지 않은가?

"네깐 놈들이 뭐가 그리 대단한겨?"

아Q는 이와 같은 갖가지 비법으로 원수의 적을 제압한 뒤, 유쾌한 마음으로 주막으로 달려가 술을 두세 사발 마시고, 다시 사람들과 한바탕 농담 따먹기를 하여 승리를 쟁취하고는 유쾌한 마음으로 서낭당으로 돌아가 머리를 처박고 잠의 나라로 빠져드는 것이었다. 만약 돈이 좀 있을라치면 노름판으로 달려갔다. 사람들이 쭈그려 앉아 있는 틈새로 아Q는 얼굴에 땀범벅을 하고 끼어들었다. 목소리는 그가 가장 우렁찼다.

"청룡(靑龍)에 사백!"

"자…그…럼…패를…까볼까나!"

노름판 주인도 패를 까며 땀범벅의 얼굴로 장단을 맞췄다.

"천문(天門)이로구나… 각(角)은 갖고 가고…! 인(人)과 천당(穿堂)에는 아무도 안 걸었구나…! 아Q의 동전은 이리 갖고 오고…!"

"천당(穿堂)에 일백…… 아니 일백 오십!"

아Q의 돈은 노랫가락 속에서 점차 다른 땀범벅 얼굴의 허리춤으로 빨려 들어가고 말았다. 그는 결국 노름판 밖으로 밀려났고 사람들 등 뒤에 서서 그들 대신 안달복달 하다가 판이 깨진 후 미련에 젖어 서낭당으로 돌아왔다. 그리고는 다음날 눈두덩이 퉁퉁 부은 채로 일을 하러 가는 것이었다.

그러나 정말 '세상만사 새옹지마'라는 말처럼, 아Q도 한 번 돈을 딴 적이 있다. 허나 결국은 금세 쫄딱 망한 꼴이 되고 말았다.

그때가 웨이좡 마을의 신령님께 동제를 올리는 저녁이었다. 그날 저녁 관례대로 한바탕 경극판이 벌어졌고, 경극판 왼편에는 역시 관례대로 노름판이 여기 저기 벌어졌다. 경극의 징소리가 아Q의 귀에는 십 리 밖에서 들려오는 것처럼 느껴졌고, 노름판 주인의 노랫가락만 분명하게 들렸다. 그는 돈을 따고 또 땄다. 동전이 10전 짜리 은화로 바뀌었고, 10전 짜리 은화는 다시 1원 짜리 은화로 바뀌어 돈이 그득그득 쌓였다. 그는 날아 갈 듯 신바람이 났다.

"천문에 2원!"

그는 누가 누구와 무엇 때문에 싸움을 하는지 몰랐다. 욕설과 싸움 소리 그리고 발자국 소리가 정신없이 지나간 뒤 그가 기어 일어났을 때는 노름판도 보이지 않았고 노름꾼도 보이지 않았다. 그의 몸 여기 저기에 통증이 있는 것으로 보아 주먹질과 발길질을 몇 번 당한 것 같았다. 몇 사람이 그를 이상하게 쳐다보고 있었다. 그는 뭔가를 잃어버린 듯 망연자실한 몰골로 서낭당으로 돌아왔다. 정신이 좀 들자 그는 은화가 사라진 것을 알았다. 동제에 모이는 노름꾼들은 거개가 본동 사람들이 아니다. 그러니 어디 가서 그들의 본거지를 찾는단 말인가?

하얗게 반짝이던 은화 더미! 게다가 그건 자신의 것이었는데 이제 사라지고 없다니! 물론 그것도 아들놈에게 뺏긴 것으로 치부해보기도 했지만 서운하고 불쾌한 마음은 어쩔 수 없었다. 또 자신을 벌레로 치부해보아도 역시 서운하고 불쾌한 마음이 들었다. 이번에는 그도 좀 패배의 고통을 맛볼 수밖에 없었다.

그러나 그는 즉시 패배를 승리로 전환시켰다. 그는 오른손을 높이 들어 있는 힘껏 자신의 뺨을 두 번 갈겼다. 얼얼한 통증이 밀려왔다. 때리고 나서 그는 바로 마음이 풀렸다. 마치 때린 것은 자신이고, 맞은 것은 다른 자신처럼 생각되었다. 그리고 잠시 후 자신이 다른 사람을 때린 것처럼 느껴졌다.-뺨따귀가 아직 좀 얼얼하기는 했지만 말이다-그리하여 다시 마음 가득 만족감에 젖어 승리에 취해 잠자리로 들었다.

그는 잠 속으로 빠져 들었다.

제3장 승리의 기록 속편

그러나 아Q가 늘 승리하기는 했어도 자오 대감이 그의 뺨을 때리는 은혜를 베푼 뒤에야 그의 명성이 드러나게 되었다.

그는 순검에게 술값 이백 원을 물어주고 나서 분한 마음으로 자리에 누웠다. 그러다가 '요즘 세상은 정말 말도 안 돼, 아들놈이 애비를 패다니……'라는 생각이 들었다. 그리고는 자오 대감의 위풍당당한 모습과 이제 그가 자신의 아들이 되었다는데 생각이 미치자, 점점 득의만만해져서 「청상과부가 남편 무덤에 간다(小孤孀上墳)」는 전통극의 한 대목을 부르며 주막으로 발걸음을 옮기는 것이었다. 이때 그는 자오 대감을 남들보다 한 등급 높은 사람으로 생각하였다.

말인즉슨 좀 이상하기는 해도, 그 이후로 사람들은 그를 특별히 존경하는 것처럼 보였다. 그것이 아Q에게는 그가 자오 대감의 아버지가 되었기 때문에 생긴 일이라고 여겨질 수도 있었다. 기실 실상은 그렇지 않았다. 웨이좡 마을의 관례에 의하면 어중이가 떠중이를 팬다든가 갑돌이가 순돌이를 패는 건 무슨 대수로 여겨지지도 않았다. 반드시 자오 대감 같은 유명 인사와 관련이 되어야 사람들의 입에 오를 수 있었다. 일단 입에 오르면 팬 사람도 유명세를 타게 되지만, 맞은 사람도 덕분에 유명세를 타게 되는 것이다. 잘못이 아Q에게 있다는 것은 말할 필요도 없는 일이다. 어인 까닭인가? 자오 대감이 잘못을 저지를 리는 없기 때문이다. 그럼 그가 잘못했는데도 사람들이 왜 그를 특별히 존경하는 것처럼 대할까? 이건 참 해석하기 어려운 문제지만 깊이 따져보면 아Q가 자오 대감의 일가라고 말한 사실과 관련이 있는 것 같다. 비록 얻어맞기는 했지만 그것이 어쩌면 진실일 수도 있기 때문에 어쨌든 존경의 마음을 좀 표해두는 것이 앞날을 위해 안전할 수 있는 것이다. 아니면 공자묘(孔子廟)에 바쳐진 제수와 같은 경우가 아닌지 모르겠다. 그것이 비록 보통 돼지나 양처럼 똑같은 짐승이지만 성인께서 수저를 대시고 난 다음에는 선유(先儒)들도 함부로 손을 대지 못하게 되는 것이다.

아Q는 그 후 득의만만하게 여러 해를 보냈다.

어느 해 봄날 그는 불쾌하게 술에 취해 길을 가다가 담장 밑 양지바른 곳에서 왕 털보[王鬍 : 왕호]가 웃통을 벗고 이를 잡는 것을 보았다. 그도 갑자기 몸이 근질거리기 시작했다. 이 왕 털보란 작자는 부스럼장이에 털보였다. 사람들은 모두 그를 '왕 부스럼털보'라고 불렀지만 아Q는 '부스럼'이란 말은 빼고 그냥 왕 털보라고 부르며 매우 경멸하였다. 아Q의 견해에 의하면 부스럼이란 뭐 문제 될 게 없지만 덥수룩한 구레나룻은 너무 괴상하고 꼴사납다는 것이다. 그는 그 옆에 어깨를 나란히 하고 앉았다. 만약 다른 건달 옆이었다면 아Q가 감히 대담하게 앉지 못했을 것이다. 그러나 이따위 왕 털보 옆에야 겁날 것이 무엇이랴? 사실 그가 옆에 앉아주는 것만 해도 왕 털보에게는 정말 큰 광영이라고 할 수 있는 일이었다.

아Q도 떨어진 솜옷 저고리를 벗어서 한바탕 자세하게 뒤져보았다. 그러나 옷을 새로 빤 탓인지, 아니면 너무 건성건성 뒤졌기 때문인지는 몰라도, 많은 시간을 들였음에도 불구하고 겨우 서너 마리밖에 잡아낼 수 없었다. 근데 왕 털보는 한 마리 또 한 마리, 두 마리에 또 세 마리씩 계속 잡아내어 그것을 입에 넣고 톡톡 소리 나게 씹고 있었다.

아Q는 처음에 실망감을 느꼈지만 나중에는 좀 분한 마음이 들었다. 지금까지 업신여겨온 왕 털보도 저렇게 많이 잡는데 자신은 이렇게 적게 수확하다니, 이건 얼마나 체통이 떨어지는 일인가? 그는 한

두 마리라도 큰 놈을 잡고 싶었지만 끝내 소득이 없었고 가까스로 중치를 한 마리 잡아서 분한 듯이 두툼한 입술 사이로 밀어 넣고 목숨을 걸고 꽉 깨물었다. 픽 하는 소리가 났지만 역시 왕 털보의 소리에는 미치지 못하였다.

그의 부스럼 흉터가 온통 빨갛게 달아올랐다. 그는 옷을 땅바닥에 내팽개치며 칵 하고 침을 뱉었다.

"이 털보 새끼!"

"부스럼 개새끼야! 너 누구한테 욕한 거냐?"

왕 털보도 경멸하는 표정으로 눈초리를 치켜 올렸다.

아Q는 근래 비교적 사람들의 존경을 받으며 스스로 좀 거만해지기는 했지만 걸핏하면 그를 두드려 패는 건달들 앞에서는 좀 약한 모습을 보일 수밖에 없었다. 그러나 이번에는 대단히 용감무쌍해졌다. 이따위 털북숭이가 감히 막말을 입에 담다니?

"누구라고 묻는 네놈이다, 어쩔래?"

아Q는 일어서서 허리춤에 두 손을 짚으며 말했다.

"너 뼉다구가 근질근질하냐?"

왕 털보도 일어서서 옷을 걸치며 말했다.

아Q는 그가 꽁무니를 빼는 줄 알고 앞으로 달려들며 주먹을 한 대 날렸다. 이 주먹이 그의 몸에 닿기도 전에 벌써 왕 털보의 손에 잡히고 되었고, 그 손에 낚아채져서 아Q는 비틀거리며 쓰러졌다. 그리고 바로 왕 털보에게 변발을 틀어 잡힌 후 관례대로 담장으로 끌려가 몇 번 쿵쿵 머리를 박히게 되었다.

"군자는 말로 하지 손을 쓰지는 않는 법이야!"

아Q는 머리를 비뚜름하게 비틀며 말했다.

왕 털보는 군자가 아닌 듯 그의 말에 전혀 개의치 않고 연속으로 그의 머리를 다섯 번 처박고는 있는 힘껏 그를 옆으로 밀쳤다. 아Q가 비틀거리며 여섯 자 밖으로 나가떨어지자 그제야 만족스러운 듯 그곳을 떠났다.

아Q의 기억으로는 이것이 바로 그가 난생 처음 당한 굴욕적인 사건이었다. 왜냐하면 왕 털보는 털이 무성한 구레나룻 때문에 지금까지 그에게 비웃음을 당했지 그를 비웃은 적이 없었고 특히 손을 쓴 일은 더더욱 없었기 때문이다. 그런데 그가 이제 결국 손을 쓰다니, 이건 정말 생각지도 못한 일이었다. 설마 저자 거리의 뜬소문처럼 황상께서 과거를 폐지시켜 수재(秀才)와 거인(擧人)이 더 이상 필요 없어졌고, 이로 인해 자오씨 댁 위엄이 땅에 떨어져서 결국 이놈까지 날 업신여기는 것일까?

아Q는 어쩔 줄 모르고 우두커니 서 있었다.

저 멀리서 어떤 사람이 걸어왔다. 그의 적수가 또 나타난 것이다. 이 자는 아Q가 가장 혐오하는 첸 대감 댁의 맏아들이었다. 그는 전에 읍내의 서양 학교에 들어갔다가, 어떤 일인지 다시 동양[日本]으로 건너갔고 다시 반 년 뒤에 자기 집으로 돌아와 있었다. 그는 양놈들처럼 다리를 곧게 펴고 걸었고 변발도 잘라버렸다. 그 몰골을 보고 그의 모친은 10여 차례나 대성통곡을 했고, 그의 마누라는 세 번이나 우물에 뛰어들었다. 그 뒤 그의 모친은 가는 곳 마다 이렇게 얘기했다.

"변발은 나쁜 놈들이 우리 아들에게 술을 고주망태로 먹여놓고 잘라 갔답니다. 본래 큰 벼슬을 할 만한 인재인데, 이젠 뭐 머리칼이 다시 자라는 걸 기다릴 수밖에 없죠."

그러나 아Q는 이 말을 믿을 수 없었고 그를 일부러 '가짜 양놈[假洋

鬼子]’ 또는 ‘외적과 내통한 놈[里通外國的人]’이라고 불렀다. 그를 만날 때마다 아Q는 마음속으로 반드시 끔찍한 저주를 퍼부어주었다.

아Q가 특히 ‘심각하게 혐오하고 통탄한’ 것은 그의 가짜 변발이었다. 변발이 가짜라는 건 그가 인간 자격이 없다는 뜻이다. 그의 마누라가 네 번째로 우물에 뛰어들지 않은 것을 보면 그 여자도 필시 좋은 여자라고는 할 수 없다.

그 ‘가짜 양놈’이 서서히 다가왔다.

“빡빡머리! 당나귀……”

아Q는 지금까지 단지 속으로만 욕을 했지 입 밖으로 소리를 낸 적은 없었다. 그러나 이번에는 막 분기가 솟아오르던 판이었고 또 복수를 생각하고 있었기 때문에 자기도 모르게 욕설이 입 밖으로 새나오고 말았다.

뜻밖에도 이 빡빡머리는 노란 칠을 한 지팡이를 들고-아Q가 소위 상주 지팡이[哭喪棒]라고 부르는 그것-성큼성큼 다가왔다. 아Q는 이 순간 매를 맞게 된다는 사실을 알고 얼른 근육을 움츠리고 어깨를 목 위로 잡아당긴 채 기다렸다. 과연 딱 하는 소리와 함께 그의 머리가 강타당하는 것을 느꼈다.

“저 애한테 한 말인데요!”

아Q는 근방에 있던 한 아이를 가리키며 변명했다.

“딱…… 딱, 딱!”

아Q의 기억으로는 이것이 아마 그가 두 번째로 겪은 굴욕적인 사건이었다. 다행스러운 건 딱 딱 소리가 난 후에는 그에게 한 가지 일이 끝난 듯 오히려 마음이 가벼워졌다는 것이다. 또 ‘망각’이란 전가의 보도도 효력을 발휘하여 그가 천천히 주막 문 앞까지 걸어왔을 때는 벌써 어지간히 기분이 좋아져 있었다.

그러나 맞은편에서 정수암(靜修庵)의 젊은 비구니가 걸어오고 있었다. 아Q는 평소에도 여승을 보면 꼭 한바탕 욕설을 퍼붓곤 했는데, 하물며 굴욕을 당한 이후임에랴! 그는 방금 전의 기억이 되살아나 적개심이 끓어올랐다.

"오늘 왜 이렇게 운수가 사납냐 했더니, 네 년을 만나려고 그랬군!"

그는 이렇게 생각하고 앞으로 나아가서 한 입 가득 침을 뱉었다.

"카악, 퉤……"

젊은 비구니는 그를 거들떠보지도 않고 고개를 숙이고 가던 길만 가고 있었다. 아Q는 여승 곁으로 다가가 갑자기 손을 뻗어 새로 깎은 그녀의 머리를 쓰다듬다가 멍청하게 웃으며 말했다.

"빡빡머리야! 얼른 돌아가야지, 중놈이 널 기다릴 텐데……"

"너 어째 함부로 손발을 놀려……"

비구니는 얼굴이 빨개지며 이렇게 말하고는 가던 길을 재우쳐 가려고 했다.

주막 안의 사람들이 왁자지껄 크게 웃었다. 아Q는 자신의 공로가

"중놈은 되고, 나는 안 되냐?"

그는 그녀의 뺨을 비틀었다.

주막 안의 사람들이 또 왁자지껄 크게 웃었다. 아Q는 더욱 득의만만하여 다시 감상가들을 만족시키기 위해 힘껏 그녀의 뺨을 한 번 더 비틀고는 그제야 손을 놓았다.

그는 이 한 번의 전투로 일찌감치 왕 털보를 잊었고 가짜 양놈도 망각하였으며 오늘의 모든 '나쁜 운수'에 보복을 한 것으로 간주하였다. 뿐만 아니라 이상하게도 온몸이 지팡이로 딱딱 두드려 맞고 난 이

후보다 훨씬 가벼워져서 훨훨 하늘로 날아갈 것만 같았다.

"이 자손이 끊길 아Q 놈아……"

저 멀리서 젊은 비구니가 흐느끼는 목소리가 들려왔다.

"하하하!"

아Q는 정말 득의만만하게 웃었다.

"하하하!"

주점 안의 사람들도 정말 득의만만하게 웃었다.

제4장 연애의 비극

혹자는 이런 말을 하였다. 어떤 승리자들은 그의 적수가 호랑이 같고 새매 같아야 승리의 기쁨을 느낄 수 있지, 양 같고 병아리 같으면 오히려 승리의 무료함을 느끼게 된다. 또 어떤 승리자들은 모든 어려움을 극복한 후 죽을 사람은 죽고 항복할 사람은 항복하여 마지막에 '신은 진실로 황공하옵고 백번 죽을 죄를 지었사옵니다.'라고 하는 상황을 목도하게 되면, 이제 적도 없고 상대도 없고 친구도 없이 자신만 윗자리에 있게 되므로, 혼자서 외롭고 슬프고 적막하여 승리의 비애를 느끼게 된다고 한다. 그러나 우리의 아Q는 그렇게 무력하지 않고 언제나 득의만만하였다. 이 점이 혹시 중국의 정신문명이 전 세계의 으뜸이라는 하나의 증거가 아닐까?

보라, 그는 훨훨훨 날아갈 것 같지 않은가?

그러나 이번의 승리는 그를 좀 이상하게 만들었다. 그는 한나절이나 훨훨 날아다니다가 표연히 서낭당으로 진입하여 관례대로라면 잠자리에 들어 코를 골기 시작해야 했다. 허나 누가 알았으리요. 이날 밤 그가 쉽게 눈을 붙일 수 없었다는 사실을. 그는 자신의 엄지와 검지가 좀 이상하게 생각되었다. 평소보다 좀 매끈거리는 것 같았다. 젊은 비구니 얼굴에 묻어 있던 매끈한 그 무엇이 그의 손가락에 묻은 건지, 아니면 그의 손가락이 젊은 비구니 얼굴에서 좀 매끈하게 문질러진 건지 알 수 없었다.

"이 자손이 끊길 아Q 놈아……"

아Q의 귓가에는 또 이 말이 맴돌았다. 그는 생각했다. '맞아, 여자가 있어야 해, 자손이 끊어지면 제삿밥 한 그릇도 못 얻어먹잖아……, 여자가 있어야 해. 대저 "불효에 세 가지가 있는데, 후손이 없는 것이 가장 큰 불효(不孝有三, 無後爲大.)"라고 하지 않던가? 또 "약오(若敖)의 귀신이 굶었다.(若敖之鬼餒而.)"(귀신이 제삿밥을 못 얻어먹는다는 의미)는 이야기도 있지. 이건 인생의 엄청난 비애야.' 그의 이러한 생각은 전부 성현들께서 경전에서 하신 말씀과 하나하나 부합되었다. 다만 애석한 것은 그가 뒷날 자신의 방심을 수습할 수 없게 되었다는 사실이다.

"여자, 여자!……"

그는 생각에 빠져들었다.

"……중놈은 되고…… 여자, 여자!…… 여자!"

그는 다시 생각에 빠져들었다.

우리는 이날 밤 아Q가 언제 코를 골았는지 알 수 없다. 그러나 그는 아마 이 때부터 손가락이 매끈거리는 것을 느꼈고, 그래서 또 이때부터 좀 싱숭생숭한 마음으로 '여자 ……'를 생각하게 되었다.

바로 이 한 대목만 보더라도 우리는 '여자가 사람을 망치는 요물[女人是害人的東西]'이란 사실을 알 수 있다.

중국 남자들은 대부분 성현이 될 수 있었지만 안타깝게도 전적으로 여자 때문에 파멸의 수렁에 빠지고 말았다. 상(商) 나라는 달기(妲己)가 멸망시켰고, 주(周) 나라는 포사(褒姒)가 다 말아먹었다. 진(秦) 나라는…… 역사에 분명한 기록은 없지만 역시 여자 때문에 망했다고 가정해도 그리 틀린 말은 아닐 것이다. 또한 동탁(董卓)은 확실히 초선(貂蟬)에게 살해당하지 않았던가?

아Q도 근본은 바른 사람이다. 우리는 그가 종래에 어떤 훌륭하신 은사의 훈도를 받았는지 모르지만, '남녀 간의 내외법'에 대해서는 지극히 엄격한 태도를 견지해 왔고, 젊은 비구니나 가짜 양놈 같은 이단을 배척하는 측면에도 제법 정의로운 용기를 발휘해왔음을 알고 있다. 그의 학설은 이렇다. 무릇 비구니란 물건은 필시 중놈과 사통하게 마련이다. 어떤 여자가 혼자 밖을 나다니는 건 필시 음흉한 남자를 유혹하려는 것이다. 한 남자와 한 여자가 대화를 하는 것은 필시 무슨 짝짜꿍이 있는 것이다. 그들을 징치(懲治)하기 위해 그는 왕왕 눈을 치켜뜨고 노려보기도 했고 혹은 큰 소리로 그 음심(淫心)을 질책하기도 했으며, 또 더러는 궁벽한 곳에 숨어 그 연놈들 뒤에서 돌멩이를 투척하기도 하였다.

그러나 누가 알았겠는가? 그가 곧 '이립(而立 : 30세)'의 나이가 되는 이 시점에 마침내 젊은 비구니에게 해를 당하여 마음이 싱숭생숭해질 줄이야. 이 싱숭생숭한 정신은 예법에서도 품어서는 안 될 마음이니 여자란 정말 가증스러운 요물인 셈이다. 가령 젊은 비구니의 얼굴이 그렇게 매끈거리지만 않았다면 아Q가 유혹의 수렁에 빠지지 않았을 것이다. 가령 젊은 비구니의 얼굴에 천을 한 겹 씌워 놓았다면 아Q가 유혹의 수렁에 빠지지는 않았을 것이다. 그는 대여섯 해 전 경극 무대 아래 사람들 속에서 한 여자의 허벅지를 꼬집어 본 적이 있다.

그러나 두꺼운 바지에 가로막혀 나중에도 마음이 싱숭생숭해지지는 않았다. 그러나 젊은 비구니는 결코 그렇지 않았으니 여기에서도 이단의 가증스러움을 엿볼 수 있다.

"여자……"

아Q는 계속 생각했다.

그는 '음흉한 남자를 유혹하고 싶어 하는 것'으로 생각되는 여자를 항상 유심히 지켜보았지만, 그녀는 결코 그에게 추파를 던지지 않았다. 그와 대화를 나누는 여자들의 말도 늘 유심히 들어보았지만 무슨 짝짜꿍에 관한 이야기는 전혀 하지 않았다. 아! 이것도 여자들의 가증스러운 일면이다. 여자들은 전부 내숭을 떨고 있는 것이다.

그날 아Q는 자오 대감 댁에서 하루 종일 방아를 찧고 저녁을 먹은 후 부엌에서 담배를 한 대 피우고 있었다. 다른 집에서였다면 저녁을 먹고 바로 돌아갔을 것이지만 자오씨 댁의 저녁은 일렀다. 관례대로라면 등을 켜지 못하게 되어 있었고 저녁을 먹고는 바로 잠을 자야 했다. 그러나 어쩌다 예외일 때도 있었다. 첫째, 자오 대감이 아직 수재에 합격하지 못했을 때 등을 켜고 독서하는 것이 허용되었다. 둘째, 아Q가 품팔이 왔을 때 등을 켜고 방아를 찧는 것도 허용되었다. 이러한 예외로 인해 아Q는 방아 찧기를 시작하기 전에 부엌에 앉아 담배를 피울 짬이 났던 것이다.

우 서방댁[吳媽]은 자오 대감 댁의 유일한 하녀인데 설거지를 마치고 장등(長凳)에 앉아 아Q와 잡담을 나누고 있었다.

"마님이 이틀 동안 진지를 안 드세요, 대감께서 또 소실을 사들이려 하셔서……"

"여자…… 우 서방댁…… 이 청상과부……"

아Q는 생각에 빠져들었다.

"우리 새아씨는 팔월에 애기를 낳는다나봐요……"

"여자……"

아Q는 계속 생각에 잠겼다.

아Q는 곰방대를 내려놓고 일어섰다.

"우리 새아씨가……"

우 서방댁은 여전히 조잘대고 있었다.

"나와 잡시다, 나와 자요!"

아Q가 털썩 앞으로 다가가 우 서방댁에게 무릎을 꿇었다.

한순간 정적이 흘렀다.

"아이구머니나!"

우 서방댁은 잠시 멍하니 있다가 갑자기 몸을 부들부들 떨면서 밖으로 뛰쳐나갔다. 뛰쳐나가면서 소리를 질렀고 나중에는 울먹이는 것 같았다.

아Q는 벽을 보고 꿇어앉아서 잠시 멍하니 있다가 두 손으로 빈 의자를 잡고 천천히 일어섰다. 그는 뭔가 좀 재수 없게 되었다고 생각했다. 그는 당황하여 안절부절 못하면서 황급히 곰방대를 허리띠에 쑤셔 넣고 방아를 찧으러 가려 하였다. 퍽 하는 소리와 함께 머리에 묵중한 것이 떨어지는 느낌이 왔다. 얼른 몸을 돌려 보니 수재가 대나무 몽둥이를 들고 자기 앞에 버티고 서있었다.

"네놈이 감히…… 네 이놈!……"

굵은 몽둥이가 또 그를 후려쳤다. 아Q가 두 손으로 머리를 감싸자 그의 손마디에 몽둥이가 떨어졌고 이건 정말 몹시 고통스러웠다. 그는 부엌문을 뚫고 탈출하다가 등짝을 또 한방 맞은 것 같았다.

"육시랄 놈!"

수재가 등 뒤에서 벼슬아치들이나 쓰는 말로 욕설을 퍼부었다.

아Q는 방앗간으로 쫓겨 들어가 우두커니 서 있었다. 손가락은 계속 욱신거렸고 '육시랄 놈'이란 욕설도 머리에 떠올랐다. '육시랄 놈'이란 욕은 벼슬아치나 쓰는 말로 웨이좡 촌놈들은 여태껏 쓴 적이 없었다. 오직 관부를 출입하는 지체 높은 분들이나 쓰는 말이기 때문에 유달리 공포스러웠고 또 유달리 인상도 깊었다. 이때는 그 '여자……' 생각도 사라져버렸다. 매질과 욕설이 지나가자 한 가지 일이 매듭지어진 것 같아서 오히려 홀가분한 마음으로 방아를 찧기 시작했다. 한참 방아를 찧자 몸에 열이 나서 잠시 손을 놓고 웃통을 벗었다.

웃통을 벗을 때 밖에서 시끌벅적한 소리가 들려왔다. 아Q는 평소에 시끌벅적한 구경거리를 가장 좋아했기 때문에 바로 소리 나는 곳을 찾아 밖으로 나갔다. 소리 나는 곳을 찾다가 점점 자오 대감 댁 안채에까지 발걸음이 미치게 되었다. 황혼 무렵이라 좀 어둡기는 했지만 여러 사람들을 알아볼 수 있었다. 이틀 동안 밥을 굶었다는 자오씨 댁 마님을 포함해서 이웃집의 쩌우(鄒)씨댁 부인[鄒七嫂 : 쩌우씨 댁 일곱째 며느리란 의미]과 진정한 일가친척인 자오바이옌(趙白眼 : 조백안)과 자오쓰천(趙司晨 : 조사신)까지 와 있었다.

새아씨는 우 서방댁을 방에서 끌어내며 말했다.

"밖으로 나와! 방에만 숨어 있지 말고……"

"자네의 깨끗한 행실이야 누가 모르겠나……, 절대로 딴 마음을 먹으면 안 되네……"

쩌우씨 댁 부인도 옆에서 거들었다.

우 서방댁은 울먹거리며 몇 마디 대꾸를 하는 것 같았으나 분명하게 알아들을 수 없었다.

아Q는 생각했다.

"흥, 재미있군! 저 청상과부가 무슨 일을 저질렀는지 모르겠네?"

그는 뭔 일인지 좀 물어보려고 자오쓰천의 곁으로 다가갔다. 이때 그는 문득 자오 대감이 그를 향해 돌진해오는 것을 보았다. 손에는 굵은 대나무 몽둥이가 들려 있었다. 이 대나무 몽둥이를 보자 그는 문득 조금 전에 그가 맞은 일과 이 소동이 관계있을 것이란 생각이 들었다. 그는 몸을 돌려 방앗간으로 도망칠 생각이었다. 그러나 예기치 않게 그 대나무 몽둥이가 그의 앞길을 가로막았다. 이에 그는 다시 몸을 돌렸고 자연스럽게 뒷문으로 빠져 나와 조금 뒤 서낭당에 도착하였다.

잠시 앉아 있는 사이 아Q의 피부에 소름이 돋으며 한기가 느껴졌다. 비록 봄이었지만 밤에는 꽤 추워서 웃통을 벗고 있기에는 아직 적당한 날씨가 아니었다. 무명적삼을 자오씨 댁에 두고 왔다는 생각이 났다. 하지만 가지러 가려고 해도 수재의 대나무 몽둥이가 심히 두려웠다. 그러는 사이 이전의 그 순검이 들어왔다.

"아Q, 이 니미럴 놈아! 네 간게 자오씨 댁 하녀까지 넘보냐? 이건 정말 반역이야, 덕분에 나까지 밤잠을 못 자잖어? 니미럴……"

이렇게 한바탕 훈계를 들으면서도 아Q는 할 말이 없었다. 결국 마지막에는 밤이라서 순검에게 두 배의 술값 사백 문(文)을 물어줘야 했다. 아Q는 현금이 없었기 때문에 털모자를 담보로 잡혔고 이와 동시에 다음과 같은 '5개조의 조약'에 조인을 해야 했다.

1. 내일 무게 한 근짜리 붉은 초와 향 한 봉지를 자오씨 댁으로 가져가서 사죄를 한다.

2. 자오씨 댁에서 목을 매는 일이 일어나지 않도록 도사를불러 푸닥

거리를 할 때 아Q가 비용을 전액 부담한다.

3. 아Q는 이제부터 자오씨 댁 문지방을 넘어서는 안 된다.

4. 앞으로 우 서방댁에게 불미스러운 일이 생기면 아Q에게 책임을 묻는다.

5. 아Q는 다시는 품값과 무명적삼을 찾으러 가서는 안 된다.

아Q는 물론 이를 수락할 수밖에 없었지만 안타깝게도 현금이 없었다. 다행히 벌써 계절이 봄이라 솜이불은 필요 없게 되었으므로 은화 이천 문(文)에 저당을 잡혀 조약을 이행하였다. 웃통을 벗은 채로 머리를 조아리고 난 후에도 돈 몇 문(文)이 남았지만, 털모자는 찾지 않고 깡그리 술을 마셔버렸다. 그러나 자오씨 댁에서는 향과 촛불을 피우지 말라고 했다. 왜냐하면 마님께서 예불을 드릴 때 써야 하기 때문에 그대로 남겨두라는 것이었다. 그 낡은 무명적삼의 대부분은 새아씨가 팔월에 낳을 애기의 기저귀 감으로 사용되었고, 나머지 자투리는 모두 우 서방댁의 신발 밑창이 되었다.

제5장 생계 문제

조인식이 끝난 후 아Q는 이전처럼 서낭당으로 돌아왔다. 해가 지자 세상이 점점 기괴하게 생각되었다. 그는 곰곰이 생각해보다가 그 원인을 깨닫게 되었다. 그것은 아마도 자신이 웃통을 벗고 있기 때문인 걸로 생각되었다. 그는 낡은 겹저고리가 아직 남아 있다는 사실을 기억해내고는 그것을 꺼내 몸에 걸치고 쓰러져 누웠다. 그가 눈을 떴을 때는 태양이 또 다시 서쪽 담장 머리를 비추고 있었다. 그는 몸을 일으키면서 중얼거렸다.

"니미럴……"

그는 일어나서 예전처럼 거리를 쏘다녔다. 비록 웃통을 벗었을 때처럼 살갗을 에는 고통은 없었지만 점점 세상이 기괴하게 느껴졌다. 이날부터 갑자기 웨이쫭의 여자들이 부끄럼을 타기 시작한 것 같았다. 아Q가 걸어오는 것을 보면 여자들은 모두 대문 안으로 뛰어들어 숨었다. 심지어 연세가 쉰 가까운 쩌우씨 댁 부인까지도 다른 여자들을 따라 호들갑을 떨며 집안으로 피했고, 이제 겨우 11살 된 딸까지 집안으로 불러들였다. 아Q는 정말 이상한 생각이 들었다.

"이년들이 느닷없이 대갓집 규수 흉내를 내는 건가? 갈보 같은 년들……"

그러나 그가 세상이 더욱 기괴하다고 느낀 것은 그때부터 여러 날이 지난 이후의 일이었다. 첫째, 주막에서 외상술을 주려 하지 않았다. 둘째, 서낭당 당지기 영감님이 까닭 없이 허튼소리를 주절거리며 아Q를 쫓아내려는 것 같았다. 셋째, 며칠이 되었는지 분명하게 기억나지 않지만, 확실히 여러 날 동안 그에게 일거리를 주는 사람이 하나도 없었다. 주막에서 외상술을 주지 않으면 참으면 되고, 영감님이 나가라고 하면 한바탕 투덜대고 나면 그만이지만, 일거리를 주는 사람이 없으면 아Q는 배를 곯을 수밖에 없었다. 이건 정말 대단히 '니미럴'한 사건이었다.

아Q는 참을 수가 없어서 단골집으로 가서 상황을 물어볼 수밖에 없었다.-자오씨 댁만은 여전히 출입이 금지되어 있었다.-그러나 사정은 평소와 달라져 있었다. 반드시 남자가 대문으로 나와서 몹시 귀찮은 표정을 지으며 거지를 쫓아낼 때처럼 마구 팔뚝 춤을 추는 것이었다.

"없어, 없어! 썩 꺼져!"

아Q는 더욱 기이한 느낌이 들었다. 이 집들은 여태까지 일거리가
부족한 적이 없었는데, 요즘 갑자기 일거리가 사라졌단 말인가? 여기
에는 틀림없이 무슨 곡절이 있을 것이다. 그는 주의 깊게 수소문한 끝
에 비로소 그들이 일거리가 있을 때마다 샤오Don을 부른다는 사실을
알게 되었다. 이 샤오D(小D)란 놈은 가난뱅이인데, 말라깽이에다 약
골이어서 아Q의 눈에는 왕 털보 아래에 위치해 있는 인간이었다. 그
런데 그런 놈이 그의 밥그릇을 빼앗아갈 줄이야! 그래서 아Q의 이번
분노는 평소와는 훨씬 달랐다. 분기탱천하여 걸어가다가 갑자기 팔
뚝을 휘두르며 옛날 창까지 한 대목 불렀다.

"내 손에 쇠채찍을 들고 너를 치리라!……"

며칠 후 그는 마침내 첸씨 댁 담장 앞에서 샤오D와 마주쳤다.

"원수가 서로 마주치면 눈에 불을 켜는 법이다.(仇人相見, 分外眼明.)"

아Q가 앞으로 진격하자 샤오D는 그 자리에서 우뚝 발길을 멈췄다.

"이 금수만도 못한 놈!"

아Q는 분노에 찬 눈으로 노려보며 소리쳤다. 입에서는 침까지 튀
었다.

"난 버러지다, 됐냐?……"

샤오D가 말했다.

이 겸손함이 오히려 아Q의 분노를 더욱 폭발시켰지만, 그의 손에
는 쇠채찍이 없었다. 이에 맨몸으로 육박해 들어가 손을 뻗어 샤오D
의 변발을 움켜쥐었다. 샤오D는 한 손으로 자신의 변발 뿌리를 단단
히 보호하면서, 다른 한 손으로는 아Q의 변발을 움켜쥐었다. 아Q도

다른 빈손으로 자신의 변발 뿌리를 단단히 방비하였다. 예전의 아Q
였다면 샤오D가 상대도 되지 않았을 것이다. 그러나 아Q는 요즘 배
를 곯아서 마르고 허약한 면으로만 본다면 샤오D에 못지않았다. 그
래서 둘 간에는 세력균형 상태가 나타나게 되었다. 네 개의 손이 서로
의 머리를 잡고 있었고 또 모두 허리를 구부린 모양이었기 때문에 첸
씨 댁 담장에는 남빛 무지개가 떠서 거의 반 시간이나 지속되었다.

"됐다, 됐어!"

관객들이 화해를 붙이려는 듯 이렇게 말했다.

"좋아, 좋아!"

그러나 관객들이 화해를 붙이려는 건지, 칭찬을 하는 건지, 싸움을
부추기는 건지 알 수 없었다.

그러나 두 사람은 아무도 말을 듣지 않았다. 아Q가 세 발짝 전진하
면 샤오D는 세 발짝 후퇴하여 멈춰 섰다. 샤오D가 세 발짝 전진하면
아Q는 세 발짝 후퇴하여 또 멈춰섰다. 아마 반 시간은 지난 것 같았
다. ― 당시 웨이좡에는 자명종이 드물어서 단정하기는 어렵지만 어쩌
면 20분일지도 몰랐다. ― 그들의 머리에서는 김이 모락모락 피어올랐
고, 이마에서는 땀이 흥건히 흘러내렸다. 아Q의 손이 풀리는 그 순간
샤오D의 손도 바로 풀렸다. 동시에 몸을 일으키고 동시에 후퇴하여
사람들 속으로 비집고 들어갔다.

"두고 보자, 씨발 놈아……"

아Q가 돌아보며 말했다.

"씨발 놈아, 두고 보자……"

샤오D도 돌아보며 말했다.

이 한바탕의 '용쟁호투' 대회전은 결국 승패를 가리지 못하여 관객

들이 만족했는지 알 수 없지만 그 후 아무런 논란도 일어나지 않았다. 그러나 아Q에게는 여전히 아무도 일거리를 주지 않았다.

날씨는 따뜻하고 미풍은 솔솔 불어 제법 여름 느낌이 드는 어느 날이었다. 그러나 아Q는 온몸이 으스스하였다. 추위는 견딜만 했지만 오히려 제일 참기 어려운 것은 바로 배고픔이었다. 솜이불, 털모자, 무명적삼은 일찌감치 없어진 물건들이었고, 다음은 솜옷까지 팔아치웠다. 이제 바지가 남았지만 바지는 절대 벗을 수 없었다. 헤진 겹옷도 있지만 그건 사람들에게 신발 밑창 감으로 거저 줄 수는 있어도 돈이 될 만한 물건은 아니었다. 그는 벌써부터 길에서 동전이라도 한 꿰미 주웠으면 했지만 지금까지 한 푼도 발견하지 못했다. 그는 또 자신의 누추한 방에서라도 동전 한 꿰미를 찾아내려고 황망하게 사방을 둘러보았지만 방안은 휑하고 휑할 뿐이었다. 그래서 그는 먹거리를 찾기 위해 문을 나서기로 결심하였다.

그는 거리를 걸으며 먹거리를 구하려 하였다. 낯익은 주막이 보이고, 낯익은 만두가 보였지만 그는 그냥 지나쳤다. 잠시도 멈추지 않았고 그런 것은 원하지도 않았다. 그가 구하고 싶어 하는 건 이따위 것들이 아니었다. 그가 뭘 구하고 싶어 하는지는 자기 자신도 잘 몰랐다.

웨이좡은 본래 큰 동네가 아니어서 얼마 지나지 않아 온 동네를 다 돌아버리고 말았다. 동네 밖은 대부분 논이었고 이제 새로 심은 벼들이 온통 연초록 천지를 이루고 있었다. 그 가운데서 꿈틀거리는 검은 점들은 바로 김을 매는 농부들이었다. 아Q는 이러한 전원의 즐거움[田家樂]을 전혀 감상하지도 않고 오직 제 갈 길만 가고 있었다. 왜냐하면 이런 풍경은 그의 '구식지도(求食之道 : 밥을 구하는 방법)'와 너무나 동떨어진 것이기 때문이었다. 그러나 그는 마침내 정수암(靜修庵)의 담장 밖에 도착하였다.

　암자 주위는 논이었고, 그곳 흰 담장이 신록 속에 솟아있었다. 뒤편의 나지막한 토담 안쪽은 채소밭이었다. 아Q는 잠시 머뭇거리다가 사방을 둘러보았다. 아무도 없었다. 그는 곧 낮은 담장을 기어올라 새박뿌리 넝쿨을 잡았다. 그러자 담장의 흙이 부스스 떨어졌고, 아Q의 다리도 부르르 떨렸다. 결국 뽕나무 가지를 잡고 암자 안으로 뛰어내렸다. 그 안은 정말 푸릇푸릇한 채소밭이었다. 그러나 황주와 만두 및 그밖의 먹을 만한 음식은 아무 것도 없었다. 서쪽 담장 발치는 대나무 숲이었고 그 밑에 죽순도 많이 자라고 있었지만 애석하게도 모두 아직 익히지 않은 날 것들 뿐이었다. 또 유채는 벌써 열매가 맺혀 있었고, 쑥갓은 이미 꽃이 필 지경이었으며, 배추는 누렇게 시들어 있었다.

　아Q는 문동(文童)이 과거에 낙방한 것처럼 몹시 억울한 느낌이 들었다. 천천히 채소밭 입구로 발걸음을 옮기다가 갑자기 매우 기쁘고도 놀라운 광경을 목도하게 되었다. 그건 분명 다 자란 무밭이었다. 그는 그곳에 쭈그리고 앉아 무를 뽑다가 돌연 문간에 동그란 머리 하나가 들어왔다 나가는 것을 흘깃 보았다. 젊은 비구니임이 분명했다. 젊은 비구니 따위야 아Q가 본래 헌신짝처럼도 안 여기지만 세상일은 모름지기 '한 발짝 물러나서 생각해보기도 해야 하는 법이다.' 그래서 그는 얼른 무 네 개를 뽑아 푸른 잎은 비틀어서 뜯어내버리고 그것을 앞 옷깃 속에 불룩하게 집어넣었다. 그러자 늙은 비구니가 벌써 다가와 있었다.

　"아미타불, 아Q, 자네는 어째서 남의 밭으로 뛰어 들어와 무를 도둑질 하는고?…… 아미타불! 업보로다, 아이고, 아미타불!……"

　"내가 언제 당신네 밭에서 무를 훔쳤어?"

아Q는 흘금 쳐다보고 밖으로 도망치면서 말했다.

"지금…… 그게 아닌가?"

늙은 비구니는 불룩한 그의 옷섶을 가리켰다.

"이게 당신 거라고? 그럼 무더러 당신 거라고 대답하게 할 수 있어?"

아Q는 말을 다 마치지도 않고 발을 빼서 도망치기 시작하였다. 그를 추격해온 것은 엄청나게 살이 찐 흑구(黑狗)였다. 이 개는 본래 앞문을 지키던 개인데 어떻게 후원으로 왔는지 알 수 없었다. 그 흑구는 컹컹 짖어대며 아Q를 쫓아와 다리를 물려고 하였다. 다행히도 아Q의 옷섶에서 무가 한 개 떨어지자 그 개는 겁을 먹고 잠시 멈추어 섰다. 그 순간 아Q는 벌써 뽕나무로 기어 올라가 토담을 뛰어넘어 무와 함께 담장 밖으로 굴러 떨어졌다. 닭 쫓던 개 지붕 쳐다보는 격이 된 흑구는 아직도 뽕나무를 쳐다보며 짖고 있었고, 늙은 비구니는 여전히 아미타불을 염송하고 있었다.

아Q는 비구니가 다시 흑구를 풀어놓을까봐 겁이 나서 무를 주워들고 도망가다가 길에서 돌멩이 몇 개를 주워들었다. 그러나 흑구는 다시 나타나지 않았다. 그제야 아Q는 돌멩이를 던져버리고 길을 걸으며 무를 먹기 시작했다. 그는 그러다가 이곳에서는 아무 것도 먹을 게 없으니 읍내로 들어가 보는 것이 더 낫겠다는 생각이 들었다.

무 세 개를 거의 다 먹었을 무렵 그는 이미 읍내로 들어갈 결심을 굳히고 있었다.

제6장 중흥에서 말로까지

웨이쫭에서 아Q를 다시 보게 된 것은 그해 추석이 막 지난 때였다. 사람들은 모두 놀라며 아Q가 돌아왔다고들 했다. 그러나 다시 이전 일을 되돌아보며 '아Q가 전에 어디로 갔었나?'라고 생각하였다. 아Q가 지난 몇 차례 읍내로 갈 때는 일찌감치 신바람을 내며 자랑에 여념이 없었지만 이번에는 전혀 그렇지 않았다. 그래서 한 사람도 그의 거동에 신경을 쓰지 않았다. 아마도 서낭당 당지기 영감에겐 얘기했겠지만, 웨이쫭의 관례에 따르면 자오 대감이나 첸 대감 또는 수재 나으리께서 읍내로 가시는 일만 큰 사건으로 취급되어 왔다. 가짜 양놈의 거동조차 그리 대수롭지 않게 취급되는 판국인데 하물며 아Q 따위임에랴? 이런 연유로 서낭당 당지기 영감님은 아Q를 위해 선전활동을 하지 않았고 따라서 웨이쫭 사회는 아Q의 이번 활동을 전혀 파악하지 못하였다.

그러나 아Q의 이번 복귀는 이전의 경우와 전혀 다른 정말 놀랄만한 사건이었다. 날이 어두컴컴해질 무렵 그는 잠이 덜 깬 듯한 몽롱한 눈으로 주막 문 앞에 나타났다. 그는 계산대로 다가가 허리춤에서 손을 빼내며 은화와 동전을 한 움큼 계산대 위로 던졌다.

"현금이다! 술 가져와!"

그가 입고 있는 새 겹옷 허리춤에는 큼지막한 전대가 매달려 있었고 그때문에 그의 허리띠는 묵직하게 활처럼 휘어져 있었다. 웨이쫭의 관례로는, 다소 이목을 끄는 인물을 목도하게 되면 무시하기보다는 존경의 태도를 보이게 마련이다. 지금 비록 그 대상이 분명 아Q이기는 하지만 그는 이미 다 떨어진 겹옷을 입고 있던 옛날 아Q는 아니었다. 고인(古人)들께서도 말씀하시기를 '선비가 헤어진 지 사흘이면

응당 괄목상대해야 한다.(士別三日, 便刮目相對.)'라고 하셨다. 이 때문에
점원, 주인, 술꾼, 행인들 모두가 의심스러운 가운데서도 자연스럽게
존경의 태도를 보이게 되었다. 주막 주인이 먼저 고개를 끄덕이며 계
속 얘기를 붙였다.

"호, 아Q! 자네 언제 왔는가?"

"방금 왔어."

"돈 많이 벌었나 보네, 근데 어디서……"

"읍내에 갔었지!"

이 새 소식은 다음날 바로 온 웨이쫭 동네에 쫙 퍼졌다. 사람들은
모두 두둑한 현금에 새 옷을 입은 아Q의 중흥사를 알고 싶어 했다.
그리하여 주막에서, 찻집에서, 절집 처마 밑에서 점점 그 내막을 수소
문하기 시작하였다. 그 결과 아Q는 새로운 경외의 대상이 되었다.

아Q의 말에 의하면 그는 거인(擧人:향시에 급제한 사람) 영감댁에서 일
을 했다고 했다. 이 대목에서 듣는 사람들은 모두 마음이 숙연해졌다. 이
영감님은 본래 성이 바이씨(白氏:백씨)지만 온 읍내를 통틀어 유일한 거
인이기 때문에 앞에 성(姓)을 붙일 필요도 없이 그냥 '거인'이라고만 하
면 바로 그를 가리키는 호칭이 되었다. 이는 웨이쫭에서 뿐만 아니라 사
방 백 리 안에서는 전부 그렇게 통했고, 이 때문에 사람들은 대부분 그
의 이름을 거인으로 생각하고 있었다. 그런 분의 댁에서 일을 했다는 것
은 그 자체만으로도 당연히 존경의 대상이 될 수 있는 것이다. 그러나
아Q는 또 이제 다시는 그 집으로 일하러 가기 싫다고 했다. 왜냐하면 그
거인 영감이 기실 엄청 '니미럴한' 놈이기 때문이라는 것이다. 이 대목에
서는 듣는 사람들이 모두 탄식을 토해 내면서도 상쾌한 기분을 느꼈다.
그 이유는 아Q가 본래 거인 영감 댁에서 품을 팔만한 자격이 없지만 그

래도 품을 팔지 못하는 것은 애석한 일로 느껴졌기 때문이었다.

아Q의 말에 의하면, 그가 이번에 다시 돌아온 것은 읍내 사람들에 대한 불만 때문이라고 했다. 즉 읍내 사람들이 '긴 의자(長凳:장등)'를 '쪽 의자(條:조등)'라고 하고, 생선 튀김에 가늘게 썬 파를 넣는 것 외에도 최근 관찰한 바에 의하면 여자들이 길을 걸을 때 몸을 배배 꼬며 꼴사납게 걷기 때문이라는 것이다. 그러나 또 아주 탄복할 만한 점도 있다고 했다. 그것은 바로 웨이좡 촌놈들은 서른 두 장짜리 골패밖에 칠 줄 모르고 가짜양놈만 유일하게 '마작'을 칠 줄 알지만, 읍내에서는 개망나니 조무래기들까지 마작에 정통하다는 점이었다. 그래서 가짜양놈이 읍내에 가서 열 몇 살 먹은 조무래기들을 만나면 그건 바로 '염라대왕 앞에 선 잡귀 꼴'이 되고 만다는 것이었다. 이 대목에서는 듣는 사람들이 모두 얼굴이 붉어졌다.

"늬들 사람 목 자르는 거 본 적 있냐?"

아Q가 말했다.

"히야, 정말 볼만 허지, 혁명당을 죽이는 거야, 볼만 허지, 볼만 해……"

그가 고개를 흔들자 침이 맞은편에 앉아 있는 자오쓰천의 얼굴에까지 튀었다. 이 대목에서는 듣는 사람들이 모두 온몸이 오싹해지는 느낌을 받았다. 그러나 아Q는 사방을 둘러보다가 갑자기 오른손을 들어 올려 목을 길게 빼고 정신없이 아Q의 이야기를 듣고 있던 왕털보의 뒷덜미를 직선으로 내려쳤다.

"뎅강!"

왕털보는 소스라치게 놀라는 동시에 전광석화처럼 목을 바싹 움츠렸다. 듣고 있던 사람들도 모두 모골이 송연해지면서 유쾌한 기분을 느꼈다. 이날부터 왕털보는 여러 날 동안 머리가 어지러워서 아Q의 근처엔 얼씬도 하지 못하였다. 다른 사람들도 마찬가지였다.

당시 웨이좡 사람들의 눈에 비친 아Q의 지위는 감히 자오 대감을 뛰어넘었다고 말할 수는 없어도 거의 비슷한 지위에 있었다고 해도 그리 지나친 말은 아닐 것이다.

그리하여 오래지 않아 아Q의 명성은 갑자기 웨이좡의 규방에까지 두루 퍼지게 되었다. 웨이좡에서는 첸씨와 자오씨만 대저택을 갖고 있고 나머지 십중팔구는 작은 집들에 불과했지만 그래도 결국 규방은 규방이므로 이건 정말 신기한 현상이었다. 여자들은 서로 만나기만 하면 쩌우씨댁 부인이 아Q에게서 푸른 비단치마 한 벌을 샀는데 좀 헌 것이기는 해도 단돈 90전에 샀다는 얘길 수군거렸다. 또 자오바이옌의 모친도 – 일설에는 자오쓰천의 모친이라고도 함. 앞으로 연구를 요함 – 양사로 만든 진홍색 애기 옷을 샀는데 7할 정도는 새 것에 단돈 3원만 줬다고 했다. 이에 웨이좡의 여인들은 모두 눈이 빠져라 아Q를 만나고 싶어 했다. 비단치마가 없는 여인은 비단치마를 사고 싶어 했고, 양사 저고리가 필요한 여인은 양사 저고리를 사고 싶어 했다. 이제 아Q를 만나도 도망가지 않을 뿐만 아니라, 어떤 때는 아Q가 이미 지나쳤는데도, 쫓아가서 그를 불러 세우고 이렇게 물었다.

"아Q! 아직 비단치마 남았어요? 없다고요? 그럼 양사 저고리는요? 있어요?"

소문은 마침내 여염집 규방에서 대갓집 규방으로까지 전파되었다. 왜냐하면 쩌우씨댁 부인이 너무나 흡족한 나머지 그 비단치마를 갖고 자오씨 댁 마님에게 가서 감상을 요청했기 때문이었다. 자오씨 댁 마님은 또 자오 대감에게 그 사실을 알렸을 뿐만 아니라 참으로 좋은 물건이더라고 한바탕 칭찬을 늘어놓았다. 자오 대감은 그날 저녁 식탁에서 수재 나으리와 토론을 벌였고, 아Q가 사실 좀 수상쩍기 때문에 문단속에 주의해야 한다고 하였다. 그러나 아Q의 물건 중에는 아직도 사둘만한 것이나 좀 좋은 것이 있을지도 모른다고 생각했다. 게다가 자오씨 댁 마님도 저렴하고 품질 좋은 모피 조끼를 한 벌 사고 싶어 하던 참이었다. 그리하여 가족 전체 결의에 의해 쩌우씨댁 부인을 즉각 아Q에게 파견하기로 하였다. 뿐만 아니라 이번 일을 위해 세 번째 예외 규정을 신설하기로 하였는 바, 그것은 바로 이날 저녁에도 특별히 기름 등불을 잠시 밝혀두기로 한 것이었다.

등불의 기름이 적지 않게 타들어가고 있는데도 아Q는 나타나지 않았다. 자오씨 저택의 온 권속들은 초조한 마음으로 하품을 하며 아Q가 너무 변덕스럽다고 한탄하기도 하고, 또 쩌우씨댁 부인이 너무 야물딱지지 못하다고 원망하기도 하였다. 자오씨 댁 마님은 또 봄날 맺은 그 조약 때문에 아Q가 오지 않을까봐 걱정이었지만, 자오 대감은 그건 걱정할 게 없다고 생각했다. 왜냐하면 이번 일은 '자신'이 직접 그를 부른 것이기 때문이었다. 과연 자오 대감의 식견이 탁월했는지 마침내 아Q는 쩌우씨댁 부인을 따라 이 저택으로 진입하였다.

"저 사람이 자꾸 없다고만 하잖아요. 그래서 직접 만나 뵙고 말씀드리라고 해도 자꾸 그러기에, 제가 또……"

쩌우씨댁 부인은 종종 걸음으로 숨을 헐떡이며 말했다.

"대감 마님!"

아Q는 웃는 듯 마는 듯한 표정으로 이렇게 부르고는 처마 밑에 우뚝 멈춰 섰다.

"아Q! 소문에 외지에서 돈을 많이 벌었다던데."

자오 대감은 천천히 발걸음을 옮기며 아Q의 전신을 훑어보았다.

"그것 참 잘 됐네, 잘 됐어. 저…… 소문에 중고품을 좀 갖고 있다 지…… 전부 갖고 와서 좀 보여줄 수 있겠나,…… 뭐 다른 뜻이 있는 게 아니라 내가 좀 사려고……"

"쩌우씨댁 부인께 벌써 말씀드렸는데요, 전부 다 팔렸어요."

"다 팔려?"

자오 대감은 자신도 모르게 소리를 질렀다.

"어찌하여 그렇게도 빨리 팔렸단 말이냐?"

"그게 친구 물건이라, 본래 많지 않았어요. 저쪽 사람들도 좀 사가 고……"

"그래도 아직 좀 남아 있겠지?"

"지금 문발 하나만 남아 있는데요."

"그럼, 그 문발이라도 갖고 와서 좀 보여주게."

자오씨 댁 마님이 황급히 말하였다.

"그럼, 내일 갖고 오면 돼."

자오 대감은 좀 심드렁하게 대꾸했다.

"아Q, 앞으로 무슨 물건이 생기면 제일 먼저 우리 집으로 가져와……"

"값은 절대로 다른 사람보다 낮게 쳐주진 않을 테니!"

수재가 이렇게 말하자 수재 마누라는 얼른 아Q가 이 말에 감동을 받았는지 어떤지 그의 얼굴을 살폈다.

"난 모피 조끼를 한 벌 사고 싶네."

자오씨 댁 마님이 말했다.

아Q는 대답을 하기는 했지만 내키지 않는 모습으로 나갔기 때문에 그가 이 말을 마음에 담아뒀는지는 알 수 없는 일이었다. 자오 대감은 아주 실망스럽고 화가 났을 뿐만 아니라 걱정도 되어서 하품까지 멈출 지경이었다. 수재도 아Q의 태도에 불만을 터뜨리며 '이런 육시랄 놈'은 방비를 단단히 해야 하기 때문에 순검에게 분부하여 웨이쫭에 살지 못하도록 하는 것이 더 낫다'고 하였다. 그러나 자오 대감은 그렇게 생각하지 않았다. 즉 그렇게 되면 원한을 품을 수 있고, 또 그쪽 길로 밥벌이를 하는 놈들은 대개 '솔개가 자기 둥지 밑의 먹이는 안 먹는다'는 말처럼 이 마을에서 그렇게 걱정할 일을 만들지 않을 것이기 때문에 야간에 좀 경계심을 가지면 된다고 하였다. 수재는 이 가훈(家訓)을 듣고는 아주 그럴 듯하게 생각되어 아Q를 축출하자는 제의를 즉각 취소하고 쩌우씨댁 부인에게는 절대로 다른 사람들에게 이 말이 새어나가지 않도록 당부하였다.

그러나 다음날 쩌우씨댁 부인은 푸른 치마를 검은색으로 염색하러 가서 아Q의 의심스러운 점을 두루 전파해버렸다. 그래도 수재가 아Q를 축출하자고 한 그 한마디는 확실히 떠벌리지 않았다. 하지만 이런 상황은 아Q에게 정말 불리하였다. 가장 먼저 순검이 탐문하러 와서 그의 문발을 가져가버렸다. 아Q는 자오씨 댁 마님께서 보고 싶어 하는 물건이라고 했지만 순검은 다시 돌려주지 않았다. 뿐만 아니라 매월 자신에게 상납해야 할 촌지를 정하자고 하였다. 그 다음으로 그에 대한 마을 사람들의 경외심이 갑자기 바뀌었다는 점이다. 그래도 아직은 방자하게 굴지 않았지만 멀리 피하려는 표정이 역력하였다. 이러한 표정은 전에 그가 '뎅강'하고 목을 내리칠 때와 너무나 달라서, 말하자면 '존경하면서도 멀리하는(敬而遠之)' 요소가 상당 부분 혼재되어 있었다.

다만 일부 건달들만 여전히 아Q의 내막을 끝까지 파고들었다. 아

Q도 전혀 거리낌 없이 뽐을 내며 자기의 경험을 얘기하였다. 이로부터 그들은 아Q가 일개 단역에 불과하여 담장에 올라가지도 못했을 뿐만 아니라 집안으로 들어가 보지도 못했으며, 오직 집밖에서 물건을 받는 역할만 했다는 사실을 알게 되었다. 그러다가 어느 날 밤 그가 막 보따리 하나를 넘겨받은 뒤, 두목이 다시 들어가고 나서 얼마 지나지 않아, 안쪽에서 고함소리가 들려왔고 이에 서둘러 줄행랑을 쳐 그날 밤에 바로 성을 넘어 웨이쫭으로 돌아왔으며, 이제 다시는 그런 짓을 하지 않을 거라고 하였다. 그러나 이 이야기는 아Q에게 더욱 불리하였다. 마을 사람들이 아Q에게 '존경하면서도 멀리하는(敬而遠之)' 태도를 보인 것은 아Q의 원한을 살까봐 걱정이 되었기 때문인데, 누가 생각이나 했겠는가? 그가 다시는 도둑질할 엄두도 내지 못하는 좀도둑에 불과하다는 사실을. 이건 정말 옛말에도 있는 것처럼 '이 또한 두려워할 만한 일은 아니느니라(斯亦不足畏也矣)'에 해당하는 상황이었다.

제7장 혁명

선통(宣統) 3년(1911년) 음력 9월 14일(양력 11월 4일)-즉 아Q가 허리에 차고 있던 전대를 자오바이옌(趙白眼)에게 팔아버린 날-삼경(三更)도 더 지난 무렵, 검은 뜸배 한 척이 자오씨 댁 부두에 도착했다. 이 배는 캄캄한 어둠속을 흘러서 왔고 시골 사람들은 깊이 잠들어 있었기 때문에 아무도 낌새를 눈치 채지 못했다. 그러나 이곳을 떠나갈 때는 동이 틀 무렵이어서 꽤 여러 사람이 그 광경을 목격하였다. 이리 저리 조심스럽게 알아본 결과에 의하면 그 배는 바로 거인 영감의 배였다.

그 배는 커다란 불안감을 웨이좡 마을에 실어다 주었고 정오도 되지 않아서 온 마을 민심이 술렁거리기 시작했다. 배의 사명에 대해서는 자오씨 댁에서 극비에 부치고 있었지만, 찻집이나 주막에서는 모두 혁명당이 입성하려고 해서 거인 영감이 우리 시골 마을로 피난 온 것이라고 수군거렸다. 유독 쩌우씨댁 부인만 그렇게 생각하지 않았다. 그녀의 말에 의하면 그 배가 실어온 건 낡은 옷상자 몇 개 뿐이었는데, 거인 영감이 그걸 좀 맡기려 했지만 자오 대감이 다시 돌려보냈다고 했다. 또 기실 거인 영감과 수재 나으리는 평소에 별로 친한 사이가 아니기 때문에 이치로 따져 봐도 '환난을 함께 할(共患難)' 의리가 있을 리 없다는 것이다. 하물며 쩌우씨댁은 자오씨 댁과 이웃이어서 그녀의 견문이 그래도 비교적 사실에 가깝고, 따라서 그녀의 판단이 정확하다고 할 수 있을 것 같았다.

그러나 창궐한 유언비어에 의하면, 거인 영감이 비록 직접 오지는 않았지만 장문의 편지 한통을 보내와서 자오씨 댁과 먼 친척이 된다는 사실을 밝혔다는 것이다. 이에 자오 대감은 속으로 상황을 저울질해보고는 어쨌든 자신에게 나쁠 것이 없다는 생각에 그 상자를 받아서 자기 마누라 침대 밑에 숨겨두었다고 했다. 혁명당에 대해서는 혹자의 전언에 의하면 바로 그날 읍내로 입성하였고 모두들 흰 투구에 흰 갑옷 차림으로 숭정황제(崇禎黃帝 : 明나라 마지막 황제)의 상복을 입고 있었다고 했다.

아Q도 자신의 귀로 혁명당이라는 말을 진작부터 듣고 있었고, 금년에는 또 혁명당의 처형 장면을 자신의 눈으로 친히 목도하기도 했다. 그러나 그의 마음에는 어디에서 연유한 것인지 알 수 없는 일종의 선입관이 자리잡고 있었다. 즉 혁명당은 바로 반역의 무리이며 반역의 무리는 그와 함께 하기 어렵기 때문에 줄곧 '그들을 심히 증오하며 통탄해마지 않아 왔던(深惡而痛絶之)' 것이다. 그러나 뜻밖에도 사방 백리 안에서 명성이 뜨르르한 그 거인 영감조차 그렇게 벌벌 떨 줄이야! 그리하여 아Q는 자기도 모르게 혁명당에 마음이 끌리게 되었다. 하물며 웨이좡의 좆같은 연놈들이 황망해하는 꼬락서니를 보자 아Q는 더욱 마음이 상쾌해져 옴을 느꼈다.

"혁명도 좋은 거네."

아Q는 생각했다.

"이 니미럴놈들을 전부 혁명해야 돼, 정말 간악한 놈들! 정말 가증스러운 놈들!…… 바로 이 몸께서 혁명당에 투신할 것이다."

아Q는 근래 용돈이 궁하게 되어 적지 않게 불만스러운 마음을 갖고 있었다. 게다가 대낮 공복에 술 두 사발을 마셨기 때문에 갈수록 취기가 빨리 올랐다. 이에 생각에 젖어 발걸음을 옮기는 동안 마음이 다시 들뜨기 시작했다. 그리하여 어찌된 셈인지 갑자기 자기 자신이 바로 혁명당이고 웨이좡 사람들은 모두 그의 포로처럼 생각되었고, 너무나 흡족한 나머지 자기도 모르게 냅다 고함을 질렀다.

"반역이다! 반역이야!"

웨이좡 사람들은 모두 경악과 공포의 눈으로 그를 바라보았다. 이처럼 가련한 눈빛을 아Q는 여태껏 본 적이 없었다. 이들의 모습을 목도하자 마치 오뉴월 더위에 얼음물을 마신 것처럼 마음이 시원해졌다. 그는 더욱 신이 나서 길을 걸으며 마음껏 고함을 질렀다.

"좋아,…… 내가 원하는 물건은 내 마음대로 취할 거고, 내가 좋아하는 여자는 내 마음대로 할 거다."

"둥두둥, 덩더덩!

후회해도 소용없다, 술에 취해 정씨 아우를 잘못 베었네.

후회해도 소용없다. 아, 아, 아……

둥두둥, 덩더덩, 둥, 덩더덩!

내 손에 쇠채찍을 들고 너를 치리라!……"

자오씨 댁의 남자 두 분과 진짜 일가 두 사람도 바야흐로 대문 입구에서 혁명에 대해 논의하고 있었다. 아Q는 그들을 보지 못하고 고개를 꼿꼿이 쳐들고 창을 하며 지나쳐갔다.

"둥두둥……"

"Q군!"

자오 대감이 겁에 질려 아Q를 맞이하며 낮은 목소리로 불렀다.

"덩더덩……"

아Q는 자신의 이름에 '군'자가 붙게 되리라고는 전혀 예상을 못했기 때문에 다른 사람을 부르는 말로 생각하고 아무 신경도 쓰지 않았다. 그리고는 노랫가락에만 집중했다.

"둥, 덩, 덩더덩, 덩!"

"Q군!"

"후회해도 소용없다……"

"아Q!"

수재는 직접 그의 이름을 부를 수밖에 없었다.

그제서야 아Q는 걸음을 멈추고 고개를 삐딱하게 쳐들며 물었다.

"뭐요?"

"Q군,…… 지금……"

자오 대감은 별로 할 말이 없었다.

"아, 지금도……돈을 많이 버는가?"

"돈? 물론이지, 마음만 먹으면 모든 게 내 거야……"

"아…… Q형, 우리 같은 가난뱅이 친구들이야 뭐 별일 없겠지……"

자오바이옌은 두려움에 떨며 이렇게 말하였다. 혁명당의 속셈을 떠보려는 것 같았다.

"가난뱅이 친구라고? 당신이 나보다 돈이 많잖어."

아Q는 그렇게 말하고는 혼자서 가버렸다.

모두들 낙담하여 할 말을 잃었다. 자오 대감 부자는 집으로 돌아와서 등불을 밝힐 때까지 저녁 내내 상의를 거듭하였다. 자오바이옌은 집으로 돌아오자마자 허리춤에 차고 있던 전대를 풀어서 자기 마누라에게 주고는 상자 바닥에 감추게 하였다.

아Q가 나는 듯이 동네를 한 바퀴 돌고 서낭당으로 돌아왔을 때는 술이 이미 어지간히 깨어 있었다. 당지기 영감님도 의외로 살갑게 대하면서 차를 권해왔다. 아Q는 영감님에게 전병(煎餠)을 두 개 달라고 하여 다 먹고는, 다시 4량(兩)짜리 촛불 하나와 촛대를 달라고 하여 불을 붙이고 혼자서 자신의 작은 방에 드러누웠다. 그는 말로 형언할 수 없는 신선함과 유쾌함에 젖어들었다. 촛불은 대보름날 밤처럼 번쩍번쩍 춤을 추고 있었고, 그의 생각도 하늘로 나를 듯이 치솟아 오르고 있었다.

"반역이라? 재미있군……흰 투구에 흰 갑옷을 입은 혁명당이 올 거야, 모두들 청룡도, 쇠채찍, 폭탄, 소총, 삼지창, 갈고리창을 들고 이 서낭당을 지나가면서 '아Q! 함께 가지, 함께 가!'라고 하면 그때 함께 가는 거야……"

"그때 웨이쫭의 좆같은 연놈들은 정말 우스운 꼴이 되겠지, 무릎을 꿇고 '아Q, 살려줘!'라고 빌 거야. 누가 그 말을 들어줄까! 제일 먼저 뒈져야 할 놈은 샤오D와 자오 대감이고, 또 수재놈과 가짜양놈도 있군,……몇 놈이나 살려둘까? 왕털보는 그래도 봐주려고 했는데 이젠 안 되겠어……"

"물건은…… 곧장 쳐들어가서 상자를 열어젖히는 거야. 동전, 은화, 양사 저고리…… 수재 마누라의 닝보(寧波) 침대(화려한 장식의 고급 침대)는 맨 먼저 서낭당으로 옮겨와야 해. 그밖에 첸가네 탁자와 의자도 갖다놔야지—아니면 자오가네 걸 쓰지 뭐. 내가 직접 손을 쓰지 않고 샤오D더러 운반을 시킬 거야, 잽싸게 옮기라고 해야지. 동작이 굼뜨면 따귀를 후려치는 거야……"

"자오쓰천의 여동생은 정말 꼴불견이야. 쩌우씨댁 딸은 몇 년 뒤에나 알아봐야겠고. 가짜양놈 마누라는 변발이 없는 사내와 잠을 잤으니, 햐! 정말 나쁜 년이야! 수재놈 마누라는 눈두덩에 흉터가 있고…… 우서방 댁을 오래 못 봤네, 지금 어디 있을까? - 근데 애석하게도 발이 너무 커."

아Q는 생각을 다 정리하기도 전에 벌써 코를 골고 있었다. 4량짜리 촛불은 이제 겨우 반 치 정도 타들어가고 있었고, 너울거리는 빨간 불꽃이 그의 헤벌어진 아가리를 비추고 있었다.

"허어, 허어!"

아Q가 갑자기 큰 소리로 울부짖더니, 고개를 들고 황급히 사방을 두리번거리다가 4량짜리 촛불이 너울거리는 것을 보고는 다시 고개를 처박고 잠속으로 빠져들었다.

다음날 그는 아주 늦게 일어났다. 거리로 나가보았지만 모든 것이 옛날 그대로였다. 그의 배도 여전히 옛날처럼 고파왔다. 생각을 해보려 해도 아무 것도 생각할 수 없었다. 그런데 불현듯 한 가지 좋은 생각이 떠올라서 자기도 모르게 정수암으로 천천히 발걸음을 옮기게 되었다.

정수암은 봄날 그때처럼 조용했고 여전히 흰 담장과 검은 대문이었다. 그는 잠시 머리를 굴리다가 앞으로 전진하여 대문을 두드렸다. 개 한 마리가 안에서 짖기 시작했다. 그는 서둘러 벽돌 조각 몇 개를 주워들고 다시 다가가서 좀 세게 대문을 두드렸다. 검은 대문에 꽤 많은 벽돌 자국이 생길 무렵에야 누군가 나와서 문을 열었다.

아Q는 얼른 벽돌 조각을 단단히 잡고 오른발을 앞으로 내밀며 흑구(黑狗)와의 개전(開戰)에 대비했다. 그러나 암자의 문은 작은 틈새만큼 열렸고 흑구도 진격해오지 않았다. 열린 틈새 사이로 늙은 비구니만 바라보일 뿐이었다.

"자네, 또 무슨 일로 왔는가?"

그녀는 겁에 질려서 말을 하였다.

"혁명이다…… 알고 있나?……"

아Q가 어정쩡하게 말을 하였다.

"혁명, 혁명! 벌써 혁명 한 번 했어…… 도대체 우리를 어떻게 혁명하겠다는 건가?"

늙은 비구니는 두 눈을 붉히며 말을 했다.

"뭐야?……"

아Q는 의아했다.

"자네 몰랐나? 그놈들이 벌써 와서 혁명을 해버렸어!"

"누가?……"

아Q는 더욱 의아했다.

"그 수재놈 하고 가짜양놈!"

아Q는 너무나 뜻밖이라 자기도 모르게 경악하고 말았다. 늙은 비구니는 그의 예기가 꺾인 것을 보고 나는 듯이 대문을 닫았다. 아Q가 다시 밀어보았지만 단단히 잠겨서 열리지 않았고 다시 문을 두드려도 역시 아무런 응답이 없었다.

그건 역시 그날 오전의 일이었다. 자오 수재는 소식이 빨라서 혁명당이 이미 지난밤에 읍내에 입성한 것을 알고는 즉각 변발을 머리 꼭대기로 말아 올리고 지금까지 상종조차 하지 않던 첸씨댁 가짜양놈을 일찌감치 방문하였다. 때는 바야흐로 '유신의 시기'였으므로 그들은 바로 의기투합하여 뜻과 마음을 함께 하는 동지가 되었고, 또 서로 함께 혁명을 실천하기로 약조하였다. 그들은 생각에 생각을 거듭한 끝에 정수암에 '황제 만세 만만세'라는 용무늬 위패가 있다는 걸 생각해내었다. 그건 응당 혁명을 해야 할 대상이었으므로 그들은 함께 정수암으로 혁명을 하러 쳐들어갔다. 늙은 비구니가 이를 가로막으며 몇 마디 하자, 그들은 그녀를 만청(滿淸) 정부로 간주하고 그녀의 머리에 적지 않은 곤봉 세례와 주먹 세례를 퍼부었다. 그들이 떠난 뒤 늙은 비구니가 정신을 차리고 점검해보니 용무늬 위패는 땅바닥에 팽개쳐져 진작에 박살이 나버렸고 게다가 관음보살 앞에 놓아두었던 선덕(宣德) 향로마저 사라지고 없었다.

이런 사실을 아Q는 나중에야 알았다. 그는 자기가 그때 잠을 자고 있었다는 사실이 무척 후회스러웠지만, 그들이 자기를 부르러오지 않았다는 사실도 심히 괘씸했다. 그는 한 걸음 물러나 생각해보았다.

"설마 내가 이미 혁명당에 투신한 사실을 그들이 몰랐던 걸까?"

제8장 혁명금지

웨이좡 마을의 민심은 나날이 안정되어갔다. 전해져 오는 소식에 의하면 혁명당이 읍내로 입성하기는 했지만 아직 무슨 큰 변동은 없다고 했다. 현감 영감도 본래 그분인데 명칭이 뭐라고 좀 바뀌었다고 했다. 게다가 거인 영감도 무슨 벼슬을 맡았고 – 이 명칭들을 웨이좡 사람들은 모두 잘 몰랐다 – 병력을 거느리고 있는 것도 여전히 옛날 그 군관이라는 것이었다. 다만 한 가지 공포스러운 일은 불량한 혁명당 몇 놈이 끼어들어 난동을 부리면서 바로 다음날부터 변발을 자르기 시작했다는 것이다. 소문을 들어보니 이웃 마을 뱃사공 치진(七斤: 칠근)이가 바로 올가미에 걸려들어 정말 사람 꼴 같지 않게 되었다고 했다. 그러나 그런 건 뭐 대단한 공포라고 할 수 없었다. 왜냐하면 웨이좡 사람들은 본래 읍내 출입을 하는 사람이 아주 드물었고, 설령 우연찮게 읍내로 갈 생각이 있었더라도 즉각 계획을 변경하기만 하면 그 따위 위험에 빠질 리는 없기 때문이었다. 아Q도 본래 읍내로 가서 옛날 친구나 좀 만나볼 생각이었지만 소식을 듣고는 곧바로 계획을 중지할 수밖에 없었다.

그러나 웨이좡에도 개혁이 없었다고 할 수는 없다. 며칠 후 변발을 정수리로 말아 올리는 사람이 점점 많아졌다. 앞서 말한 것처럼 최초의 실행자는 물론 수재공(秀才公)이었고, 그 다음은 자오쓰천과 자오바이옌이었으며, 나중에 아Q도 동참하였다. 여름날 같으면 모두들 변발을 정수리로 말아 올리거나 뒷덜미에 묶어 매기 때문에 그게 무슨 희귀한 경우라고는 할 수 없다. 그러나 지금은 늦가을이라, 이건 흡사 '여름의 명령을 가을에 집행하는(秋行夏令)' 격이므로, 이들 행동파의 입장에서는 엄청난 용단이라고 아니할 수 없는 일이었다. 뿐만 아니라 웨이좡이란 이 지역 입장에서도 개혁과 무관한 일이라고 말할 수는 없었다.

자오쓰천은 뒷머리를 휑하니 드러낸 채 걸어오고 있었다. 그것을 본 사람들이 큰 소리로 떠들었다.

"우와! 혁명당이 온다!"

아Q는 이 말을 듣고 정말 부러웠다. 그는 수재가 변발을 말아 올린 엄청난 소식을 진작부터 듣고 있었지만 자신이 그렇게 해봐야겠다고는 전혀 생각도 하지 못하였다. 그러다가 이제 자오쓰천의 모습을 보고서야 배움의 욕구가 생겼고 행동으로 실행할 결심을 굳히게 되었다. 그는 말아 올린 변발을 대젓가락 한 짝으로 정수리에 고정시키고는 한참이나 주저하다가 대담하게 밖으로 걸어 나갔다.

사람들은 그가 걸어가는 것을 보고서도 아무 말도 하지 않았다. 처음에 아Q는 상당히 불쾌했고 나중에는 아주 불만스러웠다. 그는 근래 걸핏하면 신경질이 났다. 기실 그의 생활은 반역 활동 이전보다 결코 더 나빠진 게 아니었고, 사람들도 공손하게 대했으며, 가게에서도 그에게 꼭 맞돈을 요구하지도 않았다. 그런데도 아Q는 스스로 너무 큰 실망감을 느끼고 있었다. 혁명에 참가한 이상 계속 이런 꼴이어서는 안 된다고 생각했기 때문이다. 게다가 샤오D의 꼬락서니를 보고서는 배알이 뒤집혀서 숨이 넘어갈 지경이었다.

샤오D도 변발을 정수리 위로 말아 올리고는 대젓가락으로 그것을 고정시키고 있었다. 아Q는 천만 뜻밖에도 그놈까지 그렇게 할 줄은 전혀 생각지도 못하였다. 자신도 그놈의 그러한 행동을 결코 용납할 수 없었다. '샤오D 따위가 대체 뭐란 말인가?' 그는 즉각 놈을 붙잡아 대젓가락을 분질러버리고는 놈의 변발을 풀어 내린 뒤 뺨따귀를 몇

대 갈겨주고 싶었다. 그리고 또 제 놈이 팔자를 망각하고 감히 혁명당에 참가한 죄를 징벌해주고 싶었다. 그러나 그는 결국 놈을 용서해줄 수밖에 없었고, 오직 분노한 눈으로 째려보며 '퉤'하고 침이나 한 번 뱉는데 그쳐야 했다.

며칠 사이에 읍내로 들어간 사람은 가짜양놈뿐이었다. 자오 수재도 상자를 떠맡고 있는 인연으로 몸소 거인 영감 댁을 한번 방문할 예정이었지만, 변발이 잘릴지도 모르는 위험 때문에 계획을 중지할 수밖에 없었다. 그는 '황산격(黃傘格)'으로 쓴 엄중한 성토문을 가짜양놈 편에 부치면서, 자신을 잘 좀 소개하여 자유당(自由黨)에 입당할 수 있게 해달라고 신신당부하였다.

가짜양놈은 읍내에서 돌아와서 수재에게 은화 4원을 달라고 했고, 수재는 그 돈을 주고 은복숭아 휘장을 하나 받아서 옷깃에 달게 되었다. 웨이좡 사람들은 모두 탄복하면서 그건 자유당의 상징이고, 한림 벼슬과 맞먹는다고들 하였다. 이 때문에 자오 대감도 덩달아 더 거들먹거리게 되었는데 그 나대는 꼴이 그의 아들이 처음 수재에 급제했을 때보다 훨씬 심하였다. 그리하여 아무 것도 안중에 없다는 듯한 자세로 아Q를 보고도 본체만체 하였다.

아Q는 바야흐로 불만이 쌓이는 가운데 시시각각 낙오되고 있다는 느낌을 지울 수 없었다. 게다가 은복숭아 소문을 듣고 나서는 즉각 자신이 낙오된 원인이 뭔지를 깨닫게 되었다. 즉 혁명을 하려면 단지 혁명에 투신한다고 말로만 해서는 안 되고, 변발을 말아 올리는 것만으로도 부족하기 때문에, 우선 혁명당과 끈끈한 유대관계를 맺어야 했던 것이다. 그가 평생토록 알고 있는 혁명당은 오직 두 사람뿐이었다. 그러나 읍내에 있던 한 사람은 진작에 '뎅강'하고 목이 잘렸고, 이제는 겨우 가짜양놈 한 사람만 남아 있는 실정이었다. 한시라도 빨리 가짜양놈과 상의하는 방법 외에는 이제 더 이상 다른 길은 찾을 수 없었다.

마침 첸씨 저택의 대문이 열려 있어서 아Q는 쭈뼛거리며 조심스럽게 발걸음을 옮겼다. 안채로 들어서면서 그는 깜짝 놀랐다. 가짜양놈이 마침 뜰 한가운데 서서, 전신에 새까만 양복이란 걸 입고 옷깃에 은복숭아를 달고 있었으며, 손에는 전에 아Q에게 가르침을 내린 바 있는 그 몽둥이를 들고 있었다. 또 이미 한 자 이상 자란 변발을 어깨 위로 풀어헤치고 있었는데 그 봉두난발한 모습이 마치 그 옛날 유명한 신선인 유해선(劉海仙)과 같았다. 맞은편에는 자오바이옌과 건달 세 명이 꼿꼿하게 서서 그의 말씀을 공손하게 경청하고 있었다.

아Q는 살금살금 다가가서 자오바이옌의 등 뒤에 섰다. 마음속으로는 인사를 하고 싶었으나 어떻게 불러야 할지 몰랐다. '가짜양놈'이라고 불러서는 안될 일이고, '양인(洋人)'이라 부르는 것도 적당하지 않은 것 같고, '혁명당'도 적당하지 않은 것 같아서 혹시 '양 선생(洋先生)'이라 불러야 되지 않을까 생각했다.

양 선생은 그를 보지 못했다. 왜냐하면 마침 눈을 희번덕거리며 이야기에 열을 올리고 있었기 때문이다.

"나는 성질이 급해서 우리가 만날 때마다 늘 '훙(洪 : 홍) 형! 손을 씁시다!'라고 해도 그는 언제나 'No'라고 했소.-이건 서양 말인데 당신들은 잘 모를 거요. 그렇지 않았으면 진작에 성공했을 거요. 그러나 그 점이 바로 그분의 일처리가 아주 조심스럽다는 거요. 그분은 거듭거듭 나를 후베이(湖北 : 호북)로 오라고 했지만 내가 아직 대답을 하지 않고 있소. 하지만 누가 이런 작은 현(縣) 구석에서 계속 일하고 싶겠소.……"

"음…… 저……"

아Q는 그의 말이 잠시 멈춘 틈에 마침내 있는 용기를 다 짜내어 입을 열었다. 그러나 어찌된 영문인지 그를 양 선생이라고 부르지 못했다.

말씀을 경청하고 있던 네 사람이 깜짝 놀라서 그를 돌아보았다. 양 선생도 비로소 그를 보았다.

"뭐야?"

"저……"

"꺼져!"

"저도 투(신)……"

"썩 꺼져!"

양 선생은 상주 지팡이를 휘두르며 다가 왔다.

자오바이옌과 건달들도 모두 고함을 질렀다.

"선생님께서 꺼지라는데 너 말 안 들리냐?"

아Q는 손으로 머리를 감싸 쥐고 자기도 모르게 대문 밖으로 도망쳐 나오고 말았다. 양 선생이 추격해오지는 않았다. 그는 재빨리 60보 이상 줄행랑을 치고 나서야 천천히 발걸음을 옮겼다. 마음 가득 수심이 밀려왔다. 양 선생이 그의 혁명을 금지하면 더 이상 다른 길은 있을 수 없다. 이제 흰 투구에 흰 갑옷을 입은 사람들이 그를 부르러 오기를 기대할 수 없게 되었다. 그의 모든 포부와 지향과 희망과 앞날이 깡그리 사라지고 말았다. 건달들이 이 일을 까발려서 샤오D와 왕 털보들에게 웃음거리가 되는 것은 오히려 그 다음 일이라고 할 수 있다.

그는 여태까지 이와 같은 삶의 무의미함을 느껴본 적이 없었던 것 같았다. 말아 올린 자신의 변발도 무의미할 뿐만 아니라 자신에 대한 모멸로 느껴졌다. 복수를 위해서라면 즉각 변발을 풀어 내리고 싶었지만 그래도 풀어 내릴 수는 없었다. 그는 밤중까지 어슬렁거리다가 외상술을 두 잔 뱃속으로 부어넣고서야 점점 기분이 좋아졌다. 그제야 그의 생각 속에 흰 투구에 흰 갑옷을 입은 사람들의 모습이 떠올랐다.

어느 날 그는 여느 때처럼 밤이 이슥할 때까지 어영부영 어울려 놀다가 주막 문을 닫을 무렵에야 천천히 서낭당으로 돌아가고 있었다.

"퍽, 팡……!"

그는 갑자기 이상한 소리를 들었다. 폭죽 소리는 아니었다. 아Q는 본래 시끌벅적한 구경거리를 좋아했고 또 쓸데없는 일에 참견하기를 좋아했기 때문에 곧바로 암흑을 헤치며 그 현장을 찾아 나서게 되었다. 저 앞쪽에서 발자국 소리가 들리는 것 같아서 귀를 기울이고 있는데 돌연 어떤 사람이 맞은편에서 줄행랑을 치며 달려왔다. 아Q는 그것을 보자마자 잽싸게 몸을 돌려 그를 따라 도망치기 시작했다. 그 사람이 골목을 돌면 아Q도 따라 돌았고, 그가 골목을 돌아 멈춰서자 아Q도 멈춰섰다. 아Q가 뒤를 돌아보니 아무도 없었다. 앞에 있는 사람은 바로 샤오D였다.

"뭐야?"

아Q는 불만을 터뜨렸다.

"자오…… 자오씨댁이 털렸어!"

샤오D는 숨을 헐떡이며 말했다.

아Q는 심장이 쿵쿵 뛰기 시작했다. 샤오D는 말을 마치고 바로 가버렸다. 아Q는 그래도 도망치다가 두세 번 발걸음을 멈췄다. 어쨌든 그는 '이 업종의 사업'에 종사해본 적이 있는 경험자인지라 유달리 담이 컸다. 그래서 길모퉁이를 삐죽거리며 돌아 나와 자세히 귀를 기울이자 웅성거리는 소리가 들리는 것 같았다. 또 세심하게 앞을 살펴보니 흰 투구에 흰 갑옷을 입은 듯한 사람들이 줄줄이 상자를 들어내고 있었고 또 가재도구도 들어내고 있었다. 수재 마누라의 닝보 침대도 들어내는 것 같았지만 분명하게 보이지 않았다. 그는 더 앞으로 가보고 싶었지만 두 발이 떨어지지 않았다.

이날은 달도 없는 밤이어서 웨이좡 마을은 암흑 속 정적에 싸여 있었고, 그 정적은 마치 그 옛날 복희씨(伏羲氏)의 시절처럼 태평하기까지 하였다. 그는 그 자리에 서서 싫증이 나도록 바라보고 있었다. 조금 전과 마찬가지로 그곳에서는 여전히 사람들이 왔다 갔다 하며 물건을 운반하고 있었다. 상자를 들어내고, 가재도구를 들어내고, 수재 마누라의 닝보 침대도 들어내고…… 너무나 많은 물건들이 옮겨지고 있어서 아Q는 자신의 눈을 의심해야 할 정도였다. 그러나 그는 더 이상 앞으로 나가지 않기로 마음먹었고, 조금 뒤 자신의 서낭당으로 돌아오고 말았다.

서낭당 안은 더욱 깜깜했다. 그는 대문을 잠그고 더듬더듬 자신의 방으로 들어갔다. 한참 동안 누워 있자 그제야 정신이 들면서 자신과 관계된 생각들이 떠오르기 시작하였다. 흰 투구에 흰 갑옷을 입은 사람들이 분명히 도착했는데도 그를 부르러 오지 않았다. 좋은 물건을 그렇게 많이 들어내면서도 자신의 몫은 쳐주지 않았다. 이것은 전적으로 가증스러운 가짜양놈이 그의 혁명 참가를 금지시켰기 때문이다. 그렇지 않다면 이번에 어떻게 나의 몫이 없을 수 있단 말인가? 아Q는 생각할수록 분노가 치밀어 올라 끝내 가슴 가득 밀려오는 원통함을 참지 못하고 악독하게 고개를 끄덕이며 중얼거렸다.

"나의 반역 활동은 금지하고, 네놈만 반역을 해? 이 니미럴 가짜양놈아! 그래 좋아, 네놈이 반역을 했겠다! 반역은 참수형이야, 내가 반드시 고발할 거다, 네놈이 관가에 잡혀가서 목이 잘리는 꼴을 내 두 눈으로 보고 말 테다. 멸문지화를 당할 거다.-뎅강, 뎅강!"

제9장 대단원

자오씨 댁이 털린 후 웨이좡 사람들은 아주 통쾌해하면서도 두려 움에 떨었다. 아Q도 아주 통쾌해하면서도 두려움에 떨었다. 그러나 나흘 뒤 아Q는 갑자기 한밤중에 체포되어 읍내로 끌려갔다. 그때는 마침 캄캄한 밤이었다. 정규군 한 부대, 의용군 한 부대, 경찰 한 부대 와 정보요원 다섯 명이 몰래 웨이좡에 도착하여 어둠을 틈타 서낭당 을 포위하고 대문 맞은편에 기관총까지 걸어놓았다. 그러나 아Q는 뛰어나오지 않았다. 오랜 시간 아무런 동정이 없자 군관은 조급해져 서 2만량의 현상금을 걸었다. 그제야 의용군 두 명이 위험을 무릅쓰 고 담장을 넘어 들어갔고, 이에 안팎이 호응하며 한꺼번에 달려들어 아Q를 끌어내었다. 서낭당 밖에 걸려 있는 기관총 원편까지 끌려 나 와서야 아Q는 좀 정신이 들었다.

읍내에 도착했을 때는 이미 정오였다. 아Q는 어떤 관아의 낡은 문 으로 끌려 들어가 모퉁이를 대여섯 번 돌고나서 다시 작은 방에 팽개 쳐졌다. 그가 비틀거리며 들어서자 통나무로 만든 목책 문이 그의 발 꿈치를 따라 닫혔고 나머지 삼면은 모두 벽이었다. 자세히 살펴보니 방 귀퉁이에 두 사람이 앉아 있었다.

아Q는 마음이 좀 두근거리기는 했지만 별로 고통스럽지는 않았 다. 왜냐하면 그가 거주하는 서낭당의 침실이 결코 이 방보다 더 낫다 고 할 수 없었기 때문이다. 그 두 사람도 촌놈들인 것 같았는데 시간이 갈수록 그와 허물없이 대화를 나누게 되었다. 한 사람은 그의 할아버지가 갚지 못한 묵은 소작료를 받으려고 거인 영감이 고발했기 때문이라고 했고, 다른 한 사람은 자신도 무슨 일인지 모른다고 하였다. 그들이 아Q에게 사연을 물었을 때 아Q는 시원시원하게 이렇게 대답했다.

"나는 반역을 하려 했기 때문이오."

그는 오후에 다시 목책 문 밖으로 끌려 나가 널찍한 대청에 당도하였다. 상좌에는 번쩍번쩍 빛이 날 정도로 머리를 삭발한 노인이 앉아 있었다. 아Q는 그가 중이 아닌지 의심스러웠다. 그러나 그 아래에는 병졸들이 일렬로 늘어서 있었고 양편에는 또 장삼을 입은 사람들이 10여 명 줄지어 서 있었다. 그들도 노인처럼 머리를 번쩍번쩍하게 삭발을 했거나 가짜양놈처럼 한 자 정도 자란 머리칼을 등 뒤로 풀어헤쳐 놓고 있었다. 모두들 볼살이 늘어진 험악한 얼굴로 눈꼬리를 치켜뜬 채 그를 노려보고 있었다. 아Q는 이 사람들에게 틀림없이 무슨 내력이 있다는 걸 짐작하게 되었고, 그러자 그의 관절이 저절로 풀리며 무릎이 꿇어졌다.

"서서 말하라! 무릎 꿇지 말고!"

장삼을 입은 사람들이 호통을 쳤다.

아Q는 그 말을 알아들었지만 아무래도 서 있을 수가 없어서 자기도 모르게 쭈그려 앉다가 결국은 내친 김에 다시 꿇어앉고 말았다.

"노예근성!······"

장삼을 입은 사람이 또 멸시하듯 말했으나 다시 일어나라고는 하지 않았다.

"사실대로 자백하라, 공연히 고통당하지 말고. 난 모든 사실을 알고 있다. 자백하면 널 풀어줄 수도 있다."

그 광두(光頭) 노인이 아Q의 얼굴을 주시하며 침착하고도 분명하게 말했다.

"자백하라!"

장삼을 입은 사람이 또 고함을 쳤다.

"저도 본래는…… 투(신)……"

아Q는 멍하니 생각하다가 겨우 떠듬떠듬 대답하였다.

"그럼 왜 (투항하러) 오지 않았나?"

그 노인이 부드럽게 물었다.

"가짜양놈이 허락하지 않았어요!"

"뭔 헛소리냐? 지금 말한다 해도 벌써 늦었다. 지금 네 일당들은 어디 있느냐?"

"뭐요?……"

"그날 밤 자오씨 댁을 턴 놈들 말이다."

"그놈들은 저를 부르러 오지 않고, 자기들끼리 다 가져갔어요."

아Q는 그 일을 언급하며 분노에 떨었다.

"어디로 갔느냐? 자백하면 바로 석방이다."

그 노인은 더욱 부드럽게 말했다.

"저는 몰라요…… 놈들이 저를 부르러 오지 않았어요……"

그러자 노인은 흘낏 눈짓을 했고, 아Q는 다시 목책 문 안으로 끌려 들어갔다. 그가 두 번째로 목책 문 밖으로 끌려 나온 것은 다음날 오전이었다.

대청의 모습은 이전과 같았다. 상좌에는 여전히 그 광두 노인이 앉아 있었고, 아Q도 여전히 꿇어앉았다.

노인이 부드럽게 말했다.

"무슨 할 말이 있느냐?"

아Q가 잠시 생각을 해보았지만 할 말이 없었다. 그래서 바로 대답했다.

"없습니다."

그러자 장삼을 입은 사람이 종이 한 장과 붓 한 자루를 아Q 앞으로 가져와서 붓을 억지로 그의 손아귀에 쥐어주려 하였다. 아Q는 이때 깜짝 놀라 거의 '혼비백산'할 지경이었다. 왜냐하면 그의 손이 붓과 관계를 맺은 것이 이때가 처음이었기 때문이다. 그가 붓을 어떻게 잡는지도 모르고 있는데 장삼을 입은 사람이 종이의 한 곳을 가리키며 그에게 서명을 하라고 하였다.

"저…… 저는 글자를 모릅니다."

아Q는 손바닥 전체로 붓을 꽉 움켜쥐고 황공하고도 참담한 듯이 말을 하였다.

"그럼 편한대로 동그라미를 하나 그려라!"

아Q는 동그라미를 그리려고 하였지만 붓을 잡은 그의 손은 덜덜 떨리기만 하였다. 이에 그 사람은 아Q 대신 종이를 땅바닥에 깔아주었다. 아Q는 몸을 굽히고 평생의 힘을 다해 동그라미를 그리려 하였다. 그는 사람들에게 비웃음을 당할까봐 동그랗게 그리려고 뜻을 세웠지만, 이 가증스러운 붓이 너무나 무거웠고 또 마음대로 말을 듣지 않았다. 부들부들 떨며 가까스로 동그라미를 마감할 즈음에 붓이 바깥으로 한번 삐쳐 나가서 호박씨 모양이 되고 말았다.

아Q는 자기가 동그랗게 그리지 못한 점에 대해 수치심을 느끼고 있었지만, 그 사람은 전혀 문제 삼지 않고 벌써 종이와 붓을 걷어 가버렸다. 사람들이 다시 그를 두 번째로 목책 문안으로 끌어다 가두었다.

그는 두 번째로 감금되었지만 결코 심하게 괴로워하지는 않았다. 하늘과 땅 사이에서 인생을 살다보면 더러 잡혀갔다 나올 수도 있는 법이며, 또 때로는 종이에 동그라미를 그리게 되는 경우도 있는 법이다. 다만 동그라미를 동그랗게 그리지 못한 점이 그의 '행장'에 오점이 될 뿐이었다. 그러나 오래지 않아 그런 마음도 완전히 풀려서 손자 놈들이나 동그라미를 동그랗게 그릴 수 있다고 생각했다. 그리고 그는 잠속으로 빠져들었다.

그러나 이날 밤 거인 영감은 잠을 이룰 수 없었다. 그는 군관과 말다툼을 했기 때문이었다. 거인 영감은 우선 장물을 찾아야 한다고 했고 군관은 우선 죄인을 조리돌림하여 본때를 보여야 한다고 했다. 군관은 근래 거인 영감을 아주 우습게보고 있었기 때문에 책상을 두드리고 걸상을 걷어차며 소리를 쳤다.

"일벌백계입니다. 보세요, 내가 혁명당이 된지 아직 스무 날도 되지 않았는데, 강도 사건이 10여 건 넘게 발생했습니다. 근데 한 건도 해결하지 못했으니 내 체면이 뭐가 됩니까? 사건을 해결해야 하는데 또 여기 와서 허튼소리를 해요? 안됩니다. 이 일은 내 소관입니다."

거인 영감은 다급했지만 본래의 입장을 견지하며, 만약 장물을 추적 조사하지 않으면 즉각 민정 협조 업무를 그만두겠다고 으름장을 놓았다. 그러나 군관은 오히려 '마음대로 하시지요'라고 하였다. 이 때문에 거인 영감은 이날 밤 잠을 이룰 수 없었지만 다행히 다음날 사직까지는 하지 않았다.

아Q가 세 번째로 목책 문밖으로 끌려나온 것은 바로 거인 영감이 잠을 이루지 못한 다음날 오전이었다. 그가 대청에 도착하자 상좌에는 여전히 예의 그 광두 노인이 앉아 있었고, 아Q도 관례대로 꿇어앉았다.

광두 노인이 아주 온화하게 물었다.

"무슨 할 말이 있느냐?"

아Q가 잠시 생각을 해보았지만 할 말이 없었다. 그래서 바로 대답했다.

"없습니다."

장삼과 단삼을 입은 사람들이 갑자기 그에게 양포(洋布)로 만든 하얀 조끼를 입혔다. 거기에는 검은색 글자가 몇 자 씌어 있었다. 아Q는 매우 기분이 나빴다. 왜냐하면 이건 흡사 상복을 입는 것 같았고 상복을 입는다는 건 재수 없는 일이기 때문이었다. 이와 동시에 그의 두 손은 뒤로 포박되었고, 또 곧바로 관아 문밖으로 끌려 나가게 되었다.

아Q는 지붕이 없는 수레로 들어 올려졌다. 단삼을 입은 몇 사람도 그와 함께 자리에 앉았다. 이 수레는 즉시 움직이기 시작했다. 앞에는 총을 멘 군인과 의용병들이 전진하고 있었고, 길 양쪽에는 입이 헤벌어진 구경꾼들이 몰려 있었다. 뒤편의 광경이 어떤지는 아Q가 볼 수 없었다. 그러나 그의 뇌리에는 불현듯 불길한 생각이 스치고 지나갔다. '이거 목 잘리러 가는 길 아닌가?' 그는 마음이 조급해지며 눈앞이 캄캄해졌다. 귀에서는 '웅'하는 소리가 들리고 거의 넋이 나갈 지경이었다. 그러나 그는 완전히 넋을 놓지는 않았다. 때로는 마음이 아주 초조했지만 때로는 오히려 태연한 모습을 보였다. 그의 입장으로는 하늘과 땅 사이에서 인생을 살다보면 더러 어쩔 수 없이 목이 잘리는 수도 있다고 생각하는 것 같았다.

이 길은 그도 아는 길인데 좀 이상했다. '어째서 형장 쪽으로 가지 않는 것일까?' 그는 이것이 거리를 행진하며 조리 돌리는 행사란 걸 알지 못하였다. 그러나 알았다 해도 마찬가지였을 것이다. 그는 여전히 하늘과 땅 사이에서 인생을 살다보면 더러는 어쩔 수 없이 거리를 행진하며 조리 돌림을 당할 수도 있다고 생각했을 것이기 때문이다.

그는 이것이 길을 빙 돌아서 형장으로 가는 길이고 결국 '뎅강' 하고 목이 잘리게 된다는 사실을 깨닫게 되었다. 그는 황망하게 좌우를 둘러보았다. 온통 개미떼처럼 따라오는 사람들뿐이었다. 그런 가운데 뜻밖에도 길가의 군중들 틈에서 우서방 댁을 발견하게 되었다. 아주 오래 보이지 않는다 했더니 어쩐지 읍내에서 일을 하고 있었던 것이다. 아Q는 문득 자신에게 기개가 없어서 창 몇 대목도 부르지 못한다는 사실이 부끄러워졌다. 그의 생각은 마치 회오리바람처럼 뇌리를 한 바퀴 맴돌았다. 「청상과부가 남편 무덤에 간다(小孤孀墳)」는 당당함이 부족하고, 「용호투(龍虎鬪)」의 '후회해도 소용없다……'는 대목은 너무 무기력한 느낌이 들었다. 역시 '내 손에 쇠채찍을 들고 너를 치리라'가 제격으로 생각되었다. 이와 동시에 그는 팔뚝을 한번 휘둘러보려다가 두 손이 포박되어 있다는 사실을 깨닫게 되었다. 그리하여 '내 손에 쇠채찍을 들고'도 결국 부르지 못하고 말았다.

"이십 년을 지나고 다시……"

아Q는 이런 경황 중에, 여태껏 한 번도 입 밖에 내어 본 적이 없고 '스승도 없이 혼자 깨우친' 짧은 말 반 마디를 내뱉었다.

"잘 한다!!!"

군중들 속에서 이리의 울부짖음 같은 함성이 터져 나왔다.

수레는 끊임없이 앞으로 나아가고 있었고 아Q는 함성과 박수 속에서 눈을 돌려 우서방 댁을 바라보았다. 그러나 그녀는 줄곧 그를 알아보지 못한 듯 넋을 놓고 군인들 등짝의 총만 바라보고 있었다.

그리하여 아Q는 다시 함성을 지르며 박수를 치는 사람들을 바라보았다.

이 순간 그의 생각은 회오리바람처럼 그의 뇌리를 또 한 번 맴돌았다. 4년 전 그는 산발치에서 굶주린 이리 한 마리와 맞닥뜨린 적이 있었다. 그 놈은 가깝지도 멀지도 않은 거리에서 그를 따라오며 그의 살점을 뜯어먹으려 하였다. 그는 그때 겁에 질려 죽을 것 같았지만 다행히 손도끼를 갖고 있어서 그것을 믿고 대담하게 웨이좡 마을까지 올수 있었다. 그러나 그 이리의 눈빛을 영원히 잊을 수 없다. 그 눈빛은 흉측하면서도 비겁한 듯하였고, 번쩍번쩍 빛을 내며 마치 두 개의 도깨비불처럼 멀리서도 그의 피부와 살점을 꿰뚫을 것 같았다. 그러나 이번에 그는 또 여태까지 한 번도 본 적이 없는 가공할 만한 눈빛을 목도하게 되었다. 그것은 우둔한 듯 하면서도 예리한 눈빛이었는데, 벌써 그의 말을 씹어 먹었을 뿐만 아니라 또 그의 살점 이외의 것들까지 씹어 먹으려고 언제까지나 가깝지도 멀지도 않은 거리에서 그를 좇아오고 있었다.

이 눈빛들은 마치 하나의 기(氣)로 뭉쳐져서 벌써 그의 영혼을 물어뜯는 것 같았다.

"사람 살려……"

그러나 아Q는 소리를 내지 못하였다. 그의 두 눈은 벌써부터 캄캄해져 있었고 두 귀는 웅웅 소리를 내고 있었으며, 그의 온몸은 마치 티끌처럼 산산히 부서지는 것 같았다.

당시의 영향으로 말하자면 거인 영감이 가장 큰 충격을 받았다. 왜냐하면 장물에 대한 추적 수사가 이루어지지 않아서 온 집안 식구들이 울고불고 난리도 아니었기 때문이다. 그 다음이 자오씨 댁이었다. 수재가 읍내 관아로 고발하러 갔다가 불량한 혁명당에게 걸려서 변발을 잘렸을 뿐만 아니라 이만 량의 현상금까지 뜯겨서 역시 온 집안 식구들이 울고불고 난리도 아니었기 때문이다. 그날 이후 이들은 점점 망국 유로(遺老)의 기풍을 풍기게 되었다.

　여론을 들어보면 웨이쫭에서는 모두들 아Q가 잘못했다는 점에 대해서 아무런 이의가 없었다. 총살된 것이 바로 그가 잘못한 증거인데, 그가 잘못하지 않았다면 어째서 총살형까지 당했겠냐는 것이었다. 읍내의 여론도 좋지 못하였다. 그들은 대부분 불만을 터뜨리며 총살은 참수형보다 볼거리가 없다고 하였고, 또 그가 얼마나 가소로운 사형수이길래 그렇게 오래 거리를 끌려 다니면서도 끝끝내 창 한 대목도 부르지 못했냐는 것이었다. 그들은 공연히 헛걸음만 했다고 투덜대고 있었다.

1921년 12월

소설집 『외침(吶喊 : 납함)』에 수록

신여준 옮김

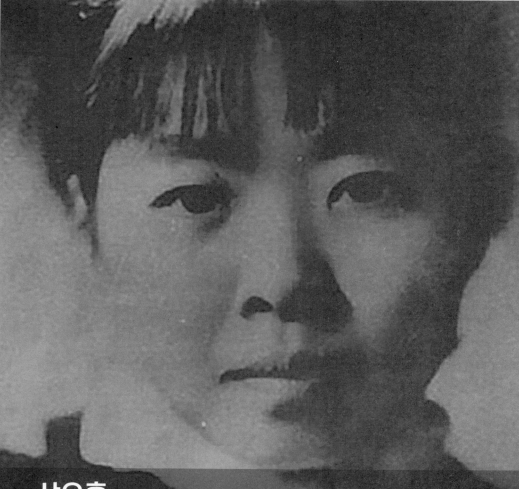

샤오훙 (蕭紅 1911~1942)

본명 장나이잉(張乃瑩). 하얼빈 북부 후란(呼蘭)현 출신. 일찍이 하얼빈에서 남편 샤오쥔(蕭軍)과 작품집 『발섭(跋涉)』을 출판하면서 작가활동을 시작했다. 1934년 6월 만주국 당국의 감시를 피해 칭다오를 거쳐 상하이로 가서 루쉰의 도움으로 『생사장(生死場)』(1935)을 출판하면서 중앙문단에 이름을 알렸다. 중일전쟁 후 우한(武漢), 시안(西安), 총칭(重慶) 등을 유랑했고, 그사이 샤오쥔과 헤어지고 돤무훙량(端木蕻良)과 결혼했다. 1940년 홍콩 이주 후 대표작인 『후란허 이야기(呼蘭河傳)』(1941) 등을 발표했으나, 전쟁으로 폐결핵을 치료하지 못하고 사망했다. 최근 그녀의 일생을 다룬 영화 「샤오훙(蕭紅)」(2013)과 「황금시대」(2014)가 나오면서 대중적으로 알려지기 시작했다.

작은 도시의 3월 小城三月

1

삼월의 들판은 이미 푸르러 지의류 식물처럼 초록 빛깔이 여기저기 드러나 있다. 교외 들판의 풀은 몇 번 몸부림을 쳐야 간신히 지면 위로 뚫고 나올 수 있는 것 같다. 풀들의 머리 위에는 아직 깨진 씨앗의 껍질이 얹혀 있다. 한 마디 더 높이 나온 싹은 운 좋게 땅 껍질 위로 몸을 드러낸다. 소를 모는 아이들은 담장 아래 기와 조각을 들추고서 한 무더기 푸른 풀의 새싹을 찾아낸다. 아이들이 집에 돌아가 엄마에게 말한다.

"오늘 풀이 땅을 뚫고 나왔어요!"

엄마가 놀라움과 반가움을 감추지 못하며 말을 받는다.

"틀림없이 양지바른 곳이겠구나?"

낙지다리의 하얀 자갈 같은 씨앗이 땅 위로 몸을 드러내면 들판의 거친 아이들이 한 되, 한 말씩 뽑아간다. 민들레가 싹을 틔우면 양떼가 음메- 하고 울고 까마귀가 버드나무 사이를 맴돌며 날아다닌다. 날이 하루가 다르게 따스해지면서 세월이 한 마디 한 마디 의미를 갖게 된다. 버들개지가 땅을 살피듯이 하늘 가득 솜처럼 날아다닌다. 사람들은 문을 나서면 하나같이 손을 뻗어 버들개지를 잡으려 애쓰고 버들개지는 사람들에게 달라붙는다. 길마다 풀과 소똥이 깔려 있어 강렬한 냄새를 발산한다. 멀리서 돌로 배를 두드리는 소리가 들려온다. "퉁퉁……" 아주 큰소리로 들려온다.

얼었던 강물이 녹으면 얼음조각이 또 다른 얼음조각을 머리에 이고 걱정스런 모습으로 하류를 향해 흘러간다. 까마귀들은 얼음조각 위에 서서 작은 물고기나 아직 동면중인 개구리를 찾아 먹는다.

날이 갑자기 더워지기 시작한다. '이팔월(二八月), 소양춘(小陽春)'이라 불리는 계절이다. 추운 날씨인 것이 당연하지만 요 며칠은 무척이나 따스하다. 여기서 저기까지 봄이 강렬한 외침을 동반하고 있다.……

작은 도시는 버들개지로 가득하다. 느릅나무 잎이 노래지기 전에 크고 작은 거리와 골목에는 도처에 버들개지가 눈발처럼 흩날린다.……

봄이 왔다. 사람들마다 아주 오래 커다란 폭동을 기다렸고, 오늘 밤에는 기필코 거사를 벌이기라도 할 것처럼 범죄자의 마음으로 해방의 맛을 누리려 벼르고 있다.…… 봄은 모든 사람들의 마음에 불어오면서 외침과 경계의 느낌을 동반한다.……

내게는 이모가 하나 있다. 사촌오빠와 연애를 하고 있는 것 같다.

이모란 원래 아주 가까운 친척으로 엄마의 자매를 가리킨다. 하지만 나의 이 이모는 친이모가 아니라 내 계모의 계모의 딸이다. 그렇다면 이모는 우리 계모와 약간의 혈연관계가 있어야 하지만 사실은 없다. 이 외할머니는 이미 과부가 된 다음에 우리 외할아버지 집으로 왔기 때문이다. 추이(翠) 이모는 이 외할머니가 원래 시집을 갔던 또 다른 집에서 낳은 딸인 것이다.

추이 이모는 아주 예쁜 편은 아니지만 자태가 무척 단아한 편이었다. 특히 길을 걷는 모습이 무척이나 우아하고 아름다웠다. 말하자면 조용하고 차분한 감정의 소유자라는 것을 한눈에 알 수 있었다. 이모가 손을 뻗어 앵두를 먹을 때면 이모의 손가락에 잡힌 앵두가 무척 불쌍하다는 생각이 들 정도로 조금도 상하지 않게 조심스럽게 집었다.

누군가 등 뒤에서 이모를 부르면 길을 걷고 있었던 것처럼 일단 동작을 멈췄다. 밥을 먹고 있을 때면 밥그릇을 식탁 위에 얌전히 내려놓고 뒷머리를 자신의 어깨 쪽으로 돌렸다. 하지만 몸 전체를 돌리는 것은 아니다. 의식적으로 입술을 굳게 다물고 있어 뭔가 말을 하고 싶지만 잠시 입 밖에 내지 못하고 있는 것처럼 보였다.……

추이 이모에게는 여동생이 있었다. 이름이 뭐였는지는 잘 기억이 나지 않지만 말도 많고 웃기도 잘하는 여자였다. 몸을 치장하고 꾸미기 좋아하는 것이 언니와는 완전 딴판이었다. 화려한 무늬는 물론, 초록이건 빨강, 자주건 간에 시중에 유행하는 것이면 애써 고를 필요도 없이 재빨리 사다가 옷을 만들어 몸에 걸쳤다. 옷을 입은 다음에는 친척집을 돌아다녔다. 사람들이 그녀가 입은 옷의 옷감이 정말 예쁘다고 추켜세우면 그녀는 항상 완전히 다른 옷감이라고 말하면서 한 벌이 더 있던 것을 언니한테 주었다고 말했다.

내가 외할아버지 댁에 갈 때마다 그 집에는 나와 함께 놀아줄만한 같은 또래의 여자아이가 없었다. 때문에 내가 갈 때마다 외할머니는 추이 이모를 불러 나와 놀아주게 했다.

추이 이모는 외할아버지 댁 후원에 살고 있었다. 겨우 담장 하나를 사이에 두고 있었기 때문에 부르면 얼마든지 듣고 달려올 수 있었다.

외할아버지가 살고 계신 건물과 추이 이모가 살았던 후원 사이에는 담장 하나밖에 없었지만 서로 통하는 문이 없었기 때문에 거리를 빙 에돌아 정문을 통해 들어와야 했다.

때문에 추이 이모는 때때로 먼저 담장 쪽으로 와서 담장 틈새를 통해 나와 인사를 주고받은 다음 집안으로 돌아가 몸을 약간 꾸민 다음 거리를 돌아 자기 엄마 집으로 왔다.

　추이 이모는 나를 무척 좋아했다. 나는 학당에서 공부를 했지만 이모는 그렇지 못했기 때문이다. 이모는 무슨 일이든지 내가 자기보다 더 잘 안다고 생각했다. 때문에 아주 많은 일들을 나와 상의하면서 내 의견이 어떤지 묻곤 했다.

　밤이 되어 내가 외할아버지 댁에서 자야 할 때면 이모도 함께 따라와 같이 자곤 했다. 그럴 때마다 우리는 많은 얘기를 나누었다. 웬일인지 한밤중이 되었는데도 얘기가 끝나지 않았다. 얘기는 주로 옷 입는 방법에서부터 시작되었다. 우선 어떤 색깔, 어떤 옷감으로 만든 옷을 입는 것이 좋은지를 얘기했다. 길을 걸을 때 빨라야 하는지 느려야 하는지도 얘기했다. 때로는 낮에 이모가 브로치를 사두었다가 밤에 꺼내 보여주면서 도대체 그 브로치가 예쁜지 안 예쁜지 묻기도 했다. 대략 십오 년 전의 일이었을 것이다. 우리는 이 도시 바깥의 여자들은 어떻게 꾸미고 다니는지 알지 못했다. 어쨌든 이 도시에서는 거의 모든 여자들이 융으로 된 끈이 달린 품이 넉넉한 망토를 두르고 다녔다. 파란색도 있고 자주색도 있었다. 온갖 색깔이 다 있었다. 거리에서 볼 수 있는 망토는 거의 대부분 진한 대추색이었다.

　화려한 색상의 망토가 아무리 많아도 가장 유행하는 것은 단연 대추색이었다. 추이 이모의 여동생도 망토를 갖고 있었고 추이 이모도 갖고 있었다. 내가 다니는 학교 친구들도 모두 갖고 있었다. 심지어 아무 것도 가리지 않는 우리 외할머니의 어깨에도 망토가 걸쳐져 있었다. 단지 감히 가장 유행하는 대추색을 살 용기가 없어서 파란색 망토를 걸칠 뿐이었다. 외할머니는 항상 나이가 있으니 젊은이들에게 뭔가를 양보해야 한다고 생각했던 것이다.

당시에는 또 융승혜(絨繩鞋 : 벨벳 끈을 엮어서 만든 신발)가 유행이었다. 추이 이모의 여동생도 재빨리 한 켤레 사 신었다. 그녀는 욕심이 많고 성격도 괄괄해서 좋건 나쁘건 간에 남들이 갖는 건 다 가져야 했고, 남들이 입는 건 다 입어봐야 했다. 게다가 추이 이모의 여동생이 입으면 옷이 그녀를 입는 것처럼 어색하고 이상했다. 하지만 영원히 모든 걸 다 가져야 한다는 원칙에는 변함이 없었다.

추이 이모 여동생은 그렇게 융승혜를 사서 신었다. 융승혜를 신고 땅바닥을 걸으면 얼마 지나지 않아 신발 끈에 배달려 있는 동그란 털 장식이 자꾸 위로 올라가기 때문에 끈으로 꼭 잡아매야 했다. 그러지 않으면 떨어져 나가기 십상이기 때문이다. 이는 아주 재미있는 장난 감이었다. 마치 붉은 대추가 한 알 신발에 달려 있는 것 같았다. 그녀의 신발도 대추색이었기 때문이다. 모두들 그녀가 신발을 사 신자마자 망가졌다고 웃어댔다.

추이 이모는 이런 신발을 사지 않았다. 어쩌면 추이 이모도 일찌감치 그 신발을 맘에 들어 하고 있었는지 모른다. 하지만 겉으로는 이런 신발을 신는 것을 반대하는 것 같았다. 받아들이기 어려운 모양이었다.

그녀는 뭐든지 많은 사람들이 구입할 때까지 기다렸다. 그러고 나서야 그녀도 조금씩 마음이 움직이는 것 같았다.

예컨대 융승혜를 살 때도 이모는 먼저 밤중에 나와 얘기를 나누는 중에 은근히 내 생각을 물었다. 나는 그 신발이 아주 예쁘다고, 학교 친구들도 거의 다 사서 신고 다닌다고 말했다.

다음 날, 추이 이모는 내게 함께 거리에 나가자고 말했다. 처음에는 무얼 살 건지 얘기하지 않고 가게에 들어가 한참 동안 다른 물건을 고르더니 갑자기 용승혜에 관해 물었다.

몇 군데 가게에 들어가 봤지만 물건이 없었다. 다 팔렸다는 것이다. 나는 가게 주인들이 이렇게 말하는 것이 속임수라는 걸 잘 알고 있었다. 자기네 가게에 평소에는 물건이 아주 풍부하지만 손님이 찾는 그 물건만 없다는 것이다. 나는 추이 이모에게 다른 집에는 물건이 있을 테니 천천히 돌아다녀보자고 권했다. 틀림없이 물건이 있는 집이 있을 거라고 했다.

우리는 마차를 타고 거리 맨 끝에 있는 외할아버지 댁에서 거리 한가운데까지 왔다.

눈에 보이는 첫 번째 가게에서 마차를 내렸다. 두말할 것도 없이 마차 삯은 이미 지불한 뒤였다. 우리가 물건을 사가지고 돌아올 때는 또 다른 마차를 불러야 했다. 얼마나 기다려야 할지 모르기 때문이었다.

대개 좋은 물건을 보면 당장 필요하지 않아도 사기 일쑤였다. 혹은 살 물건을 다 사서 더 이상 가게에 남아 있을 필요가 없는데도 잠시 더 머무르곤 했다. 혹은 원래 사려던 물건은 신발 한 켤레였는데 결국 신발은 사지 않고 이거저것 다른 물건들만 잔뜩 사가지고 돌아오기도 했다.

이 날 우리는 마차를 보내고 첫 번째 가게 안으로 들어갔다.

다른 대도시에서는 이런 상황을 보기 힘들겠지만 우리 고향에서는 종종 있는 일이었다. 마차에서 내려 돈을 지불하면서 마음대로 다른 데 가서 영업을 해도 된다고 했지만 마부는 항상 그렇게 하지 않고 가게 문 앞에서 오래도록 손님을 기다렸다. 그러다가 손님이 나오면 다시 마차에 태웠다.

우리는 첫 번째 가게에 들어가 묻자마자 물건이 없다는 대답을 들었다. 그리하여 다른 물건들을 구경했다. 비단에서 나일론까지, 나일론에서 주단까지 두루 구경했다. 보통 천은 애당초 거들떠보지도 않았다. 엄마들이 포목점에 왔을 때와는 달랐다. 엄마들은 이걸 사다가 이불 호청을 만들고, 저걸 사다가 솜저고리를 만들고 하지만 우리는 이불호청과 솜저고리를 만드는 일에 관여할 수가 없기 때문이다. 엄마들은 1월에는 가게에 가지 않았다. 하지만 일단 가게에 들어가면 이건 싸니까 사고, 저건 비싸지 않으니까 사야 했다. 예컨대 여름에나 쓸 수 있는 꽃무늬 천을 엄마들은 겨울에도 샀다. 언젠가는 쓸 때가 있으니 조금이라도 쌀 때 사두겠다는 것이다. 하지만 우리는 그렇지 않았다. 우리는 매일 가게를 드나들었고 매일 보기 좋은 것들을 찾았다. 귀하고 값나가는 것들, 평상시에는 절대 사용하지도 못하고 상상하지도 못하는 것들이었다.

그날 우리는 레이스를 잔뜩 사가지고 와서는 반짝이를 달고 유약을 발랐다. 어떤 옷을 만들어야 이런 레이스가 어울릴지는 알지 못했다. 어쩌면 애당초 옷을 만들 생각은 하지 않고 경솔하게 레이스를 산 것인지도 몰랐다. 레이스를 사면서 물건이 아주 좋다고 말했다. 추이 이모도 좋다고 말했고 나도 좋다고 말했다. 나중에 집으로 돌아와 사람들 앞에 펼쳐놓고 모두들 비평을 하게 했다. 이건 어떻고, 저건 어떻고, 모두들 하고 싶은 애기를 했지만 끝내 어디에 쓸지 좋은 생각이 떠오르지 않자 마음이 공허해지기 시작했다. 우리는 얼른 물건을 정리했다. 남의 손에 들려 있는 레이스를 빼앗아 도로 싸면서 물건을 볼 줄 모르는 사람들에게는 보여주고 싶지 않다고 말했다.

억지로 이런 말도 했다.

"우리는 붉은색과 금빛이 어우러진 벨벳 파오즈(袍子: 소매가 길고 발목까지 내려오는 중국 고유의 긴 옷)를 만들 거예요. 거기에 이 검장 유리 레이스를 다는 거지."

이렇게 말하기도 했다.

"이 붉은 레이스는 어떤 사람에게 선물하려고 산 거예요.……"

말은 이렇게 하지만 마음이 몹시 공허했다. 이렇게 좋아하는 물건이 앞으로 다시는 사람들 앞에 모습을 드러내지 못할 것 같았다.

이 작은 도시에는 상점이라 해봐야 몇 개 되지 않았다. 이어서 들어간 몇몇 상점에도 융승혜가 보이지 않자 마음이 초조해서인지 둘 다 걸음이 빨라졌다. 금세 두세 집밖에 남지 않게 되었다. 그 두세 집은 평소에 잘 가지 않던 곳이었다. 규모가 작은 데다 물건도 많지 않기 때문이었다. 아무래도 그 집에도 맘에 드는 융승혜는 없을 것 같았다.

우리는 작은 가게 안으로 들어갔다. 과연 융승혜가 서너 켤레밖에 없었고 전부 너무 크거나 작은 것들이었다. 게다가 색깔도 하나같이 예쁘지 않았다.

추이 이모는 살 생각이 있었지만 나는 원래 그런 신발을 별로 좋아하지 않았다. 이상하기만 했다. 물건도 좋지 않은데 왜 사려는 건지 알 수가 없었다. 나더러 결정하라고 해서 결국 신발을 사지 않고 그냥 집으로 돌아왔다.

이틀이 지나면서 나는 신발 사는 일을 완전히 잊어버렸다.

그런데 추이 이모가 갑자기 신발 얘기를 꺼내면서 사러 가자고 했다.

이때부터 나는 이모의 비밀을 알게 되었다. 이모는 일찌감치 그런 신발이 맘에 들었지만 말을 하지 않고 있었던 것이다. 이모의 연애 비밀도 이런 식이었다. 이모는 비밀을 무덤까지 가지고 갈 작정이었는지 한 번도 얘기한 적이 없었다. 이 세상에 그런 얘기를 털어놓을 만한 적당한 사람이 없는 것 같았다.……

밖에는 하늘 가득 눈이 내리고 있었다. 나와 추이 이모는 마차를 타고 융승혜를 사러 갔다. 우리는 가죽 외투를 입고 있었다. 마차를 모는 마부는 마부석에 높이 앉아 몸을 흔들면서 쉰 목소리로 산가(山歌)를 부르고 있었다. "아라리요……" 귓가로 거센 바람이 스치는 소리가 요란했다. 하늘에서는 커다란 눈송이가 떨어져 우리의 눈을 흐리게 만들었다. 하늘은 저 멀리 희미한 구름 속에 가려져 있었다. 나는 말없이 추이 이모가 아주 빨리 예쁜 융승혜를 살 수 있기를 기원했다. 마음속으로 그녀가 빨리 조바심에서 구원되기를 바랐다.

시내 한가운데 아주 멀찌감치 서서 몽롱한 눈빛으로 거리를 바라보면 행인은 아주 적고 거리 전체가 아무 소리 없이 고요하기만 했다. 우리는 한 집 한 집 물으면서 돌아다녔다. 내가 이모보다 더 조급했다. 빨리 융승혜를 사고 싶었다. 나는 아주 조심스럽게 상점 점원들에게 물었다. 아주 작은 기회도 포기하지 않았고 애써 추이 이모를 격려했으며 한 집도 빠뜨리지 않았다. 이모는 내가 왜 갑자기 그렇게 열의를 보이는 건지 의아해했다. 하지만 나는 이모의 그런 유추에 전혀 개의치 않았다. 나는 무슨 일이 있어도 이 작은 도시 안에서 예쁜 융승혜를 한 켤레 찾아내고 싶었다.

우리의 마차는 추이 이모의 소망을 담고 이 거리 저 거리를 특별히 빠르고 활기차게 돌아다녔다. 눈발은 더 커졌다. 거리에는 아무 것도 없었다. 우리 두 사람만 마부를 재촉하며 이리저리 뛰어다니고 있었다. 날이 거의 어두워질 때까지 돌아다녔지만 신발은 사지 못했다. 추이 이모가 그윽한 눈빛으로 나를 쳐다보며 말했다.

"내 운명은 그리 좋지 않은가 봐."

나는 어른들의 모습을 흉내 내어 이모를 위로해주고 싶었지만 적당한 말이 생각나기도 전에 눈물이 먼저 쏟아지고 말았다.

2

그 뒤로도 추이 이모는 종종 우리 집에 와서 지냈다. 우리 계모가 이모를 받아준 것이다.

이모의 여동생이 약혼을 해서 집에 사람이 없고 예순이 넘은 할아버지만 한 분 남아 있기 때문이었다. 또 한 사람은 어느 과부의 백모로 딸을 하나 데리고 있었다.

원래 사촌 자매라면 함께 놀면서 무료함을 달래야 하겠지만 성격 차이가 너무 크다 보니 줄곧 서로 부딪치지 않으면서 지내고 있었다.

그녀의 사촌여동생은 나도 본 적이 있었다. 영원히 짙은 색상의 옷을 입고 거무튀튀한 얼굴에 아침부터 저녁까지 하루 종일 엄마와 함께 집안에 틀어박혀 있었다. 엄마가 빨래를 하면 그녀도 빨래를 했고, 엄마가 울면 그녀도 따라 울었다. 아마 엄마가 돌아가신 아버지를 슬퍼하며 우는 것을 따라하는 것 같았다. 어쩌면 집이 가난한 것을 한탄하여 우는 것인지도 몰랐다. 그건 남들이 알 수 있는 일이 아니었다.

원래 같은 집안 딸들인데도 추이 이모 자매는 부잣집 아가씨들 같았지만 이 사촌여동생은 외모가 꼭 시골에서 온 하녀 같았다. 이 점이 그녀에게 종종 우리 집에 와서 지낼 수 있는 권리를 제공했다.

추이 이모의 친동생이 약혼을 했다. 그 이듬해에는 결혼을 했다. 이 해에 여동생은 형편이 크게 좋아졌다. 시댁에서 약혼과 동시에 빙례를 보내왔기 때문이다. 과거에는 이 도시에서 대양표(大洋票 : 민국시기 광둥에서 발행된 백 원짜리 지폐)를 거의 쓰지 않았다. 주로 광신공사(廣信公司)에서 발급한 첩자(帖子)를 사용하면서 백 적(吊), 천 적 등으로 셈을 했다. 그녀 여동생이 받은 빙례는 몇 만 적에 달했다. 그러다 보니 그녀는 갑자기 부자가 되었다. 오늘은 이걸 사고, 내일 저걸 사는 식으로 마구 물건을 사들였다. 브로치도 여러 개 사고 머리끈도 여러 묶음 샀다. 술 장식이 달린 귀고리에 서양시계 등 없는 물건이 없었다. 거리에 나갈 때마다 그녀는 언니와 동행했지만 이제는 차비를 전부 그녀가 다 냈다. 언니가 돈을 내려고 하면 그녀가 절대 못 내게 막았다. 때로는 사람들 앞이라 언니가 내려고 해도 동생이 막는 바람에 소란이 벌어지기도 했다. 언니는 어느새 자신의 권리 하나를 빼앗겨버렸다는 것을 깨닫게 되었다.

하지만 여동생의 약혼에 대해 추이 이모는 조금도 부러운 마음이 없었다. 여동생 미래의 남편은 그녀도 본 적이 있었다. 별로 잘생긴 편은 아니었다. 큰 키에 남색 파오즈와 검정 마고자를 입고 있었다. 장사꾼 같기도 하고 지방의 신사(紳士) 같기도 했다. 게다가 추이 이모는 아직 어렸기 때문에 남편이니 결혼이니 하는 것들은 생각도 하지 않았다.

때문에 여동생이 자기 옆에서 하루가 다르게 돈이 많아지고 부자가 되고 있는 데도 그녀는 동생이 어떻게 부자가 된 건지 생각해보지도 않았다.

그래서 여동생이 떠나기 전까지 그녀는 절대로 '약혼'이라는 것을 중요하게 생각지 않았다.

하지만 그녀는 항상 외로움을 느꼈다. 가정환경이 적막하다 보니 그녀와 여동생이 들고 나는 것이 마치 쌍둥이 같았는데 이제 한 명이 떠나게 된 것이다. 추이 이모 자신도 외롭다고 느꼈고 할아버지도 그녀가 불쌍하다고 생각했다.

그래서 여동생이 출가한 뒤부터 그녀는 집으로 돌아가지 않고 항상 자기 엄마 집에서 지내게 되었다. 때로는 내 계모도 그녀를 우리 집으로 데려오곤 했다.

추이 이모는 무척 똑똑했다. 몇 년 전에 중국에 유행했던 일본 악기 다이쇼고토(大正琴)를 연주할 줄도 알았고 소(簫)과 적(笛)도 불 줄 알았다. 하지만 다이쇼고토를 연주하는 때가 아주 많았다. 이모가 우리 집에서 지낼 때면 큰아버지도 매일 저녁 식사를 마치고 우리와 함께 악기를 연주하며 놀았다. 적과 소, 다이쇼고토, 풍금, 월금(月琴)에 타금(打琴)까지 동원되었다. 애석하게도 진정한 서양 악기는 한 가지도 없었다.

이처럼 신나게 어울려 놀 때는 추이 이모도 참여했다. 추이 이모가 한 곡을 연주하기 시작하면 우리 모두 따라서 합주를 했다. 사람들은 매일 오래된 곡조에 익숙해져 있는 터에 신선한 곡목이 새로 추가됐다고 생각했다. 우리는 두 배의 노력을 기울여 적을 불 때 특별히 더 큰 소리가 나게 했다. 적막(笛膜)이 금방이라도 폭발할 것처럼 신나게 불어댔다. 열 살 난 동생은 하모니카를 불었다. 고개를 좌우로 흔들면서 부는 모습이 마치 하모니카를 삼키려는 것 같았다. 녀석이 어떤 곡을 연주하는 지에 관해서는 아무도 관심이 없었다. 모두들 용기가 날 때 이런 소란함이 필요한 것 같았다.

풍금을 연주하는 사람은 갈수록 속도가 빨라져 나중에는 거의 건반을 찾지 못했다. 단지 발판을 갈수록 빨리 밟다 보니 삑삑 소리가 요란하게 났다. 일부러 풍금을 찢어서 망가뜨리려는 것 같았다.

아마도 「매화삼농(梅花三弄)」을 연주하는 것 같았다. 몇 번을 연달아 연주했는지 알 수 없었다. 모두들 연주를 멈추고 싶지 않은 것 같았다. 하지만 나중에 가면 정말로 기력이 떨어져 박자를 틀리는 사람은 박자를 틀리고, 곡조를 따라가지 못하는 사람은 곡조를 따라가지 못했다. 그리하여 한 바탕 웃음이 터지면서 그렇게 연주를 중단하게 되었다.

이유는 모르겠지만 이렇게 즐거운 곡조 안에서도 사람들은 조금씩 서글픈 표정을 지었다. 음악이 너무 슬펐기 때문인지도 모른다. 이렇게 우리는 모두 눈물을 흘리면서 울다가 이내 웃음을 터뜨렸다.

바로 이때, 창문이 있는 쪽을 바라보니 막 걸음마를 시작한 우리의 가장 어린 동생이 아주 크지만 이미 망가진 손풍금을 등에 지고 다가오고 있는 것이 보였다. 우리의 연주에 끼려는 것이었다.

그 손풍금은 한 번도 소리를 낸 적이 없다는 사실을 다 알고 있었기 때문에 모두들 죽어라고 웃어댔다. 이번에는 정말로 즐거운 웃음이었다.

우리 오빠(큰아버지의 아들로 피아노를 아주 잘 쳤다)는 소를 가장 잘 불었다. 오빠가 소를 내려놓고 추이 이모에게 말했다.

"네가 불어 봐!"

하지만 추이 이모는 아무 말 없이 자리에서 일어나 자기 방으로 뛰어들어가 버렸다. 오빠는 아주 오랫동안 이모 방의 주렴을 바라보았다.

3

추이 이모는 우리 집에서 지내면서 나와 같은 방을 썼다. 달이 밝은 밤이면 방 안이 아주 환했다. 추이 이모와 나는 대화를 시작하면 어느

새 닭이 울곤 했지만 그래도 우리는 아직 한밤중이라고 느꼈다.

닭이 울고 나서야 이모가 말했다.

"빨리 자자. 날이 밝았어."

때로는 몸을 돌려 내게 또 물었다.

"결혼을 너무 일찍 하는 건 안 좋겠지? 아무래도 여자가 결혼을 일찍 하는 건 좋지 않은 것 같아!"

우리는 이전에 아주 많은 것들을 얘기했지만 이런 문제에 대해선 얘기한 적이 없었다.

우리는 항상 어떤 옷을 어떻게 입고, 신발은 어떻게 사고, 색깔은 어떻게 맞추는가 하는 얘기들만 했다. 털실을 사오면 이 실로는 어떤 무늬를 짤 것인지 얘기했고, 모자를 사오면 그 모자에 아주 작은 결점이 있다고 말했다. 결점이 도대체 어디에 있는지 반드시 지적하고 넘어가야 했다. 말로는 괜찮다고 혹은 아무런 관계도 없다고 말하지만 지적할 것은 반드시 지적하고 넘어가야 했다.

얘기는 점점 더 먼 데까지 이어졌다. 사촌 자매들이 약혼한 이야기와 어느 친척의 딸이 출가한 얘기도 했다. 신부와 사위들에 대해 들은 온갖 소문을 얘기하기도 했다.

당시에 우리 현에는 일찌감치 서양학당들이 문을 열었다. 소학교는 여럿 있었지만 대학교는 없었다. 남자 중학교가 하나 있어 종종 담론의 대상이 되었다. 이 학교에 관해 얘기하는 사람은 추이 이모뿐이 아니었다. 외할머이와 고모, 언니 등도 이 학교의 학생들에 대해 자세히 알고 싶어 했다. 그들은 모든 것이 서양화되어 학생들이 바지를 입었고, 바지 밑단을 한 치쯤 말고 다녔으며, 입을 열었다 하면 외국어로 "구드 모닝"이라고 말한다고 했다. 그들이 서로 말을 할 때면 "타타타" 러시아어를 하는 것 같았다고 했다. 더 이상한 것은 그들이 여자와 마주쳐도 수줍어하지 않는다는 것이었다. 이 점에 관해서는 모두들 예전과 같지 않다고 나무랐다. 과거의 서생들은 여자를 봤다 하면 얼굴이 빨개지곤 했기 때문이다.

우리 집은 가장 개명한 가정인 셈이었다. 삼촌과 오빠들이 전부 베이징이나 하얼빈에 있는 대학에 가서 공부하고 있었다. 그들은 눈이 많이 뜨인 부류였다. 집으로 돌아오면 그들은 학교에는 남학생과 여학생이 함께 공부한다고 강조하여 말하곤 했다.

이런 화제는 대단히 신기했다. 맨 처음에는 모두들 이것을 일종의 반란이라고 생각했다. 나중에는 삼촌이 자주 여학생과 편지를 주고받고 집안에서의 삼촌의 지위가 높은 데다 아버지도 국민당에 가입하여 혁명을 한 적이 있기 때문에 이 집안은 '완전이 유신(維新)'되기 시작했다.

때문에 우리 집에서는 모든 것이 마음대로였다. 공원을 산책하거나 정월대보름에 화등(花燈)을 구경할 때도 남녀를 가리지 않고 한데 어울렸다.

이런 얘기는 그만하고 다시 추이 이모 얘기로 돌아가야겠다.

추이 이모는 아주 많은 얘기를 들었다. 남학생의 결혼과 관련해서는 우리 현에도 불행한 사건이 몇 건 있었다. 어떤 사람은 결혼한 뒤로 다시는 집에 오지 않았고, 어떤 사람은 아내를 맞은 뒤로 그녀를 다른 방에 혼자 거처하게 하고 자신은 영원히 서재 안에서만 살았다.

이런 얘기를 할 때마다 대부분의 사람들은 여자 편을 들면서 남자들이 공부를 잘못해서 망가졌다고 말했다. 글을 모르고 여학생도 아닌 여자들만 보면 화를 내고 모든 면에서 여학생들만 못하다고 불평하면서 날마다 결혼이 자유롭지 못하다고 말한다는 것이다. 하지만 예로부터 지금까지 결혼은 부모가 결정해주는 것이었지만 오늘날에는 아주 자유롭다. 보라, 이것이 자유로운 것이 아니고 무엇이란 말인가? 먼저 연애 얘기가 오가다가 아내를 맞으면 집에 돌아오지 않고 혹은 아내를 다른 방에 가둬둔다. 이 모든 것이 공부 때문에 망가진 결과라는 것이다.

추이 이모는 다른 집 이야기를 아주 많이 들었다. 그녀도 마음속에 평탄치 않은 바가 있었을 것이다. 이모는 내게 공부를 하지 않는 것이 잘못된 거냐고 물었다. 물론 나는 아주 잘못된 일이라고 말했다. 게다가 이모는 우리 집 사람들이 남자, 여자 할 것 없이 전부 학당에 가서 공부하는 것을 익히 보아왔다. 게다가 우리 친척집의 아이들도 전부 학교에 다니고 있었다.

이모는 나를 무척 부러워했다. 나도 학교에 다니고 있었기 때문이다.

하지만 얼마 지나지 않아 추이 이모는 약혼을 했다. 여동생이 출가한 지 얼마 되지 않았을 때의 일이다.

그녀 미래의 남편은 나도 본 적이 있었다. 외할아버지 댁에서였다. 키가 작은 편이고 솜을 넣은 남색 파오즈에 검정 마고자를 입고 있었다. 머리에는 마차를 모는 사람들이 쓰는 커다란 사이모자(四耳帽子)를 쓰고 있었다.

당시 그 자리에는 추이 이모도 있었지만 그가 자신에게 어떤 사람인지 아직 알지 못했다. 이모는 그저 어느 시골에서 손님이 찾아온 걸로만 알았다. 외할머니가 몰래 나를 불러 특별히 그 사람이 바로 추이 이모의 남편 될 사람이라고 말해주셨다. 얼마 후 추이 이모는 돈이 아주 많아졌다. 남편 집이 여동생 남편 집보다 더 부자였다. 시어머니는 과부로서 힘들게 외아들을 지켜온 터였다. 아들은 열일곱 살로 시골의 사설 학관에서 공부하고 있었다.

추이 이모의 어머니는 추이 이모에게 사람이 키가 작은 것은 문제가 되지 않지만 나이가 좀 어린 것이 흠이라고 자주 설명했다. 이삼 년 더 지나면 두 사람의 키가 비슷해질 거라는 것이었다. 추이 이모는 슬퍼하지 않았다. 시댁이 부자인 것이 좋았다. 빙례로 십 만 원이 넘는 돈이 왔다. 그것도 외할머니의 손을 거쳐 직접 추이 이모에게 건네졌다. 다른 조건도 보장되었다. 삼 년 안에 첩을 들이지 않는다는 것이었다. 남자 쪽의 나이가 어리다는 이유 하나로 추이 이모는 더 많은 것을 요구하려 했다.

추이 이모는 약혼한 뒤로 돈이 아주 많아졌다. 새로운 물건이 들어오면 반드시 달려가서 사야 하는 건 아니지만 그리 오래지 않아 그녀의 상자 안에도 그 물건이 들어 있었다. 당시에는 여름에 가장 유행했던 것이 은회색 천으로 만든 대삼(大衫)이었다. 추이 이모가 입기에도 가장 좋았다. 이모는 이 옷을 여러 점 갖고 있었기 때문에 두 번만 입어도 실증을 내며 밖에 나갈 때는 입지 않고 집 안에서만 입었다. 밖에 나갈 때는 새로 지은 옷을 입었다.

당시에는 길게 늘어뜨린 귀고리가 유행이었다. 추이 이모는 이런 귀고리가 두 쌍이나 있었다. 하나는 홍보석으로 된 것이고 하나는 초록색이었다. 우리 엄마도 두 쌍을 갖고 있었지만 나는 한 쌍밖에 없었다. 추이 이모가 대단히 사치스럽다는 것을 알 수 있었다.

당시에는 또 하이힐이 유행하기 시작했다. 하지만 우리 동네에서는 이런 신발을 신는 사람이 많지 않았다. 우리 계모가 먼저 신기 시작했고 그 다음이 추이 이모였다. 우리 계모가 돈이 많기 때문도 아니고 하이힐이 비싸기 때문도 아니었다. 여인들에게는 그렇게 모던한 행동이 드물었고 새로운 사상을 받아들이기기 쉽지 않았기 때문이다.

첫날 추이 이모가 하이힐을 신었을 때는 걷는 모습이 무척 불안정했다. 하지만 둘째 날에는 많이 익숙해져 있었다. 셋째 날이 되면서부터는 하이힐을 신고 뛰어다녀도 매우 안정적이었다. 게다가 걷는 자세도 훨씬 더 귀여워졌다.

이따금 우리는 테니스장에 놀러 가기도 했다. 그녀는 공을 얼굴에 맞아야지만 겨우 라켓으로 가렸다. 그렇지 않았으면 반나절이 되도록 공 한 번 제대로 치지 못했을 것이다. 테니스장에 들어와서도 그녀는 흰줄이면 흰줄 위에, 테두리 안이면 테두리 안에 그대로 서서 절대 움직이지 않았기 때문이다. 이따금 라켓을 들고 있긴 했지만 한쪽에서 풍경만 바라보고 있었다. 테니스를 치고 나면 뭘 먹으러 가는 사람은 먹으러 가고, 얼굴을 씻을 사람은 씻으러 갔지만 오로지 추이 이모만 테니스장 네트 앞에 멍하니 서서 멀리 하얼빈의 도시 그림자를 바라보고 있었다.

한번은 추이 이모와 함께 친척집에 갔다. 우리 계모의 친척 중에 며느리를 맞이하는 사람이 있었기 때문이다. 그녀들은 만주족이고 게다가 팔기인(八旗人 : 만주족 귀족)이었다. 만주인들은 이런 자리를 매우 중시했기 때문에 가족들 중에 젊은 며느리들은 전부 참석해야 했다. 게다가 하나같이 예쁘고 화려하게 치장을 해야 했다. 중국 사회에 이처럼 화려한 사교 모임은 없을 것 같았다. 어쩌면 당시에는 내가 어린 아이였기 때문에 모든 것을 특별히 화려하게 느꼈던 것인지도 모른다. 여인들의 옷만 놓고 얘기하자면 모든 여자들이 서양 여인들이 카바레에 갈 때 입는 것처럼 그렇게 장엄한 차림을 했다. 하나같이 꽃이 수놓인 다아오(大襖 : 솜을 넣은 길고 두터운 윗옷)를 입고 있었다. 게다가 그녀들 모두 팔기인이었기 때문에 다아오의 앞자락에 일률적으로 트임이 없고 매우 길었다. 다아오의 색깔은 대부분 대추색이었고 간간히 진홍색과 장밋빛에 가까운 자주색도 섞여 있었다. 옷에 수놓인 꽃에는 연꽃도 있고 장미나 송죽매도 있었다. 한 마디로 말해서 대단히 화려했다.

그녀들은 얼굴에 전부 흰 분을 바르고 있었고 입술은 전부 복숭아빛으로 물들어 있었다.

손님이 문 앞에 도착할 때마다 여인들은 앞으로 나가 도열하여 맞이했다. 그녀들 모두 나의 외숙모들로서 한 명씩 앞으로 나와 추이 이모와 내게 인사를 건넸다.

추이 이모는 진작부터 그녀들을 알고 있었다. 그 중에는 이종사촌 동서도 있었고 넷째 동서도 있었다. 하지만 내게는 하나같이 똑같은 여인들이었다. 어린 시절 가지고 놀던 색종이로 오린 종이 인형처럼 이 사람이 저 사람 같고 저 사람이 이 사람 같아 제대로 구별할 수 없을 정도였다. 모두가 화려한 비단 파오즈를 입고 있었고 모두가 분칠을 한 하얀 얼굴에 빨간 입술을 하고 있었다.

이번에는 추이 이모도 사람들의 이목을 끌려고 나섰다. 이모는 집 안으로 들어서자 커다란 거울 옆에 몸을 기대고 앉았다. 여인들이 갑자기 일제히 앞으로 다가와 이모를 쳐다보았다. 이모가 그렇게 예뻤던 적이 한 번도 없었는지 오늘은 사람들 모두 그녀의 모습에 놀라움을 감추지 못했다. 내가 보기에는 추이 이모가 예전보다 더 예쁘지 않았다. 하지만 사람들은 추이 이모가 마치 새로 열린 랍매(臘梅)처럼 예쁘다고 말했다. 여태 연지를 찍은 적이 없었던 추이 이모였지만 그날은 나중에 새신부가 되었을 때 입으려고 준비해두었던 금빛 꽃이 가득한 남색 비단 겹저고리를 입고 있었다.

자신을 둘러싸고 쳐다보는 사람들의 눈길에 몹시 쑥스러웠던지 추이 이모는 몸을 일으켜 자리를 피하고 싶었다. 용감하게 일어선 이모는 빠른 걸음으로 성큼성큼 걸어서 안쪽에 있는 방 안으로 사라졌다.

하지만 누가 알았으랴, 그 방은 바로 신방이었다. 수많은 여인들이 떠들썩하게 소리를 질러대며 말했다.

"추이 언니, 서두르지 말아요. 내년이면 아름다운 신부가 될 거예요. 지금은 우선 구경이나 하시라고요."

그날 식사를 하면서 술을 마실 때도 수많은 손님들이 다른 방에서 나와 멍한 표정으로 추이 이모를 바라보았다. 젓가락을 손에 든 추이 이모는 뭔가를 생각하는 듯 침착한 자세를 유지하면서 그들을 부드러운 눈빛으로 쳐다보았다. 사람들이 자신만을 바라보고 있는 것을 의식하지 못하는 것 같았다. 하지만 한참이나 추이 이모를 부러워하던 여인들이 갑자기 얼굴에 차가운 표정을 짓기 시작했다. 뭔가 말을 하려는 것 같았다. 그러다가 또 할 말이 없어졌는지 서로의 얼굴을 쳐다보다가 가볍게 웃고는 음식을 먹기 시작했다.

4

어느 해 겨울, 설을 지내고 나서 추이 이모가 우리 집에 왔다.

큰아버지의 아들인 우리 오빠도 마침 우리 집에 있었다.

우리 오빠는 아주 잘생긴 데다 콧날이 곧았다. 까만 눈동자와 입도 보기 좋았고 머리도 아주 멋지게 빗겨져 있었다. 오빠는 키도 크고 걸음걸이도 호쾌했다. 아마 우리 가족 전체를 다 털어도 오빠처럼 잘생긴 인물은 없을 것이다.

겨울이라 학교가 겨울방학을 했기 때문에 오빠는 우리 집에 와서 쉬고 있었다. 오래지 않아 학교가 개학을 하면 다시 학교로 돌아갈 예정이었다. 오빠는 하얼빈에서 공부하고 있었다.

자연스럽게 이 새로 온 배역을 위해 우리들의 음악회가 열렸고 추이 이모도 참여했다.

이리하여 아주 떠들썩한 자리가 마련되었다. 예컨대 우리 엄마는 음악에 대해 전혀 아는 게 없었지만 그래도 참석해서 한쪽에 앉아 구경을 했다. 집 안의 요리사와 여공들까지도 전부 일을 멈추고 와서 우리를 구경했다. 그들은 어떤 악기 소리를 듣는 것이 아니라 사람들을 구경하고 있는 것 같았다. 거실이 사람들로 가득했다. 이 악기들이 내는 소리는 아주 멀리 떨어진 이웃들에게도 들릴 것 같았다.

이튿날 이웃들이 놀러 와서 말했다.

"어젯밤에 댁에서 또 누구를 축수(祝壽)하는 행사가 있었나요?"

우리는 온지 며칠 안 되는 우리 오빠를 환영한 것이라고 말했다. 덕분에 우리 집은 아주 재미있고 즐거운 집이 되었다. 얼마 후 정월 보름 화등을 구경하는 명절이 다가왔다.

우리 집에서는 큰아버지의 유신혁명이 있는 뒤로 집안의 형제자매 모두가 똑같은 대접을 받았다. 재미있는 것이 있으면 남녀 구별 없이 다 함께 즐겼고 보기 좋은 것이 있으면 다 함께 가서 구경했다.

큰아버지는 우리와 형, 동생, 이모 등 총 여덟아홉 명을 데리고 커다란 달이 땅을 환히 비추는 가운데 큰 거리를 향해 달려갔다. 길이 미끄러워 걸음을 멈출 수 없었다. 게다가 높낮이가 고르지도 않았다.

남자 아이들은 앞에서 뛰었지만 우리는 걸음이 늦어 뒤로 쳐지고 말았다.

앞에서 달리는 남자 아이들은 고개를 돌려 우리를 놀려댔다. 우리를 나이든 여인네라고 놀리면서 제대로 걷지도 못한다고 흉을 봤다.

우리와 추이 이모는 일찌감치 한 줄로 늘어서서 앞으로 나아가려 했었다. 하지만 내가 넘어진 것이 아니라 이모가 넘어지고 말았다. 나중에 오빠를 포함하여 앞에 가던 사람들이 하나둘 다가와 우리를 부축해주었다. 너무 약해보였지만 덕분에 남자들과 함께 나란히 앞으로 나아갈 수 있었다.

잠시 후 우리는 시장에 도착했다. 거리에는 가득 화등이 걸려 있는 가운데 놀러 온 구경꾼들로 인산인해를 이루고 있었다. 게다가 사자와 한선(旱船), 용등, 앙가(秧歌) 등이 더해져 눈이 부실 정도였다. 한순간에 너무나 많은 잡기 공연이 펼쳐져 일일이 다 구경할 수가 없어 눈으로 대충 훑는 수밖에 없었다. 아주 짧은 시간에 또 다른 잡기와 놀이들이 밀려 왔다가 금세 지나가버렸다. 사실 그다지 요란하고 성대한 광경이 아니었는데도 이 세상에 이보다 더 화려하고 성대한 장면은 없을 것처럼 느껴졌다.

상점 문 앞에는 커다란 횃불이 타고 있었다. 열대의 커다란 야자수처럼 하나같이 밝게 빛나고 있었다.

우리는 어느 상점 안으로 들어갔다. 아버지 친구가 연 가게였다. 그들은 우리에게 차와 과자, 귤, 위안샤오(元宵) 등을 내와 아주 잘 대접해주었다. 하지만 우리는 이를 먹고 있을 겨를이 없었다. 문 밖에서 나는 북 소리에 가슴이 뛰었기 때문이다. 게다가 북과 나팔이 얼마나 많은지 한 차례 물러가기 무섭게 또 다른 북과 나팔이 몰려왔다.

원래 도시가 크지 않다 보니 화등을 보기 위해 나온 사람들 중에는 아는 사람들도 아주 많았고, 모두들 장터에서 만날 수 있었다. 하얼빈에서 공부하고 있는 남학생 몇 명도 이 도시에 와 있다가 화등을 구경하러 왔다. 전부 오빠와 잘 아는 사이였다. 나도 그들을 알고 있었다. 당시에 나도 하얼빈에 가서 공부하고 있었기 때문이다. 만나자마자 그들은 우리와 행동을 함께했다. 그들은 화등을 보러 나갔다가 잠시 후에 다시 우리가 있는 곳으로 돌아와 큰아버지와 얘기를 나누다가 또 오빠와 얘기를 나눴다. 나는 그들을 잘 알고 있었다. 우리 집이 비교적 힘 있는 집안이었기 때문에 그들은 우리와 얘기를 나누고 싶어 했다.

집으로 돌아가는 길에 남자 두 명이 더 합류했다.

남들이 싫어하든 싫어하지 않든 간에 그들이 입은 옷은 모두 도시화되어 있었다. 모두들 양복 차림에 펠트 모자를 쓰고 있었다. 외투는 하나같이 무릎까지 내려왔고 발밑까지 아주 멋지고 단정했다. 우리 도시의 그 괴상한 외투에 비하면 약간 솜두루마기 같기도 한 것이 훨씬 더 멋있었다. 게다가 목에 목도리까지 두르고 있어 훨씬 더 장엄하고 멋있어 보였다.

추이 이모는 그들 모두가 아주 멋있다고 느꼈다.

오빠도 양복을 입고 있었으니 당연히 멋있었다. 그 때문인지 집에 오는 길 내내 이모는 오빠만 쳐다보았다.

추이 이모는 머리를 아주 천천히 빗었다. 한 올도 흐트러지지 않아야 했다. 얼굴에 분을 바를 때도 먼저 깨끗이 닦아낸 다음에 발랐다. 이런 동작은 마음에 들 때까지 계속됐다. 화등절(花燈節) 둘째 날 아침에는 머리를 더 천천히 빗었다. 머리를 빗으면서 깊은 생각에 빠져 있었다. 평소 습관대로라면 매일 아침식사에 두세 번 청하면 자리에 나왔는데 오늘은 네 번이나 불러서야 왔다.

큰아버지도 한때는 영웅이셨다. 말 타기와 사격 솜씨도 아주 훌륭하셨다. 쉰이 넘었을 때도 풍채가 여전하셨다. 우리는 모두 큰아버지를 좋아했고 큰아버지도 어렸을 때부터 우리를 무척 예뻐하셨다. 시(詩)와 사(詞), 글쓰기를 전부 큰아버지가 가르쳐주셨다. 추이 이모가 우리 집에서 지내는 동안 큰아버지도 추이 이모를 무척 좋아하셨다. 오늘 아침 식사가 이미 시작되었지만 추이 이모는 몇 번이나 재촉했는데도 계속 나오지 않고 있었다.

큰아버지가 이모를 부르셨다.

"린다이위(林黛玉 : 청대 소설 『홍루몽』의 여주인공)……"

이 말에 가족들 모두 웃음을 터뜨렸다.

추이 이모는 밖으로 나와 우리가 웃고 있는 걸 보더니 왜 웃느냐고 물었다. 우리 중에 누구도 나서서 이모에게 말해주려고 하지 않았다. 자기 때문에 웃는다는 것을 안 추이 이모가 말했다.

"왜 웃는지 어서 말해. 말 안 하면 오늘 밥 안 먹을 테야. 너희는 학교를 다녀서 글을 알지만 나는 모른다고 해서 날 놀리는 거라면……"

소란이 한참 이어지자 오빠가 이모에게 말해주었다. 큰아버지는 아들 앞에서 좀 쑥스러웠는지 술을 좀 많이 드시고는 결국 숨어버리셨다.

이때부터 추이 이모는 공부 문제에 대해 생각하기 시작했다. 하지만 이모는 이미 스무 살이었다. 어디 가서 공부를 한단 말인가? 소학교에 가자니 이모처럼 나이가 많은 학생이 없었고, 중고등학교에 가자니 이모는 일자무식이었다. 가능한 일이 아니었다. 결국 계속 우리 집에서 지내는 수밖에 없었다.

가야금을 타고 소를 불고 카드놀이를 하면서 우리는 아침부터 밤 중까지 하루 종일 놀았다. 놀 때는 큰아버지와 오빠, 엄마 할 것 없이 가족 전체가 참여했다.

추이 이모는 우리 오빠에게 특별히 호감을 갖고 있지 않았고 우리 오빠도 추이 이모를 우리와 완전히 똑같이 대했다.

하지만 오빠가 이야기를 들려줄 때면 추이 이모는 항상 우리보다 더 진지하게 귀 기울여 들었다. 이모가 우리보다 나이가 좀 많았기 때문이다. 당연히 이해력에 있어서도 우리들보다 오빠에게 좀 더 가까웠다. 오빠는 추이 이모에게 우리들에게보다 좀 더 예의를 갖췄다. 오빠는 이모와 얘기를 나눌 때마다 항상 "네, 그래요.","그렇죠."라고 말한 데 비해 우리와 얘기할 때는 "그래.","맞아."라고 말했다. 물론 이는 추이 이모가 손님이고 신분상으로 오빠보다 높았기 때문이다.

그러던 어느 날 저녁 식사가 끝나고 추이 이모와 오빠가 둘 다 사라졌다. 집에서는 매일 식사가 끝나면 음악회가 열리곤 했었다. 이 날은 큰아버지가 집에 계시지 않은 데다 아무도 먼너 나서서 이끌지 않은 까닭인지 모두들 밥을 먹고 흩어져 거실에는 한 사람도 남아 있지 않았다. 나는 바둑을 두려고 남동생을 찾았지만 남동생도 보이지 않았다. 결국 나는 거실에서 혼자 풍금을 연주하며 놀았지만 별로 재미가 없었다. 거실은 아주 조용했다. 내가 풍금 덮개를 닫자마자 뒤채인지 아니면 내 방에서인지 인기척이 나는 것을 들었다.

나는 틀림없이 추이 이모일 거라고 생각했다. 얼른 달려가 이모에게 카드놀이 패를 보여달라고 할 작정이었다.

방 안에 들어가 보니 추이 이모뿐만 아니라 오빠도 함께 있었다.

나를 보자 추이 이모는 황급히 몸을 일으키며 말했다.

"우리 나가서 놀자."

오빠도 말했다.

"우리 바둑 두러 가는게 어때?"

방에서 나온 두 사람은 나와 바둑을 두었다. 이번 바둑에서 오빠는 계속 지기만 했다. 이전에는 매번 나를 이겼었다. 이상하다는 생각이 들었지만 마음속으로 더 없이 즐거웠다.

얼마 후 겨울 방학이 끝나고 나는 공부하기 위해 하얼빈에 있는 학교로 갔다. 하지만 오빠는 함께 오지 않았다. 오빠는 상반기 내내 몸이 안 좋아 병원에서 며칠 쉬고 있었다. 큰아버지는 오빠에게 두 달 정도 더 휴가를 얻어 집에 남아 쉬라고 했다.

그 이후의 집안일에 대해서 나는 아는 것이 많지 않다. 전부 오빠나 엄마에게서 들은 얘기다. 내가 떠난 뒤에도 추이 이모는 여전히 우리 집에서 지냈다.

나중에 엄마가 내게 추이 이모가 약혼을 하기 전에 있었던 일을 얘기해주었다. 우리 가문에 어린 삼촌이 한 분 계셨다고 한다. 나이는 오빠와 비슷한데 말을 좀 더듬었고, 풍채는 없지만 오빠와 같은 학교에서 공부를 했다고 한다. 그 삼촌도 우리 집에 온 적이 있지만 추이 이모는 본 적이 없었다. 당시 외할머니가 앞장서서 추이 이모에게 혼사를 거론했다. 이런 얘기를 듣자마자 그 집 할머니가 일언지하에 거절했다. 과부의 자식은 팔자가 사나운 데다 가정교육도 제대로 받지 못했을 지도 모른다는 이유에서였다. 더구나 아버지가 돌아가시자마자 어머니가 출가를 했다는 것도 큰 흠이었다. 양가집 규수는 재가하지 않는 법이라고 했는데, 이런 집 딸을 받아들일 수는 없다는 것이 할머니의 생각이었다. 하지만 우리 엄마는 서로 항렬이 맞고 그 집이 큰 부자라서 추이 이모가 몇 가지 관문을 넘기만 하면 높은 지위와 편안한 생활을 누릴 것이고, 천대받는 일은 없을 것이라고 말했다.

이 일은 추이 이모도 알고 있었다. 하지만 이제 우리 오빠를 만난 터였다. 이모는 우리 오빠가 자신을 그런 눈으로 볼 거라고 생각하지 않을 수 없었다. 이모는 스스로 자신의 운명이 좋지 않을 거라고 생각했다. 이제 추이 이모는 이미 약혼한 사람이었다. 이미 한 남자의 약혼녀이자 출가한 과부의 딸이었다. 그녀는 이런 사실을 하루에도 무수히 되뇌웠던 터라 분명히 인식하고 있었다.

5

추이 이모가 약혼을 하고 나서 눈 깜짝할 사이에 3년이 지났다. 바로 이 때, 추이 이모의 시댁에서 신부를 맞이할 채비를 하고 있다는 전갈을 보내왔다. 이모의 어머니가 그녀를 데리고 돌아가 혼수를 준비하기 시작했다.

추이 이모는 이런 소식을 듣자마자 병이 나고 말았다.

며칠 지나지 않아 이모의 어머니가 그녀를 데리고 하얼빈으로 혼수를 장만하러 갔다.

하필이면 그녀를 데리고 혼수를 장만하러 돌아다닌 안내자는 오빠가 소개한 학교 친구였다. 이모 일행은 하얼빈의 친쟈강(秦家崗)에 묵었다. 풍경이 뛰어난 그곳은 서양 사람들이 가장 많은 지역이었다. 남학생 기숙사에는 라디에이터와 서양식 침대가 갖춰져 있었다. 추이 이모는 오빠의 소개 편지를 갖고 있어 마치 여학생처럼 접대를 받았다. 게다가 남학생들은 이미 러시아 사람들의 습관을 배운 터라 여러면에서 여성을 존중했다. 덕분에 추이 이모도 그들로부터 상당한 존경을 받았다. 그들은 이모에게 서양요리를 대접했고 영화도 보여주었다. 마차를 탈 때에는 이모에게 먼저 오르게 했고 차에서 내릴 때는 이모를 부착하여 함께 내렸다. 이모가 움직이는 곳마다 그녀를 위해 봉사하는 사람이 있었다. 이모가 외투를 벗으면 누군가 옆에 있다가 받아주었고 이모가 외투를 입으려는 눈치만 보여도 옆에 있던 사람이 입혀주었다.

이모에게 혼수를 장만하는 것이 유쾌한 일이 아니라는 것은 두 말할 것 없이 너무나 당연한 사실이었다. 하지만 이 며칠이 그녀에게는 평생 가장 즐거운 시간이었다.

이모는 과연 대학 공부를 한 사람들은 성품이 훌륭하고 야만적이지 않으며 여자에게 절대 무례하지 않고 그녀의 제부처럼 여자를 때리는 일이 없을 거라고 생각했다.

이번에 혼수를 장만하기 위해 하얼빈을 여행한 뒤로 추이 이모는 시집가는 것을 원치 않게 되었다. 키 작고 못생긴 그 남자를 떠올릴 때마다 몹시 두려웠다.

이모가 돌아오자 엄마는 또 다시 이모를 데리고 와 우리 집에서 지내게 했다. 엄마는 이모 집이 너무 춥고 어두운 데다 이모가 몹시 외롭고 가엽다고 말했다. 반면에 우리 집은 단란하고 활기가 넘쳤다.

나중에서야 이모의 어머니는 그녀가 시집가는 데 대해 그다지 열의가 없다는 것을 깨달았다. 옷을 재단하러 가야 하는데도 그녀는 가지 않았고 자잘한 물건들을 사러 가야 할 때도 가려 하지 않았다. 어머니의 역할이란 항상 자주 재촉하는 것이라 나중에는 그녀를 데리고 돌아가고 말았다. 자기 곁으로 데리고 가서 수시로 이모를 일깨우려는 것이었다. 이모의 어머니는 젊은 사람들은 수시로 일깨워줘야만 할 일을 하지 그러지 않으면 항상 노는 데만 열중한다고 생각했다. 하물며 출가할 날이 멀지 않아 겨우 두세 달 가량 남아 있는 터였다.

외할머니가 이모를 데려가려 했을 때 전혀 생각지 못한 일이 벌어졌다. 돌아가고 싶은 마음이 없었던 이모가 뜻밖에도 용기를 내서 공부를 하고 싶다는 요구를 제시한 것이다. 이모는 공부를 하고 싶지 출가는 생각지도 못했다고 말했다.

처음에 외할머니가 이런 요구를 받아들이지 않자 이모는 공부를 하게 해주지 않으면 시집도 가지 않겠다고 말했다. 외할머니는 이모의 마음을 잘 알고 있었다. 게다가 끔찍한 일들이 수없이 떠올랐다.……

외할머니는 방법이 없었다. 이모의 뜻대로 하게 해주는 수밖에 없었다. 이모를 위해 나이 많은 선생님을 집으로 청해 집 뜰 안에 있는 빈방에 책상을 갖춰놓고 이웃에 사는 처자들 몇 명을 불러 함께 공부하게 한 것이다.

추이 이모는 낮에는 공부를 하고 밤에는 외할머니 집으로 돌아갔다.

공부를 시작하고 얼마 지나지 않아 이모는 기침을 하기 시작했다. 게다가 하루 종일 몹시 우울해 했다. 그녀의 어머니가 맘에 안 드는 일이 있는지, 혼수로 산 물건들이 마음에 거슬리는지, 아니면 우리 집에 와서 놀고 싶은 건지 물었다. 생각할 수 있는 모든 상황에 관해 물었다.

추이 이모는 고개를 가로저을 뿐, 아무 말도 하지 않았다.

얼마 후 우리 엄마가 추이 이모를 만나러 갔다. 오빠와 함께였다. 두 사람이 이모를 보았을 때의 첫 인상은 얼굴이 많이 창백해졌다는 것이었다. 심지어 엄마는 이모가 오래 살지 못할 거리고 단언하기까지 했다.

모두들 공부하느라 지친 것이라고 말했다. 외할머니도 공부하느라 지친 것이니 전혀 심각할 것이 없다고 하면서 출가하는 딸들은 늘 처음에 말랐다가 출가한 다음에는 살이 찐다고 말했다.

추이 이모는 스스로 고개를 끄덕이며 미소를 지었다. 인정하는 것도 아니고 애써 부인하는 것도 아니었다. 이렇게 이모는 공부를 하느라 우리 집에도 오지도 않았다. 엄마가 몇 번 데리러 갔지만, 이모는 시간이 없다면서 오지 않았다.

추이 이모는 점점 더 야위어만 갔다. 오빠가 외할머니 집에 가서 그녀를 두 번 만나고 왔지만, 함께 밥을 먹고 술을 마시거나 연회에 초대되어 간 것이 전부였다. 게다가 말로는 외할머니를 뵈러 간 것이라고 했다. 이곳에서는 젊은 남자가 젊은 여자를 찾아가는 것이 있을 수 없는 일이었다. 오빠는 이모를 만나고 돌아와서도 특별히 즐거워하지도 않았고 신기한 우울함을 보이지도 않았다. 예전처럼 우리와 카드놀이를 하거나 바둑을 두었다.

나중에 추이 이모는 더 버티지를 못하고 몸져눕고 말았다. 이모가 병이 났다는 소식을 듣고 그녀의 시어머니가 데리러 오겠다고 했다. 적지 않은 돈을 들였는데 죽어버리면 여간 아까운 일이 아니기 때문이었다. 이 소식을 듣고 추이 이모는 병이 더욱 심해졌다. 이모의 병이 위중해졌다는 소식에 시댁에서는 곧장 데리러 오겠다고 했다. 병든 신부를 맞이하면 병세가 금세 호전된다는 미신 때문이었다. 이 소식을 들은 추이 이모는 빨리 죽고 싶었다. 어떻게든 자기 몸을 망가뜨려 하루라도 빨리 죽고 싶었다.

추이 이모를 잊지 않은 엄마가 오빠를 불러 추이 이모를 보러 가게 했다. 엄마가 먼저 오빠를 보낸 것이다. 엄마는 지니고 있던 돈을 오빠에게 주면서 추이 이모에게 전해주라고 했다. 병중에 있는 이모가 아무 때나 먹고 싶은 것을 사 먹을 수 있도록 하기 위해 보내는 것이라고 했다. 엄마는 두 젊은이가 서로 무척 쑥스러워하기 때문에 혹시 오빠가 추이 이모를 만나러 가는 것을 부끄러워할 지도 모른다는 것을 잘 알고 있었다. 추이 이모가 오빠를 몹시 보고 싶어 하지만 두 사람이 아주 오랫동안 만나지 못했다는 것도 엄마는 모르지 않았다. 또한 추이 이모가 출가하고 싶어 하지 않는 것에 대해 엄마는 오래전부터 두 사람의 마음을 의심하고 있었다.

남자가 먼저 처녀를 찾아간다는 것은 쉽지 않은 일이었다. 이 도시에는 그런 풍속이 없었다. 엄마가 오빠에게 선물을 준 덕분에 오빠는 갈 수 있었다.

오빠가 가던 날 이모 집에는 마침 사람이 없었다. 이모 집의 사촌여동생 하나만 남아 한 번도 본적이 없는 이 젊은 손님을 맞이했다. 사촌여동생은 손님이 찾아온 연유도 묻지 않고 곧장 밖으로 뛰어나가면서 할아버지를 찾으러 가니까 좀 기다려달라고 말했다. 아마도 남자 손님이 찾아오면 항상 할아버지가 응대했던 모양이었다.

손님이 자기 이름밖에 말하지 않았지만 이 여자애는 들지도 않고 밖으로 뛰어나갔다.

오빠는 추이 이모가 어디에 있을지 생각해보았다. 혹은 안채에 있는 건 아닐까? 추이 이모는 누군가 찾아온 것을 알았는지 안에서 "들어오세요."라고 말했다.

안으로 들어간 오빠는 추이 이모의 베개 옆에 앉아 그녀의 이마에 손을 얹어 열이 나는지 살펴보려 했다.

"좀 나았어요?"

오빠가 막 손을 막 내밀려는 순간, 추이 이모가 갑자기 오빠의 손을 잡아끌면서 큰 소리로 울기 시작했다. 심장이 울부짖는 것 같았다. 아무런 준비가 없었던 오빠는 두려워하면서 무슨 말을 해야 할지, 어떻게 해야 할지 몰라 안절부절 못했다. 오빠는 지금 추이 이모의 지위를 보호해야 하는지 아니면 자신의 지위를 보호해야 하는지 알지 못했다. 그 순간 밖에서는 이미 누군가 다가오는 소리가 들렸다. 곧 문을 열고 들어올 것이었다. 틀림없이 추이 이모의 할아버지일 것이었다.

추이 이모가 차분하게 오빠를 향해 웃으면서 말했다.

"이렇게 와줘서 정말 좋아요. 틀림없이 언니가 가보라고 말했을 거예요. 나도 마음속으로 영원히 언니를 생각하고 있어요. 언니는 나를 사랑했지만 아쉽게도 나는 언니를 만나러 갈 수가 없었어요.…… 언니에게 보답할 수가 없었어요.…… 하지만 언니 집에서 지냈던 세월들을 잊지 않고 있어요.…… 어쩌면 언니가 내게 대접한 것들이 아무 것도 아닐지 모르지만, 나는 너무 좋았고 너무 고마웠다고 느끼고 있어요.…… 영원히 잊지 못할 거예요.…… 지금도 이유는 모르겠지만 마음속으로 어서 빨리 죽어버리는 게 좋다고, 하루라도 더 사는 것이 의미가 없다고 생각해요.…… 사람들은 내가 너무 제멋대로라고 생각하겠지요.…… 사실은 절대 그렇지 않아요. 이유는 모르겠지만 그 집이 내게 잘해주는 데도 나는 원하지 않아요. 어렸을 때부터 나는 성격이 온순하지 못했어요. 항상 원하지 않는 일은 하고 싶지 않았어요.…… 그런 성격이 나를 오늘날까지 괴롭히네요.…… 하지만 내가 어떻게 내 뜻대로 할 수 있겠어요.…… 정말로 웃기는 얘기지요.…… 언니가 아직도 나를 마음에 두고 있다는 것이 고마을 따름이에요.…… 언니한테 꼭 말해줘요. 나는 절대로 언니가 생각하는 것처럼 그렇게 괴롭지 않다고 말이에요. 나는 아주 즐겁다고……"

추이 이모는 쓴 웃음을 지었다.

"난 마음이 아주 평안해요. 게다가 내가 원하는 걸 다 얻었어요.……"

오빠는 넋이 나간 듯 멍하니 앉아 무슨 말을 해야 할지 몰랐다. 이때 할아버지가 들어오셨다. 할아버지는 추이 이모의 신열을 살펴보고 또 우리 엄마에게 감사하면서 오빠가 와준 것에 대해 영광이라고 말했다. 할아버지는 우리 엄마를 안심시켜 드리라고 했다. 추이 이모의 병은 곧 나을 것이고, 다 나으면 출가할 것이라고 했다.

오빠는 추이 이모를 잠시 쳐다보고 나서 밖으로 나왔다. 그때 이후로 다시는 그녀를 볼 수 없었다.

오빠는 나중에 추이 이모 얘기가 나올 때마다 항상 눈물을 흘렸다. 오빠는 추이 이모가 왜 죽었는지 알지 못했다. 모두들 마음속으로 답답해 했다.

에필로그

봄방학이 되어 내가 집에 돌아오자 엄마가 말했다.

"만일 추이 이모가 절대로 출가를 하려하지 않았다면, 그것도 나쁘지 않았을 거야. 그 집에서 그런 사실을 내게 말해줬다면 말이야."

…………

추이 이모 무덤에는 풀씨가 이미 싹을 틔워 하나하나 솟아오른 풀이 땅에 달라붙어 한 덩이가 되어 있었다. 무덤은 연한 초록색을 드러냈다. 흰 산양들이 달려들곤 했다.

거리에는 광주리를 들고 민들레를 파는 사람도 있고 뿌리가 가는 마늘을 파는 사람도 있었다. 아이들도 있었다. 아이들은 계절에 맞게 이제 막 싹이 트기 시작한 버들개지를 꺾으러 다녔다. 버들개지를 꺾어 껍질을 비틀어 벗기면 금세 호루라기가 되었다. 아이들은 이를 입에 물고 온 거리를 돌아다니며 불어 댔다. 소리에 높낮이도 있었다. 굵은 호루라기도 있고 가는 호루라기도 있기 때문이었다.

큰 거리나 작은 골목 할 것 없이 어디든지 삐익 삑 소리가 났다. 마치 봄이 아이들의 손에 의해 불려온 것 같았다. 하지만 이런 시기는 아주 짧았다. 눈 깜짝할 사이에 호루라기 부는 소리를 들을 수 없었다.

이어서 백양나무 꽃이 날아다니기 시작하더니 느릅나무 열매가 온 땅에 가득 날리기 시작했다.

내 고향에서는 봄이 아주 빨랐다. 닷새만 집밖에 나가지 않으면 나무들이 싹을 틔웠고 또 닷새 나무를 보지 않으면 나무에 잎이 자랐다. 다시 닷새가 지나면 나무들은 사람들이 알아보지 못할 정도로 푸르러져 있었다. 사람들은 이 나무가 바로 그저께 그 나무인가 의아해했다. 그러고는 스스로 대답했다. 물론 그렇겠지. 봄은 그렇게 빨리 달리는 것 같았다. 사람들이 볼 수 있을 정도로 아주 먼 곳에서 달리기 시작하여 이곳까지 뛰어와서는 그저 사람들의 귓가에 아주 작은 소리를 낼 뿐이다.

"나 왔어요."

그러고 나서는 또 아주 빨리 달려가 버렸다.

봄은, 자신이 얼마나 바쁜지 모르는 것 같았다. 어디서든지 봄을 부르는 것 같았다. 봄이 조금이라도 늦으면 해의 색이 변하고 대지가 돌덩이처럼 말라버릴 것 같았다. 특히 나무들은 한 순간도 참지 못할 것 같았다. 봄이 어느 곳에 조용히 머물러 있기라도 하면 적지 않은 생명이 잘못될 것 같았다.

봄은 왜 좀 더 일찍 우리 도시에 와서 며칠이라도 더 머무르다 천천히 다른 도시로 떠나지 못하는 것일까? 다른 도시에서도 며칠 더 머무르면 되지 않을까?

하지만 그건 불가능한 일이다. 봄의 운명은 원래 이렇게 짧다.

젊은 처녀들은 두셋 씩 짝을 지어 마차를 타고 옷감을 고르러 갈 것이다. 봄옷으로 갈아입어야 하기 때문이다. 처녀들은 열심히 가위질을 하고 옷 모양을 그려 마음속으로 상상했던 멋진 옷을 만들 것이다. 그렇게 밤낮으로 바쁘게 움직이고 나서 며칠이 지나면 봄옷으로 갈아입기 시작할 것이다. 단지 추이 이모를 태운 마차만 보이지 않을 뿐이다.

1941년 7월

김태성 옮김

* 이 작품의 저자 서명은 샤오훙으로 되어 있고 처음 발표된 것은 1941년 7월 1일 홍콩 『시대문학』 제1권 제2호에서였다.

루쉰 선생님을 그리며[01] 回憶魯迅先生

    루쉰 선생님은 정말 유쾌하게 웃으셨다. 그것은 마음속의 기쁨이 우러난 것이다. 어떤 사람이 우스갯소리를 하면 담배조차도 들 수 없을 정도로 웃으셨고, 심지어 기침까지 하신 적이 한두 번이 아니었다. 루쉰 선생님은 아주 경쾌하게 걸으셨다. 특히, 모자를 집어 들고 쓰

---

01 이 글의 원래 제목은 『回憶魯迅先生』이다. 이 글은 샤오훙이 상하이 이주 후 직접 보고 겪은 루쉰에 대한 인상을 섬세하게 묘사한 문장으로 루쉰을 회고한 많은 글 중에서 가장 뛰어나다고 평가받은 작품이다. 샤오훙은 상하이 정착 후 루쉰과 가장 빈번하게 왕래하면서 문학 지도뿐만 아니라 인생 수업을 받으며 가족처럼 지냈다. 이러한 인연 때문에 샤오훙은 루쉰 사후 『루쉰 선생 기념집(魯迅先生紀念集)』(1936) 편집과 『민족혼-루쉰』(1940) 공연 등 루쉰 기념사업에 헌신적으로 참여했으며, 「만년청(萬年靑)」(1937), 「님은 가셨어라!(逝者已矣)」(1937), 「우리들의 선생님을 기억하며(記我們的導師)」(1939), 「기억속의 루쉰 선생님(記憶中的魯迅先生)」(1939), 「루쉰 선생님 생활이야기(魯迅先生生活散記)」(1939) 등 다수의 회고록을 썼다. 그리고 그동안 발표한 회고록을 정리하여 1939년 10월에 「루쉰 선생님을 그리며(回憶魯迅先生)」라는 글을 완성했다. 이듬해 7월 충칭부녀생활출판사(重慶婦女生活出版社)에서 루쉰의 친구 쉬서우창(許壽裳)의 「루쉰의 생활(魯迅的生活)」과 부인 쉬광핑(許廣平)의 「루쉰과 청년들(魯迅和青年們)」을 부록으로 묶어 단행본으로 출판했다. 그 후 생활서점(1945.10)과 상하이 삼련서점(1949.10) 등에서 다시 출판했으며, 이후 각종 샤오훙 문집에 수록되었다. 이 번역문은 『샤오훙 산문선집(蕭紅散文選集)』(百花文藝出版社, 1982)에 수록된 「루쉰 선생님을 그리며(回憶魯迅先生)」를 텍스트로 삼았다.

시자마자 왼쪽 다리를 쭉 뻗으며 걸어가시는 모습이 아직도 눈에 선하다. 마치 아무 거리낌 없이 걸으시려는 듯 보였다.

　루쉰 선생님은 남의 옷차림에는 크게 신경 쓰지 않으셨다.
　"난 누가 무슨 옷을 입어도 못 본 척 한다네."
　어느 날, 몸이 편찮으신 루쉰 선생님은 건강이 조금 회복되자 창문을 열고 담배를 피우시며 등나무 의자에 앉아 쉬셨다. 그날 나는 새로 장만한 소매가 넓은 붉은 색 상의를 입고 있었다.
　루쉰 선생님은 "날씨가 더워지는 걸 보니 곧 장마가 시작 되겠어"라고 하시고는 상아파이프에 넣은 담배를 더욱 단단히 다지시며 이런저런 말씀을 이어가셨다.
　집안일 때문에 바쁘신 쉬 여사님[02]도 내 옷에 대해서는 별 말씀이 없으셨다.
　그래서 내가 먼저 입을 열었다. "선생님, 제 옷 어때요?"
　루쉰 선생님은 위아래로 쭉 한번 훑어보시고는 짧게 한마디 하셨다.
　"별로인데." 그리고 잠시 뒤에 그 이유에 대해 설명해 주셨다.
　"치마 색깔이 별로야. 붉은 상의도 괜찮고, 다른 것도 다 좋은데, 붉은색 상의를 입을 거면 붉은 색 치마를 입거나 검은색 치마를 입어야지 커피색은 안 어울려. 같이 입으니까 어지럽게 보이잖아. 길거리에 다니는 외국인들 못 봤어? 녹색 치마에 보라색 상의나, 붉은 치마에 흰 상의를 입은 사람은 없잖아."

02　쉬광핑(許廣平, 1898~1968). 루쉰의 부인, 1925년 베이징여자사범대학에 다닐 때 루쉰을 만났으며, 아들 저우하이잉(周海嬰)을 낳았다. 원문에서는 당시 관례에 따라 '許先生'으로 표기했으나, 여기에서는 '쉬 여사님' 혹은 '사모님'으로 옮겼다.

루쉰 선생님은 등나무 의자에 앉아서 나를 보시며 계속해서 말씀 하셨다.

"지금 입은 치마는 커피색에 체크무늬까지 있어서 아주 둔탁해 보여. 그래서 붉은색 상의도 예뻐 보이지가 않아."

"마른 사람은 검은 옷을 입으면 안 되고, 뚱뚱한 사람은 흰 옷을 입으면 안 어울려. 또 발이 큰 여자는 검정 신발을 신는 게 좋고, 발이 작은 여자는 흰색을 신는 게 좋아. 뚱뚱한 사람이 체크무늬 옷을 입으면 안 되지만, 그래도 가로 줄무늬보다는 낫지 않겠어. 뚱뚱한 사람이 가로 줄무늬 옷을 입으면 옆으로 퍼져 보여서 세로로 된 줄무늬가 있는 옷을 입는 게 좋지. 세로 줄무늬는 사람을 길쭉하게 보이게 하지만, 가로 줄무늬는 옆으로 퍼져 보이게 하잖아."

루쉰 선생님은 그날 흥이 나셨는지 내가 전에 신었던 부츠에 대해서도 말씀하셨다. 그 부츠는 앞뒤에 지퍼가 달려있어서 군화처럼 보인다고 하시면서, 그런 지퍼는 바지 아랫단에나 다는 거라고 하셨다.

나는 이상하다고 생각되어 선생님께 여쭸다.

"선생님, 제가 그 부츠를 신은 지 한참이나 되었는데, 왜 전에는 말씀하지 않고 계시다가 이제야 말씀하시는 거예요? 더군다나 저는 오늘 그 부츠를 신고오지 않았는데요? 지금 신고 있는 건 다른 신발이잖아요?"

"지금 신고 있지 않으니까 말하는 거야. 만일 그때 말했으면 다시는 신고 오지 않았겠지."

그날 오후, 나는 모임에 갈 일이 있어서 쉬 여사님께 머리 묶을 수 있는 천 조각을 찾아달라고 부탁드렸다. 쉬 여사님은 베이지색과 녹색, 그리고 연분홍색 리본을 가지고 오셨다. 우리는 의논 끝에 베이지

색으로 결정했다. 쉬 여사님은 나를 놀리려고 내 머리 위에 연분홍 리본을 올려놓으시고는 즐거운 듯 웃으시며 말씀하셨다.

"예쁘지! 얼마나 예뻐!"

나도 덩달아 신이 났다. 그리고는 차분하면서도 장난기 어린 표정을 지으며 선생님께서 한번 봐주시길 기다렸다.

루쉰 선생님은 슬쩍 한번 보시고는 곧바로 정색을 하신 채 째려보시며 말씀하셨다.

"그러면 못써!"

쉬 여사님은 몹시 난처해 하셨다.

나 역시 아무 말도 하지 못했다.

쉬 여사님은, 루쉰 선생님이 베이징에서 교편을 잡고 계셨을 때 단한 번도 직접적으로 화를 내시지는 않았지만, 종종 이런 눈빛으로 사람들을 쳐다보았다고 말씀해 주셨다. 이에 대해서는 루쉰 선생님이전에 판아이눙[03] 선생을 회고한 글에서 언급하신 적이 있다. 누구든그 눈빛을 본 사람이라면 한 시대를 꿰뚫고 있는 지식인의 질타를 느끼게 될 것이다.[04]

이윽고 나는 선생님께 여쭀다.

"선생님은 어떻게 여자들이 옷 입는 것까지 잘 알고 계세요?"

선생님께서 대답하셨다.

---

03 范愛農. 루쉰의 고향 친구로 일본 유학 중에는 광복회에 가담해 활동했다. 성격
    이 강직했으나, 귀국 후 친구들과 뱃놀이 중 물에 빠져 사망했다.

04 이러한 '눈빛'은 루쉰의 유명한 시 「자조(自嘲)」에서도 볼 수 있다. "橫眉冷對千
    夫指, 俯首甘爲孺子牛"에서 "橫眉冷對"는 '성난 눈으로 쏘아보며 차갑게 대하는
    것'을 의미한다.

"미학에 관한 책을 봤지."

"언제 보셨어요?"

"아마 일본에서 유학할 때 본 것 같은데."

"책을 사서 보셨어요?"

"꼭 사서 보지는 않았어. 그저 어디서든 손에 잡히면 다 읽었지."

"재미있었어요?"

"그냥 봤지 뭐……"

"왜 그 책들을 보셨어요?"

"……"

루쉰 선생님은 대답해주지 않으셨다. 아마 대답하기 어려운 질문이었나 보다.

그때 쉬 여사님이 옆에서 거들며 말씀하셨다.

"선생님은 어떤 책이든 다 읽으셨지."

루쉰 선생님의 댁을 처음 방문했을 당시에는 프랑스 조계지에서 홍커우까지 약 한 시간 남짓 전차를 타고 가야했기 때문에 자주 방문하기란 쉬운 일이 아니었다.[05] 한번은 늦은 밤까지 이야기를 나눈 적이 있었다. 무슨 이야기를 나눴는지는 기억이 나지 않는다. 이야기를 나누다가 책상 위에 있는 시계를 보니 열한 시반, 열한 시 사십오 분, 그렇게 열두 시가 넘었고, 전차는 끊겼다.

---

05 샤오훙과 샤오쥔은 1934년 11월 칭다오에서 상하이로 이주한 후 프랑스 조계구역인 라두루(拉都路, 현 襄陽南路)에서 2, 3개월씩 옮겨 살다가 1936년 3월말에 루쉰의 집과 가까운 홍커우(虹口)구 베이쓰촨루(北四川路, 현 四川北路) 용러리(永樂里)로 이사했다.

"어차피 열두 시가 넘어서 전차도 끊겼으니 더 놀다 가려무나." 쉬 여사님이 권하셨다.

루쉰 선생님은 대화를 듣고 무슨 생각이 나셨는지 조용히 상아파이프를 들고 사색에 잠기셨다.

밤 한 시가 지나서 쉬 여사님은 나 (그리고 다른 친구)[06]를 배웅해 주러 나오셨다. 밖에는 보슬비가 내리고 골목 안은 불이 모두 꺼져있었다. 루쉰 선생님은 쉬 여사님에게 반드시 택시를 잡아주고 돈도 미리 내라고 당부하셨다.

그 후에 나는 루쉰 선생님의 댁에서 가까운 베이쓰촨루로 이사했고, 비가 오거나 바람이 불거나 거의 빠지는 날 없이, 저녁을 먹으면 다루신춘으로 달려갔다.[07]

루쉰 선생님은 북방음식을 아주 좋아하셨다. 그리고 튀긴 음식과 딱딱한 음식도 즐겨 드셨다. 그러나 병환이 드신 후에는 우유도 제대로 못 드셨고, 그저 닭 국물을 한두 숟가락 드시는 것이 전부였다.

---

06 여기서 '다른 친구'란 샤오쥔을 가리킨다. 샤오훙은 1932년 하얼빈에서 샤오쥔을 만나 동거를 시작했으나, 1938년 시안(西安)에서 헤어진 후 돤무홍량(端木蕻良)과 정식으로 결혼했다. 따라서 1939년에 쓴 이 글에서는 샤오쥔에 대해 일부러 언급을 피하고 있다.

07 루쉰은 1927년 10월 광저우에서 상하이로 이주한 후 처음에는 징윈리(景雲里)23호에 살다가 1930년 5월 영국인 Ramous가 지은 베이쓰촨루(北四川路)에 있는 라모스아파트(拉摩斯公寓, 현 北川公寓) 194호 3층으로 이사했다. 1933년 4월에 스가오타루(施高塔路, 현 山陰路)에 있는 다루신춘(大陸新村) 9호(현 29호)로 이사한 후 1936년 10월 생을 마감할 때까지 살았다. 다루신춘(大陸新村)은 중국계 은행인 대륙은행이 1931년 직원들에게 사택을 공급하기 위해 지은 3층의 붉은 벽돌집으로 그중 일부를 일반인에게 분양했다.

어느 날, 만두를 빚어서 같이 먹기로 했다. 그때는 아직 조계지에 살고 있었기 때문에 외국산 장아찌와 다진 소고기를 가지고 갔다. 쉬 여사님과 나는 응접실 뒤쪽 탁자에서 만두를 빚기 시작했다. 선생님의 아들 하이잉[08]은 주위를 돌며 놀다가 눌러 놓은 동그란 만두피를 가져가서는 배를 만들었다며 우리에게 보여주었다. 우리가 눈길을 주지 않자 다시 돌아서서 병아리를 만들었다고 했다. 그러나 우리는 역시 본체만체했다. 우리가 칭찬해주면 더 장난칠 것 같아 애써 쳐다보지도 칭찬하지도 않았다.

응접실 뒤쪽은 노을이 지기 전에 어두워졌다. 등 쪽으로 한기가 약간 느껴졌다. 옷을 얇게 입은 탓이라는 것을 알고 있었지만 일이 바빠 옷을 껴입으러 가지는 않았다. 만두를 다 빚고 나서 보니 양이 많지 않았다. 그때야 비로소 수다를 떠느냐고 일이 느려졌다는 것을 알았다. 쉬 여사님은 자신이 어떻게 집을 나와 톈진에 가서 공부했고, 또 베이징여자사범대학에서 공부할 때는 어떻게 가정교사를 했는지에 대해 들려주셨다. 특히 가정교사 시험을 보러 갔던 이야기는 아주 흥미로웠다. 쉬 여사님은 조금이나마 학비에 도움이 될 것이라는 기대를 갖고 몇 십대 일의 경쟁을 뚫고 힘들게 들어갔지만 베이징의 겨울은 너무 추워서 학교에서 그 집까지 가는 차비도 매달 적지 않은 들어갈 뿐 아니라 감기라도 걸릴 경우에는 아스피린도 사야했기 때문에 십 위안의 월급으로 아주 빠듯하게 생활할 수밖에 없었다고 하셨다.

만두가 다 삶아졌다. 2층으로 가는 계단에 올라서자마자, 루쉰 선생님의 유쾌한 웃음소리가 들려왔다. 알고 보니 몇몇 친구 분들과 떠

---

08 周海嬰(1929~2011). '상하이에서 얻은 아이'라는 뜻으로 루쉰이 직접 작명하였다.

들썩하게 이야기를 나누고 계셨다. 그날 음식은 특히 더 맛있었다.

그 후 우리는 부추전병[09]을 만들어 먹었고, 합엽전병[10]도 만들어 먹었다. 내가 제안을 하면 루쉰 선생님은 흔쾌히 동의하셨지만, 내가 만든 것은 역시 맛이 별로였다. 그래도 루쉰 선생님은 여전히 탁자에 젓가락을 놓지 않고 쉬 여사님께 말씀하셨다. "몇 개 더 먹어도 될까?"

루쉰 선생님은 위가 좋지 않았기 때문에 매번 식사를 하신 후에 위장약을 한 두알 드셨다.

어느 날 오후, 루쉰 선생님은 취치우바이[11]의 『해상술림』[12]를 수정하고 계셨다. 내가 침실에 들어가자 회전의자를 돌려 나를 바라보시고는 몸을 약간 일으키시며 말씀하셨다.

"오랜만이군, 오랜만이야!"라고 하시고는 고개를 잠시 끄덕이셨다.

아니, 왔다간 지 얼마 됐다고 오랜만이라고 하시는 걸까? 선생님은 내가 오전에 왔다간 사실을 까맣게 잊으신 건가? 게다가 매일같이 왔었는데…… 어떻게 잊으실 수가 있지?

선생님은 다시 의자를 돌려 앉으시고는 혼자 웃기 시작하셨다. 농

---

09 韭菜合子. 부추 속을 넣은 군만두. 만두모양, 호떡모양, 사각형 등 다양하다.

10 合葉餠. 둥글고 두툼한 전을 반으로 포갠 후 그 사이에 속을 넣고 먹는 밀가루 음식으로 민국시기 화북지방에서 유행했다.

11 瞿秋白(1899~1935). 중국 현대 문학가이자 혁명가로 좌익작가연맹의 핵심 인물로 활동했다. 일찍이 러시아어를 전공해서 모스크바 통신원, 유학생, 중공대표부 대표 등의 신분으로 러시아 생활을 경험하면서 러시아 혁명사상과 문학작품에 관한 서적을 번역했고, 중국좌익작가연맹의 '문예대중화론'을 주도했다. 1935년 국민당 군대에 의해 체포된 후 처형당했다.

12 『海上述林』, 루쉰이 편찬한 취치우바이의 번역문집. 루쉰은 문우인 취치우바이가 처형당하자 이를 안타깝게 여겼고, 그의 정신을 기리기 위해 1936년 5월 그가 생전에 번역한 러시아 혁명 사상 및 문학이론을 엮어서 출판했다.

담을 하신 것이다.

장마철에는 맑은 날이 거의 없다. 오전에 잠시라도 날씨가 좋아지면 나는 너무 기쁜 나머지 한걸음에 선생님 댁으로 달려가서 숨을 헐떡이며 위층으로 올라갔다.

"왔어?" 루쉰 선생님께서 말씀하셨다.

"네, 왔어요!"

내가 숨이 너무 가빠서 차도 마시지 못하자 선생님이 물으셨다.

"무슨 일 있어?"

"날씨가 개었어요. 해가 나왔다고요."

두 분은 웃음을 터뜨리셨다. 울적한 기분을 날려버리는 상쾌한 웃음이었다.

하이잉은 나를 보면 내 손을 끌며 정원에 가서 놀아달라고 졸랐다. 한바탕 놀아줄 때까지 놓아주지 않았다. 그렇게 하지 않으면 머리나 옷을 잡아당기며 떼를 썼다.

하이잉은 왜 나한테만 그러는 걸까? 루쉰 선생님께서 이유를 말씀해 주셨다.

"두 갈래로 머리 땋은 모습을 보고 만만하다는 생각이 들었겠지. 다른 사람은 다 어른처럼 보이는데 너만 어리게 보여서가 아닐까!"

쉬 여사님이 하이잉에게 물었다. "너는 왜 다른 사람은 멀리하면서 저 누나만 좋아하는 거야?"

"머리를 땋았잖아요." 하이잉은 대답하면서 또 내 머리를 잡아당겼다.

루쉰 선생님의 댁에 낯선 손님이 찾아오는 경우는 드물었다. 아니 거의 없다고 보는 것이 맞다. 더군다나 자고 가는 사람은 더더욱 없었다. 토요일 저녁이면 이층에 있는 선생님의 침실에 저녁상이 차려졌다. 둥그런 탁자에 사람들이 가득 둘러앉았다. 매주 토요일 저녁마다 동생분인 저우젠런[13]선생이 인사차 가족과 함께 들리곤 했다. 어느 날, 일행 중에 키가 크고 호리호리하면서 조끼를 입고 계신 신사분이 앉아 계셨다. 루쉰 선생님이 소개해 주셨다.

"이분은 나와 동향 사람인데, 장사를 하고 계셔."

나는 그날 그분을 처음 뵈었다. 그분은 전통식 바지를 입고 있었고, 머리는 짧았다. 식사를 하면서 다른 사람들에게 술을 권하면서 나한테도 따라 주셨다. 성격은 활발해 보였지만 장사를 하는 사람 같지는 않았다. 식사를 마치자 그는 『위자유서』[14]와 『이심집』[15]에 대한 이야기를 꺼냈다. 그는 중국에서는 보기 드물 정도로 깨어있는 지식인 같았다. 그러나 그날 나는 처음 뵙는 자리여서 긴장을 놓지는 않았다.

두 번째로 그분을 뵌 것은 아래층 거실에 있는 탁자에서 식사를 할 때였다. 그 날은 선선한 바람이 불었고, 날씨도 화창했다. 해질 무렵인데도 거실은 아직 저녁이라는 느낌이 들지 않았다. 그날 루쉰 선생님이 오랜만에 이발을 하셨다는 것과 선생님이 좋아하시는 조기구이가 식탁에 올려 있었다는 것이 기억에 남는다. 선생님 앞에는 밥그릇

---

13 周建人(1888~1984). 루쉰의 형제로는 문학가인 저우줘런(周作人)과 생물학자인 저우젠런(周建人)이 있었고, 그중 막내 동생인 저우젠런과 돈독하게 지냈다.

14 『僞自由書』. 1933년 1월말부터 5월 중순까지 『申報』 부간 「自由談」에 발표한 시사평론 문장으로 같은 해 10월에 단행본으로 출판했다.

15 『二心集』. 1930년부터 1931년 사이에 쓴 잡문 37편이 수록되어 있다.

처럼 생긴 술잔이 놓여있었다. 장사하신다는 그분은 술을 좋아해서 인지 술병을 아예 옆에다 두고 마셨다. 그는 몽골 사람은 어떻고, 묘족 사람은 어떻고, 또 티베트를 지나갈 때 만난 티베트 여인이 어떤 남자가 쫓아와서 어찌어찌 되었다고 하면서 이야기를 늘어놨다.

그분은 정말 이상한 사람 같았다. 먼 곳까지 힘들게 가서 왜 장사는 하지 않았을까? 게다가 루쉰 선생님의 책을 다 읽었는지 이런저런 내용에 대해 이야기 하셨다. 하이잉이 그분을 X선생님이라고 부르는 것을 듣고 나서 비로소 그분이 누구인지 알았다. X선생은 밤늦게 귀가하는 경우가 많았다. 내가 선생님의 집에서 나올 때 몇 번인가 골목에서 마주친 적이 있었다.

어느 날 밤, X선생이 3층에서 내려오셨다. 그는 긴 두루마기를 입고 있었고, 손에는 작은 상자를 들고 있었다. 루쉰 선생님에게 이사를 해야 한다고 하면서 우리와 작별인사를 나눴다. 쉬 여사님은 그 선생님을 배웅하러 아래층으로 내려가셨다. 이 때 마룻바닥에서 두루마리 두 뭉치를 손으로 말고 계시던 선생님께서 말씀하셨다.

"저 분이 진짜 장사꾼 같니?"

"네." 나는 주저하지 않고 바로 대답했다.

루쉰 선생님은 의미심장하게 몇 걸음 걸으신 다음 말씀을 이어가셨다. "그분은 아주 독특한 걸 파는 분이시지. 정신적인 무언가를……"

X선생은 2만 5천리 길을 돌아오신 것이다.[16]

---

16 당국의 감시를 받은 루쉰의 집에 머무른 사람은 극히 적었으나 취치우바이와 펑
    쉐펑(馮雪峰, 1903~1976)에게 은신처로 제공해준 적이 있다. 그중 펑쉐펑은 루쉰과
    동향사람으로 중국좌익작가연맹이 창설될 때 루쉰에게 참여를 설득한 인물이

루쉰 선생님 앞으로 어떤 젊은이가 편지를 보내왔다. 글이 너무 엉망이라 언짢아하시며 말씀하셨다.

"글을 항상 잘 쓸 수 있는 법은 아니지. 그러나 글이라는 것은 한 번 보면 바로 이해할 수 있게 써야 해. 이 젊은이는 너무 여유가 없어……. 급하게 대충대충 써서 보내서인지 네다섯 번 읽어봐도 이해하기가 힘들어. 그 사람은 읽는 사람이 얼마나 힘들어 할지 생각하지 않을 거야. 어쨌든 읽는 수고는 그의 것이 아니니까. 그러나 그런 마음가짐은 좋다고 할 수는 없지."

그러나 루쉰 선생님은 중국 각지의 청년들이 보내온 수많은 편지들을 빠짐없이 읽어보셨다. 눈이 침침해지면 안경을 쓰고 보셨고, 읽다가 밤이 깊어가는 경우도 많았다.

어느 날, 루쉰 선생님은 XX영화관 이층의 첫 번째 줄에 앉아 영화를 보셨다. 영화 제목은 생각나지 않지만, 영화가 시작되기 전에 보여주는 뉴스에서 소련의 붉은 광장에서 거행된 노동절 행사가 나왔다.

"나는 저런 광경을 보기 힘들겠지. 당신들은 앞으로 볼 수 있겠지만……" 루쉰 선생님이 옆 자리에 앉아있던 우리들에게 말씀하셨다.

루쉰 선생님은 콜비츠[17] 판화를 가장 좋아하셨다. 그리고 그녀의

다. 홍군의 대장정에 참가한 후 다시 상하이로 돌아와 공산당과 문단의 가교역할을 했다. 해방 후 '홍루몽 연구문제'와 '후펑 사건'에 연루되어 비판을 받아 옥고를 겪었다.

17 케테 슈미트 콜비츠(Käthe Schmidt Kollwitz, 1867~1945). 독일의 화가이자 판화가. 그녀는 펜화, 목판화, 동판화 등을 이용하여 전쟁의 피해자와 하층민의 생활상을 사실적으로 묘사한 민중 예술가이다. 스메들리는 루쉰이 제작한 『케테 콜비츠 판화선집』의 서문에서 "젊었을 때는 주로 반항을 주제로 삼았고, 만년에는 모성애

인간성에 대해서도 칭찬을 아끼지 않으셨다. 콜비츠는 히틀러의 탄압으로 교수직을 박탈당했을 뿐만 아니라, 그림도 그릴 수 없게 되었다고 말씀해 주셨다. 루쉰 선생님은 그녀에 대한 이야기를 자주 들려주셨다.

루쉰 선생님은 스메들리[18]에 대한 이야기도 해주셨다. 그녀는 미국인인데, 전에는 인도의 독립운동을 도와주었고, 지금은 중국을 위해 봉사하고 있다고 하셨다.

루쉰 선생님은 주위 사람들에게 볼 만한 영화를 소개해 주셨다.[19] 「차파예프」[20], 「복수와 사랑」[21]…… 그밖에 「타잔」 같은 영화나…… 혹

와 모성의 보장, 구제, 죽음 등을 표현했다." 그녀의 작품에는 "수난과 비극 속에서 살아가는 하층민에 대한 뜨거운 열정이 담겨져 있다"고 평하였다.

18 아그네스 스메들리(Agnes Smedley, 1892~1950). 미국출신의 여성언론인으로 일찍이 인도민족해방에 참가했다. 1928년 기자신분으로 중국에 와서 12년간 머물면서 중국민권보장동맹에 참가, 옌안 홍군 지원, 일본 침략상 고발 등 사회 활동가와 기자로서 활약했다. 루쉰과 교류하면서 루쉰의 문학평론 두 편을 번역하여 미국의 진보 잡지에 실었고, 콜비츠와의 인연으로 『케테 콜비츠 판화선집』의 자료수집과 서문을 담당했다. 루쉰의 병이 깊어지자 미국인 전문의 던(Dunn)을 소개해 줬다. 1941년 치료차 미국의 가서 연설과 기고를 통해 중국의 실상을 서방세계에 알렸다. 이후 영국으로 건너가 중국행을 준비했으나 병으로 사망했다. 그녀의 유언에 따라 유해는 베이징 바바오산(八宝山) 중국열사묘원에 안장됐으며, '중국인민의 친구'로 기억되고 있다.

19 루쉰은 본인 스스로가 영화감상이 '유일한 취미'라고 밝혔듯이 가족이나 지인들과 자주 영화를 보러갔다. 『루쉰일기』를 근거해서 보면, 그가 상하이로 이주한 이후 9년 동안 모두 141편 보았으며, 특히 다루신춘으로 이사한 후 95편을 관람한 것을 알 수 있다.

20 1934년 작, 러시아혁명의 영웅 차파예프(Chapaev, 1887~1919) 장군을 그린 영화.

21 1936년 작, 푸시킨의 미완성 장편소설 『두브로프스키(Dubrovsky)』를 원작으로 만든 영화. 상하이에는 그해 10월 상하이대에 상영되었다. 루쉰이 가장 좋아한 영화이자 가장 마지막으로 본 영화이다.

은 아프리카의 이상한 짐승에 관한 영화들도 소개해 주셨다. 루쉰 선생님이 말씀하셨다. "이런 영화들은 재미는 없지만 동물들을 보면서 지식은 쌓을 수는 있지."

루쉰 선생님은 공원에 놀러 가보신 적이 없으셨다. 상하이에서 10년을 사셨는데도 자오펑 공원[22]은 물론, 가까운 홍커우 공원[23]에도 가본 적이 없으셨다. 봄이 되자 나는 선생님에게 공원 안의 소나무에서는 새싹이 돋아났고 바람도 부드럽게 불고 있다고 여러 번 말씀드렸다. 그러면 선생님께서는 화창한 일요일에 하이잉이 쉬는 날을 골라 자오펑 공원에 택시타고 가서 단거리 여행이라도 하자고 말씀하셨다. 그러나 생각만 하시고 가지는 않으셨다. 루쉰 선생님은 공원에 가시지는 않았지만 공원 구조에 대해서는 잘 알고 계셨다.

"공원은 내가 훤하지. 정문으로 들어서면 먼저 길이 양 갈래로 갈라지는데, 하나는 왼쪽 방향으로 가는 길이고, 다른 하나는 오른쪽으로 가는 길이지. 길가에는 버드나무 같은 수목들이 늘어져 있고, 그 아래에는 벤치가 몇 개 놓여 있어. 그리고 더 안쪽으로는 연못이 있을 거야."

나는 자오펑 공원과 홍커우 공원, 그리고 프랑스 공원까지 가본 적

---

22 兆豊公園, 현 상하이 중산공원, 1914년 영국식 정원을 모델로 건설한 대형 공원이다. 1941년 손문을 기념하기 위해 중산공원으로 개명했다.

23 虹口公園, 1909년 조계지 부설로 소규모로 완공된 후 1917년 스코틀랜드 사람이 설계를 맡아 당시 상하이 최대 규모로 확장했다. 1922년부터 홍커우 공원으로 불렀다. 원내에는 종합운동장과 체육관이 있었으며, 일본 점령당시에 일본인들은 '신공원'으로 불렀다. 1932년 윤봉길의사가 의거를 거행한 장소이다. 루쉰 서거 20주년을 맞아 그의 묘소를 이곳으로 이장했으며, 1988년 루쉰 공원으로 개명했다.

이 있었는데, 마치 어느 국적의 공원 설계자가 루쉰 선생님의 의견을 적용이나 한 것처럼 구도가 비슷했다.

루쉰 선생님은 한겨울에도 장갑과 목도리는 착용하지 않으셨지만, 검푸른 솜옷에 회색 중절모를 쓰셨고, 고무밑창으로 된 검정색 단화를 신으셨다.

단화는 밑창이 고무로 되어있어서 여름에는 열이 많이 났고, 겨울에는 차갑고 축축했다. 루쉰 선생님의 건강이 좋지 않았기 때문에 다들 새로 장만하시는 게 어떠냐고 말씀드렸지만, 선생님은 그 신발이 편하시다며 그대로 신으셨다.

"선생님은 하루에 얼마나 걸으세요? 한번 걸으시면 XX서점까지 가시지 않나요?"[24]

루쉰 선생님은 웃으실 뿐 말씀은 없으셨다.

"찬바람을 쐬시면 몸에 안 좋을 텐데요? 목도리를 두르지 그러세요. 감기에 걸릴 수도 있잖아요!"

루쉰 선생님은 방한용품을 사용하는 것을 불편해 하셨다.

"난 어릴 적부터 장갑이나 목도리를 써 본 적이 없어서 잘 안 쓰게 돼."

루쉰 선생님은 장갑을 끼고 나가지 않으시기 때문에 밖에 나가면 두 손은 찬바람에 그대로 노출되었다. 그러면 선생님은 넓은 소매로

---

24 일본인 우치야마 간조(內山完造, 1885—1959)가 운영한 內山書店을 가리킨다. 1917년 베이쓰촨루 웨이성리(魏盛里)에 개업했고, 1929년에 스가 오타루 11호(현 四川北路 2050호)로 이전했다. 루쉰은 상하이로 이사 온 이튿날인 1927년 10월 5일부터 이곳에서 책을 구입하기 시작했고, 그후 우치야마 사장과 돈독하게 교류했다. 1934년 11월 30일 샤오훙과 샤오쥔이 루쉰을 처음 만난 곳이다.

바람을 막으며 걸으셨다. 책이나 편지가 든 꽃무늬 검은색 보자기를 겨드랑이에 끼고 라오바즈루에 있는 서점까지 가셨다.[25]

매일 외출하실 때마다 그 보자기는 들고 나가셨고, 귀가할 때도 들고 오셨다. 나가실 때에는 청년들에게 보낼 편지가 담겨져 있었고, 돌아오실 때에는 새롭게 받은 편지들과 청년들이 열람을 부탁한 문학 원고를 싸 들고 오셨다.

루쉰 선생님은 꽃무늬 보자기뿐만 아니라 우산까지 들고 돌아오시는 날도 있었다. 손님이 미리 와서 거실에 앉아 있으면 우산을 옷걸이에 걸고 곧바로 손님과 이야기를 나누셨다. 이야기가 길어지면 우산대를 타고 흐른 물이 마룻바닥을 흥건하게 적셨다.

루쉰 선생님은 담배를 가지러 위층으로 올라가실 때 꽃무늬 보자기와 함께 우산도 잊지 않고 챙겨서 가셨다.

루쉰 선생님은 기억력이 아주 좋으셨다. 선생님은 물건을 아무 데나 놓아두지 않으셨다.

---

25 老靶子路. '라오바즈(老靶子)'는 '오래된 사격장'이란 의미다. 라오바즈루는 공공 조계지 소속의 사격장을 확장하면서 만든 길로 현재는 우진루(武進路)라고 불리고 있다. 훙커우공원(현 루쉰공원)에 사격장을 새로 건설하면서 라오바즈루에서 사격장까지 남북을 관통하는 길을 닦았고, 수저우허 이남의 스촨루 북쪽에 있다고 하여 베이쓰촨루(北四川路)라고 이름 지었다. 다시 말해 '신바즈루'가 생긴 것이다. 그러나 루쉰의 일기 등을 보면 라오바즈루에는 루쉰이 자주 간 서점이 없다. 다만 라오바즈루와 관련해서는 우치야마(內山) 사장과 함께 1933년 12월 2일과 3일 이틀에 걸쳐 YMCA회관에서 러시아·프랑스 서적 삽화 전시회를 개최했다는 기록만 있다. 루쉰이 서신을 대리 수령할 정도로 잦은 왕래를 한 곳은 네이산(內山)서점이다. 따라서 샤오훙은 이 글에서 라오바즈루 북쪽의 베이쓰촨루 일대를 모두 라오바즈루로 사용하고 있는 듯하다.

루쉰 선생님은 북방음식을 아주 좋아하셨다. 그래서 쉬 여사님은 북방출신의 요리사를 고용하려고 하셨다. 그러나 루쉰 선생님은 지출이 많지 않겠냐고 하시면서 꺼려하셨다. 남자 일꾼을 채용한다 해도 적어도 15위안은 줘야했다.

그래서 쌀과 연탄 구입은 모두 쉬 여사님의 몫이 되었다. 나는 쉬 여사님께 왜 아줌마 두 분 모두 예순이 넘은 분들을 고용하고 있냐고 여쭸다. 쉬 여사님은 그들이 익숙하기 때문이라고 하시면서, 하이잉의 유모는 하이잉이 태어난 후 몇 개월부터 일하기 시작했다고 하셨다.

유모에 관한 이야기하고 있을 때, 작고 뚱뚱한 그 유모가 계단으로 내려와서 인사를 건넸다.

"아직 차 안 드셨어요?" 그녀는 서둘러 잔을 들고 가서 차를 따랐다. 방금 전 계단을 내려올 때 낸 헉헉하던 숨 찬 소리가 여전히 들려왔다. 그녀는 확실히 나이가 들었다.

손님이 오면, 쉬 여사님은 주방에 있는 재료를 모두 사용해서 한 상 가득 차려 내셨다. 생선이며, 고기며…… 모두 큰 접시에 담아내셨다. 적어야 네다섯 가지이며, 많으면 일곱에서 여덟 가지까지 되었다. 그러나 평상시에는 기껏해야 세 가지 정도였다. 완두콩 새싹 볶음과 죽순 볶음 짱아지, 그리고 다른 한 접시는 조기구이였다. 아주 간소하게 드셨다.

루쉰 선생님의 원고지가 라두루에 있는 여우탸오[26] 음식점에서 포

---

26 油條, 주로 아침에 먹는 속이 듬성듬성한 중국식 꽈배기.

장지로 쓰이고 있었다. 나도 한 장 있었다. 『죽은 혼』[27]을 번역하실 때
사용한 원고지다. 나는 루쉰 선생님께 편지를 써서 이 사실을 알렸다.
그러나 루쉰 선생님은 대수롭지 않게 여기셨다. 오히려 쉬 여사님이
언짢아 하셨다.

　루쉰 선생님은 책을 내면서 쓰신 교정 원고지를 책상을 괴는데 사
용하셨거나 아니면 다른 용도로 사용하셨다. 어느 날, 루쉰 선생님은
손님들과 식사하는 도중에 원고 종이를 나눠주셨다. 손님들이 종이
를 받고나서 머뭇거리자 용도에 대해 알려주셨다.

　"손 닦으세요. 닭고기를 들고 먹어서 손에 기름이 묻었을 거예요."

　교정용 원고지는 화장실에도 놓여 있었다.

　쉬 여사님은 이른 아침부터 늦은 저녁까지 분주하게 일하셨다. 손
님을 대접하면서 동시에 뜨개질을 하셨고, 대화를 나누면서도 화분
쪽으로 가서는 꽃나무의 마른 잎을 떼어내곤 하셨다. 손님이 돌아갈
때에는 반드시 아래층 대문까지 가서 문을 열어주셨고, 손님이 가고
나면 조용히 문을 닫고 올라오셨다.

　그리고 손님이 오면 시장에 가서 생선이나 고기 등을 사가지고 와
서 요리를 하셨다.

　루쉰 선생님이 편지 보낼 일이 있으면 쉬 여사님은 구두로 갈아 신고

27　1842에 발표한 리콜라이 고골의 장편소설. 원제는 『Mertvye Dushi』. 루쉰은 『死
　　靈魂』이란 제목으로 번역했다. 그러나 이 원고지는 『죽은 혼』을 번역할 때 사용
　　했던 원고지는 아니다. 쉬광핑의 루쉰 회고록 『루쉰의 생활에 관하여』를 보면 이
　　원고지는 판첼레예프(I.Panteleev)의 중편동화 『표(表)』를 번역할 때 사용했던 것
　　이라고 한다.

우체국으로 가거나 다루신춘 옆에 있는 우체통에 가서 편지를 부치셨다. 비오는 날에는 우산을 쓰고서라도 다녀오셨다. 쉬 여사님은 바쁘게 사셨지만 늘 환하게 웃으셨다. 그러나 흰머리는 점점 늘어났다.

어느 날, 밤중에 영화를 보러 간 적이 있었다.[28] 집 앞 큰길인 스가오타루[29] 정류장에 택시가 한 대만 있었다. 루쉰 선생님은 우리들에게 먼저 타고 가라고 하셨다. 나는 쉬 여사님과 저우젠런 선생의 부인, 하이잉, 그리고 저우 선생의 세 딸과 먼저 타고 갔다. 루쉰 선생님은 저우 선생님, 그리고 친구 한 두 분과 함께 나중에 오셨다.

영화를 보고 나왔을 때도 택시가 한 대 뿐이면 동생 일가를 먼저 태워 보내셨다. 그리고 루쉰 선생님 전차를 타기위해 수저우허 대교[30]

---

28 『루쉰일기』를 보면, 샤오훙이 루쉰 가족과 함께 영화를 보러 간 것은 1936년 3월 28일과 4월 11일, 13일 모두 세 번이다. 그중 영화관에 함께 간 일행을 대조해 볼 때 4월 11일 기록이 위 본문 내용과 일치한다. 이날 일기에는 저녁을 먹고 셋째 동생 가족 등과 함께 와이탄 부근에 있는 광루시위앤(光陸戲院)에 가서 『철혈장군(鐵血將軍)』(Captain Blood, 미국 1935)을 보았다고 적혀있다. 이곳은 루쉰이 아들과 함께 애니메이션을 자주 본 것으로 유명하다.

29 현 산인루(山陰路). 스가오타루(施高塔路)는 다루신춘 연립주택 앞에 있는 거리 이름으로 1911년부터 1943년까지 불려졌다. 아편전쟁 후 중국에서 무역으로 성공한 영국인 상인이자 후에 조계지 자치위원회 이사를 지낸 James.L.Scott의 이름을 따서 만든 길로 영문이름은 Scott Road이다.

30 수저우허(蘇州河)는 상하이의 중심을 흐르며 근대 상하이를 남북으로 가르는 중요한 물줄기로 황푸강과 이어진다. 수저우하에는 근대이후 다리가 계속해서 건설되었는데, 그중 가장 오래되었으면서 유명한 다리는 '와이바이두챠오(外白渡橋)'라고 불리는 철교다. 이 다리는 원래 1856년 영국 상인 웨일스(Wales) 등이 나무를 이용하여 건설한 후 '웨일즈 다리'라고 불렀고 중국인에게는 돈을 받았다.중국인들이 항의가 계속되자 조계위원회에서 그 옆에 부교를 설치하여 무료로 건너게 하였고, 웨일즈 다리도 인수하여 무료화 시켰다. 처음 만든 다리는 부

를 건너갔다. 선생님의 옆에는 하이잉이 함께 걸었다. 이삼십 분을 기다려도 전차가 오지 않자, 선생님은 수저우하 강가를 따라 세워진 철책 난간을 잡고 다리 옆쪽에 있는 바위 위에 앉아 느긋하게 담배를 꺼내 피셨다.

하이잉이 이리저리 불안하게 돌아다니자 루쉰 선생님은 하이잉을 불러 옆에 앉히셨다. 선생님이 앉아계신 모습이 마치 조용한 시골 노인 같았다.

루쉰 선생님은 녹차만 즐겨 드셨다. 다른 음료는 드시지 않았기 때문에 커피나 코코아, 우유, 탄산음료와 같은 것들은 댁에 두지 않으셨다.

루쉰 선생님은 밤늦게까지 손님을 대접할 때에는 조금이라도 반드시 손님과 과자를 드셨다. 상점에서 사온 과자를 통에다 보관하고 계시다가 밤이 깊어지면 쉬 여사님이 접시에 담아 루쉰 선생님의 책상 위에 올려놓으셨다. 과자를 다 드시면, 쉬 여사님은 다시 찬장에서 접시 하나를 꺼내서 해바라기 씨를 가득 담아 손님들에게 넉넉하게 대접하셨다. 루쉰 선생님은 담배를 피우시면서 해바라기 씨를 드셨다. 한 접시를 다 드시면 쉬 여사님께 한 접시 더 갖다달라고 부탁하셨다.

루쉰 선생님은 담배를 비싼 것과 싼 것 두 종류를 준비하고 계셨

교'밖에 있는 무료로 건너는 다리'라 하여 '외백도교(外白渡橋)'라고 불렀다. 1907년 조계위원회에서 다리를 철거하고 차량과 사람이 건널 수 있는 철교를 건설하였다. 1937년 일본이 점령 후에 다리 건너 황푸공원 입구에 '개와 중국인은 들어올 수 없다'고 써 붙여 논쟁의 중심이 되었다.

다. 싼 것은 녹색 깡통에 담겨 있었다. 그것이 어떤 상표인지는 모르지만, 담배 무는 쪽이 노란색 종이로 감싸져 있었다는 사실은 기억하고 있다. 루쉰 선생님은 보통 50개비에 약 4~5자오[31] 정도 되는 담배를 피셨다. 다른 한 종류는 흰 깡통에 담겨져 있는 '치엔먼(前門)'표 담배였다. 그 담배는 접대용으로 책상 서랍 안에 보관해 두셨다. 손님이 오면 아래층으로 들고 가셨고, 손님이 가고 나면 들고 와서 다시 서랍 안에 그대로 넣어두셨다. 그러나 녹색 깡통 안에 든 담배는 늘 루쉰 선생님의 책상 위에 놓여있었고, 선생님은 수시로 그것을 피우셨다.

루쉰 선생님의 휴식은 축음기를 듣는 것도, 산책하는 것도, 그렇다고 침대에 누워 주무시는 것도 아니다. 루쉰 선생님이 말씀하셨다.
"의자에 앉아 책 읽는 것이 바로 휴식이야."

루쉰 선생님은 오후 두세 시부터 시작해서 대 여섯 시까지 손님을 대접하셨다. 만약 손님이 집에서 식사를 하면 식사 후에는 반드시 차를 함께 마셨다. 차를 마시자마자 일어서는 손님도 있었고, 손님이 있을 때 또 다른 손님이 올 때도 있었다. 그러면 루쉰 선생님은 여덟 시나 열 시까지 계속해서 대접하셨고, 심지어 열두 시까지 대접하는 일도 다반사였다. 오후 두세 시부터 시작하여 밤 열두 시까지 손님을 대접하는 긴 시간동안 루쉰 선생님은 줄곧 등나무 의자에 앉아 끊임없이 담배를 피우셨다.
손님들을 보내고 나면 이미 밤은 깊었다. 보통은 잠을 자야할 시간

31　角, 1/10위안.

이지만, 루쉰 선생님은 그때에야 비로소 일을 시작하셨다. 선생님은 일하시기 전에 담배를 물으신 채 침대 가장자리에 누워 잠깐 쉬시는데, 쉬 여사님은 담배를 다 피기도 전에 잠이 드신다. 쉬 여사님은 예닐곱 시에는 일어나 집안일을 해야 하기 때문에 일찍 주무셨다. 하이잉도 이즈음에 3층에서 유모와 함께 잠을 자기 시작했다.

온 집안이 고요해지고 창밖에서도 아무런 소리가 들리지 않으면, 루쉰 선생님은 일어나 책상 앞에 앉아 녹색 스탠드를 밝히고 글을 쓰기 시작하셨다.

쉬 여사님의 말씀에 따르면, 루쉰 선생님은 새벽을 알리는 닭 울음소리가 들릴 때까지 의자에 앉아계셨고, 길거리의 차들이 빵빵대는 소리가 들릴 즈음에도 여전히 주무시지 않고 글을 쓰셨다고 한다.

쉬 여사님이 어쩌다 잠이 깨서 보면, 날이 어슴푸레 밝아져서 등불이 밝지 않기 때문에 루쉰 선생님의 뒷모습도 한밤중처럼 완전히 검게 보이지는 않는다고 하셨다. 루쉰 선생님은 뒷모습이 조금씩 보이기 시작할 때까지 의자에 앉아계셨다. 사람들이 모두 일어난 후에야 잠을 청하셨다.

하이잉이 3층에서 내려와 책가방을 메고 등교할 때에는 유모가 같이 동행했는데, 유모는 루쉰 선생님이 주무시는 방 앞을 지날 때마다 하이잉에게 주의를 줬다.

"조용히 걸어요. 조용히."

루쉰 선생님이 잠이 들자마자 태양은 높게 뜨기 시작했다. 태양은 이웃 사람들과 선생님 댁 정원에 있는 협죽도[32]를 밝게 비췄다.

---

32 夾竹桃, 분홍이나 흰 꽃이 피는 상록수.

루쉰 선생님의 책상은 항상 깔끔하게 정돈되어 있었다. 다 쓴 원고지는 책으로 눌려 있었고, 붓은 도자기로 만든 거북 모양의 붓꽂이에 꽂혀있었다. 침대 아래에는 실내화 한 켤레가 놓여있었고, 루쉰 선생님은 베개를 베고 주무시고 계셨다.

루쉰 선생님은 술을 좋아하셨다. 많이 드시지는 않고, 반 사발에서 한 사발 정도 드셨다. 드시는 술은 중국술인데, 화다오[33]를 즐겨 드셨다.

라오바즈루에는 단칸짜리 찻집이 하나 있었다. 안에는 의자가 몇 개 밖에 없어서 늘 조용했다. 게다가 빛도 들어오지 않아서 적막하기까지 했다. 루쉰 선생님은 이 찻집을 자주 이용하셨다. 약속도 대부분 이곳으로 정하셨다. 사장님은 유대인 아니면 백계 러시아인 같았다. 몸은 뚱뚱했고, 중국어는 하지 못하는 것 같았다.[34]

루쉰 선생님은 파오즈[35]를 입고 이곳에 와서 젊은이들과 함께 홍차

---

33 花雕, 루쉰의 고향인 사오싱의 고급 황주.

34 루쉰이 다루신춘으로 이사하기 전 살았던 라모스아파트(拉摩斯公寓, 현 北川公寓) 건물 동쪽 끝 2079호 1층에 있었던 커피숍. 사장은 백계러시아인으로 알려졌으나 러시아인인지 유태인인지는 불분명하다. 당시 상하이에는 볼셰비키혁명 직후 중국 동북으로 왔다가 만주사변 이후 상대적으로 자유로운 상하이로 이주한 약 3만 명의 백계러시아인이 조계지를 중심으로 살았다. 그들 중에는 혁명 이전부터 러시아에 거주했던 유태인들도 많았다. 이들은 하얼빈의 상권을 장악했던 것처럼 상하이에 와서도 상점을 운영하며 생활했다. 따라서 커피숍은 백계러시아 커피숍으로 알려졌지만 사장은 유태인일 가능성이 높다. 샤오훙을 마지막까지 지켜준 뤼빈지에 따르면, 1934년 11월 30일 루쉰은 네이산(內山)서점에서 샤오훙과 샤오쥔을 처음 만난 후 이 커피숍으로 이동하여 홍차를 마시며 대화를 나눴다고 한다.

35 袍子. 소매가 길고 발목까지 내려오는 중국 전통식 두루마기.

를 마시며 한두 시간씩 대화를 나누곤 하셨다.

어느 날, 루쉰 선생님의 뒷자리에 보라색 치마에 노란색 웃옷을 입고, 머리에는 꽃 모자를 쓴 모던하게 보인 여성이 앉아있었다. 루쉰 선생님은 그녀가 자리에서 일어나자 이상하다는 듯 한참동안 그녀를 쳐다보신 다음 말씀하셨다. "뭐하는 사람이야?"

루쉰 선생님은 보라색 치마에 노란색 웃옷을 입은 사람을 보면 그런 시선으로 바라보셨다.

귀신은 과연 존재할까? 전하는 말에 따르면, 누구는 귀신을 만나 대화까지 해 봤고, 또 누구는 귀신이 쫓아온 적 있었으며, 목매달아 죽은 귀신이 사람을 보면 벽에 붙는다고도 했다.

그러나 어떤 사람도 귀신을 잡아서 보여준 적은 없다.

어느 날, 루쉰 선생님은 우리들에게 직접 겪으신 귀신 이야기를 들려주셨다.

"사오싱(紹興)에 있을 때인데……." 선생님은 말씀을 이어가셨다. "약 30년 전에……."

그때 루쉰 선생님은 일본유학을 마치고[36] 귀국한 다음, 어느 학교인지 이름은 정확히 기억이 나지 않지만 어느 사범학교에서 교편을 잡고 계셨다.[37] 한가한 저녁에는 늘 친구 집에 가서 담소를 나누었는

---

36 1902년 일본 어학연수를 마치고 1904년 센다이 의학전문학교에 입학했다. '환등기 사건'이후 자퇴하고 도쿄로 와서 문학 활동에 전념하다 1909년 6월 귀국하여 항저우에서 교편을 잡았다.

37 저장양급사범학당(浙江兩級師範學堂)으로 현 저장성 항저우 고급 중학이다. 1908년 개교 당시 저장성 최고 학부였으며, 중국에서 가장 일찍 개교한 6개 사범대학 중 하나였다. 중학교 교사를 양성하는 '우급(優級)'사범과 소학교 교사를 양성하

데, 친구 집은 학교로부터 몇 리 떨어진 곳에 있었다. 친구 집까지는 먼 것은 아니지만, 가는 길에 무덤을 하나 지나야 했다. 밤늦도록 이야기를 나누다가 12시가 다 돼서 귀가한 적도 많았다. 유난히 밝은 달이 뜬 어느 날, 루쉰 선생님은 평소보다 더 늦게 귀가하셨다.

루쉰 선생님이 기분 좋게 길을 걷고 있을 때, 저 멀리에 흰 그림자 같은 것이 보였다.

루쉰 선생님은 귀신을 믿지 않았다. 일본에서 의학을 공부할 때 20여 구의 시체를 해부해 본 적이 있기 때문에 귀신은커녕 시체도 무서워하지 않았다. 그래서 무덤이 있다고 해도 아랑곳 하지 않고 평소처럼 지나가려 했다.

몇 걸음을 걸어가니 멀리 있던 흰 그림자는 사라졌다가 또 갑자기 나타나곤 했다. 그 그림자는 작게 보이다가 크게 보이기도 했고, 또 높게 보이다가 다시 낮게 보이기도 했다. 영락없는 귀신같았다. 귀신은 변화무쌍하지 않은가?

루쉰 선생님은 걸음을 멈추고 잠시 망설였다. 앞으로 갈까? 아니면 다시 뒤로 돌아갈까? 물론 귀가하는 길은 이 길 하나밖에 있는 것은 아니지만 이 길이 가장 가깝다.

루쉰 선생님은 다시 마음을 다잡고 그대로 앞을 향해 걸어갔다. 겁은 났지만 귀신이 어떤 모양인지 보고 싶었다.

는 '초급(初級)'사범의 두 개 급으로 나눴기 때문에 '양급(兩級)'이라 했다. 루쉰은 친구이자 이 학교 훈육주임인 쉬서우창(許壽裳)의 소개로 1909년 6월 귀국 후 근무하던 중 새로 부임한 권위적인 교장에 맞서 투쟁하다가 2개월 만에 사직했다. 이듬해 7월 고향 사오싱(紹興)으로 돌아가 9월부터 사오싱부중학당(紹興府中學堂) 교무주임 및 생물교원, 사오싱사범학당(紹興師範學堂) 교장 등을 역임했다.

그때 루쉰 선생님은 일본에서 돌아온 지 얼마 되지 않았기 때문에 밑창이 딱딱한 구두를 신고 있었다. 그래서 귀신에게 치명타를 줘야 겠다고 결심했다. 흰 그림자 근처까지 갔을 때 그 그림자는 작아졌고, 아무 소리 없이 가만히 무덤에 걸터앉아 있었다.

루쉰 선생님은 구두 발로 냅다 걷어찼다. 흰 그림자가 '아!'하고 소리를 내며 일어섰다. 루쉰 선생님이 자세히 보니 그냥 사람이었다.

루쉰 선생님은 본인이 발로 차기 전에 좀 무서웠고, 그래서 한 번에 차서 죽이지 않으면 오히려 화를 당할 수도 있다는 생각이 들어 온 힘을 다해 걷어찼다.

알고 보니 도굴꾼이 무덤을 파헤치고 있는 중이었다.

루쉰 선생님은 여기까지 말씀하시고 웃으셨다.

"귀신도 발길질 당하는 것은 무서워해. 귀신을 걷어차니 사람으로 변하더군."

나는 만일 귀신이 루쉰 선생님한테 자주 차인다면, 그것은 귀신이 사람이 될 수 있는 기회이기 때문에 오히려 좋은 일이라고 생각했다.

푸젠(福建)음식점에서 가져온 요리 중에 생선으로 만든 완자가 한 그릇 있었다.

하이잉은 한 입 먹자마자 맛이 이상하다고 했다. 쉬 여사님과 다른 사람들은 모두 믿지 않았다. 왜냐하면 완자 중에는 신선한 것도 있었지만 개중에는 맛이 변한 것도 있었는데, 공교롭게도 다른 사람들은 모두 신선한 것을 먹었기 때문이다.

쉬 여사님은 하이잉에게 다른 것을 줬다. 하이잉이 먹었다. 이번 것도 역시 상했다. 그는 또 구시렁거렸다. 다른 사람들은 별다른 관심을 보이지 않았지만, 루쉰 선생님이 하이잉의 접시에 있는 완자를 맛보셨다. 역시나 맛이 이상했다. 루쉰 선생님이 말씀하셨다.

"신선하지 않다고 말하는 것은 나름대로 이유가 있어서겠지. 잘 살펴보지도 않고 무시하는 것은 옳은 일이 아냐."

....

그 후에 나는 그 일이 생각나서 쉬 여사님과 단둘이 이야기를 나눈적이 있다. 쉬 여사님이 말씀하셨다.

"정말 선생님의 인성은 따라 갈 수 없어요. 그것이 아무리 자그마한 일이더라도."

루쉰 선생님은 종이로 물건을 쌀 때도 아주 꼼꼼하게 하셨다. 우편으로 보내야 하는 책이 있으면 쉬 여사님에게 맡기지 않고 직접 포장하셨다. 쉬 여사님도 포장을 잘 하셨지만, 루쉰 선생님은 본인 스스로 하시려고 했다.

루쉰 선생님은 종이로 책을 싸신 다음 다시 가느다란 노끈으로 묶으셨다. 모서리 하나라도 비뚤어지거나 눌리지 않게 깔끔하게 포장되었다고 판단되면 가위를 이용해서 노끈을 보기 좋게 정리하셨다.

그러나, 이 포장지는 새 것은 아니다. 밖에서 물건을 사오면서 나온 포장지를 버리지 않고 남겨둔 것이다. 쉬 여사님은 밖에 나가 물건을 사가지고 오시면 물건을 포장한 크라프트지를 바로 접어서 가느다란 끈으로 한 바퀴 돌려 묶으셨다. 만약 그 끈에 매듭이 있으면 언제나 사용할 수 있도록 그 자리에서 풀어두셨다.

루쉰 선생님은 다루신춘 9호에 사셨다.[38]

주택 앞의 골목길 바닥에는 온통 커다란 사각형의 콘크리트 조각으로 덮여있었다. 뜰 안은 늘 조용했다. 가끔 외국인들이 드나들었기 때문에 외국 아이들이 노는 것을 볼 수 있었다.

루쉰 선생님 댁 옆집에는 큰 간판이 걸려있었다. 윗부분에 '차(茶)'자가 쓰여 있었다.

1935년 10월 1일.

루쉰 선생님 댁의 거실에는 약간 빛바랜 검정색을 띠고 있는 긴 탁자가 놓여 있었다. 탁자에는 식탁보 같은 것은 깔려있지 않았고, 한가운데에 청록색 꽃병만 놓여있었다. 그 꽃병에는 잎이 커다란 만년청이 자라고 있었고, 테이블 주위에는 7, 8개의 나무의자가 놓여있었다. 밤이 되자 골목 안은 더욱 조용했다.

그날 밤, 나는 루쉰 선생님과 쉬 여사님과 함께 탁자에서 차를 마시며 '만주국'에 관한 대화를 나눴다. 저녁 식사 후부터 시작한 대화는 9시, 10시를 넘어 11시까지 이어졌다. 루쉰 선생님은 안색이 좋아 보이시지 않았다. 그래서 선생님께서 일찍 쉬실 수 있도록 중간 중간에 자리에서 일어나려고 했다. 게다가 루쉰 선생님께서 한 달 넘게 감기를 앓으셨다가 완쾌된 지 얼마 되지 않았다는 쉬 여사님의 말씀도 있으셨다.

그러나 루쉰 선생님은 피곤한 기색을 드러내지 않으셨다. 거실에도 기대 누울 수 있는 등나무 의자가 있어서 우리가 몇 번이나 앉아

38　다루신춘(大陸新村)의 집에 관한 일화에 대해서는 『나의 아버지 루쉰』 59쪽 참조할 것.

쉬시라고 권해드렸지만, 선생님은 자리를 옮기지 않으시고 원래 앉아 있던 딱딱한 의자에 그대로 계셨다. 다만 한차례 위층에 올라가셔서 가죽으로 만든 두루마기를 걸치고 오실 뿐이었다.

그날 밤 루쉰 선생님이 무슨 말씀을 하셨는지 지금은 기억이 흐릿하다. 기억 난다해도 그날 말씀하신 건지, 아니면 그 다음에 말씀하신 건지 정확하지 않다. 11시가 지나자 비가 내렸다. 빗방울이 커튼이 없는 창문을 두드렸다. 우연히 고개를 돌려 보니 유리창에 작은 물줄기가 흘러내리는 것이 보였다. 밤은 깊어지고 비가지 내려서 마음이 급해졌다. 몇 번 일어나려고 했지만 두 분께서 조금만 더 있다가라고 잡으셨다. "12시까지는 택시가 있어"라고 말씀하셔서 12시가 다 되서야 우비를 입고 나섰다. '철컥'하며 소리가 나는 철 대문을 열고 나서려고 하는데 루쉰 선생님께서 대문 밖까지 바래주시겠다고 하셨다. 나는 왜 굳이 몸소 배웅해 주시겠다는 건지 의아스러웠다. 젊은 손님을 이렇게 배웅하는 것이 선생님의 예법인가? 또, 비에 머리가 젖을 수도 있고, 그러면 다시 감기가 걸리실 수도 있을 텐데? 철문 밖으로 나왔을 때 루쉰 선생님은 옆집에 걸려있는 '차'자가 쓰여 있는 간판을 가리키시며 말씀하셨다. "다음에 올 때는 이 '차'자를 기억해. 우리 집은 바로 이 '차'자가 쓰여 있는 집 옆에 있어." 그리고 다시 대문 옆 기둥에 쓰여 있는 9호의 '9'자를 손이 닿을 듯 가깝게 가리키시면서 말씀하셨다. "다음에 올 때는 찻집 옆에 있는 9호라는 것을 잊지 마."

그래서 콘크리트로 덮여 있는 골목을 나와 뒤돌아봤다. 루쉰 선생님 댁과 같은 줄에 있는 집들이 온통 새까맣게 보였다. 만일 선생님께서 자세히 알려주시지 않았다면 다음에 왔을 때 찾지 못했을 것이다.

루쉰 선생님의 침실에는 철제 봉이 세워져 있는 큰 침대가 놓여있었다. 침대 위로는 쉬 여사님이 흰 천에 꽃무늬를 직접 수놓은 캐노피가 드리워져 있었다. 침대에는 두꺼운 이불이 두 채가 개어져 있었는데, 겉에는 역시 꽃무늬가 수놓아져 있었다. 문 쪽 침대 머리맡에는 서랍장이 있었고, 방으로 들어가면서 왼쪽 편으로는 팔선탁자[39]가 있었다. 그리고 이 탁자의 양 쪽에는 등나무 의자가 하나씩 놓여있었다. 장롱은 탁자와 같은 방향의 벽 모서리에 세워져 있었다. 장롱은 원래 옷을 걸어 두는 곳이지만, 옷이 많지 않았기 때문에 대부분 사탕 통이나 과자상자나 꽈즈[40] 통을 쌓아 두셨다. 어느 날, XX사장님[41] 부인이 책의 판권을 찍는 꽃무늬도장을 가지러 오셨는데, 루쉰 선생님은 장롱 아래쪽에 있는 서랍에서 꺼내 오셨다.

벽 모퉁이에서 창문 쪽으로 가다보면 장식장이 있었다. 장식장 중간의 탁자 위에는 수초가 가득한 사각형 유리어항이 놓여있었다. 어항에서 헤엄치고 있는 것은 금붕어가 아니라 배가 볼록한 회색 민물고기였다.[42] 어항 옆에는 동그란 시계가 하나 있고, 탁자 위쪽에는 모두 책들로 채워져 있었다. 침대가 있는 창문 쪽에 놓여 있는 책장에는

---

39 八仙桌. 한 면에 두 명씩 여덟 사람이 둘러앉을 수 있는 네모난 전통식 탁자.

40 瓜子. 간식으로 먹는 해바라기 씨.

41 베이신서국(北新書局)의 편집인 리샤오펑(李小峰). 베이징대학 철학과 출신으로 번역가이자 출판인이다. 베이징 시절 루쉰의 도움으로 서점을 개업한 후 루쉰의 저역서 다수를 출판했다. 군벌의 탄압 후 상하이로 본점을 옮겼다. 루쉰은 상하이로 이주한 후 이 서점에 자주 들러 출판에 관한 일들을 상의했다. 여기서 나오는 인세는 루쉰 가족의 주요 수입원이 되었으나, 당시 출판사정이 좋지 않았기 때문에 수입이 일정하지 않았다.

42 버들붕어. 『나의 아버지 루쉰』(저우하이잉 저, 서광덕·박자영 옮김, 도서출판 강, 2008) 32쪽 참조.

책만 빽빽하게 꽂혀 있었고, 루쉰 선생님의 책상 위에도 온통 책이 쌓여 있었다.

루쉰 선생님의 집에는 소파는 없었다. 루쉰 선생님은 글을 쓰실 때도 딱딱한 의자에 앉으셨고, 휴식할 때에도 딱딱한 등나무 의자에 앉으셨으며, 심지어 아래층에서 손님과 대화할 때도 딱딱한 의자에 앉으셨다.

루쉰 선생님의 책상은 창문을 향해 놓여 있었다. 상하이에서 골목에 있는 집들은 창문이 벽 한 면을 차지할 정도로 컸다. 루쉰 선생님은 일하실 때 바람이 들어오는 것을 싫어하셔서 늘 창문을 닫고 계셨다. 루쉰 선생님께서 그 이유에 대해 말씀하신 적이 있었다. "바람이 불어오면 종이가 날리기 때문에 날아가지 않도록 수시로 신경 써야 하고, 그러면 글에 집중이 안 돼." 그래서 찜통처럼 더운 날에는 아래층으로 내려가셔서 작업을 하시라고 말씀드렸지만, 선생님은 장소를 옮기는 것을 싫어하셔서 내려가지 않으셨다. 햇볕이 강하게 비추는 날, 쉬 여사님이 책상이라도 조금 옮겨 보라고 권해드렸지만 역시 동의하지 않으셨다. 온몸에 땀이 흥건하게 흐르는데도 말이다.

루쉰 선생님의 책상 위에는 파란색 체크무늬가 있는 유포[43]가 깔려 있었다. 덮개가 움직이지 않도록 사방 모서리에 압정을 박아 놓으셨다. 책상 위에는 작은 벼루와 먹이 놓여 있었고, 붓은 붓꽂이에 꽂혀 있었다. 붓꽂이는 거북 모양의 도자기로 만든 것인데, 그다지 정교해 보이지는 않았다. 거북이 등 쪽에 붓을 꽂는 동그란 구멍이 몇 개 뚫

---

43 油布. 오동나무 기름을 칠한 방습, 방수포.

려 있었다. 루쉰 선생님은 붓을 즐겨 사용하셨다. 만년필도 있었지만 서랍 속에 넣어 두셨다. 그리고 책상 위에는 백자로 만든 네모난 재떨이와 뚜껑이 있는 찻잔이 하나씩 놓여있었다.

루쉰 선생님은 다른 사람들이 가지고 있지 않은 독특한 습관을 갖고 계셨다. 본인의 원고지와 다른 사람들이 보낸 편지들을 책상 위에 가득 쌓아 두셨다. 한 팔 길이 정도의 글 쓰는 곳만 빼면 책상의 반 정도는 모두 책이나 종이들이 차지했다.

책상 왼쪽 구석에는 녹색 스탠드가 놓여있었다. 전구는 책상과 같은 방향으로 꽂혀 있었다. 이런 모양의 스탠드는 상하이에서 흔히 볼 수 있는 것이다.

겨울철에 2층에서 식사할 때면, 루쉰 선생님은 전선을 당겨 스탠드 플러그를 천장에 붙어있는 소켓에서 뽑은 다음 전등을 끼워 조명으로 사용하셨다. 식사를 마치면 쉬 여사님은 전선을 정리하셨고, 루쉰 선생님은 천장 소켓에 다시 플러그를 꽂아 스탠드를 밝히셨다.

루쉰 선생님은 보통 밤 한두 시부터 동틀 무렵까지 작업을 하셨다. 그래서 선생님의 글은대부분 스탠드 아래에서 완성된 것이다.

그리고, 침실 벽에는 하이잉이 태어난 지 한 달 되었을 때 기념으로 그린 인물화가 걸려 있었다.

침실과 붙어 있는 뒷방에는 책들이 어지럽게 쌓여 있었다. 신문이나 잡지, 혹은 하드커버의 서양 책들이 뒤섞여 있었다. 그 방에 들어서면 책 냄새가 심하게 진동했다. 책이 발 디딜 틈이 없을 정도로 꽉 차 있었고, 책 더미 위에는 여행용 가방이 올려 있었다. 벽에는 손가방과 철사로 엮은 바구니 같은 것이 끈이나 철사에 매달려 있었다. 철사로 엮은 바구니 속에는 말린 올방개가 담겨 있었다. 바구니를 매달고 있는 철사 줄은 금방이라도 끊어질 듯 휘어져 있었다. 그리고 장서실 창밖에도 말린 올방개가 한 바구니 더 매달려 있었다.

"먹어봐, 많이 있어. 말린 건데 의외로 달아." 쉬 여사님이 올방개를 건네며 말씀하셨다.

아래층 주방에서는 프라이팬으로 요리하는 소리가 들려왔다. 연세가 많은 아주머니 두 분이 느긋하게 수다를 떨며 요리하고 있었다.

집안에서 가장 분주한 곳은 주방이다. 그러나 3층으로 된 집은 늘 조용했다. 아주머니를 부르는 소리나 계단을 오르내리는 소리도 들리지 않았다. 선생님 댁에는 방은 대여섯 개 있었지만 다섯 명만 살았다. 그중 세 명은 선생님 가족이고, 나머지 두 명은 연세가 많은 가정부였다.

손님이 오면 쉬 여사님이 직접 차를 내오셨다. 어쩌다 아주머니의 도움이 필요할 때에도 계단 입구에서 큰소리로 부르지 않으시고, 직접 아래로 내려가서 도움을 청하셨다. 그래서 집안은 언제나 늘 조용한 상태가 유지되었다.

그래도 주방은 수돗물 흘러가는 소리, 시멘트로 만든 싱크대에서 대야 닦는 소리와 쌀 씻는 소리 때문에 그나마 가장 시끌벅적한 곳이다. 루쉰 선생님이 죽순을 좋아하셔서, 주방에서는 죽순을 부엌칼로 자르는 소리가 자주 들려왔다. 그러나 다른 집 주방에 비하면 매우 조용한 편이어서 쌀 씻는 소리와 죽순 자르는 소리도 명확하게 구분될 정도였다.

거실 한쪽에는 유리문이 달린 책장 두 개가 나란히 놓여 있었다. 책장 안에는 도스토예프스키 전집과 다른 외국작가의 전집이 꽂혀 있었는데, 대부분은 일본어 번역본이었다. 거실 바닥은 양탄자가 깔려 있지 않았지만 아주 깨끗하게 닦여 있었다.

하이잉의 장난감을 넣어 둔 장식장도 거실에 있었다. 안에는 원숭이 인형, 고무 인형, 그리고 기차나 자동차와 같은 장난감이 꽉꽉 들어 차 있었다. 다른 사람들은 개수 세는 것도 힘들었지만, 하이잉은 자신이 원하는 장난감을 잘도 찾아냈다. 지난 설날에 구입한 토끼모양의 램프도 먼지가 쌓인 채 장식장에 위에 놓여 있었다.

거실에는 50촉 정도 되는 전등 하나 밖에 없었다. 거실 뒷문 쪽으로는 위층으로 올라가는 계단이 있었다. 거실 앞쪽 정문을 열면 한 평 정도 되는 화원이 있었다. 화원에는 볼만한 꽃은 없었으나, 높이가 2미터 정도인 나무가 있었다. 협죽도 같았다. 봄이 되면 진딧물이 많이 생겨 쉬 여사님은 살충 분무기로 약을 뿌리며 여러 가지 이야기를 들려주셨다. 그리고 담 밑에는 옥수수를 한 줄 심으셨다. 쉬 여사님이 말씀하셨다.

"땅이 기름지지 않아서 옥수수가 잘 자라지 못할 것 같지만, 하이잉이 꼭 심고 싶다고 해서."

봄이 오면 하이잉은 화원에서 땅을 파고 각종 식물을 심으며 놀곤 했다.

3층은 특히 조용했다. 햇볕이 잘 드는 창문을 열면 콘크리트로 된 발코니가 나왔다. 따스한 봄기운은 길게 드리워진 커튼을 감쌌고, 이따금 바람이 불면 커튼은 물고기 뱃속에 있는 부레가 부풀어 오르듯 높게 날렸다. 그럴 때면 정원의 나무 가지도 창문 사이로 비집고 들어오려 했다.

하이잉은 자신이 마치 무슨 건축기사라도 되는 듯 마룻바닥에 앉아 집짓기 놀이를 하였다. 의자를 거꾸로 눕혀 뼈대를 만든 후에 그 위에 침대보를 덮어 지붕을 만들었다. 그리고 자신의 창작물에 스스로 만족스러웠는지 박수를 치며 마무리 하였다.

3층 방은 가정부나 어린 아이가 산다고는 믿기지 않을 정도로 조용했다. 하이잉의 침대는 방 한쪽에 놓여 있었다. 천장에는 하루 종일 사용하지 않는 둥근 형태의 모기장이 바닥에 닿을 듯 길게 내려 있었고, 침대에는 그림이 정교하게 새겨져 있었다. 전에 집을 임대했을 때 세입자가 이사하면서 남겨 놓은 것이라고 쉬 여사님이 알려주셨다. 하이잉과 유모는 넓이가 대여섯 척 되는 침대에서 잠을 잤다.

겨울에 사용했던 난로는 3월이 지났어도 여전히 차가운 상태로 마루에 놓여 있었다.

하이잉은 3층에서 잘 놀지 않았다. 학교 갈 때 빼고는 뜰에서 자전거를 타며 놀았다. 그리고 뛰고 노는 것을 좋아해서 주방, 거실, 2층 등 장소를 가리지 않고 뛰어 다녔다.

그래서 3층은 거의 하루 종일 비어 있었다. 3층 뒷방은 다른 아주머니가 묵었지만, 방으로 올라가는 적이 거의 없었기 때문에 계단을 하루에 한번만 청소해도 하루 종일 윤이 날 정도로 깨끗하게 유지되었다.

1936년 3월, 루쉰 선생님이 병이 나셔서 등나무 의자에 누워 계셨다. 심장은 평소보다 빨리 뛰셨고, 얼굴에는 회색빛이 감돌았다.

반대로, 쉬 여사님의 얼굴은 붉어졌고, 긴장한 눈빛이 역력했다. 그러나 말씀은 차분하게 하셨고, 침착한 태도를 잃지 않으셨다. 쉬 여사님은 아래층으로 내려오시자마자 상황을 알려주셨다.

"선생님은 지금 건강이 안 좋아졌어요. 천식이 심해요. 그래서 지금 의자에 누워 계세요."

위층 침실로 들어서자, 선생님 곁에 가까이 가지 않았는데도 가쁜 숨소리를 들을 수 있었다. 코와 수염은 크게 움직였고, 가슴은 거칠게 뛰고 있는 것이 보였다. 눈을 감고 계셨고, 평소에 늘 가까이 하시던 담배도 잡고 계시지 않았다. 베개를 받쳐드리자, 선생님의 머리는 약간 젖혀졌고, 양손은 아래로 늘어트려졌다. 그러자 마치 아무 고통도 없다는 듯 미간은 평소처럼 펴졌고, 얼굴도 편안해지셨다.

"왔어?" 루쉰 선생님은 가만히 눈을 뜨시면서 말씀하셨다. "감기가 걸렸어……. 호흡이 가빠지고……. 장서실에 가서 책을 좀 보다가……. 그 집에는 사람이 살지 않는 냉방이라……. 돌아오자마자……."[44]

쉬 여사님은 루쉰 선생님이 말씀하시는 것도 힘들다는 것을 아시고, 중간에 말을 끊고는 지금 상태가 어떤지 알려주셨다.

의사 선생님이 다녀간 다음 약을 드셨으나 기침은 멈추지 않았다. 그래서 의사 선생님이 오후에 다시 다녀가셨다.

저녁이 되자 침실은 조금씩 어두워지기 시작했다. 밖에는 바람이 불고 있었다. 건너 집 정원에 있는 나뭇가지 흔들리는 소리와 옆집 창문이 '꽝'하며 저절로 닫히는 소리가 들려왔다. 그리고 이웃집에서는 '쏴쏴'하며 수돗물 흐르는 소리가 났다. 저녁을 먹고 설거지한 물을 버리는 소리 같았다. 저녁 식사 시간이 지나자 골목에는 오가는 사람들이 많아졌다. 산책하는 사람은 산책을 하고, 친구 만나러 가는 사람은

---

44 루쉰은 자주 보지 않거나 위험하다고 판단된 책들을 보관하기 위해 우치야마(内山) 사장에게 디스웨루(狄思威路, 현 溧陽路) 1359호에 있는 방을 빌려 '비밀독서실'을 두었다. 『나의 아버지 루쉰』 15~21쪽 참조.

친구를 만나러 갔다. 그러나 아녀자들은 여전히 앞치마를 두른 채 뒷문에 기대서서 멋쩍은 듯 서로를 바라봤다. 아이들은 삼삼오오 짝을 지어 앞문뒷문 가리지 않고 뛰놀았고, 골목 밖에는 자동차가 오갔다.

루쉰 선생님은 조용히 눈을 감은 채 의자에 누워 계셨다. 약간 회색빛으로 변한 선생님 얼굴은 난로 불 때문에 붉은 빛이 맴돌았다. 책상 위에는 여전히 담뱃갑과 뚜껑을 덮어 놓은 찻잔이 놓여있었다.

쉬 여사님은 조용히 아래층으로 내려오셨다. 이층에는 루쉰 선생님만 의자에 기댄 채 홀로 남아 계셨다. 루쉰 선생님의 가슴은 천식 때문에 일정한 간격을 두고 크게 뛰었다.

주치의인 스토[45]선생님은 반드시 휴식을 취해야 한다고 말씀하셨다. 그러나 루쉰 선생님은 쉬시기는커녕 오히려 더 많은 일을 구상하고 계셨다. 마치 해야 할 일들을 지금 하지 않으면 안 되는 것처럼 보였다. 그래서 『해상술림』 교정과 콜비츠 판화선집[46] 인쇄, 그리고 『죽은 혼』 하편을 번역하는 작업을 동시에 진행하셨다. 그리고 또 30주년 기념 전집(즉, 루쉰 전집) 출판도 계획하셨다.[47]

루쉰 선생님은 병세가 나빠져서 더 이상 자신의 몸을 돌볼 시간이 없다고 생각하신 듯 했다. 그래서 더 많이, 그리고 더 빨리 글을 쓰셨

---

45 스토 이오조(須藤五百三). 1897년 제3고등학교 (현 오카야마대학) 의학부 졸업 후 조선 총독부 산하 황해도 자혜의원 등에서 군의관으로 활동하다가 1918년 퇴역 후 상하이로 이주하여 병원을 개원하였다. 우치야마 간조(內山完造) 사장의 소개로 루쉰의 주치의가 되었으나 오진을 이유로 루쉰의 죽음에 대해 오해를 사기도 했다.

46 『케테 콜비츠 판화선집』(三閑書屋, 1936).

47 『루쉰전집』은 루쉰 사망 직후인 1937년 11월 미망인 쉬광핑 여사의 주도하에 편집을 시작해서 1938년 4월에 20권으로 출판되었다.

다. 그 때는 다들 선생님의 행동을 이해하지 못했다. 루쉰 선생님은 휴식을 대수롭지 않게 여기는 분이시기 때문이라고 생각했다. 나중에 선생님께서 쓰신 「죽음」[48]이라는 글을 읽은 다음에 비로소 이해할 수 있었다.

루쉰 선생님은 자신의 건강이 호전되기 힘들기 때문에 앞으로 일할 수 있는 시간이 얼마 남지 않았다는 것을 알고 계셨다. 그러나 선생님은 죽음을 두려워하지 않으셨다. 선생님은 인류에게 하나라도 더 많은 것을 남기고 싶으셨다. 얼마 지나지 않아 책상 위에는 독일어와 일본어 사전이 펼쳐졌고, 다시 고골리의 『죽은 혼』을 번역하셨다.

루쉰 선생님은 몸이 쇠약해졌기 때문에 감기에 잘 걸리셨다. 평소 같으면 손님을 접대하시고, 답장을 쓰시고, 원고를 교정하셨겠지만, 편찮으신 다음에는 보름이나 한 달 정도 일을 미루셨다.

루쉰 선생님은 1935년 겨울부터 1936년 봄까지 취치우바이의 『해상술림』 교정 작업에 매진하셨다. 수십만 자나 되는 원고를 세 번을 보셨다.[49] 그러나 출판사에서는 원고를 한꺼번에 보내주지 않았다. 기껏해야 한번에 8쪽이나 10쪽만 보내줬다. 그래서 루쉰 선생님은 계속해서 신경을 쓰셨다. 루쉰 선생님은 어쩔 수 없다는 듯이 말씀하셨다.

"어디보자! 얘기 들으면서 교정보면 돼. 눈으로는 보고 귀로는 들

---

48 루쉰은 닥터 던의 진찰을 받고 자신의 죽음에 대해 깊이 있게 생각하기 시작했다. 1936년 9월 5일 자신의 유서와 같은 문장 「죽음(死)」을 썼다. 이 글은 1936년 9월 20일 『中流』 제1권 제2기에 처음 실린 후 루쉰 사후 부인 쉬광핑 여사가 『차개정잡문말편(且介停雜文末編)』(1937)을 엮으며 수록했다.

49 『海上述林』은 출판 당시 상, 하 두 권으로 인쇄되었고, 총 376,000자, 660쪽에 이른다.

으면 되니까.” 손님이 찾아오면 말씀을 나누시다가 붓을 내려놓으실 때도 있었고, “몇 글자 안 남았어…… . 앉게나…… ”라고 하시면서 말씀 하실 때도 있었다.

1935년 겨울, 쉬 여사님이 말씀하셨다.

“선생님 건강이 예전과 같지 않아요.”

어느 날, 루쉰 선생님이 식당에서 손님을 접대하셨다. 도착했을 때 는 분위기가 매우 좋았고, 오리고기를 먹었던 것이 생각난다. 구운 오 리 한 마리가 통째로 큰 포크에 찍혀서 상에 올려 졌을 때, 모두들 윤 기가 흐르는 그 오리고기에 집중하였고, 루쉰 선생님도 웃으셨다.

음식이 다 차려졌을 때, 루쉰 선생님은 대나무 의자로 가서 담배를 피우시면서 눈을 지그시 감으셨다. 식사를 다 먹고 나니 몇몇 사람들 은 이미 술에 취했고, 모두들 왁자지껄하게 떠들기 시작했다. 사과가 나오자 다들 경쟁하듯 사과를 먹으면서 농담을 건네거나 주위의 시 선을 끌기위해 재미있는 이야기를 나눴다. 그러나 루쉰 선생님은 여 전히 눈을 감고 아무 말씀도 없으신 채 의자에 앉아 계셨고, 손에서는 담배연기가 모락모락 피어올랐다.

다른 사람들은 루쉰 선생님이 술을 많이 마셨기 때문이라고 여겼다.

하지만 쉬 여사님은 그것이 아니라고 말씀하셨다.

“선생님 건강이 예전만 못하셔. 식사를 하시고 나면 눈을 감고 좀 쉬셔야 해. 전에는 그러지 않으셨는데 말이야.”

선생님이 자리에서 일어나셨다. 아마도 본인이 술을 많이 마셨다 고 하는 주위의 말을 들으신 모양이다.

“난 술을 많이 마시지 않아. 어렸을 때 어머님이 종종 말씀하셨지. 아버지께서 술을 드시면 어떻게 변하셨는지, 그래서 나보고 어른이 되면 절대로 아버지를 닮으면 안 된다면서 술 마시지 말라고 당부하셨기 때문에……. 나는 술을 많이 마시지는 않아……. 그래서 한 번도 취해본 적이 없어……."

루쉰 선생님은 좀 쉬셨는지 다시 담배 한 개비를 꺼내 피시고는 사과를 드시려고 했지만 남아 있는 것이 없었다. 그러자 루쉰 선생님께서 말씀하셨다.

"사과를 다 빼앗겨 버렸네. 너희들을 당해 내지 못하겠네."

일행 중 어떤 사람이 루쉰 선생님에게 아직 먹지 않은 사과를 건네 드렸지만, 사양하시고 담배만 피우셨다.

1936년 봄, 루쉰 선생님은 이렇다 할 병은 없었지만, 건강이 좋지 않으셨다. 저녁을 드시고 나면 의자에 누워 조용히 눈을 감고 쉬셨다.

쉬 여사님은 나에게, 루쉰 선생님이 베이핑[50]에 계셨을 때는 장난 삼아 손으로 책상을 짚고 뛰어넘곤 하셨는데, 요즘에는 그런 행동을 하지 않으시니 아마도 몸이 예전처럼 날렵하지 않은 모양이라고 하셨다.

쉬 여사님과 나는 루쉰 선생님에게 들리지 않게 조용히 대화를 나눴고, 선생님은 계속해서 의자에 기대앉아 쉬셨다.

쉬 여사님이 난로 뚜껑을 열자 갈탄 타는 소리가 타닥타닥하며 울렸다. 그 소리 때문인지 루쉰 선생님이 깨어나셨다. 루쉰 선생님께서 말씀을 시작하시니 평소와 바를 바 없이 건강해 보이셨다.

---

50 北平, 지금의 베이징.

루쉰 선생님은 한 달이 넘게 2층 침실에서 나오지 못하셨다. 기침은 멎었지만 매일같이 열이 끓어올랐다. 특히 오후만 되면 38~9도까지 올라갔고, 어떤 때는 39도가 넘을 적도 있었다. 그때마다 선생님의 얼굴은 붉게 변했고, 시력은 약해졌으며, 아무것도 드시지 못하셨다. 밤에는 잠도 제대로 주무시지 못했고, 신음조차 내지 못하셨다. 마치 아프신 곳이 하나도 없는 사람처럼 보였다. 그저 침대에 누워서 눈을 뜨고 계시거나, 비몽사몽한 채로 가만히 계셨다. 차도 적게 드셨고, 15분이 멀다하고 피우셨던 담배도 전혀 손대지 못하셨다. 그래서 담배는 침대 근처에 놓아두지 않고, 침대에서 떨어져 있는 책상 위에 올려놓았다. 만약 담배가 피우고 싶으시면 쉬 여사님께 부탁하셨다.

쉬 여사님은 루쉰 선생님이 병이 난 뒤로 더욱 바빠졌다. 시간에 맞춰 약을 드려야 했고, 체온을 재 드려야 했다. 체온을 잰 다음에는 의사 선생님이 준 양식에 맞춰 숫자를 적으셨다. 그 기록표는 딱딱한 종이로 되어 있었는데, 종위 위에는 셀 수 없을 정도로 많은 선이 그어져 있었다. 쉬 여사님은 그 종이에 자를 대고 도수를 표시하셨다. 때로는 높고 때로는 낮게 그려진 그래프는 마치 작은 산들이 삐죽삐죽 솟아 있거나 뾰족한 수정들이 서 있는 것처럼 한 줄로 이어져 있었다. 쉬 여사님은 매일같이 그래프를 그렸기 때문에 결국 나중에는 끊이지 않고 이어진 한 줄기 선이 되었다. 선은 낮은 곳에서 높은 곳으로 올라가기도 하고, 높은 곳에서 은 곳으로 내려오기도 했다. 그러나 선이 높아갈수록 좋은 것이 아니다. 왜냐하면 그것은 루쉰 선생님이 열이 높다는 것을 뜻하기 때문이다.

루쉰 선생님을 찾아 온 손님들은 대부분 선생님이 쉬시는데 방해되지 않도록 위층에는 올라가지 않았다. 그래서 늘 손님 접대는 아래층에서 쉬 여사님이 맡았다. 그리고 책, 신문, 편지 등 우편물도 먼저 쉬 여사님이 보신 후에 중요한 것만 골라 루쉰 선생님에게 전해 드렸고, 그렇지 않은 것은 나중에 보여 드렸다. 그러나 집안에는 사소한 일이 끊이지 않았다. 한번은 나이가 많은 가정부가 몸이 아파서 이틀 동안 쉬었다. 그때 하이잉의 치아 하나가 빠져서 병원에 가야하는데 데리고 갈 사람이 없어서 결국 쉬 여사님이 다녀오셨다. 하이잉은 유치원에 다녔기 때문에 연필이나 공도 사야만 했다. 뿐만 아니라 갑자기 성가신 일을 만들기도 했다. 무슨 땅콩사탕을 먹고 싶다느니, 우유사탕을 먹고 싶다느니 하며 소리를 크게 지르면서 계단을 올라왔다. 그러면 쉬 여사님은 얼른 하이잉을 데리고 아래층으로 내려와서 조용히 타이르셨다.

"아빠가 편찮으시단다." 그리고는 유모에게 돈을 쥐어주시면서, 다른 것은 사주지 말고 사탕 몇 개만 사주라고 당부하셨다.

쉬 여사님은 전기요금 징수원이 대문을 한 번 두드리면 서둘러 아래로 뛰어 내려가셨다. 문을 많이 두드리면 루쉰 선생님이 놀라서 깨실까봐 염려되셨기 때문이다.

하이잉은 옛날이야기 듣는 것을 가장 좋아했다. 그러나 그것은 한도 끝도 없기 때문에 아주 번거로운 일이다. 쉬 여사님은 하이잉에게 옛날이야기를 들려주시기도 하고, 또 틈틈이 시간 나는 대로 식탁에 앉아 루쉰 선생님이 병 때문에 보지 못한 교정본을 읽어보셨다.

이 기간 동안 쉬 여사님은 모든 것에 대해 루쉰 선생님보다 더 책임지셔야 했다.

루쉰 선생님은 혼자 위층에서 나무쟁반에 차려진 음식을 드셨다.

식사 때마다 쉬 여사님이 직접 음식을 들고 올라가셨다. 검은 색 칠이 칠해져 있는 나무쟁반에는 서너 가지 반찬이 5, 6센티 정도의 작은 접시에 담겨져 있었다. 접시에는 완두콩 싹이나 시금치, 비름나물이 담겨져 있었고, 조기나 닭고기 등도 담아서 들고 가셨다. 만일 닭고기나 생선 요리를 준비할 때면, 그중에서 가장 좋은 부분만 골라서 접시에 담으셨다.

쉬 여사님은 아래층 식탁에 있는 요리들을 젓가락으로 이리저리 들춰보셨다. 야채의 딱딱한 줄기는 빼고 부드러운 잎만 덜어 내셨고, 생선과 고기는 뼈나 가시는 빼버리고 연한 살코기만 발라내셨다.

쉬 여사님은 마음에는 무한한 희망과 기대를 품은 채, 기도보다도 더 간절한 눈빛으로 본인 손으로 정성껏 준비한 음식을 바라보면서 조심스럽게 계단을 올라가셨다.

쉬 여사님은 루쉰 선생님이 음식을 한 입이라도 더 드시고, 젓가락질을 한 번 더 하시고, 닭 국물을 한 모금 더 마시길 원하셨다. 닭 국물과 우유는 의사 선생님이 가급적 많이 드셔야 한다고 당부하신 음식이다.

쉬 여사님은 음식을 가지고 올라가서 루쉰 선생님 옆에 앉아 식사하시는 것을 도와드릴 때도 있었지만, 바쁠 때에는 즉시 아래층으로 내려와서 다른 일을 하다가 반시간 정도가 지난 다음 다시 쟁반을 가지러 위층으로 올라가시기도 했다. 음식을 가지고 간 그대로 다시 들고 오는 날에는 쉬 여사님의 눈가에 주름이 보였다. 친구와 함께 있는 날에는 본인의 속내를 털어놓으실 때도 있다. "오늘은 선생님께서 열이 높아서 아무것도 못 드셔. 차도 안 드시려고 하고, 정말 속상하고 힘이 들어."

어느 날, 쉬 여사님이 거실 뒤쪽에 있는 탁자에서 물결모양의 케이크 칼로 빵을 썰면서 말씀하셨다.

"선생님께 많이 드시라고 하면, 선생님은 몸이 좋아지면 보양해야지, 지금 억지로 많이 먹으면 쓸모가 없다고 하셔."

쉬 여사님은 이어서 나에게 물어 보시 듯 말씀하셨다.

"하긴 그것도 틀린 말은 아니지."

그리고는 다시 식빵과 우유만 챙기셨다. 쟁반에 있던 뜨거운 닭 국물은 식탁에 내려놓으시고 위층으로 올라 가셨다. 식탁 위에서는 팔팔 끓인 국물이 외롭게 열기를 내뿜었다.

쉬 여사님이 아래층으로 내려오시면 말씀하셨다.

"평소에도 국물이 있는 것은 좋아하지 않으셨는데, 병환이 드시니 더 고집을 부리시네."

조금 전에 가지고 가셨던 우유도 도로 가지고 오셨다.

쉬 여사님은 스스로를 위로하고 싶으신 듯 보였다.

"선생님은 성격이 강하셔서 그런지 딱딱한 음식이나 기름에 튀긴 것만 좋아하시고, 밥도 굳은 밥만 좋아하시니……."

쉬 여사님은 위 아래로 오르내리냐고 숨이 차셨다. 옆에 앉아 있으면 심장 뛰는 소리조차 들을 수 있을 것 같았다.

대부분 손님들은 루쉰 선생님이 혼자 식사하기 시작한 이후로 2층에 올라오지 않았다. 루쉰 선생님의 상태에 대해서는 쉬 여사님으로부터 전해 들었다.

루쉰 선생님은 오늘도 내일도 기약 없이 위층 침대에서 누워계셨다. 며칠 내내 주무시기만 하셔서 적막마저 맴 돌았다. 열이 좀 내리는 날에는 쉬 여사님께 근황을 물으셨다.

"누가 오지는 않았었어?"

그러면 쉬 여사님은 선생님의 상태를 보아가며 그동안의 일들을 소상히 알려드렸다.

또 어떤 때에는 우편물에 대해 묻기도 하셨다.

루쉰 선생님께서 병환이 드신지 벌써 한 달이 지났다.

루쉰 선생님께서 폐결핵에 늑막염까지 걸리셨다는 진단이 나왔다. 스토 선생님은 매일같이 왕진을 오셨고, 주사기를 이용해서 늑막에 고인 물을 두세 번 정도 빼내셨다.

루쉰 선생님은 이런 중병에 걸리셨는데도 모르고 계셨던 말인가? 이에 대해 쉬 여사님이 설명해 주셨다. 루쉰 선생님은 본인이 아픈 것 때문에 다른 사람이 불안해하는 것을 싫어하셨고, 또 병원에 가면 의사 선생님이 쉬어야 한다고 말씀하실까봐 가끔 옆구리가 아파도 아무에게도 알리지 않고 참으셨다고 했다. 그래서 선생님이 아픈 것을 아무도 알지 못했다고 하셨다. 루쉰 선생님은 더 이상 자신의 병을 치료할 방법이 없다는 것을 알고 계셨을 지도 모른다.

푸민병원에 계시는 미국인 의사가 진찰하고 나서 루쉰 선생님에 대한 소견을 말해주셨다. 루쉰 선생님은 폐결핵에 걸린 지 20년 쯤 되었는데, 이번에는 아주 심각하다고 했다.[51]

---

51 푸민병원(福民醫院)은 1924년 베이쓰촨루 1878호에 일본인이 세운 병원으로 현재 상하이시 제일 인민병원 분원으로 사용되고 있다. 루쉰은 집에서 가까웠기 때문에 이곳을 자주 이용했다. 아들 하이잉도 이곳에서 태어났다. 루쉰은 말년에 자신의 병을 주치의인 스토에게만 줄곧 의지하면서 약물치료만 받았다. 그러나 병세가 악화되자 쉬광핑과 펑쉐펑은 서양인 전문의에게 진찰을 받아보라는 권했다. 이에 루쉰은 스메들리에게 부탁하여 1936년 5월 31일 닥터 던(Thomas Dunn)의 진찰을 받았다. 그는 미국 국적의 독일인 의사로 당시 상하이에 있던 외국인 의

그는 루쉰 선생님이 직접 병원에 와서 엑스레이를 찍고 세밀하게 진찰 받는 것이 좋겠다면서 진료 날짜까지 정해주고 갔다.

그러나 당시 루쉰 선생님은 거동이 불편하셔서 아래층에도 내려가시지 못했다. 그리고 다시 며칠이 지나서야 병원에 가서 검사를 받으셨다. 폐 전체를 엑스레이로 촬영했다.

병원에서 그 엑스레이 사진을 가지고 온 날, 쉬 여사님은 아래층에서 사진을 보여주셨다. 오른쪽 폐의 위쪽 끝부분이 검게 나왔고, 중간에도 검은 부분이 있었다. 그리고 왼쪽 폐의 아래쪽 반은 상태가 심각했다. 왼쪽 폐의 주변으로는 검정색의 큰 점들이 보였다.

그 후, 루쉰 선생님은 고열 증상이 지속되었다. 만약 이 상태에서 지속돼서 열이 떨어지지 않는다면 견디시기가 쉽지 않을 것이다.

루쉰 선생님을 진료한 그 미국인 의사는 진찰만하고 약을 주지는 않았다. 그는 약이 소용없다고 판단했던 모양이다.

예전부터 루쉰 선생님을 잘 알고 있던 스토 선생님은 매일같이 와서 해열제와 폐결핵 약을 주셨다. 그는 더 이상 폐가 나빠지지 않는다면 열도 자연히 내릴 것이고, 생명에도 지장이 없을 거라고 말씀하셨다.

쉬 여사님이 아래층 거실에서 눈물을 흘리셨다. 그때 쉬 여사님은 뜨개실 뭉치를 들고 계셨다. 하이잉이 입지 않는 옷을 풀어서 빤 다음

사 중 유일한 폐결핵 전문의다. 그는 루쉰의 병이 결핵성 늑막염이라는 진단을 내리고 X-레이 촬영과 늑막에 찬 복수를 빼라고 권했다. 그러나 루쉰은 그의 의견에 동의하지 않고 있다가 6월 15일에 푸민의원에 가서 X-레이를 찍었고, 주치의인 스토 역시 이를 부정하고 있다가 8월 7일에 늑막에 있는 복수를 뽑았다. 이후 루쉰은 자신의 죽음에 대해 심각하게 생각하기 시작했다. 루쉰 「죽음」과 『나의 아버지 루쉰』 참조.

에 다시 감는 중이셨다.

　루쉰 선생님은 아무 의욕도 없으셨다. 어떤 것도 드시지 않았고, 아무 것도 생각하지 않으셨다. 그저 주무시는 듯 마는 듯 누워 계시기만 하셨다.

　날씨가 무더워졌다. 거실의 창문들을 모두 열어놓았다. 햇볕은 문밖 화단에 내리쬐었고, 참새는 협죽도 가지 위에 잠시 머물고는 두세 번 지저귀고 날아갔다. 아이들은 정원에서 재잘거리며 놀고 있었고, 뜨거운 바람은 옷깃을 스치고 지나갔다. 얼마 전 새싹을 돋아나게 했던 봄은 어느새 여름으로 변했다.

　위층에서 루쉰 선생님과 의사 선생님이 조용히 나누는 대화 소리가 어슴푸레 들려왔다.

　아래층에는 손님이 또 오셨다. 그들이 묻는 말은 한결같았다.

　"선생님은 좋아졌어요?"

　쉬 여사님의 대답도 한결같았다. "여전히 그러세요."

　그러나 오늘은 말씀하시고 나서 눈물을 보이셨다. 얼굴 가득 눈물을 흘리셨다. 한손으로는 차를 따르고 다른 한손으로는 손수건으로 눈물을 닦으셨다.

　손님이 물었다.

　"선생님 건강이 또 안 좋으세요?"

　쉬 여사님이 대답하셨다.

　"아니에요, 마음이 울적해서 그래요."

　시간이 좀 지나고, 루쉰 선생님은 무슨 물건이 필요하셨는지 쉬 여사님을 부르셨다. 쉬 여사님은 서둘러 눈물을 닦으셨다. 올라가고 싶지 않다고 말씀하시고 싶었지만, 아무리 주위를 둘러봐도 대신 올라

갈 사람은 없었다. 그래서 사모님은 아직 덜 감은 뜨개실 뭉치를 손에 쥔 채 위층으로 올라 가셨다.

위층에는 의사 선생님이 앉아있었고, 병문안 온 손님 두 분도 함께 있었다. 쉬 여사님은 그들을 보자 고개를 숙이며 멋쩍은 미소를 지셨다. 사모님은 루쉰 선생님 앞으로 갈 용기가 나지 않으셨는지 몸을 돌린 채 루쉰 선생님이 무엇을 원하는지 물어보시고는 황급히 털실을 감기 시작하셨다.

쉬 여사님은 의사 선생님이 일어서실 때까지 등을 돌린 채 서 계셨다.

쉬 여사님은 의사 선생님이 돌아갈 때마다 의사 선생님의 가죽가방을 대신 들고 문 밖까지 나가서 배웅해 드렸다. 쉬 여사님은 철문을 열고 대문 밖에 나가 차분하면서도 환한 미소를 지으며 공손하게 가방을 건네 드리고 나서 의사 선생님이 가시는 것을 지켜보신 후 문을 닫고 들어오셨다.

의사 선생님이 루쉰 선생님 댁에 오시면 나이든 유모도 존경을 표했다. 만일 위층으로 올라가다가 의사 선생님이 내려오시는 것을 보면 다시 몸을 돌려 재빠르게 내려와서는 계단 옆에서 기다렸다. 어느 날 유모가 찻잔을 들고 계단을 올라가려는데 위층에서 의사 선생님과 쉬 여사님이 내려오셨다. 유모는 서둘러 길을 비켜주려다 실수로 잔을 쏟았다. 의사 선생님은 유모 앞을 지나 대문 앞까지 갔지만, 유모는 여전히 그곳에서 넋이 나간 사람처럼 서있었다.

"선생님은 좀 좋아졌지요?"

나는 쉬 여사님이 외출하신 날에 유모에게 여쭤봤다.

"누가 알겠어. 의사 선생님은 날마다 와서 보시기만하고 아무 말 없이 가시는데."

유모의 말투를 통해서 매일같이 기대를 갖고 의사 선생님을 바라 봤다는 것을 알 수 있었다.

쉬 여사님은 아주 침착하셨다. 동요하는 기색도 전혀 없으셨다. 사 모님도 사람인지라 어쩌다 그날 한 번 눈물을 보이시기는 했지만, 자 신이 해야 할 일을 꿋꿋하게 해나가셨다. 빨아야 할 뜨개실은 바로 빨 아서 햇볕에 말린 후 감아놓으셨다.

"하이잉에게 떠준 옷은 얘가 해마다 자라서 한 해 입히면 작아져. 그래서 일 년에 한번은 꼭 실을 풀어 빨아서 다시 떠야 돼."

아래층에서 잘 아는 친구 분과 대화를 나누면서도 손에는 대나무 로 된 바늘을 들고 뜨개질을 하셨다.

쉬 여사님은 틈나는 대로 이런 일들을 하셨다. 여름에는 겨우살이 를 준비하셨고, 겨울에는 여름날 것을 준비하셨다.

쉬 여사님은 종종 자신에 대해 이렇게 말씀하셨다.

"나는 참 하는 일 없이 바쁜 사람이야."

쉬 여사님은 겸손하게 말씀하셨지만, 사실 바쁘셨다. 식사 때마다 조용히 드신 적이 없으셨던 것 같다. 하이잉은 잠시도 가만히 있지 않 고 이거 달라 저거 달라 계속 보챘고, 만약 집에 손님이 오시면 얼른 시내에 가서 장을 봐 가지고 와서 직접 음식을 만드셨다. 요리를 마치 고 나면 손수 상을 차리셨고, 손님에게 먼저 드시라고 권하셨다. 식사 를 마치고 나면 과일을 먹었는데, 사과를 먹을 때에는 본인이 직접 깎 아서 대접했고, 올방개를 먹을 때에는 손님이 껍질 까는 것이 느리거 나 서투르면 역시 직접 까서 드렸다. 그때는 루쉰 선생님이 아직 건강 하실 때였다.

쉬 여사님은 뜨개질로 옷을 뜨시기도 했고, 창문 아래에 놓여있는 재봉틀로 옷을 수선하거나 하이잉의 속옷을 만드시기도 했다.

　그래서 쉬 여사님은 늘 자신에게는 소홀할 수밖에 없었다. 매일같이 온 집안을 분주히 왔다 갔다 하면서 입었던 옷은 모두 낡은 것들이다. 하도 많이 빨아 입어서 단추가 너덜너덜 해졌고, 해지기도 했다. 그것들은 모두 구입한지 몇 년이 지난 오래된 옷들이다. 어느 봄날, 쉬 여사님은 자홍색의 난징주단으로 만든 치파오[52]를 입고 계셨다. 그 옷감은 하이잉이 어렸을 때, 이불을 해주라고 선물용으로 들어 온 것인데, 사모님은 이불 만들기에는 아까워서 치파오를 한 벌 만드셨다고 하셨다. 그때 마침 하이잉이 다가왔다. 만약 하이잉이 알게 된다면 일이 복잡해질 거라는 것을 알고 계셨기 때문에 말하지 말라고 눈치를 주셨다. 그는 한번 자기 것이라고 말하면 줄 때까지 떼를 썼다.

　쉬 여사님은 겨울이 되면 본인이 직접 만든 방한화를 신으셨다. 아침저녁으로 쌀쌀한 2, 3월까지 내내 신으셨다.

　한번은 쉬 여사님과 함께 정원 한쪽에서 사진을 찍었다. 사모님은 본인의 단추가 떨어졌다며 나를 앞으로 밀면서 자신을 가려달라고 하셨다.

　쉬 여사님은 늘 가격이 저렴하거나 할인해 주는 상점에 가서 물건을 사셨다. 그렇게 알뜰하게 절약해서 모은 돈은 책을 출판하고 그림을 인쇄하는 데 사용하셨다.

52　寧綢袍子. '영(寧)'은 난징(南京)을 의미하며, '영주(寧綢)'는 난징, 항저우 등지에서 생산되는 비단을 뜻한다. '袍子'는 중국 전통식 두루마기나 원피스를 말한다. 여성용 원피스는 원래 만주 여인들이 입었기 때문에 만주족을 뜻하는 '치런(旗人)'의 '치(旗)'를 넣어서 '치파오(旗袍)'라고 한다. 청 건국이후 중국 전역에 보편화되어 전통의상으로 자리매김하였다.

쉬 여사님이 창가에 앉아 재봉틀로 옷을 박고 계실 때면 재봉틀 드르륵거리는 소리에 유리 창문이 약간 떨렸다. 창밖에는 붉은 노을, 창문 안쪽에는 고개를 숙이고 일하시는 사모님, 그리고 위층에서 들려오는 선생님의 기침소리가 한데 섞여서 집안에 생기가 돌기도하고 사라지기도 한다. 고통과 슬픔 속에서도 삶에 대한 열망이 꺼지지 않는 불꽃처럼 꿋꿋하게 이어졌다. 쉬 여사님의 손가락은 재봉질하고 있는 천 조각을 잡고 있고, 머리는 재봉틀을 따라 한 두 번 씩 위아래로 움직이고 있다.

쉬 여사님은 고요하고 엄숙하며, 겁내지 않고 거리낌이 없이 재봉틀을 사용하셨다.

하이잉은 갈색으로 된 작은 약병들을 가지고 놀았다. 종이상자에 약병을 가득 채우고는 손으로 받쳐 들고 계단을 오르락내리락 거리며 뛰어다녔다. 약병을 햇빛에 비추면 황금색으로 보였고, 바닥에 눕혀 놓으면 커피색으로 보였다. 하이잉은 친구들을 불러놓고 자랑하였다. 이 장난감은 하이잉만 가지고 있고 다른 친구들은 없는 물건이다.

"이건 아빠가 주사 맞은 약병이야! 너네는 없지?"

당연히 다른 친구들은 갖고 있지 않았기 때문에 하이잉은 박수를 치며 큰 소리로 자랑을 늘어놨다.

쉬 여사님이 내려오시면서 하이잉을 불러 조용히 하라고 타이르셨다. 쉬 여사님이 내려오시자 모두들 이구동성으로 물었다.

"선생님은 좀 괜찮아지셨어요?"

"그저 그러세요." 짧게 대답하시고는 하이잉이 가지고 놀던 약병들을 집어 들며 말씀을 이어나갔다.

"매일 주사를 맞으시니 약병이 한 무더기가 될 정도로 많아졌네요."

쉬 여사님이 약병을 들자마자 하이잉이 달려와 가져가서는 그 보물들을 재빨리 종이상자에 담았다.

식탁 위에 놓여있는 찻주전자는 쉬 여사님이 남색 실크로 직접 만든 꽃모양의 덮개로 덮여있다. 쉬 여사님은 그 덮개를 걷어내고 차를 따라 내셨다. 위층 아래층 할 것 없이 집안 전체가 고요하다. 오로지 하이잉의 발랄함과 꼬마 친구들이 떠드는 소리만 햇빛을 피해서 들썩였다.

하이잉은 매일 밤 잠자기 전에 부모님께 인사드렸다. "내일 아침에 만나요!"

어느 날은 3층으로 가는 계단 입구에 서서 큰 소리로 인사드렸다.

"아빠, 내일 봬요!"

그때 루쉰 선생님은 병환이 깊을 때였다. 가래 때문인지 대답을 작게 하셨다. 하이잉이 듣지 못하자 다시 큰 소리로 인사드렸다.

"아빠, 내일 봬요!" 잠시 기다렸지만 역시 반응이 없었다. 그러자 계속해서 큰 소리로 말했다.

"아빠, 내일 봬요! 아빠, 내일 봬요……. 아빠, 내일 봬요……."

유모가 하이잉의 손을 잡고 위층으로 데리고 가면서, 주무시고 계시니 소리 지르지 말라고 주의를 줬다. 그러나 하이잉은 어떻게든 들으시라고 계속 소리쳤다.

루쉰 선생님은 "내일 봐"라고 말하고 싶었지만, 목에서는 소리가 나오지 않았다. 마치 목 안에 뭔가가 가로막고 있는 듯 어떤 소리도 크게 나오지 않았다. 잠시 후, 루쉰 선생님은 온 힘을 다해 고개를 들고 힘껏 대답하셨다.

"내일 봐, 내일 봐!"

대답을 하시고는 곧바로 기침을 하셨다.

쉬 여사님이 놀란 나머지 계단을 뛰어 올라가셔서 하이잉을 혼내셨다.

하이잉은 울면서 위층으로 올라가면서 삐쭉대며 말했다.

"아빠는 귀머거리야!"

루쉰 선생님은 하이잉의 말을 듣지 못하고 침대에 누워 계속 기침만 하셨다.

4월이 되자 루쉰 선생님은 전보다 좀 좋아지셨다. 어느 날, 약속이 있으셨는지 계단을 내려 오셨다. 단정하게 옷을 입고, 꽃무늬가 수 놓여있는 검정색 보자기를 들고, 모자까지 쓰시고 서둘러 나가셨다.

쉬 여사님은 아래층에서 손님을 대접하고 있다가 선생님이 내려오는 것을 보시자마자 바로 말씀하셨다.

"걸어가면 안돼요. 차타고 가세요."

루쉰 선생님이 대답하셨다. "괜찮아. 걸어갈 수 있어."

쉬 여사님은 선생님께 잔돈을 챙겨주시면서 다시 한 번 말씀드렸다.

루쉰 선생님은 됐다고 거절하면서 바로 나가셨다.

"선생님은 고집이 너무 세셔."

쉬 여사님은 할 수 없다는 듯 체념하시면서 한마디 하셨다.

루쉰 선생님이 저녁에 돌아오셨는데 열이 높았다.

루쉰 선생님이 말씀하셨다.

"몇 걸음 걸으면 갈 수 있는 곳이라 차타는 게 번거로워서, 그리고 오랫동안 밖에 나가지 않아서 좀 걷고 싶었어…… 좀 움직였다고 몸이 안 좋아지니……. 움직이지 말 것을……."

루쉰 선생님은 병이 심해져서 다시 몸져누우셨다.

7월에는 조금 좋아지셨다.

매일 약을 드셨고, 하루에도 몇 번씩 체온을 재서 그래프에 그려 넣었다. 의사 선생님은 평소처럼 오셨고, 루쉰 선생님은 폐의 염증이 더 이상 전이되지 않고 늑막 부위도 좋아졌기 때문에 금방 나으실 것이라고 말씀하셨다.

그러자 손님들은 2층으로 가서 루쉰 선생님을 뵈었다. 루쉰 선생님은 10년 묵은 병을 막 떨쳐낸 듯한 심정으로 말씀하셨다. 그리고 등나무 의자에 수건 한 장을 덮고 앉아 손에 담배를 드시고는 번역은 어떻고, 또 잡지는 어떠하다고 말씀하였다.

나는 거의 한 달 동안 선생님의 방에 올라가보지 못했다. 그런데 갑자기 가려니 마음이 약간 불안했다. 침실로 들어가니 마땅히 설 곳이 없었고, 앉으려고 해도 어디에 앉아야할지 몰랐다.

쉬 여사님이 나에게 차를 권해주셔서 탁자 옆으로 갔으나 찻잔 같은 것은 보이지 않았다.

루쉰 선생님이 내가 불안해하는 것을 알아 채셨는지 한 말씀하였다.

"많이 말랐네. 그렇게 마르면 안 되는데. 많이 먹어야지."

루쉰 선생님이 농담하셨다.

"많이 먹으면 살쪄요. 그런데 왜 선생님은 많이 드시지 않나요?"

내 말을 들으신 루쉰 선생님이 웃으셨다. 웃음소리가 명랑했다.

7월 이후부터 루쉰 선생님은 차도를 보였다. 의사 선생님이 당부하신 대로 우유와 닭국 등을 꾸준히 드셨다. 비록 몸은 마르셨지만, 정신은 또렷하셨다.

루쉰 선생님은 본인은 원래 건강한 체질이기 때문에 몸이 안 좋아지더라도 바로 극복할 수 있다고 말씀하셨다.

이번에 루쉰 선생님은 오랫동안 누워계셨다. 아래층으로 내려오지도 못하셨고, 외출은 더더욱 하지 못하셨다.

편찮으실 때는 신문이나 책은 보지 못하셨고, 그저 조용히 침대에 누워 계셨다. 그러나 작은 그림 한 장은 침대 옆에다 두시고 틈나는 대로 보셨다.

루쉰 선생님은 편찮으시기 전에 그 그림을 다른 그림과 함께 사람들에게 보여주신 적이 있었다. 그 그림은 담배 갑에 넣어 가지고 다닐 정도로 아주 작았다. 긴 치마에 머리가 흩날리는 여인이 바람 속을 달리고 있고, 그 여인의 옆에는 아주 작은 장미꽃이 한 송이가 있는 그림이었다. 그것은 어느 소련 화가의 목판화라고 알고 있다.

루쉰 선생님은 그림을 아주 많이 소장하고 계셨는데, 왜 하필 그 그림을 침대 맡에 두고 계셨을까?

쉬 여사님도 루쉰 선생님이 왜 자주 그 그림을 보시는지 모르겠다고 하셨다.

어떤 사람이 와서 선생님에게 이런저런 것들을 여쭤봤다. 선생님이 말씀하셨다.

"당신들이 배워서 하세요. 만약 내가 죽고 나면 어떻게 하려고."

이번에 루쉰 선생님은 좋아지셨다.

한 가지 달라진 점은, 하고 싶은 일들을 더 많이 하시려 한다는 것이다.

루쉰 선생님은 자신이 좋아졌다고 생각하셨고, 다른 사람도 루쉰 선생님이 좋아졌다고 생각했다. 그해 겨울에 하려고 했던 루쉰 선생님 문단 데뷔 30주년 기념행사를 준비했다.

또 3개월이 지났다.[53]

1936년 10월 17일, 루쉰 선생님은 다시 병환이 나셨다. 이번에도 천식이 재발했다.

17일, 한숨도 주무시지 못했다.

18일, 하루 종일 숨을 몰아 쉬셨다.

19일, 한밤중이 되니 극도로 쇠약해지셨다. 여명이 밝아 올 무렵, 루쉰 선생님은 평소처럼 편안해 보이셨다. 일을 마치셨다. 영면에 드셨다.

1939년 10월

김창호 옮김

---

53 1936년 7월 17일, 샤오훙은 샤오쥔(蕭軍)과 사이가 멀어지자 요양을 이유로 일본으로 갔다. 루쉰의 서거 소식은 일본에서 신문보도를 통해 알았다. 그래서 7월 중순 이후에 대해서는 자세히 서술하지 않았다. 1937년 1월 귀국하자마자 유족과 샤오쥔과 함께 만국공원묘원에 안장된 루쉰의 묘소에 참배했다.

쥐에칭 (爵靑 1917~1962)

만주국에서 활동했던 대표적인 작가이다. 지린성(吉林) 장춘(長春)에서 태어났으며, 본명은 리우 페이(劉佩)이다. 커친(可欽), 랴오딩(遼丁) 등의 필명을 사용했다. 『향비(香妃)』는 1943년 2월 15일자 『화문매일(華文每日)』 제10권 제4기에 처음 실렸다.

향비 香妃

  왕비의 두 눈동자에는 수심이 가득하였다. 그 두 눈동자는 흡사 고
원에 흐드러지게 피어나는 두 송이의 오리나무더부살이 그 자체였다.
입술 모양을 한 꽃잎은, 긍지를 잃어버리지 않은 모습이었고, 유현(幽
玄)한 향은 비탄의 마음이었다. 하지만, 오리나무더부살이는 서역의
험준한 봉우리에, 현화식물(顯花植物 : 꽃이 피는 식물이라는 뜻)에 기생하
며 자란다. 동국(東國) 왕성(王城)에 억지로 끌려와, 황금과 최고의 애
정을 아낌없이 쏟아 부으며 돌보아도, 결국은 시들고 말라 죽는 것이
다. 아아, 현화식물에 기생하는 오리나무더부살이여! 고원의 청렬(淸
冽)한 공기와 투명한 햇빛 외에는, 아무 것도 그 온상이 될 수는 없단
말인가? 그런 까닭에 왕비의 두 눈은 우울 그 자체였다. 초췌해진 엷
은 갈색의 보조개 위에 새겨진, 깊은 녹색을 칭송하는 수심의 눈동자
는, 왕비의 긍지를 잃지 않는 모습과 가련한 마음을 돋보이게 하였다.
  건륭(乾隆 : 청나라 고종의 치세중에 쓰인 연호.1736~1795년) 26년(1761년) 가
을의 어느 상쾌한 오후, 길조로 여기는 상상 속의 동물과 기하학문양
이 한 면에 새겨진 자단(紫檀)나무로 만든 침대에서, 왕비는 오수(午睡)
에서 깨어났다. 두 눈동자에는, 여전히 수심이 넘치고 있었다.
  북경성은 이미 석양이 저무는 황혼 무렵이 되어 있었다. 그곳은 서

원(西苑)으로, 수해(樹海)사이로 솟아난 황색 기와지붕과 적색 층계는, 화려하게 빛나는 선단(船團)이 녹색 대해를 헤치고 나가는 것 같았으며, 서원의 내전(內殿)에 에워싸인 현란한 자수(刺繡)는, 오수에서 깬 왕비에게 현기증을 느끼게 하였다. 왕비는 섬세한 손가락으로 굵고 검은 속눈썹을 쓸어 올렸기에, 두 눈의 수심을 더욱 더 느낄 수 있었다. 노곤한 몸을 지탱하며, 침대 가에 흐트러지듯 앉아, 왕비는 잠시 고요히 생각에 잠겼다. 이때, 치아판(위구르족의 민족의상)을 몸에 두른 노예가, 흔들흔들 연기가 피어 오르는 향료를 공손히 받쳐들고 와, 침대 옆에 두었다. 오른쪽에 섶을 댄 상의와 무릎까지 내려온 내의를 보고, 왕비는 짜증이 밀려와, 따끔하게 야단쳤다.

「물러가거라!」

이 노예들은 모두 다 이리성(伊犁城 : 중국 위구르 자치구에 있는 성)에서 잡혀온 자들로, 충실한 노예들과 이야기할 때만, 동족의 언어를 쓸 수 있었다. 노예들은, 왕비의 심기가 불편하다는 것을 알고 몸을 엎드리고, 시키는 대로 물러났다. 향료의 잔향이 장막 안을 맴돌아 다니며, 왕비의 끝 모를 향수(鄕愁)를 더욱 더 사무치게 했다.

왕비는 단정하고 균형 잡힌 가냘픈 몸을, 침대 가에 맡긴 채, 꼼짝도 하지 않았다. 진열창에는 옻칠한 새장이 걸려있었는데, 그 새장 속 개똥지빠귀 2마리도 여느 때와 달리 수다스러운 울음소리를 내지 않았다. 계절은 초가을 8월, 아무 수심도 없이 그저 지저귀는 이 새들도, 어쩌면 1년에 한 번, 남쪽 나라에 돌아가는 것을 떠올리고 있는지도 모른다. 왕비는 눈앞에 보이는 정경에서 이런저런 생각이 솟아 올라왔으나, 역시 미동도 하지 않고, 비탄에 잠긴 두 눈을 천천히 감았다. 그러자 왠지, 오수에서 본 꿈속 정경이, 갑자기 떠 올랐다.

그것은 분명 수없이 꾼 꿈 중 하나에 지나지 않았지만, 오히려 소녀 시절의 하나의 사실이었다고 말할 수 있을 것이다. 그러나 그것은 벌써 수십 년의 세월이 지난 사실이다. 비록 꿈이지만, 어째서 이렇게나 생생한 걸까? 희미한 기억이지만, 그것은, 화탁곽집고(和卓霍集古 : 이슬람교를 믿는 중국의 소수민족 회족(回族)의 지도자)에게 시집가기 4, 5일전의 일이었다. 그녀는 몸종을 거느리고 말을 타고, 동굴에 숨어사는 예언자에게 몰래 점 보러 갔었다. 그것은 꿈이었나, 아니면 사실이었나? 그러나, 어렴풋하게 이런 저런 것이 뒤섞인 정경 속에서도, 지금도 여전히 왕비 마음에 휘감겨 있어, 이따금씩 찾아오는 꿈속에서는, 점 본 당시의 정경이, 똑똑히 가슴속에 재현되는 것이다.

지금은 비록 동국(東國)에 잡혀 있는 몸이지만, 어린 시절에는 사람들로부터 공주님이라고 불리었다. 아버지는 이리성(伊犁城 : 중국 위구르 자치구에 있는 성)밖에서 가장 권세를 가진 옥자파십(玉孜巴什)이었고, 제법 규모가 큰 부락을 통솔하며, 해자를 둘러치고 요새를 쌓을 정도의 주도 세력은 아니었지만, 그 재산과 인망(人望)에 대해, 이리(伊犁) 일대에 사는 주민들로부터의 칭송과 존경의 소리는 끊이질 않았다. 나는 공주님이며, 그 공주님의 용모를, 감히 부락주민들은 영원히 볼 수도 없었다. 그러나 15살이 된 가을, 세간 사람들이 이런저런 추측으로만 그려보았던, 단 한 번도 본 적이 없던 미모가, 和卓의 궁전으로 보내지게 되었다. 그것은 행운일까, 아니면 비운일까? 요염하며 얼음장 같은, 채 익지도 않은 꽃봉오리를 피운 꽃 같은 공주님이, 얼마 안 있어, 和卓의 총애를 한 몸에 받으며, 이리성(伊犁城)에서 가장 고귀한 사랑을 받는 왕비가 된 것이다. 왕비로 뽑힌 그날에, 이 세상의 모든 쾌락과 영예가, 그녀에게 약속된 것이었다. 和卓의 궁정에서 쓰이고 있는 것은, 난장이 노예, 현란한 주옥과 보석, 질 좋은 향료, 천금의 가치를 지닌 표범과 수달 모피, 그리고 고급직물 등이다. 그 주거는, 황금으로 도배된 수많은 방들, 백척 높이 누각, 일곱 색깔 무지개 빛 유리가 박힌 반원형의 돔으로 만들어져 있었다. 이러한 쾌락과 영예 모든 것이, 그녀를 기다리고 있는 것이다. 그러나 이러한 쾌락과 영예에 대해, 그녀는 오히려 두려움과 의혹을 느끼고 있었다. 그녀는 공주님이라 불리고는 있었지만. 玉孜巴什 집에서 자란, 그저 순진무구한 한 소녀에 불과하였다. 그 절세의 미모와 대범한 태도는 충분히 자랑스러워 할만하지만, 궁전에 들어가 왕비가 되면, 어차피 불안에 벌벌 떨게 된다. 그녀는, 친부모와 헤어지고, 자신에게 딸린 몸종과도 헤어지고, 가축과도, 지붕너머로 매일 바라보고 있던 부락풍경과도 이별해야만 한다. 그리고 15살의 순결한 몸을 和卓에게 바치지 않으면 안되는 것이다. 특히 그녀는, 부락 풍경 -그것은 모래 섞인 바람 속을 오가는 대상(隊商)들이며, 머리 색깔이 전혀 다른 종족들이며, 색색의 현란함에 시선을 빼앗기는 시장이며, 활짝 개인 하늘에서 쏟아지는 햇살이며, 남색과 유백색이 뒤섞인 빙하의 흔적 등등…… 과 헤어지고 싶지 않았다. 공주님의 신분이었기에, 모든 것을 감상할 수 있었는데, 궁전에 들어가 버리면, 두 번 다시 볼 수 없게 되는 것이다. 감상(感傷)과 함수(含羞:수줍음)에 에워싸여, 왕비가 되어 이곳에서 나가야만 하는 자신의 처지를 생각하며, 복잡한 감정에 휘감겨, 울음을 터뜨릴 것만 같았다. 그것은 궁전에 들어가기 나흘 전, 달이 보이지 않는 밤이었다. 고원의 기온이 갑자기 차갑게 식은 심야, 그녀는 말을 타고 몸종과 함께, 대저택을 둘러싼 담을 빠져 나와, 동굴에 숨어사는 예언자를 만나러 갔다.

그는 신 내림을 받은 예언자라 불리고 있었는데, 그가 숨어 살고 있는 동굴은, 정말로 무서운 곳이었다. 그녀는 두 개의 험준한 봉우리를 넘고, 산속 깊숙한 길을 내내 걸어, 간신히 예언자의 동굴에 도달하였다. 그녀는 이곳에 오게 된 경위를 설명하고, 어두운 동굴에 조용히 앉아, 말없는 예언자를 올려다보며, 경건한 태도로 몸을 엎드리고, 머리를 숙인 다음에, 겨우 자신의 결혼이 행복할지 어떨지를 예언자에게 점쳐달라고 부탁하였다.

「오오, 전도다난(前途多難)한 운명의 소녀여! 불행한 아름다운 공주여!」

잠시 침묵한 후, 예언자는 이런 말을 내뱉었다. 예언자는 괴로운 듯이, 또 두려운 듯이 눈을 감고, 주름투성이 얼굴에는 신비로운, 그러면서 불길한 양상이 퍼져나갔다. 양쪽 볼이 부풀어 올라, 코끝은 약간 한쪽으로 기울어 있었고, 태도는 매우 경외로운 것이었다.

그녀가 동굴에 들어가, 자신이 찾아온 뜻을 고하고 나서부터, 예언자는 계속 침묵을 지키고 있었다. 그는 환상의 세계에서 그녀의 운명을 관찰하고 있는 것 같았고, 또한 그가 본 그녀의 운명이 너무도 위험하여서, 입을 닫고 계속 아무 말도 없는 것 같았다. 마침내 그는 경련을 일으키더니, 다시 경풍을 일으켰다. 이런 심야에, 게다가 음울한 동굴 속에서, 예언자의 온 몸에서 발산되는 요기(妖氣)를 직접 보고 있자니, 그녀도 조금 무서워졌다. 그러나 그녀는, 예언자가 진실의 평탄한 길을 제시해줄 것이라고 믿고 있었기 때문에, 애원하는 듯한 눈빛으로, 계속 예언자를 바라보고 있었다. 그러나 예언자의 경련과 경풍은 점점 더 심해졌다. 마지막으로, 예언자는 땀이 완전히 메마른 두 손을 뻗어, 마치 그녀의 영혼이라도 잡으려는 듯이, 그녀의 눈앞에서 흔들거리더니, 떨리는 목소리로 간신히 방금 전 두 마디 말을 반복하였다. 그녀는 경악하였다. 조용하고 인기척 없는 동굴 속에서, 예언자의 목소리는 분명하게 돌 벽에 울렸으며, 그녀의 머리카락은, 공포로 곤두섰다. 그러나 그녀는, 스스로의 다난(多難)과 불행에 관해, 질문을 계속했다.

「이 세상 최고의 지혜자이시자, 위대한 예언자시여! 부디 신의 뜻을 알려주십시오! 아아, 저는 무슨 이유로, 이런 다난(多難)과 불행을 당해야만 하는 겁니까?」

예언자는 아직 경련과 경풍을 일으키면서, 한동안 시간을 두고 나서, 간신히 계속 말을 이어 들려주었다.

「신의 명령이 내려왔노라! 별과 황도대(黃道帶)위에, 천사와 인간의 자식 위에, 이른 아침과 저녁 위에, 무화과와 올리브 나무 위에, 히라산(무함마드가 알라신의 계시를 받은 산)과 메카라고 하는 신성한 땅 위에…… . 신의 명령은 내려졌도다. 관대하시면서 자애심 깊으신 신은, 예배하는 모든 사람들을 용서하시리라. 또한, 반역하는 자, 믿음이 없는 자, 가난한 이에게 베풀 줄 모르는 자에게는, 벌을 내리실 것이니라. 그러나, 나의 소녀여, 나의 아름다운 공주여! 그대는 하루도 빠짐없이 기도를 올리고, 가난한 자들을 구제하였고, 고아들을 존중하며, 부활을 믿어 왔다. 그러나, 그대는 태어날 때부터, 큰 죄업을 지고 태어났도다. 진실되시고 총명하신 신은, 그대를 그 죄업의 인질로 삼으신 것이다.」

예언자의 표정은, 점점 무서워져 갔다.

「신이시여, 저를 불쌍히 여겨주소서!」 그녀의 얼굴은, 두려움에서 창백함으로 바뀌었고, 차가운 돌바닥에 무릎꿇고 앉아 기도하기 시작했다.

「저는 지옥과 연옥(煉獄)의 불꽃이 무섭사옵니다. 그 악마의 머리와 같은 『사계(査桂 : 이슬람에서는 죄인이 이 나무열매를 먹는다고 믿는다)』나무 열매가 무섭사옵니다. 신이시여! 전지전능하신 최고의 신이시여! 저를 영겁의 불꽃 속에 떨어뜨리지 말아주소서!」

「공주여.」 가만히 그녀의 얼굴을 바라보면서, 예언자는 말했다.

「펄펄 끓어오르는 열탕과 고름과 피 그리고, 장수(漿水 : 술의 다른 이름) 등이 그대에게 주어질 일은 없을걸세.」

그녀는 몸을 엎드린 채, 흐느껴 울면서 말했다.

「제발 가르침을 주소서. 제 죄업을 위해, 제 죄업을 씻기 위해, 저는 선인(善人)이 되겠습니다. 천사를 믿고, 저 위대한 사도(使徒)이신 예언자(무함마드를 지칭)를 믿고, 내세(來世)를 믿습니다. 병자를 구제하고, 가난한 이들에게 베풀겠습니다. 굶주림을 견디고, 전쟁포로들에게 원조의 손길을 내밀겠습니다. 저는 전신전령(全身全靈)을 신께 바치는 이슬람교도가 되겠습니다. 」

「신은 관대하시면서 성실하시기도 하도다. 공주여, 어째서 그대의 죄업을 구제할 수 있으리라 말할 수 있는가? 모든 죄업은, 그대의 아름다움보다 큰 것이니. 아아, 그대의 아름다움은, 태양과 달의 빛을 잃게하고, 산과 강을 어둡게 만드는도다!」

그녀는 벌떡 몸을 일으키더니, 예언자를 바라보면서, 석벽을 뚫을 듯한 날카로운 소리를 질렀으나, 예언자는, 놀라 흔들리지 않으며 이렇게 말했다.

「아름다운 공주여! 그대를 사랑하는 것은 행운이다. 그러나 그대가 그 아름다움을 상대에게 주었을 때, 그것은 즉시 파멸될 것이다. 그 아름다움과 애정을 남에게 주어서는 아니될 것이다! 공주여, 남을 파멸로 이끄는 짓은 죄가 될지어다. 그대의 아름다움과 애정은 신의 것이니, 세간의 자들은 받을 수가 없는 것이라네. 그대가 그 아름다움과 애정을 상대에게 주었을 때, 그것은 금합환(金合歡：자귀나무과의 나무)을 잃어버리고, 포도주와 벌꿀의 강을 잃어버리고, 비단 옷을 잃어버리고, 진주의 팔찌를 잃어버릴 것이다. 아아, 재앙을 초래하는 아름다움이도다.」

이렇게, 그녀의 일생의 운명을 결정하는 예언은 끝났다. 그녀는 두 눈에 샘물과 같은 눈물을 가득 담고, 동굴에서 천천히 물러나왔다. 동굴 밖에 끝없이 펼쳐진 밤하늘에는, 별자리가 가득히 수를 놓고 있어, 마치 그녀의 미래의 운명을 지켜봐 주는 것만 같았다. 서방(西方)의 산들은 검은 구름처럼, 신의 궁전과 극이백(克而白：신의 궁전에 있는 정원)을 향하여 기도하는 시선을 가로막고 있었다. 그녀는 억센 말의 몸에 기대어 밤하늘을 올려보고 있다가, 돌연, 자신의 운명이 무서운 것으로 바뀌어 가는 것을 느꼈다.

날이 밝기 전에, 그녀는 말을 타고, 몸종을 데리고, 저택 안으로 돌아왔다.

이 예언자를 방문한 나흘 후, 왕비는 和卓의 궁전에 보내지게 되었다. 그 이래 십 수년동안, 서방 나라 사이에서는, 피비린내 나는 전쟁이 벌어졌는데, 和卓은 전쟁 끝에 파달극산(巴達克山：和卓이 묻힌 땅)에서 목이 베어져, 동국(東國) 대장 손에 떨어졌는데, 왕비 자신도 포로 신세가 되어, 이 만리(萬里)나 떨어진 왕성(王城)으로 끌려온 것이었다. 지금까지의 이러한 경위를 생각해보면, 자신의 운명은, 역시 그 예언자가 말한 대로가 아니었던가? 和卓의 궁전에서는, 그 예언을 믿고 있지 않았기 때문에, 아름다움과 애정을 和卓에게 바치고 있었다. 왕비는 和卓을 사랑하고 있었다. 和卓은 사막과 산악지대의 영웅이었으며, 신께 대한 신앙심 또한 두터운 신의 아들이었다. 총명하면서 절대 굴하지 않는 기상을 가진 왕자였다. 왕비는 신처럼 和卓을 사랑했었다. 아니나 다를까, 和卓은 예언대로 자신의 일생을 끝마쳤다. 수년 전, 동국의 대군이 이리(伊犁)를 평정하였을 때, 和卓의 비참한 운명은 시작된 것이다. 그는 형님인 포이니특(布爾尼特)과 함께 독립을 꾀하였으며, 고차성(庫車城)과 엽이원(葉爾院)을 누비다가, 동국의 대군에 쫓기게 되는데, 이때 파달극산(巴達克山)을 넘으려다, 결국 파달극산의 汗에게 참수당해, 동국의 총대장 福德(回族을 평정한 청나라 장군)에게 바쳐졌다. 왕비는 和卓의 운명에 따라, 이 왕성에 끌려 온 것이었다.

왕비는 소리 높여 울었다. 베일에 얼굴을 묻고 울었다. 궁성의 저녁 풍경이 눈물너머로 망막에 비추었는데, 그것은 마치 현란하게 수놓은 자수와 같았다. 그러나 이 저녁 풍경이 어떻게 이리성(伊犁城)의 저녁 풍경과 비교나 될 수 있단 말인가?

노예가 다시 향료를 드리러 들어왔다. 왕비는 노예들을 가까운 데서 볼 때면 언제나, 고향생각이 사무치는 것이었다. 왕비는 노예에게 눈길을 주다, 힘주어 말했다.

「우리 기도 드립시다.」

왕비는 동국에 오고 나서부터는, 음식기거(飮食起居)는 이 나라 풍습에 귀화하였으나, 매일 치러지는 5번의 예배만큼은, 결코 잊은 적이 없었다. 해뜨기 전에는 아침 예배, 점심식사 후에는 낮 예배, 저녁식사 전에 갑 시각(甲の刻:오후3~4시) 예배, 태양이 서쪽으로 질 때에는 황혼예배, 저녁식사 후에는 밤 예배로, 이렇게 그때마다 단 한번도 소

홀이 한 적은 없었다. 오늘은 오수(午睡)를 취하다 그만 저녁식사전의 갑 시각 예배를 놓치고 말았기에, 노예에게 옆에서 시중들게 하고 저녁 예배를 행하였다. 왕비와 노예는, 우선 하반신과 손발을 깨끗이 닦았다. 예배를 드릴 때에는, 늘 하던 대로 신이 계신 곳을 향해야 하는 것인데, 그러나 이리성(伊犁城)에 있을 때처럼 예배를 이끄는 리더가 이미 없어져 버렸기에, 많은 사람들이 줄지어 설 필요도 없었고, 이리(伊犁)에서 잡혀온 두 노예와, 기도를 해란달이(海蘭達爾:기도를 주관하는 교도)가 있을 뿐이었다. 왕비는 또 한 명의 노예와 기후풍토에 적응 못하여 최근 중병에 걸린 해란달이를 불러와, 즉시 예배를 시작하였다. 4명은 우선 똑바로 서서, 두 손을 올리고, 경문을 외운 후, 허리를 구부리고 머리를 조아리며, 마지막에는 무릎을 꿇었다. 왕비는 무릎을 꿇으면서, 노예와 해란달이를 보더니, 다시 눈물을 흘렸다. 만약 자신이 이리(伊犁)에 있었다면, 이따위 천민들과 함께 예배드리는 일 따위 감히 있을 수나 있겠나. 그러나 지금은 잡혀온 신세, 아아, 서방의 고향은 이제 두 번 다시, 영구히 볼 수가 없는 것이다. 그러나 왕비는, 같이 무릎꿇고 기도하고 있는 자들에게, 그 눈물을 보이고 싶지 않았다. 그래서 억지로 눈물을 참으며 말했다.

「욕덕지(浴德池:청나라시절 궁정안에 있던 香妃가 목욕하던 곳)에 가겠습니다. 그리고 나서 밤 예배를 드려야 합니다. 새이만(塞爾曼)은 가마를 준비해 놓게나.」

새이만(塞爾曼)이란 노예의 이름이다. 노예는 분부를 듣고, 즉시 몸을 일으켜 방에서 나갔다. 욕덕지(浴德池)에서 돌아 왔을 무렵에는, 이미 황혼 무렵이 지나, 저녁을 알리는 커다란 북소리의 울림이 불길한 천둥소리처럼, 북경성 위에 울려 퍼지고 있었다. 왕비는 다시 노예와 해란달이를 데리고 와 밤 예배를 끝마쳤다. 황혼이 지고 나서, 노예들은 몇 번이고 자신의 곁을 왔다갔다 하였으나, 거대한 궁전 안에서 적적한 생각에 잠겨있던 왕비는 침대 가에 앉아, 종잡을 수 없는 생각에 사로잡혀 있었다. 아아, 동국의 제왕은, 내 사랑을 빼앗기 위해서, 크나큰 대가를 치렀다. 외부 호사가들은, 제왕은 오로지 나를 손에 넣기 위한 목적 하나만으로, 서역 정벌에 나선 것이라는 소리마저 떠들어대고 있었다. 이것은 사실이 아니겠지만, 제왕이 서방의 새로운 영토를 사랑했다고 하기보다, 오히려 나의 아름다움이 제왕의 마음을 움직였다고 해야 할 것이다. 제왕이 군사를 일으켰을 때, 출병인사를 하러 입궐한 장군 조혜(兆惠)에게 간곡히 지시하였다.

신강(新疆 : 위구르 자치구)에 도착하면, 반드시 그 아름답기로 소문난 香妃의 행방을 찾아 내라고 명령하였다. 이 이야기는 제왕이 나에게 구애할 때에 반드시 언급하는 일화였다. 그러나, 재앙과 맞닥뜨린 신세인 이상, 죽어 지하에 묻혀있는 和卓을 어찌 불안하게 할 수 있겠는가? 그렇다, 동국의 위대한 제왕은, 틀림없이 당대에 있어 유일무이한 권세를 자랑하고 있었다. 그러나, 비록 내 몸은 잡혀있으나, 나의 아름다움과 애정은 포로로 삼을 수 없을 것이다. 玉孜巴什의 딸의 아름다움과 사랑은, 영구히 和卓의 것이어야만 한다.

和卓은 위대하였다. 和卓의 혈통은 고귀한 것이었으며, 和卓의 총명함은 무한하였으며, 和卓의 웅대한 계획은, 서방을 영원히 통치하며 안녕(安寧)을 가져오는 것이었다. 霍集古의 명성은, 천산(天山)의 험준한 봉우리들과 마찬가지로, 천지 사이에 영구히 우뚝 솟아있을 것이다. 왕비는 생각이 여기에 이르렀을 때, 자기도 모르게 찬탄(贊嘆)의 소리를 올렸다.

「사랑하는 주인님이시여, 그리고 위대한 용자시여!」

확실히, 和卓은 위대하였다. 그의 총명한 자부심은, 종종 드넓은 바다와 같은 앞날을 개척하였다. 그는 빛나는 왕좌에 앉아, 만리(萬里)에 걸쳐 펼쳐지는 영지를 지배하였다. 겨울이 되면, 비버와 표범 가죽으로 만든 천막 속에서, 그의 몸은 금이나 은으로 만든 스토브에 항상 둘러싸여 있었다. 머리 위에는, 엄청난 고가의 큰 관을 쓰고, 몸에는 황금으로 만든 상의를 걸치고, 허리에는 보석이 박힌 칼을 차고 있었는데, 이것들 모두가, 영특한 왕자의 기개를 나타내고 있었다. 때로는 가신을 데리고 사냥 나가는 경우도 있었다. 그 사냥의 호사(豪奢)스러움과 화려함은 전대미문의 것이었다. 그의 뒤에는, 적자(赤紫)색의 선명한 의복을 몸에 두른 수백 명의 장정들이 그 뒤를 따랐는데, 큰 매를 손으로 받쳐 든 사냥꾼, 사냥개를 데리고 온 수행원, 향료와 부채를 옮기는 노예들, 그리고 말에 걸터앉은 무수한 악사들…… 모든 이가 그를 뒤따르고 있었다. 봄이 되면, 그의 나라에서는, 고산식물이 만개하는 봉우리들, 넓디 넓은 목장, 은빛 청류(淸流), 울창한 숲…… 그는 황녀와 왕비를 큰 융단 위에 태우고, 낙타와 준마를 거느리고 들과 산을 누비고 다니는, 그의 영웅다운 당당한 모습은 얼마나 많은 이들에게 감동을 주었던 말인가? 和卓은 때로, 이웃국가와 전쟁을 일으켰다. 그는 항상, 낙타 등에 얹은 가마에 올라타, 수하 병사들에게 호령을 내리며, 삼군(三軍 : 上軍·中軍·下軍)을 때로는 질타, 때로는 격려하였다. 和卓이 출병한지 반달이 지났는데, 아직 개선(凱旋)소식을 갖고 돌아오지 않던 어느 날 밤을 기억하고 있다. 그녀는 황녀들을 거느리고, 궁전 앞에서 기도를 드리며, 신께 주군의 비호와 무사 귀환을 빌었다. 그러자 아니다 다를까, 밤의 푸른 어둠 속에서 和卓의 군대가,

이야기 속의 환상적인 천병(天兵)처럼 나타났다. 和卓의 군대 뒤에는, 출발할 당시에는 없었던 포로와 가축 행렬이 새로이 더해져 있었다. 군대는 바로 궁전으로 향해 갔으며, 마치 신풍(神風)처럼 궁전 문을 빠져나갔다. 和卓은 낙타 등에서 뛰어내려, 그녀에게 깊은 입맞춤을 하고, 포획한 마노(瑪瑙)로 만든 목걸이를 그녀의 목에 걸어주었다……아아! 이런 인생의 쾌락과 황금과 같은 세월은, 모두 어디로 흘러가버렸단 말인가?

어디에 흘러가 버렸을까? 고향의 풍경은 和卓의 운명과 함께, 어떻게 이렇게나 황폐해진 것인가?

「고향의 산이여 강이여, 그리고 사람들이여!」

왕비는 和卓을 그리며, 그리고 和卓 고향의 풍물을 떠올려보다, 한층 더 낙담하고 말았다. 왕비는 和卓의 왕도(王都) 이리(伊犁)를 잘 기억하고 있었다. 성벽에는, 무수한 벽감(壁龕 : 서양건축에서 벽면의 일부를 움푹 들어가게 한 부분)과 돌계단이 남아 있었고, 또 和卓이, 성밖 적군을 감시하기 위해 설치한 회랑(回廊 : 건물이나 뜰을 빙 둘러 만든 긴 복도)도 있었으며, 또한 和卓의 아버지 마한목특(瑪罕木特)이, 준갈이부(準噶爾部 : 청나라때, 신강(新疆 : 위구르 자치구)에서, 回族과 대립하고 있던 유목민족)으로부터의 간섭에 저항한 전쟁의 흔적, 이런 곳들 하나하나는 모두, 和卓 일족의 역사와 내구력을 기념한 것이다. 성벽내외의 백성들은, 자손이 부모의 주거를 둘러싸듯이, 또는 그들의 조상이 물려준 유산을 존중하듯이. 소박한 오두막을 짓고 살고 있었다. 아아, 고향 이리(伊犁)의 광경이여! 이러한 오두막과, 그 오두막 근처를 왕래하는 낙타와 당나귀 무리는, 동국 왕성에서는, 절대로 볼 수 없는 광경이었다. 성벽 근처에는, 많은 정원과 미궁이 있었다. 미궁 안의 상점과 여관에서는 밥 짓는 연기를 토해내고 있었고, 검게 그을린 건물 돌기둥과 지붕, 이 돌기둥과 지붕 사이에, 가끔 낙타와 당나귀 무리가 나타나곤 했다. 궁중의 중요한 제사라도 있는 날에는, 개제절(開齊節: 중국어로, 이슬람교의 라마단이 끝나는 날을 가리킴)이나 희생절(犧牲節)에는, 이러한 낙타와 당나귀 무리가 더욱 그 수가 늘어났다. 골짜기에 사는 여성, 마을에 사는 사냥꾼, 포도재배농민, 땀 범벅이 된 어부, 가난해도 즐길 줄 아는 유목민, 이 모든 이들이 왕성으로 몰려왔다. 그들의 얼굴은 태양에 드러나 검붉었으며, 벗은 웃통에 털가죽을 걸치고, 머리 위에는 은과 적동(赤銅)으로 장식한 모자를 쓰고 있었는데, 그것은 마치 바람에 흔들리는 거목과 같았다. 양기름과 고유(膏油: 불 피는 기름)를 담은 항아리, 여행에 필요한 음식과 일용품을 손에 들고, 공공건물 그늘에서 산책하며, 신전의 경내에서 노래를 불렀고, 혹은 덮개로 덮은 인도나 육교(陸橋) 아래에서 휴식을 취하며, 和卓의 통치아래에서 생활을 보냈고, 모든 것이 평화로웠고, 근심걱정도 없었다. 얼마 안 있어, 왕성 안팎은 이런 여행자들과 순례자들에 의해, 입추의 여지도 없을 정도로 메워졌다. 어떤 자는 중요한 제를 준비하였고, 어떤 자는 목욕으로 몸을 정갈히 하였고, 어떤 자는 산 제물을 운반하며, 어떤 자는 궁전 입구에서 납세 준비를 하고 있었다. 그 때문에 궁전 재보고 (財寶庫: 곳간) 앞은, 언제나 사람들 무리가 가득 몰려와 있었다. 그녀는 아직도, 납세할 때의 풍경을 기억하고 있었다. 회계담당자가 한가운데에 앉아 있었고, 먼 곳에서 운반해 온 금은보석, 비단과 진귀한 유지(油脂)를 받고 있었다. 부유한 자들은 과부와 고아들을 위해 기꺼이 재물을 희사(喜捨)해 주었다. 그들의 이러한 희사는 궁전의 재보고(財寶庫)에 수납되었으며, 그 금액이 양피지로 만든 등기부에 기입되었다. 진심 어린 관대함과 애정이, 얼굴도 모르는 무연(無緣)의 사람들에게 베풀어지는 것이었다. 이러한 과정이 끝난 후에, 전국에서 온 사람들은, 모두 함께 이 왕성을 즐기게 되어 있었다. 신전과 궁전 사이에 막이 둘러쳐지고, 여러 점포가 개설되었다. 비둘기 기름을 파는 자, 밀가루를 파는 자, 향유(香油)와 향료를 파는 자 등이, 돌로 된 보도 하나 가득 점거하게 되었다.

그러나, 다시 그의 영지를 찾아간다고 해도, 이러한 풍경을 볼 수가 있을까? 내 고향은 현재, 백극(伯克:청나라가 回族을 평정한 후에 파견된 토착 관리)에게 관리되고 있었는데, 삭발을 강제로 실시하지도 않았으며, 세금도 아직까지 경미한 것이라고는 하지만, 전권(全權)은 동국에서 파견된 참찬대신(參贊大臣:淸朝에서 외몽고, 신강에 파견되어, 장군 밑에서 軍務를 의논하는 행정관)과 변사대신(弁事大臣:淸朝때 티벳에 파견되어 정치를 감독하던 대신) 손에 쥐어져 있는 것이다. 나는 和卓 일족들중 유일한 생존자일지도 모른다. 아니, 유일한 죄인일지도 모른다. 동국 왕성에 잡혀와서, 수많은 수모를 겪고 있다. 왕비는 이렇게 생각하며, 다시 눈물을 훔치고, 소리 죽여 울기 시작했다.

왕비가 이렇게 고향생각을 떠올리다, 어느 틈엔가 잠이 들고 말았다. 어렴풋한 꿈 속에서, 누군가가 흔들어 깨웠다. 눈을 비비며 쳐다보니, 그곳엔 제왕이 환관과 함께 침대 앞에 서 계신게 아닌가. 왕비는 몹시 황송해하며 즉시 바닥에 엎드렸다.

「이 년의 죄는, 만 번 죽어 마땅합니다.」

제왕은 아직 왕비의 사랑을 손에 넣은 적이 없다고는 하지만, 수많은 정사(政事)로 다망(多忙)한 중에, 잠시 짬을 내서는, 왕비가 거처하는 서원(西苑)에 걸음을 옮기신 것이다.

이 날 제왕은 서원으로 가겠다는 뜻을 먼저 전하시고, 왕비가 아직 숙면에 빠져있다는 말을 전해 듣고, 놀라게 해서는 안된다,고 환관을 타이른 후, 서원에 있는 내전(內殿)에 기척도 없이 오신 것이었다. 내전(內殿)의 횃불은 활활 타오르고 있었으며, 조각된 기둥과, 그림이 그려진 대들보 사이에, 아련한 향이 감돌고 있었고, 드리워진 발 속에서는, 왕비가 정숙한 모습으로 깊은 잠에 빠져 있었다. 제왕은 잠시 그 모습을 바라보더니, 왕비의 하얀 팔을 가만히 눌렀다. 왕비는 깜짝 놀라 눈을 뜨고, 바닥에 엎드렸다.

「이 년의 죄는, 만 번 죽어 마땅합니다!」

제왕은 왕비의 놀라는 모습으로 보더니, 회심의 미소를 떠올리며 말했다.

「일어 서거라!」

「이 년은 죄인입니다!」 왕비는 몸을 엎드린 채 움직이려 하지 않았다.

「일어 서거라!」

이어서 환관이, 왕비를 도와 일으켜 세웠다. 왕비는 태도는 얼음장 같이 늠름하였으며, 안색 하나 바꾸지 않고, 제왕에게 머리를 숙이고, 제왕이 앉아있는 침대 옆에서 다소곳이 대기하고 있었다. 등불은 제왕의 번들거리는 붉은 얼굴을 비추었고, 숭고하며 범할 수 없는 그 기백은 제왕의 주변에 가득히 서려있었다.

제왕은 백대(百代)에 한 명 나올까말까한 훌륭한 군주였으며, 제왕에 즉위한 이래, 동국의 국토는, 한층 더 빛을 발하게 되었다. 제왕의 선조는, 북방에서 일어나, 건국의 대업을 이루었다. 제왕은 선조를 위해, 황족의 가계(家系)를 밝히고, 선조의 광대한 계획을 더더욱 넓혀, 사방(四方)의 변경(邊境)을 진압하여, 전대미문의 영토와 속국을 만들어 냈다. 단순히 무공을 세웠을 뿐만 아니라, 문화재를 한데 모으고, 은둔하고 있던 은자(隱者)와 박학(博學)한 대학자들을 천거하며, 이 동국을 위해, 현란한 예술문화의 꽃을 피웠다. 요컨대, 이 세상의 재보(財寶)와 영광, 그리고 지혜의 모든 것이, 제왕의 한 몸에 모여들었다.

이 세상의 재보, 영광 그리고 지혜를 독점하였으나, 제왕의 대사업은 영원히 완성될 수는 없었다. 선조가 동북의 적막한 산림에 군사를 일으켜, 중원의 주인이 되고 나서는, 이 광대한 국토와 유구한 역사가, 언제나 제왕의 눈에 자극을 주어, 제왕의 웅대한 계획을 한층 더 커지게 하였다. 제왕은 이 나라를 다스리며, 세계에서 가장 풍요로운 제국으로 만들고 싶었으며, 이 제국의 위령(威令)과 권세를, 이 세상의 모든 땅과 인종에 떨치고, 자신의 왕좌를 천하의 중심으로 만들고 싶었다. 그래서 즉위하고 나서는, 그 웅대한 계획을 실현하기 위해서, 무려 20년에 이르는 세월을 들여, 쭉 전쟁으로 세월을 보냈으며, 그러면서 번거로운 정무(政務)일을 소화해 왔다. 중년이 되어서는, 문덕(文德)과 무공(武功)이 제왕의 위엄을 키웠으며, 제왕의 생활에는 드디어, 총명한 아취(雅趣)가 더해졌으며, 오랜 세월의 피로를 치유해 주었다. 역대 제왕 중에서, 그의 생애만이 위엄과 아취(雅趣)를 겸비하고 있다고 할 수 있을 것이다. 이 세상에서 지고지대(至高至大)한 제왕이, 적국의 왕비에게 마음을 주었다는 것은, 오히려 제왕의 여유있는 마음의 표출이라고 할 수 있을지 모른다. 아득히 먼 서방(西方)의 왕성(王城)에 가면, 요염함으로 이 세상에 이름을 떨치는 여인이 있는데, 제왕은 이 여인에게 뜻을 품고, 이 여인을 혼자 독차지하고 싶어졌다. 이런 생각은 위대한 제왕쯤 되기에 가능한, 연애극의 구상일 것이다. 그 여인은 서방의 궁전에 살며, 만리(萬里)나 떨어져 있었다. 이 이국 땅의 명화(名花)를 동쪽 나라에 옮겨 심기 위해서는, 군대를 파견하여, 만리길 여정을 답파해야만 했다. 이것은 당대에 있어, 아마도 가장 호방(豪放)한 연애이었을 것이다.

　　제왕은 서방 변경(邊境)의 땅을 평정하기 위해서, 이미 여러 차례에 걸쳐 군사를 파병하였다. 전쟁 상황을 보고받을 때마다, 왕비의 아름다움은 이미 제왕이 귀에 전해지고 있었다. 왕비는 和卓霍集古의 애첩이며, 절세의 미녀라는 것을 알게 되었다. 그 후에도, 왕비와 관련된 소소한 일까지, 제왕에게 낱낱이 전해졌다. 가장 제왕의 흥미를 끈 것은, 왕비는 태어나서부터, 언제나 향료를 태워 몸을 그 향에 쐬어, 그 몸에서는 불가사의한 향이 발산되고 있다는 점이었는데, 이 점이 더욱 제왕의 마음을 매혹하게 되었다. 건륭(乾隆 : 청나라 고종의 치세중에 쓰인 연호.1736~1795년) 23년(1758년) 겨울, 서방 마지막 출병에 즈음하여, 장군 兆惠가 출병인사를 하러 입궐했을 때, 제왕은 많은 관리들 앞에서, 원정 떠나는 장군에게, 갑자기 차분한 어조로, 왕비에 대해 언급하며, 군대가 서방에 도달한 후, 반드시 왕비의 행방을 찾아내라고 명하였다. 이렇게 위대한 제왕과 절세미인과의 로맨스가 시작된 것이다.

　　회강(回疆 : 중국, 신강 위구르 자치구 천산산맥 이남 지역)은 이미 평정되었으며, 조혜의 부하였던 富德은, 역시 和卓의 마지막 땅, 巴達克山에서, 和卓의 목을 거두었고, 왕비를 손에 넣었다. 왕비는 만리(萬里)의 풍진(風塵)을 맛보면서, 동방의 왕성으로 끌려왔다. 제왕은 왕비를 사랑하였기에, 왕비의 운명에 관해서는 크게 동정하고 있었다. 왕비가 동방으로 올 때, 그 혹독한 만리 길 여정이 걱정되어, 만리 길 연도(沿道)에 있는 지방 관리에게, 왕비의 기거를 제대로 지키도록, 조용히 명령을 내렸다. 왕성에 도착했을 때에는, 서원(西苑)에 있던 내전의 한 귀퉁이를 마련하여, 왕비의 침전(寢殿)으로 삼았다. 이국에서 잡혀온 여성에 대한 대접치고는, 그 모든 조치가 너무도 관대하다고도 할 수 있을 정도였다. 그러나, 그 관대하다는 것이 그 어떤 도움이 된단 말인가? 제왕의 명성은 서방 왕국을 제압하였고, 和卓의 목을 거둘 수는 있었으나, 왕비의 아름다움과 애정을 혼자 독차지하기에는, 너무도 무기력하였다. 왕비는 비참하게 죽은 和卓과 고향 풍경을 언제까지고 마음 속에 담고 있었고, 제왕이 내전에 왕림하셔도, 거의 말하지도 웃지도 않았으며, 말씀을 내리셔도, 이런저런 질문을 하셔도, 대답이 없었다. 제왕은 이 이국의 강직한 아름다운 여인에게 아무런 손도 쓸 수 없었으며, 천하를 호령하는 그 위엄을 갖추고 있어도, 그저 쓴 웃음을 지을 수 밖에 없었다. 그 후에도 어찌 손써 볼 도리가 없었기에, 제왕은 언변이 좋은 궁녀에게 명하여, 상세히 제왕의 생각을 전하게 하려 했으나, 그 결과도 역시, 왕비의 마음에는 아무런 변화도 없었다. 동국에 온지 벌써 2년째 접어들고 있으나, 왕비의 태연한 표정은 그대로였다. 제왕은 종종 서원에 발길을 옮겨, 잠시 앉아, 왕비가 고향 향수를 잊어주기를 기대하였다. 그리고 시종들에게 명령하여, 밤낮으로 왕비의 동정을 감시하게 하였다. 왕비는 언제나 은장도를 품에 숨겨놓고, 자결을 꾀하려 하였기 때문에, 제왕은 뜻밖의 사단이 벌어질까 깊이 우려하고 있던 것이다.

이 날, 제왕이 서원에 발길을 옮긴 것은, 왕비의 동정을 살펴보고 싶었을 뿐이었는데, 공교롭게도, 왕비의 잠든 모습을 보고 만 것이다. 이 세상에서 가장 존경받는 제왕은, 가벼이 칭찬을 입에 담거나 할 수는 없었지만, 그러나 그 가슴 한 구석에서는, 애절한 사랑스러움과 연민의 정이 자리잡고 있었다. 제왕은 침대 가에 걸터앉은 왕비를 바라보았다. 활활 타오르는 등불 아래 떠오른 왕비의 아름다운 얼굴을 바라보며, 가볍게 미소지었다.

왕비는, 제왕의 연민을 어떻게 해석해야 할지 몰랐다. 그는 세계최대의 제왕이자, 황금을 쌓아 올린 왕성의 주인이며, 나아가서는 광활한 국토와 무수한 백성들의 지배자이었다. 과거 2년 동안, 이 위대한 인물이 자신에게 쏟아준 애정을, 피해자 신분인 나는, 이것을 어떻게 해석해야 할 것인가? 또 이 목숨을 보전할 수 있었던 것도, 제왕의 생각덕분이었다. 巴達克山에서의 대살육에서는, 남녀노소 그 누구 하나 남김없이, 피도 살도 알아 볼 수 없는 시체가 되어, 들과 산을 가득히 메웠다. 다만 자신만이 밀명(密命)에 의해, 여생을 얻은 몸이 된 것이었다. 만약 세상사람들의 기준에 따른다면, 왕비의 아름다움과 애정을 제왕께 바치는 것이 인지상정일 것이다. 그러나, 고향 풍경과 和卓의 모습이, 이 마음 속에 이렇게나 깊이 남아있는데, 어찌 멋대로 이 아름다움과 애정을 다른 누구에게 줄 수 있단 말인가? 왕비는 우울한 눈빛으로, 당당한 체구와 훌륭한 용모를 지닌 제왕을 바라보았다. 돌연, 사랑인지 원망인지 알 수 없는 감정이 북받쳐 올라왔다. 왕비는 제왕에게 눈물을 보일까 두려워, 바로 일어나, 밤이슬이 응결된 난간 옆으로 다가갔다.

궁중의 등불이 수해(樹海)를 지나, 왕비의 얼굴에 희미한 자색 그늘을 드리웠다. 왕비는 난간에 몸을 기댄 채, 하염없이 눈물을 흘렸다. 제왕은 왕비의 떨리는 어깨를 보며, 서둘러 곁으로 다가갔다.

「왜 우는거냐?」

제왕의 말은, 언제나 따스하였다.

왕비는 소리 없이 몸을 일으키더니, 멍한 눈빛으로, 난간 밖에 펼쳐지는 야경을 바라보았다.

「왜 우는거냐?」 제왕은 다짐이라도 받으려는 듯, 다시 물었다.

왕비는 등불아래 빛을 발하며 움직이는, 마치 나란히 이어진 진주와 같은 눈물을 머금은 채 말했다.

「성인(聖人)의 후예는, 적에게 잡히고서는, 간단히 죽을 수 없는 것입니다.」

「뭐라고?」

제왕은 왕비에 말에 적잖이 놀랐다. 이 말은, 서방 원정을 마치고 돌아온 장군 兆惠가 제왕에게 올린 보고 속에 들어있던 말이었다.

「짐은 일찍이 어딘가에서, 이 말을 들은 적이 있다.」

「그렇습니다. 제 나라 경전에 이렇게 쓰여있습니다.」

제왕은 생각해 보았다. 兆惠장군 휘하의 부덕(富德)장군이, 和卓霍集古를 추격하다 巴達克山에 이르렀을 때, 和卓은 巴達克山의 汗에게 붙잡히고 말았다. 富德은 사람을 보내 汗에게 和卓의 목을 헌상(獻上)하라고 요구하였다. 汗은 富德의 요구를 거절하고, 이 말을 논한 것이었다. 兆惠가 개선장군이 되어 돌아와, 제왕에게 당시 상황을 보고하며, 회족(回族)이 경전을 깊이 믿고 있다는 것을 알리기 위해, 제왕에게 이 말을 보고한 것이었다. 뜻밖에도, 이 말이 지금 다시, 왕비의 입에서 언급된 것이었다. 제왕은, 왕비 쪽을 보았으나, 아무 말도 하지 않았다. 왕비는 여전히 등불 아래서 눈물을 흘리고 있었는데, 어디서인지 방울 소리가 들려왔고, 쓸쓸한 듯이 허공을 보며 흔들리고 있었다.

제왕은 잠시 침묵하고 있었으나, 왕비를 보며 말했다.

「왜 우느냐고 묻지 않느냐?」

왕비는 여전히, 궁중의 야경을 바라보고 있었다.

「제 나라에서는, 지금이 마침 라마단의 시기입니다.」

제왕은 학식이 풍부한 자로, 회족(回族)에 라마단이라는 제계(齊戒 : 심신을 정갈히 하고, 금기사항을 지키는 것)의 달이 있다는 것에 생각이 미쳤다. 매년 이 달이 되면, 회족인(回族人)들은 제계(齊戒)를 해야만 한다. 라마단을 행하는 달 초하루 밤부터, 다음 달 초하루 밤까지, 이 30일 동안은 성행위와 죽음의 불결함을 피하지 않으면 안되며, 모든 악덕(惡德)들로부터, 신체 각 부위의 욕망을 정화하며, 욕심을 경건한 마음으로 승화시키고, 생각을 속된 것에서 멀리하며, 심야에 일어나 식사를 하고, 예배를 드린다. 저 위대한 사도(使徒)인 예언자는 이렇게 말한 적이 있다. 「신성한 달에 섭취하는 하루의 제식(齊食 : 불교에서 오전에 취하는 식사)은, 다른 달의 30일분보다 낫다」고. 지금이 바로 그 라마단에 해당하며, 왕비의 향수병은, 아무런 근거 없이 생긴 것이 아니었다.

「그렇다, 짐은 너의 나라 풍습을 잘 알고 있노라. 和卓의 궁중에서는, 이 예배는 틀림없이 장엄하고도 성대하였겠지.」 제왕은, 고향생각을 하는 왕비를 배려하여, 차분한 어조로 말하였다.

왕비는 눈물을 흘리며, 가만히 끄덕였다.

제왕은 매우 총명하였기에, 왕비의 향수병을 치료할 방법이 없다는 것을 알고 있었다. 계단에 놓인 해시계와 계량기(해시계와 계량기는 모두 청제국의 권위를 상징), 그 앞에 있는 18개의 세발 솥(중국 왕위의 상징), 천자의 지위가 무궁함을 나타내는 황금과 철, 장수무궁을 기원하는 학과, 거북이. 황금빛이 천공(天空)을 꿰뚫는 왕좌, 그리고 왕좌의 조정(藻井 : 정사각형 속에 다양한 그림과 모양을 입힌 장식을 말한다)과 가지모양 문양. 이 장식들은, 신령(神靈)의 존엄과 제왕의 권위를 상징하며, 또

한 그들의 존엄과 권위는 모두 제왕이 소유하는 것이었다. 그러나, 동국의 제왕의 소유라 할지라도, 과연 어떻게 왕비의 향수병을 없앨 수 있단 말인가?

제왕의 왕비에 대한 사랑과 연민의 정은 더더욱 커져만 갔고, 가만히 왕비의 어깨를 쓰다듬으며 말했다. 「인생, 가는 곳마다 고향이 있는거지. 짐의 나라에, 너의 나라 여자가 있던 적이 있다. 원(元)나라 때, 무창(武昌：중국의 도시)의 현장마록정(県長馬錄丁)의 딸은 서역 사람으로, 어린 시절부터 총명하며 차분한 성품으로 세간에서 유명하였다. 왕비는 이국에서 태어나, 和卓을 섬기고 있었다고는 하지만, 어째서, 짐의 나라를 너의 고향으로 생각하지 못하는 것이냐?」

제왕은, 오래 전에 실제로 동국에 살았던 회족 여인의 예를 들며, 왕비의 향수를 지워보려 하였으나, 당황스럽게도, 왕비의 눈물은 또다시 샘물처럼 흘러내렸다.

제왕은 왕비의 마음이 움직이지 않는 것을 보고, 행여 왕비의 마음에 상처를 줄까 우려되어, 입을 다물었다.

궁중의 야경은 점차 희미해지기 시작하였다. 제왕은 왕비를 지켜보고 있었으나, 그 흐느낌은 너무도 애처로웠으며, 오늘 밤도 여느 때처럼, 감흥이 식어버린 채, 궁전으로 돌아가야만 한다는 것을 깨달았다.

왕비는 경건한 마음으로, 융단에 몸을 엎드리고, 조용히 제왕이 돌아가기를 기다리고 있었다. 그러나 제왕은 바로 움직이려고 하지 않았으며, 왕비의 옆에 서서 이렇게 말했다.

「왕비여, 짐은 제왕으로, 너의 가장 큰 소원을 들어 주고 싶구나!」

왕비는 몸을 엎드린 채, 눈물을 흘리며 말했다.

「바라옵건대 폐하, 부디 저를 석방하시어, 고향에 돌려보내주십시오. 저는 평생, 신께 기도를 바치며, 폐하의 대제국의 비호(庇護)를 빌고, 언제까지나 융성하기를 기도 드리겠습니다.」

제왕은 이 애원을 듣더니, 가볍게 미소 짓고는 말했다.

「和卓은 일생을 걸고 왕비를 자기 여자로 만들 수가 있었다. 비록 죽었으나, 아마도 편안할 것이다. 짐은 예를 아는 국가의 제왕이다. 너의 가슴 속은 내 헤아릴 수 있으나, 고향에 돌아간다고 한들, 무슨 좋은 일이 있겠는가? 왕비여, 짐은 너의 눈 속에 있다. 너를 위해서, 서방식의 큰 성을 지어 주었다. 네가 고향을 생각한다면 너의 고향을 동방으로 가지고 올 수도 있다.」 왕비는, 제왕이 자신을 석방하고, 고향에 돌려보내지 않을 것을 알고 있었다. 그러나, 경솔히 소원을 말했는데, 제왕은 불쾌해하지 않았으며, 화를 입은 나를 위해서, 더욱 큰 사랑을 베풀어 주셨다. 왕비의 여자마음으로는, 참과 거짓, 옳고 그름을 구분하기가 힘들었다. 융단에 몸을 엎드린 채, 더더욱 큰소리로 울어댔다.

잠시 후 주변이 조용해지자, 왕비는 고개를 들고, 제왕이 이미 내전 (內殿) 회랑(回廊:건물이나 뜰을 빙 둘러 만든 긴 복도)에서 나가신 것을 알았다. 4개의 등불이, 제왕 몸 주변에서 흔들거리며 타고 있었고, 시종들에게 앞뒤를 에워싸여 돌아 가셨다.

가을 밤의 차가운 바람이, 궁정 앞에 있는 벽오동나무를 스쳐 지나, 난간 쪽으로 불어왔다. 왕비가 융단에서 몸을 일으키자, 때마침 바람이 한 차례, 정치(精緻:정교하고 치밀함)한 조각을 장식한 촛대에 불어와, 불꽃이 흔들거리기 시작하자, 왕비의 그림자가, 마치 유령처럼 늘어났다 줄어들었다 하며 벽에 비추었다. 왕비의 앞머리가 하얀 이마로 드리워지자, 눈앞에서 뱀이, 마치 벽에서 꿈틀거리는 것처럼 비춰졌다. 그러자 왕비는 놀라 껑충 뛰며 자리에서 몸을 일으켰다.

왕비는 다시, 가만히 난간으로 다가갔다. 궁중의 야경은 더욱 농후해져 있었다. 무한한 애수를 띠며, 하현(下弦)달이 궁궐 망루 한 귀퉁이에서 떠 올라왔다. 왕비는 이 가을의 달을 바라보며, 다시 和卓의 궁전에서 자주 바라보던 달을 떠올려 보았다. 아아, 변함없이 차고 기우는 신비한 달님이시여. 그 때, 나는 和卓을 섬기며, 이런 달빛 아래에서, 연회를 열어 밤놀이를 즐기곤 하였다. 온갖 색채가 뒤섞인 등불, 눈 앞의 진수성찬, 몸을 엎드리고 분부를 기다리는 노예들, 황홀하여 몽환과 같은 궁정의 춤, 그리고 和卓의 호쾌한 웃음소리와 정이 담긴 둘만의 이야기…… 똑같은 달인데도, 그때의 그 풍경은 모두 어디로 사라진 것일까? 오늘 밤 제왕은, 나를 위해 서방식의 큰 어전(御殿)을 크게 선심쓰셔 건조(建造)해 주었다고 답하셨다. 그러나 과연, 이리성(伊犁城)의 풍경과 내가 섬긴 和卓의 추억이, 눈 앞의 동쪽나라 왕성에서 재현되었다고 말할 수 있을까?

인생은 잔혹한 꿈이다. 아니, 어떻게 꿈으로 있을 수 있겠는가? 이미 그 예언자에 의해 분명하게 갈파(喝破)되고 있던 것은 아닐까? 예언자는 이렇게 말했다. 「전도다난(前途多難)한 운명의 소녀여! 불행한 아름다운 공주여!」라고. 왕비는 머리를 들고 서방을 향해 눈길을 돌렸으나, 천산(天山)의 첩첩이 겹친 험준한 봉우리들은 보이지 않았으며, 눈앞에는, 그저 동국의 궁전이, 한 면의 칠흑(漆黑)의 장막이 되어, 가을 밤에 끝없이 드리워져 있었다.

황요찬 옮김

모옌 (莫言 1955~)

본명은 관모예(管谟业)이다. 모옌(莫言)은 필명으로 그 뜻을 해석하면 "말을 하지 않는다"이다. 민담, 역사, 현대 중국의 사회상을 섞어 글을 쓰는 독특한 스타일인 환영적 사실주의(Hallucinatory realism)를 대표하는 작가로 손꼽힌다. 대표 작품으로는 『홍까오량 가족(紅高粱家族)』, 『술의 나라(酒國)』, 『사십일포(四十一炮)』, 『단향형(檀香刑)』 등이 있다. 그의 작품은 중국어 외에도 한국어, 영어, 프랑스어, 독일어, 노르웨이어 등 10여 개 언어로 출판되었다. 2012년에는 노벨 문학상 수상자로 선정되었다.

이야기꾼[01] Storytellers

　존경하는 스웨덴 아카데미의 원사님, 신사 숙녀 여러분! 텔레비전이나 인터넷 사이트를 통하여 이 자리에 앉아 계시는 여러분은 머나먼 고밀현 동북향에 대해서 많이 혹은 적게나마 알고 계시리라고 생각합니다. 여러분은 아마도 구십 고령의 제 아버님을 보셨을 것이고 제 형님, 누님과 제 아내와 딸 그리고 한 돌 넉 달 되는 제 외손녀도 보셨으리라 생각합니다. 그런데 이 시각 가장 사무치게 그리운 분은 바로 제 어머님입니다. 여러분들은 아마도 영원히 그분을 볼 수 없을 겁니다. 제가 노벨상을 수상한 후로 많은 분들이 저의 이 영광을 함께 누렸지만 제 어머님만은 누릴 수 없게 되었습니다.

　제 어머님은 1922년에 태어나 1994년에 돌아가셨습니다. 그분의 유골은 마을 동쪽의 복숭아 과수원에 묻혀 있습니다. 작년에 철길이 그곳을 가로질러 지나게 되는 바람에 저희는 하는 수 없이 어머님의 묘지를 마을에서 훨씬 멀리 떨어진 곳으로 옮겼습니다. 무덤을 파헤쳐 보니 관이 다 썩어서 어머님의 유골은 이미 흙과 한데 뒤섞여 버렸습니다. 저희는 부득이 상징적으로나마 얼마간 흙을 퍼 담아서 새 묘

01　민족문학 2013년 1호에서 전재함.

혈로 옮겨 갔습니다. 그때부터 저는 어머님이 대지의 일부분이 되셨음을 깨닫게 되었습니다. 저는 대지 위에 서서 넋두리를 했습니다. 어머님을 향한 넋두리였습니다.

저는 제 어머님이 낳은 막둥이입니다. 제 머릿속에 남아 있는 가장 오랜 기억은 바로 우리 집에 하나밖에 없었던 보온병을 들고 공공 식당에 끓인 물 뜨러 갔던 일입니다. 굶주림으로 온몸에 힘이 쏙 빠진 저는 그만 실수하여 그 보온병을 깨뜨려 버리고 말았습니다. 너무나 무서운 나머지 저는 풀숲에 몸을 숨기고는 진종일 감히 나올 엄두를 내지 못했습니다. 땅거미가 질 무렵에야 저는 어머님이 제 아명을 부르는 소리를 들었습니다. 풀숲에서 나와 어머님을 향해 다가가면서 욕을 먹고 매를 맞으리라고 생각했으나 어머님은 때리지도 욕하지도 않으셨습니다. 그저 제 머리를 어루만지면서 장탄식을 할 따름이었습니다. 제 기억 속에서 가장 고통스러운 과거는 어머님을 따라 집체 소유였던 밀밭에 가서 밀 이삭을 줍던 일입니다. 밀밭을 지키던 파수꾼이 오자 이삭을 줍던 아녀자들은 저마다 줄행랑을 놓았지만 어머님은 전족을 한지라 빨리 도망갈 수 없었으므로 그만 붙잡혀서 억대우 같은 그 파수꾼 사내한테 귀싸대기를 호되게 얻어맞으셨습니다. 그 서슬에 어머님은 휘청거리다가 그만 땅바닥에 쓰러지고 말았습니다. 그 파수꾼 사내는 우리 모자가 주운 밀 이삭을 모조리 몰수하고는 휘파람을 휙휙 불면서 사라졌습니다. 입가에서 피가 흘러나오는 어머님은 밀밭에 퍼더버리고 앉으셨는데 그때 어머님의 얼굴에 비꼈던 그 절망에 찬 기색은 제 기억 속에서 한평생 지워지지 않고 있습니다. 여러 해가 지난 뒤에 그 밀밭을 지키던 파수꾼 사내도 백발이 성성한 노인이 되었습니다. 한번은 장거리에서 그 늙은이와 맞닥뜨렸는데 저는 달려들어 복수를 하려고 했습니다. 이때 어머님은 저를 붙잡으시며 차분한 목소리로 "아들아, 그때 날 때린 그 파수꾼 사내는 이 노인이 아니란다."라고 말씀하셨습니다.

　어느 해 추석날 점심때 있었던 일입니다. 우리 집에서는 어쩌다가 만두를 빚어 먹게 되었습니다만 한 식구당 한 공기밖에 차려지지 않았습니다. 우리 집 식구들이 한창 만두를 먹고 있는데 한 늙은 거지가 우리 집 문 앞으로 기신기신 다가왔습니다. 제가 고구마 말랭이를 사발에 절반쯤 담아서 돌려보내려고 하자 그 늙은 거지가 "난 보다시피 늙은이다. 넌 만두를 먹으면서 나만 고구마 말랭이나 먹으라고? 도대체 무슨 심보냐?"라고 투덜거렸습니다. 제가 눈을 부라리면서 "우리 집에서도 일 년에 만두 몇 번 먹어 보지 못해요. 오늘도 한 식구당 한 공기밖에 돌아가지 않아 배를 절반도 채우지 못해요. 고구마 말랭이를 준 것만도 감지덕지해야 할 텐데, 싫으면 그만두세요. 어서 썩 물러가요!"라고 고함을 쳤습니다. 이를 본 어머님은 저를 꾸중하시고는 자기 공기에 절반쯤 남은 만두를 그 늙은 거지의 쪽박에 담아 주셨습니다.

　제가 가장 후회하는 일은 어머님을 따라 배추를 팔러 갔을 때 벌어졌습니다. 저는 부지불식간에 배추를 산 노인의 돈 10전을 더 받았습니다. 돈 계산을 하고 나서 저는 곧바로 학교로 갔습니다. 집에 돌아오니 평소에 어지간해서는 눈물을 보이지 않았던 어머님이 하염없이 눈물을 흘리고 계셨습니다. 어머님은 나지막한 목소리로 "얘야, 넌 오늘 어미를 망신시켰구나."라고 말씀하셨습니다.

　제가 열 몇 살 때 어머님은 심한 폐병을 앓으셨습니다. 굶주림, 질병, 과로로 인해 우리 집은 곤경에 빠졌고 한 올의 광명과 희망도 보이지 않았습니다. 제 마음속에는 자꾸 불길한 예감이 들었습니다. 어머님이 수시로 자살을 시도할 수 있다는 불안감이 들곤 했지요. 그래서 저는 일을 마치고 집에 들어설 때마다 큰 목소리로 어머님부터 부르곤 했습니다. 어머님이 응답하시는 소리가 들리고서야 저는 안도의 숨을 내쉬었습니다. 만일 어머님의 목소리를 듣지 못하게 되면 저는 가슴이 마구 들뛰면서 사랑방이며 방앗간을 미친 듯이 돌아다니면서 어머님을 찾았습니다. 한번은 모든 방 안 구석구석을 다 찾아봐도 어머님의 모습이 보이지 않자 저는 마당에 나가 앉아 큰 소리로 울어대기 시작했습니다. 바로 그때 어머님이 섶단을 지시고 집에 들어서는 것이었습니다. 어머님은 제가 우는 꼴을 보고는 아주 못마땅해하셨지만 저로서는 어머님에게 제 근심을 털어놓을 수 없었습니다. 그런데 어머님은 제 속마음을 훤히 꿰뚫어 보시고는 "얘야, 근심하지 마라. 비록 내가 살아서 아무 낙도 없지만 염라대왕이 부르기 전에는 절대 저승에 가지 않을 것이다."라고 말씀하셨습니다. 보시다시피 저는 천성적으로 얼굴이 못생겼습니다. 그래서 동네의 많은 사람이 저를 대놓고 조롱했고 학교에 가면 주먹이 센 몇몇 애들이 못생겼다고 손찌검하기도 했습니다. 제가 집에 돌아와서 서럽게 울면 어머님은 "얘야, 넌 못생기지 않았어. 코가 빠졌냐? 눈이 하나 빠졌냐? 팔다리가 병신이냐? 어디가 못생겼단 말이냐? 네가 가슴속에 착한 마음씨를 간직하고 착한 일을 많이 한다면 설사 못생겼다 하더라도 잘생긴 사람으로 변할 수 있는 거다."라고 타이르곤 하셨습니다. 도시에 온 뒤에도 많은 사람들이 심지어 교양인이라 자부하는 사람들조차 여전히 제 뒤에서 혹은 제 면전에서도 제 용모를 조롱했습니다. 그럴 때마다 저는 어머님의 말씀을 되뇌면서 평온한 마음으로 그네들에게 사과하곤 했습니다.

제 어머님은 낫 놓고 기역 자도 모르셨지만 글을 아는 이들을 아주 존경했습니다. 우리 집은 살림이 궁색하였기에 늘 끼니를 잇지는 못했습니다. 그러나 제가 책이나 문방구를 사겠다고 하면 어머님은 언제나 흔쾌히 저의 청을 들어주셨습니다. 어머님은 부지런한 분이셨으므로 게으른 아이들은 좋아하지 않으셨습니다. 하지만 제가 책을 읽느라고 시킨 일을 하지 않았을 경우 어머님은 꾸지람하지 않으셨습니다. 어느 한동안 장거리에 옛날이야기를 들려주던 이야기꾼이 왔었습니다. 저는 그 이야기꾼의 말을 듣다 보니 어머님이 저한테 맡기신 일을 홀랑 까먹고 말았습니다. 이 일로 어머님은 저를 꾸중하셨습니다. 밤이 되어 어머님은 등잔불 밑에서 솜옷을 짓느라고 여념이 없으셨습니다. 저는 그만 참지 못하고 낮에 장거리에서 들었던 이야기를 어머님께 들려주었습니다. 처음에 어머님은 귀찮아하셨습니다. 그도 그럴 것이 어머님이 보시기에 이야기꾼은 모두가 입만 나불거리고 정당한 일은 하기 싫어하는 자들이므로 그네들의 입에서 들을 만한 말이 나올 리 없다고 여기셨기 때문이었습니다. 그러나 제가 옮기는 이야기들이 점점 어머님의 마음을 끌어당기게 되었습니다. 그리하여 매번 장날이 돌아오면 어머님께서는 저한테 일을 맡기지 않으셨습니다. 제가 장거리에 나가서 이야기꾼의 말을 듣는 것을 허락하셨던 겁니다. 어머님의 은정에 보답하기 위해, 또 어머님 앞에서 저의 기억력을 뽐내기 위해 저는 낮에 들었던 이야기들을 아주 그럴듯하게 어머님 앞에서 옮기곤 했습니다.

오래지 않아 저는 다만 이야기꾼의 말을 옮기는 데 만족할 수 없었습니다. 저는 그 말을 옮기는 과정에 끊임없이 이것저것 보태 넣었습니다. 저는 어머님의 기호에 맞추어 일부 이야기를 꾸며내서 넣기도 하고 때로는 이야기의 결말을 바꾸어 놓기도 했습니다. 이러다 보니 어머님만이 아니라 누님, 숙모님, 할머니도 모두 저의 청중이 되어 버렸습니다. 어머님은 제 이야기를 다 듣고 나서 때로는 시름에 겨워 저에게 "아들아, 넌 커서 무슨 사람이 되려고 하느냐? 입만 나불거리면서 밥벌이를 할 셈이냐?"라고 말씀하셨습니다. 저는 어머님의 근심을 짐작할 수 있었습니다. 왜냐하면 마을에서 입만 나불거리는 아이들은 남들로부터 혐오의 대상이 되었고 남들에게는 물론 식구들에게조차 소음으로 폐를 끼치기 일쑤였기 때문입니다. 저의 소설 『소(牛)』에 묘사된, 말이 너무 많아 마을 사람들에게 미움을 사는 아이에게는 제 유년의 그림자가 깃들어 있습니다. 제 어머님은 늘 저에게 말을 적게 하라고 주의를 주셨습니다. 어머님은 제가 침묵할 줄 알고 말수가 적고 듬직하고 너그러운 아이로 자라기를 바랐습니다. 그러나 저의 몸에서는 지극히 강렬한 언설(言說) 능력과 지대한 언설 욕구가 일찍부터 드러나기 시작했습니다. 이는 분명히 아주 위험한 조짐이 아닐 수 없었습니다. 그러나 다른 한편으로 이야기꾼으로서의 제 말재주는 어머님에게 즐거움을 가져다주기도 했습니다. 이는 어머님으로 하여금 깊은 모순에 빠지게 했습니다.

속담에 "강산은 쉽게 변해도 본성은 쉽게 변하지 않는다."고 했듯이 부모님의 간곡한 당부에도 불구하고 저는 말하기 좋아하는 천성을 고치지 못했습니다. 이런 까닭에 '모옌(莫言)'이라는 저의 이 필명은 그야말로 저 자신에 대한 풍자나 다름없습니다. 저는 소학교를 채 마치지 못하고 중도에 학업을 중단하고 말았습니다. 하지만 나이가 너무 어리고 몸도 허약하여 무겁고 힘든 일은 할 수 없었으므로 거친 들판에서 소와 양을 방목하는 일을 맡았습니다. 소와 양을 몰고 학교 대문 앞을 지나면서 지난날의 동창생들이 학교 마당에서 뛰노는 것을 볼 때마다 마음속에서 슬픔이 피어올랐고 한 사람이, 설사 그가 어린아이라고 하더라도, 집단을 떠난 뒤의 고통을 깊이 느끼게 되었습니다. 거친 들판에 나가서 저는 소와 양을 풀어놓아 제멋대로 풀을 뜯게 했습니다. 제 눈앞에 펼쳐진 푸른 하늘은 마치 바다와 같았고 초원은 일망무제했습니다. 주변에는 사람 그림자 하나 보이지 않았고 말소리도 들리지 않았으며 다만 하늘을 날며 지저귀는 들새 소리만 들려왔습니다. 저는 너무나 고독했고 적막감을 느꼈습니다. 제 마음은 텅 비어서 허전하기 그지없었습니다. 때로 풀밭에 벌렁 드러누워 하늘에 떠 있는 한적한 흰 구름을 올려다보노라면 오만 가지 환상들이 뇌리를 스쳐 지나곤 했습니다. 제 고향에는 여우가 미녀로 둔갑한다는 이야기가 많이 전해져 내려왔습니다. 저는 여우가 미녀로 둔갑하여 저와 동무하면서 소와 양을 먹이면 얼마나 좋으랴 하는 어처구니없는 환상에 사로잡히기도 했습니다만 여우가 둔갑한 미녀는 끝내 나타나 주지 않았습니다. 그런데 한번은 털빛이 불 같은 여우 한 마리가 제 앞의 풀숲에서 튕겨 나오는 바람에 저는 그만 놀라서 엉덩방아를 찧으면서 뒤로 벌렁 자빠지고 말았습니다. 그 여우는 순식간에 바람처럼 사라져 버렸지만 저는 여전히 후들후들 떨기만 했습니다. 때로 저는 소 옆에 쪼그리고 앉아서 파르스름한 소 눈알과 그 소 눈알 속에 거꾸로 비친 제 모습을 뚫어지게 쳐다보기도 했고, 새들의 울음소리를 흉내 내어 하늘에서 날아드는 새들과 대화를 시도해 보기도 했으며, 나무를 보고 내 마음을 알아 달라고 하소연하기도 했습니다. 그러나 새들도 나무도 알은체하지 않았습니다. 오랜 세월이 흐른 뒤에 저는 소설가가 되었습니다. 그래서 그 시절의 수많은 환상을 모두 제 소설 속에 썼습니다. 많은 이들이 저를 상상력이 풍부하다고 칭찬하고 또 일부 작가 지망생들은 저한테 상상력을 키우는 비결을 알려 달라고 청하기도 했습니다. 이에 저는 그저 쓴웃음을 지을 뿐입니다. 중국의 선현(先賢) 노자께서 하신 말씀처럼 "복은 화 속에 숨어 있고 화는 복 속에 기대어 있는 법"입니다. 저는 유년 시절에 학업을 중단하고 굶주림과 고독 그리고 읽을 책이 없는 고통에 끝없이 시달렸습니다. 그러나 바로 이로 인해 저는 우리의 선배 작가 심종문(沈從文) 선생처럼 비교적 일찍이 사회와 인생이라는 이 커다란 책을 읽기 시작했던 겁니다. 앞에서 이미 얘기했던, 제가 장거리에서 이야기꾼의 말을 들은 것은 단지 이 큰 책의 한 페이지에 불과합니다.

학업을 중단한 후 저는 어른들 속에 끼어들어 '두 귀로 열독하는' 기나긴 생애를 시작하게 되었습니다. 300여 년 전에 제 고향에는 이야기꾼들 중의 천재로 손꼽히는 포송령(蒲松齡)이라는 분이 태어났습니다. 저를 포함하여 우리 마을의 많은 사람은 모두 그분의 후예라고 할 수 있습니다. 저는 집단 노동을 하는 밭머리에서, 생산대의 외양간이나 마구간에서, 제 할아버지와 할머니의 뜨끈뜨끈한 온돌 위에서, 심지어는 털렁거리면서 굴러가는 소달구지 위에서 이루 다 헤아릴 수 없는 귀신 이야기, 역사 전기, 야담 같은 것을 귀담아들으면서 자랐습니다. 이런 이야기들은 모두 당시의 자연환경, 가족 역사와 밀접하게 이어져 있었기에 저의 마음속에 강한 현실감을 불러일으켰습니다.

저는 후일 이런 것들이 저의 창작 소재가 되리라고는 꿈에도 생각지 못했습니다. 그때만 해도 저는 이야기에 푹 빠진 철부지에 불과했으므로 어른들이 들려주는 이야기를 귀담아들었을 뿐입니다. 그때 저는 철두철미한 유신론자였습니다. 저는 세상 만물에 영혼이 있다고 철석같이 믿었으므로 한 그루의 거목을 보아도 숙연히 경의를 표했습니다. 저는 새 한 마리를 보아도 적당한 때가 오면 그것이 사람으로 탈바꿈할 것이라 생각했으며 낯선 이를 만나도 그 사람이 무슨 짐승으로부터 변화한 것이 아닌지 의심하기도 했습니다. 매일 밤 생산대의 기공방(記工房)에서 집으로 돌아올 때면 밑도 끝도 없는 공포가 저를 겹겹이 감싸곤 했습니다. 그래서 저는 두려움을 이기려고 달음박질치면서 목청껏 노래를 불렀습니다. 그 무렵에 제가 마침 변성기에 들었으므로 목이 갈린 소리로 청승맞게 불러대는 제 노랫소리가 고향 사람들에게는 아마도 꽤나 고역이었을 겁니다.

저는 고향에서 21년 동안 살았습니다. 그동안에 집을 가장 멀리 떠나 보기로는 기차를 타고 청도에 간 일뿐입니다. 청도에서 저는 목재 공장의 거대한 목재 더미들 사이에서 그만 길을 잃을 뻔했습니다. 어머님께서 청도에 가서 무슨 풍경을 구경했는지 물으셨을 때 저는 풀이 죽어 "아무것도 구경하지 못했어요. 수많은 목재 더미들만 보았어요."라고 대답했습니다. 그러나 그 청도행으로 저에게는 고향을 떠나 밖에 나가서 세상 구경을 해 봐야겠다는 강렬한 염원이 생겼습니다.

1976년 2월, 저는 징집에 응하여 군대에 나갔습니다. 저는 어머님이 시집을 때 갖고 온 장신구들을 팔아 사 준 4권짜리 『중국통사간편(中國通史簡編)』을 배낭에 넣어 가지고 사랑하면서도 혐오하는 고밀현 동북향을 떠나 인생의 중요한 시기를 시작했습니다. 만일 중국 사회에 거대한 발전과 진보가 없었더라면, 개혁 개방이 없었더라면 저 같은 이런 작가 역시 없었을 겁니다. 저는 이 점을 반드시 시인해야 합니다.

군영의 무미건조한 생활 속에서 저는 지난 세기 80년대의 사상 해방과 문학의 봄을 맞이하게 되었습니다. 저는 귀로 이야기를 듣고 입으로 이야기를 하던 철부지 아이에서 글로 이야기를 서술하는 작가로 자라났습니다. 첫 시작은 순탄하지 않았습니다. 저는 그때까지만 해도 제 20여 년간의 시골 생활이 문학의 풍부한 광산이라고는 미처 생각하지 못했습니다. 그 시절 저는 문학이란 바로 좋은 사람과 좋은 일들을 쓰고 영웅이나 모범 인물들을 그려 내는 일이라고 생각했습니다. 이런 까닭에 몇 편의 작품을 발표했으나 문학적 가치는 아주 낮았습니다.

1984년 가을, 저는 해방군예술학원 문학과에 시험을 봐서 입학했습니다. 제 은사님이신 서회중(徐怀) 선생님의 계시와 지도를 받으면서 『추수(秋水)』, 『말라버린 강(枯河)』, 『투명한 홍당무(透明的紅蘿卜)』, 『붉은 수수밭(紅高粱)』 등 일련의 중·단편소설을 창작했습니다. 『추수』라는 소설에서 처음으로 고밀현 동북향이라는 지명이 등장합니다. 그때부터 떠돌이 농부에게 땅 한 뙈기가 생겨난 것처럼 저 같은 떠돌이 작가에게 마침내 자신의 입지를 굳건하게 해 줄 수 있는 공간이 생겨나게 되었습니다. 저의 문학 영지인 고밀현 동북향을 창건하는 과정에서 미국의 윌리엄 포크너와 콜롬비아의 가르시아 마르케스가 저에게 중요한 계시를 주었습니다. 저는 이 두 작가의 작품을 그렇게 진지하게 열독하지는 못했습니다만 문학의 새로운 천지를 개척하려는 그들의 호매한 정신은 저를 격려했고 저로 하여금 작가에게는 반드시 자기에게 속한 영지가 있어야 한다는 것을 분명하게 깨우쳐 주었습니다. 저는 반드시 이 점을 시인해야 합니다. 작가라면 일상생활에서는 마땅히 겸손하고 양보해야 하지만 문학 창작에서는 반드시 자기의 독특한 기질을 살려야 하며 심지어 독단, 독행까지 불사해야 한다고 저는 생각합니다.

　이 두 대가의 뒤꽁무니를 2년 남짓 추종하고 나서 저는 그들에게서 재빨리 벗어나야 한다는 것을 대뜸 깨달았습니다. 그래서 저는 어느 글에서 "그들은 뜨거운 화로이지만 나는 한 덩이 얼음이다. 만일 그들과 너무 가까워지면 그들에 의해 증발되어 버릴 것이다."라고 쓴 적이 있습니다. 제가 체득한 바로 한 작가가 다른 한 작가의 영향을 받게 되는 근본적 이유는 그들의 영혼 깊은 곳에 비슷한 점이 있어서입니다. 암묵리에 서로 마음이 통했기 때문이지요. 그리하여 저는 그들의 작품을 잘 읽지는 못했지만 단 몇 페이지를 읽고도 이분들이 무엇을 하려고 한다는 점을 간파했고 또한 이분들이 어떻게 했다는 점을 알았으며 즉각 저 자신도 무엇을 해야 하고 또한 어떻게 해야 한다는 것을 깨달았습니다. 제가 마땅히 해야 할 일은 사실 아주 간단했습니다. 그것은 바로 자기의 방식으로 자기의 이야기를 하는 것이었습니다. 제 방식이란 바로 제가 익숙하게 알고 있는 장거리 이야기꾼의 방식입니다. 바로 제 할아버지, 할머니 그리고 마을의 노인네들이 이야기하는 방식입니다. 솔직하게 말씀드리면 이야기를 하고 있으면서도 저는 누가 저의 청중인지 미처 생각하지도 못했습니다. 제 청중은 제 어머님 같은 사람들일 수도 있고 혹은 저 자신일 수도 있었습니다. 저 자신의 이야기이다 보니 초기의 적잖은 작품에서는 바로 저 자신이 몸소 겪은 일을 썼습니다. 이를테면 『말라버린 강』에 등장하는 된매를 맞는 아이나 『투명한 홍당무』에 등장하는 시종일관 말 한마디 하지 않는 아이는 어린 시절의 제 모습입니다.

　저는 잘못을 저질러서 아버님한테 호되게 얻어맞은 적이 있습니다. 또 다리를 부설하는 공사장의 대장장이 밑에서 풀무질을 한 적도 있습니다. 물론 개인의 경험이 아무리 기이하고 특별하다고 해도 그 대로 소설 속에 집어넣을 수는 없습니다. 소설은 반드시 허구여야 하고 상상을 동원해야 합니다. 많은 친구가 『투명한 홍당무』를 저의 가장 우수한 소설이라고 평가합니다. 이에 대해 저는 반박하지 않습니다. 다만 동감하지도 않습니다. 그러나 『투명한 홍당무』는 제 작품 중에서 가장 상징성이 있고 의미심장한 소설이라는 것을 인정합니다. 온 몸뚱이가 숯덩이처럼 새까맣고 그 어떤 고통도 참아 내는 인내력과 초인간적인 감수성을 갖고 있는 그 아이는 제 모든 소설의 영혼입니다. 그 이후의 소설에서 저는 많은 인물을 그려 냈지만, 그 어느 인물도 이 아이만큼 제 영혼에 바투 접근하지는 못했습니다. 혹은 이렇게 말씀드릴 수도 있습니다. 한 작가가 부각해 낸 여러 인물 중에는 언제나 선두에 선 인물이 있는 법입니다. 이 과묵한 아이가 바로 그런 인물입니다. 이 아이는 말 한마디 하지 않지만 유력하게 형형색색의 인물들을 통솔하고 있으며 고밀현 동북향이라는 이 무대에서 자신을 유감없이 드러내고 있습니다. 자신의 이야기는 언제나 제한되어 있는 법입니다. 그러므로 자기의 이야기를 다 하고 나서는 반드시 다른 사람의 이야기를 해야 합니다. 그리하여 제 친인들의 이야기, 고향 마을 사람들 그리고 제가 노인네들한테서 귀동냥으로 얻어들은 조상들의 이야기들이 집합 명령을 받은 병사들처럼 제 기억 깊은 곳으로부터 용솟음쳐 나와 기대 어린 눈길로 저를 쳐다보면서 소설에 써 주기를 기다렸습니다. 저의 할아버님, 할머님, 아버님, 어머님, 형님, 누님, 고모님, 숙부님, 아내와 아들, 딸도 모두 제 작품 속에 등장했습니다. 이 밖에도 수많은 고밀현 동북향의 사람들 역시 제 소설에서 얼굴을 드러냈습니다. 물론 저는 모두 문학화하여 처리함으로써 그네들로

하여금 그네들 자신을 초월해 문학 속의 인물이 되게 했습니다.

저의 근작 소설 『개구리(蛙)』에는 제 고모님의 형상이 등장합니다. 제가 노벨상을 수상하는 바람에 많은 기자가 저의 고모님 댁으로 취재하러 갔다고 합니다. 고모님은 처음에는 그래도 참을성 있게 기자들의 질문에 대답하셨습니다만 얼마 안 되어 그만 짜증이 나셔서 현성에 있는 아들 집으로 피신하셨답니다. 고모님은 확실히 제가 『개구리』를 쓸 때의 모델이기는 했으나 소설 속의 고모는 현실의 고모님과 천양지차입니다. 소설 속의 고모는 난폭하고 제멋대로 날뛰는 아낙네로서 때로는 여자 비적처럼 행동하지만 현실 속의 고모님은 어질고 명랑하며 여인으로서는 표준적인 현모양처입니다. 현실 속의 고모님은 만년에 행복하지만 소설 속의 고모는 늘그막에 마음속의 커다란 고통으로 불면증에 시달리고 컴컴한 밤중에 검정색 외투를 걸치고 유령처럼 도처로 싸돌아다닙니다. 저는 고모님의 너그러우신 성품에 감사드립니다. 고모님은 제가 소설에서 자신을 그렇게 그려 놓았다고 성내지 않으셨습니다. 저는 고모님의 뛰어난 이해력에 탄복합니다. 제 고모님은 소설 속 인물과 현실 속 인물 사이의 복잡한 관계를 정확하게 이해하고 계십니다. 어머님이 타계하신 뒤에 저는 몹시 비통하여 책 한 권을 써서 어머님의 영전에 바치리라 결심했습니다. 이렇게 창작한 소설이 바로 『풍만한 유방과 살찐 엉덩이(丰乳肥臀)』입니다. 대나무를 그리기 전에 이미 마음속에 대나무의 형상이 또렷하게 살아있는 듯했고 또한 차고 넘치는 감정이 있었기에 창작에 들어간 지 83일 만에 무려 50만 자에 달하는 소설 초고를 탈고할 수 있었습니다.

『풍만한 유방과 살찐 엉덩이』라는 작품에서 저는 아무런 거리낌 없이 제 어머님의 진실한 경험과 관련된 소재들을 가져다 썼지만 작품 속 어머님의 정감을 더욱 살리기 위해 허구를 더하거나 고밀현 동북향의 수많은 어머님의 경험에서 소재를 취하기도 했습니다. 이 책의 머리말에다 저는 "하늘나라에 계시는 어머님의 영혼에 바칩니다."라는 말을 써넣었습니다. 하지만 이 책은 사실 세상 모든 어머님께 바치는 것이었습니다. 이는 저의 망령된 야심일 수도 있습니다. 마치 제가 자그마한 고밀현 동북향을 중국 내지는 세계의 축도로 묘사하려고 희망하는 것처럼 말입니다. 작가의 창작 과정은 각기 특색이 있는 법입니다. 제 모든 작품의 구상과 영감의 촉발 계기는 서로 같지 않습니다. 일부 소설은 꿈속의 광경에서 기원했는데 이를테면 『투명한 홍당무』가 그 사례입니다. 그리고 현실에서 발생한 사건을 통해 발단된 소설로 『천당 마늘종의 노래(天堂蒜薹之歌)』가 있습니다. 꿈속의 광경에서 기원했든지 아니면 현실에서 발단했든지 종당에는 모두 개인의 경험과 결합되어야만 비로소 선명한 개성이 있고 수많은 생동한 디테일로 부각된 전형적 인물이 될 수 있으며 언어가 풍부하고 구성이 독특한 문학 작품이 될 수 있다고 생각합니다. 『천당 마늘종의 노래』에서 저는 어느 진실한 이야기꾼을 등장시켰을 뿐만 아니라 소설 속에서 아주 중요한 배역을 담당하게 했습니다. 저는 그 이야기꾼의 진실한 성과 이름을 사용한 것을 아주 미안하게 생각합니다. 물론 그 이야기꾼이 책 속에서 하는 모든 행위는 모두 허구에 의존한 것입니다. 저의 창작 과정에서 이런 현상이 여러 번 나타났습니다. 창작 초기에 저는 그들의 진실한 성과 이름을 사용하여 친근감을 받으려고 했습니다. 작품이 완성된 후에 제가 그들의 성과 이름을 바꾸려고 했으나 이미 불가능해졌다고 느껐습니다. 이 때문에 제 소설 속의 인물과 동명인 분들이 제 아버님을 찾아와서 불만을 터뜨린 일까지 벌어졌고 아버님은 저를 대신해 사과하는 한편 실화로 생각하지 말아 달라고 설복하기도 했습니다. 제 아버님은 "그 녀석이 『붉은 수수밭』에서 첫마디부터 '내 아버지는 토비의 종자 머리'라고 했지만 난 조금도 개의치 않는데 당신네들이 왜 신경을 쓰시나?" 라고 말씀하셨다고 합니다.

제가 『천당 마늘종의 노래』와 같은 사회 현실에 바투 접근한 소설을 창작할 때 봉착하는 가장 큰 문제는 사회상의 암흑 현상에 대해 감히 비판을 하느냐 못 하느냐가 아니라 불처럼 타오르는 격정과 분노가 정치성이 문학성을 압도해 버리도록 함으로써 이 소설이 한 사회 사건에 대한 현장 르포 같은 것으로 전락하지나 않을까 하는 위구심이었습니다. 소설가는 사회 속의 인간이므로 당연히 자기의 입장과 관점을 갖게 됩니다. 그러나 소설가가 작품을 쓸 때 반드시 인간의 입장에 서서 모든 인간을 인간으로 그려야 한다고 저는 생각합니다.

이렇게 해야만 문학은 사건에서 발단했지만 사건을 초월할 수 있고 정치에 관심하지만 정치를 넘어설 수 있다고 생각합니다. 아마도 제가 장기간 어려운 삶을 살아왔기에 인간성에 대해 비교적 심각하게 이해하게 된 게 아닌가 하고 생각해 봅니다. 저는 진정한 용기가 무엇인지 알고 있으며 또한 비참한 이들에 대한 진정한 연민이 무엇인지 알고 있습니다. 저는 누구의 마음속에나 모두 옳고 그름, 선과 악으로는 확정 지을 수 없는 몽롱한 지대가 있으며 이 지대야말로 바로 문학가들이 자신의 재능을 펼칠 수 있는 드넓은 세계라는 점을 잘 압니다. 오로지 정확하게 그리고 생동하게 이 모순으로 충만한 지대를 묘사한 작품만이 필연적으로 정치를 초월할 수 있으며 아울러 우수한 작품으로서의 가치를 지닌다고 생각합니다.

　자기의 작품을 쉴 새 없이 주절대는 것은 남들의 혐오감을 불러일으키기에 충분합니다. 그러나 제 인생과 제 작품은 뗄 수 없는 관계로 이어져 있습니다. 저는 제 작품을 거론하지 않고서는 그야말로 입을 열 수 없습니다. 그러니 여러분들이 널리 양해해 주시기를 바랍니다. 제 초기 작품에서 저는 한 현대의 이야기꾼으로서 텍스트의 배후에 숨어 있었습니다. 그러나 『단향형(檀香刑)』이라는 이 소설부터는 막 뒤에서 무대 위로 등장했습니다. 만일 제 초기 작품이 자문자답할 뿐 독자는 안중에 없었다면 이 책을 통해 저는 광장에 나서서 많은 청중을 향하여 흥미진진하게 이야기를 한다고 느끼게 되었습니다. 이는 세계 소설의 전통이지만 특히 중국 소설의 전통입니다. 저 역시 서방의 모더니즘 소설을 적극적으로 배웠고 일찍 형형색색의 서사 방식을 가지고 장난을 쳐 보기도 했지만 결국에는 전통으로 회귀했습니다.

　물론 이런 회귀는 결코 고정불변한 것이 아닙니다. 『단향형』과 그 뒤의 소설들은 중국 고전소설의 전통을 이어받으면서도 아울러 서방 소설의 기술을 본뜬 혼합성을 띤 텍스트입니다. 소설 분야에서의 혁신은 기본적으로 모두 이런 혼합으로 이루어진 산물입니다. 본국의 문학 전통과 외국 소설 기교의 혼합일 뿐만 아니라 소설과 기타 예술 양식의 혼합이기도 합니다. 『단향형』의 경우에는 중국 고전소설과 민간 희곡의 혼합입니다. 제 초기 소설들 중 일부가 미술, 음악 심지어 서커스에서 일부 자양분을 섭취했던 것처럼 말입니다.

　마지막으로 제가 저의 『생사피로(生死疲勞)』라는 작품을 거론하는 것을 허락해 주십시오. 이 책의 제목은 불교 경전에서 따온 것입니다.

이 제목을 번역하느라고 각국의 번역가들이 골머리를 앓으셨다고 합니다. 저는 불교 경전에 대해 깊은 연구가 없는 까닭에 불교에 대한 이해 또한 자연히 아주 일천합니다. 그러면서도 이를 제목으로 삼은 것은 불교의 많은 기본 사상이 진정한 의미에서 우주 의식을 담고 있으며 인간 세상에서의 많은 분쟁은 불가의 안목으로 본다면 아무런 의미도 없다고 여기기 때문입니다. 이처럼 지극히 높은 안목으로 본 인간 세상은 그야말로 비참하기 그지없습니다. 물론 저는 이 책을 포교서로 쓰지는 않았습니다. 제가 쓴 것은 여전히 인간의 운명과 정감, 인간의 한계와 관용 그리고 인간이 행복을 추구하고 자기의 신념을 견지하기 위해 이바지한 노력과 희생이었습니다. 소설 속에서 자기 한 몸을 던져 시대의 조류에 맞선 남검(藍臉)이라는 인물은 제 마음속의 진정한 영웅입니다. 이 인물의 원형은 우리 이웃 마을의 한 농민입니다. 어린 시절 저는 그분이 삐걱삐걱 소리를 내는 나무 바퀴 수레를 밀고 우리 집 문 앞을 지나다니는 것을 수없이 봤습니다. 절름발이 나귀가 그 요상한 수레를 끌고 다녔고 나귀를 끄는 경마잡이는 다름 아닌 뒤뚱거리면서 걷는 전족을 한 그의 마누라였습니다. 이 괴상한 노동조합은 당시의 집체 사회에서는 너무나도 괴이하고 시국에 맞지 않았습니다. 우리 아이들의 눈에도 이들 부부는 역사의 조류를 거슬러 가는 어릿광대에 불과했습니다. 이들 부부가 큰길로 지나갈 때면 우리 조무래기들은 의분에 차 그들을 향해 돌팔매질하곤 했습니다. 세월이 흘러 제가 소설을 쓰게 되었을 무렵에 그 인물과 화면이 늘 제 눈앞에 떠올랐습니다. 저는 언젠가 그 사람을 위해 꼭 책 한 권을 써서 그들의 이야기를 세상 사람들에게 들려주리라고 작심했습니다. 하지만 2005년 제가 한 절에서 '육도윤회(六道輪回)'의 벽화를 보고 나서야 이 이야기를 사람들에게 들려줄 정확한 방법을 깨달았습니다.

제가 노벨 문학상을 수상하게 되자 한쪽에서는 논란이 일어났습니다. 처음에는 논란의 대상이 저인 줄 알았는데 시간이 갈수록 그 주인공이 저와는 전혀 상관없는 사람임을 알게 되었습니다. 저는 관객처럼 뭇사람들의 연기를 구경했습니다. 저는 수상자의 가슴에 생화가 가득 안겨졌을 뿐만 아니라 돌멩이가 날아들고 더러운 구정물이 들씌워지는 장면을 목격했습니다. 저는 그 수상자가 맞아서 쓰러질까 봐 마음을 졸였지만 그는 미소를 지으면서 생화와 돌멩이 속에서 몸을 일으켜 옷에 묻은 구정물을 말끔하게 닦고는 태연하게 한 켠에 서서 뭇사람들에게 다음과 같이 말했습니다. "작가가 말하는 가장 좋은 방식은 글쓰기입니다. 하고픈 말은 모두 저의 작품 속에 써넣었습니다. 입으로 하는 말은 바람결에 다 흩어져 버리고 말지만 글로 쓴 말은 영원히 지워지지 않습니다. 저는 여러분이 인내심을 가지고 제 책을 읽으시기를 바랍니다. 물론 저에게 여러분한테 제 책을 읽으라고 강요할 자격은 없습니다."

설사 여러분이 제 책을 읽으셨다고 해도 저에 대한 여러분의 견해가 긍정적으로 변하리라 기대하지 않습니다. 이 세상의 그 어느 작가에게도 모든 독자들이 자기를 좋아하도록 만들 재주는 없습니다. 오늘 같은 시대에는 더욱 그러합니다.

저는 아무 말도 하기 싫습니다. 그러나 오늘 이와 같은 장소에서 저는 반드시 말해야만 합니다. 그래서 저는 또 몇 마디 중언부언하고자 합니다.

저는 이야기꾼입니다. 그래서 여러분께 이야기를 들려주려고 합니다. 1960년대, 제가 소학교 3학년을 다니던 시절에 학교의 배치에 따라 고난전람(苦難展覽)을 가 보게 되었습니다. 우리는 선생님의 인도 하에 대성통곡했습니다. 선생님한테 저의 표현을 보여 드리기 위해 저는 두 볼을 타고 흘러내린 눈물을 일부러 훔치지 않았습니다. 저는 몇몇 아이들이 슬그머니 손가락에 침을 발라서 얼굴에 바르고는 눈물인 것처럼 가장하는 모습을 훔쳐봤습니다. 그리고 진짜로 우는 애들, 가짜로 우는 애들 사이에 끼어 있는 한 아이만이 손으로 얼굴도 가리지 않은 채 눈물 한 방울 흘리지 않고 아무런 소리도 내지 않는 모습을 발견했습니다. 그 애는 눈을 둥그렇게 뜨고 우리를 둘러보고 있었는데 두 눈에는 놀라움과 곤혹스러움이 어려 있었습니다. 저는 선생님에게 그 애의 행위를 일러바쳤습니다. 이 일로 하여 학교에서는 그 애에게 경고 처분을 주었습니다. 몇 년 후에 제가 이 일을 두고 선생님을 찾아가 참회했는데 선생님 말씀이 그날 울지 않은 그 애를 일러바친 애들이 무려 십여 명이나 된다고 했습니다. 그 울지 않았던 친구는 십여 년 전에 이미 유명을 달리했습니다. 이 일을 생각할 때마다 저는 부끄럽기 그지없습니다. 이 일을 통해 저는 다음과 같은 이치를 깨달았습니다. 즉 많은 사람이 울 때 울지 않는 사람이 존재하는 것을 허용해야 하며 특히 울음이 일종의 연극처럼 되었을 경우에는 울지 않는 사람이 존재하는 것을 더더욱 허용해야 한다고 말입니다.

　하나 더 이야기하겠습니다. 30여 년 전, 제가 군 복무를 하던 때의 일입니다. 어느 날 저녁, 제가 사무실에서 책을 보고 있는데 나이 지긋한 상관이 문을 밀고 들어서더니 저의 맞은편 자리를 힐끗 보고는 "아하, 사람이 없구먼."이라고 중얼거렸습니다. 제가 벌떡 일어나면서 큰 소리로 "그럼 전 사람이 아닙니까?"라고 반문하자 그 상관은 그만 얼굴이 벌게지더니 난처해하면서 자리를 떴습니다. 이 일로 저는 오랫동안 득의양양하여 스스로 용감한 투사라고 자부했습니다. 하지만 몇 년이 지난 뒤에 저는 이 일을 두고 못내 가책을 느꼈습니다. 제가 마지막 이야기를 하도록 허락해 주십시오. 이 이야기는 오래전에 제 할아버님이 들려준 겁니다. 외지에 나가서 품팔이를 하는 여덟 명의 미장이들이 어느 날 갑자기 쏟아지는 소나기를 피해 반나마 허물어져 가는 빈 절에 들어갔습니다. 천둥소리가 점점 더 무섭게 들려오고 번개가 번쩍번쩍 하늘을 가르면서 내리치는 바람에 절 문밖은 불덩이들이 마구 내리꽂히는 듯했으며 하늘에서는 용이 포효하는 것만 같았습니다. 다들 간이 콩알만 해졌고 얼굴이 흙빛으로 변했습니다. 이때 한 사람이 "우리 여덟 명 중에 천리를 거스르는 나쁜 짓을 저지른 사람이 있네. 누가 그런 나쁜 짓을 했으면 절 밖에 나가서 징벌을 받도록 하게나. 괜히 좋은 사람까지 연루시키지 말고!"라고 말했지만 누구도 절 밖에 나가려 하지 않았다고 합니다. 이렇게 되자 또 한 사람이 "누구도 나가려고 하지 않으니 우리 다들 밀짚모자를 밖으로 던집시다. 누구의 밀짚모자가 바람에 날려서 절 문밖으로 굴러 나가면 그가 바로 나쁜 짓을 한 사람이니 그 사람이 밖에 나가서 징벌을 받도록 합시다."라고 제안했습니다. 그리하여 다들 자기의 밀짚모자를 밖으로 던졌더니 일곱 사람의 밀짚모자는 바람을 타고 절 안으로 들어오고 한 사람의 밀짚모자만 절 문밖으로 날아갔다고 합니다. 이렇게 되자 다들 그 사람더러 밖으로 나가서 징벌을 받으라고 핍박했지만 그 사람은 나가려 하지 않았고 그래서 여러 사람은 그 사람을 들어서 억지로 문밖으로 내던졌다고 합니다. 여러분께서도 이 이야기의 결말을 알아맞혔으리라고 짐작합니다. 그 사람이 문밖으로 내던져진 순간 그 반나마 허물어진 절이 우르릉 쿵쾅 굉음을 내면서 무너져 내렸다고 합니다.

저는 이야기꾼입니다. 이야기를 해서 노벨 문학상을 수상했습니다. 제가 수상한 후에도 많은 재미나는 이야기들이 생겨났습니다. 그 이야기들은 진리와 정의는 존재한다는 저의 믿음을 더욱 굳건하게 합니다.

이후에도 저는 계속 저의 이야기를 할 것입니다.

김관웅 옮김

대만

- 룽잉종 龍瑛琮
- 장원환 張文環
- 뤼허뤄 呂赫若
- 천잉쩐 陳映真

롱잉종 (龍瑛琮 1911~1999)

본명은 류영종(劉榮宗)이다. 신주(新竹) 베이푸(北埔) 사람이다. 쇼와 12년(1937년) 처녀작으로『파파야 나무가 있는 마을(パパイヤのある街)』을 발표하여 잡지『개조(改造)』의 가작상을 수상하면서 문단에 데뷔하였다. 쇼와 14년 니시카와 미쓰루(西川滿)가 발기한 '대만문예가협회(台灣文藝家協會)'에 가입하였다.『문예대만(文藝台灣)』의 편집위원을 맡으면서 한때 본업이었던 은행업을 그만두기도 했었다.『대만일일신보(台灣日日新報)』의 편집 업무를 담당하였다. 쇼와 17년(1942) 니시카와 미쓰루, 장원환(張文環), 하마다 하야오(濱田隼雄) 등과 도쿄에서 열린 대동아문학자대회에 참석하였다. 태평양 전쟁 시기 활약했던 작가 중의 하나이다.

파파야 나무가 있는 마을 パパイヤのある街

천여우산(陳有三)이 이곳 마을에 도착한 것은 오시(午時)가 조금 지나서였다.

9월 말이라고는 하지만 아직은 지독히 더운 날씨였다. 제당회사에서 운행하는 차편에 몸을 싣고 덜컹거리는 시골길을 거의 두 시간이나 달려왔다. 간이역을 빠져 나오니 눈이 시리도록 따갑게 내려 쪼이는 햇빛에 어질어질 현기증이 일었다. 거리는 너무도 고요하고 인적 하나 없이 한산했다.

금방이라도 쩍쩍 갈라질 듯 바싹 말라있는 길을 뚜벅뚜벅 걷노라니 후끈한 열기가 연신 얼굴 위로 올라와 이내 땀이 되어 흘러내렸다.

거리는 지저분하고 칙칙했다. 정자각(亭子脚) [역자 주 : 대만 시가지에 있는 독특한 건축양식으로 회랑 비슷한 것]의 기둥은 낡아서 색이 시커멓게 바래있었고 흰개미들 때문에 좀이 슬어 금세라도 무너질 것처럼 위태로워보였다. 그리고 집집마다 강렬한 햇살을 가리기 위해 라오허청(老合成), 진타이허(金泰和) 등등의 옥호(屋號)가 큼지막하게 쓰여 있는 천막을 차양처럼 쳐 놓고 있었다.

골목 안으로 들어서니 양쪽으로 늘어서 있는 집들은 훨씬 더 비좁고 너저분해 보였다. 비바람에 반쯤 쓸려나간 토각(土角) [역자 주 : 대만의 가옥은 흙을 가지고 만든다] 벽이 가슴을 조여 오듯 압박해 들어왔다. 좁은 골목길은 해가 들지 않아서인지 눅눅했고 아이들이 여기저기 아무데나 본 똥오줌 냄새와 후덥지근한 날씨가 한데 뒤섞여 악취가 피어올랐다.

마을을 빠져나오니 곧바로 M 제당회사가 보였다. 주변 일대가 온통 파릇파릇한 높은 산등성이에 자리하고 있는 사탕수수밭은 전혀 미동도 하지 않았다. 굴뚝이 우뚝 솟아있는 공장의 거대한 몸체가 하얗게 반짝반짝 빛나고 있었다.

사무소 앞 자갈 마당에 들어서자, 홍티엔송(洪天送)이 하얀 이를 드러내고 웃으며 마중을 나와 있었다. 커다란 헬멧을 쓰고 있는 까무잡잡한 얼굴은 개기름이 흘러 번질번질 거렸다.

"왔어, 그래 지낼 곳은······."

"아직 결정 못했어. 그래서 자네에게 부탁하고 싶어서 이렇게 먼저 여길 찾아온 거야."

"그래? 여기서 적당한 곳을 찾는다는 게 그리 쉽지 않은데. 당분간 여기서 나와 함께 지내는 게 어때?"

"정말 그래도 되겠나? 그러면 나야 더 바랄 나위가 없겠네만. 그런데 괜히 자넬 번거롭게 하는 거 아닌지 모르겠어."

"지금 혼자 사는데 뭘. 어떻든 그렇게 해."

원래 천여우산도 그럴 요량으로 이곳에 온 것이었다. 그런데 뜻밖에도 말 한마디에 일이 성사되어 버렸으니 저절로 안도의 한숨이 나오는 것이었다.

"그럼 집을 마련하기 전까지 자네 신세 좀 질게."

기어들어가는 목소리로 이렇게 한마디 던지고 나서야 겨우 한숨을 돌리고 땀을 닦을 수 있었다.

회사에서 사탕수수밭을 따라 난 논둑길을 약 반 정(町) [역자 주 : 1町
은 약 109미터이다] 쯤 가다보니, 진흙 도랑이 하나 나왔고 곧이어 양철
지붕을 이어 만든 키 작은 나가야(長屋) [역자 주 : 말 그대로 길이가 긴주택
으로, 단층집 한 지붕 밑에 여러 가구가 함께 사는 곳이다. 일종의 단층 연립주택이
라 할 수 있다]들이 답답하도록 비좁게 줄지어 있는 것이 보였다. 그 가
운데 '푸셔우(福壽)'라고 쓰인 붉은 종이가 붙은 문을 밀고 들어가니,
안은 두 칸으로 나뉘어져 있었다. 앞 칸은 봉당으로 풍로와 물독 같은
취사도구가 열을 지어 놓여있고 천장은 매연으로 시꺼멓게 그을려
있었으며 거미줄이 나무뿌리 비슷하게 아래로 축 늘어져 있었다.

뒤 칸은 침실이었다. 다리가 높은 침대 위에는 암페라 거적[역자 주:
인도나 말레이반도에서 나는 암페라 줄기로 짠 거적]이 밑에 깔려 있었고 구석
에는 버들고리와 이부자리 외에 두 세 권의 잡지가 나뒹굴고 있었다.
판벽 위에는 목욕하는 여자의 누드가 그려진 책표지가 압정으로 꽂
혀 있었다.

"×시에 퇴근하니까 그때까지 느긋하게 하고 있게."

홍티엔송은 이렇게 말하고는 서둘러 밖으로 나갔다.

천여우산은 바구니를 침대 위에 올려놓고 축축해진 와이셔츠를 벗
어 짠 후에 바구니에 펴서 널었다. 방안에는 고작 아주 작은 격자창
하나만이 있었다. 창문을 통해 짙푸른 사탕수수밭 쪽에 있는 백색 성
채와도 같은 공장을 볼 수 있었다. 그러나 양철 지붕이 빨아들인 열기
때문인지 온몸은 금세 땀으로 흠뻑 젖었다. 햇빛에 그을려 갈색이 다
된 얼굴 위로 진땀이 흘러 끈적거렸다. 가슴을 풀어헤친 몸에선 끊임
없이 굵은 땀방울이 배어 나왔다.

그는 상반신을 침대 위에 던지듯이 하여 벌렁 누워버렸다. 눈을 감으니 무수한 별들이 불꽃처럼 나타났다 흩어졌다.

이튿날 천여우산은 아담한 붉은 벽돌의 읍사무소(街役場)로 출근했다. 덥수룩하게 턱수염이 나고 눈빛에 위엄이 서린 고타니(小谷) 읍장(街長)으로부터 사령장을 받았다. 거기에는 이렇게 쓰여 있었다. 고용을 명함. 월급 24원.

키다리에 얼굴이 하얀 황(黃) 조역(助役)을 따라 일일이 사무소를 돌며 직원들과 인사를 나누었다. 그것이 다 끝나자, 자신의 자리로 돌아온 황 조역은 거드름을 피우며 낭랑한 목소리로 말했다.

"귀군은 다수의 지원자들 가운데에서 선발된 우수한 청년으로, 금번 당 읍사무소에 들어 온 것을 진심으로 축하해 마지않을 따름이네. 일하는데 있어 일동의 기대를 저버리지 않도록 성의와 노력을 갖고 사무에 정려해 주게. 일은 우선 회계 조리(助理)이네만, 그것에 관해서는 가나자키(金崎) 회계가 자네에게 모든 것을 가르쳐 줄 것일세."

그는 거의 훈계조에 가까운 일장 연설을 늘어놓고는 조용히 자리에서 일어나 창구 쪽으로 나를 데리고 갔다. 창구에 있는 회계 앞으로 가더니 그는 깊숙이 허리를 숙여 인사를 하고는 간살거리며 웃었다.

"가나자키 상, 천 군을 잘 부탁합니다."

가나자키 회계는 대만에서 오래 산 듯 보였다. 까맣게 그을려 툭 튀어 나와 있는 광대뼈에, 코밑에는 수염을 조금 기르고 있었다. 목각인형처럼 무표정했고 목소리도 사무조로 딱딱했다.

"음, 천여우산 군이라고 했나. 자, 그럼 시작해 볼까. 당장은 돈 세는 것부터 연습해 보게."

그리고는 천여우산에게 백장짜리 지폐 크기의 하도롱지 한 다발을 건네주며 그에게 세는 법을 가르쳐 주었다. 그러나 가나자키 회계도 회계 업무에 그다지 숙련된 것 같아 보이지는 않았다. 지폐를 세는 솜씨가 영 서툴렀다. 천여우산은 정신을 집중하고 경직된 손으로 한 장 한 장 넘기듯이 세어 나갔다. 이런 기계적인 동작을 정오가 가까워질 때까지 반복하고 있자니 녹초가 될 정도로 심신이 상당히 피곤했다. 하도롱지는 스펀지처럼 축축하게 젖어서 손목 부분이 끊어지는 것처럼 시큰거렸다.

"천 상, 점심이나 먹으러 갑시다."

천만다행으로, 키가 큰 남자 한 명이 와서 함께 식사할 것을 청했다. 그는 꼿꼿하고 날선 콧대에 깊게 패인 눈을 지니고 있었지만, 목소리는 나긋나긋한 여성의 부드러움을 띠고 있었다.

"근데 모두들 아직 자리를 뜨지 않았는데, 그래도 괜찮겠습니까?"

"아니, 벌써 오포(午砲)가 울렸을 겁니다. 마음대로 나가도 돼요."

천여우산은 가나자키 회계에게 허리를 굽혔다.

"그럼, 먼저 나가 보겠습니다."

건너편 안쪽을 보니, 황 조역만이 책상을 팔꿈치로 괴고는 코를 킁킁거리며 신문을 보고 있었다. 천여우산은 그에게도 멀리서나마 인사를 꾸벅 하고는 밖으로 나왔다.

밖으로 나오니, 정오의 태양이 이마를 빨갛게 태울 듯이 강렬하게 내리쬐었다. 마을 전체가 하얀빛으로 넘쳐흘렀다. 거리에는 산에서 내려온 듯 보이는 젊은 여자 한 명이 멜대가 휠만큼 땔감을 지고 가는 모습만이 유일하게 보였다. 짧은 검은색 바지에 하늘색 윗도리 차림인 그녀의 옅은 다갈색 얼굴 위로 땀이 비 오듯 흘러 내렸고 낯빛은 불타고 있는 것처럼 빨간 장밋빛을 띠고 있었다. 약간의 피곤함이 아름다운 두 뺨 위에 묻어 있었다.

시장은 마을 한가운데 있었다. 옹색한 마을에 비해 시장은 꽤 크고 근사한 붉은 벽돌 건축물이었다.

시장 안으로 들어서니 뜻밖이다 싶을 정도로 나들이 인파가 꽤 많았다. 돼지고기를 걸어놓은 포장마차가 즐비하게 늘어서 있는 쪽으로 발걸음을 옮겼다. 돼지 내장이랑 선지가 뚝뚝 떨어지는 돼지 머리가 사람들을 기다리고 있었다. 시골 아낙들이 그 앞을 지나다니면서 값을 흥정하고 있었다. 또 한편에선 손때로 더러워진 두루주머니에서 백동화(白銅貨)를 꺼내 열심히 세고 있는 장사치들의 모습도 보였다.

돼지고기 집 옆은 바로 훈제한 새고기 꼬치구이랑 시뻘건 소시지가 걸려 있는 음식점이었다. 그것은 눈앞이 아찔할 정도로 식욕을 당기게 하는 정경들이었다.

왁자지껄한 소음들에 개의치 않고 한쪽 구석에 쪼그려 앉아 한 다발에 5전하는 메밀을 팔면서 있는 힘을 다해 '메밀 사려!'를 외치는 여인네도 있었고, 바이지우(白酒) 한 잔을 받쳐 들고 알맞게 삶아진 듯 벌겋게 충혈이 된 몽롱한 눈을 해 가지고 거나한 몸짓으로 흐뭇한 표정을 짓고 있는 사내도 있었다. 기다란 걸상에 웅크리고 앉아 콧물을 훌쩍이면서도 걸신들린 듯 볼이 불룩할 정도로 돼지고기를 씹고 있는 아이의 모습도 보였다. 사람들은 다들 그을음과 기름때에 찌들어 검은 빛을 띠고 있는 이 식당 안으로 목을 길게 들이밀고 기름진 음식에 입맛을 다시고 있었다.

곱사등이에 돼지 목을 한 그로테스크한 남자가 기름 묻은 손을 척척 문지르고는 이내 뺨을 잡아 찢듯 헤벌쭉거리며 밖으로 나왔다. 빈랑(檳榔)을 씹고 있었던지 이빨이 시뻘겋게 물들어 있었다.

"어서 오세요. 앉으세요. 따이(戴) 씨. 뭘 드시겠어요."

"잡채탕, 통닭 그리고 상등품의 밥. 아, 맥주 한 병도 주고."

따이는 순간 아차 싶었던지 또 이렇게 말했다.

"오늘 아침, 황 조역이 이미 소개하기는 했지만…… 자, 난 이런 사람이오."

그는 명함 한 장을 건넸다. 그 위에는 '따이츄후(戴秋湖)'라고 인쇄되어 있었다.

삼나무 판자를 대충 짜 맞춰 놓은 허술한 벽 쪽에 빨간 페인트칠이 되어 있는 탁자 하나가 있었다. 우리는 그 곳에 자리를 잡고 앉았다. 이곳은 이 식당의 특별실이었다. 고풍스런 창파오(長袍) 차림의 유학자 같아 보이는 노인이 구리테 안경 너머로 힐끗 우리를 쳐다보았다. 노인의 옷은 여기저기 기운 자욱이 있었고 꼬질꼬질 때에 찌들어 있었다. 입가에 자글자글한 주름이 잡혀있는 그 노인은 검버섯이 피어 있는 앙상한 손의 긴 손톱을 이용하여 굼뜬 손놀림이었지만 열심히 붕어 소금구이를 발라먹고 있었다.

이윽고 모락모락 김이 나는 요리가 나왔다. 따이츄후는 익숙한 손놀림으로 맥주병 마개를 따고는 한 잔 가득 따라 천여우산에게 건넸다. 그 자신도 맥주 한 잔을 따라 단숨에 비웠다. 그리고는 입가에 묻은 거품을 쓱 문지르며 기분 좋게 말을 하기 시작했다.

"그 회계 가나자키 상 말인데. 그 친군 그렇게 험한 상판을 하고 있어서 처음엔 좀 무섭게 보이지만 사실은 아주 괜찮은 사람이에요. 시골에서 오랜 세월 순사를 한 적이 있어서 위엄을 유지하려다 보니 자연 그렇게 무뚝뚝하게 되어버린 거예요. 간혹 너무 근엄한 척 한다 싶기도 하지만 속마음은 아주 선량한 사람입니다. 그러니까 너무 신경 쓸 것 없어요. 아, 맞다. 그 고타니 읍장도 K군(郡)에서 경찰과장을 하던 사람이에요. 그리고 그 황 조역 있잖아요. 그 친구는 공학교(公學校)만 겨우 겨우 졸업했어요. 그동안 조역으로 승진하려고 얼마나 사람들을 찾아다녔는지……. 근데 그 친구는 사람 대하는 게 영 틀려먹었어요. 우리 같은 말단 공무원들한테는 갖은 권세 다 부리면서 윗사람이나 내지인(內地人)들한테는 또 얼마나 공을 들이는지, 원. 한마디로 비굴한 족속이에요. 어쩌면 그 친구가 상급자한테 아첨하는 건 우리가 배워야 할 점인지도 모르지. 일본말도 제대로 못하는 공학교 졸업생 주제에 중등학교 출신들을 부하 직원으로 거느리고 있으니 얼마나 자신이 대단해 보이겠어요. 아주 흡족해하고 있을 겁니다. 근데 그 녀석, 어떻게 보면 허세가 대단해 보이지만 또 반대로 보면 아주 단순한 사람이에요. 그래서 무조건 그가 하자는 대로 따라가면서 대충 예, 예하고 알랑거리며 기분만 맞추어주면 만사 오케이죠."

따이츄후의 움푹 들어간 눈이 반짝거리며 광대뼈 근처에 살짝 혈색이 돌았다.

"아, 맞다. 그건 그렇고, 지금 어디 세 들어 살아요?"

"아, 네. 아직 정하지 못해서 잠시 홍티엔송 군에게 신세 지고 있습니다."

"아, 그럼 나도 한번 찾아볼게요."

시원시원하게 얘기하는 따이츄후에게 천여우산은 자기도 모르는 사이에 그가 친절하고 사귀어 볼만한 사람이라는 생각이 들었다.

"시간 나면 꼭 한번 우리 집에 놀러 와요. 우리 집은 홍티엔송이 아주 잘 알 겁니다."

따이츄후가 계산을 하기 위해 손뼉을 한번 치자, 예의 그 곱사등이 남자가 나는 듯이 달려왔다.

"가시게요?"

봄 고양이처럼 붙임성 좋게 간살스러운 소리를 내며 입으로는 연신 퉤, 퉤하며 시뻘건 빈랑 즙을 뱉었다.

그 날 해질 무렵, 낮은 양철지붕 위로 올라가는 엷은 연기가 모락모락 뿌연 하늘로 녹아 들어갔다. 모기떼가 무리 지어 어지럽게 날아다니기 시작했다. 천여우산과 홍티엔송은 진흙 도랑을 따라 먼지로 뒤덮인 울퉁불퉁한 길을 지나 거처로 돌아왔다. 저녁을 먹고 나서 천여우산은 언더셔츠 하나만 걸치고 있었지만, 홍티엔송은 내지인 풍으로 품이 넓은 유카타(浴衣)를 질질 끌리게 걸치고 앉아 부채를 파닥파닥 부치고 있었다. 그러나 홍티엔송의 번들번들하고 까무잡잡한 얼굴에 유카타를 걸치고 있는 모습은 어딘지 어울리지 않아 보였다.

마을 어귀에 들어서자, 오른편으로 개나리 울타리로 둘러싸인 내지인 주택이 줄지어 있었다. 꽤 쾌적하게 보였다. 주위에는 파파야 나무가 무성하게 자라 있었다. 진초록의 커다란 잎 아래로 타원형의 열매가 탐스럽게 주렁주렁 열려 있었고, 석양빛에 물든 꼭두서니(茜草)의 미약한 빛이 이채를 더하고 있었다.

"여기는 사원 주택이야. 나도 앞으로 5년만 참으면 그 돼지우리 같은 오두막에서 벗어나 이곳으로 이사 올 수 있어. 하지만 그러지 못하는 사람들은 정말 불쌍하지. 그 사람들한테 이곳은 '그림의 떡'일 뿐이야. 왜냐하면 다들 중등학교를 나오지 못했거든."

홍티엔송은 의젓이 가슴을 쫙 펴고 건들거리는 자세로 말했다.

담장 쪽에서는 앗빳빠[역자 주:여자용 여름 원피스]를 입은 젊은 내지인 여자 두 명이 남의 시선은 전혀 아랑곳하지 않고 연신 어깨를 제켜대며 깔깔거리고 있었다. 발이 바람에 흔들리고 있는 툇마루에는 뒤룩뒤룩 살이 찐 중년 남자 하나가 속옷만 걸친 채 양손을 허리에 댄 채 꼼짝 않고 먼 곳을 바라보고 있는 것이 담장 너머로 보였다.

"지금 현재 사원 주택에 살고 있는 본도인(本島人)은 단 두 사람뿐이야. 한 명은 고농(高農) 출신이고, 다른 한 명은 공업학교 출신이야."

홍티엔송은 스스로 부연설명까지 덧붙였다. 그의 이 세상에서의 유일한 소망은 몇 년을 참고 기다렸다가 일정한 위치에 오르게 되면 내지인 풍의 집에 살면서 내지인 풍의 생활을 하는 것이었다. 그는 그러한 기쁨과 의기양양함에 한껏 도취가 되었는지 가늘게 실눈을 뜬 채 웃음을 머금고 있었다.

길이 갈수록 좁아졌다. 작은 집들이 어지럽게 들어서 있었다. 웃통을 벗은 남자들이 저녁밥을 먹고 나왔는지 정자각에 한데 모여 앉아 있었다. 밤색의 갈비뼈를 드러낸 젊은 남자가 약삭빠른 손놀림으로 후친(胡琴)을 켜고 있었다. 새되고 날카로운 선율이 송곳처럼 황혼을 뚫고 들어갔다.

바싹 말라 쪼글쪼글해진 젖가슴을 축 늘어뜨린 쉰 살가량의 중년 아낙이 종려나무 부채를 탁탁 치면서 과장되다 싶을 정도로 큰 소리로 떠들어대고 있었다.

"금년은 예년보다 훨씬 더 더운 것 같아."

이 때, 홍티엔송이 갑자기 천여우산의 팔을 툭 치며 잔뜩 목소리를 낮추고는 살랑거리듯 말했다.

"어이, 저기 저 앞에 있는 여자 좀 봐!"

눈썹을 진하게 그리고 화려하게 저녁 화장을 한 살집이 좋은 여자가 의자에 앉아 있다가 무심코 한쪽 무릎을 세웠다. 그 바람에 말아 올라간 바지 밑으로 희고 보드라운 허벅지가 그대로 드러났다. 체면 무릅쓰고 시선이 자연 그 쪽을 훑었다.

"아마 몸 파는 여자일거야."

홍티엔송이 뒤를 돌아보며 말했다.

담과 담 사이에는 겨우 한 사람이 드나들 수 있을 정도의 좁은 길이 나 있었다. 그 좁은 길을 지나니 바로 벽이 다 떨어져 나간 세 칸짜리 낡은 내지인 풍의 집이 나타났다. 사방이 모두 집들에 둘러싸여 있었고, 구석의 조그만 공터는 쓰레기장인 듯 속이 뒤집힐 정도의 악취가 연신 코를 찔러왔다.

"계세요? 집에 아무도 없어요?"

홍티엔송이 큰 소리로 사람을 불렀다.

"누구세요?"

하는 소리와 동시에 장지문이 열리면서 괴상한 새처럼 생긴 머리가 삐죽 내밀어지는가 싶더니 어두운 통로를 통해 이쪽을 살피는 것이 보였다. 이윽고 그가 아는 체를 했다.

"아, 누구라고? 홍 군이었구먼. 손님도 계시네. 자, 어서 들어와!"

홍티엔송의 소개를 받고 나서야 이 사람이 그의 선배라는 걸 알게 되었다. 이름은 쑤더팡(蘇德芳). 현재 모 읍사무소에 근무하고 있었다.

쑤더팡의 툭 튀어나온 광대뼈와 오그라진 작은 입은 언저리가 까칠한 게 혈색이 없어 보였다. 비리비리한 몸에 뼈가 앙상한 게 언뜻 보아도 영양실조 상태라는 것을 알 수 있었다. 함몰된 동공이 슬픈 속

사정을 가득 담고 있는 듯 으늑한 빛을 띠며 기묘하게 흔들렸다. 청춘의 흔적이리라.

옆방에서 방금 갓난아이에게 젖을 먹였는지 초췌하고 창백한 여자가 웃옷의 단추를 채우며 장지문을 열었다.

"어서 오세요."

두 손으로 바닥을 짚고 깊이 머리를 조아렸다.

"안사람입니다."

쑤더팡이 옆에서 말했다.

여자도 비쩍 말라 있었다. 아래턱은 깎은 듯이 뾰족하였다. 금방 자리에서 일어나 물러가는가 싶더니 이내 부엌에서 달그락거리는 소리가 들렸다. 아마도 차 준비를 하고 있는 모양이었다. 노란 알전구 아래에서 세 사람은 책상다리를 하고 빙 둘러앉았다. 부채를 흔들며.

바람 한 점 들어오지 않아 깊게 가라앉아 있는 방안의 공기는 몸을 달굴 듯이 쉼 없이 열기를 내뿜었다.

이 부근에 세를 놓은 방이 있는지 물었다.

"글쎄, 이 부근에는 없는 것 같은데. 하여튼 내가 한번 물어 보지요."

쑤더팡은 자신이 없는지 고개를 외로 틀었다. 그리고는 한 마디 덧붙였다.

"나도 찾다 찾다가 결국 이곳에 오게 되었어요. 여섯 자짜리 다다미 방 두 칸에 두 자 정도 되는 현관 하나가 달려있는 집이에요. 방세는 매달 6원인데 싼 편이라 할 수 있죠. 하지만 보시는 바와 같이 사방이 막혀 있어서 공기 순환도 잘 안 되고, 음기가 강해 아이들이 해마다 병이 나는 거예요. 그래, 갈 수만 있다면 당장이라도 이사를 가고 싶은 심정입니다, 정말. 이젠 이런 생활을 도저히 참을 수가 없을 것 같아요. 본도인들은 월세 보조금도 나오지 않는데다가 봉급도 적은 편이라 매달 가계를 꾸려나간다는 게 여간 힘들지 않아요. 물론 본도인 집에 세를 들 수도 있었지만 위생설비가 워낙 형편없고 방세도 4, 5원이나 되어서. 그래, 체면 유지 차원도 있고 해서 결국 여기에 뿌리를 내리게 되었던 겁니다. 하지만 새끼들 병은 정말 마음대로 안 되는 것 같네요……."

여기까지 말하고는 갑자기 천여우산을 뚫어지게 바라보는 것이었다.

"천 상, 천 상이 이제 갓 학교를 졸업했다고 하니까 내 말해주는 건데, 결혼은 너무 빨리 하지 말아요. 은감불원(殷鑑不遠)이라고 멀리서 찾을 것 없이 바로 내가 그 가장 대표적인 예 아니요. 부모님의 무리한 강요 때문이기도 하지만 내가 굳건한 신념이 없었기 때문에 빚어진 결과이긴 합니다만. 그렇게 금방 파탄이 올 줄은 정말 꿈에도 생각 못했어요. 우리 어머니는 허영심이 아주 강한 분이셨죠. 내가 중학을 졸업하고 바로 취직을 하자, 이 아들이 크게 출세나 한 줄 아시고 하루라도 빨리 결혼을 시키려고 했거든요. 그래서 무골호인인 아버지를 부추겨 무리하게 결혼을 서두르게 했던 거예요. 나는 물론 갓 학교를 마친 터라 처음엔 거절을 했지요. 그런데 어머니란 사람이 울고불고 하며 무슨 '불효자입네', '이게 효도냐' 등등 해대며 매달리니 어쩔 도리가 없었지요. 게다가 상대가 여학교를 졸업했고, 집안도 서로 엇비슷하다고 해서 눈 딱 감고 그 해 봄에 T시에 있는 여학교를 졸업한 지금의 내자를 맞이했어요. 천 상도 여학교 출신의 빙금(聘金)[여자 주 : 내지인의 결납금(結納金)과 같은 것으로 성혼의 증표로 신랑 집에서 신부 집에 보내는 금품. 참고로 본도인은 매매혼이었다]이 공학교 출신에 비해 터무니 없이 비싸다는 게 말도 안 되는 웃긴 거라는 거 잘 아실 겁니다. 뭐 그래도 아내는 여학교 출신 치고는 1300원 주고 데려왔으니까 다른 집과 비교하면 그래도 싼 편이었죠. 그래도 집에 어디 그렇게 많은 돈이 있나요. 할 수 없이 800원 정도 남한테 빌려서 남들 하는 만큼은 했지요. 하지만 결혼하고 나서 이듬해에 아버지가 돌연 세상을 떠나시면서 알게 된 일입니다만, 집에는 전부 2천원의 빚이 더 있었던 겁니다. 그래 내가 그걸 고스란히 떠안게 되었지 뭡니까. 대부분이 내 결혼 비용과 학자금에 쏟아 부은 거지만 말이에요. 그래 하는 수 없이 그나마 있던 얼마 안 되는 밭뙈기마저도 전부 팔아 버렸지만 그래도 지금까지 상당한 빚이 그대로 남아 있어요. 그놈의 것이 지금도 내 어깨를 짓누르고 있지요. 한마디로 비참한 신세랍니다. 결혼한 해에 난 스물이었고 아내는 열아홉이었습니다. 그래도 이제 겨우 서른 안짝인데 글쎄 그동안 이놈의 새끼들은 벌써 다섯씩이나 득실대게 되었지 뭐요. 지금 막내가 폐렴을 앓고 있어서, 이번 달에도 적자가 될 모양입니다만, 봉급이야, 여간해서 오르나? 그러니 지금도 이렇게 박봉에 시달리고 있으니 이게 말이 되는 소리요. 생활비는 갈수록 많이 들어가지만 일일이 거기에 다 맞출 수가 없어요. 빚도 갚기는커녕 자꾸 갈수록 불어만 갑니다. 집안 생계 때문에 이렇게 망가졌지만, 내가 이래 봬도 학창시절엔 쟁쟁한 정구 선수로 모교의 황금시대를 열었던 사람이라오. 아파서 원숭이처럼 비쩍 말라버린 아내에게도 옛날엔 청초하고 어여쁜 젊은 여학생 시절이 있었는데. 하지만 시대가 이렇게나 빨리 변했구나 생각하니 정말 감개가 무량할 따름입니다."

쑤더팡은 웃어 보이려고 했는지 입술이 일그러지고 입가엔 경련이 일어났다.

"아드님의 병은 좀 나아졌습니까?"

그의 긴 말이 끝나기를 기다렸다가 홍티엔송이 재빨리 끼어들었다.

"어, 그래도 그럭저럭 어려운 고비는 넘긴 셈이지."

장지문엔 옛날 신문지가 대신 발라져 있었고, 격자문은 아이들 장난에 여기저기 구멍이 나 있었다. 색 바랜 벽에는 여기저기 낙서 자국이 있었다. 방안은 엉망이었다.

이때 옆방에서 자지러지는 아이 울음소리가 들렸다.

천여우산은 마지막으로 다시 한 번 하숙 일을 부탁하고는 그 집을 물러나왔다. 거리로 나오자 홍티엔송이 자못 딱하다는 표정으로 말을 꺼냈다.

"쑤 상의 봉급은 아직 40원이 될까 말까 해. 게다가 아이들은 저렇게나 많으니, 원. 아마 저 양반도 여간 골치가 아닐 거야. 우리도 만일 저 지경까지 가면 완전 끝장이야."

이 말은 천여우산의 마음에 깊은 그림자를 새겨 놓았다.

"공원이나 한 바퀴 돌고 들어가자."

홍티엔송이 먼저 호젓한 인적 없는 어두컴컴한 길 쪽으로 발걸음을 옮겼다.

공원 안에는 열대수가 하늘을 향해 우뚝 솟아 있었다. 벤치에 걸터앉아 있으려니 흡사 숲의 적막이 숨을 조여 오는 것 같았다. 벤치 뒤쪽엔 생고무 나무가 빽빽하게 짙은 그늘을 만들고 있었다. 발아래 오솔길이 약간 구부러지는 것 같더니 이내 어두운 밤 속에 묻혔다. 앞에 있는 풀밭 한쪽에는 파파야가 한데 무리지어 모처럼 충천한 초승달의 빛을 조용히 빨아들이고 있었다. 그리고 지상엔 옅은 나무 그림자가 투사되어 있었다.

"아, 정말 시원하다. 이젠 더 이상 저 양철 지붕의 나가야는 참을 수 없을 것 같아. 12시가 넘어서도 어찌나 무더운지."

"솔직히 말해 나도 저녁에는 정말 지치더라."

"사원 주택으로 들어가 살 때까지는 아직 5년을 더 참고 기다려야 하니, 원. 그런데 말이야. 더 놀라운 건 근처 이웃에 사는 족속들이 너무 교양이 없다는 거야. 여자들은 하루 종일 큰 소리로 재잘재잘 수다만 떨어대지, 아이 녀석들은 시궁쥐보다도 더 더럽지, 남자들은 남자들대로 맨날 바이지우에 취해 큰 소리로 욕이나 지껄여대고 말이야. 그런 족속들과 함께 살고 있으니 우리까지도 비속하게 되는 것 같아. 게다가 두세 칸 떨어진 집에서 말하는 소리까지도 환히 들리지, 심야엔 이웃집에서 잠자다가 뒤척이는 소리까지 빠짐없이 들을 수 있다니까."

홍티엔송의 소리가 점점 가라앉고 그 최후의 여음이 피아니시모처럼 캄캄한 밤 속으로 사라지는 듯싶더니 돌연 음산한 적막이 엄습하여 들어왔다.

달빛에 용해된 푸른 노을과 밤기운이 점점 깊어만 갔다.

사위가 정막해진 탓인지 공포감마저 느껴졌다.

"가자, 돌아가자."

허리를 펴고 자리에서 일어났다.

나무 밑을 잠수하는 것처럼 그들의 하얀 옷에는 나무 그림자가 함초롬히 물들어 있었다.

공원의 낮은 담을 돌아 천천히 걷다가 무심코 밤하늘을 쳐다보았다. 높디높은 야자수 꼭대기에서 달이 상쾌하게 산들거리고 있었다.

홍티엔송이 이리저리 알아봐 준 덕분에 가까스로 거처를 구할 수 있었다. 마을 동쪽 교외에 있는 집이었다. 집 뒤로는 파초와 낙화생 등의 작물을 심어놓은 밭들이 잇닿아 있었다. 가옥의 형태는 본도인 재래의 오목형 구조였다. 나는 이 집 끄트머리에 있는 방 하나에 세를 들었다.

토담집이기는 했지만 지은 지는 그리 오래되어 보이지 않았다. 왕겨와 진흙을 혼합해 바른 담벼락은 중후하면서도 진한 감색을 띠고 있었다. 방도 진흙 방이라서 눅눅한 게 습기가 아주 많았다. 그러나 여느 본도인의 가옥들처럼 창문은 비교적 큰 편이었다. 방세는 여러 번 흥정을 한 끝에 매달 3원으로 하기로 했다.

끼니는 스스로 해 먹는 걸로 했다. 무엇 때문인지는 몰라도 농가에서 짓는 밥은 흐슬부슬한 침전물 같은 재래미에 고구마를 너무 많이 섞기 때문에 밥이 너무 질었다. 반찬도 아침저녁 모두 간두부와 무말랭이 뿐이었다. 아무리 천여우산이 가난한 집안 태생이기는 했지만 그렇게까지는 하고 싶지 않았다. 그래서 스스로 자취를 하게 되면 경제적이기도 할뿐더러 자기가 먹고 싶은 것도 마음대로 먹을 수 있을 것 같다는 생각을 했다. 더군다나 이제 갓 졸업한 사람이니 생활력이야 당연히 강하지 않겠는가!

취사도구를 대충 마련하고 나서 홍티엔송에게 대만식 대나무 침대를 사 달라고 부탁했다. 이것은 4원이면 살 수 있는 싼 물건이었다. 물론 조금만 흔들면 삐걱대는 소리를 내기는 하지만 말이다. 벽을 하얀 벽지로 도배하니 방안이 훨씬 밝아졌다. 그리고 벽 오른쪽 구석 위에는 '정신일도하사불성(精神一到何事不成)'이라고 크게 써서 붙여놓았다.

뒷짐을 진 채 무언가를 골똘히 생각하고 있는 나폴레옹의 초상화 액자도 걸어 놓았다.

이제 모든 것이 술술 풀려 가는 기분이 들었다. 자, 이제부터는 아주 열심히 공부해야 한다. 천여우산은 속으로 이렇게 다짐했다. 그의 목표는 내년 안에 보통 문관 시험에 합격하고 십 년 안에 변호사 시험에 합격하는 것이었다. 이것은 혈기 왕성한 청년이라면 누구나 갖는 몽상일 수도 있지만 천여우산은 다음의 몇 가지 이유 때문에 상당히 실현 가능한 일이라 스스로 생각했다.

첫째, 경제적 측면에서 비롯된 현실에 대한 불만이다. 그는 이 꿈 많은 시대에 자신의 정해진 삶을 도저히 참을 수가 없었다.

가장 분명한 사실은 일 년에 1원씩 오르면 십 년 후엔 월급이 고작해야 34원 밖에 안 된다는 것이다. 이 기간 중에 만일 결혼이라도 한다면 선배인 쑤더팡처럼 생활에 쪼들린 잔해(殘害)와도 같은 존재가 되어 버릴 것은 불을 보듯 뻔한 일이었다.

둘째, 천여우산은 T시의 중학교를 우수한 성적으로 졸업했다. 이것이 그가 충분한 자신감을 갖는 가장 큰 이유이다. 자기의 두뇌와 노력이라면 자신의 삶을 스스로 개척할 수 있다고 그는 스스로를 믿고 있었다.

실제로 천여우산은 중학을 졸업하고(그가 중학교에 진학한 것은 시골에 있는 일자무식의 아버지가 아들의 동급생의 다수가 중학교를 지망했다는 말을 듣고 그저 자기 아들도 다른 아이들과 함께 시험을 한번 보았으면 해서이지 원래 어떤 특별한 생각이 있었던 것은 아니었다. 어쨌든 중학은 졸업했지만 그 이상의 학비는 계속 댈 수 없었기에 상급학교 진학은 포기할 수밖에 없었다.) 4, 5년을 허송하다가 지금의 이 읍사무소에 결원이 생겼다는 말을 듣고 서둘러 원서를 냈고 결국 이십여 명의 지원자를 물리치고 당당히 임용시험에 패스했다. 이것이 바로 노력에 의해 모든 것을 해결한 것이 아니겠는가?

천여우산은 가슴 가득 아름다운 꿈으로 충만해 있었다.

그는 중학시절에 교과서 말고도 교양서적, 위인전, 성공입지전 등을 두루 읽었다. 거기에 그려지고 있는 인물들은 하나같이 가난하고 비천한 집 출신임에도 불구하고 온갖 가시밭길을 뚫고 막대한 부를 쌓거나 혹은 사회의 목탁이 되어 인류 복지에 공헌한 사람들이었다. 이런 성공의 배후에는 오직 피나는 노력이 있었다. 아, 어쩌면 가난도 찬미할 만한 가치가 있는 것인지 모른다. 왜냐하면 가난은 성공의 어머니이기 때문이다.

그러나 천여우산은 한 시대의 풍운아나 만인지상이 되겠다는 터무니없는 생각을 가지고 있지는 않았다.

아름다운 꿈을 꾸고 있는 그의 눈에는 어느 정도는 시대의 어두운 그림자가 드리워져 있었다.

셋째, 그의 본도인에 대한 일종의 경멸감이다.

인색하고 교양 없고 저속하고 불결한 집단이 바로 그의 동족이 아닌가? 단돈 1원 때문에 입정 사납게 서로 욕하며 싸우고, 서로 으르렁대지 않으면 상대에게 눈을 부라리는 전족 한 할망구들. 평생을 터럭 하나 뽑지 않을 듯 인색하기 짝이 없다가도 혼례나 장례 같은 애경사 때에는 남의 빚까지 내어다가 마구 야단법석을 떨어대고, 또 걸핏하면 남을 속이는 게 다반사고 소송하기 좋아하는 사람들이나 교활한 상인들. 이런 사람들은 중등학교를 졸업한 소위 신지식인이라 일컬어지는 천여우산의 눈에는 향상과 발전이란 모른 채 어두운 삶에 만연되어 있는 비굴한 잡초들처럼 보였다. 천여우산은 자신이 그들과 동렬의 사람으로 취급되는 것이 너무나 싫었다. 민초들의 삶을 들여다보면 그 까닭을 알 수 있다.

간혹, 천여우산은 내지인들로부터 '리 - 야'(汝也, 대만어. 자네라는 뜻이라 하더라도 본도인은 모멸당하는 것처럼 느낀다)로 불릴 때가 있었다. 그럴 때마다 그는 눈살을 잔뜩 찌푸린 채 노골적으로 불쾌함을 드러내며 대꾸하고 싶지 않다는 자신의 뜻을 내비쳤다.

그래서 그도 늘 와후쿠(和服)를 입고 일본어를 사용하며 남보다 더 높은 자리에 오르기 위해 무진 애를 썼다. 자신은 동족과는 다른 존재임을 인정받고 싶었고 거기에서 위안을 느끼고자 했다.

그러나 월세 3원짜리의 곳간 같은 토간(土間)에서 대나무로 된 대만식 침대에 와후쿠를 입고 누워있는 천여우산의 모습을 보노라면 정말 우습기 짝이 없는 장면을 보는 것과 같았다. 더구나 그는 그렇게 누워서 거의 실현 불가능한 꿈을 꾸곤 했다. 운이 좋으면 내지인 처녀와 연애해서 결혼할 수도 있으리라. 그 때문에 '내대공혼법(內臺共婚法)'이 공포된 것이 아니겠는가? 아니, 결혼하는 것보다는 상대방의 양자가 되는 게 더 낫겠다. 그렇게 되면 내지인으로 호적도 바꿀 수 있을 것이고 또 그렇게 되면 관청이라면 봉급도 60프로 이상 오를 것이고 그밖에도 여러모로 혜택을 누릴 수 있을 것이다. 아니, 아니다. 이건 너무 공리적인 생각이다. 그래 맞다. 내지인 여자와 결혼하는 것이다. 그 절대 순종적이고 고도의 교양을 가지고 있고 꽃처럼 아름다운 내지인 처녀와 결혼하기만 한다면 설사 10년, 20년 수명이 단축되더라도 더 이상 바랄 게 없다. 하지만 아무리 생각해도 이 쥐꼬리만한 월급을 가지고는 도저히 안 된다. 그래, 열심히 하자! 노력하자! 그것이 지금 처지의 모든 것을 해결하는 길이리라.

천여우산은 이처럼 자신의 즐거운 공상이 극에 달할 때마다 종국에는 자신에게 현실적인 채찍질을 해대는 것으로 끝을 맺었다. 그리고는 자질구레한 것까지 세세하게 계산하는 것이었다.

수 입	24원
지 출	
식비	8원
방세	3원
전기세 및 연료비	1원 5전
집에 부칠 돈	5원
책값	3원
잡비	3원 5전
잔 고	0

단, 옷값이나 비상금 등은 집에 청구하였다. 그밖에 공부 시간표도
작성해서 '시간엄수'라고 써서 붙여 놓았다.
천여우산은 집에 편지를 써서 자신의 포부를 밝혔다.

아버님전상서
불초자 부모님 슬하를 떠난 지도 벌써 십 여일이 지났습니다.
가내 두루 무고하고 평안하신지요? 불초 또한 매우 건강하고 무
탈하게 소일하고 있사오니 괘념치 마십시오. 목하 회계 보조 일을
맡아 하고 있는데 일이 매우 단조롭습니다. 홍티엔송 형이 분주
히 돌아다녀 준 덕분에 수일 전 거처 문제도 해결되었습니다. 한
아(閑雅)한 곳으로 집세도 3원 밖에 되지 않습니다. 급료는 24원
이라고 했습니다. 면밀하게 지출을 계산하여 보니 차후로는 매달

5원을 집에 송금할 수 있을 것 같습니다. 아무리 절약한다 하더라도 더 이상은 보내드리지 못할 것 같사오니 삼가 양찰하시기를 바랍니다.

　그러나 이미 졸업을 한 이상 한거무위(閑居無爲)하지 않고 필히 각고면려(刻苦勉勵)하여 감히 훗날의 대성을 기약코자 합니다. 불초 품행에 신중하고 공무에 정진하며, 여가를 이용하여 불요불굴 부지런히 학문에 전념하여 처지를 개선하고 가명(家名)을 떨침으로써 부모님의 크신 은혜에 만에 하나라도 보답코자 합니다.

　삼가 불초의 불민함을 굽어 살피시어 괄목상대하기를 기원해 주시기를 바라옵니다.

　남은 여름 무더위에 섭생자애(攝生自愛)하시기를 기원하겠습니다.

　삼가 올립니다.

　천여우산은 얼굴 가득 흙먼지와 주름살로 뒤덮여 있는 늙은 아버지를 생각했다. 30년 동안 목을 바싹 오므리고 저축해 온 피 같은 돈 1500원을 모조리 학비에 쏟아 부으면서 아들이 우수한 성적으로 5년간의 학업을 마치기만 하면 그 후로는 편안한 생활을 할 수 있을 것이라고 믿으셨을 것이다. 그러나 지금 쥐꼬리만한 봉급을 받아 매달 겨우 5원밖에 붙여드리지 못하고 있으니 가계에도 도움이 안 될뿐더러 상황이 이러하니 아버지는 또 다시 수족을 놀릴 수 있을 때까지는 우마처럼 노동을 하지 않으면 안 된다. 이렇게 생각하니 아버지가 너무도 가엾고 측은하다는 생각이 들었다.

　그럼에도 불구하고 부근의 이웃들은 천여우산의 취직에 대해 칭찬을 마다하지 않았다.

"정말 좋은 일자리를 찾았네요. 이젠 진짜 돈도 많이 벌겠네요. 우리 강아지도 도시로 나가 일하고 있는데 월급이 겨우 3원 밖에 안돼요."

천여우산은 계획에 따라 열심히 공부하였다. 언제나 12시, 1시 넘어서까지도 그가 열심히 공부하는 뒷그림자를 볼 수 있었다.

어느 날 저녁, 동료인 따이츄후가 찾아왔다. 처음엔 산보나 하자는 것이었는데 내친 김에 자기 집에 가보자고 했다. 따이츄후는 천여우산에게 항상 친절하게 대해 주었다. 그래서 천여우산도 그를 전적으로 신뢰할 수 있는 친구라고 마음속으로 생각하고 있었다.

따이츄후의 집으로 가는 길은 칠흑같이 어둡고 울퉁불퉁 험하기 짝이 없어 천여우산은 몇 번이나 넘어질 뻔했다.

그의 집은 지붕 끝이 하늘로 치켜 올라간 전통 가옥이었고 벽은 잿빛으로 되어 있었다.

천여우산은 대청으로 끌려 들어갔다. 정면에는 관음불상의 그림이 걸려 있었고, 양측 벽에는 여러 가지 포즈의 상하이 미인들의 칼라 화보들이 붙어 있었다.

한 중간에는 둥근 테이블이 놓여 있었고, 그 위에는 레이스가 달린 하얀 테이블보가 덮여 있었다. 천여우산이 등나무 의자에 앉는 것과 동시에 입구 쪽에서 노인 한 명이 들어왔다.

"제 아버지십니다."

따이츄후가 먼저 천여우산에게 노인을 소개하고는 다시 노인에게 그를 소개했다.

"아버지, 이 분은 사무소에 새로 온 천여우산 군입니다."

천여우산이 깊이 고개를 숙여 정중하게 인사를 드리자, 노인은 황송하다는 몸짓으로 제지를 하고는 딱딱한 손을 내밀며 앉으라는 손짓을 했다.

"이리 누추한 곳을 찾아주시다니, 정말 잘 오셨습니다."

주름이 자글자글한 얼굴에 상냥한 미소를 띠고 있던 노인은 자리에 앉자마자 장죽의 담뱃대에 냄새가 강렬한 적린(赤麟) 각연초를 밀어 넣고는 뻑뻑 빨아들이기 시작했다.

난양(南洋)의 추장처럼 축 늘어진 노인의 피부는 적갈색을 띠고 있었다. 열 두세 살 정도 되어 보이는 계집아이가 파파야 열매가 든 접시를 들고 들어왔다. 아름답고 누런빛이 도는 파파야 과육 위에서 동그랗고 귀여운 흑갈색 씨가 탐스럽게 촉촉한 빛을 발하고 있었다.

"천 상은 아주 젊군요. 올해 몇이십니까?"

"스물입니다."

"아, 한창 젊고 힘이 넘치는 전도유망한 청년이군요."

"……."

"그래, 댁은 어디신가요?"

그리고는 가족관계며 고향, 직업 등 집안 사정에 대해 꼬치꼬치 캐물었다.

"이렇게 얌전한 아드님을 두셨으니 부모님께서도 필시 흡족해 하시겠네요. 봉급도 많으니 저금은 하고 계시죠?"

"아니요, 매달 집에 돈을 부쳐야 해서요."

순간 노인이 아래턱을 쑥 내밀면서 놀라는 표정을 지어 보였다.

"그래도 집에서는 천 상의 돈을 필요로 하지는 않죠?"

"그렇지 않습니다. 집이 워낙이 곤궁해서 얼마간 보태 드려야 살림을 꾸려나갈 수가 있습니다."

노인은 담뱃대를 입에 물고 한동안 골똘히 생각에 잠겨 있더니 이 내 표정을 풀고 가벼운 웃음을 띠었다.

"정말 장하군요. 정말 보기 드문 젊은이예요."

이때, 따이츄후가 곁에 있다가 말참견을 했다.

"맞아요! 아버지, 천 상은 매사에 아주 열심인 노력가입니다. 손에 서 책을 놓는 법이 없다니까요."

"허허, 저런. 그럼……. 어때요? 매일 공부만 하지 말고 가끔씩은 놀 러 오고 그러세요. 아, 그렇지. 이번 휴가 때는 우리 아들과 함께 우리 귤 농장에 한번 와요. 어때요? 그때쯤이면 밀감이 아주 잘 익었을 때 고 경치도 아주 좋을 땐데."

"아, 네. 정말 감사합니다."

따이츄후가 움푹 들어간 눈길로 천여우산을 뚫어지듯 바라보며 바 싹 무릎을 당겨 앉았다.

"천 상, 혼자 지내는 거 외롭지 않아요? 밥 짓고 빨래하고 여간 불 편한 게 아닐 텐데. 어때요? 내 먼 친척뻘 되는 아가씨가 하나 있는데 아주 참하고 예쁘장한데. 천 상이 그 아가씨와 맺어지면 아주 좋을 것 같은데."

"관심 가져주셔서 감사합니다. 그런데 여러 가지 사정이 있어서 당 분간은 그럴 의향이 없습니다."

천여우산은 당치도 않다는 생각에 속으로 쓴웃음을 지었다.

"인주(銀珠) 말하는 거냐? 그 아이라면 나도 잘 알지. 아주 좋은 처 자야."

노인이 담뱃대를 바닥에 탁탁 치면서 혼잣말처럼 중얼거렸다.

"아닙니다. 천 상. 천 상은 어느 정도 생활도 안정되고 봉급도 많으니까 결혼은 결코 문제가 될 게 없어요. 게다가 본도인은 열여덟, 열아홉이면 결혼하잖아요. 대부분이 그렇게 하잖아요.”

“문제는 바로 거기에 있는 것 같습니다. 본도인의 조혼 풍습은 악습이라 할 수 있습니다. 그래서 저부터라도 먼저 바꾸지 않으면 안 될 것 같습니다.”

“그건 아주 훌륭한 생각이기는 하지만 모든 사람을 다 억지로 그런 틀에 묶어둘 수는 없지 않나요? 그건 그렇다 치더라도 언제 한번 가봅시다. 아주 예쁜 처녀예요. 천 상도 틀림없이 마음에 들 겁니다.”

“그게 아직…….”

천여우산은 곤혹스러워졌다. 순간 자리가 약간 어색해졌다고 생각했는지 노인이 걸쭉한 목소리로 침묵을 깼다.

“정말 새로운 두뇌의 전도유망한 청년이군. 우리같이 구식의 사람은 조금이라도 빨리 마누라를 얻어 빨리 자식을 낳는 게 효도하는 길이라고 생각하는데, 허허…….”

동라(銅鑼)를 깨뜨리는 것 같은 웃음소리가 낮게 울려 퍼졌다.

며칠 후, 홍티엔송이 찾아왔을 때 다짜고짜 그를 잡아 앉혔다.

“지난번에 따이츄후의 집에 갔었는데 말이야. 정말 황당하더군.”

그리고는 쓴웃음을 지으며 그 날 저녁에 있었던 일을 낱낱이 그에게 말해 주었다. 홍티엔송은 어, 어하며 맞장구를 치듯 연신 고개를 끄덕이며 듣고 있다가 천여우산의 말이 끝나기가 무섭게 기다렸다는 듯 재빨리 말을 낚아챘다. 그의 말은 약간은 뜻밖의 이야기였다.

“따이츄후 상이 자네에게 그렇게 친절한 척 야비다리 치고 하는 것은 그에게 다른 속셈이 있기 때문이야. 그의 그 가시 돋친 웅숭깊은 눈빛만 보더라도 그가 얼마나 타산적이고 음험한 인간인지 알 수 있잖아. 자네에게 온갖 친절을 베푸는 것은 자네에게서 무언가를 얻을 심산으로 자네를 냄새 맡고 있는 거라고. 그러니까 일단 자네에게서 아무것도 얻을 것이 없다고 판단되면 그 즉시 손바닥 뒤집듯 자네에게 차갑게 대할 거야. 자네가 따이 상 집에 갔을 때, 자꾸 자네에게 이것저것 물어보는 것은 바로 자네와 자네 집안의 신용조사 같은 거야. 그리고 자네에게 결혼을 권하면서 먼 친척이 되는 아가씨를 소개하려고 하는 것도 바로 자네가 이미 따이 집안의 사위가 될 자격을 잃었다는 것을 의미하는 거야. 왜냐하면 따이 상 자신에게도 두 명의 여동생이 있거든. 큰 여동생은 따이의 계략과 음모 때문에 이혼을 당하고 친정으로 돌아온 소박데기야. 애처로운 희생물인 셈이지. 2년쯤 전에 읍내 갑부인 방탕한 놈이 하나 있었는데, 그놈의 마누라가 죽자 그는 여동생의 미모를 미끼로 해서 그녀가 싫다고 했는데도 막무가내로 밀어붙여서 승냥이같이 탐욕스럽고 색마인 그 방탕한 놈에게 시집을 보냈었어. 그녀는 해당화처럼 정말 아름다웠어. 그 방탕한 놈은 미친 개 같은 못된 버릇이 있었어. 읍내에 매춘부가 새로 올 때 마다 꼭 한 번씩은 오입하러 가야 직성이 풀린다는 거야. 게다가 술만 먹었다 하면 어김없이 마누라를 두드려 패는 거야. 그 난폭한 행동이야 이루 말할 수가 없지. 그놈 마누라는 원래 C시에 있는 고등 여학교를 나온 교양 있는 처녀였다고 하는데, 아타얄족(泰雅族)[역자 주 : Atayal. 대만 원주민(生蕃) 가운데 사납기로 유명한 종족]처럼 난폭한 남편한테 학대를 받고 심지어는 지독한 악성의 성병에까지 걸리기도 했어. 본래 애지중지 귀하게 큰 몸이니 이런 학대와 억압을 어떻게 견딜 수가 있었겠어. 결국 폐병에 걸리고 말았지. 게다가 그 시어머니란 족속도 아주 무지막지한 할망구로 인색한데다가 잔소리꾼으로 유명했어. 막대한 재산을 가지고 있으면서도 며느리가 병이 났는데도 전혀 치료를 해 주지 않았던 거야. 상상이 가? 그녀는 결국 2년쯤 전에 세상을 뜨고 말았어. 틀림없이 원통함에 이를 갈면서 숨을 거두고 말았을 거야. 따이 집에서는 상대방의 지위와 3천원에 현혹되어 싫다는 여동생을 억지로 승냥이 소굴에 먹이로 던져 준거라고. 그 결과 액운을 당한 건 물론이고 성병까지 걸렸고 거기에 시어머니의 학대까지 당했으니, 원. 견디다 못해 그녀도 자신의 운명을 저주하며 목을 매 죽으려고 했는데 다행히 미수로 끝났지. 이 일은 양가에 어지간히 충격을 주었는지 그 방탕한 놈은 한동안 잠자코 조신하게 있는 것 같더니만 얼마 안가 또다시 전처럼 하루 종일 기생집에 눌러 앉아 살다시피 했지. 결국 따이 집에서도 딸의 절절한 간청 때문에 그녀를 집으로 데리고 왔어. 그녀는 지금 조용하게 상처 난 몸을 추스르면서 재혼할 날만을 기다리고 있어. 그런데 이것 때문에 그녀의 결혼 조건은 아주 나빠졌지. 그래서 따이 츄후 상은 되도록이면 타지 사람에게 언니 쪽을 시집보낼 생각을 하고 있는 것 같아. 한마디로 이 일을 잘 모르는 타향 사람을 찾아 속전속결로 해치우자는 속셈인 거지. 내 하나 빠뜨린 게 있는데, 따이 집의 그 주인 영감은 숨어살다시피 하면서 집안일은 전부 따이츄후 상이 도맡아하고 있어. 따이츄후 상은 아마 모르긴 몰라도 과거 때문에 어딘가 흠이 있어 보이는 언니 쪽을 자네에게 보낼 속셈이었는지도 모르지. 그런데 이제 자넨 그 전형에서 빠진 것은 확실한 듯싶으이. 그건 필시 자네 집안의 빈곤함을 솔직하게 이야기하고 게다가 쥐꼬리만한 월급을 쪼개서 집에 붙인다고 고백했기 때문일 거야. 아마 그가 특유의 술책을 사용하기만 한다면 타향의 상당한 집안에 팔아버리는 것은 어렵지 않을 걸세. 언니 쪽을 자네에게 보내지 않겠다고 한다면 물론 동생 쪽은 말할 것도 없겠지. 하긴 그 동생 쪽은 눈에 부종이 있고, 약간 백치야. 내 미리 자네에게 주의를 주었으니, 자네는 설사 거기에서 낙선한다 하더라도 전혀 부끄러워할 필요 없으이. 그는 자네의 인격과 잠재력은 완전히 치지도외하고는 그저 자네가 부유한가, 아닌가만 따지고 있는 거라고. 만일 자네가 상당한 재산을 가지고 있었다면 설령 자네가 무능력자고 배은망덕한 놈이라 할지라도 기꺼이 자네에게 누이동생을 바쳤을 거야. 그리고 또 그가 자꾸 자네에게 먼 친척 아가씨를 추천하는 것은 먼 친척으로부터 이익을 얻으려고 하는 걸 거야. 그래도 자네로부터 중매쟁이 구전이라도 얻으려고 하는 지 누가 알겠어? 한마디로 말해 괜히 단순하게 따이츄후 상의 언행을 믿는다면 분명 그 친구 속임수에 걸려드는 거라고. 그 사람, 그 동안 내력이 의심스러운 일들을 얼마나 많이 해 왔다고. 결혼을 소개하는 것도 그의 중요한 부업 중의 하나야. 그의 잘나빠진 세 치 혀를 놀려서 중매구전도 한 번에 적어도 12원 이상은 받을 거야. 또 그 영감은 얼마나 노름을 좋아한다고. 그래 지난번에도 수일동안 잡혀 들어가 구류를 살기도 했어."

서쪽 일대는 귤 농장 등이 있는 구릉지로 슬로프가 끝난 곳에 이 마을이 초라하게 웅크리고 있었다. 동쪽은 험준한 산악이 잇닿아 있었고 그 깊숙한 안쪽에 중앙산맥(中央山脈)이 거대한 야수처럼 남회색의 등뼈를 드러낸 채 감청색 천공을 떠받치고 있었다.

이 지역의 〈지리안내〉라는 책자를 번역해 보기로 하자. 미사여구로 이곳의 연혁을 개괄하고 있는데 다음과 같다.

이 지방은 본래 번족(蕃族)이 차지하고 있었는데, 구전되는 바에 따르면, 옹정(擁正) 3년(지금으로부터 200여 년 전) 한인(漢人)이 처음으로 들어와 만단(萬丹)의 들판을 개척하기 시작하면서 전답은 나날이 개간되고 이주민들은 사방에서 속속 모여들어 초가를 짓고 살게 되는 등 이렇게 오랜 세월을 거치면서 부락이 형성되었다고 한다. 그 후 더욱 더 가옥들이 급격히 증가하여 오늘의 시가지가 되었다.

그 다음으로, 산업란의 페이지를 번역하면 다음과 같다.

이 마을(街)이 군(郡)의 산물 집산지가 되면서 시가는 매우 번성하였다. 부근의 토지는 비옥하고 수리가 편리하여 쌀, 사탕수수, 고구마, 소채, 파초, 파인애플, 감귤, 땅콩이 많이 생산되었고, 임업면에서는 땔감, 목탄, 순(筍), 죽림(竹林)이, 공업면에서는 사탕, 주정(酒精), 파인애플 통조림 등이 생산되었다. 가축가금도 또한 번성하였다.

그러나 이것은 과거의 면모이고, 현재는 병이 들어버린 마을이라고 하는 게 타당할 정도로 완전히 생기를 잃어버렸다. 왜인가? 그것은 지세의 불리함 때문이었다.

이 마을은 왕년에는 번지(蕃地)에 대해 이번정책(理蕃政策)을 실시하던 요충지였고 구(舊) 행정구역의 청(廳) 소재지였다. 그래서 상당히 개발이 되어 번영을 구가했었다. 그러나 그 후, 이번사업(理蕃事業)이 착착 진행되어 가면서 요충지가 H읍으로 옮겨지게 되었고 때마침 새로운 주제(州制)가 공포되면서 이 마을은 단지 군의 소재지로만 남게 되었다. 이 때문에 구릉의 끝자락에 웅크린 채 있던 이 마을은 필연적으로 쇠락의 길을 걸을 수밖에 없었던 것이다.

유명한 쥬어쉐이시(濁水溪)의 지류가 이회색(泥炭色)의 물빛을 띠며 이 마을 부근을 끼고 흘렀다. 호우라도 내습하면 즉각 범람하여 교량이 유실되고 교통이 두절되었다. 물살이 약해져 대나무 뗏목으로 건널 수 있게 될 때까지 신문이나 우편물은 말할 것도 없고 미소(味噌)나 다쿠앙(澤庵) 등의 식품조차도 끊기기 일쑤였다.

삼면이 산으로 둘러싸여 있고, 남북으로 좁고 기다란 분지를 형성하고 있는 이 고지 평야의 중심은 이웃 부락(庄)인 S부락이다. 이 때문에 이 마을의 몰락은 공교롭게도 S부락의 번영을 촉진하는 계기가 되었다.

S부락은 이 평야의 산물 집산지의 중심지일 뿐 아니라 교통의 요지였다. S부락은 가까운 주(州) 소재지인 T시까지나 종관선연(縱貫線沿)인 소도시까지의 교통이 아주 편리하여 이번정책의 요지인 H읍의 중간 기착지이기도 했다.

S부락은 쌀이 많이 생산되는 쌀의 이출지역이었다. 따라서 부유한 지주들도 많고 동시에 사회운동가 등도 많이 배출되는 등 아무튼 진취적인 기상이 풍부한데 반해 이 마을의 사람들은 대체적으로 보수적이고 퇴영적인 편이었다. 또한 돈푼깨나 만진다고 하는 나리님 네들은 일 할 생각은 하지 않고 종일토록 아편에 빠져 지냈다.

산언덕에 올라 아카시아나무 초리 너머 이 마을을 내려다보면 파파야, 파초, 빈랑, 뽕나무 등의 짙은 녹음이 검은색의 초라한 집들의 지붕을 뒤덮고 있는 것을 볼 수 있다. 마을에서 약간 떨어진 오른쪽 구석에는 제당공장이 하얀 성곽처럼 한 면이 사탕수수밭으로 둘러싸여 있었다. 멀어지면 멀어질수록 깊어지는 쪽빛 하늘에는 뭉게구름이 소리 없이 떠다니고 있었다. 시선이 미치는 모든 것이 풍요로운 초록빛 남국(南國)의 풍경이었다.

마을에 들어서자마자 보이는 역 앞길은 읍내에서 가장 그럴싸한 곳이다. 그 한쪽에는 붉은 벽돌로 지은 이층 건물이 덩그러니 하나 있는데 이곳이 바로 홍등가이다.

북부에서 온 듯 보이는 나이 어린 매춘부들이 아주 화려하고 야한 상하이 옷차림으로 지나는 행인들에게 노골적인 추파를 던지거나 누런 이를 드러내며 웃음을 흘리고 있었다. 맞은편에는 잉팅(鶯亭)이라고 하는 조선루(朝鮮樓)가 있었고, 또 내지인 기방(妓院)이 있었다. 어디를 떠돌다 왔는지는 모른다. 작은 부스럼이 난 언청이 여인이나 붓으로 눈썹을 짙게 그리고 둥글게 쪽을 진 깡마른 여인이 서성이며 재잘거리는 모습이 어렴풋하게 보였다.

시장 앞의 대로는 '혼도(本道)'라고 부르는데, 양쪽으로는 불에 타서 그을린 것 같은 검은 기둥과 낡은 곁채가 있었고 좁다란 정자각에는 콩 지게미와 잡화류들이 어지럽게 널려 있었다. 경사진 지붕 위 곳곳에는 잡초가 무성하게 자라 있었다. 먼지 앉은 잡화류 더미를 끼고 상인은 하루 종일 이끼가 낀 것처럼 무표정한 얼굴로 앉아 있었다. 얼굴 가득 주름이 자글자글한 노인은 정자각 바닥에 앉아 시든 가지처럼 앙상한 발을 뻗은 채 기다란 대나무 담뱃대를 물고서 꾸벅꾸벅 졸고 있었다.

강렬한 햇빛 아래 교차로에는 박쥐우산을 펴놓고 난킨마메(南京豆, 땅콩)를 팔고 있는 뽕나무처럼 새까맣게 그을린 남자가 무료한 듯 무릎을 감싸 안은 채 쪼그려 앉아 있었다.

한 조각에 1전하는 파인애플 등을 파는 과일 좌판에는 쉬파리가 앵앵거리며 모여들고 있었다.

천여우산은 언제나 유카타를 걸치고 폭이 넓은 허리띠를 엉성하게 묶고는 정처 없이 거리를 어슬렁거리곤 했다. 그러다가 바위틈에 핀 잡초처럼 생명력에 넘쳐 있는 사람들을 보면서 자기와 그들 사이에 모종의 거리감 같은 것이 있다고 생각했다. 그러면 마음 한 구석에서 어떤 우월감 같은 것이 조용하게 일어났다.

건들거리며 거리를 배회하다가, 팽하고 손으로 코를 풀며 지나가는 전족 한 노파들이나 전혀 조리 없이 찢어질 듯 쇳소리로 고래고래 소리만 쳐대는 창녀들을 보기라도 하면 경멸 어린 눈초리로 눈살을 찌푸렸다.

그러나 이 수렁 속에 빠져있는 인물들 가운데에서 어느 날 저녁 천여우산의 마음을 지독히도 아프게 흔들어 놓은 사람이 있었다. 열 사흘날 밤의 달빛이 어두운 거리 위를 밝게 비추고 있었다. 천여우산은 책을 읽고 나서 바람도 쐴 겸 거리로 나와 어슬렁거렸다.

이 날은 읍내에서 멀리 떨어진 외곽 지역에까지 나왔다. 그곳에는 종려나무가 죽 늘어서 있었다. 천여우산은 나무 아래의 돌 위에 앉아 잠깐의 휴식을 즐겼다. 그런데 갑자기 정적을 깨고 들려오는 아주 가늘고 맑은 음색이 가느다랗게 마음속을 헤집고 들어오더니만 어느새 잔잔한 파문을 일으키는 것이었다. 청백색의 달빛이 희미한 아지랑이처럼 뒤덮고 있어 지붕들이 서리에 덮여 있는 듯 하얀빛을 발하고 있었다. 바로 맞은 편 집에서 어린 소녀 하나가 대만친(臺灣琴)을 연주하고 있었다. 풀빛 옷을 입고 있는 염려(艶麗)한 소녀는 등불 아래에서 고개를 살짝 떨어뜨린 채 아름다운 옆얼굴을 드러내고 있었다. 초롱초롱한 눈동자, 단정한 콧날, 붉은 색 꽃망울 같은 입술 그리고 치렁치렁한 탐스러운 검은 머리카락, 이 모든 것이 담담한 향기를 내뿜고 있는 것 같았다.

소녀의 옆에는 검은 옷을 입은 약간 통통한 여인 하나가 있었다. 아마도 그녀의 어머니인 듯하다. 다리를 꼰 채로 쩝쩝 빈랑을 씹고 있었다.

천여우산은 뜨거운 취기를 느끼며 뭐라 형용할 수 없는 감정이 온몸을 간질이는 기분을 느꼈다.

그녀가 연주하는 곡은 중국 고대의 비가(悲歌)였다. 그 구성진 선율이 조금씩 마음을 울리기 시작했다. 천여우산은 너무도 아득하여 희열인지 애수인지 판단할 수 없는 감정과 공상의 파도에 발을 담그고 말았다.

"실은, 어머니 강요에 못 이겨 약혼하지 않으면 안 될 처지가 되었어. 내일 모레, 정식 맞선이 있는데 제발 자네라도 나와 함께 가주게나."

홍티엔송은 검은 얼굴에 약간의 홍조를 띠며 입 열기가 무척이나 곤란한 듯 어렵사리 말을 꺼냈다.

"어? 그건 정말 처음 듣는 소린데……."

"최근에서야 결정된 일이야. 상대는 장사꾼의 외동딸이야. 그것도 셋째 부인한테서 낳은. 근데 그 어머니 자리가 지참금을 아주 많이 내겠다고 했나봐. 어머니가 더 난리야. 원래 그쪽에선 중등학교를 나온 사람에게 시집을 보내고 싶어 했던 모양이야. 그래 그 백우(白羽)의 화살을 나한테 쏜 거지."

"좋은 소식이군 그래."

"어차피 우리는 연애결혼 같은 건 할 형편이 아니잖아. 그리고 돈 받고 결혼하는 것보다 나은 건 없어. 게다가 지참금까지 낸다는 건 그리 흔하게 있는 일이 아니잖아."

"요컨대 타산적인 결혼관이군."

"아니, 타산적인 결혼관이든 아니든 그건 아무래도 좋아. 난 단지 주어진 현실의 길을 현명하게 가려고 하는 것뿐이야. 현재, 우리의 풍습도 매매혼이잖아. 여자들은 미모와 학벌, 가세 등의 조건에 따라 가격의 차이가 있기는 하지만 결국 남자 측이 항상 돈을 가지고 가서 여자를 산다고 하는 것에 있어서는 다른 게 없어. 그렇지만 간혹 예외도 있는 법이야. 가령, 중산층 가정에 외동딸이라고 하는 경우에는 반대로 얼마인가의 지참금을 내고 상당한 학력과 생활이 안정된 남자를 찾기도 하거든. 굳이 따지고 든다면, 그 쪽도 타산적인 의도를 가지고 지참금으로 조건이 좋은 남자를 낚는 셈이지. 그래서 어떻게 보면 우리에게는 진정한 선택의 자유가 없는 건지도 몰라. 물론 얼굴이 예쁜지 그렇지 않은지는 두세 번 훔쳐보면 금방 알 수 있을지도 모르겠지만 성격 같은 것에 있어서는 아무래도 상당한 기간 교제해보지 않고는 알 수 없잖아. 결국 우리의 결혼은 제비를 뽑는 것과 같아서 행복일지 불행일지는 전적으로 뽑힌 제비에 따라 결정되는 거야. 이렇게 생각해 보면 돈을 들여 사는 것보다도 지참금이란 명목으로 거꾸로 상대편으로부터 한 몫 받는 게 더 현명한 방법이라고 생각해."

"음. 자네 말도 분명 일리가 있어. 그렇게 되면 결국 그 이익을 얻고 누릴 수 있는 자는 어떤 일정한 지위에 있는 사람만으로 한정되겠지."

"뭐, 그렇다고 할 수 있겠지. 그 장사꾼은 세 명의 마누라를 거느리고 있는데, 마누라들은 하나같이 경쟁적으로 사천[역자 주:여자들이 몰래 절약하여 모아두는 돈. 원래는 사전(私錢)이 맞다]을 챙기기에 급급했던 모양이야. 그런데 그 중에 셋째 부인한테는 달랑 딸 하나만 있었던 거야. 그래 아마 사천을 그 딸한테 전부 물려준다고 한다나 봐."

당일, 천여우산을 포함 총 여섯 사람이 보무도 당당하게 여자 집으로 몰려갔다. 여자 집은 포목점을 하고 있었다. 가게 안에는 각양각색의 면직물과 인조 견직물들이 진열되어 있었다. 쉰 살 정도 되어 보이는 뚱뚱하고 마마자국이 있는 남자 하나가 실눈을 뜬 채 파안(破顏)하면서 자, 어서 어서 하며 손짓으로 일동을 맞아들였다.

"축하드립니다, 주인 어르신. 오늘은 정말 길일 중에 길일입니다. 오늘보다 더 기쁜 날은 없을 겁니다."

마른 장작개비처럼 깡마른 중매쟁이가 유독 큰 소리로 발림 말을 했다.

가게를 지나 안으로 들어가니 근사한 대청이 정갈하게 치워져 있는 게 보였다. 정면에는 관음의 화상(畵像)이 자리하고 있었다. 그리고 감실에는 선조의 위패가 모셔져 있고 선향(線香)의 연기가 끊임없이 모락모락 피어오르고 있었다. 촉대에는 금박으로 쓴 글자가 들어간 붉은 양초가 홀홀 작은 불꽃을 토해내고 있었다. 측면의 벽 위에는 청조(淸朝)의 예복 차림에 손톱을 매우 길게 기르고 사발 모양의 모자에 팔자수염을 기른 아편쟁이 미라처럼 비쩍 마른 염소 같은 남자의 초상화가 걸려 있었다. 그 위에는 먼지가 뽀얗게 앉아 있었다.

꽃 등 한 쌍이 수놓아져 있는 자홍색 명주가 좌우로 드리워져 있었다.

"홍 상만큼 점잖고 장래가 촉망한 청년은 쉽게 찾을 수 없을 겁니다. 그리고 메이주(美珠) 아가씨의 미모야 다들 알아주는 거니까 정말로 서로 잘 어울리는 한 쌍의 원앙 같습니다. 이것도 다 양가의 깊은 전생의 인연입니다. 정말로 축하할 날입니다."

"불민한 여식이라 만사 서툴러서 여러분의 가풍에 맞을지 어떨지 걱정일 따름입니다. 하하하……."

"아닙니다. 오늘은 정말로 즐거운 날입니다."

중매쟁이는 이번이 몇 번째인지는 모르겠지만 한참을 또 사탕발림으로 알랑거린 후에 동석한 사람들에게 말했다.

"그럼 이제 슬슬 시작해 볼까요."

좌중은 다시 단정하게 자세를 고치고 앉았다.

이윽고 신발 소리인지 옷의 바스락거리는 소리인지 생각하고 있자니, 휘황찬란한 연분홍색 단자의 상의에 짙은 감색 치마를 받쳐 입은 소녀 하나가 다반(茶盤)을 받쳐 들고 고개를 숙인 채 얌전하게 걸음을 옮기며 나왔다. 검은 옷을 입은 노파가 옆에서 그녀를 거의 안듯이 부축하면서 그녀를 인도하고 있었다. 소녀는 모두들 앞에서 공손하게 절을 한 번 하고 다반을 두 손으로 받쳐 들고 홍티엔송의 모친 쪽으로 향했다. 그런 후에 순서에 따라 한 바퀴 돌고는 마지막으로 홍티엔송 앞에 섰다. 홍티엔송은 긴장한 듯 어색하고 딱딱한 표정으로 손을 가늘게 떨면서 찻잔을 받아 들었다. 소녀는 수줍은 듯 고개를 숙이고 있었다. 방긋 핀 한 떨기 꽃 같았다. 한 바퀴 돌고 나서 소녀는 조용히 인도하는 바에 따라 물러갔다.

일동은 차를 마셨다. 그것은 얼음사탕을 넣은 떫으면서도 감미로운 차였다.

다시 한 번 신발 소리와 옷의 바삭거리는 소리가 들리더니 앞서와 마찬가지로 검은 옷을 입은 노파에 안기다시피 한 소녀가 다시 나타났다. 홍티엔송은 똑바로 접은 여섯 장의 새 지폐를 다 마신 찻잔 안에 넣고는 소녀가 받치고 나온 다반 위에 놓아 주었다. 사람들도 각자 나름대로 지폐를 찻잔에 넣었다. 천여우산도 1원짜리 지폐를 넣었다. 소녀가 자기 앞에 왔을 때, 찻잔을 내려놓으면서 단단히 결심한 듯 소녀를 슬쩍 한번 훔쳐보았다. 지분을 짙게 바른 얼굴에는 아무런 표정도 없었다. 마치 심창(深窓)의 허약한 규수처럼 창백한 얼굴이었다.

"올해 몇인가?"

천여우산은 귀엣말로 홍티엔송에게 물었다.

"열여섯."

홍티엔송도 혹여 다른 사람이 들으면 안 되기라도 하듯이 잔뜩 목소리를 죽여 대답했다.

뒤이어 좌중이 일제히 수런거리기 시작했다. 거래가 시작된 것이다. 빙금 1260원 가운데 신랑 측에서 조달해야 하는 결혼 세간 비용 500원을 제하고 나머지 760원은 신부 측에 주어야 했다. 그래 그 첫 번째 지불액 200원을 지금 주기로 했다. 홍티엔송의 모친은 손이 베일 듯 빳빳한 새 지폐를 품속에서 꺼내어 붉은 종이가 깔려있는 탁자 위에 조심스럽게 늘어놓았다.

그러나 이런 빙금의 수수는 홍티엔송에게 있어서는 단지 구습의 형식적 답습일 뿐이었다. 게다가 미리 약속한 바에 따라 신부 측에 건넨 이 빙금은 실제 결혼 비용을 제하고 나머지는 지참금과 함께 홍에게 다시 돌려주기로 되어 있었다.

"이거 정말 죄송합니다."

소녀의 부친은 돈을 받아들고 한 장 한 장 세면서 말했다.

"네, 맞습니다. 확실히 받았습니다. 하하하……."

11월에 들어서면서 뜨거운 열기를 내뿜으며 이글이글 타오르던 태양도 차츰 그 내리 쪼이는 강도가 약해지더니 이제는 완연한 황금색을 띠기 시작했다. 창공은 구름 한 점 없이 한없이 푸르렀다. 물처럼 맑고 깨끗한 찬바람에 검은 등자색의 가로수가 이리저리 그림자를 흔들거리며 산들거리고 있었다.

초가을 고원에 위치한 마을에는 그에 걸맞게 얼마인가 누렇게 바랜 나무들과 갈수록 검은 빛을 더하는 지붕들이 조용히 한숨을 짓고 있는 듯 보였다.

밤이 되자, 마을은 개 짖는 소리 외에는 쥐 죽은 듯 소리 없이 고요했다.

염천에 굳어버린 납 같던 머리도 이제는 다시금 맑아졌다. 그동안 천여우산의 공부도 크게 발전이 있었다. 책상에 앉았다하면 언제나 밤늦게까지 손에서 책을 놓지 않았다.

완전히 공부에 몰입하고 있을 때는 무어라 형용할 수 없는 감격과 환희의 물결이 일거에 밀려들어오는 기분이었다.

심야에 고서를 뒤적이노라면 고인이나 위인들이 자신과 지척의 거리에 있다는 느낌을 받았다. 또 깊은 잠에 빠져있는 적막한 마을 거리를 혼자서 버젓이 걷고 있노라면 체내에 열정과 자부심이 용솟음쳤다.

12월이 되자, 날씨는 한결 차가워졌다. 바람이 흙먼지를 말아 올리며 매섭게 거리를 휩쓸었다. 마을도 컴컴한 하늘에 거무스름한 잿빛으로 물드는 흐린 날이 거지반이었다. 흑색과 잿빛이 하모니가 되어 매우 살풍경했다.

섣달도 깊어지고 세모가 다가와도 이 마을은 여느 때와 다름이 없었다. 이곳에서는 음력을 사용하기 때문이었다.

이윽고 정월이 왔다.

읍내에는 내지인의 집들만이 송죽(松竹)을 세워놓았을 뿐, 본도인들 중엔 세워놓은 사람들이 거의 없었다. 그들은 평소처럼 가게를 열고 영업을 하고 있었다.

천여우산은 읍사무소에서 주관하는 신년하례식에 참가하고 나서 원래는 집에 한번 다녀오려던 참이었다. 그런데 갑자기 중학교 동창인 랴오칭옌(廖淸炎)이 찾아왔다. 랴오칭옌은 연한 쥐색 신사복에 레인코트를 걸치고 허리띠를 단단히 졸라매고 있었다. 더할 나위 없이 스마트한 도회지 청년의 풍모였다.

"야, 이거 정말 찾기 어렵군."

문지방을 넘어서자마자 호쾌한 음성으로 말했다.

"어, 자네야? 이거 정말 별일이군. 어서 들어와."

"잘 지냈는가? 변한 게 하나도 없는 것 같은데."

"뭐, 그저 그렇지. 자네는 몰라볼 정도로 변했는데. 멋진 신사가 다 되었어."

"그래 보여? 그렇게 봐 주니 고마우이. 그런데 입성이야 그럴 듯하지만 사실은 한 달에 30원 받는 가난한 월급쟁이 주제인 걸, 뭐. 하기야 내 봉급이 30원이라는 건 자네한테만 고백하는 비밀이야. 다른 사람한테는 50원이라고 뻥을 쳤거든. 이건 30원짜리인데 할부로 갚기로 하고 큰맘 먹고 하나 장만했네. 이렇게 좋은 옷을 입고 고급 사원인 것처럼 하고 다니기만 하면 웬만한 녀석들은 다들 존경을 보내고 서비스도 아주 잘 받을 수 있거든."

랴오칭옌은 으스대듯 거침없이 말을 주워섬기면서 주머니 안에서 레드쟈스민(紅茉莉)[역자 주:당시 대만 전매국에서 제조한 담배]을 꺼내 미간을 약간 찌푸리면서 불을 붙였다.

"안 필래?"

"아니, 됐어. 하여튼 잘 왔네. 하마터면 엇갈릴 뻔했어. 실은 집에 가보려던 참이었거든. 귀성은 잠시 미루고 천천히 이야기나 해야겠군."

"괜히 번거롭게 한 건 아닌지 몰라? 나도 다음 기차로 K읍에 가려던 참이었거든. 아직 세 시간 정도 시간이 있으니까 그때 나랑 함께 나가세."

"그건 그렇고 자네가 졸업하고 타이베이에 있는 줄은 어렴풋이 들어서 알고 있었지만 그래 어디에서 일하나? 월급이 30원이라면 도대체 어디에서 근무하는 거야?"

"S상사에 있어. 친척 중에 한 명이 거기에 지배인으로 있거든. 그 빽으로 들어가게 된 거지, 뭐. 대우는 다른 사원들보다 약간 좋은 편이야. 일도 바쁘지 않고. 그런 자네는 대우가 어떤가? 샐러리가 얼마야?"

"나? 난 24원이야."

"그럼, 상당히 여의치 않겠군 그래? 하지만 다른 친구들도 거의 비슷할 걸? 여하튼 모든 게 환멸 그 자체야. 우리가 무엇 때문에 공부했는지 몰라!"

"그러게 말이야. 학생 때에 우리가 사회를 너무 낙관적으로 본 것 같아. 아니 어쩌면 얕보고 있었던 건 아닌가해."

"그야 물론 사회에 대해 진지하게 고민을 해 보지 않은 건 분명해. 그렇지만 말이야, 사회가 복잡하고 만만치 않을 거라고는 어느 정도 짐작은 했지만 아무리 그렇더라도 이렇게까지 심할 줄은 정말 몰랐어. 사회라고 하는 아득한 운명은 거대한 바위처럼 덮쳐오고 거기에 짓눌린 우리는 꼭두각시만도 못한 가련한 존재인 거야."

"그러게 말이야. 학생 때에는 무슨 수학이다, 무슨 고문이다 하면서 필사적으로 어려운 곳으로만 파고들었는데, 막상 사회에 나와 보니 그것이 그렇게 단순한 것인 줄 정말 몰랐지. 난 매일 아침부터 저녁까지 돈을 세서 단순하기 짝이 없는 회계 장부에 기입이나 하고 있으니."

"그래서 난 오 년 동안 배운 지식을 깡그리 학교에 돌려주었네. 매일같이 장부의 차대(借貸)에 숫자만 기입하고 있으니 다른 지식이 필요하겠나? 기껏해야 주판이나 퉁길 줄 알면 그만이지."

"다시 말해 생활에 창조성이 없다는 말이군. 하지만 내 생각엔 우리는 생활에 창조성을 부여하기 위해 노력하지 않으면 안될 것 같아."

"자넨 여전히 아이디얼리스트군 그래. 학문을 한다 – 다시 말해 열심히 성실하게 공부해서 자기의 삶을 창조한다. 그런데 말이야 그 힘들기 짝이 없는 고투(苦鬪)의 난관을 돌파하고 난 후 승리의 광명이 과연 자네를 기다리고 있을까? 아냐, 여전히 빠듯한 삶의 또 다른 변형에 지나지 않을 거야. 이건 역설처럼 들릴지도 모르겠지만, 사실 우리가 살아가고 있는 이 현대라는 시대가 바로 그런 역설의 현장 아니겠어? 옛날 사람들은 열심히 공부하고 성실하게 일하면 다들 입신출세할 수 있었지만 지금은 그런 고색창연한 이론적 이상만 가지고서는 훌륭한 사람이 될 수 없어. 아니 그야말로 어수룩한 인간이지. 내가 알고 있는 한 친구는 내지에 있는 H대학 재학 중에 변호사 시험을 패스하고 졸업 후 수년간 법률회사에서 근무하고 지금은 독립해서 타이베이에 변호사 개업을 했는데, 일거리가 들어오지 않아서 통 수입이 없다는 거야. 왜인가 하니 동업자들이 너무 많기 때문이지. 노련한 경력의 변호사들이 한 둘이야? 그러니 경쟁이 이루 말할 수 없이 심한 거지. 기껏해야 집세와 생활비를 버는 것이 고작이고, 아무리 정신없이 뛰어다녀 봐야 생활은 조금도 나아지지 않는다는 거야."

"자네가 내 아픈 곳을 콕콕 찌르네 그려. 자네에게 고백하지만 나도 보통문관시험하고 변호사시험을 보려고 준비하고 있는데."

"자네 정말 불쌍한 돈키호테군. 그래서 이렇게 참고서니 위인전이니, 이건 또 뭐야? 입신성공담? 이런 책들을 쭉 펴놓고 있었군 그래. 이 시골의 진부한 공기가 자네에게 정말 안 좋은 것 같으이."

"하지만 말이야, 만일에 내 첫 번째 목표가 내 자신의 처지를 개선하는 데에 있다고 하면, 그것이 설령 시대의 조류 때문에 실현될 수 없다 하더라도 열심히 공부해서 얻은 지식과 인격도야라는 두 번째 목표는 말살되지 않을 것이라 믿네."

"허 참, 그 지식 나부랭이는 개한테나 줘버리라니깐. 지식은 자네의 삶을 불행하게 할 뿐이야. 자네가 아무리 지식을 쌓는다고 하더라도 일단 현실에 부딪히면 그 지식이란 건 오히려 자네가 행복으로 가는데 질곡으로 작용할 거란 말이야. 더구나 이 시골에서 변호사시험 따위나 준비하고 있다는 건 정말 당치않은 일이야."

"지식이 우리를 불행에 빠뜨린다고? 그래 자네는 지식이 우리 삶의 개척자가 아니란 말인가?"

"지식은 화려한 환영을 부여잡고 있으려 할 때는 아마도 삶의 고통을 조금은 누그러뜨려 줄 수는 있을 거야. 하지만 머지않아 환영은 결국 파멸하기 마련이지. 환영을 상실한 지식이 일단 생활과 결합하게 되면 그 삶의 고통은 배가 될 뿐이야. 구체적인 예를 하나 들어보지. A라는 음악을 좋아하는 남자가 있다고 하세. 그는 상당한 수준의 음악적 지식을 가지고 있었지. 그는 지금 직업은 없지만 쾌락적 환상은 가지고 있어. 그런데 만일 직업을 가지려면 무엇보다도 먼저 축음기나 베토벤, 슈베르트의 작품을 팔아야 할 걸세. 그리고 그가 요행히 취직을 했다고 치세. 하지만 일자리라고 하나 얻어 걸린 것은 겨우 겨우 생계만 유지할 수 있는 최소한의 수입만 보장해 줄 뿐, 도저히 축음기나 이런 음악가들의 고가의 작품들을 살만큼의 여유는 주지 못하지. 예술 작품의 레코드는 한 장에 적어도 3원 정도는 할 텐데, 아니 교향악 작품집 같은 건 그보다 훨씬 더 할 텐데 살 수가 있겠나? 따라서 그가 가지고 있는 모든 음악적 지식을 현실 생활에 결합할 때, 그는 수시로 고통을 느끼지 않을 수 없을 거라고. 요컨대 자네는 자네 자신이 처한 포지션을 잊고 있어. 물론 지식을 쌓아가면서 생활도 더욱 풍요로워지고 희열도 느끼고 성공하는 사람도 있지. 그러나 그건 단지 선택된 소수자에 국한될 뿐이라고. 자네는 거대한 풍차와 격투하고 있는 돈키호테야. 내 충고하네만 자네는 지식은 있으나 혼미한 돈키호테가 되기보다는 지식이 없어서 혼미한 산초가 되기를 바라네. 돈키호테가 풍차를 향해 날아갈 때, 산초는 현명하게도 옆에서 관망하고만 있지 않던가?"

"하지만 난 돈키호테의 그런 권선징악적 관념이나 지식 그 자체가 결코 나쁜 것은 아니라고 생각하네."

"그걸세. 문제는 바로 거기에 있는 거야. 아마 자네가 믿고 있는 권선징악이라고 하는 사상은 틀리지 않을 거야. 하지만 그가 대상, 즉 객관적인 존재를 잘못 본 거야. 거기에 그의 비극이 있는 거야. 그게 진정 정확한 지식이라고 할 수 있겠어?"

"우리는 아직 젊잖아. 나는 나의 에너지를 좋은 쪽에 쓰고 싶어. 내가 처한 현실의 포지션이 깊은 수렁이고 충분히 예상할 수 있는 비참한 생활이라는 건 나도 알아. 하지만 난 거기에서 빠져나오지 않으면 안 돼. 만일 내 목표가 어둡고 절망적이라고 한다면 도대체 어떻게 해야 좋겠냐고?"

"자, 어떻게 해야 좋으냐고? 그건 나도 모르지. 난 자네에게 어떠한 지침도 줄 수 없어. 난 단지 우리의 미래가 기적이 일어나지 않는 한 필연코 칠흑 같은 어둠이라고 말하는 거야."

"입신출세를 단념하고 지식탐구를 포기하고, 양지를 꿈꾸는 우리 청춘들의 삶을 놓아버린다면 우리에게 도대체 뭐가 남지? 그저 살아 있는 송장밖에 더 되겠어?"

"이보게, 난 자네에게 그렇게 하라고 강요하는 건 아니야. 단지 자네가 아무런 소득 없이 헛수고하는 따위의 환멸은 갖지 않기를 바라기 때문에 이렇게 말하는 걸세."

"그럼 자네는 어떻게 지내나?"

"뭐, 특별히 어떻게 지내는 건 아냐. 단지 공부를 하겠다는 갸륵한 생각 같은 건 유감스럽지만 지금 나에겐 그런 건 없어. 신문조차도 읽는 게 귀찮아. 신문을 읽으면 고민만 더 많아지니까. 그런데 자네는 여자라는 이 물건에 대해서는 얼마나 알고 있나? 여자란 무지하지만 아름다운 동물이지. 실제로 종잡을 수 없는 물건이기도 하고. 여자 꼬이는 게 내 취미야. 그런데 여기에도 요령을 터득하지 않으면 안 돼. 봉급이 허락하는 범위 내에서 여자와 바람을 피우고 또 영화를 보고 싸구려 술을 마시면서도 취생몽사의 분위기를 얼마나 잘 조성할 수 있느냐 하는 거지."

밤이 깊어지면서 서서히 한기가 엄습해 왔다. 손발이 얼어오기 시작했다. 2월의 바람이 거침없이 뚜벅뚜벅 어두운 밤을 향해 걸어왔다.

천여우산은 발이 저리지 않도록 무릎을 치신없이 까불면서도 시선은 한 곳에 고정하고 있었다. 그러나 그의 눈은 펴놓은 책을 보고 있는 것이 아니라 끝없이 무언가를 그리워하듯 일정하지 않은 방향을 향해 내달리고 있었다. 남국에서는 이 계절이 되면 머리가 맑아져 책을 읽기에 좋은 시기가 된다. 그러나 천여우산은 오히려 책이 손에 잘 잡히지 않았다. 반시간인가 한 시간쯤 읽다가 그만 싫증이 나서 우두커니 공상에 빠져들었다. 천여우산이 공부에 대해 따분해진 것은 동창인 랴오칭옌이 했던 그런 갖가지 말 때문만은 결코 아니었다. 이 마을의 권태로운 분위기가 점차 천여우산의 육체에 스며들고 있었던 것이다. 남국에서 맹위를 떨치던 강렬한 태양과 풍부한 대자연이 토착민들의 문명을 침식했던 것처럼 이 적막하고 나태한 마을 분위기가 천여우산의 의지에 풍화작용을 일으키기 시작했던 것이다. 찌는 듯한 한여름의 무더위 속에서도 '법열경(法悅境)'에 빠져든 심정으로 공부에 매진했던 천여우산이지만 날씨가 차가워진 요즘에는 오히려 조금만 책을 훑어만 봐도 바로 참을 수 없는 피곤함을 느꼈다. 몸에서 스르르 맥이 빠지는 이 느낌을 말로는 표현할 수 없었다.

동료나 친구들에게서 듣는 말들은 남들을 헐뜯는 괜한 헛소문이라든가 여자나 돈에 관한 것들이 전부였다. 그들은 현실을 기꺼이 감수한다. 그리고 현실 속에 떨어져 버린 대수롭지 않은 향락을 혈안이 되어 찾아다니며 그것에 만족해한다. 천여우산은 그들에게 반발하면서도 그들과 부대낄 때마다 그런 반발적인 힘은 갈수록 무디어졌다. 이러한 자신에 대해 스스로도 약간은 걱정이 되었지만 그저 관망적인 태도를 견지하지 않을 수 없었다. 물론 랴오칭옌이 남긴 말은 암흑 속의 진리가 되어 그를 옭아매고 있었다. 이런 시골에서 변호사시험 따위를 준비하는 것은 분명 터무니없는 일이었다. 그러나 그것은 학교 문을 밟아 보기라도 한 젊은이라면 누구나 품고 있는 신기루 같은 미몽이 아닐까? 그럼에도 불구하고 아직 조그마한 성과도 거두기 전에 미리부터 의지에 균열이 생겨버린 것은 아닐까?

이건 안 될 말이다. 설령 변호사시험이 청년시절 한때의 무모한 계획이라 할지라도 적어도 가능성이 있는 보통문관시험이나 중학교 교원검정 자격증은 취득해 놓지 않으면 안 된다.

이런 시골에서 면학을 포기한 후의 삶이란 감옥에 갇힌 수인처럼 마지못해 살아가는 무미건조한 삶이 아니겠는가? 아니면 동료나 친구들을 찾아가 게거품을 물며 쓸데없는 푸념이나 신변잡기 혹은 돈 이야기 따위를 가지고 지겨우리만치 수다를 떨며 세월을 허송하지 않겠는가? 그렇게 따분하고 무료하게 지내거나 바보처럼 시간만 때울 바에야 혼자서 집에 틀어박혀 늦잠이나 실컷 자는 게 훨씬 나을 것이다. 아니면 창녀촌에 가서 비쩍 마르고 누렇게 뜬 그런 여자들을 품에 안던지. 그 여우같이 생긴 얼굴만 떠올리면 속에서 구역질이 날 것 같았다. 너무 조급해하거나 안달하지 말자. 공무 이외의 한가로운 시간을 이용해 기분전환을 할 수 있는 가장 좋은 방법은 독서 외에는 의미 있는 생활이란 없다. 이것이 지금 남아있는 유일한 길이다.

설령 축적해 놓은 지식이 미래의 생활에 불행한 그늘을 드리우는 일이 있다 하더라도 매춘부를 안는 삶보다 더 불행하지는 않을 것이다. 이렇게 천여우산은 다시금 금방이라도 느슨하게 풀어질 것 같은 마음을 추슬렀다.

이 때문에 천여우산은 오로지 새로운 지식을 가지고 있어야만 비로소 긍지를 느끼고 자기 주위에 모여 있는 동족들을 굽어 살필 수 있을 수 있을 것이라고 생각했다. 만일 그가 신지식을 포기해 버린다면 그야말로 일부의 사람들이 무시하고 경멸하는 동족으로 다시 환원해 버리고 마는 것이다. 만일 그를 교양 없고 생활수준이 낮은 수렁 같은 삶으로 떨어뜨린다면 그에게 있어서 참을 수 없는 일이 될 것이다.

그러나 뜻밖에도 그에게 암흑의 언어를 던져 준 사람이 있었다. 그건 바로 그의 동료였다. 20년을 근속한 린싱난(林杏南)은 사십을 넘은 황달기가 있고 부종이 있는 남자였다. 어느 따스한 삼월의 오후, 두 사람은 사무실에 마지막까지 남아 있었다. 모처럼 린싱난이 그에게 말을 걸어왔다.

"대충대충 끝내고 가세."

천여우산은 이 말이 나오기를 기다렸다는 듯, 대충 장부를 정리해 놓고 그와 나란히 거리로 나왔다. 대략 다섯 시경이었다. 오염된 장밋빛 구름이 하늘에 떠 있었고 회백색의 광선이 거리를 떠돌고 있었다. 린싱난은 끈적끈적한 저음의 목소리로 천여우산에게 말했다.

"자네는 정말 이 마을에선 보기 드문 청년일세. 난 자네 같은 청년을 거의 본 적이 없어. 동료들하고 음담패설을 늘어놓기를 하나, 술을 먹기를 하나, 담배도 안 피우잖아. 게다가 공부도 아주 열심히 한다던데…… 모두들 자네더러 현실에 만족하지 않고 청운의 꿈을 꾸는 성실한 청년이라고들 하더군. 그런데 황 조역한테 아주 이상한 말을 들었어. 황 조역이 며칠 전에 나에게 이런 말을 하더라고. 천 상이 무슨 시험인가를 준비하느라고 열심히 공부한다던데 현재의 장소를 발판으로 한다면 자연 공무에 소홀해질 것이고, 현재의 일에 노력하지 않는다면 상대방이 아주 힘들게 되지 않겠나? 아예 직무를 그만두어 버리고 오로지 준비에만 몰두한다면 더욱 쉽게 목적을 달성하지 않겠는가? 라고 말일세. 난 노파심에서 자네에게 말을 하는 것이지만 어쨌든 자기 생각대로 세상을 살수는 없는 법일세. 설사 자네가 보통문관시험을 통과한다 하더라도 자네도 알다시피 실업자가 대량으로 양산되는 요즘 자격을 가진 사람이라도 대부분 직업을 찾을 수 없지 않나? 이런 상황에서 자네가 과연 더 나은 지위를 얻을 수 있을까 하는 것이 여전히 큰 문제이지. 현재 동료인 레이더(雷德) 군도 가산을 탕진해 가며 가까스로 내지에 있는 모 대학을 졸업하고 중학교 교원 자격증을 땄지만 여기저기 알아봐도 직업을 구하지 못해 2년 가까이 놀다가 결국 이곳에 와서 30원짜리 월급쟁이 생활을 하지 않나. 자네도 이런 불경기 시절에 현재의 지위를 때려치우고 공부를 한다면 그렇게 되지 않는다고 누가 장담을 하겠는가?"

천여우산은 흔들리고 붕괴하기 시작한 자신의 감정을 알고 자신이 지탱할 곳 없는 삶의 암흑을 짊어지지 않으면 안 된다는 것을 저주하고 슬퍼했다. 천여우산은 책상 위에 잔뜩 널려 있는 입신성공담 같은 책들을 증오에 찬 시선으로 바라보며, 마음속으로 그러한 것들은 내용이 없는 공허한 전설에 다름 아니라고 생각했다. 초점을 가지고 있고 다채롭고 진작된 생활이 단절되고, 잿빛 사막에 노출된 생활의 길이 이처럼 저쪽 무덤까지 연속되어 있었다. 천여우산은 이것 때문에 초조 섞인 비탄을 토해내고 증오에 차서 이를 악물었다.

어느 날 천여우산은 황 조역이 가나자키 회계에게 일부러 아주 큰 소리로 하던 말이 생각이 났다.

"난 사회의 불행은 지식 과잉 때문이라고 생각합니다. 지식은 항상 불만을 동반하지요. 지식은 사회적 객관성에 대한 인식이 부족한 혈기 넘치는 청소년들을 사회에 반항하게 하고 자포자기에 빠지도록 하기 때문입니다. 그래서 관공서에서 근무하는 사람들은 지식이 있는 사람을 찾는 것보다는 직무에만 자신의 혼신을 다하고 꼼꼼하고 글씨체가 좋은 실용적인 인물을 찾는 게 낫다고 봐요.”

이 말은 지금도 분명하게 그의 귓전에 맴돌고 있었다. 무지의 기계가 되지 않으면 안 된다는 것이다.

청춘과 지식을 추출해 버리고 난 후의 의지할 곳 하나 없는 삶이란 데스퍼리트한 허무 속에서 떠도는 것과 같다. 그는 목표와 의지가 날아가 버리는 것을 느끼면서 허물을 벗듯 대나무 침대 위에 우두커니 앉아있는 경우가 점점 많아졌다. 경제적으로 따져 볼 때, 24원의 봉급으로는 기적이 일어나지 않는 한 수년 후에 부모님의 의지에 따라 얼굴도 모르는 시골 처자와 결혼을 해야 할 것이다. 그리고 그 후에는 열대 지방에 상응하듯 아귀 같은 자식들이 줄줄이 태어날 것이다. 소나 말처럼 힘들게 노동을 하면서 가정에 매몰되어 비굴한 속물이 되어버릴 것이다. 자식들은 영양실조 때문에 야위어가고 종국에는 푸른색의 새끼 원숭이처럼 되어버릴 것이다.

오호라! 내 재주로는 어쩔 수 없구나.

천여우산은 알 수 없는 분노가 치밀어 올랐다. 그러나 그것도 잠시일 뿐, 이내 점점 스러져갔다. 결국에는 파멸의 암담한 기운이 발꿈치부터 침식해 들어오더니 점차 위로 올라와 뇌장(腦漿)까지 스며들기 시작했다. 거미줄에 걸려 바둥거리는 불쌍한 벌레처럼 알 수 없는 거대한 힘의 숙명이 그를 포로로 잡아 놓고 시간이 감에 따라 강력하게 그의 육체를 깨물어 먹기 시작했다.

요 며칠, 천여우산은 한 마리 들개처럼 교외 먼 곳까지 산보를 나갔다 오곤 했다. 삼월 말의 저녁 햇살이 들판과 숲에 귤색의 유연한 광채를 투사하고 있었다. 숲은 대부분 울창한 상록수로 되어 있었다. 그 가운데 낙엽 나목(裸木)과 단풍나무들이 섞여 있었다. 숲 위쪽으로는 청자색의 하늘이 먼 곳까지 잇닿아 있었다. 노변에 아카시아 나무가 심어져 있는 길을 걸으면서 들판 사이에 흩어져있는 하얀 담장의 부유한 농가나 쓰러질 듯 기울어져 있는 빈농의 초라한 토담집들을 보았다. 유일하게 같은 것이 있다면 파파야 나무가 우뚝 솟아있다는 것이었다. 파파야 나무는 커다란 야스테(八手) 모양의 잎을 펼치고 있었고 물기 머금은 연노랑의 과실은 주렁주렁 줄기에 걸려 있었다. 이 아름다운 색채와 풍성한 남국의 풍경은 그의 마음을 따뜻하게 해 주었고, 공허한 삶에 미약하나마 한줄기 햇살을 쏘아주었다.

린싱난으로부터 다음과 같은 제의가 있었다.

"혼자서 밥 해먹는 것 힘들면 나와 함께 지내는 게 어떤가? 마침 방이 하나 비어 있거든."

천여우산은 이 제안을 받아들인 후, 비로소 린싱난의 치사한 근성을 철저하게 간파할 수 있었다. 동료로부터 몇 푼 되지도 않는 돈을 우려내려는 린싱난의 그 가증스러움에 천여우산은 왠지 모를 연민과 모욕을 느꼈다. 이 뚱뚱하고 물렁한 육체의 마흔 살의 남자는 항상 모든 것에 무감동한 표정을 짓고 있었다. 그는 동료들로부터 무시를 당하고 따돌림을 당했다. 들리는 소문에 의하면, 늙고 무능하기 때문에 언제라도 목이 잘릴 형편이라 상사에게 아첨하는 것 말고는 책상이라도 깨물어 먹을 것처럼 일하는데 꾸물거린다고들 한다. 그보다 훨씬 젊은 황 조역이 학생을 나무라는 말투로 그에게 말하면 그저 하자는 대로 고분고분하게 알랑거리는 모양은 집에서 기르는 가축처럼 슬픈 그림이었다. 천여우산도 언젠가는 자신도 저런 비참한 모습이 될 것을 생각하니 순간 마음이 어두워졌다.

린싱난의 인색함은 모르는 사람이 없을 정도로 유명했다. 다 떨어진 신발에, 10년을 하루같이 늘 퇴색되고 팔꿈치가 다 헤진 베이지색 양복만을 걸치고 다니는 고색창연한 자태, 그리고 그는 설사 더러운 동전 한 닢이라도 생명처럼 애지중지하며 끝없이 집착하였다.

천여우산은 자취생활에 염증을 느끼고 있던 참인데, 린싱난이 방세, 식비, 세탁비 합쳐서 매달 12원만 내고 있으라는 말에 그렇다면 현재의 비용과 거의 차이가 없었고 게다가 그의 호의를 차마 거절할 수가 없어서 결국 그리 하겠다고 대답했다.

천여우산이 이사 가던 그 날 저녁, 그는 닭을 잡고 오래 묵힌 홍주(紅酒)를 사다가 대접해 주었다. 부종 걸린 얼굴이 이내 불쾌해지면서 그는 콜록콜록 힘겨운 기침을 토해내었다.

"자네는 담배를 피우지 않는 것 같던데. 나도 이 나이 되도록 피워본 적이 없네. 그리고 술도 난 잘 하지 못해. 이 정도 마시면 얼굴이 빨갛게 되어버리지. 정말 실례가 많군 그래. 이제 자네와 함께 한 지붕 아래에서 살게 되었으니 한 가족처럼 지내세. 이보다 더 기쁜 일은 없을 거야."

린싱난은 그동안 이렇게 따뜻한 말을 한 적이 없었다.

천여우산도 온 몸의 혈관이 뜨겁게 팽창되는 것을 느낄 정도로 흥분되고 설레었다.

"천 군, 자네는 아직 젊어서 돈의 소중함을 몰라. 돈이란 이 세상에서 가장 중요한 걸세. 어떤 사람들은 돈을 부모보다 더 소중하게 생각하고 또 어떤 사람은 한 푼이라도 더 벌기 위해 친구까지 모함하기

도 하지. 최근에 이 마을 끝자락에 살던 사람은 친구의 5원을 차지하기 위해서 친구를 낭떠러지 아래로 밀어 떨어뜨리고 5원을 빼앗아 달아났다가 시체가 썩을 때 되어서야 발각되었네. 돈은 이 정도로 무서운 거야. 인간의 행복과 불행을 결정하는 것은 결코 지식이나 도덕에 있는 것이 아니라 바로 돈이야. 돈이 있기 전에는 도덕도 없고 인정, 연민, 도리도 없지. 배고픈 철학자도 음식을 얻기 위해서는 아마 거리의 칭동야(ちんどん屋)[역자 주:기이한 옷차림으로 악기를 연주하며 선전이나 광고를 하고 다니는 사람]가 되는 것도 마다하지 않을 걸세. 그렇게 하기 싫다고 죽어버리면 될까? 그럼, 남겨진 처자식은 어떻게 하고? 거리에서 늙은 유학자 하나가 항상 공자의 언행을 설파하며 직설을 퍼붓던 것을 본 적이 있었지. 하지만 결국 가난 때문에 다른 사람에게 사기를 치다가 걸려서 양손이 묶인 채로 끌려가고 말았네. 천 군, 내가 늙고 무능하다고 뒤에서 말하고 다니는 사람들이 있다는 걸 나도 알고 있네. 물론 극히 유감스럽게 생각하지만 인정하지 않을 수 없네. 아마 내가 목이 잘리는 것도 얼마 남지 않았을 걸세. 그것만 생각하면 거의 미칠 것 같아. 일곱 명의 자식을 기르는 동안 일하는 사람은 나 혼자뿐이었네. 자네도 나를 동정하리라 생각하네. 오늘까지 그저 이 자식들을 먹여 살리기 위해서 안 해본 것 없이 다 해보았네. 일단 실업자가 되면 어떻게 하겠나? 자네도 보다시피, 내 이 몸 가지고 육체노동을 할 수 있겠나? 게다가 다시 다른 회사나 읍사무소에 들어가고 싶어도 내 이 나이에 결코 불가능하지. 그때 되면 가족들이 거리에 나앉게 되는 수밖에 없네. 그래서 나는 이를 악물고 지금의 자리를 지키지 않으면 안 되는 걸세. 하루라도 더 연장할 수 있으면 그걸로 족하이. 이 때문에 조소와 굴욕을 당해도 개의치 않네. 그런데 불행한 것

은 내가 그토록 기대해 마지않았던 큰아들이 오랜 동안 병으로 누워서 일어나지 못하고 있는 걸세. 치료를 받아도 나아질 기색이 안 보여. 아마 살날이 그리 많지 않은 것 같아. 둘째 아들은 금년 봄에 가까스로 공학교를 졸업하고 지금은 S회사의 급사로 있네. 그래서 그나마 가계에 도움이 되고 있지. 그 아래로 어린것들이 조금이라도 클 때까지 기다리려면 한참을 더 기다려야 하는데 이것만 생각하면 암담한 지옥 속에서 불구덩이를 뒤집어쓰고 있는 것 같네. 특히 큰아들은 열네 살에 아주 뛰어난 성적으로 공학교를 졸업하고 곧바로 T시에 있는 모 상점에서 견습생으로 있으면서 저녁에는 야학을 다녔지. 스무 살 되던 해에 검정고시를 통과하기는 했지만 바로 그 때문에 몸이 완전히 망가져 버렸지. 그놈이 어려서부터 몸이 약했거든. 그렇지만 머리는 아주 좋았어. 또 아주 효성이 극진해서 매달 한 번도 빠짐없이 집에 돈을 부쳤네. 생각해 보면 정말 가엾은 아이야."

색 바랜 백열등 불빛을 받은 린싱난의 양 볼이 모처럼 광택을 띠었고 입가에는 경련이 일어나고 눈빛이 반짝였다.

그 날 밤, 천여우산은 술을 마셔서 잠을 제대로 이룰 수 없었다. 끝간 데 없는 망상들에 사로잡혀 계속해서 몸을 뒤척였다. 누런 흙벽 위에 삐후(壁虎)[역자 주:일본어로 야모리(宮守)라고 하며, 일종의 도마뱀붙이이다] 한 마리가 꼼짝도 않고 그 자리에 멈춰 있었다. 밤이 이슥하여 인적이 없게 되자 한바탕 기침 소리가 들렸다. 와병 중인 큰아들의 기침소리였다.

다음날 새벽, 천여우산은 평소와 달리 약간 일찍 일어났다. 이 때, 린싱난은 아이들을 돌보고 있다가 천여우산을 보고 넘칠 듯한 웃음을 띠며 말했다.

"일찍 일어났군."

"네, 아직 새로운 환경에 익숙하지가 않아서인지 새벽에 깼었네요."

이렇게 말하고는 양치질을 하려고 부엌 쪽으로 갔다. 부엌 문지방을 막 넘어서려고 하다가 그는 갑자기 우뚝 서고 말았다. 아궁이 가에 옅은 물색 상의에 검은색 바지를 입은 소녀 하나가 서 있었다. 그녀도 깜짝 놀란 듯 어쩔 줄 몰라 하며 고개를 떨어뜨린 채 일부러 거들떠보지 않았다. 천여우산에게 있어서 이건 아주 뜻밖의 일이었다. 그녀는 분명 린싱난의 딸이었다. 천여우산은 자연히 얼굴이 화끈거렸다. 용기를 내어 소녀의 단정하고 하얗고 풍만한 옆얼굴을 슬쩍 훔쳐보았다. 열 일고여덟 살쯤 되어 보였다. 천여우산은 속으로 생각했다. '정말로 정숙하고 아름다운 모란 같은 소녀구나.'

아침의 태양이 작은 직사각형 모양의 창을 통해 녹아 들어왔다. 보기에도 아주 먹성이 좋아 보이는 아이들이 벌써부터 식탁 주위에 모여 앉아 있었다. 천여우산은 우두커니 그들을 바라보았다. S회사 급사인 둘째 아들이 그에게 친절하게 인사를 했다.

두부, 난킨마메, 된장에 절인 야채 그리고 미소된장국. 이것이 식탁 위에 차려진 반찬들의 전부였다.

둘째 아들은 밥에다가 간장을 뿌리고는 반찬도 넣지 않고 삭삭 긁어먹었다. 아이들은 끊임없이 콧물을 훔치면서도 열심히 젓가락을 놀렸다.

부슬부슬 가랑비 흩날리던 저녁, 한동안 발걸음을 하지 않던 따이츄후가 동료인 레이더와 함께 찾아왔다.

"오랜만입니다. 여전히 열심이군요?"

따이츄후의 움푹 팬 눈에서 설핏 어둠이 스쳐지나갔다.

"열심히는요 무슨. 옛날 일이죠. 하지만 짬을 내는 것도 여간 힘들지 않네요."

자포자기조로 대답했다.

"맞는 말입니다. 시골이란 데가 원래 신지식을 받은 독신자에게는 적합하지 않지요. 아무 자극도 없고 그렇다고 적당한 오락거리도 없고 말이에요."

레이더가 동감을 표시했다.

"천 상은 전혀 남들과 사귀지 않기 때문에 더 외로울 겁니다. 언제든 놀러 오세요. 환영입니다."

따이츄후가 친절하게 말했다.

"갑시다. 오늘 밤 어디든 가서 놀아봅시다. 그렇지요? 레이 군."

"그렇고말고요. 이렇게 쓸쓸한 밤은 정말 답답해요. 어디든 가서 기분전환이나 하지요."

"천 상, 어서 준비해요. 이렇게 울적한 밤에 집에 틀어박혀 있는 건 좋지 않아요. 나갑시다."

"대체 어디로요?"

"그건 따지지 말고. 하여튼 갑시다. 어서요!"

광명과 희망을 잃어버린 권태로운 마음은 결국 이 초대를 거역할 수 없었다.

젊은 사람이 이렇게 허송세월을 할 수는 없다. 무엇이든 어떤 자극이 필요했다.

밑창이 높은 게다를 신고 우산을 돌리면서 세 사람은 함께 문을 나섰다. 거리가 어두워서 물이 괴어 있는 곳을 밟자마자 흙탕물이 튀었다.

거리와 상점이 온통 질퍽질퍽하고 깜깜했다. 어떤 잡음도 들리지 않았다. 정말 적막한 밤이었다.

어느새 가랑비는 멈추었다. 교차로의 흐린 가로등이 시야 안으로 스며들어왔다.

골목을 지나 울퉁불퉁한 샛길을 따라 가다보니 홀연 인가인 듯 보이는 곳의 뒷문에 이르렀다. 따이츄후가 금방이라도 쓰러질 것 같은 문을 안으로 미니까 끼익하고 둔한 소리가 나며 열렸다. 그곳에서부터 어두운 통로가 길게 잇닿아 있었다. 오른쪽으로 나있는 변소의 더러운 알전구 주위로 똥파리가 웽웽거리며 날아다니는 게 보였다. 비 온 뒤라 그런지 변소에서 나는 지독한 악취가 강하게 코를 찔러 오장육부 전체가 메슥메슥할 정도였다. 한 치도 안 되는 마당에 심어진 귤 나무의 파란 잎들은 불빛을 받은 쪽만이 반들반들 빛을 내고 있었다.

때마침 변소 문이 열리면서 짙은 남색의 장삼(長衫)을 입은 여인이 황급히 뛰어 나왔다.

장삼 앞섶이 풀어 헤쳐져 하얀 피부의 허벅지가 그대로 드러나 보였다.

"어이, 밍주(明珠) – ."

따이츄후가 째지는 소리로 불렀다.

"아이고, 어서 오세요. 레이 상도 오셨네요. 손님까지 한 분 데리고……."

"그래, 그래, 이 분은 천 상이야. 평생 여자라고는 접촉해 본 적이 없는 숫총각이라고. 그러니 잘 모셔야 돼 – ."

따이츄후는 말하면서 그 여인과 어깨동무를 하듯이 하고 얼근히 취한 듯한 걸음으로 앞서 걸었다. 레이더도 연신 킥킥대며 그 뒤를 따랐다.

양쪽으로 칸막이 방들이 길게 늘어서 있었다. 밍주의 방은 세 번째 방이었다. 방은 좁았고 조잡한 목판 틈으로 옆방을 엿볼 수 있었다. 암페라가 깔려 있는 방 한 구석에 엷은 꽃무늬의 솜이불이 포개어져 있었다. 선반 위에는 바구니 하나가 있었다. 여자들이 쓰는 용품을 담아두는 곳인 듯싶었다. 밍주는 모두에게 담배를 권하며 불을 붙여 주었다. 두세 명의 여자들이 우르르 몰려 들어왔다. 그녀들은 처음 온 천여우산에게 호기심을 보이며 연신 정 깊은 추파를 던졌다. 그녀들은 색깔이 산뜻하고 아름다운 단색의 장삼을 입고 있었고 양장을 입은 이도 있었다. 모두 캇파(河童)[역자 주 : 일본의 전설상의 동물]처럼 머리를 짧게 자르고 하나같이 눈이 아찔할 정도의 하얀 분을 바른데다가 입술에는 새빨간 루즈를 칠하고 있었다. 또한 공을 들여 활 모양의 눈썹을 그리고 있었고 누런 잇몸을 드러내고 있었다. 이 퇴폐적인 여자들의 까르르한 교성이 방안을 가득 메우기 시작했다. 누군가 방안으로 불쑥 얼굴을 들이밀더니 탐욕의 시선으로 한번 훑고 지나갔다. 레이더는 눈초리를 늘어뜨리고 여자들과 할 말 못할 말 다 하며 지껄이고 있었다. 따이츄후는 들어오면서부터 내내 밍주와 밀고 당기고 하느라고 다른 사람에게는 전혀 신경을 쓰지 않고 있었다. 천여우산만이 꾸어다 놓은 보릿자루처럼 멍청하게 앉아 있었다. 심신이 어색하고 민망해서 한시라도 빨리 이 어울리지 못하는 혐오스러운 분위기로부터 도망쳐 나오고 싶었다.

"아, 맞다. 내가 황 조역의 애인을 소개하는 걸 잊었군. 이 아이주(愛珠)란 미인이 바로 황 조역의 세컨드요."

레이더에 의해 지적을 받은 여인은 체구가 작았고 몸에 딱 붙는 그린색의 장삼을 입고 있어서 유연하고 아름다운 몸을 그대로 드러내고 있었다.

"아이, 미워."

그 아이주란 여인은 수줍은 미소를 띠우며 레이더를 흘겨보았다. 연이어 뜨거운 눈길을 천여우산에게 보냈다.

이제 갓 열예닐곱 밖에 안 된 풋내기 아가씨처럼 보였다.

"황 조역 그 사람, 한눈에 봐도 이 방면의 맹장이라는 것을 알겠죠."

레이더가 경박한 소리로 나불거렸다.

"어때요? 천 상, 이 아가씨 예쁘죠. 황 조역이 총애하는 여자입니다. 오늘 밤 당신을 모시게 하도록 해 드리죠."

레이더는 눈을 가늘게 뜬 채로 혼자서 희희낙락하고 있었다.

"아이주, 화끈하게 한번 서비스해드려. 그 꾀죄죄한 늙다리 황 조역 따위는 이제 그만 차버리고 말이야."

"근데, 이 선생님은 아주 점잖으신 분 같은데요."

"그럼, 평생 한 번도 여자를 접촉하지 않은 숫총각 선생님이셔."

"오늘 밤 제가 화끈하게 한번 서비스해 드릴게요. 우리 한번 놀아 봐요."

따이츄후가 돌연 한 손을 들고 선서하듯이 소리치고는 손뼉을 치며 크게 소리를 질렀다. 어딘가에서 "하이!"하는 은밀한 육성이 들려오더니, 눈을 힐끗거리며 남자 하나가 급하게 들어왔다.

"통닭 한 접시하고 팔보채 한 접시 그리고 푸루주(福祿酒) 두 병 가져와."

"하이!"

남자가 허리를 굽실거리며 절을 했다.

밍주와 아이주 두 여자만 남고 나머지 여자들은 못내 아쉬운 표정을 지으며 방을 나갔다.

뜨끈뜨끈한 요리가 들어왔다.

"자! 우선 천 상을 위해 건배!"

"좋습니다!"

레이더가 호응하며 세 개의 잔이 부딪히며 낭랑한 소리를 냈다.

"술 한 잔에 시름이란 시름은 다 풀어버려요."

레이더가 시를 읊듯이 말했다.

"천 군, 술 시중드는 여자가 없다면 난 이 세상에서 사는 모든 희망을 잃어버릴 겁니다. 적어도 그녀들은 나를 절망에서 구원해 주거든요."

천여우산은 이곳에 어울리지 못하는 자신을 발견하고는, 한편으로는 이 추악한 관습이 혐오스럽다고 생각했고 또 한편으로는 본능의 유혹에 이끌려 자아분열을 일으키는 자신을 발견했다. 한시라도 빨리 이곳을 도망쳐 나오고 싶은 감정과 어떤 힘인지는 모르겠지만 강렬하게 자신을 흡인하고 있는 감정, 이 두 가지 감정의 교차 속에서 그의 프라이드는 심각하게 상처를 받았다.

"나는 하모니카 연주의 명수입니다. 이 마을의 음악가지요. 그런데 애석하게도 하모니카는 가져오지 않았고, 독창으로 한 곡 할 테니, 제군들! 귀를 씻고 경청하시기를."

따이츄후가 좌중의 사람들을 쭉 한번 둘러보고는 말을 마친 후, 차분한 자세를 취하며 유행가 〈열아홉 청춘(十九の春)〉을 천천히 부르기 시작했다. 노래가 끝난 후, 한 곡 더하겠다고 스스로 말하고는 다시 〈달리는 황마차(急げ幌馬車)〉를 불렀다.

"최고입니다! 최고예요!"

레이더가 박수를 치며 술잔을 흔들며 소리쳤다.

"바하나 슈베르트 같은 음악가들을 위하여 건배!"

자리가 점점 얼근해지자, 갑자기 레이더가 꽝하고 탁자를 치며 말했다.

"여러분, 오늘 밤 불행한 음악가 따이츄후 상을 위해 몇 말씀 올리겠습니다. 우리의 친구는 아주 불행한 결혼생활을 하고 있습니다. 그래서 노래하고 술 마시고 그리고 여자들에게서 결혼의 불행을 보상받습니다. 들리는 말로, 수년 전에 그의 어머니 출상하기 며칠 전, 어디 출신인지도 모르는 낯선 여인 한 명을 남몰래 붉은 가마를 태워 맞아들이고는 그의 아내라고 선포했답니다. 억지로 결혼을 한 것이지요. 왜냐하면 본도인의 습관 때문에 부모님이 죽은 후 삼 년 안에는 결혼하지 못하기 때문입니다. 하여 우리의 친구 따이 군은 본도인인데다가 또 당시 결혼 적령기이기도 했기 때문에 아버지가 자식을 사랑하는 마음도 너무도 간절했고 또 경비도 절약할 겸해서 아버지와 친척 어른들이 한번 결정을 내리자 결혼은 그 즉시 일사천리로 진행되었습니다. 신지식을 받아들인 우리의 친구는 크게 반대하여 친구 집에 일주일 동안 숨어있었습니다. 그러나 결국 구습의 패배자가 되지 않으면 안 되었습니다. 그 이후 지금까지 한 번도 우리의 친구와 그의 프라우가 서로 말하는 것을 듣지 못했습니다. 그러나 작년 그의 프라우가 결국 금지옥엽의 사내아이를 낳게 되자 우리 친구들은 크게 놀랐습니다. 우리 따이 군에게는 희망이 하나 있었습니다. 수년 동안 저축을 해서 첩을 하나 들이는 것이었습니다. 첩을 들이는 것은 본도인 사회에서는 결코 어떠한 도덕상의 반성도 억지로 할 필요가 없는 그런 일입니다. 축첩하는 젊은이는 아주 많습니다. 우리의 따이 군은 대단한 수전노입니다. 그런 그가, 돈을 목숨처럼 여기는 그가 바로 그 돈으로 자신의 몸을 망치면서까지 술을 사서 마시지 않으면 안 되었다는 것은 대단한 일입니다. 이것으로 봐도 그의 결혼에 대한 불만이 어느 정도인지 아실 겁니다."

따이츄후는 손을 여인의 어깨 위에 올린 채로 연신 웃으며 듣고 있었다. 마지막으로 그가 말했다.

"자네 말이 맞아. 자네 말이 맞아."

"레이의 혹 있을지도 모를 요설(饒舌)을 위해 건배!"

술은 이성을 가지고 놀고, 감정의 외피를 한 겹 한 겹 벗기어 기어코 진면목을 드러내게 한다. 천여우산은 아이주의 이글거리는 눈동자가 새끼 뱀처럼 기분 나쁘게 그를 덮쳐오고 있는 것을 느꼈다. 아이주는 몸을 비비꼬며 그에게 다가와 속삭였다.

"당신, 왜 이제야 온 거예요?"

"아, 그건……."

그는 갑자기 말문이 막혔다. 그러나 갑자기 그는 다시 생각난 듯이 이렇게 말했다.

"황 조역은 자주 오나?"

"자주 와요, 하지만 난 그 사람 싫어요."

"어? 왜?"

"그 사람은 인색한데가 너무 밝혀요. 다들 그 사람 싫어해요."

천여우산은 황 조역의 평소의 그 거만하고도 근엄한 얼굴이 떠올랐다. 갑자기 어떤 혐오감 같은 것이 가슴속에서 치밀어 올랐다.

요리도 다 먹었고 두 병의 술도 다 마셨다. 따이츄후와 밍주는 가로누워 발과 발을 서로 포갠 채 수시로 귓속말로 속삭이고 있었다. 레이더는 큰 대자로 누워 입을 벌리고 음탕한 여자처럼 누워있었다.

천여우산은 갑자기 자신이 우두커니 앉아있는 것을 발견하고 아이주의 시선이 끊임없이 자신의 몸 안으로 흘러 들어오는 것을 느꼈다. 숨이 막힐 듯한 압박감을 받는 것 같았다.

천여우산은 레이더의 무릎을 흔들었다. 레이더는 게슴츠레했던 눈을 뜨더니 갑자기 벌떡 일어났다.

"가죠. 계산서 가져와 봐."

따이츄후가 당황해서 머리를 들었다.

"돌아가려고? 아직 이르잖아."

밍주도 말을 받았다.

"아이, 아직 너무 일러요. 천천히 좀 더 있다가 가시지."

호호 웃더니 갑자기 웃음을 멈추고 은구슬 같은 고음으로 밖에 대고 소리쳤다.

"계산이요!"

"천 군, 내 곧 갈 테니, 먼저들 가시오."

뒤에서 따이츄후가 말하는 것을 들으면서 천여우산과 레이더는 밖으로 나왔다. 레이더는 그 말에 담긴 의미심장함을 알아채고 미소를 지으며 고개를 끄덕였다. 아이주만이 문 앞까지 나와 전송했다. 애정이 담긴 가는 목소리로 천여우산에게 말했다.

"또 오세요."

비는 이미 완전히 그쳐 있었다. 레이더는 거리로 나오자마자 곧바로 담 쪽으로 가더니 오줌을 갈겼다.

불현듯 밤하늘을 올려다보았다. 좁은 지붕과 지붕 사이로 두세 개의 별들이 초롱초롱 빛나고 있었다.

6월이 되면서 날씨는 갈수록 더워졌다. 은빛 태양이 뜨겁게 대지를 비추고, 쉼 없이 울어대는 매미들 소리는 녹음이 드리워진 한가로운 마을 전체를 흔들어 놓았다.

천여우산은 한 가지 일 때문에 한껏 마음이 달아올라 있었다. 그것은 린싱난의 딸 추이어(翠娥)에 대한 사모의 정이었다. 그 수줍음을 띤 초롱초롱한 눈빛, 고민하는 것 같은 쓸쓸한 눈빛, 정이 담뿍 담긴 촉촉한 눈빛, 다른 사람을 두려워하는 눈빛. 그 눈빛으로 자신을 응시할 때면, 천여우산은 추이어에게서 무한한 순수함을 느꼈다.

천여우산은 그녀의 숭고한 아름다움을 그리며 혼자서 즐거운 공상 속으로 빠져들었다.

그러는 동안 생활은 갑자기 생기가 넘쳐흐르게 되었고 희망도 다시 일어났고 끝없는 아름다운 연상이 나날이 확대되어 갔다.

화창한 날씨의 이른 아침이면, 린싱난의 큰아들은 항상 의자를 마당 앞에 있는 용안수(龍眼樹) 아래에 갖다놓고 백랍처럼 비쩍 마른 몸으로 그곳에 앉아 쉬곤 했다.

예리한 눈과 이마에는 이지적이면서도 창백한 그림자가 어려 있었다.

어느 일요일 아침, 천여우산이 그에게 말을 붙였다.

"오늘은 좀 어때요?"

두 사람의 이야기는 이렇게 시작되었다.

"최근에는 책을 좀 적게 보시는 것 같던데."

"네. 전혀 책을 볼 마음이 생기지 않아요."

천여우산은 솔직하게 대답했다.

"전 이 마을 분위기가 정말 무섭고 두려워요. 썩어 문드러진 과일 같아요. 청년들은 데스퍼리트한 절망의 늪에서 방황하고."

그는 눈살을 잔뜩 찌푸린 채, 독백하듯 말했다.

"내 목숨은 아마도 얼마 남지 않았을 겁니다. 그러나 내 육체와 정신에서 영원한 허무의 순간이 사라질 때까지 나는 진실을 추구하고 싶어요. 나의 추구를 절대 포기하지 않을 겁니다. 우리 눈앞의 어두운 절망의 시대가 지금처럼 영원히 갈 것 같습니까? 아니면 유토피아 같은 행복한 사회가 반드시 도래할 것 같습니까? 오로지 감상과 공상이 섞여 들어가지 않은 엄정한 과학적 사고만 있다면 분명한 대답을 끌어낼 수 있을 겁니다. 진실한 지식이 현상을 해석할 바로 그때 우리를 고통의 심연에서 끄집어내 줄 수 있을지도 모르지요. 그러나 어떠한 현상도 역사 법칙이 보여주는 모습입니다. 우리는 저주하지 말아야 합니다. 행복은 고통과 노력 없이는 이룰 수 없습니다. 우리는 이 글루미한 사회에 살고 있지만 오로지 올바른 지식으로 역사의 동향을 탐구한다면 절대 쉽게 절망과 타락에 빠지지 않을 겁니다. 올바르게 살아가지 않으면 안 됩니다. 그러나 책 살 돈조차도 없는 나를 생각하면 무한한 적막과 우울을 느낍니다. 내 약값 때문에 가족들만 힘들게 하고 있으니. 나도 타이베이에 있는 친구한테 옛날 잡지와 옛날 책들을 보내달라고 부탁했지만 단지 조금 밖에 살 수 없었습니다. 잡지는 격월간인 『XX』를 샀습니다. 왜냐하면 『XX』잡지는 일본의 현상을 분석하고 있을 뿐 아니라 해외 사조에 대해서도 많이 소개하고 있기 때문입니다. 조선과 중국의 작가도 소개해 주는데 문학작품이 아주 좋습니다. 나는 문학은 겨우 감상할 정도의 수준이지만 중국 작가들의 작품이 예술 수준에서 약간 떨어진다는 것 정도는 알 수 있습니다. 그러나 이것도 국제 전란이 창작에 영향을 미쳤기 때문입니다. 그러나 사토 하루오(佐藤春夫)는 루쉰(魯迅)의 「고향」이라는 작품을 읽고 오히려 깊은 감동을 받았다고 했습니다. 이 외에도 단행본 가운데에서 깊이 감동을 준 것은 엥겔스의 「가족, 사유재산, 국가의 기원」이란 책이었습니다. 나는 완전히 감동받았습니다. 원래 가지고 있는 생각이 산산이 부서졌습니다. 더 큰 고통을 감내하고 그저 책만 읽었으면 좋겠습니다. 정말로 루쉰의 「아Q정전(阿Q正傳)」을 읽고 싶고, 고리끼의 작품과 모건의 『고대사회』 등의 책도 읽고 싶습니다. 그러나 타이베이의 친구가 말하기를 옛날 책은 전부 살 수가 없고 신서를 사기에는 돈이 없다고 하더군요. 이러니 정말 방법이 없습니다. 게다가 내 병도 돈만 있으면 충분히 치료할 수 있는 건데……."

전혀 뜻밖에도 환자의 젊은 열정은 청수한 얼굴을 붉게 상기시켰고 어조는 격렬해졌다.

그러나 이런 말들은 천여우산이 듣기에는 공허한 말에 지나지 않을 뿐이었다. 그는 오로지 추어의 아름다운 모습에 심취되어 있었다. 맞다. 하루라도 빨리 가서 청혼을 하자. 조금이라도 꾸물거린다면 아마 누군가 재빨리 고지에 오르고 말 것이다. 청혼하자! 이렇게 생각하니 그는 너무 부끄러워 몸 전체가 불타오르기 시작했다. 그녀를 잃는다면 다시 한 번 그를 절망의 어두운 심연으로 밀어 넣는 것과 다름없고 단지 남아있는 한 점 희망마저도 빼앗기는 것이다. 그녀는 바로 그의 목숨을 살릴 수 있는 길이자 생명의 빛이다. 사정을 털어놓고 부탁할 사람은 비교적 친한 홍티엔송이다.

6월 말 어느 날, 천여우산은 결국 홍티엔송에게 부탁을 했다. 부탁을 하고 나니 부끄러움과 불안감 때문에 가슴이 쿵쾅거렸고 심지어는 한시도 린싱난과 그의 가족 앞에 더 이상 머물 수 없을 것 같은 생각이 들었다.

대답은 완전히 절망이었다. 린싱난의 대답은 이러했다.

"자네는 온화하고 장래성이 있는 유망한 청년일세. 그래서 줄곧 자네에 대해 경탄하고 있었네. 하지만 혼사 문제에 있어서는 매우 유감스럽지만 귀하의 뜻을 따를 수가 없네. 다음에 내가 나의 고충을 직접 자네에게 털어놓겠네."

천여우산은 비록 웃었지만 목이 꽉 막혔고 입가엔 경련이 일어났고 눈물이 자기도 모르게 흘러내렸다.

며칠 후, 린싱난이 천여우산을 불렀다.

"천 상, 제발……."

그를 용안수 아래로 데리고 가더니 입을 열기가 자못 곤란한 듯 어렵게 말을 꺼냈다.

"훙 상이 와서 말한 사정은 나도 잘 알겠네. 자네 같은 사람이 내 딸을 데려간다면야 오히려 내 쪽에서 영광이고 기쁜 일이지. 자네의 성정을 내 누구보다 잘 알고 있고, 딸도 물론 아주 기뻐할 것이네. 하지만 말이야, 아주 유감스럽게도 자네도 알다시피 우리 집 형편은 그다지 여의치 못하네. 또 병자도 있고 말이야. 게다가 내 직업도 얼마 지키지 못할 거야. 일단 내가 직장을 잃어버리면 일가족이 바로 거리로 나 앉지 않으면 안 될 형편이야. 그렇게 생각하니, 딸이 가장 가엾더라고. 가족들을 위해 희생양이 되어야 하니 말일세. 그래 난 그 애를 조금이라도 비싼 값에 팔 수 있었으면 하네. 다행히 딸의 미모가 괜찮아 벌써 이웃 마을 어느 부잣집에서 혼담이 왔네. 지금은 이미 거의 이야기가 다 되었어. 자네는 젊고 기력이 왕성한 유망한 청년이니 더 좋은 여자를 얻는 건 어렵지 않을 거야. 이 일을 악몽을 꾸었다 생각하고 잊어버렸으면 좋겠네. 다시 한 번 말하지만, 내 본뜻은 누구보다도 딸을 자네에게 부탁하고 싶네. 그러나 어쩔 수 없는 환경 때문에 자네의 희망을 들어줄 수가 없어. 정말 유감이네. 이 일을 언젠가는 자네도 분명 이해할 수 있을 것이네."

천여우산은 한시도 더는 이 집에 머무를 수가 없을 것 같았다. 한시라도 빨리 다른 곳으로 이사를 가고 싶었다. 그는 질식할 것 같은 분위기에서 도망치기 위해서 항상 따이츄후와 레이더를 찾아가 이야기를 했다. 절망, 공허 그리고 암흑이 겹겹이 둘러싸고 있어 꼼짝할 수 없었다. 이를 악물고 벗어나려 했지만 도저히 벗어날 수 없었다. 술 - 술을 마시기 위해 그가 앞장서 친구들을 불러냈다. 따이츄후와 레이더는 천여우산의 변모에 어안이 벙벙할 뿐이었다. 몸속의 술기운이 불꽃처럼 활활 타오르기 시작하자 영문을 알 수 없는 슬픔과 원망 그리고 반항심이 전갈처럼 어지럽게 소용돌이쳤다.

"어두워, 정말 어두워."

천여우산은 번뜩이는 눈초리로 탄식하듯 말했다.

"본도인에게 있어 실연은 사치스러운 생각일 뿐이야."

레이더는 항상 우물거리듯 작은 소리로 말했다.

그가 이사하기로 결정한 그 날 오후, 린싱난의 큰아들은 슬픈 눈빛으로 그의 방에 왔다.

"곧 이별이네요. 우리는 아마 이렇게 영원히 다시는 만나지 못할지도 모르겠습니다. 당신의 고통에 대해 내 뭐라고 할 말이 없네요. 단지 정숙하고 마음이 선량한 누이동생도 매우 가엾다고 생각하지만 그렇다고 아버지를 심하게 비난할 수도 없네요. 모든 것이 다 어쩔 수 없는 일입니다. 당신과 이별하면 나는 아주 외로울 것 같습니다. 나는 이별의 선물을 할 것이 아무것도 없네요. 이건 최근에 내가 생각나는 대로 약간의 감상을 끼적거려 본 것인데 당신에 대한 작별 선물인 셈 치세요. 마지막으로 당신에 하고 싶은 말은 개인의 역량이 비록 미약 하지만 가능한 범위 안에서 삶을 개선하고 올바르게 살아가지 않으 면 안 된다는 겁니다."

천여우산에게 건넨 것은 한 장의 오래된 원고지였다.

이별을 앞둔 마지막 밤에 천여우산은 곤드레만드레 취해서 심야의 귀로에서 비틀거렸다. 술에 무너져버린 감정 깊은 곳에서 외로움과 냉철함이 불끈불끈 솟기 시작했다. 그가 마당 앞에 왔을 때, 그의 마 음은 쿵쾅거리기 시작했다. 16일 밤의 달빛에 반짝이고 있는 용안수 아래, 추이어는 혼자 그 곳에 서 있었다. 일시에 술이 깼다. 위가 딱 딱해지고 약간 통증이 느껴졌다. 그는 갑자기 대담해져서 거리낌 없 이 앞으로 나아갔다.

"어쩐 일이에요?"

"……."

추이어는 아무 말도 하지 않은 채 고개만 숙이고 있었다.

이 상황을 천여우산은 어떻게 해야 좋을지 몰랐다. 그저 숨을 제대 로 쉬기가 힘들다는 생각만 들었다.

천여우산은 정신을 집중해서 그녀의 하얀 목을 바라보았다. 손을 그녀의 어깨 위에 올려놓을 용기조차도 없었다.

그는 어떤 초조감 같은 게 느껴져 더 이상 참을 수 없었다. 과감히 결단을 내렸다.

"추이어 상, 안녕히 계십시오. 아마 나중은 기약할 수 없을 것 같습 니다."

그는 그 자리를 떠났다.

추이어는 놀라서 고개를 들었다. 동시에 그녀의 동그란 눈동자에서는 눈물이 진주처럼 반짝거리더니 단정하고 아름다운 얼굴에 떨어졌다.

외로운 흰 꽃, 깊은 밤 시름에 젖은 꽃이 감상에 굴러 떨어져 기복하는 격동 속에서 천여우산은 상처받은 한 마리 야수가 길을 잃고 어두운 산야를 떠돌고 있는 것 같았다.

천여우산은 침대 가에 기댄 채 작은 창문 틈으로 새어 들어오는 달빛을 바라보면서 끝없이 팽창해가는 감정에 몸을 맡겼다.

그의 가슴에서 활활 타오르는 열정의 횃불 ─ 그러고 보니 왜 그녀와 좀 더 이야기하지를 못했을까? 왜 그녀를 만지지도 못하고 서둘러 작별을 고했을까? 이런 생각들이 꼬리에 꼬리를 물자, 그는 자신이 더욱 더 고통의 나락으로 떨어져가는 기분이 들었다. 그러나 그녀에게 더 많은 말을 했다고 해서 무엇을 더 어쩔 수 있겠는가? 적극적으로 대시했다면 오히려 그녀의 마음을 더 아프게 하지 않았겠는가?

이런 분명치 않은 감정 속에서 천여우산은 무의식중에 손을 바지 주머니에 찔러 넣었다. 그제야 린싱난의 큰아들이 그에게 건넨 원고지가 생각났다. 그것을 꺼내 구겨진 것을 펴서 읽어보았다.

모든 것이 죽음에 가까이 가고 있다. 길 위에 짓밟힌 작은 벌레들, 나무 위에서 울고 있는 매미들과 낙엽들, 황혼의 거리를 지나고 있는 장례 행렬…….

아, 죽은 자는 다시는 돌아오지 못한다. 나의 육체, 나의 사상, 나의 일체의 모든 것들도 일단 죽으면 더 이상은 돌아오지 않는다.

죽음 ─ .

죽음은 벌써 저 곳에 있다.

청춘은 무엇인가, 사랑은 무엇인가, 그런 이상한 느낌은 도대체 얼마의 값어치가 있는 것인가?

아, 나는 조용히 차갑고 어두운 지하에 가로누워 있지 않을 수 없다. 구더기가 나의 횡복(橫腹)과 흉강(胸腔)에 구멍을 내기를 기다리고 있다. 머지않아 무덤가에는 잡초가 무성할 테고 나무들이 집요하게 뿌리를 내리고는 나의 얼굴, 가슴, 손발을 단단히 묶고 양분을 빨아들이고 꽃을 피울 것이다. 화창한 봄 하늘 아래에서 어여쁜 꽃이 산들산들 흩날리며 행인의 눈을 즐겁게 하고 있다.

그것은 괜찮다.

23년의 세월은 너무나 짧은 것 같다.

나의 육체는 이미 훼멸했지만 나의 정신은 오십년, 육십년을 살 것이다.

나는 심오한 사유와 참된 지식으로 사물의 진리를 터득하였다.

지금은 비록 끝없는 어둠과 슬픔뿐이지만 머지않아 아름다운 사회가 도래할 것이다.

나는 행복으로 충만한 인간 세상의 아름다운 모습을 꿈꾸며 차가운 지하에서 고이 잠들고 싶다.

때는 음력 5월이었다.

이글거리는 태양이 이 마을을 불태울 듯 내리쬐고 있었다. 짙은 녹음으로 가리어진 마을은 맹렬한 대자연에 굴복한 것처럼 잔뜩 위축되어 움츠리고 있었다.

천여우산은 이미 더 이상 집에 돈을 부치지 않았다. 오로지 이성과 감정을 술 속에 파묻어 버렸다. 그런 생활 속에서 전에 없던 어두운 쾌락이 꿈틀거렸다. 모든 긍지와 지식, 진보와 반성을 포기해 버렸다. 노골적인 본능만 부여잡은 채 서서히 퇴폐의 나락으로 떨어져 갔다. 마치 황혼 속의 황야처럼.

맹렬한 음력 5월의 여름날 오후 - 두터운 흙으로 만든 집은 어둡고 눅눅했다. 단지 작은 창문 하나만이 있을 뿐. 높은 곳에서 내리 비치는 햇빛이 소녀의 눈부시게 하얀 육체처럼 창문을 틀어막고 있었다.

천여우산은 2원어치 난킨마메와 5원어치 바이지우(白酒)를 사서 혼자서 홀짝홀짝 마시고 있었다. 그 때, 여주인이 그에게 린싱난의 큰아들의 죽음을 알려 주었다.

"오랜 세월 폐병을 앓더니만 오늘 새벽 결국 죽었대요. 말 잘 듣는 착한 아들이었는데. 또 린싱난 상도 읍사무소를 그만 두고 얼마 있다가……."

길고 긴 여름도 지나고 태양은 하루하루 쇠약해졌다.

남국의 초가을 - 11월 말의 어느 저녁 무렵, 천여우산은 공원 벤치에 앉아 약간 연노랑 색을 띤 아름다운 녹색의 모과나무 잎 사이를 통해 한없이 깊은 파란 하늘을 바라보며 멍하게 있었다.

이 풍요로운 대자연이 평소와는 달리 사람의 마음속에 따뜻한 그림자를 드리우고 있었다.

얼마 후, 천여우산은 자리에서 일어나 어깨를 떨면서 고개를 숙이고 천천히 걸었다.

방금 왔던 공원의 입구에는 한 떼의 아이들이 무언가를 둘러싸고서 시끄럽게 떠들고 있었다. 지나가면서 무의식중에 얼핏 보니, 차마 눈뜨고 볼 수 없을 정도로 변해 버린 린싱난이 거기에 있었다.

옷은 갈갈히 찢기고 머리는 산발을 한 채, 넋이 나간 눈으로 더러운 손바닥을 모으고 하늘을 향해 무릎을 꿇고 엎드려 기도를 하고 있었다. 입으로는 뭔가를 열심히 중얼거리며 무언가를 부르고 있었다.

이 전전긍긍하던 남자는 결국 미쳐버린 것이다.

거리와 나무들은 엷은 핏빛 저녁노을 속에서 길디긴 그림자를 늘어뜨리고 있었다.

천여우산은 취한 눈의 하얀 환상 속에서 그 죽은 장남의 유언을 떠올렸다. 어두운 동굴 같은 마음속에 한바탕 차가운 바람이 불어오자 홀연 온 몸이 떨리기 시작했다.

-『개조(改造)』, 東京, 1937년 4월[01]

송승석 옮김

---

01 이 잡지 제9회 소설 공모에 가작으로 입선되었다.

장원환 (張文環 1909~1978)

지아이(嘉義) 메이산(梅山)의 상인 집안에서 태어났다. 쇼와 2년(1927년) 일본으로 건너가서 강산중학(岡山中學), 도요대학(東洋大學)에서 공부했다. 쇼와 7년 3월 도쿄에서 우영푸(巫永福), 왕바이옌(王白淵) 등의 대만 유학생과 함께 '대만예술연구회(台灣藝術研究會)'를 만들어 잡지 『포르모사(福爾摩沙)』를 발행했다. 쇼와 12년 대만으로 돌아와 『풍월보(風月報)』의 주편집자를 지냈고, 15년 일본 작가 니시카와 미쓰루(西川滿)와 함께 '대만 문예가협회'를 결성하여 『문예대만(文藝台灣)』의 주편집자를 맡았다. 전쟁 시기 황더스(黃得時), 왕징취엔(王井泉) 등은 니시카와 미쓰루 등의 일본 작가의 작품 세계에 불만을 느끼고 쇼와 16년 따로 '계문사(啓文社)'를 설립, 잡지 『대만문학(台灣文學)』을 발행하였다. 『대만문학』 제2권 제1호(1942)에 실린 장원환의 작품 「밤 원숭이(夜猿)」는 황민봉공회 제1회 대만문학상을 받았다. 쇼와 17년에는 일본 도쿄에서열린 '제1회 대동아문학자대회'에 참석하였다. 주요 작품으로는 「밤 원숭이(夜猿)」, 「거세된 닭(閹鷄)」 등이 있다.

밤 원숭이 夜猿

一

석양이 질 무렵, 원숭이 무리가 강 아래 쪽에서 나뭇가지 끝을 타고 맞은편 산으로 돌아가자, 숲은 바람에 날리듯 하얀 잎사귀 뒷면을 드러내며 심하게 흔들리고 있었다. 맞은편 산 낭떠러지에는 동굴이 있었는데, 이곳이 원숭이들의 소굴이었다. 이 집단 생활을 꾸려나가는 동물이 소굴을 향해 가는 모습만큼 향수를 자아내는 것은 없었다. 石이 이 외딴집에 처음 이사 왔을 때에는, 아이들뿐 아니라, 한 집안의 가장인 자신조차도 슬퍼져서, 아이들에게 만들어준 대나무 북을 둥둥 두들기면서 잊어보려고 했다. 원래 이 집은, 조상대에는 이 산 일대의 산속 특산물을 다루는 공장이었다고 들었다. 지금은 그런 옛날 자취는 찾아볼 수 없었고, 집도 다시 지었기 때문에 모든 것이 소규모가 되어, 지금은 그저 적적한 산속 외딴집으로 밖에 보이지 않았다. 부락(여기서는 신분적으로 심한 차별대우를 받는 사람들이 집단적으로 거주하는 지역을 의미함)에서 읍내로 나가려고 했지만, 결국에는 또 다시 이 산골로 돌아오고 만 것이었다. 石은 늙은 아버지가 돌아 가신지 불과 10년만 사이에 이런 모습이 되어 버렸다. 지금까지 자신이 얼마나 천하태평하게 살아왔는지 이제서야 깨닫고, 늙은 아버지 절친 분의 권유에 따라, 石은 한동안 자신의 가업을 일으켜 보려고, 읍내에서 자신이 태어난 부락으로 다시 돌아온 것이었는데, 개간과 일을 함께 하기 위해서는 역시 이 산속 외딴집으로 이사올 수 밖에 없었다. 외딴집 바로 맞은편에는 까마귀 산이 보였는데, 阿里山(대만에 있는 산이름)철도 기차의 기적소리마저 희미하게 들릴 정도로 외진 곳이었다. 이 기적 소리만이 유일한 위안거리였으며, 또한 유일한 문화적 여운이기도 하였다. 그러나 이런 것조차 단순한, 그저 부는 바람과 같다는 것을 깨닫자 다시 적적해졌다. 하지만 아내와 두 아이들을 위해서는 石도 무기력한 모습을 보일 수는 없었다.

「民아, 보려무나! 기차연기가 보이지.」

기차 연기가 산중턱을 가로지르는, 조금은 거무스름한 그늘처럼 보이는 철로 위를 장난감처럼 꼬리를 끌며 달리고 있었다.

「어때, 보이지.」

「응, 보여. 재미있다.」

이제 막 6살이 된 큰아들 民이 연신 싱글거리며 웃고 있는 걸 보자, 石은 자신까지도 유쾌해지는 느낌이 들었다. 4살이 된 동생 哲까지 좋아서 부엌에서 뛰어나왔다. 民의 아버지는 哲을 안고, 두 아들과 함께 기차연기를 보고 있었다. 저녁노을은 서쪽 산봉우리를 붉게 태우더니, 이 외딴집 마당 끝까지 붉게 물들였다. 원숭이 무리는 바람에 날리듯 소굴로 돌아갔는데, 꺅꺅하는 울음소리만이 들려올 뿐, 원숭이 그림자는 단 한 마리도 보이지 않았다. 닭들이 닭장 안에 들어가는 것은 본 石은 안고 있던 아이를 내려놓고, 닭장 문과 주변을 잘 살펴보았다. 밤이 되면 오소리들이 설쳐대기 때문이었다. 얼마 전 부락 친척에게서 받은 거위 한 쌍을 石은 조심스럽게 맥주 상자로 만든 튼튼한 둥지에 넣어두었다. 뱀은 거위 똥을 싫어해서 뱀을 막기 위해서라도 거위는 시골 농가에 필요한 가축이었다. 이 일이 끝나자 石은 꼬리로 바쁘게 등에 붙은 모기와 파리를 쫓고 있는 누렁이에게 여물을 주었다. 이윽고 해가 져 어둑해지자, 부엌에서 아내가, 民아, 아빠한테 발 씻어달라고 해,라고 하자 哲이 제일 먼저 뛰어나갔다. 소가 음메하고 울자, 아내는 소를 외양간에 집어넣야 하지 않겠냐고 石에게 말했으나, 石은 날씨가 좋으니 그냥 통로에 둬도 된다고 하며 그대로 두고, 자신도 부엌에 들어와 아내에게 더운물을 받았다. 사실, 石도 마당 귀퉁이에 지은 외양간에 넣고 싶었지만, 그러면 통로가 적막해지는게 싫어서 石은 언제나 통로에 소를 풀어놓아 두었다. 밤에, 침실에서 소 숨소리가 들리는 것만으로도, 이 외딴집이 조금은 북적거리는 기분이 들었고, 그래서 石은 소를 소중한 가족의 일원으로 여기고 있었다.

땅거미는 점차 산간 풍경을 검은 색 하나로 뒤덮어 갔고, 밤하늘은 예리하고 창백하게 맑아지기 시작했다. 이 집에 있는 등불이라고는, 부엌 작은 램프와 대청마루에 있는 램프, 침실에 걸려있는 작은 램프가 다였다. 수많은 벌레와 나비들이 등불을 보고 달려드는 바람에, 저녁을 먹으면 4식구 모두가 바로 침대 속으로 들어갔다. 사람을 고용했을 때라든가 수확 일이 끝나 바쁘지 않을 때에도 石은, 대청마루에서 장부정리를 하거나, 수확한 양을 계산하거나 하지 않았다. 그래도 가끔은 읍내에 가고 싶어지면, 혼자 대청마루에 남아 있다가, 누군가에게 재촉이라도 당하듯이 주판알을 튕겨보곤 하였다. 4식구가 침실에 들어가고 나면, 이 외딴집은 어둠 속 저 바닥으로 가라앉아 가는 것만 같았다. 흙을 바르지 않은 구멍투성이 벽으로는 밤하늘 별들이

호사스럽게 빛나는게 보였다. 산간 짐승들은 잠이 안오는지 목청껏 울음소리를 질러댔고, 둥지를 빼앗긴 애절한 새들의 울음소리와 오소리에 물린 새의 날개 짓 소리 등이 어둠을 흔들며 들려왔다. 오른쪽 맞은편 산 동굴 속 원숭이들까지도 때때로 어미원숭이에게 깔리기라도 했는지, 새끼원숭이 울음소리가 들려올 때도 있었다. 도처에서 들려오는 생존경쟁의 치열한 비명소리와 울음소리를 들으면서, 石은 별들의 세계를 생각하며 잠드는 밤도 있었다. 처음에 왔을 때에, 石은 아내에게 야단맞고 몹시도 기가 죽어 있었다. 비록 아무 것도 없는 초라한 부락이라도 좋으니 그곳에 돌아가 살고 싶다고 말하곤 하였다.

「남자가 참 자존심도 없네요. 한번 뜻을 세웠으면, 나 같은 여자들도 창피해서 남들 대할 면목이 없겠어요. 평생을 여기에서 살 것도 아니잖아요? 죽지(竹紙)제조 공장을 만들고, 말린죽순 공장도 생각대로 잘 되면 2, 3년 후면 읍내로 갈 수 있어요. 무엇보다 아이들을 학교에 보내야 하잖아요.」

石은 아내의 말을 듣자, 꺼져가는 불에 기름을 붓기라도 한 듯, 맞는 말이야, 자신도 그렇게 생각하고 있었지만, 아이들을 생각하면 불쌍해 견딜 수가 없었다. 확실히 아내가 말하는 대로야, 읍내에서 빠듯하게 아등바등 살아봤자 무슨 의미가 있겠나. 우리 두 부부는 힘들어도, 하다못해 두 아이들만큼은 어엿하게 키워야만 한다. 남들보다 성공하려면, 고생 위에 고생을 맛보지 않으면 안된다는 말도 있지 않은가. 哲은 좀 거칠었지만 民은 제법 똑똑해 보였다. 부부 둘이서 열심히 노력해도 생활에 여유가 생기지 않았지만, 이 사업이 잘 되면 아이들에게는 여유가 생길 것이다. 하늘은 착한 이를 배신하지 않는다. 이렇게 4식구는 조용히 잠들어 갔다.

石이 노력하고 있는 사업은, 이 외딴집 근처에 있는 언덕의 단면이 되어있는 석벽을 물건건조대로 이용하고, 집을 한 채 더 지어 죽지(竹紙)제조 공장으로 하고 싶은 것이었다. 대나무 숲을 잘 살리면, 石이네 일가의 생활은 먹고 사는데 큰 지장은 없을 것이었다. 계죽(桂竹: 대나무 한 종류)으로 죽지로 제조하고, 마죽(麻竹 : 열대산 대나무의 한 종류) 죽순을 말린죽순으로 만들면 일년에 적어도 3, 4천원 정도의 순이익을 올릴 수 있을 것으로 내다보았다. 그러나 石 집안에는 이런 공장을 일으킬만한 자본이 없었기에, 石은 읍내 상점 장부기입담당으로 고용되어 하루벌어 하루먹고 살았었다. 그때까지 이 대나무 숲은 산 사람들에게 싸게 대여하고 있었는데, 그것은 바로 大正 8, 9년(1919~1920년)의 호경기 덕분이었다. 어느 날 石은, 시장에서 사소한 일로 싸우고 있었는데, 마침 이 모습을 아버지의 절친인 萬頂노인이 보고 대뜸 石을 야단쳐댔다. 萬頂노인은 이 읍내 근처 땅주인이었다.

「이 한심한 놈아. 너는 왜 그렇게 모자라냐? 阿敬의 아들이란 놈이 이런 시장에서 싸움질이나 해대고. 넌 도대체 어떻게 할 생각이냐? 자기 일은 내팽개쳐두고 이런 데서 어슬렁대고 있어.」

몇 년 만에 이렇게 애정어린 말로 야단맞아 보는걸까? 石은 자기도 모르게 가슴이 벅차올라 萬頂노인의 얼굴을 올려다 보았다. 하얀 염소수염은 아주 조금 더 자라있었다. 石은 그대로 고개를 떨구었고, 싸움을 하던 분노는 어디론가 날아가 버렸다.

「有諒아, 너는 불효자식이야. 네 부모는 너에게 많은 땅을 남겨줬어. 그러나 너는 그런걸 돌볼 생각도 안하고 뭐하는 짓이냐 나는 아까부터 네가 싸우는걸 보고 있었어. 만약 네 아버지였다면 이런 쓸데없는 일 따위는 안중에도 없어 했을거야. 네 아버지는 정말로 아량이 있는 분이었어. 근데 너는 도대체 이게 뭐냐? 왜 너는 농사일을 싫어하는거냐.」

「아닙니다. 싫어하지 않습니다.」

「싫어하지 않는다고? 그렇다면 요새는 어디서나 사업한답시고 떠들어대는데, 네가 만약 사업을 시작한다면 대나무 숲이겠지? 죽지도 만들 수 있고, 말린죽순도 만들 수 있어. 그 사업을 왜 안하는거냐.」

「萬頂어르신, 자본이 없습니다.」

「자본이 없으면 말을 해야지.」

石은 자기같은 놈에게 돈 빌려주겠다는 사람을 처음 보았다. 사실 石은 돈 빌리러 다니는걸 싫어하였었다.

「자본이라면 내가 내주지, 거래처 가게도 내가 보증인이 되어 줄테니.」

「정말입니까, 萬頂어르신.」

「내가 거짓말이라도 한단 말인가.」

石은 그래서 다음날 萬頂노인 댁을 방문하였다. 이리하여 石은 마음을 굳히고, 읍내를 떠나 부락으로 돌아온 것이었다.

우선 먼 친척에 해당하는 농민에게 부탁하여, 함께 소를 사러 가기로 하였다. 石은 읍내에 있는 거래처를 통해 만반의 준비를 갖추어 놓았다. 공장의 맷돌을 끌 소와 밭을 갈 소가 가장 중요하였다. 게으른 소를 잘못 사면, 나중에는 일절 능률이 오르지 않는 것을 잘 알고 있기 때문이었다. 소는 체격으로 나누어 일 잘하는 소와 잘 못하는 소가 있다. 또한 체격이 좋지 않은 소는 아무리 튼튼한 소일지라도 바로 지쳐버리기 때문에, 石은 소 볼 줄 아는 농민에게 부탁하여야만 했다. 다행히도 이번에 사온 지금의 누렁이는 누구에게나 칭찬 받는 소여서, 石은 이를 좋은 징조로 보고 안심하였다. 이 외딴집에 이사오고 얼마 안지나, 근처에 공장이 생겼다. 그리고 어린 대나무를 석탄에 담가놓을 직사각형 돌바닥으로 만들어진 연못도 3곳이 생겼는데, 지금은 3곳 모두 가득히 어린 대나무가 담겨있었다. 첫해에는 공장과 연못 공사로 이 산 일대는 사람소리와 햄머의 울림으로 떠들썩하였으나, 이런 준비가 모두 끝나고 나서, 그때그때 계절에 따라 이 두 공장이 가동되었다. 죽지제조에서 봄은 대나무를 연못에 담그는 계절이었고, 여름에서 겨울가까이까지는, 죽지제조와 말린죽순의 일로 이 두 공장에서 매일 2, 30명의 사람들이 일하고 있었다. 겨울에서 초봄까지, 이 외딴집은 사람들에게 잊혀진듯, 두 공장은 농한기에 들어가는 것이었다. 농한기에 들어가 이 외딴집은 완전히 원숭이무리와 한 패라도 될 것 같은 경우와 맞닥뜨리게 되었다. 이런 산속의 외딴집에 살며 수천원의 빚을 떠안아야만 하는 인생을 石은 견딜 수 없었고, 너무나도 착잡하였다.

「우리 조금만 더 참아봐요…」

石은 아내의 말에 힘을 얻으면서도, 빚이 쌓여가는 채로 자신의 인생이 끝나버리는게 아닌가라는 불안에 떨고 있었다. 그래서 石은 불쌍한 처자식들을 동정하면서도, 石은 가만히 있을 수 없어서, 한 달에 한,두 번은 읍내에 나가, 죽지와 말린죽순의 시세를 알아보곤 하였다. 또 자금융통과, 계절에 따라 필요한 준비를 하느라, 石은 매일 처자식과 집에 가만히 앉아 있을 수만도 없었다.

二

　아빠가 읍내에 가고나면, 이 외딴집은 한층 적막해져서, 엄마는 해지기전에 저녁준비를 끝내놓고는, 아들 둘과 함께 가축을 우리에 넣느라 약간의 수고를 해야 했다. 이것이 또한 아이들을 재미있게 해주는 것이기 때문에, 엄마는 항상 이런 식으로 아이들을 쓸쓸한 마음을 달래주었다. 들일에서 조금이라도 늦게 집에 돌아와, 어두워지고 나서 저녁준비를 하면 아이들은 무서워하며 울음을 터뜨리곤 하였다. 아이들이 울면 엄마는 숲속에서 새끼를 안고 울고 있는 두견새처럼 슬퍼졌다. 그래서 해지기전에 소나 가축들을 한꺼번에 우리 속에 몰아넣고 나면, 뒷마당 돼지만이 우리 속에서 뭐가 아쉬운지 여물통을 쿵쿵거리며 뒤집는 소리만이 들려왔다. 석양은 벽 틈으로 새어나와 방안까지 환해졌다.

　「석유 아낄 수 있어 좋다.」

　이렇게 엄마는 民과 哲을 양쪽에 안고 기분좋은 듯 말하였다.

　「엄마, 아빠는 언제 오는거야」 民이 얼빠진 눈으로 노랗게 된 모기장을 통해 천장이 없는 지붕안쪽을 응시하며 엄마에게 물었다.

　「내일은 돌아오실거야. 民하고 哲이 좋아하는 과자를 잔뜩 사서 올거야. 좋지? 엄마한테도 좀 줄거지.」

　哲은 바로 엄마에게 속아서, 줄게, 많이 줄게, 엄마한테 제일 많이 줄게, 그 다음이 나, 그 다음이 民이야.

　「哲아, 형을 民이라고 부르면 안돼.」

　엄마에게 혼나자 哲은 입을 다물었으나, 民은 빈정이 상해, 벌떡 일어나더니 엄마 얼굴 위에서 哲의 머리를 콩하고 한대 때렸다. 哲이 왜 때려 왜때려 하고 소리지르며 뛰어오르자 民은 이불로 머리 위에서 푹 덮어버렸다.

「民이가 잘못했어. 엄마가 때려줄게!」

이러면서 엄마는 화난 목소리로 哲을 껴안더니, 이불 위에서 民의 엉덩이를 퉁퉁 때리자, 民은 이 상황이 재미있어 웃었다. 哲은 民이 웃는 소리를 듣고 더욱 심하게 울어댔다.

「哲이 놈한테 과자같은거 한 개도 안줄거야.」

또 이런 말을 해대서 哲은 몹시도 분해했다. 마치 엉덩이에 바늘이라도 찔린 듯, 소리내어 울어댔다.

「民아! 너 정말 더 맞고 싶은거지? 넌 형이 되가지고 왜 이 모양이야.」

民은 이불속에 들어가 이불 아래쪽에서 고개를 내밀더니 혀를 내밀며 메롱댔다. 哲은 쿵쿵 마룻바닥을 발로 차며 民을 때려주고 싶다고 했다.

「우리 哲은 착하니까 과자주고, 民은 한 개도 주지 말아야지. 울면 안돼. 엄마가 아빠한테 그렇게 말해줄게.」

이 말을 듣자 그제서야 哲은 납득했는지, 투덜대며 엄마에게 응석 부렸다. 民은 다시 이불 속에 들어가 원래대로 다시 눕더니 둥그런 베개를 잡더니, 엄마 눈치를 보듯 엄마 팔꿈치에 매달렸다.

「엄마, 요전번 옛날이야기 계속해줘.」

「모릅니다.」

엄마는 그렇게 말했지만, 民이 성격을 잘 알고 있기 때문에, 곧 똑바로 위를 보며 누워서, 그럼 한 번 해볼까라고 했다.

「싫어 싫어, 民한텐 들려주지마!」

哲은 民을 차면서 눈물을 닦고 말했다.

「알았어, 民에게는 안 들려주고 哲에게만 들려줄게.」

哲은 잠자코 있었다. 民은 낄낄대며 바보라고 놀려댔다. 哲은 엄마, 형이 또 내 욕한다고 했다.

「바보! 누가 네 욕한다는거야? 지금 저 맞은편 산에서 울고 있는 새끼원숭이가 너보고 바보라고 한거야.」

民에게 이런 말을 듣자, 哲은 다시 한 번 귀를 기울여 맞은편 산 원숭이 울음소리를 들어보려고 했다. 그러나 원숭이들은 아직 우는 기미도 없었다. 벽 틈 사이로 새어 들어오는 저녁햇살은 아직 노란 선을 끌며 밝았다.

「나 안 울어, 엄마.」

哲은 다시 엄마 손을 잡아 당겼다.

「바보, 지금 울고 있는 저 소리가 너한테는 안들린단 말이야? 귀머거리냐.」

이렇게 民이 말하자 哲은 다시 입을 다물었으나, 엄마는 民아!! 하고 화를 내서 民도 잠자코 있었다.

「郭子儀(당나라의 무장)은 효자였단다. 그래서 말이야…」

엄마는 조금씩 조금씩 옛날 이야기를 시작하자, 두 아이들은 그대로 잠자코 듣고 있었다. 주변은 점차 어두워지더니, 밤하늘이 벽 틈 사이로 방안을 엿보고 있었다. 엄마는 피곤한지, 이야기소리가 때때로 끊어질 듯하여, 民에게 재촉받고 나서 이야기를 다시 이어가곤 하였다. 그러나 哲은 어느 틈엔가 잠들어, 색색거리며 기분 좋은듯한 숨소리가 들려왔다.

「哲은 정말 바보야, 엄마.」

「民아, 너는 형이 되가지고 왜 그리 엄마 속을 썩이는거니? 슬기로운 사람은 결코 남을 바보라고 부르지 않아.」

엄마는 졸린 듯한 목소리로 말하면서 이불을 목까지 끌어올렸다.

「곧 또 폭풍우가 올지도 몰라. 봐, 저편에서 원숭이들이 몹시도 울어대고 있잖아.」

民은 귀를 쫑긋 세우고 엄마가 말하는 폭풍우하고 원숭이 소리가 무슨 관계가 있는걸까 생각하고 있었다. 民은 문득 불안해져서, 엄마, 벌써 잠들었어? 하고 불렀는데 엄마는 작은 소리로 아직이야, 지금 저 원숭이들 소리를 듣고 있어, 그 소리를 가만히 오랫동안 듣고 있는 거야, 폭풍우가 오는걸 알 수 있거든.

「그걸 어떻게 알 수 있어, 엄마.」

「원숭이들이 소굴을 차지하려고 싸우고 있어서 그래, 갑자기 공기가 차가워지기 때문에 동물들은 그래서 날씨를 예측할 수 가 있는거란다.」

정말로 원숭이들의 울음소리는 메아리와 함께 어둠을 흔들며 벽구멍사이로 밀고 들어왔다. 뒤엉켜있던 소리가 잠잠해지자, 잠시 간격을 두고, 어미원숭이 같은 굵은 소리만이 꼬리를 끌며 들려오자, 집이 점점 골짜기 아래로 끌려가는 것 같았으며, 계곡사이 시냇물 소리마저 바로 집 앞에서 파도치고 있는 것처럼 느껴지는 것이었다. 추운지 民도 이불을 목까지 당기고 자려고 하였다. 그러자 오도독거리며 기둥을 갉아대는 쥐소리까지 들려왔다. 이 소리가 民에게는 옆방에서 아빠가 커다란 주판 알을 딱딱 튕기는 소리로 들려, 빨리 내일이 되면 좋겠다고 생각하였다. 아빠는 힘이 세니까 집에 있어주면, 온 집안이 아빠의 힘으로 넘쳐흐르는 것 같았다. 도둑놈 따위 조금도 무섭지 않았다. 民은 어두워지면 언제나 이렇게 생각하였기 때문에, 엄마는 民을 혼자 재울 때에는 조심스러운 마음으로 여러가지 이야기를 들려주었고, 다양한 대자연의 현상을 설명하거나 하며 民이 잠들기를 기다리곤 하였다. 가뜩이나 사업과 빚 때문에 예민해져 있는 남편보고, 집에 일찍 오라는 말도 못하였고, 엄마는 엄마대로 마음고생이 있었다.

그러나 가끔은 아이들 바람대로, 이 근처 뒷산을 넘은 부락에서 반려할머니(옛날 이야기 등을 들려주는 할머니)를 불러올 때도 있었다. 그런데 하룻밤 이야기 상대를 위해서 아침저녁 두 끼를 먹여줘야 하는데다, 2, 30전씩이나 손에 쥐어주지 않으면 성에 차지 않아, 그것도 아깝기도 했고, 자주는 못 불렀다. 그러나 3번 중에 한번 정도는 아이들 뜻대로 해주지 않으면, 엄마 자신이 일찌감치 잠자리에 들어가 아이들을 달래주어야 했기 때문에 성가셨다.

三

반려할머니 집은, 뒷산을 넘어, 질퍽거리는 구름다리를 건너, 산을 하나 더 넘어가면, 동백나무 꽃이 하나 가득 피어 있는 부락에 있었다. 이 부락은 동백기름이 유명하여, 거의 모든 집에서 동백나무를 심어놓았었다. 엄마는 반려할머니에게 동백기름을 선물 받고, 미안하다며 돈을 건네주려 하자 됐다며 둘이 승강이를 벌리자, 民까지 가세하여 할머니 어서 받으세요, 라고 했다. 엄마는 그런 식으로라도 드리는 편이 마음이 편하였다.

「정말 말도 잘하네, 그럼 할머니가 받음 셈치고, 그 돈으로 과자라도 사 달라고 해.」

그런 할머니였기에 民은 마음에 들었다. 또 할머니를 반려로 불러

오는 것보다, 엄마랑 哲과 셋이서 이 부락에 놀러 올 수 있는 것이 좋았다. 게다가 여러가지로 집안을 더듬어 보면, 이 할머니 집안과는 할아버지 때부터 먼 친척에 해당하는 관계가 되기 때문에, 어린 마음에도 특별히 친숙함을 가질 수 있었다. 외딴집에서 여기까지, 1시간 반 정도 걸어와야 했지만, 이 1시간은 民에게 있어서는 마치 소풍이라도 가는 기쁨과 비슷한 시간이었다. 그러나 엄마는 채소 씨앗 등이라도 받으러 오거나 할 일이 없으면 좀처럼 데려와 주지 않아서, 民은 엄마 속을 알 수 없었다. 여기 와도 엄마는 재미없는건가 하며 民은 어른들 세계를 이해할 수 없는 듯한 마음이었다. 동네 아줌마들도 많이 있었고, 또 이 부락 사람들은 民네 집 땅을 빌리고 있는 사람들도 있어서, 民이가 엄마와 함께 오면 너무나도 극진하게 대접해주었고, 民은 여기저기서 동네사람들이 民아 民아 하고 불러 주는게 기분 좋았다. 이 부락 모든 집 마당에, 밀감, 자몽, 유자, 여름밀감, 동백나무, 국화 등이 심어져 있었다. 哲은 그 집 마당 어린 나뭇가지 끝에 매달려 유방 같은 자몽을 쓰다듬기도 하거나, 제기차기를 하다 머리로 냅다 박치기를 하며 좋아하여 할머니들을 웃게 만들었다. 할머니는 늘어진 볼주름을 쥐어짜듯이 입가로 모아 눈을 가늘게 뜨고, 애야 제일 크고 마음에 드는걸 하나 따라고 하였으나, 엄마는 바로 아직 안 익어서 따면 안돼, 다 익었을 때 또 따러 오자고 말하였다. 그러나 哲은 자몽에서 손을 떼지 못하고 있다, 나중에는 엄마가 노려보니 그제서야 투덜거리며 엄마에게 달려와 집에 가자고 말하였다. 그러나 엄마는 바로 자몽은 잊은 듯, 다시 수다삼매경에 빠지는 것이 늘상이었다. 이곳에 오면 이웃부락 일에, 읍내 소문 등을 모두 들을 수 있어, 아줌마들의 수다거리가 떨어질 일이 없었다.

귀가는 항상 저녁 무렵이었는데, 내리막 길이 많아서 빨리 갈수 있었다. 哲은 자몽을 안고, 할머니는 손녀 딸 阿美 손을 끌며 동백꽃이 만발한 산을 내려갔다. 民은 앞서거니 뒷서거니 하며 강아지처럼 좋아하였다. 늦다리에 왔더니, 거울처럼 맑은 계곡 물웅덩이에 단풍이 떨어진 것처럼, 붉은 민물게 한 마리가 가만히 누군가를 기다리듯 있다가, 사람기척을 느끼자 잽싸게 바위 그늘 속으로 숨어버렸다. 그러나 할머니 손녀 阿美가 솜씨좋게, 물위에 얼굴을 반쯤 내놓고 있는 바위 그늘을 타고 기어 도망치려고 하는 민물게를 잡았다. 붉은 민물게는 성난 듯, 입에 부글부글 거품을 뿜어대며 발버둥치고 있었다. 哲도 목청껏 꺅꺅 소리지르며, 얕은 여울에서 텀벙거리며 작은 민물게를 쫓아다녔다. 엉덩이가 흠뻑 물에 젖어 엄마에게 꿀밤을 맞고 웃어댔으나, 곧 울음을 터뜨렸기 때문에 阿美마저 할머니에게 혼나고 말았다. 民은 그런 阿美가 불쌍해서, 哲은 원래 울보라고 하자, 哲은 엄마 등에 업혀서 발버둥치기 시작했다. 엄마 등에서 내려와 民을 때리려고 하였다. 할머니는 阿美가 잘못한거야, 그런 짓을 하니까 다들 따라하는거라고 하였다. 阿美가 기죽어하자, 民은 哲이 몹시도 얄미웠다. 마음속으로 내려오기만 해봐, 아주 실컷 두들겨주고 싶은 생각이 들었다.

이렇게 해가 저물어 완전히 어두워졌기 때문에, 할머니는 阿美가 꾸물대고 있어서, 집에 도착하면 완전히 깜깜한 밤이 될거라고 하였다.

「할머니, 상관없어요. 여럿이 함께이니 어두워도 괜찮아요.」

「아, 그래? 하지만 나야 괜찮지만, 얘들 엄마가 저녁준비하기 힘들텐데…」

대나무 숲 사이로 새어나오는 저녁햇살에 마음이 급해진 民은, 갑자기 울보 哲을 두고라도 갈듯이 阿美 손을 끌고 뛰기 시작했다. 阿美도 바로 民의 생각을 알았는데 뒤쫓듯 달리기 시작했다. 땅바닥에 민물게를 놓고 때리고 있는 哲의 울음소리가 점점 멀어지자 民은 좋아서 阿美를 돌아보며 말했다.

「너 잘 뛰는구나.」

「응.」

阿美가 끄덕이자 民은 그럼 우리 둘이 뜀박질 하자는 태세를 취하자마자 阿美는 앞질러 뛰어나갔다. 일찌감치 집 뒤에 도착해보니, 돼지우리에서 돼지들이 주인을 목 빠지게 기다리며 꿀꿀대고 울어대고 있었다. 먼저 도착한 阿美가 뒤돌아보면 씽긋 웃어 보이자 民은 안심하였다. 民은 阿美의 풀 죽은 얼굴 보기가 싫었다. 그러나 阿美는 집 마당을 빠져나가 民을 기다리고 있었다.

「네가 이겼으니 두 손 들고 만세 부르는거야. 난 졌으니까 손을 올릴 수 없어.」

그러나 阿美는 그다지 우월감을 가지고 있는 것 같지는 않았다. 民은 가만히 阿美를 응시하였는데, 특별히 화난 것 같지는 않아 民은 안심하고, 마당과 집 주변을 둘러보았다. 아무런 이상도 없는 것 같았다. 마당 끝에 서서 집 아래를 내려다보니 소가 아래 밭에서 음메하고 울어 안심하였다. 소는 도둑맞지 않았다며 民은 웃으며 말했다.

「니네 집에 가고 싶어도, 항상 소가 걱정되서 갈수가 없어. 우리 엄마는 소 도둑 맞으면 우린 먹고 살 수가 없댔어.」

「소를 끌고 올까.」

「너 소 끌 수 있어.」

「왠일이야, 넌 못 끌어.」

「아니야, 끌 수 있는데 위험해서 아빠가 못 끌게 하는거야.」

阿美는 웃으며 다시 비탈길을 달리듯 내려가서 民도 그 뒤를 따라 갔다.

「阿美야! 어디 가는거야.」

할머니는 집 뒷산 위에서 이렇게 소리지르자, 民은 대신 큰 소리로, 소 끌어오겠다고 말했다.

「저 년은 선머슴이라 곤란해. 꼭 사내아이 같아.」

阿美는 할머니 욕을 못들은 것 같았다. 阿美와 둘이서 소를 끌고 돌아왔다. 民은 왠지 개선장군같은 의기양양한 기분이 들었다. 阿美는 익숙한 손놀림으로 고삐를 잡은채 외양간 기둥에 묶어 놓을까, 아님 이 통로에 묶어놓을까 망설이고 있었으나, 바로 통로에서 항상 소가 묶여 있는 흔적을 찾아내고는, 소를 힘차게 그곳에 끌고 갔다.

「우리 소는 항상 여기에 묶어놓는다.」

「우리 집은 외양간이야. 근데 니네 집 외양간은 아직 새거던데. 창고로 쓰려고 하는거야.」

「아마도 그럴걸.」

哲은 부엌입구에 서서 이쪽을 보고 있었다. 할머니는 아궁이 앞에서 불 지피기를 거들고 있었다. 굴뚝에서 보라색 연기가 솟아나고, 아궁이 입구가 활활 타오르고 있어 마치 아궁이입구 가장자리를 핥고 있는 것 같았다. 阿美는 소 고삐를 기둥에 다 묶고 나자, 여물 다발을 풀어 던져주었다. 그리고 民옆으로 뛰어오더니, 입을 民귓가에 대고 작은 소리로, 니네 집 哲이는 심술쟁이라고 해서 民은 웃으며 끄덕였다. 완전히 자기 생각에 공감해 주는 것 같아 民은 阿美가 좋아졌다. 哲은 이쪽을 힐끗 보다가, 둘이서 귓속말 하는걸 보고 달려왔다. 무슨 일이 있나보다 싶어, 자신도 둘 사이에 끼고 싶은 것 같았다.

「阿美는 정말 재주도 좋고, 똑똑해요. 우리 民이는 형편없어요. 야, 民아, 좀더 누나 좀 본받아 봐.」

엄마는 부엌에서 阿美를 칭찬하였다. 阿美는 누나라는 말을 듣자 쑥스러운듯 民을 보았다. 民은 너 몇살이냐고 물었다.

「7살.」

阿美는 들리지도 않을만큼 작은 소리로 답하였다.

「그래, 阿美랑 형하고 놀고 있어라.」

할머니는 哲이 뛰어 온 것을 보고 말하였다.

「阿美! 哲하고 사이좋게 놀아줘야지.」

「……닭한테 모이 주고 닭장 속에 넣어줄까.」

民은 阿美누나라는 말이 목구멍까지 나왔으나, 阿美얼굴을 보고 있는 사이에 쑥 들어가고 말았다. 거위는 목을 길게 뽑고 울고 있었다.

「이 두 마리도 같이 넣어줄게.」

哲은 그 말을 듣고 자기도 뛰어오더니, 닭 모이통을 무거운 듯 나르기 시작했다. 阿美는 부엌쪽으로 뛰어가 거위고기채소볶음요리를 들고왔다. 民은 닭장 문과 거위 둥지를 잘 살펴보았다.

「阿美누나!」

자기도 모르게 民은 그렇게 불러서, 哲은 民과 阿美얼굴을 번갈아 보았다. 그렇게 보자 民은 쑥스러운 듯 哲을 밀어버리고, 거위들을 쫓기 시작하였다.

「哲은 이걸 들어.」

阿美는 막대기를 주워 哲에게 건네주었다. 哲도 阿美를 누나 누나하고 불렀다. 마당은 거위와 닭 울음소리와 누나 누나 하고 부르는 소리로 떠들썩하였다. 할머니는 아궁이 불에 주름투성이 얼굴이 벌개져 있었다. 그 때 맞은편 산에서 뽀~ㄱ!하는 기차 기적소리가 울려퍼지자, 民은 맞은 편 산에서 피어오르는 기차연기를 가리키며 阿里山(대만에 있는 산이름)으로 돌아가는 기차라고 소리 질렀다.

四

램프를 켜고 밥을 먹으면 훨씬 더 맛있었다. 엄마는 할머니에게 저녁밥과 차를 권하기도 하였고, 밥상 위는 왠지 모르게 북적하게 느껴졌다.

「이 집은 외딴집이어서 적적하지만, 그래도 모두 자기 땅이니 일하는 보람이 있겠지. 곧 이 동네도 사람들이 많이 모여들게 될거야.」

「글쎄요, 어떨까요…」

「그렇게 된다니까. 여기는 옛날에, 딱 내가 20살 때니까 30년 전쯤 될려나. 정말 번화한 곳이었어. 저쪽 산에는 배 밭이 있었고, 또 차 재배도 했었거든. 말린죽순까지 했으니, 매일 여기는 2, 30명이 왕래하고 있었지. 民이 엄마 시아버지 때부터 조금씩 기울기 시작했을거야. 어쨌든 형제가 5명이나 있었는데, 民이 엄마 시아버지가 5번째 아들이었지. 셋째는 생번(生蕃:대만의 원주민들. 한족에 동화하지 않은 원주민들을 이렇게 불렀다) 통역 일을 하고 있었는데, 지금 嘉義에 사는 劉潤보다도 더욱 많이 생번들을 돌봐 주고 있었나봐. 하지만 역시 운도 필요한 법이지, 모두가 정직한 사람들뿐이어서, 有諒(시아버지)가 손대기 전까지는 재산을 거의 다 날려버렸지. 하지만 아직 이만큼의 땅이라도 남아 있다는게 어디겠어.」

「하지만, 땅을 꾸려나가는데도 역시 돈이 들잖아요.」

할머니와 엄마가 이런 대화를 나누고 있었으나, 民과 哲은 빨리 이
불 위에서 놀고 싶어했다. 이불 속에 들어갈 때까지, 이불 위를 무대
로 이것저것하며 놀고 싶었다. 씨름도 하고 싶었고, 덤블링도 하고 싶
었다. 둘 다 이미 발을 씻은 후여서, 民은 빨리 침실 램프를 켜달라고
졸라댔다. 그러나 阿美는 여자아이여서, 할머니에게 이끌려 부엌에
서 엉덩이를 씻어야 했다. 民과 哲은 이불 위에 올라가더니 쿵쿵거리
며 씨름을 하기 시작했다. 哲이는 힘이 제법 세보였다. 이윽고 엄마
와 할머니와 阿美까지 모두 들어와, 침실은 북적댔다. 아이들이 무섭
다고 하여서 民과 哲과 阿美는 가운데서 재웠다. 哲은 엄마 옆구리에
꼭 붙어 있어서, 民과 阿美가 꼭 붙어 자게 되었다. 아미의 변발에서
동백꽃 같은 냄새가 코를 찌르자 民은, 왠지 모르게 가슴이 설레임을
느끼었다. 언젠가 읍내 축제 때 民은 타지에서 온 먼 친척뻘되는 소
녀와 함께 잔 적이 있었다. 그래서 계집아이란 모두 이런 냄새가 나는
거라고 생각하게 되었다. 아이들은 두 손을 램프에 위에 올려놓고 어
른들 이야기에 푹 빠져들고 있었다. 벽틈 사이로 보이는 밤하늘 별들
이 반짝반짝 빛나고 있었다. 앞으로 이틀 후면 음력 10월 1일로 동절
기에 접어드니, 집집마다 경단을 만들거에요… 엄마와 할머니는 그런
이야기를 주고 받았다. 물론 엄마도 훨씬 전부터 찹쌀을 준비해놓고
있었다. 한밤중에 일어나 경단을 끓여먹는 재미는 무엇과도 비교할
수 없었다.

하늘의 별들까지 기분이 좋은지 더욱 더 밝게 빛나 보였다. 그러
나 산에 오고나서 갑자기 시시하게 느껴졌다. 한밤중에 일어나도 검
은 숲 그림자가 너무도 무서웠다. 아빠가 돌아와도, 할머니들이 와

준다면 한층 재미있겠지만, 그러나 그렇게 해줄 것 같진 않았다. 阿美는 이불 속에 들어가더니 갑자기 입다물고 조용해졌다. 어둠속에서 들려오는 두견새 울음소리는 날카로움을 띠고 있었는데, 할머니마저도, 정말 이곳에 있으면 역시 적적하겠다고 말했다.

「우리 집은 주택가에 있는데 여러 집들하고 같이 있어서, 두견새 소리가 이렇게 가깝게 들리지 않거든.」

「그치요? 어른이라도 저 새소리를 들으면 적적해져요. 이런 산속에 살고 있으니, 하다못해 주변에 친척들도 없고…」

엄마도 읍내 생각이 난 모양이었다. 이 계곡에 사는 두견새는 소쩍새 같은 울음소리를 내며, 밤새 삑삑대며 울어댔다. 두견새의 일종으로 산동네 사람들은 두견새(苦鷄母:두견새 대만식표현)라고 불렀었다. 즉 혼자서 고생하는 닭의 어미라는 의미이다. 저 새가 내 팔자하고 쏙 닮았다고 엄마가 할머니에게 말했다.

「저 새는 張天師(중국, 후한말의 五斗米道창시자인 張陵의 자손에 대한 존칭)가 환생한거래.」

할머니가 엄마에게 물었다.

「그렇게들 말하던데 진짜일까요.」

즉 張天師는 말하자면 황제로서 떠받들어지고 있는 신이다. 어느 날, 한 할아버지가 손자 손을 이끌고 들과 산을 거닐고 있었다. 그러다 어떤 석문 앞에 왔을 때, 할아버지는 호기심에 안을 엿보았다. 그러자 덜컹하고 석문이 닫혔다. 할아버지는, 그 안에서, 石門開石門開歸天下貴人來, 라고 하자 문이 다시 쏙하고 열렸다. 할아버지는 손자에게 밖에서 소를 잘 보며 기다리고 있어라, 할아버지는 석문 안을 보고 오겠노라고 일렀다. 만약 재미있으면 너도 데리고 가겠다고 해서,

손자는 밖에서 소를 지키게 되었다. 할아버지 생각에는 만약 위험하더라도, 손자만은 무사할거라고 생각하고 혼자 들어간 것이었다. 그러나 막상 들어가보니 그 안은 그야말로 화려함 그 자체였다. 궁전이라고도 일컬어지고 있는 곳이었다. 그런데 할아버지가 들어가자마자, 석문이 덜컹하고 닫혀 버렸는데, 손자가 아무리 기다려도 할아버지는 나오지를 않는 것이었다. 그래서 손자는 할아버지가 외웠던 주문을 중얼거려 보았으나, 석문은 열리지 않았다. 손자는 석문 밖에서, 할아버지 할아버지 하고 불러보았으나, 나중에는 지쳐서, 할배 할배 하고 불러보았다. 손자는 피를 토하면서도 계속 할배 할배 하고 부르다 결국엔 죽고 말았다. 그것이 두견새로 환생해서, 할아버지를 계속 불러대며 울고 있는거라고 했다. 그리고 할아버지는 張天師가 되었으니, 두견새는 張天師의 자손이 되는거라고 했다. 할머니와 엄마가 그렇게 세상이야기를 하고 있는 동안에, 民은 어느 틈엔가 잠이 들었다.

잠에서 깼을 때는 작은 가지를 태우고 있는 아궁이에서 타닥타닥하는 소리가 들려왔다. 아침햇살은 동쪽에 늘어서 있는 산들을 비추고 있었고, 풀과 나무도 이슬로 얼굴을 씻은 것 같은 느낌이 들었다. 阿美가 먼저 일어나 머리를 빗으면서 마루에서 내려오려 했다. 民은 허둥대며 일어나 요강에 쉬를 하였다. 이를 본 阿美는 부끄러운 듯 뒷마당으로 뛰어나갔다. 오줌누러 가는 것 같았다. 哲도 잠에서 깼는지 엄마, 엄마하고 불러댔다. 哲은 아직 응석받이여서, 매일 아침 일어날 때에도 꼭 엄마가 안아줘야만 자리에서 일어났다.

소는 기분이 좋은듯, 코에서 콧김을 내뿜으며 되새김질하고 있었다.

「여기는 좀 춥지요.」

엄마가 이렇게 말하자 할머니는 그렇지도 않다고 했다. 즐거운 아침이었다. 거위와 닭들은 닭장에서 풀려나와 기분이 좋은지, 마치 활주라도 하듯이 목을 쭉 내밀더니 마당을 이리저리 뛰어다녔다. 엄마는 부엌에서 짚으로 만든 먹이를 들고와 마당 먹이통에 채워주었다. 阿美는 서둘러 여물 다발을 소에게 풀어주었는데, 오늘 하루면 여물이 떨어질 것 같은데, 阿美는 자기도 여물 베어올 수 있다고 말했다.

「阿美야, 세수해야지.」

엄마가 부엌에서 불렀다.

「阿美는 나중에 해도 돼.」

할머니는 그렇게 말했으나, 엄마는 세면기에 더운 물을 담아서 阿美에게 세수하라고 했다. 阿美는 검지로 양치질하고, 깔끔히 얼굴을 씻고 있었다. 哲도 신기한듯 阿美가 세수하는 모습을 넋놓고 보고 있었다.

「阿美야, 꾸물대지 말고 빨리 씻어라. 이 년은 정말 어른들보다 더 되바라진 것 같아.」

할머니가 그렇게 엄마에게 말했으나, 阿美는 할머니 입버릇이라고 생각하고 별로 신경쓰지도 않는 것 같았다. 民은 이런 阿美가 왠지 마음에 들었다.

「그저 멋부리려고 씻는거 아니지 阿美야, 천천히 씻어라. 哲하고 民이는 씻는걸 싫어해서 큰일이야. 阿美좀 본받아봐라. 그렇게 까마귀 같아서 장가라도 갈 수 있겠니.」

阿美는 쑥스러운지, 싱긋 웃어서 民은 창피했다. 엄마는 왜 나를 망신을 주는거지? 哲은 이 말을 듣고 자기도 씻겠다고 말했다. 阿美가 서둘러 세면기 물을 비워주자, 哲은 그걸 주워들더니, 갑자기 착한 어린이라도 된 듯, 더운물은 내 손으로 받아오겠다고 말하였다. 변변치 못한 동생을 둬서 民은 또 한번 망신을 당한 것 같았다.

民은 부엌 뒤에 가서 몰래 세수를 해야겠다고 생각했다. 엄마는 밥상을 다 차리고, 할머니에게 어서 진지드시라고 권하였다. 阿美가 처음으로 民아 밥 먹자고 하여, 民은 기분이 좋아져 부엌에서 밖으로 나왔다. 4명이 밥상에 앉았을 때, 맞은편 산에 있는 밭에 아침햇살이 비추자, 고구마 꽃들마저 흩트러져 새하얗게 보일 정도였다. 원숭이들이 골짜기 아래 쪽으로 내려가면서, 그 밭에서 고구마를 아침으로 훔쳐먹어, 산 건너편 부락에 살고 있는 농민들이 나와 어훙!어훙! 하며 사자 같은 소리를 내며 원숭이무리를 쫓아내고 있었다.

「맞은편 산 밭도 원숭이 때문에 난리라던데.」

「그런 것 같아요. 民이 아빠도 원숭이 잡으려고 펜치 사와서 덫이라도 만들지 않으면, 나중에 죽순 수확철이 되면 원숭이 피해가 많아져서 곤란할거라고 말했어요. 원숭이 소굴근처에는 마죽(麻竹:열대산 대나무의 한 종류)이 많은데, 좀 더 위쪽에는 계죽(桂竹:대나무 한 종류)이 있어요. 근데 이 원숭이 놈들이 무슨 지 놈들이 사람이라도 된양, 대나무 아래 죽순이 한 장(1丈:약 3.03m)남직 큼직하게 자라나도, 아래서 뿌리부분을 붙잡고 흔들어대면, 죽순 아래쪽이 뚝하고 부러져버려요.」

「어휴, 정말 얄미운 놈들이야, 무슨 심통부리는 것도 아니고. 우리 밭도 다 망쳐놓은 적이 있다네. 원숭이 놈들이 고구마를 파낼 때는 파수꾼 한 마리가 꼭 지키고 있는데, 인기척이 났다하면 꺅하고 한 마디 소리 질러대지. 그럼 나머지 원숭이 놈들은 꽁지가 빠지게 도망가는 거야.」

할머니와 엄마는 이런 대화를 나누면서, 어디 밭이 기름진지 어떤지도 상의하고 있었다. 엄마와 할머니 대화를 들어보니, 할머니와 阿

美는 점심을 먹고 돌아갈 것 같았다. 할머니는 엄마에게 고구마 밭 잡초뽑기를 도와주겠다고 했다. 하룻밤 더 자고 가라고 民이 졸랐으나, 할머니는 집에 가서 해야 할 일이 많은데다, 오늘 아빠가 돌아오실 테니 그만 돌아가야 한다고 말했다. 엄마가 나중에 또 놀러오시라고 하자해서 民은 포기할 수 밖에 없었다.

사실 그보다도 阿美때문이었다. 처음 온 날은 괜찮았는데, 다음 날 저녁무렵이 되자, 집생각이 나는지 자기 부락으로 돌아가고 싶어했다. 할머니 곁에 착 달라 붙어 눈물까지 뚝뚝 흘리며 보채대서, 엄마까지 阿美를 달래느라 고생했다. 그래서 엄마는 귀찮아졌는지, 차라리 집에 돌려보내는 편이 낫겠다고 생각하게 된 것이었다. 阿美의 엄마는 돌아가셨고, 지금은 계모랑 살고 있었는데 阿美를 이뻐해 주었다. 그래도 阿美는 어딘지 모르게 자칫 삐뚤어지기 쉬운 예민한 아이였다. 얼굴은 호두처럼 생겼고, 눈동자는 크고 빠릿빠릿한 느낌의 아이였는데, 기분이 좋을 때는 바지런떨며 일하고, 자랑하는걸 좋아하는 아이였다.

「民이가 그렇게 阿美가 좋으면, 며느리로 보내줄까.」

民은 쑥스러워서 당황하며 엄마 얼굴을 보았다. 아 우리야 좋지요, 좋아요, 근데 阿美가 民이를 싫어할텐데요, 라고 말하자, 阿美는 너무도 수줍은 탓인가 눈물까지 글썽였다. 엄마는 그것을 바로 깨닫고 화제를 다시 산 이야기로 돌렸다. 맞은편 산에 있는 밭에서 농민들이 원숭이들을 쫓고 있는 소리가 들려왔다. 할머니는 밥을 다 먹더니 그릇을 들고 부엌으로 갔다. 엄마는 할머니를 말리면서 말했다.

「그대로 두세요, 할머니. 괜찮아요, 그릇 정도는 제가 설거지해도 되요. 저는 할머니 손녀보다도 어린 나이에요.」

「괜찮대도 그러네, 몸 녹슬지 않게 하려면 이 정도는 해야지요. 제가 먹은 그릇을 치우지 않아도 될 만큼 제 팔자가 좋진 않아요」

엄마도 자기 그릇을 들고 부엌에 섰다. 그 후에 阿美가 뒤를 따라갔고, 民도 서둘러 의자에서 내려왔고, 哲도 밥을 입 속에 급하게 몰아넣고 부엌으로 달려왔다. 거위도 배가 부른지 마당에서 꽥꽥거리며 한가로이 울고 있었다. 엄마와 할머니는 두건을 쓰고 도가(刀架:칼을 걸어 허리춤에 차는 장비)를 허리 뒤로 돌리고 끈을 앞쪽에서 묶더니, 낫을 뒤쪽 도가에 꽂아두고 마당 앞 비탈길을 내려가면서, 아이들에게 말했다.

「阿美랑 얌전히 놀고 있어야 한다」

「아주머니, 저 소여물에 쓸 풀 베어와도 되요」

「괜찮아, 근데 혼자 할 수 있겠니」

「괜찮아」

할머니가 대신 대답하였다.

「阿美야, 民하고 哲이를 깊은 숲속 같은데 데려가면 안된다」

「숲 속 깊은 데까지 들어가지 않아도 길바닥에 깔려있어요」

엄마는 그렇게 말하면서 할머니와 비탈길을 내려갔다. 阿美는 民과 침실 벽에 걸려있는 도가(刀架)에서 손에 맞는 낫을 뽑아 들고, 民과 哲과 셋이서 집 옆에 있는 입구로 나와, 대나무숲 좁은 길을 내려갔다. 그러나 哲은 입구 쪽에서 빨간 감이 있다고 소리지르며 내려가려 하지 않았다. 阿美는 어린 방울나무 을 발견하고는 베기 시작했다. 순식간에 한 다발 베었는데, 哲은 큰 감나무를 올려다 보며, 빨간 감 따줘, 阿美누나, 감 따줘 했다.

「저걸 어떻게 따냐? 내버려둬!」

이렇게 民이 말했다. 그 감나무는 어른이라도 나무 위에 올라가지 않는 이상, 웬만해선 장대로도 딸 수 없는 큰 나무였다. 그래서 民도 哲도 빨간 감을 보면서도 포기하고 있었으나, 또 다시 哲이 졸라대서 民은 阿美를 말렸다. 阿美도 쪼르르 비탈을 올라와보니, 정말로 여러 개의 빨간 감이 꽃처럼 파란 잎사귀 그늘에서 보이자 阿美도 호기심이 생겨나 따보기로 마음먹었다. 장대에 갈고리를 달고 따려고 했으나, 장대가 무거워서 장대 끝이 흔들거렸다. 이 감나무에는 여러 새들이 날아들었다. 붉은 깃털과 파란 깃털 새도 날아왔다. 붉은 깃털 새는 부리가 검은색이었는데, 파란 깃털 새는 부리가 빨간색이었다. 부리가 빨간 검은 새, 메추라기, 원앙새, 노란 원앙새랑 산비둘기도 날아왔다. 구구하고 우는 산비둘기는 향수를 느끼게 해주는 새다. 세 사람은 흔들거리는 장대를 어깨에 메고 빨간 감을 찔러댔으나, 겨우 딴 감도 으깨져서 먹을 수도 없었다. 아쉬워하며 셋은 땀을 뻘뻘 흘리면서 빨간 감만을 올려다 보고 있었다. 나중에는 목이 너무 아파, 올려다 보는 것조차도 귀찮아졌다. 阿美는 다른 새 놀이로 소꿉장난을 하자고 했다. 흙덩어리를 옮겨와서는 작은 사당을 짓는 것이었다. 사당이 만들어지면 마른 나뭇가지 주워와 태워, 사당 흙덩어리가 새빨개지면, 그 안에 고구마를 던져 넣고, 사당을 짓이겨 고구마를 굽는 것이었다. 약 1시간정도만 기다리면, 맛있는 군고구마 간식거리가 생기는 것이었다. 民과 哲은 阿美 지휘에 따라, 흙덩이를 옮기기도 하고, 마른 나뭇가지 주워오기도 하는게 무척이나 재미있었다. 작은 나뭇가지가 타오르면 서 타타탁거리는 소리를 냈다. 民은 다시 성냥을 들고 부엌에 돌아가, 부엌 굴뚝 옆에 놓여 있는 오징어를 보고, 구워 먹자고 阿美에게 말했다가 阿美에게 야단맞고 관두기로 했다. 哲은 얼굴이 시뻘개져서 작은 나뭇가지를 줍고 있었다. 사당을 때려부술 차례가 되자 阿美는 한 사람당 두 개씩 헛간에서 고구마를 가져와 집어 넣게 하였다. 부서진 사당 위에 흙을 덮어 씌우자 작은 산이 생겼는데, 阿美는 그 산 봉우리에 짚신나물을 하나 뜯어와 꽂았다.

「이 잎사귀가 조금 시들면, 그때 고구마를 캐내도 되.」

창백한 阿美의 볼까지 홍조를 띤 듯, 불그레해졌다. 셋은 고구마 도깨비가 오니 도망치자며 다시 대나무 숲 비탈길을 내려가, 여물에 쓸 풀을 베기 시작하였다. 이윽고 고구마를 파내 껍질을 벗겨보니 설탕처럼 달고 맛있었다.

엄마와 할머니가 오시 무렵(지금의 오후12시에서 2시 사이)에 돌아와 점심준비를 서둘렀으나, 阿美와 두 아이는 전혀 배가 고프지 않았다. 돼지들이 꿀꿀대며 시끄러운 것이 이상하게 느껴질 정도였다. 그러나 점심을 먹고 나면, 할머니와 阿美가 돌아가겠구나 생각하니 너무도 아쉬웠다. 할머니는 식사를 마치자, 머리와 옷을 털고, 阿美 머리와 옷도 털어주더니, 슬슬 돌아갈 준비를 하였다. 밥상과 부엌을 다 치운 엄마는, 阿美에게 과자라도 사먹으라며 2, 30전쯤 주머니에 넣어 주는데, 무려 20분 동안이나 옥신각신하였다.

「이렇게 신세지고, 밥까지 얻어먹었는데 돈까지 받을 수는 없어요.」

「어머, 뭘 해 드렸다고. 그렇게 과장되게 말씀하지 마시고 받으세요. 돈이란게 그럴싸해 보여도, 사실은 아이들 장난같은거 아니겠어요.」

民과 哲은 쓸쓸한 듯 어른들이 옥신각신하는걸 올려다보고 있었다. 마당 끝에는 저녁햇살이, 빨랫줄에 그림자를 드리우며 직선을 그리고 있었다. 阿美는 할머니 옷자락을 잡고 있었다.

「阿美누나, 또 와.」

阿美는 民이 이렇게 말하자 머리를 끄떡하였다. 哲도 民을 따라 말했지만, 阿美는 묵묵한 표정으로 民과 哲을 번갈아 보았다. 서운해 죽을 것 같았다, 기분 같아서는 이대로 따라가고 싶었다.

「할머니, 또 오세요.」

民은 할머니 손을 끌어당겼다.

「民이도 哲이도 할머니 집에 놀러 와.」

「갈거에요, 곧 엄마가 데리고 갈테니, 이번에는 할머니 집에서 자고 올게요.」

「진짜지, 엄마.」

「그럼 진짜지.」

「진짜로 엄마랑 함께 오렴, 民이도 哲이도 정말 똘똘한 아이들이야. 阿美야, 아줌마한테 놀러오시라고 안할거야.」

阿美는 수줍은 듯 할머니 뒤에 숨어버렸다. 阿美는 이런 격식차리는 자리를 싫어하는 아이였다.

「阿美도 할머니하고 놀러 오거라, 기다리고 있을게.」

阿美는 할머니 손에 이끌려, 뒷산을 오르기 시작했다. 대나무 숲에 가려서 할머니와 阿美 모습이 보이지 않게 되었어도 民은, 할머니 또 놀러오세요, 하고 소리질렀다. 이 소리가 메아리치자, 할머니도 좋아, 라고 대답하며, 이번에는 할머니가 民이네 가족을 부르는 소리가 들려왔다. 이 외딴집 마당에 언제까지고 이렇게 서로를 불러대는 메아리가 계속되고 있었다.

五

저녁무렵에는 아빠가 돌아올줄 알았는데 오늘도 돌아오지 않아서, 이 외딴집의 엄마와 아들들은 물이라도 뒤집어쓴 듯한 불안감을 느꼈다. 해가 지자 늘 하던대로 엄마와 아들들은 함께 잠자리에 들었으나, 民이 울음을 터뜨리더니 그치지를 않았다. 붉은 석양이 저물어 갈 무렵, 또 다시 맞은편 산 밭에서 원숭이들을 쫓아내는 농민들의 소리가 메아리와 함께 바로 옆에서 말하는 것처럼 들려왔다. 사람이 적적해서 일찍 잠자리에 드는거야 그렇다 치더라도, 가축들까지 일찍 우리 속으로 들어가야 하는 것은 재난이었다. 닭이 꾹꾹거리며 닭장 안에서 침착한 소리를 낼 때까지는, 民의 마음은 녹아 내릴것처럼 외로워 견딜 수가 없었다. 닭이 꾹꾹하며 다른 병아리들을 달래가며 둥지에 자리잡고 앉자, 땅거미가 몰려오더니 조각 달이 고개를 내밀었다.

「내일은 틀림없이 돌아오실거야. 그리고 겨울철 제사때 쓸 것들을 많이 사오셔서 民하고 哲이를 기쁘게 해주실거야. 남을 집에 묵게해서 선물을 나누어 줄 필요는 없잖아? 게다가 阿美는 울보라서 분명히 아빠를 화나게 만들거야.」

아빠를 화나게 할거라는 말에, 民은 더더욱 쓸쓸해졌다. 그러나 哲은 엄마가 달래주자 오히려 民보다 어른스럽게 밤새 칭얼대지 않았다. 哲에게는 반려할머니는 있어도 없어도 그만인 존재였다.

民은 이런 哲이가 바보처럼 생각되었다. 어서 날이 밝으면 좋겠다고 생각하다, 어느 틈엔가 닭들이 계속 울어대서 잠에서 깨어났다. 아침 햇살에 구멍이 숭숭난 벽구멍 사이로 바깥에 있는 나무들이 비치듯 보였다. 옆을 보니 엄마가 없어 귀를 기울여봤더니 부엌에서, 아침 준비를 하고 것 같았다. 돼지들이 쩝쩝대며 먹이를 먹는 소리가 들려왔다.

「엄마!!」

民이가 부른 소리에 哲도 잠에서 깨어나 엄마를 불렀다.

엄마가 침실에 들어와 民과 哲에게 겹옷을 입히고, 哲을 안아 침상에서 내려주었다. 哲은 맨발로 뛰어나가려 하였으나, 엄마는 짚신을 내주며 아침에는 추우니 신을 신으라고 했다. 가축들은 기분좋게 마당에서 아침햇살을 만끽하고 있었다. 소 코에서 담배연기 같은 콧김이 나왔다. 마당 아래쪽에 있는 층층이 되어 있는 밭을 보고 있자니, 밭두렁 사이에 있는 오래된 돌배나무는 시들었는지, 갈라진 작은 나뭇가지를 뻗으며 아침햇살을 쬐고 있었다.

「오늘은 틀림없이 아빠가 돌아오실거야.」

엄마는 그렇게 말하면서 세면기에 더운물을 부어, 民에게 세수하라고 했다. 건너편산 밭에서 또 원숭이들을 쫓아내는 소리가 들려오자, 民은 두 손을 입옆에 대고, 어흥!!하고 소리질렀더니, 건너편산 밭에서 民이네 가족을 아는 농민이 한층 더 소리를 질러대며, 타미(民의 일본식발음)야 하고 불러주어서 民도 힘이 나는 것 같았다.

「지금 소리지른거 有隣아저씨 맞지.」

부엌에서 나온 엄마가 물었다. 有隣이라고 하는 가난한 농민이 경작하는 밭이었다. 그 밭 아래쪽 대나무 숲도 民이네 집 소유였는데, 有隣은 이따금, 바구니 만들 대나무를 받으러 이 외딴집에 올 때가 있었다. 너덜너덜한 옷을 입고 다녔는데, 한눈에 보기에도 불쌍한 농민이었다. 그의 아내와 자식들도 꼭무슨 걸레가 돌아다니는 것은 모습이었다. 서로 불러대는 소리가 계속되자 엄마는 시끄러운지, 民아 그만해라! 有隣아저씨 불쌍하지도 않니, 배고플텐데 니가 밥이라도 갖다줄거냐, 라고 해서 民도 부르기를 멈추고 서둘러 세수를 하기 시작하였다.

「오늘 얌전하게 엄마랑 고구마 밭 잡초뽑기 해주면, 한 사람한테 5전씩, 너희들 저금통에 넣어줄게.」

엄마가 이렇게 말하자, 哲은 함성을 질러댔다. 물론 民도 그렇게 할 수 밖에 없다는 것을 잘 알기에 포기하고, 아침을 먹고, 들에 나갈 준비를 시작하였다. 들에 나가는 民이네 식구들의 준비라고 해야, 귀덮이모자를 쓰고 그 위에 삿갓을 덮어씌우는게 다였다. 그리고 버선은 물론 엄마가 신겨주었다. 지금까지는 맨발이었으나, 얼마 전 어떤 꿈을 꾼 아빠가, 맨발로 아이들 내보내지 말라고 해서 아이들용 버선을 사온 것이었다. 그 꿈이라고 하는 것은, 아이들의 발을 작은 뱀에게 물리는 꿈이었다. 그래서 이 산 일대에서 哲이가 버선을 신은 첫 아이가 된 것이다.

저녁무렵이나 되야 아빠가 돌아오시겠구나 생각하고 있었는데, 정오가 지났을 때, 집 오른쪽 뒷산에서, 民아! 哲아! 부르는 소리가 메아리와 함께 들려왔다. 둘은 밥그릇과 젓가락을 내팽개치고 마당에 뛰어나가, 오른쪽 마당 입구로 달려가서, 아빠다, 아빠! 하고 불렀더니, 대나무 숲속에서, 잘 있었지, 하는 소리가 들려왔다.

「아빠!!」

「우리 아들들!!」

아빠 목소리는 점차 가깝게 들려왔다. 둘은 비탈길을 뛰어내려가, 아빠를 마중하러 달려갔다.

「아빠~!」

「잘 지냈지? 강아지 한 마리 데리고 왔다.」

아빠의 목소리가 점점 가까워지자, 둘은 못을 건너, 다시 비탈길을 뛰어 올라갔다. 엄마도 마당으로 뛰어나와, 아빠를 마중하러 숲으로 뛰어나는 둘의 모습을 바라보고 있었다. 양쪽의 목소리가 가까워지자, 엄마도 가슴이 뜨거워질 정도로 기뻤다. 두 목소리는 숲속에서 부딪쳐 작아지고 있었다. 강아지가 끙끙대는 소리까지 아이들 떠드는 소리와 섞여 들려오자, 엄마는 서둘러 부엌에 들어가 차를 끓이며, 아빠가 돌아오기를 기다리고 있었다.

아이들은 아빠를 둘러싸고 마당 입구로 들어왔다. 망태기를 짊어지고, 각반을 두르고 버선을 신고, 삿갓을 쓴 아빠는 읍내에 나갈 때보다도 젊어 보였는데, 이발소에 다녀왔기 때문이었다. 거친 산바람 같은 아빠가 멋쟁이가 되어 나타나자, 아이들은 아빠의 몸에 배어있는 분위기를 느끼며 착 달라붙어 있었다. 망태기에는 가득 선물이 들어 있었다. 손에 들고 있는 바구니 안에는 강아지가 끙끙거리며 울고 있어, 우선 강아지부터 꺼내려고 하였다. 그러자 서둘러 부엌에서 차를 내온 엄마는, 강아지를 꺼내기 전에 우선 신단에 가서 부엌 신께 절부터 하고 꺼내야 한다고 하였다. 새하얀 강아지는 포로처럼 순종적인 슬픈 얼굴을 하고 있었다. 엄마는 강아지를 안아 들고, 두 앞발을 잡고 신단에 절을 하고 부엌으로 가, 부엌 신께 절을 하며, 강아지가 말을 잘 듣게 해달라고 말하며 절을 하자, 강아지는 두 뒷발을 버둥거려 아이들은 소리내 웃었다. 한차례 신께 드리는 절을 마치고 나자, 엄마는 다시 강아지를 안고 마당 구석으로 가더니, 잔가지를 하나 꺾어 들고는 강아지 엉덩이를 닦으며, 아침저녁마다 여기 와서 똥싸는거라고, 마치 주문이라도 외우듯이 중얼거렸다. 이렇게 강아지는 풀어졌으며, 民과 哲은 강아지에게 줄 먹이로 생선을 끓여주겠다며 난리들이었다.

六

아빠가 돌아온 다음날, 부락에서 쥐덫보다도 수십 배나 큰 쇠덫 짊어지고 왔다. 앞으로 이번 농한기에 대비해서, 아빠는 매일, 오소리랑, 원숭이, 야생닭, 멧돼지 잡을 덫을 놓을거라고 하였다. 그 크고 작은 쇠덫을 함께 지고 온 부락의 阿壽라는 젊은이는 마치 노획물이라도 잡아서 앞에 쌓아놓은 듯이, 그 덫을 입이 마르게 자랑하고 있었다. 아빠는 民에게도 튼튼한 양말을 사다주며, 앞으로는 아빠랑 같이 산에 갈 수 있다고 해서, 民은 기분이 좋아졌다. 내년에는, 소 키울 일꾼을 한 명 고용하기로 되었다고 하자, 哲이까지 손뼉을 치며 좋아하여 집안이 시끌시끌하였다. 그리고 아빠는 그 阿壽에게 이런 부탁을 하였다. 마당 앞에 자란 죽순을 말릴 죽순선반을 세울 생각인데, 그 죽순선반 위에 직사각형 판자처럼 생긴 돗자리를 놓으려고 하니, 대나무 주걱으로 돗자리를 만드는 기술자를 한 명 불러와 달라고 말했다. 阿壽는 차를 마시면서 아빠에게 50전을 받고, 강아지를 예뻐해 주고 돌아갔기 때문에 民은 기분이 좋았다. 개가 자라서, 나와 아빠가 개를 데리고 산 속을 함께 뛰어다니는 모습을 상상해보고, 든든한 마음에, 民은 강아지에게 볼을 부벼댔다.

숲에 덫을 놓으러 가는 아빠의 옷차림은 읍내에 갈 때와 거의 똑같았다. 民은 양말을 신고, 바지 속에 옷자락을 쑤셔넣고 버선을 신더니, 정말이지 멋쟁이라도 된 것 같아 民은 의기양양했다. 모기를 막기 위해, 귀덮개를 쓰고, 덫을 놓고 있는 아빠 옆에 서서, 작은 가지로 아빠와 자기에게 꾀어드는 모기를 쫓아내는게 民의 역활이었다. 民이 가지 않으면 아빠 혼자서 모기를 쫓아내면서 덫을 놓아야 하는게 귀찮았기에 엄마도 승낙해 주었다. 民은 어엿하게 자기 몫을 할 수 있게 된 것 같았다. 위험한 구름다리와 골짜기를 지날 때는 아빠가 업어주기도 하였다. 덫을 놓고, 그 다음날 아침에 그 덫을 보러 다니는게 재미있어서, 民은 가슴이 설레였는데, 아빠는 미소띤 얼굴로 民의 손을 이끌며 길도 없는 숲속을 기어 올라갔다. 특히 오소리가 덫에 한 마리라도 잡히면, 그 주변은 마치 낫으로 풀을 싹 베어버린 것 보다 더 깨끗해져 있어, 民은 오소리가 날뛰는 모습이 상상되었다. 사람 그림자를 본 순간, 덫에 끼어있던 오소리는 사람을 보자 물어 뜯으려고 달려들었으나, 다리가 무거워 뜻대로 되지 않는 것을 알자, 풀숲 속으로 숨으려고 발버둥쳤다. 이놈을 어떻게 묶어야 하나, 아빠는 고민 끝에 끝부분이 갈라져 갈고리처럼 되어있는 나뭇가지를 잘라 목을 누르더니, 밧줄로 꽁꽁 묶었다. 民아, 위험하니까, 좀 더 떨어진 곳에 서 있거라, 용감한 아빠는 언제나 사냥물을 잡을 때 民에게 이렇게 말하였다. 民은 마른 침을 삼키며 아빠가 하고 있는걸 지켜보고 있었다. 눅눅한 숲속은 썰렁하였으며, 계곡물 흐르는 소리가 쏴아~하고 들려왔다. 어두컴컴한 숲속에서의 아빠얼굴은 힘이 넘쳐 보였다. 아빠는 사냥물을 그 나뭇가지로 짊어지고, 이번에는 民의 손을 이끌고, 다시 다른 덫을 보러 다녔다. 매일 아침 덫을 보러갔으나, 사냥물이 없는 날은 단 하루도 없어서, 民이네 집 밥상은 늘 풍성하였다. 야생 닭이 노끈으로 만든 덫에 잡혔을 때가 民에게는 가장 불쌍해 보였다. 장대에 대롱대롱 매달려, 사람이 다가가면 파닥파닥 날아오르려 하는 모습을 보고, 民은 처음으로 웃었다.

「아빠, 야생 닭만은 먹지말고 우리가 키우면 안될까.」

「이렇게 다 자란 녀석은 키워봤자 사람을 안 따라서, 먹이도 안 먹다 굶어 죽을테니, 역시 먹어치우는게 좋을거야. 야생닭 국물은 오소리와는 다른 별미거든.」

「아깝다…」

「새끼가 잡히면 한쌍 키워도 좋아.」

언제였던가, 원숭이가 덫에 걸렸을 때가 제일 재미있었다. 원숭이 덫에 오소리가 걸리면 안되니까 매일 아침 보러 갔었다. 그러나 원숭이 덫만은 보러 갈 필요가 없었다. 원숭이 한 마리가 덫에 걸리면 나머지 원숭이들은 난리가 나서, 숲속은 원숭이 소리로 들끓어 오르는 것이었다. 만약 덫에 걸린 원숭이 근처에 덫이 여러 개 있으면, 다른 덫에도 대개 원숭이가 걸려있었다. 덫에 걸린 원숭이를 도와주려고 다른 원숭이들도 모두 지면에 내려와서 덫에 걸리는 것이었다. 그러나 그곳에는 한 개밖에 없었기 때문에, 원숭이들은 숲속에서 소동을 일으키고 있는 듯한 소란스러움이었다. 아빠도 긴장하여 民에게도 곤봉을 들려줄 정도였다. 그러나 아빠와 그 덫에 가까이 가면, 모두 도망쳐 버렸다. 그 원숭이를 묶느라 또 고생하였는데, 아빠는 그 원숭이를 제압하면서 民에게 설명해 주었다. 원숭이는 사람을 묶는 것보다 어렵단다. 두손 두발을 뒤로 돌려서 묶는 것만으로는 안된다. 비스듬하게 오른손과 왼발을 등뒤로 돌려서 묶어야 해. 이윽고 원숭이를 꽁꽁 다 묶고 나자 아빠는, 이번에는 주둥이다. 주둥이도 묶어놓지 않으면 물릴지도 모르니 나무토막을 주둥이에 물리고 나서, 주둥이 끝을 꽉 묶어야만 한다. 아침부터 원숭이 한 마리 때문에 다른 덫을 보러 갈 시간이 없어, 일단 집으로 돌아가 아침을 먹고나서 다시 돌아보기로 하였다. 民과 아빠는 개선장군처럼 유유하게 철수하고 집을 향해 갔다. 哲와 강아지까지 짖어가면 맞아줘서 아빠는 기분이 좋았다.

덫을 보고 돌아가는 김에 여물에 쓸 풀을 베고 돌아가곤하여, 외딴집이라고는 하지만 제법 바쁜 것 같았다. 덫을 놓는 일은, 마치 한가 할 때만 하는 부업같아서, 집안 일이 바쁠 때에는. 들고양이가 덫에 걸렸어도 미처 와보지를 못해, 그대로 썩어 버리는 경우도 있었다. 봄 이 가까워지자 돌배나무 가지는 부풀어 올랐다. 아빠는 설날 준비 때 문에 때때로 읍내에 가야 했다. 할머니를 반려로 불러오거나, 동백 부 락에서 젊은 처자를 불러와, 도정 일을 거들거나 하여, 이 외딴집은 갑자기 활기가 넘치기 시작하였다.

설날이 되자, 젊은 소몰이꾼 한 명을 고용하게 되었다. 그 소몰이꾼 잠자리를 준비해놓아야 해서, 엄마는 헛간 옆방을 깨끗이 청소해 두 었다. 섣달그믐이 다가오자 아빠는 새해계획을 세우느라, 매일 집에 서 새로운 장부에 연월일을 써넣느라 바빠 보였다. 초가집 출입구도 엄마의 희망에 따라, 올해는 福자와 春자를 써넣은 문련(門聯:중국에서 악귀를 쫓기 위해 문이나 기둥에 붙이는 일종의 부적)을, 신단을 모셔놓은 대 청마루부터 부엌까지 붙여놓기로 하였다. 대나무로 만든 문까지 문 신(文身:절이나 집 입구에 세워놓아, 불행이 못 들어오게 문지기 역활을 하는 신)그 림을 그린 붉은 종이를 붙여놓았더니, 이 외딴집에도 갑자기 새봄이 온 것처럼 집안이 북적거리는 느낌이 들었다. 오랜 습관으로, 섣달그 믐부터 정월 15일까지는 정등(모燈: 불을 끄지 않는 대만의 풍습)이라, 매일 밤 모든 방마다 훤하게 등불을 켜놓았다. 등불이 붉은 종이에 반사되 자, 방안은 한층 더 요란스럽게 보였다. 등(燈)은 정(丁)과 같은 발음이 되는데, 즉 집안에 젊은이가 늘어나 번영한다는 것을 의미한다. 그러 나 정월에는 집안을 장식하는 것과 집안에서도 나들이 옷을 입는게 재미였는데, 설음식도 꽤나 진수성찬을 마련할 수 있었다. 이런 산골 에 있다고는 하지만, 덫에 잡힌 동물들 덕에 고기는 항상 끊이지 않았기 때문이었다. 그러나 나들이 옷을 입어봤자, 아무도 봐줄 사람이 없었기에 시들하였다. 섣달그믐에 신에게 제사를 지내고 나면, 바로 다음날이 원단(元旦)이 되는 것이었다. 그러나 막상 새해 아침이 밝아도, 새해느낌은 나지 않았다. 차라리 새해 첫날이 오기를 기다리는 편이 더 정월 느낌이 들었다. 밭에는 유채꽃이 피었고, 아빠는 나들이 옷을 입은채, 마당 끝에 있는 돌담에서 아래쪽 밭을 내려다보며 느긋한 얼굴로, 이 주변 밭을 죄다 논으로 만들면 좋겠다고, 담배를 피우면서 엄마에게 말했다. 정월이어서, 소는 들에 풀어놓지 않고, 늘 하던대로 통로에서 여물을 먹이기로 하였다. 엄마는 무료했는지, 문에 붙여 놓은 겨울철 경단을 떼어내더니, 그것을 불에 쬐며, 작은엄마의 운을 점쳐보겠다고 하자, 아빠도 흥미롭게 그를 보고 있었다. 누가 좀 놀러와 주면 좋겠지만 아무도 와주지 않았다. 산골 풍경은 여전히 고요하며, 대자연의 태동과, 계절의 표정 외에는 아무 것도 없었다. 이 산골 원숭이들은, 대자연의 광대라도 된 듯, 아침저녁으로 여전히 계곡아래에서 오르락내리락거리고 있었다. 건너편 산 밭 고구마는 몽땅 다 캔 뒤라 그런지, 아침햇살을 받은 밭의 흙이 생생하게 보였다. 밭에는 고구마를 찾고 있는 원숭이무리가 언뜻언뜻 보였다.

「아빠, 원숭이한테도 정월이란게 있어.」

民이 그렇게 물어보자, 아마도 있지 않을까, 라고 아빠는 답하였다.

「새해첫날에는, 여기저기서 쫓겨다닐 일도 없고, 덫을 놓는 사람도 없을테니, 원숭이에게는 정월이나 다름없는거겠지.」

엄마가 哲에게 구워준 경단에서 거품이 나왔기에, 엄마는 이번에 작은엄마가 사내아이를 낳을거라고 말했다. 이번에 부락에 가면, 작은엄마한테 그렇게 말할게요. 작은엄마는 아빠의 남동생의 부인에 해당하는 사람인데, 아빠의 일에는 그다지 도움을 주지는 못하였으나, 아빠도 남동생에게는 작은엄마가 냉담하다고는 말하지 못하였다. 그도 그럴 것이, 작은엄마는 바지런히 다니지도 못하였고, 부락에 그냥 틀어박힌채 살아 가는 사람이었다. 하다못해 아빠가 시작한 공장에서 감독이라도 맡아준다면, 크게 도움이 될지도 모른다고 아빠는 말하였으나, 도무지 기대할만 사람이 아니어서 아빠도 그대로 내버려 두고 있었다. 바람이 불자, 뒷마당 감나무가 버석거리며 흔들리고 있었다. 정오가 지나가 약간 날이 추워지기 시작해서, 아빠는 마당에서 모닥불을 피워 손을 쬐면서. 죽통으로 쥐덫을 만들자고 해서, 아이들은 좋아하였다. 죽통으로 만든 쥐덫은 아이들 장난감으로 그만이었다. 죽통속에 고개를 쳐박고 목이 죄인 쥐 모습을 생각하는 것만으로도 유쾌해졌다. 새해첫날부터 3일까지 노끈을 꼬거나, 대나무 용수철을 만들거나 해서, 20개 가까이 쥐덫을 만들기 때문에 民과 哲은 기분이 좋아졌다. 한 사람당 5개씩 나누어 주어서, 民은 당장에 날고 구마 조각을 넣어, 헛간 구석에 들고 갔다. 3일 정오 지나, 아빠가 고용한 阿堅仔라는 젊은이가 집에 왔다. 6일에 오면 된다고 아빠가 말하였으나, 젊은이가 일찍 와주어서 아빠는 좋아하였다. 일용직이 아니라, 1년짜리 계약이라서 일찍 와 주는 편이 이득이었다. 阿堅仔에게 즉시 엄마는 달달한 떡과 매운 떡을 구워서 주었다. 그는 쇠코뚜레를 잡고, 소 턱을 살펴보고는 하였다. 어느 소나 턱 아래에 단단한 수염이 4, 5개쯤 있다고 하는데, 만약 수염이 단 한 개 뿐이라면 그건 소의 왕이라고 하였다. 民은 개라면 들은 적이 있지만, 소는 들어 본적이 없어서, 阿堅仔의 익숙한 손놀림을 응시하고 있었다. 그는 이번에는 몸을 구부리더니, 소 가랑이 사이에 달라붙어 있는 한 마리 소진드기를 잡아냈다.

「이놈이 소 피를 빠는거야.」

발로 밟아 짓이기자 거무틱틱한 피가 땅바닥에 배어들었다. 젊은 사람이라고 해서, 밝은 형의 모습을 상상하고 있었으나, 阿堅仔의 얼굴을 보고있으면, 어딘가 모자란 듯한, 좀 멍청한 구석이 있어, 民은 완전히 가벼운 실망과 동시에 호기심이 한꺼번에 생겨, 계속 이것저것 말을 걸어보았다. 그랬더니 역시나, 그가 하는 답은 모두 불만족스러운 것들뿐이어서, 民은 일찌감치 阿堅仔 다루는 법을 완전히 깨우치게 되었다. 이 형은 그야말로 소소한 심부름이나 시키고자 고용했을 뿐이라고, 民은 이 분별력 없는 사람을 동정어린 시선으로 바라보았다. 뱀이 있건, 그 뱀이 튀어나오건 덮어놓고 풀숲을 헤치며 달려드는 堅仔의 모습을 보고, 역시 공장에는 이런 사람도 필요한건가 보다 생각하였다.

마당에서 아래쪽을 보니 밭두렁에 있는 돌배 나무가 안개에 싸인 듯, 하얀 꽃이 피어있었다. 노랗게 물든 대나무 잎도 요 며칠 불어대던 바람에 모두 떨어져, 산은 민둥산이 되어 삭막해 보였다. 石은 그 돌배 꽃을 보고 있자니, 다그쳐오는 듯한 조바심과 적적함을 느꼈다. 공장 일 때문에 부화가 치밀어 오르는 것이었다. 저 돌배는 할아버지가 심은 것이라고 했다. 회고의 정과 현실생활이 눈앞에 몰려와 쓸쓸해지는 것이었다. 세죽(洗竹) 일은 사람을 몇 명 고용해서 하든가 아니면 내 손으로 직접 하든가, 등등 여러가지 생각이 뇌리에 떠올랐다. 세죽(洗竹) 일이란, 작년 여름, 연못에 담가놓은 어린 대나무에 붙어 있는 석탄가루를 씻어 떼어내는 일이었다. 이 일은 손발의 피부가 석탄물에 직접 닿기 때문에, 밤이 되면 손발이 얼얼하게 몹시 아팠기 때문에, 하긴 전고 끝난 후에는 항상, 장뇌목(樟腦木:녹나뭇과에 속한 상록 활엽 교목)으로 모닥불을 피워, 손발을 비벼가며 불에 쬐어야만 하는 힘든 일이었기 때문에, 인건비도 비쌌다. 아내와 아이들을 데리고, 3개의 돌바닥으로 만든 직사각형의 연못을 보러 가보니, 모두다 거무틱틱한 석탄물이 연못 가득히 차있었고, 대나무도 적당히 부드러워져 있어, 안심하였다. 이렇게 될 때까지는 많은 사람을 부려야 했고, 동시에 마음 고생도 힘들었다. 연못 물이 새거나, 석탄이 부족하거나 하면, 대나무는 아무리 시간이 지나도 부드러워지지를 않는다. 그럴 경우, 새로이 석탄을 넣으려고 해도, 계절은 사람을 기다려주지 않거니와, 다른 일로 그럴 시간도 없었다. 그래서 공장 일도 시작할 수 없게 되는 것이었다. 石은 결심한듯, 향을 피우고, 연못 옆에서 지신에게 절을 하며 기원하였다. 다행히 대나무 상태가 괜찮은걸 확인한 石은 활짝 갠 산들을 쭉 둘러보며, 올 한해 날씨가 어떨지, 손을 이마 위에 대고 눈을 가늘게 뜨고 살펴보더니, 대나무 숲 안에서 홀로 삐죽이 튀어나온 거목을 올려다 보기도 하였다. 파란 감을 이 연못속에 담겨 있는 대나무 다발 사이에 껴놓으면 2, 3일 후면 떫은 맛이 빠져 달게 먹을 수 있는걸 民은 알고 있었다. 어린 대나무를 담그기 전에는 연못바닥을 고르게 한 후, 물을 하나 가득 채우고 나서, 그 연못 물새는 정도를 확인하였다. 이 연못 주변 청개구리들 울음소리는 폭풍우 소리보다도 시끄러웠다. 개굴개굴 음침하게 울음 소리 내는 개구리, 신경질적인 예민한 소리로 우는 개구리. 찢어질듯한 소리까지, 경마장 여자들이 난투극이라도 시작한 듯한 소란이었다. 그러나 낮에 가서 연못을 보면, 물 위에 허연 배를 드러내고 익사체라도 된 듯, 꼼짝않는 청개구리 몇 마리 밖에 보이지 않는 고요함이었다. 여기저기 석탄이 넘쳐서인지 주변은 언제나 밝고 깨끗해져 있었다. 얼마 안 있으면, 말린 죽순으로 만든 대나무주걱을 만들 기술자도 오기로 해서, 석벽 공장 집을 청소해, 阿堅仔와 늙은 기술자는 이곳에서 묵게 해주었으며, 밥 먹을 때만 집에 오기로 하였다. 마당 끝에 있는 귤나무가 파란 잎을 피울 무렵에, 동백 부락에서 매일 阿蘭이란 20살쯤 된 아가씨가 여동생을 데리고, 石의 집에 도정작업과 고구마 캐는 일을 하러 왔었다.

七

음력 2월 무렵이 되어 洗竹작업이 끝나고, 3월 3일 청명절(淸明節:중국 명절의 하나)이 끝나고 나서, 죽지제조 공장이 본격적으로 가동되기 때문에, 石은 만반의 준비를 하고, 공장이 가동되는 날을 기다릴 뿐이었다. 20명 가까운 사람들의 식사를 준비하기가 귀찮아서, 공장 안에서 밥을 해먹기로 하였고, 阿堅仔의 침식도 이곳에서 해결하기로 하였다. 그 대신 집에는 民과 동갑인 아이를 키우는 과부와, 소박맞고 시댁에서 쫓겨난 38살이 된 아줌마가 묵게 되어, 이 외딴집이 갑자기 축제처럼 떠들썩하게 되었다. 石은 혼자 힘으로 공장 모든 일을 할 수 없어서, 공장 일 쪽은 하청을 맡겨놓았기에, 한가한 정도는 아니더라도, 비교적 공장 일은 그다지 신경쓰지 않아도 되었다. 다만 매일 종이 질을 보거나, 종이값 시세에 신경쓰는 정도일 뿐이었다. 그리고 집 왼편 마당에 죽조(竹造)집을 한 채 더 지어, 말린죽순 생산시기가 되면 불편하지 않도록, 그 공사도 공장 일이 시작될 때에 맞추어 짓기로 하였다. 아이가 있는 과부 元아줌마는 민이엄마 일을 돕게 하였고, 소박 맞은 順孝아줌마에게는 공장 여공 일을 맡기기로 하였다. 洗竹할 때,

자신도 가세해 그 일을 했기 때문에, 石의 손은 지금도 꺼칠하게 터있었는데, 금이 갈라진 곳에서는 때때로 피가 새어 나오기도 하였다. 順孝아줌마는 좀 무모한 구석이 있는 아줌마였다. 그런데 그 눈빛을 보면 색정이 넘쳐났지만, 좀 사람들에게 불쾌함을 주기도 하였다. 땅딸하고 제멋대로 퍼진 아줌마의, 번들거리는 넓직한 이마를 보면, 모두가 참 주제도 모르는 여편네구만, 뭘 믿고 저런 눈으로 사람을 쳐다보느냐며 어이없어 하곤 하였다. 하지만 이 산골 공장에 오는 여공이 흔치 않아, 고르고 자시고 할 것도 없었다. 石은 어쩔 수 없다고 아내에게 말했다. 이윽고 공장도 가동되었고, 죽조(竹造)건물 쪽 일도 시작되어서, 이 일대는 사람들 목소리와, 부드러워진 대나무를 빻는 맷돌을 끄는 소를 다그치는 목소리가 갑자기 크게 들리기 시작하였다. 元아줌마 아이는 통통하게 살이 올라있었는데, 동작도 느려서 언제나 民에게 놀림감이 되었다. 죽조건물에 쥐덫을 설치하였는데, 이맘 때에는 哲이 몫까지 잘 잡혀서 民과 哲은 쥐덫 놀이에 푹 빠져있었다. 元아줌마 아이 獣도 함께 쥐덫으로 놀게 되었는데, 덫을 설치하는 솜씨나 쥐가 잘 다닐 것 같은 곳을 찾아내는걸 보니 民이보다 한 수 위였다. 民이와 哲이는 오히려 獣 뒤에 딱 붙어서 밭에 나가게 되었다.

「집쥐는 재미없어. 들쥐를 잡으러 가자.」

「그거 재미있겠는데.」

民이 이렇게 말하는걸 보더니, 哲이는 의아해하며 눈을 휘둥그레 뜨더니, 둘의 뒤를 따라갔다. 아이들이 밭쪽으로 내려오는걸 보더니, 개가 먼저 달려나왔다. 이 집은 이렇게 북적거리기 시작하는 것이었다. 특히 색기가 넘치는 順孝아줌마는 이 공장의 활력소라 불리었다. 즉 기분전환하는데 딱 좋은 약 같은 존재로 되었다.

「아줌마, 아니 젊은 언니. 앞으로 따뜻해지긴 하겠지만, 이 춥고 긴 긴 겨울밤 혼자 자기 좀 외롭지 않나.」

「與太씨, 당신 뭘 좀 아시네. 근데 내 몸은 젊은 아가씨들하고 똑같아서, 그런 이상한 짓에는 관심없다고.」

그러자 공장 안에서 왁자하고 웃음이 터졌다. 아가씨라고 했어?, 그러면서 호기심 많은 또 한 사람이, 아가씨라고 한다면 당신이 숫처녀라도 된단 말이야?

「별소리 다 듣겠네, 이제 당신들하고 말 안할거야.」

石이 공장에 와서 때때로 이런 상황과 부딪혔는데, 그럴 때마다 낮 간지러워 좀 불편한 느낌이 들었다. 그럴 때는 항상 연못 위에 올라가, 얼마큼 대나무를 담갔고, 얼마큼 종이가 생겼나, 나중에는 얼마큼 대나무가 남았고, 얼마큼 종이를 만들 수 있을지를 마음속으로 세어 보았다.

돌배 꽃도 지고, 푸른 잎사귀도 어느 틈엔가 노랗게 되어있던 열매들이 새파래져 있었고, 나무와 나무에는 파란 싹과 붉은 싹이 여기저기 보이더니, 밀감나무에도 파랗고 단단한 열매가 열려있었다. 계죽 숲에는, 어린 사슴 뿔 같은 죽순이 대지를 뚫고 나와, 대나무 숲속 가득히 나 있었다. 말린죽순 공장도 슬슬 가동하기 시작하여 石의 남동생 부부도 매일 부락에서 다니고 있었다. 石은 동생을 데리고 대나무 숲을 돌아 다니며, 어미가 될 죽순에 표시를 해놓고 있었다. 듬성듬성 나있는 곳을 보면, 뿌리에 떨어진 대나무 껍질을 주워서, 죽순 주변에 매듭을 묶어 표시를 하였다. 마죽 죽순도 나오기 시작하여서, 얼마 있어 말린죽순 공장도 일을 시작하였다. 이 공장 제품을 R마을 거래처 가게 日뭄상점에 배달하기 위해, 부락에서 일용직 일꾼이 매일 이 공장에 왔었다. 외딴집에서 부락, 부락에서 읍내로 가는 왕래가 빈번하여지다 보니, 음식물 등도 부족함이 없었다. 두 공장이 가동되자, 매달 초하루와 보름에는 지신에게 제사를 지내게 되어 있어서, 民이네 식구는 한 달에 2번은 볶은 쌀국수와 볶은메밀국수를 먹을 수 있어서 좋았다. 아이들은 아무런 불평불만없는 하루하루였다. 개를 데리고, 밭에서 쥐를 산채로 잡기도 하고, 예쁜 갈색을 한 말파리 유충을 잡아서 놀았다. 말파리 유충은 아라비아 나이트에 나오는 기사보다도 늠름한 모습을 하고 있었으나, 물지 못하였기 때문에 아이들 장난감으로 안성맞춤인 벌레였다. 마당 죽순건조대에 하나 가득 데친 죽순을 말리고 있었는데, 아이들은 그 밑에 기어 들어가 놀았다. 부락에서 오는 죽순을 자르는 여공들 중에, 아이를 데리고 오는 아줌마가 있어, 이 외딴집에는 매일 아이들이 4, 5명씩 모여들었다. 뒷산 마죽숲에 멧돼지가 나와 죽순을 다 망치고 다닌다고 해서, 큰 덫을 들고 가 놓기로 하였다. 아이들도 여기에 관해서는 큰 흥미와 기대를 갖고 있었다. 멧돼지가 덫에 걸리면 지신께 제사를 지내게 되어 있었는데, 생각지도 못했던 진수성찬을 먹을 수 있다는 생각에, 매일 죽순을 캐는 기술자 아저씨들의 이야기에 귀를 쫑긋 세우고 있었으나, 멧돼지가 덫에 잡혔다는 이야기는 전혀 들여오지 않았다. 필시 멧돼지가 덫을 눈치채고, 다니는 길을 바꾼거라고 생각하고 포기하였다. 날씨도 더워져, 오봉(조상이나 돌아가신 분들의 혼령을 기리는 행사, 또는 그 기간. 음력 7월15일 전후로 행해지는게 일반적)이 가까와지자, 이 산골에는 많은 비가 내려, 죽순 캐는 기술자들의 옷은 매일 젖어있었다. 저녁소나기가 내리면, 말리던 죽순을 거두느라, 마치 약탈 연습이라도 하는것 같아, 마당에서부터 시작해 온 집안이 난리법석이 전개되는 것이었다. 말린죽순은 비를 맞으면 색이 변하는데, 그럼 사겠다는 사람이 없어지므로 절대 비 맞으면 안되었다. 비가 오래 내려, 그날 저녁때까지 그칠 것 같지 않으면, 기술자들은 들에 나가기를 포기하고, 통로에서 모닥불을 지피고 젖은 옷을 말리면서, 소주나 마시자고 하는 사람이 있었다.

「잠깐만, 소주를 마실거라면, 가서 안주거리로 물고기라도 잡아와야지.」

낚시를 좋아하는 젊은 친구가 이렇게 제안하였다. 이윽고 도롱이 우비를 입고 낚시하러 갈 젊은 친구들이 2, 3명 모여, 마당에서 빗속을 뚫고 내려갔다. 民이와 哲이는 모닥불 속에 고구마를 던져 넣기도 하고, 재속에 땅콩을 묻거나 하며, 얼굴이 시뻘개지면서도, 막대기로 모닥불을 쑤시다, 불똥이 날려 아빠한테 혼났다. 거위는 빗물에 뒤집어 쓰면서, 기분이 아주 좋은지, 꽥꽥거리며 내리는 비가 신기한지 고개를 들고 하늘모양을 살피는 것 같았다. 마치 물통이라도 뒤집어 놓은듯 쏟아지는 큰비는, 산들을 안개비로 휘감고, 번개는 지붕을 날려버릴 듯한 기세로 내리쳤다. 아이들은 귀를 막고, 배꼽을 떼이지 않으려고 안간힘을 썼다.

「큰일났네, 이 상태라면 못에 있는 대나무 다리가 떠내려 갈텐데…」

石이 걱정스러운듯 마당에 쏟아지는 빗줄기를 응시하면서 기술자들에게 말했다.

「괜찮을거야, 모두 등나무로 나무뿌리에 꽉 묶어놓았으니.」

이윽고 낚시갔던 무리들이 돌아와서 부엌 안은 다시 분주해졌다. 아이들은 술은 못 마셨지만, 말린 무로 만든 죽을 먹을 수 있어서 좋아했다. 재속에서 땅콩을 주워먹기도 하고, 군고구마를 입안 가득히 집어넣고는, 아이들의 입은 모두 우물거리며, 무슨 말인지 알아 듣기도 힘든 말을 떠들고 있었다. 먹는 것보다 더 좋은 일이 없지, 암 그렇지, 원래 인간이란 말이야, 입 속에 음식만 집어 넣고 씹을 수만 있다면 이 세상이 모든걸 평화롭게 느끼는 법이지… 民과 哲은 소주로 얼굴이 닭 벼슬처럼 벌개진 어른들의 이런 이야기가 너무도 재미있었다. 죽순을 자르는 여자들과, 자른 죽순을 데치는 여자들도 간식을 먹으면서 이런저런 화제에 이야기 꽃을 피우고 있었다. 비 개이기를 기다리는 잠깐의 재미는 뭐라 할 수 없는 것이었다. 民이 무리들은 목청껏, 입에서 나오는 대로 노래를 불렀고, 여자들은 작업 뒷정리를 하며, 비가 얼마나 더 올지 예상하거나 하였다.

「계속 이 상태라면, 오늘은 들에 안가도 되겠어.」

石이 이렇게 말하자, 기술자들은 한층 마음에 여유가 생겨서 그런가, 술 못 마시는 기술자까지 왠일인지 술에 손을 대려고 하는 것이었다. 남자들이 들판에 나가지 않는다는 것은, 여자들도 슬슬 집에 돌아갈 준비를 해도 되는 것을 의미하였다. 잠시 개이기를 기다렸다 단숨에 부락에 돌아가려는 것이다. 民의 엄마가 가장 바쁜 것 같았다. 부엌과 죽순공장 두 곳을 보느라 제대로 쉴 시간조차 없었다. 또 병아리들이 물에 떠내려가지 않도록, 통로에 들어온 닭들의 머리 수를 세어봐야 했다. 개는 젖은 몸을 부르르 털어내다 엄마한테 야단맞았다. 개는 엄마에게 혼나는 것을 아는지, 이쪽으로 달려와 民이 무리에 어울렸다. 마당에 핀 초목은 비에 젖어 고개를 떨구고 있었다. 맨드라미 꽃은 비를 맞고 꺾일 것만 같았다. 이 꽃은 반려로 와준 할머니 댁 마당에서 받아 온 종자였다. 국화도 받았지만, 잎사귀만 잔뜩 났지 꽃은 피지 않았다. 빗줄기가 가늘어졌나 보다 했더니 어느 사이 하늘이 개어, 석양 빛이 반사되어 비 개인 마당은 붉게 물들었고, 닭들은 흰 개미를 쫓고 있었다. 중천에 걸린 무지개는 民이 무리를 기쁘게 해주었다. 이제부터 일을 해보려고 해도 시간이 애매모호하여, 부락에 온 기술자와 여자들은 아이들 손을 잡고 삼삼오오 집으로 돌아갔다. 긴 의자에 누워있던 젊은 친구들은, 마침 술기운이 깼는지, 기분 좋게 기지개를 한번 켜고나서, 아직 새벽이라고 착각이라도 했는지 주변을 두리번거리더니, 어라, 새벽이 아니라 저녁이구나, 잠시 후 정신을 차리고, 짚신 있는 곳을 눈으로 찾더니, 영차하고 몸을 일으켜 돌아갈 채비를 시작하였다. 여름이 되면 이런 날이 흔히 있었다. 다음날도 새벽 전부터 기술자들과 농민들이 땅을 울리며 집 앞길을 지나가는 소리가 들렸고, 죽지제조 공장에서 맷돌을 끄는 소리가 삐걱삐걱 들려왔다. 民이와 哲이는 죽순건조대 아래에 들어가서 놀고 있으면, 아빠가 마당에서, 民아, 멧돼지다, 하고 소리지르자, 부엌에 있는 엄마와, 공장에서 죽순을 자르던 여자들까지도 뛰쳐나왔다. 아빠가 뒤에 서고, 阿壽가 앞에 서서 백근 정도 나가는 멧돼지 네다리를 묶더니, 다리 사이에 죽봉(竹棒)을 끼워넣고 어깨에 짊어지고 들어왔다. 멧돼지 입은 역시 원숭이를 묶을 때와 마찬가지로 막대기를 물려놓은채 묶여있었다. 멧돼지가 덫에 걸린 것이다. 죽지제조 공장에서도 직공들이 몰려나와 멧돼지를 보려고 했다.

「아직 살아있나봐.」

「덫에 걸린거니 죽진 않아.」

여기저기서 왁자하게 떠들더니, 먹기도 전부터 맛있겠네, 맛있겠어, 라는 소리가 들려와, 民까지도 군침이 나올 것 같았다. 34살의 아빠는 정말이지 영웅처럼 보였고, 民은 아빠 아빠하고 계속 불러대자,

나중에는 엄마가, 뒷다리 맛있는 부분을 너희한테 남겨줄 테니 너희들은 마당에서 놀고 있으라고 해서, 아이들은 다시 마당으로 뛰쳐나갔다. 통로에는 축제전 준비라도 하는듯, 더운 물을 끓이기도 하고, 물통을 들고 오기도 하고, 멧돼지 피를 받을 빈 양철통을 가져오기도 하느라 분주하였다. 멧돼지가 잡혔을 때는 지신에게 감사의 제를 올려야 하기 때문에, 아빠는 진작부터 엄마에게 그 준비를 하라고 말해 두었다.

그날 밤의 공장은 뜻밖의 예정에도 없던 진수성찬이 생겼기 때문에, 부락에 돌아갈 기술자들과 여자들까지도 돌아갈 시각을 늦추고, 이곳에서 진수성찬을 만끽하게 된 것이었다. 술을 즐기는 기술자들은, 집에 돌아갈 때 횃불을 들고 가야만 했는데도, 천하태평이었다. 이렇게 공장은 평화 그 자체의 생활이었다. 오봉(조상이나 돌아가신 분들의 혼령을 기리는 행사, 또는 그 기간. 음력 7월15일 전후로 행해지는게 일반적)이 다가오자, 石은 한 번, 오봉 준비도 할 겸, 일용직 임금을 거래처 가게에서 받아오려고, 읍내에 가야만 했다. 民과 哲은 더 이상 심심해하지는 않았으나, 빨리 아빠가 사온 물건과 선물이 보고 싶어, 역시 매일매일 날짜를 세어가면서 아빠가 돌아오기를 기다렸다. 게다가 맷돌 끄는 소가 지쳤는지, 등 가죽이 다 벗겨져 벌겋게 된 것을 보니 불쌍해 견딜 수가 없었다. 될 수 있으면 새 소가 필요하다가 엄마도 말한 적이 있었는데, 이번에 아빠가 돌아오면 상담해 볼 생각이었다. 그러나 아빠는 생각했던 것보다, 좀처럼 돌아오지 않았다. 엄마는 기다리다 못해, 읍내에 죽지와 말린죽순을 메고 가는 기술자에게, 民의 아빠가 뭐하느라 안오는지 봐주세요, 만나면 빨리 돌아오라고 전해주세요, 라고 부탁하였다. 民은 왠지 모르게 엄마의 말투가 험하게 느껴져서 불안해졌다. 그러나, 부탁한 그 기술자가 아직 돌아오지 않은 날 저녁, 부락에서 일부러 시동생이 달려와, 형님이 日昌상점 주인 아저씨와 싸움을 하다 파출소에 끌려가, 아직 읍내에 있다고 하였다. 엄마는 이 소식을 듣고 정신이 까무러칠 것 같았다. 옷도 대충 차려입고, 民의 손을 끌고, 哲이는 등에 업고 읍내로 향하였다. 가축들 돌보는 것과 기술자들 식사는 元아줌마에게 부탁하였다. 엄마는 횃불까지 준비해 들고, 읍내까지 밤새 걸어 갈 각오로, 시동생에게 함께 가 달라고 부탁하고 길을 떠났다. 엄마의 얼굴은 결의에 차 굳어 있었다. 남편이란 존재는 사업의 반이자, 또한 계절의 반이기도 하였기에, 엄마는 어떻게 해서라도 그 사건의 경위를 빨리 알고 싶어 가만히 앉아 기다리고만 있을 수 없었던 것이다. 여러 번 읍내에 가본적이 있는 사람 말에 의하면, 日昌상점에서 3, 4천원이나 빚이 있었기 때문에, 우리 공장에서 만든 생산품의 시세를 모두 그 상점에서 멋대로 가격을 매겨 팔고 있는 것이었다. 石은 그 시세 매기는 방법이 너무 심하였기에, 萬頂아저씨 댁에 상의하러 갔는데, 마침 萬頂아저씨가 아파서 자리에 드러누워 있었다. 어쩔 수 없이, 혼자서 항의를 했더니, 상대편은 그게 싫으면 당장에 돈 갚으란 말이야, 나도 당신하고 거래하는거 싫다고, 그래서 싸움이 시작되었고, 왜 처음하고 얘기가 다르냐고 石이 욱해서 두들겨 팼다는 것이었다. 엄마는 이 말을 듣고 제정신이 아니었다. 강직한 남편의 성격을 잘 알고 있기에, 엄마는 마음이 조급해져서, 비탈길을 내려갈 때도 굴러가듯이, 民은 계곡물 흐르는 것도 못 보고, 그저 하얀 횃불만이 눈앞에서 아른거리는 것 같아 견딜 수 없었다. 대나무숲 길은 질퍽질퍽하여, 석양 햇살이 약해지자, 파리떼가 횃불에 달려들어 지직지직 타는 소리가 들렸다.

「民아, 힘내야 해, 다리가 아프면 부락 삼촌댁에서 기다리고 있어도 돼.」

「엄마, 난 괜찮아.」

엄마가 가장 걱정하는 것은 바로 이 두 아이들이었다. 언젠가 정월 밤에 정등(呈燈 : 불을 끄지 않는 대만의 풍습)을 보고 잠결에 불이라도 난 줄 알고, 두 아이를 양손에 껴안고 도망치려고 하다 남편에게 혼난 적이 있었다. 사실은 공장에 두고 오면 좋았겠지만, 엄마는 단 한시라도 두 아이를 곁에서 떼어놓을 수 없기 때문에, 이렇게 두 아이를 데리고 산을 내려가야만 했다. 民은 그 엄마의 모습을 원숭이가 새끼를 안고 도망치는 것처럼 생각되어, 마을 상인이 너무도 원망스러웠다. R부락에 도착했을 황혼이 질 때여서, 저녁 먹으라는 말에도, 엄마는 먹지 않고 과자를 사서, 도중에 아이들 배고프면 안된다고 하며 수건으로 과자를 똘똘 쌌다. 엄마는 哲을 등에 업고, 民은 때때로 작은 아버지에게 업혀가면서, 4사람은 R부락을 향해 출발하였다.

황요찬 옮김

뤼허뤼 (呂赫若 1914~1951)

본명은 뤼스뚜이(呂石堆)이다. 타이쭝(台中) 탄즈(潭子) 출신이며 타이쭝사범학교에 다녔다. 세계경제대공황을 겪으면서 좌경사상의 영향을 받았다. 쇼와 9년(1934년) 졸업 후에 공학교에서 교편을 잡으면서 창작생활을 시작했다. 쇼와 10년 일본 『문학평론(文學評論)』에 처녀작 「소달구지牛車」를 발표해서 문학 천재라는 평가를 받았다. 그가 '뤼허뤼'라는 필명을 사용한 데는 두 가지 의미가 있다고 한다. 하나는 그가 존경하는 두 명의 좌익 작가의 이름 – 중국 작가 궈모뤼(郭沫若)의 '뤼'(若)와 조선의 장혁주(張赫宙)의 '혁'– 을 따온 것이다. 그리고 다른 하나는 자신의 이름이 세상에 빛나기를 바람에서이다. 그는 반봉건적인 색채의 작품을 많이 썼으며, 작품을 통해 사회경제구조와 가정 내부의 병적인 상태를 날카롭게 비판하였다. 「소 달구지(牛車)」, 「폭풍우 이야기(暴風雨故事)」, 「대만 여성(台灣女性)」 등이 유명하다.

석류 柘榴

———

金生이 거름통을 변소에 던져두고 나왔을 때는, 바로 옆 돼지우리 안도 전혀 보이지 않을 만큼 완전히 어두워져 있었고, 그저 돼지들의 꿀꿀대는 울음소리만이 칠흑 같은 어둠 속에서 들려왔다. 金生은 벌거벗은 상반신에 몰려드는 모기들을 쫓아내며, 용안수(나무이름) 바로 위 밤하늘을 올려 보았다. 오늘 밤은 날씨가 좋으니 저녁먹고 볏짚이라도 쌓아 둘 생각으로 앞마당에 나왔을 때였다.

「형님. 접니다.」

바로 코앞에서 이런 소리가 들려 기겁하고 멈춰 섰다. 고개를 들고 쳐다보니 희미한 사람그림자 윤곽만이, 눈앞에 보였다.

「大頭냐?」

「네, 형님.」

이웃마을 黃福春舍댁에서 머슴살이를 하고 있는 둘째가 이 시간에 올 리가 없다고 생각하니, 항상 과묵하며 차분한 성품인 金生 역시도 숨소리가 거칠어졌다.

「무슨 일이니 이 시간에?」

이 말속에는, 3형제 장남이지만, 지금은 남의 집 데릴사위 처지인 자신을 찾아오지 말아줬으면 하는 생각이 담겨있었다. 다행히도 어두워서, 차갑게 내뱉은 자신의 말에 대한 동생의 표정 변화를 볼 수는 없었다. 하지만 단 한 사람 의지하고 있는 형의 태도에 서운해 하고 있을 모습이 떠오르며, 형제가 울며 생이별했던, 그날의 슬픔이 지금 눈앞에서 생생하게 되살아나는 것처럼 느껴졌다. 그러나, 지금은 데릴사위가 되어 남의 집 사람인 자신이, 언제까지고 다 큰 친동생들을 챙겨주고 있을 수 있는 처지가 아니란 현실이, 그의 의식 속에 강력히 각인되어 있었다.

大頭는 바로 답을 하진 않았다. 격한 감동을 말하기에는 너무나도 주체 못할 아주 짧은 침묵이, 金生에게도 숨막히게 느껴졌다.

「무슨 일이냐니까?」 金生이 다시 묻자, 거의 동시에,

「木火가 행방불명입니다. 어제 집에서 나간 뒤 돌아 오지 않았습니다.」

이렇게 大頭는 짧막히 말했다. 자칫 울음이라도 터뜨릴듯한 大頭 목소리가 金生의 가슴을 후벼파는 듯 했다.

「그래? 또 그 병이 도진건가…?」

「그런 것 같습니다.」

「그래, 같이 가보자.」

大頭를 그 자리에 남겨두고 金生은 서둘러 집안에 들어갔다. 그는 눈물이 차오르는 것을 느끼며 하늘도 우리 3형제를 불쌍히 여기지 않는다고 생각했다. 셋째 木火는 3형제중 막내로, 大頭가 모시고 있는 黃福春舍댁의 친척집에 양자로 들어가 있었다. 22살의 당당한 체격의 청년이었는데, 올해 들어 정신이상을 일으켜, 때때로 상사수(나무 이름) 껍질을 먹어대, 형들을 걱정시켰었다. 양아버지는 돈 벌러 간 타

지에서 첩을 만나 집에는 돌아오지 않았다. 눈먼 할머니와 단둘이 찢어지게 가난한 생활형편이라 치료는 엄두도 못내, 병세는 점점 더 악화되고만 있다는 소식은 金生도 익히 들어 알고 있었다. 천애고아 3형제였기에 언젠가는 뿔뿔이 흩어질 수 밖에 없는 운명이었지만, 그래도 이런 세상살이 속에서도 남몰래 동생들을 생각하는 애정만큼은 변함은 없었다. 특히 10살 때부터 木火를 부모대신 키우다시피 한 그는, 눈먼 할머니 외에 기댈 사람 하나 없는 木火의 처지가 너무도 안쓰러웠다. 木火를 챙겨줄 사람은 우리 형제뿐이라 생각하며, 金生은 허둥지둥 옷을 갈아입었다.

아내에게 작은 소리로 「木火가 드디어 미친 것 같아.」라고 말했다. 저녁도 먹는둥마는둥 하고, 大頭를 재촉하며 강기슭을 따라난 어두운 좁은 길을 걸어갔다. 이 강을 낀 옆 마을 남쪽 끝 주택밀집지역에 木火 집이 있었는데, 평소라면 15분은 걸리는 거리를 金生은 한시라도 빨리 달려가고 싶은 마음에 성큼성큼 발길을 재촉하였다. 어두운 길을 발길 닿는 대로 걷다 보니, 발아래서 뭘 밟았는지 우두둑하는 소리가 났다. 때론 뭘 밟았는지 미끄러져 넘어질 것 같았어도 그는 마치 감각을 잃어버린 듯이 그런 것들을 밟고 넘어갔다. 大頭는 거의 뛰다시피 형 뒤를 쫓아가면서, 木火의 실종을 알게 된 경위를 낮은 소리로 두런두런 말해주었다. 오늘 저녁, 大頭가 일을 마치고 집에 가는 길에 木火 집에 잠시 들러 보았는데 木火 모습이 보이지 않았다. 눈먼 할머니에게 물어보니 어젯밤부터 집에 들어오지 않았다는 말에 깜짝 놀라 동네사람들에게 물어보니, 아무도 木火얼굴을 본 사람이 없었다. 그래서 걱정스러운 마음에 지금까지 찾으러 돌아다녔으나, 아무도 못 봤다고 해서 형님을 찾아 온 것 이라고 했다. 金生은 동생의 말을 들으며 응응 하면 끄떡였지만, 시선은 저 아득히 먼 곳에서 빛나고 있는 별에 둔 채, 머리 속에서는, 며칠 전 있었던 木火의 광란을 떠올리고 있었다. 정확히, 일몰 전에 그가 변소에서 논에 뿌릴 거름을 짊어 지고 나왔을 때였다. 언제 왔는지, 덩치 큰 木火가 머리를 숙이고 감자 밭에서 무언가를 쫓아다니고 있는 것을 우연히 보게 되었다. 물론, 그때 이미 木火가 좀 이상해졌다는 소문은 듣고 있었으나, 이 날은 특별히 그 사실을 의식하고 있지 않았다. 오히려 요즘처럼 가뜩이나 농삿일로 바쁜 이 시기에 감자 밭에서 뭐 하는 짓이냐며 화를 냈다.

「여기서 뭐하는 짓이야! 일 안 할거냐 木火!」 이렇게 야단을 쳤다. 木火는 눈부신듯한 표정으로 잠시 형을 바라보더니, 이번에는 어린 아이처럼 감자 이랑사이를 깡총거리며 뛰어넘었다. 아직 엄청난 세력을 과시하는 햇살이, 비스듬히 木火의 등에 쏟아지고 있었다. 마치 아무 일도 없는듯한 평온함이었다. 金生은 비로소 동생의 정신이상을 떠올리고, 거름통을 내려놓고 감자 밭에 들어갔다.

「木火야! 木火야!」

불러도 대답이 없어서, 목소리에 힘을 넣어서 불러보았다. 역시 미친건가. 동생의 뺨을 잡고 얼굴을 보니, 눈빛은 퀭하니 하늘을 올려다보고 있었고, 둔탁하면서도 묘한 눈빛이 보였다. 입을 우물대서 억지로 벌려보니, 나무뿌리에다 썩은 나뭇가지가 잔뜩 들어있었다. 순간 金生은 이를 깨물며

「이놈이 미쳤나!」

동생의 뺨을 있는 힘껏 때렸다. 이렇게 해서라도 정신 나간 동생을 다시 되돌리기 위해서였다. 그러나 木火는 뺨을 손으로 감싸 안았을

뿐 눈빛은 전혀 변함이 없었고, 오히려 입을 더 크게 벌리고 허연 침을 질질 흘리기 시작하였다. 金生은 동생이 왜 이렇게까지 미쳐있는지 도저히 알 수 없었다. 어렵게 지금까지 고생해서 겨우 어엿한 어른으로 키워놓았더니… 이렇게 생각하자 부화가 치밀어올라, 갑자기 거칠게 밀어버렸다.

「이 미친 놈아, 꼴이 이게 뭐냐?」

木火는 감자밭에 나가 떨어지더니, 그제야 겁에 질린 표정을 짓더니, 한번 크게 숨을 내쉬고 자리에서 일어나, 형의 얼굴도 보지않고 논두렁 쪽으로 달려갔다. 金生은 손을 허리에 댄 채 동생이 사라질 때까지 바라보고 있었다. 그때의 도망치는 동생의 모습이 지금도 잊혀지지 않았다. 지금 그 모습이 떠올라, 결국 동생이 미쳤다는 원통함에 이를 악물고 있었던 것이다.

여기저기서 물 흐르는 소리가 높이 들리고, 보이지 않는 강기슭 옆 길에서 벌레들이 끊임없이 울어대고 있었다. 발소리가 가까워지자, 버스럭거리는 소리가 나더니, 어두운 수면에 텀벙하는 소리가 났다. 거북이였다.

혹시나 木火가 집에 돌아왔을까 하는 덧없는 희망을 품고, 金生은 맨 먼저 木火집에 들러보기로 했다. 입구에는 돌계단이 있는, 부락 맨 북쪽 끝에 있는 4, 5채의 집들 중, 3번째 집이 木火 양부모 댁이었다. 조그만 마당이 있었고, 그 마당 오른쪽이 돼지우리, 마당 끝나는 곳이 안채란 것을 기억하고 있었기에 어둠 속에서도 바로 찾을 수 있었다. 돌계단을 올라가 돼지우리 앞을 지나갔을 때, 金生은 본능적으로 어두운 돼지우리 안을 들여다 보았지만, 돼지들은 온데간데 없었다. 분명히 두달 전 쯤에 새끼돼지 2마리를 키우기 시작한걸 기억하고 있는

金生은 고개를 갸우뚱거렸다. 멈춰서 컴컴한 안채를 보면서, 金生은 바로 직감적으로, 허허… 주인이 소경에 미치광이라서 돼지들까지도 도망쳤나 보다고 생각했다. 나중에 大頭가 성냥을 켜서, 그 불빛으로 다시 한번 들여다보니 역시 돼지들은 보이지 않았다. 다시 한번 자세히 들여다보니 심지어 돼지 똥조차 보이지 않았다. 막내의 엉망진창인 어두운 세간도구들을 본 金生은, 숨이 턱 막히는듯한 아픔에 새삼 가슴이 찢어지는 듯 하였다.

눈먼 할머니는, 벌써 일흔에 가까운 나이인데 20년 이상 바깥 출입을 하지 않고 있었다. 얼굴을 똑바로 마주 본적이 거의 없어서, 金生은 지금도 그 얼굴생김새가 또렷이 떠오르지 않았다. 젊었을 때에는 여장부소리 꽤나 들던 黃福春舍댁 사촌형님의 마나님이었다고 했다. 지금은 찢어지게 가난한 집안에서, 어두운 방안에서 혼자 뒹굴거리다가, 때때로 말꼬리를 한껏 길게 뽑아대며 木火를 부르는 소리가 30분 정도 이어질 때가 있었다. 그러면 부락민들은 이 소리를 듣고, 아, 저 할망구 아직도 살아있나 보네, 정도로 여겨지는 존재였었다. 金生이 木火를 黃福春舍댁 양자로 보낸 것은, 黃福春舍댁의 은혜에 보답해야겠다는 생각도 있었지만, 사실 그보다는 살면서 온갖 고생이란 고생은 다한 우리 형제들이라 어디에 가도 지금보다는 나을거라는 생각이 있었기 때문이었다.

출입문은 활짝 열려있었다, 金生과 동생이 들어가자, 어두운 방안 어디에선가 돗자리 버석거리는 소리가 들려오더니, 노파의 쉰 기침 소리가 들려왔다.

「할머니, 金生입니다. 木火 집에 돌아왔는지요?」

「아직이야.」 어둠 속에서 소리가 들려왔다.

그때, 그 소리와 함께 꿀꿀거리는 돼지 콧소리가 들려왔다. 大頭는 이상히 여기고 초에 불을 붙였다. 흐릿하며 부옇게 보이는 방안에는 돗자리가 깔려 있었고, 그 돗자리 끝자락에 눈먼 할머니가 앉아 있었다. 불빛에 놀란 쥐 두 세 마리가 이불 뒤로 벽타고 올라가는 것이 보였다. 방 구석에는 돼지 두 마리가 목을 서로 부벼대며 누워있었다. 그 앞에는 굳은 똥이 쌓여 있었다. 눈시울이 뜨거워진 金生은 大頭를 시켜 돼지들을 우리에 몰아넣게 하고, 자신은 똥을 밖에 내버리고, 방안을 청소하였다.

할머니는 혼자서 木火가 요즘 집에 잘 들어오지 않는다고 가만가만 말해주었으나, 木火가 미쳤다는 사실은 아직 모르는 것 같았다. 만약 그렇다면 이 이상 이 할머니에게 걱정을 끼치는 것도 못할 짓이라고 생각하고 金生은 불을 끄고 동생과 집을 나섰다.

부락 주택가를 빠져나와 保甲路(지명)까지 왔을 때, 金生은 갑자기 격한 부화가 치밀어 올라 견딜 수가 없었다. 木火가, 다른 병도 아닌 왜 하필이면 그런 못쓸 병에 걸린걸까, 이렇게 생각하다 보니 저절로 화가 치밀었다. 어려서 부모님을 여의고 남들처럼 변변한 생활도 제대로 못해보고, 남의 집에 들어가 눈치 밥이나 먹으며 살아온 우리 형제인데, 木火가 어째서 저런 몹쓸 병에 걸려야 했는지, 도대체가 납득이 가질 않았다. 생각하면 생각할수록 화가 났다. 어느덧 분노는 木火에게서 벗어나, 눈에 보이지도 않는 무엇인가를 향해 폭발시키고 싶은 초조함에 사로잡히기 시작하였다. 그리고 문득, 옆에 大頭도 함께 있다는 사실을 깨닫자 이번엔 大頭를 향해 화를 내기 시작하였다.

「大頭야, 넌 남의 집에 고용된 처지야. 어서 돌아가라.」

「하지만 木火가 아직…」

「됐다. 나 혼자 찾아볼테다.」

하늘에는 별이 하나 가득 빛나고 있었고, 논물 표면이 희뿌옇게 보이며 논두렁 길마저 마치 공중에 붕떠 있는 것처럼 보이기 시작했다. 축 쳐져 돌아가는 大頭의 모습이 언제까지고 하얀 논바닥 위에 떠올라 움직이고 있었으나, 곧 똑 하고, 마치 실이라도 끊어지는 것처럼 어둠 속으로 빨려 들어가 사라지자, 金生은 가뜩이나 마음 아파하고 있을 둘째를 억지로 돌려보낸 것이 후회되었다. 둘째나 셋째 모두, 필시 나를 유일한 버팀목으로 믿고 의지하고 있을 것이다. 그 마음은, 예나 지금이나 변함이 없을 것이다. 이럴수록 내가 더욱 더 중심을 잘 잡고 있어야 한다. 나까지 중심을 못 잡고 무너지면, 불쌍한 동생들은 어떻게 되겠나. 金生은 갑자기 다리에 힘을 꽉 주고 어두운 길을 걸어가기 시작했다.

하지만, 이런 시골에서, 더욱이 이런 오밤중에 어디 가서 木火를 찾아낸단 말인가. 하물며 미쳐 날뛰며 여기저기 헤매 다니는 木火의 뒤를 따라가기도 도저히 불가능하였다. 방금 전 허둥대며 집에서 뛰쳐나온 자신의 경솔함을 반성하다가, 金生은 발걸음이 무거워져 어두운 길 위에 멈춰서고 말았다. 그는 젊었을 때부터, 난처할 일이 생길 때마다 이를 악물고, 눈감고, 가만히 고개를 떨구는 버릇이 있었다. 이렇게 하다 보면 좋은 생각이 떠올랐다. 이 버릇은 지금도 변함이 없었다. 바람이 부는지 대나무 숲이 버스럭거리는 소리를 냈다.

그러나, 이런 촌구석에서 자라나 제대로 된 사회생활 한번 해본 적이 없는 金生으로서는, 아무리 생각해 보아도 뾰족한 방법이 떠오르지를 않았다. 결국 그가 도달한 결론은, 늘 마음속 의지로 삼고 있는 黃福春舍댁에 가서 매달리는 것외엔 없다는 것이었다. 그러자, 방금 쫓아내다시피 大頭를 돌려보낸 것이 후회되기 시작하였다.

黃福春舍는 마침 뜰 앞에 나와 시원한 바람을 쐬고 있었다. 어두운 마당에 방문에서 새어 나온 하얀 한줄기 빛 속에 그들은 모여있었다. 金生이 들어오는 모습을 본 개가 격렬하게 짖으며 달려들자, 福春舍가 개를 야단치며 물리쳤다. 그 짖는 소리와 함께 방금 전 헤어졌던 大頭도 하얀 빛줄기 속에 그 모습을 드러냈다. 계화 나무가 향을 풍기며, 어둠 속에서도 질서를 잃지 않는 정원이 빚어내는 서슬퍼런 분위기가 느껴지자 金生은 대부호의 저택에 발을 들여놓았다는 긴장감에, 마치 온 몸에 찬물을 뒤집어 쓴 것처럼 굳어 들었다. 다가가려 했으나 또다시 개가 맹렬히 짖어대며 언제 어둠 속에서 뛰쳐나와 물지도 몰랐기에, 그는 개를 경계하며 몹시도 조심스럽게 꼼짝 않고 서있기만 할뿐이었다.

「그래, 찾았는가?」

金生이 머뭇거리자 福春舍가 먼저 이렇게 물었다.

「아직 못 찾았습니다. 이미 해도 진데다, 게다가 너무 넓어서요…」

이상하게도 福春舍앞에 나서자, 그 위엄에 압도당해 金生은 하고 싶은 말의 절반도 채 할 수가 없었다. 그것은 아마 福春舍가 엄청난 부자에 많이 배운 분이란 이유 때문만은 아니었다. 평소 이런저런 보살핌을 받으며 신세를 지고 있기 때문이었을 것이다.

「그렇겠지, 그럴꺼야.」이렇게 福春舍는 코웃음쳤다. 「大頭에게서 이미 다 들었다네. 하긴 이런 야심한 밤에 그리 쉽게 찾을 수 있겠나. 그렇게 쉽게 찾을 수 있다면 그건 아마도 정신병이 이미 나았다는 소리 아니겠나.」

「허나…」

「걱정해봐야 무슨 소용 있겠나. 그 몹쓸 병은 시간이 오래 걸리는 병이네.」

福春舍는 별일 아니라는 말투로 이렇게 말하더니, 하얀 빛줄기 속에서 하얀 담배연기를 토해냈다. 그는 숨소리도 들리지 않을 만큼 고요한 적막 속에서, 그저 담뱃대를 빨아대는 소리만 들렸다. 그러자 이번에는 金生이 눈부신 표정을 지었다.

「그런데, 어디를 헤매 다니고 있는지, 혹여 무슨 사고라도 칠까…」

「논어에 '商聞之矣. 死生有命. 富貴在天' 이란 말이 있네. 말하자면, '죽음과 삶에는 정해진 운명이 있고 부자가 되고 귀하게 되는 것은 하늘에 달려있다' 이런 뜻이지. 이런 한밤중이건 언제이건 무슨 상관이겠나. 생명이 있는 사람이라면 살아있겠지. 무얼 그리 허둥대나. 내일이 되도 못찾거든 그때는 경찰에 가서 부탁하면 그만인게지.」

그 말을 들은 金生은 그때까지 마음속에 울적하게 쌓여있었던 응어리가 마치 썰물처럼 풀어지더니, 마음속 어딘가에서 햇살이 비추는듯한 느낌이 들었다. 역시 福春舍님은 참으로 훌륭한 분이라고 생각하였다.

金生은 안심하고 서둘러 돌아갔다. 눈이 어둠에 익숙해진 까닭이겠지만, 밤하늘이 한층 더 밝아 보였고, 바람도 잠잠해진 것 같았다. 논두렁을 걸어 가다보니, 개구리들의 울음소리가 金生의 발소리가 가까워지자 멈췄고, 다시 멀어지자 또 다시 울어대기 시작하였다. 벌레들의 울음소리만은 여전히 들려왔다. 컴컴한 나무그늘을 지날 때 문득, 혹시 木火가 저기 어딘가 숨어서 나무껍데기라도 갉아먹고 있는게 아닐까, 라는 착각에 사로잡혀 金生은 가던 길을 멈추고 나무그늘 아래를 응시하였다. 그런데 이런 한밤중에 내 동생이 어디서 방황

하고 있을까 생각해보니, 순식간에 슬픔이 왈칵 솟아올라, 가슴이 미어지는 듯 하였다. 나는 그렇다쳐도 木火는 고작 10살이란 어린 나이에 부모님을 잃고, 그때부터 형 손에 맡겨져 자란 불행한 삶이었다. 그런만큼 金生은 木火에게 온갖 애정을 쏟아 부었고, 그렇기에, 이런 형언할 수 없는 슬픔에 잠기는 것이었다. 福春슴님이 말씀하신 대로 내일 찾아도 되지만, 할 수만 있다면 지금 당장이라도 찾아내고 싶은 왠지 모를 초조함이 가슴을 채워나갔다.

이런 생각을 하며 집 대나무 숲 뒷편까지 왔을 때였다. 드문드문 보이는 논 사이에서 검은 그림자 하나가 갑자기 눈앞에 불쑥 솟아올라, 담대한 그도 앗 하는 외마디 비명을 지르며 껑충 뛰며 뒤로 물러났다. 검은 그림자는 홀로 걷기 시작했다. 가만 살펴보니, 그건 木火였다. 金生은 갑자기 내달려 가더니, 동생의 등을 오른손으로 잡고, 어깨를 위에서 눌러댔다.

「木火야! 어딜 가려고!」

그러나 木火는 별다른 저항도 없이, 큰 입을 쩍 벌린 채, 얼굴을 하늘로 향한 자세로 아무런 움직임도 없었다. 그때, 金生은 희미한 불빛 속에서 처음으로 동생의 입속에 퀘퀘한 냄새를 풍기는게 들어 있는걸 보았다. 그리고 손에는 나뭇가지가 들려있었다. 자세히 보니, 입속에 든 것은 소똥이었고, 당연히 냄새가 날 수밖에 없었다. 金生은 순간 화가 치밀었다.

「이 멍청한 놈아, 어서 뱉지 못해!!」

이러면서 있는 힘껏, 동생의 귀를 잡아당겼으나, 아무런 반응도 없이 여전히 똑같은 표정인걸 본 순간, 갑자기 동생이 이제는 나와는 아무 관계도 없는, 나와는 다른 세계에 살고 있는 사람이란 것을 깨닫게 되자, 갑자기 슬픔이 몰려와 입술을 깨물게 만들었다. 하지만 곧, 木火가 지금 여기에서 이렇게 나에게 붙잡힌 것은, 어쩌면 그 광기 속에서도 큰형인 나를 보고 싶어서 이랬을 거라고 생각하였다. 그리고, 틀림없이 그럴꺼라고 생각하자, 참을 수 없는, 동생에 대한 애처로움에 슬픔이 더욱더 사무치며 솟아올라, 뜨거운 눈물이 왈칵 눈에서 흘러내렸다.

二

金生이 다시 집에 돌아왔을 때는, 이미 밤도 꽤 늦은 시간이었다. 세 아이들은 이미 잠들어 있었고, 아내만은 장모님과 처남댁(아내 오빠 부인)과 함께 부엌에서 고구마 잎을 조리고 있었다. 金生은 직접 물통에 물을 받아 뒷 뜰에 가서 목욕을 하고 나서, 저녁으로 밥 4, 5공기를 거뜬히 비웠다.

「도련님, 찾았어요?」

아내가 물어보았으나, 대답 없이 그는 나긋한 말투로, 잠자코 듣고 있던 장모에게 말했다.

「결국 진짜 미쳐버렸어요. 지금까지 나쁜 짓 한번 안하고 살았는데, 왜 이렇게 되었는지…」

오늘밤 일을 자세히 말했으나, 말하다 보니 왠지 슬퍼졌으며 자기 체면이 말이 아니었다. 그는 木火를 붙잡아 억지로 집에 끌고 와, 장작 방에 가두고, 밖에서 열쇠를 채우고 온 것이었다. 木火는 별달리 날뛰지도 않았다. 눈은 계속 초점을 잃은 채, 아무 소리도 들리지 않는듯한 표정으로, 닥치는 대로 입 속에 집어넣으려고 하면서, 커다란 입을 벌름대고 있었다. 장작 방에 가두고 나올 때 金生은 다신 한번 큰소리로 동생 이름을 불러보았으나, 여전히 입으로 궁시렁거리며 무슨 말인가 하는 것 같았으나, 제대로 말 한번 붙여볼 수도 없었다.

「木火야!!!!」

아쉬움과 괘씸함에 있는 힘껏 木火 뺨을 때려보았으나, 곧 金生은 스스로가 호통소리가 울음소리로 바뀐 것을 깨달았다. 그는 이를 악물고, 입술을 부들부들 떨면서 소리죽여 울고 말았다. 이런 형의 모습이 木火에게도 느껴졌는지, 갑자기 눈빛이 제정신으로 돌아온 듯이 초롱초롱해지더니, 가만히 형의 얼굴을 올려다 보았다. 입도 제대로 꽉 다물었다. 金生은 동생이 제 정신으로 돌아온 것이 기뻐서,

「木火야. 여기가 어딘지 알겠니? 너 몇 살인지 알겠어?」

연신 이렇게 귓가에 두 세 마디 말해보고, 가만히 동생의 표정을 살폈다. 그러나, 木火의 표정은 그야말로 찰나의 순간처럼 사라져 버리고, 다시 무언가 중얼거리기 시작하였다. 金生은 속았다는 분함에 자기도 모르게,

「木火야, 木火야」

동생의 어깨를 잡고 세게 흔들었으나, 역시 마찬가지였다. 그 짧은 찰나의 밝은 희망은 순식간에 무거운 우울함 속에 갇혀, 그는 또 다른 눈물을 느끼면서 동생을 잡은 손에서 힘을 풀었다. 그리고 아무리 보아도, 동생은 역시 자신과는 아무 관계도 없는 완전히 다른 세상 사람이란 것을 새삼 깨달았다. 그는 비로소 모든 것을 단념하고 일어나, 방안에 앉아있는 동생의 모습을 다시 한번 바라보더니, 괜한 짓을 했다고 후회하며 방문을 잠갔다.

밥을 먹고 난 후, 金生은 깜깜한 외양간에 가서 지푸라기를 태웠다.

사방이 흙담인 외양간에 한걸음 들여놓자 귓가에 모기떼들이 웅웅대는 소리가 들려오더니, 얼굴에 모기떼가 달려들었다. 이윽고 지푸라기에서 피어나는 하얀 연기가 외양간 하나 가득 채워지자, 모기떼들은 곧 잠잠해졌으나, 그대신 매퀘한 연기에 숨쉬기조차 힘들었고 눈에서는 눈물이 뚝뚝 흘러내렸다. 모습은 보이지 않았으나, 소가 꼬리를 흔들고 있는게 확실히 느껴졌다. 金生은 눈물을 흐르는 대로 내버려두고 닦으려 하지 않았다. 다시금 막내 동생의 비참한 광기 어린 모습이 머리 속 저 아래 밑바닥서부터 끊임없이 떠올라 오더니 자신을 쫓아오는 것처럼 느껴졌다. 새삼 그는 형제들의 불행함을 돌이켜 보게 되었다.

형제들의 아버지는, 木火가 2살 때 돌아가셨고, 형제를 키운 어머니는 木火가 10살 때 돌아가셨다. 그때부터 스무 살의 金生은, 두 어린 동생들을 돌볼 운명을지게 된 것이었다. 한 명의 숙부가 있기는 하였으나, 그 역시 가난한 농사꾼이어서, 도저히 형제를 보살필 여유가 없었다. 고작해야 농사로 얻은 농작물 몇 가지 이따금 가져다 주는 정도였다. 金生은 손바닥한 논에서 소작 일을 하며 두 동생에게 허드렛일을 돕게 하였는데, 운좋게도 이 땅의 주인이 바로 黃福春舍이었다. 덕분에 형제들은 그럭저럭 입에 풀칠은 할 수 있었다. 물론 그 근본에는 黃福春舍의 동정심이 있었던 것은 말할 나위도 없었다. 黃福春舍 입장에서 보면, 두 어린 형제를 부양하며 매일 소처럼 묵묵히 일하는 이 청년농민이 몹시도 마음에 들었던 모양이었다. 형제들의 불쌍한 처지를 불쌍히 여겨 진심으로 이 형제들을 돌보아 주었던 것이다.

「묵묵히 열심히 일하면 돼. 그럼 하늘이 꼭 보답해 주실거고.」

金生은, 이런 福春舍의 말씀을 고맙게 생각했다. 그러나, 그는 남의 힘이 아닌 자기 힘으로 생활해 가리라 결심하였다. 두 동생은 각각 10살과 16살로, 자칫 외롭고도 의지할 데 없는 생활 때문에 무너져 갈 수도 있는 나이들이었다. 그는 불쌍한 자기 형제들의 운명에 쏟아지는 눈물을 꾹 참아가며 스스로를 채찍질하였다.

그러면서 동생들의 버팀목이 되어주리라는 한마음으로 지금까지 애써왔다. 논에서 일할 때도 그는 가급적 동생들을 가까운 곳에 두고 일을 시켰다. 그리고 밤이 되면 일부러 3형제가 나란히 함께 어두운 집으로 돌아갔다. 동생들이 인기척 없는 어두운 집안에서, 시종 슬픈 표정으로 멍하니 있을 것을 알고 있는 만큼, 동생들을 절대 혼자서 집에 못 가게 하였다. 그뿐 아니라, 집에 돌아가도 입 한번 뻥긋하지 않는 동생들의 태도를 극도로 우려하여, 그는 아무 것도 아닌 일에도 일부러 큰 소리로 웃어대기도 하고, 너무도 뻔히 아는 사실을 일부러 동생들에게 말 걸어 물어보기도 하였다. 형제들의 집은 넓직한 논답 안에 대나무 숲에 둘러싸인 독채였다. 이웃에는 농가가 한 채 있어 적적함은 어느 정도 달랠 수 있었으나, 그래도 밤이 깊어지면 동생들의 숨소리마저도 우울과 슬픔이 담겨 들려왔다. 왠지, 어둠 속에서 동생들이 가만히 눈을 크게 뜨고, 어린 기억 속에 남아 있는 돌아가신 부모님의 모습을 찾는 듯 하였다. 金生은 견딜 수가 없었다. 그럴 때마다, 그는 갑자기 벽에 걸린 호궁을 잡고,

「木火야.」

「大頭야.」

두 동생을 마당에 불러내더니

「내가 호궁(현악기)을 들려주마. 형 제법 실력이 늘었거든. 뭐가 좋을까? 그래, 目蓮救母(노래제목)가 좋겠어.」

혼자 장단을 맞추며, 애써 밝은 소리로 노래 부르며 호궁을 연주하기 시작하였다. 그러나, 돌아가신 부모님에 대한 효심을 잊지 않게 하려고 골라 부른 目蓮救母였는데, 오히려 뜻밖에도 동생들을 더욱 침울하게 만들었다. 그는 다시 당황스러워 곧 바로 다른 노래로 바꾸었다.

「目蓮救母 뒷부분은 생각이 안 나네. 이번에는 飛虎山(노래제목)을 불러줄게.」

어린 木火는, 바로 이 노래에 이끌려 웃어대기도 하고, 형에게 이 것저것 물어보기도 했다. 金生은 처음으로 신이 나서 계속 연주했다. 그때의 그는 입으로는 웃으면서도, 마음속으로는 울고 있는 상태라고 해도 좋았다. 때로는 혼자 울고 싶어, 아무도 없는 어둠 속에 숨어 눈물이 흐르는 대로 내버려 둔 적도 여러 번이었다. 그 눈물이 흘러 입 속에 들어가면, 시큼한 맛이 났다. 그제서야 그는 손으로 눈물을 닦아내고, 눈은 가만히 밤하늘에 떠있는 반짝이는 별을 올려다보았다. 그러면 곧 그는, 별들의 반짝임이 마치 돌아가신 부모님의 웃는 눈빛으로 착각하게 되었고, 그 별빛에서 밤하늘 가득히 따스하게 우리 형제들을 지켜봐 주시는 부모님의 얼굴을 느끼곤 하였다. 그럴 때에는 그는 퍼뜩 호궁을 켜던 손을 멈추고는, 입술을 지긋이 깨물었다.

「아버지. 어머니.」

金生은 마음속으로 그렇게 불러보고, 무릎 꿇고 하늘을 올려다보며 흐느껴 울고 싶어졌다. 그러나 곧 동생들의 숨 소리에서 불안한 감정이 담겨있는걸 깨닫고, 다시 호궁을 켜며 노래를 부르기 시작하였다. 계속 이런 생활이 반복되고 있었다.

가난하였지만, 3형제 모두 건강하게 성장한 것은 무엇보다 다행이었다.

金生이 25이 되었을 때, 福春舍가 중매를 서서 같은 소작인이었던 지금 집의 데릴사위가 되었다. 처음 福春舍로부터 그 이야기를 들었을 때는, 동생들과 헤어지는 것이 싫어 내키지 않았으나, 이미 동생들도 홀로 설 수 있는 나이였고, 이렇게 가난한 집안 사정으로는 남의 집 데릴사위라도 되지 않으면 장가도 못 갈 거라는 金生의 처지를 福春舍는 간절히 설득하였다. 이윽고 金生도 결심을 굳히게 되었다. 그러면서 福春舍는 金生의 결혼 후 남겨질 두 동생들 자리도 보장해 주겠노라고 약속하였다. 2, 3일쯤 지나, 木火는 福春舍 친척 집에서 양자로 들이고, 大頭는 머슴으로 福春舍댁에서 받아 준다는, 이런 조건으로 福春舍로부터 답이 왔다. 다만 木火가 남의 집 양자로 들어간다는 사실이 좀 마음에 걸렸다. 그러나 그 친척집이 어렵다고는 하지만, 논 두 마지기 정도의 땅이 남아 있어 먹고 사는데 지장은 없을 것 같았다. 게다가 福春舍가 3형제 중 한 명쯤 양자로 보내도 괜찮지 않겠냐고 설득하였다. 생각해보니, 어차피 가난에 허덕이며 고생스럽게 살아온 우리 형제들인데, 이런 사정은 앞으로도 달라질 것 같지는 않았기에 그리 하겠다고 승낙하였다. 그 후에 金生은 동생들을 조용히 福春舍에게 부탁하였다.

데릴사위 조건은 8년이었고, 그 후에는 무조건 독립시켜 주겠다는 약속이었다. 어머니 한 분, 형님 부부에 아이 2명인 가정이었는데, 딸에게 데릴사위를 들인 동기는 그저 일손을 원했기 때문이었다. 묵묵히 일만 하는 金生의 장점을 높이 샀다고 하였다. 물론 앞으로 태어날 아이들도 뺏지 않기로 하였다.

이윽고 형제들이 헤어져 살게 될 이별이 가까워진 어느 날, 金生은 동생들을 데리고 산속 부모님 산소를 찾아갔다. 3형제가 함께 산소를 찾아 오는 것도 오늘이 아마 마지막이 될거라 생각하니 金生은 몹시도 착잡하였다. 이제 와서 福春舍 말 대로 모든 것을 결정한 자신이 원망스러웠다. 그날만은, 그는 동생들 앞에서도 아무렇지도 않게 자신의 감정을 얼굴에 드러냈다.

산소는 언덕 비탈 면에 있었다. 언덕에는 마침 잡초를 몽땅 태워버린 후라, 매퀘한 풀 냄새가 풀풀 날리고 있었다. 타다 남은 굵은 풀 줄기를 뿌드득뿌드득 밟아가면서, 형제는 다 무너져 내리는 듯한 수많은 봉분 중에서 돌아가신 아버지의 평평한 산소를 찾아냈다. 가느다란 돌을 비석대신에 세워놓았으나, 비석에 쓴 글씨는 비바람에 시달려 거의 지워져 있었다. 金生이 비석 앞을 깨끗이 치운후, 은박지를 깔고 그 위에 차를 놓는 사이, 大頭는 산소 위에 난 굵은 잡초를 뽑았다. 木火는 산소 앞뒤에 난 풀을 뽑고, 돌멩이를 멀리 던져놓았다.

「여기가 아버지 산소다. 잘 기억해 두어라. 알겠지?」

향을 피운 후, 金生은 동생들에게 이렇게 말하였다. 향에서 나온 하얀 연기줄기가 언덕 아래쪽으로 흘러 내려갔다. 木火는 무릎을 꿇고 3번 절을 하였다.

金生이 계곡 하나 사이에 둔 건너편 언덕을 손으로 가르키자, 바로 大頭가 기지개를 켜며

「맞아, 어머니 산소가 저기 어디쯤이었는데.」

이라며 조금은 들뜬듯한 목소리로 기억을 더듬는 눈빛을 보였다. 그 언덕에는 배 밭이 많았고, 하얀 숲 속 사이로 소들이 꼬리를 흔들고 있는 모습이 형제들 눈에 들어왔다.

향이 다 탈 때까지, 형제들은 아버지 산소 주변을 왔다갔다하며 떠나지를 않았다. 아버지가 숨을 거두고 이 곳에 묻힐 때까지 있었던 일

들을 상기하면서, 金生은, 실은 3형제가 함께 자리를 마련하여 돌아가신 부모님께 마지막 작별인사를 드릴 생각으로 온 것인데, 막상 눈앞에 아버지 산소를 보니, 3형제가 앞으로 뿔뿔이 흩어져 살게 될 것을 아버지가 좋아하지 않으실것 같았다. 아버지 앞에서 자신이 너무도 한심해 보였다. 게다가, 자신이 장가가고 싶어 동생들을 쫓아내는 모양새가 된 것 같아, 도저히 참을 수가 없었다. 하지만 그는 바로, 설사 뿔뿔이 헤어진다고 해도 둘 다 이웃마을에 살게 될 것이고, 언제든지 동생들을 보살필 수 있을거라고 마음을 고쳐먹었다. 비록 사는 곳은 다르지만, 마음 속에서는 언제라도 우리는 함께라는 굳은 신념을 가진 우리 형제들이기 때문이었다. 아버지, 안심하세요, 제가 우리 집안을 잘 지키겠습니다, 이렇게 말씀드리고 나자 그는 마음이 한결 가벼워졌다. 그는 타다 남은 향 끝부분을 버리고 나서, 아쉬운 마음을 안고서 동생들을 재촉하여 어머니 산소로 향하였다.

三

무슨 일일까…? 아버지와 어머니가 사랑방에 마주 앉아 있었다. 가만 보니 탁자 위에는 등불이 환하게 비추고 있었고, 선향 연기가 모락모락 피어 오르고 있었다. 일종의 장중한 향이 코를 찔러왔다.

「여기서 뭐하시는 겁니까?」

金生은 방에 들어가자마자 이렇게 물었다. 그러나, 평상시는 온화하셨던 아버지도 어머니도, 일부러 金生을 외면하며 답이 없어, 그는 자신이 부모님께 버림받은 듯해 가슴이 아팠다.

「아버지, 무슨 일 있으신지요? 어머니, 왜 그러세요?」

마치 매달리듯이 다시 물었다.

그러자, 아버지도 어머니도 비로소 똑바로 그의 얼굴을 쳐다보고 나서, 탁자 아래로 시선을 떨어뜨렸다. 그 시선을 따라가다, 그는 자기도 모르게 앗 하는 외마디 비명을 질렀다. 탁자 아래에는 덩치가 커다란 木火가 어린아이처럼 땅바닥을 기어 다니며, 닭똥을 주워 그것을 입안에 넣고 있었다.

「木火야! 뭐하는거야!!」

소리를 지르고 나서, 그는 곧 木火가 제정신이 아니란 것을 떠올리고, 그 사실을 부모님께 말씀 드렸다. 부모님의 얼굴에는 싸늘한 표정이 감돌았다.

「너한테 동생들 못 맡기겠구나. 그렇게나 木火하고 大頭를 잘 보살펴 달라고 당부했는데…」

「木火가 저렇게 된 것은 남의 집에 보냈기 때문이야. 金生아, 우린 부관의 장부를 보고 알았다.」

「죄송합니다.」

자신이 생각하고 있는 木火가 저렇게 된 이유와, 부모님이 생각하시는 이유가 똑같았다. 金生은 역정을 내고 있는 부모님께 계속 잘못을 빌었다.

「남의 집에 보낸 것은 제가 정말 잘못했습니다.」

그는 눈물을 뚝뚝 흘렸다. 그러나 아버지와 어머니는 그런 그에게 눈길 한번 주지 않고, 자리에서 일어서더니, 木火 손을 잡고 방에서 나가 버렸다.

「죄송합니다, 잘못했습니다.」

크게 소리를 지르다, 자기 소리에 잠에서 깨버렸다. 잠에서 깨고도,

아직도 감정이 남아 그의 가슴을 쥐어뜯고 있는 것 같았다. 한동안은 눈물을 머금고 꼼짝도 하지 않았다.

「왜 그러세요?」

아내는 진작부터 깨어있었는지 이렇게 물었다.

「심하게 가위눌린 것 같던데요…?」

金生은 말없이, 손을 뻗어 옆에서 자고 있는 6살 큰놈과 4살 둘째놈의 머리를 쓰다듬었다. 아이들의 일정하게 들리는 작은 숨소리가, 기분 탓인지 크게 들렸다. 늘 마주대하는 아이들의 존재를 새삼 실감하며, 이런게 바로 부모에 대한 효도라고 그는 생각했다. 그러자 꿈속에서 본 木火의 태도가 다시 떠오르더니, 불길한 생각이 그를 덮쳐왔다.

그는 일어나 마당에 나가보았다. 아직 동트기 전이었다. 앞마당에는 희미하게 별빛이 남아있어 희뿌옇게 보였다. 그의 발소리가 나자, 닭들이 홰를 치며 울어대기 시작했다. 손으로 더듬어 외양간에 들어가 괭이를 집어 들고, 그는 풀숲 사이로 떨어지는 별빛을 밟아가며 논두렁을 걸어갔다.

안개가 짙어 다리에는 서늘한 기운마저 느껴졌다. 논에 들어가 있다보니, 차가움에 익숙해지고, 이윽고 감각이 무뎌졌다. 그는 물이 졸졸 흐르는 도랑에 괭이를 꽂아넣었다.

물의 흐름이 멈추자, 지금까지 벼 그루터기 사이에서, 흩어지며 움직이던 별빛이 점차 완전한 모습을 드러내 비추더니, 이윽고 하늘과 똑같이 가만히 움직이지 않았다. 그것을 보면서도, 金生은 마음 속으로는, 꿈속에서 본 木火가 너무나도 걱정되었다. 木火가 부모님 손에 이끌려 가는 꿈은, 木火의 죽음을 의미하는 것이라 생각되었다. 발병 이래, 방안에만 갇혀 지내던 동생의, 야위고 수척해져 버린 木火의 모습이 눈앞에 떠오르는 것이었다. 그렇게나 튼튼했던 몸이, 눈에 띄게 수척해져 가는 모습에 그는 가슴이 아팠다. 곧 木火가 죽을지도 모른다고 진작부터 생각하였지만, 이렇게나 똑똑히 불길한 악몽을 보고 나니, 점점 더 木火의 죽음은 이제 피할 수 없을 거라는 생각이 들었다. 또 한편으로는, 아니다, 이제 木火의 죽음은 확실하다, 木火는 틀림없이 죽을 거라고, 마음속 어딘가에서 부모님이 자신에게 말씀해 주시는 것 같은 느낌이 들었다. 그는 다시 눈이 뜨거워져 뚝뚝 눈물을 흘렸다.

그러나, 이 모든 것은 바로 다 나 때문이었다… 따라서, 부모님이 이렇게 木火를 데리고 가신 것이다. 왠지 자신이 부모님께 원망 듣고, 버림받은 듯한 적적함과, 자책감으로 그는 과거를 떠올려보고 입술을 떨었다.

이윽고, 밤은 점차 물러가고, 닭 울음소리가 어두운 전답 여기저기서 들리기 시작했다. 金生은 괭이를 어깨에 걸치고 논두렁을 한 바퀴 돌아 보았다. 곧 그는, 어느새 木火가 있는 이웃마을로 발걸음을 옮기고 있는 자신을 발견하였다. 머리 위 대나무 숲에서 새들이 지저귀고 있었다. 올려다보니 별들은 사라지고, 동쪽 산정상이 차츰 밝아오더니, 이윽고 희미한 그러나 기세 넘치는 햇살 여러 줄기가 시원하게 산줄기 숲 속에 뻗어왔다. 미명의 하늘에, 조용히 매 한 마리가 날아갔다. 그가 오이밭이 있는 시냇물을 건너, 木火 집 뒤쪽으로 들어 갔을 때에는, 이미 주변은 환하게 밝아 있었고, 흐릿한 안개가 흐르고 있었다. 썩어가는 초가지붕이, 안개 속에서 솜처럼 부드럽게 보였다. 옆집 농가 굴뚝에서는 검은 연기가 피어 오르며, 부엌에서 냄비 소리가 들려왔는데, 木火 집만은 조용하였다.

金生은 木火를 가두어 둔 방 창문으로, 어두컴컴한 방안에 앉아 있는 동생의 모습을 확인하고 나서야 비로소 안도감 같은 차분함을 느꼈다. 그리고는 잠에서 깨어 앉아있던 할머니에게 열쇠를 받아 방문을 열었다. 흘러 들어간 빛줄기 속에, 木火는 청각을 잃어버린 사람처럼 태연하게 앉아, 무슨 생각이라도 하는듯한 표정으로 창 밖을 보고 있었다. 눈빛을 들여다보니. 이미 험악한 광기가 빛나고 있었다.

그 모습이 마치 다른 사람 같아 보여, 金生은 동생 하나를 잃어버렸다는 실감을 뼈저리게 느꼈다. 그러자, 오늘 아침에 꾸었던 꿈이 다시 기억 표면에 떠올라, 어쩌면 이미 木火의 영혼은 부모님이 데려간 것이 아닌가 하는 생각에 가슴이 두근거려,

「木火, 木火야.」

이렇게 소리질렀다.

그러나, 木火에게서는 아무런 반응도 없었다. 그때 눈에 들어온 벽에 붙은 바퀴벌레를 손을 뻗어 잡으려 하며 쫓기 시작했다. 역시 혼이 빠져 나간 것이었다. 남아 있는 것은 그저 몸뚱아리 뿐이었다. 화가 난 부모님이 데려간 것이 틀림없다고 생각하니, 金生은 몸을 칼로 도려내는 것처럼 아파했다 그리고, 동생이 더 이상 자기 손이 미치지 못하는 곳에 있다는 것을 알면서도, 그는 그것을 되돌리기 위해 부드럽게 동생의 어깨에 손을 얹고,

「木火야, 배고프지? 잠은 잘 잤고? 몸은 좀 어떻냐 木火야.」

이렇게 혼잣말하는 중에도, 눈물은 계속해서 점점 더 뜨겁게 북받쳐 올라왔다.

정신을 차리고 보니, 밤은 완전히 물러가 있었고, 안개도 걷혀있었다. 金生은 이 이상 끙끙대봤자 소용없으니 포기하고, 섭생만 잘하면

틀림없이 나을 수 있을 것이라는 현실적인 생각으로 돌아오자, 지저분한 방안을 청소하고 그곳을 나왔다. 어두컴컴한 부엌에서, 늙은 할머니가 손으로 더듬어가며 부뚜막에 불을 피우고 있는 것이 보였다. 지금까지 木火가 하던 일이었는데, 이렇게 정신병에 걸려 할머니께 불효까지 저지른다는 생각에, 그는 너무 큰 미안함이 들어 냄비에 쌀을 씻어 주었다. 쌀을 다 씻고 밖에 나오자, 뜻밖에도 똑같이 괭이를 어깨에 진 둘째 동생 大頭가 와 있었다. 大頭는 괭이 자루 끝에 야자 열매 하나를 매달아 놓았다.

「福春舍댁이 주신 겁니다. 야자 즙이 정신병에 특효약이랍니다. 이걸 마시면, 광기가 가라앉을 것이라고 말씀하셨습니다.」

大頭의 목소리는 기쁨에 겨워 밝았으며, 자꾸만 야자 열매를 쓰다듬고 있는 모습을 보자, 金生도 이제 동생의 병을 고칠 수 있을 것이라는 생각이 들었다. 그는 마음 속으로 福春舍에게 감사드렸다.

「그래? 나도 그런 말을 들어본 적이 있는 것 같아…」

이 정도 크기 야자 열매는 보기 드문데, 福春舍 댁에서 수확한 것이라고 大頭는 설명하였다. 방에 돌아와, 金生은 당장 그것을 두 쪽으로 나누어 야자 물을 木火에게 마시게 하였다. 大頭는 안 마시려고 하는 木火의 두 손을 꽉 붙잡고,

「좋아질거야, 이걸 마셔야 병이 낫는다고.」

이렇게 계속 외쳐댔다. 그러면서, 金生도 문득 자신까지 밝은 기분이 되어가는 것을 느꼈으며, 불길한 꿈을 大頭에게 말할 용기를 점차 잃어가고 있었다.

근처 둥지에서 날아오른 솔개와 오리 떼가 왁자하게 울어댔다. 각각 해야 할 논일이 있어, 형제는 말없이 함께 밖으로 나왔다. 왠지 이

이상, 木火일에 언급하기가 무서워졌다. 두 사람 다, 그렇게 야자 즙을 마신 이상, 곧 병도 좋아질거라 믿고 싶었다. 保甲道(지명)까지 나와 이윽고 헤어져야 하는데, 大頭는 자신이 가야 할 길을 가지 않고, 대여섯 걸음쯤 형 뒤에 붙어 따라오면서, 뭔가 하기 어려운 말이라도 있는 듯,

「형님, 잠시 드릴 말씀이 있습니다만…」

이라며 간신히 입을 열었다.

金生은 뒤돌아보더니, 비로소 동생이 자신을 따라오고 있었다는 것을 알고, 뭔가 급한 소식이라도 기다리는 듯 멈춰 섰다.

大頭도 시선을 떨어뜨리고 멈춰 서더니, 잠시 대나무 잎을 만지작거리고 있었다.

근처 전답일대는 완전히 밝아있었고, 수풀 사이로는 햇살이 반짝이며 새어 나오고 있었다.

「어젯밤, 福春舍께서 그러시던데, 저기, 馬力埔(지명) 일로 형님 대답을 좀 듣고 싶으시답니다.」

이렇게 더듬거리며 간신히 말했다.

「아~, 그렇지.」

볼에 홍조를 있는 둘째 동생의 얼굴을 훔쳐보면서, 金生은 막냇동생의 발병으로 힘들어하고 있는 사이, 완전히 둘째 동생의 혼담을 잊고 있었던 자신을 떠올렸다.

福春舍께서 역시 중매를 서주셔서, 馬力埔에 있는 어느 농가에 大頭를 데릴사위로 보내자는 조건의 혼담이었는데, 이미 여러 달 전부터 오가던 이야기였다. 그는 둘째 동생이 벌써 27이란 것을 새삼스럽게 생각하며, 福春舍께서 직접 성사시킨 혼담이라면 안심하고 맡길

수 있었고, 데릴 사위라는 조건이 아니라면, 자기들 능력만으로는 도 저히 장가도 갈 수 없는 형제들의 운명도 아울러 고려해 보고, 이전부 터 이 혼담에 찬성하고 있었다. 그는 다시 눈앞에서 무척이나 쑥스러 워하는 둘째 동생을 보면서, 이렇게 늠름한 동생이 있다는 사실이 너 무나도 든든하게 느껴졌다. 그것은 정신병을 일으킨 막냇동생에 대 한 반동에서 생기는 마음일지도 몰랐다.

「그렇게 추진해보자. 福春舍께서 맺어주신 사람이면 믿을 수 있을 테니, 너만 마음에 든다면 그걸로 됐다.」

「네, 하지만…」

말 꺼내기 어려워 하는걸 보고, 金生은 바로 지난번에 말했던 결혼 자금 마련문제라는 것을 깨달았다.

「다른 일이라면 늘 말했던 대로, 내가 걱정하는 바야. 나는 8년이란 약속으로 데릴사위가 되었는데, 벌써 7년째야, 큰 놈이 6살, 작은 놈 이 4살이야. 앞으로 1년만 더 고생하면 되니까, 지금은 1, 2백정도 빚 은 아무 문제 될거 없어.」

부모에게 물려받은 재산은 없었다. 그러나. 앞으로 1년이면 독립된 자유의 몸이 되는 내가, 동생의 앞날을 위해서, 부모님 대신에 해 주 고 싶었다. 하물며 꿈에서 본 부모님을 노여움을 생각해보면, 木火를 제대로 보살피지 못한 만큼, 大頭만이라도 잘 보살펴야 한다는 미안 함이 들었다.

「하지만, 木火 병 때문에라도…」

이렇게 大頭는 조바심을 내었지만, 그는 아무런 대답도 없이, 막냇 동생을 염려하는 大頭를 기특하게 생각하며, 무조건 형만 믿으라고 설득하고 헤어졌다. 그리고 몇 걸음 앞서가다 돌아보니, 大頭가 발걸음 하나하나에 힘주어 걸어가고 있었다.

이를 본 그는 저절로 미소가 배어 나왔다.

四

木火의 병은, 다시 제정신으로 돌아오지 않았는데, 여기에 일종의 쇠약병까지 발병하고 말았다. 읍내병원에 입원을 생각하고 있는 중에 악화되어, 결국 4개월 후에 이 세상을 뜨고 말았다. 21살이었다. 마침 그때의 金生은, 사탕수수 밭 뒷갈이로 심은 양배추 수확하느라 매우 바쁜 시기였다. 새벽 닭울음 소리와 함께 양배추를 리어커로 시장까지 운반하였고, 점심때쯤 돌아와 처남댁(아내의 오빠)과 함께 사탕수수밭 잡초 뽑기를 하다 보면 어느새 해가 저무는 날이 계속 되었다. 별안간 쇠약해진 동생 모습을 잊은건 아니었지만, 너무도 일이 바빠 병문안을 차일피일 미루고 있던 때였다.

아침 시장 귀갓길이었으니, 9시 무렵이었을 것이다. 福春舍께서 보내신 심부름꾼에게서 金生은 木火의 죽음을 처음으로 들었는데, 마당에서 그 소식을 듣자마자 방에도 들어가지 않고 그대로 달려갔다. 벌써부터 마음속으로 걱정했던 일이 마침내 현실로 나타난 만큼, 그는 그저 앞만 보고 달려갔다. 4, 5일전쯤인가 마지막으로 본 동생의 비쩍 야윈 모습만이, 아주 잠시 떠올랐을 뿐, 그는 머리가 멍해지고, 어마어마한 중압감에 억눌리는 기분이었다.

얼마나 뛰었는지 모르겠다. 어디를 어떻게 지나왔는지도 모르겠다. 문앞에서 福春舍와 눈이 마주친 것만이 언뜻 의식 속에 있을 뿐, 그는 이미 방안에 들어와 있었다. 방안에는 아무도 없었으며, 고구마를 쌓아놓은 반대편 벽 쪽에, 간신히 인간의 형상이란 것을 인정할만한, 불룩히 솟아난, 검은 이불에 덮여 씌워진 채 놓여있는 것이 눈에 들어왔으나, 그것이 동생이라는 말이 거짓말처럼 느껴졌다. 木火라면, 틀림없이 훨씬 더 체격이 클 텐데… 그는 이상하게 생각하였다. 하지만 방안 전체에서 풍기는 인상은, 역시 木火가 갇혀 있던 그 방인게 틀림없었다.

그때 金生은 처음으로 무릎을 굽히고, 거친 커다란 손을 뻗어 조심스럽게 검은 이불을 들어올려, 木火의 얼굴을 내려보았다. 수척해진 모습은 그대로였는데, 살이 빠진 얼굴은 벌써 어느 정도 낯빛이 변하기 시작하였다. 그리고 눈은 살짝 뜬 상태였으며, 입도 벌린 채 하얀 이를 드러내고 있었다. 그는 木火의 입술을 다물어주고, 엄지와 검지로 눈꺼풀을 누르며,

「木火야, 어쩔 수 없단다. 네가 걸어온 길이잖아. 이젠 안심하고 편히 쉬려므나.」

이렇게 말하면서 그 눈을 감겨주려고 하였다. 그러나, 몸이 이미 굳어버린 후라 좀처럼 감기지 않았다. 몇 번이고 쓰다듬은 후에야 간신히 눈이 감겼다. 그는 안도하며 손을 내리고, 아마도 동생은 원통한 죽음을 맞이 했을 것이라고 생각해보았다. 이제 고작 21살밖에 안된 동생이 얼마나 억울하였기에 눈을 뜬 채로 숨을 거두었을까 생각해보니, 동생의 그 억울함이 자신에게도 전해져 오는 듯 하였다. 그러자 처음으로 슬픔이 북받쳐 올라, 통곡소리가 목구멍까지 나왔으나, 이번엔 갑자기 어디서부터인지 모르겠으나, 木火의 요절에 대한 분노의 감정이 불타오르며 눈물이 메말라 버리는 느낌이 들었다. 차라리 큰소리로 웃고 싶어졌다. 잠시 木火의 죽은 얼굴을 내려다 본 후, 그

는 다시 검은 이불을 덮어주고 일어났다.

「오늘 아침에야 알았다네. 어젯밤 숨을 거둔 것 같긴 하네.」

마당에 나가자 福春舍가 그렇게 설명해 주었다. 金生은 다시 한번 눈뜬 채 죽은 동생의 얼굴을 떠올려보며, 그렇게 원통하게 죽은 것도 무리는 아니라고 생각하였다. 하지만 그는 갑자기 어떤 생각이 떠올라 깜짝 놀랬다. 만약에, 혹시나 木火가 원통하고 억울해서 두 눈을 뜬 채 숨을 거두었다고 한다면, 그것은 그 정신병이 나았기 때문이 아니었을까. 제 정신이 아니라면 그렇게나 억울해 하며 죽을 수도 없으리라 생각하고 다행으로 여겼다. 木火가 저승에서는 정신병자가 아닌, 제정신으로 살아갈 수 있을 것이라는 생각에 기뻐하는 그였다.

마당에는 福春舍댁 친척인 젊은 친구들이 몇 명쯤 보였다. 金生이 할머니가 있는 방에 들어가보니, 할머니는 이불 위에 앉아 울고 있었다. 할머니의 푹 꺼진 두 눈덩이에선 연신 눈물이 쏟아져 나오고 있었는데, 이를 본 그는 말없이 밖으로 나왔다. 그리고 福春舍댁 친척이 사온 은박지(대만에서는, 은박 또는 금박 입힌 종이를 저승에서 사용하는 돈이라고 믿는다)를 들고가, 木火 발아래 향불을 세우고 나서, 은박지를 태우기 시작하였다. 방안은 순식간에, 하얀 연기로 가득 차서, 마치 방 전체가 흔들거리는 듯한 착각마저 들었는데, 그 안에 누워 있는 동생만이 갑자기 거룩하고도 성스럽게 생각되었다. 그러자. 왠지 모를 안도감 같은 마음가짐이 들었다. 그러나, 이 자리에서 자신의 죽음을 함께 울어줄 수 있는 사람이 몇 안되는 동생의 처지에 마음이 아팠다.

이윽고 그는 다시 바깥 마당에 나와, 장례식 진행방법에 대해 福春舍와 결정하였다. 福春舍는 그래도 제대로 된 장례식을 치러줘야 하지 않겠냐고 했으나, 金生은 동생은 요절하였으니 그럴 필요가 없다고 하였다. 다만, 道士(도교의 교의를 따르는 자)를 한 명 불러 경을 읽어 주었으면 좋겠다고 고집 부려, 그렇게 하기로 결정하였다. 그때 처남댁이 작업복인 채로 오더니, 아내도 이제 곧 올거라고 전해주었다. 동생의 죽음을 슬피 울어줄 사람은, 현재 아내 외에는 아무도 없다는 생각이 문득 머릿속에 떠올랐다.

福春舍의 지시대로 농민들이 관을 사러 읍내로 나갔는데, 마을 어귀에서 여자 통곡소리가 들려왔다. 처음에는 한 명이었는데 두 명이 우는 것처럼도 들렸다. 그 소리가 아내같지는 않았다. 누군가 싶어 金生이 마당에 나가 살펴보니, 얼마 안 있어 눈가가 벌겋게 된 大頭가 들어왔다. 金生은 마치 한대 얻어 맞은 듯, 눈시울이 찡해졌다. 大頭가 馬力埔(지명)에 데릴사위로 간지 석 달이 지났었다. 멀리 떨어져 있었기에 木火 병문안 하러 2번 밖에 오지 못하였으나, 그 얼굴을 본 순간, 金生은 大頭 역시 원통해 하고 있음이 틀림없다고 생각하였다. 그는 눈길이 마주치기가 두려운 듯 동생으로부터 멀찍이 떨어져, 가만히 木火가 누워 있는 방에 들어가는 大頭의 모습을 바라보았으나, 순식간에 눈물 때문에 눈앞이 흐려졌다. 그러는 동안, 통곡소리가 가까워지더니, 大頭의 새댁과 金生의 아내가 얼굴에 흰 천을 댄 채로 들어와 木火가 있는 방으로 사라졌다.

돌연 방안에서 요란스럽게 터져 나온 울음소리를 등뒤로 들으면서, 金生은 쫓겨나듯이 돼지우리 뒤로 돌아가, 흙담에 손을 댔는데, 지금까지 참아왔던 슬픔이 갑자기 솟구쳐 올라와 오열이 터질 나올 것만 같았다. 그는 입술을 깨물고 한동안 소리 죽이고 꼼짝 않고 있었으나, 혼자 쓸쓸히 떠나간 木火를 떠올려본 그 순간,

「木火야…」

그는 얼굴을 찡그리더니, 더 이상 참지 못하고, 소리 내어 꺼이꺼이 울고 말았다.

五

얼마 후 벼수확이 시작되었다. 햇살이 눈부신 논에 벼베기 기계의 단조로운 회전소리가 아침부터 밤까지 울려 퍼졌다. 새떼들이 난무하는 모습도 대나무 숲과 상사수(나무이름) 사이에서 요란스럽게 보였다. 황금빛 물결은 점차 줄어들어 가는 대신, 짚더미의 봉긋한 모습이 늘어났다. 가을을 맞이한 농가는 무척이나 바빴다. 남자들이 논에서 벼수확을 하고 있는 동안, 여자들은 마당에서 벼말리기에 분주하였다.

金生도 모든 힘을 쏟아부어 일에 몰두했다. 남자 일손은 아내의 오빠하고 달랑 두 명뿐이었다. 소작면적은 고작 벼농사가 두 마지기, 사탕수수가 한 마지기 약간이었으나, 벼수확은 마을 농부들의 힘을 빌려야만 했다. 그 보답으로 金生도 남의 집 농사일을 도와야만 했다. 즉, 여러 명이 손을 잡고 돌아가며 품앗이로 벼수확을 하는 것이었다. 그래서 한달 가까이나 벼수확하느라 눈코뜰새 없이 바쁜 하루하루가 이어졌다. 매일 일을 마치고 집에 돌아오면 이미 한밤중이었다. 씻고 잘 시간이 되면, 그는 죽은 木火가 생각났다. 이불 속에 들어가 누우면, 마치 부모님이 물려주신 귀중한 것을 잃어버린 것 같은 슬픔에 목구멍이 턱 막혀 왔다. 그는 매일 밤 꿈속에서 木火를 만나보려고 애써보았으나, 木火는 통 그의 꿈속에 나타나지 않았고, 이 사실이 그를 더욱 더 외롭고 슬프게 만들었다. 어차피 남의 집에 양자로 보내진 터이고, 따라서 죽어서도 자신과는 아무 인연도 없으니 꿈속에서조차 나타나지 않는건가 하며 그는 동생을 양자로 보낸 일을 돌이켜 보며 반성하였다.

세월이 흐르자, 그는 木火가 요절해서 양가(양자로 들어간 집)에게 더 이상 아무런 도움도 줄 수 없게 된 이 마당에, 황씨 집안 일원이란 것은 무의미하다고 생각했다. 오히려 木火의 위패를 가지고 우리 집안으로 돌아와야 마땅하다고 진지하게 생각하기 시작했다. 그렇게 하는 편이 부모님께서도 기뻐하실 것이며, 또한 木火의 바람일거라고 판단한 그는, 꼭 그렇게 하리라 굳게 마음먹었다.

벼수확이 일단락을 고하자, 그는 일거리가 없는 한가한 날을 골라 福春舍댁을 찾아갔다. 그날 밤은 몹시도 무더웠다. 별빛이 흐릿한 마당 끝에서 福春舍님과 마주보고 있었지만, 올해 벼수확에 관한 이야기만 하고 있을 뿐, 좀처럼 용건을 꺼내지 못하였다. 간신히 죽은 木火이야기로 화제가 바뀌었어도, 그는 자신의 소심함에 화가 날뿐, 목구멍까지 차고 올라온 그 말을 몇 번이고 다시 삼켰다. 그러나 양가에 위패를 두어봤자 아무런 의미도 없는데다, 어차피 木火에게는 자식이 없어 양가 집안 뒤를 이을 후손도 없다는 것을 알고 있는 지금, 木火를 위해서는 그 위패를 우리 집안으로 데려와야 한다고 생각했다. 그리고 여전히 木火가 불쌍하다는 생각만큼은 변함이 없었다. 그는 앉은 자리에서 일어서려 하지 않았다. 밤은 점차 깊어만 갔으며, 하늘에는 별빛이 휘황찬란하게 빛날 때쯤,

「저기, 木火일로 드릴 말씀이 있습니다만…」

그는 큰맘 먹고 말을 꺼냈다. 이런 말을 해도 될까, 이 생각이 순간 머리에 떠올랐으나, 내 입장만큼은 꼭 福春舍님께 알리고 싶었다. 그는 떨리는 목소리로, 아니 오히려 애걸하는 듯한 말투로 이어갔다.

「그건 좀 곤란하네, 이미 호적상으로는 어찌해볼 방법이 없다네.」

끝까지 이야기를 듣고 나더니, 福春舍는 우선 이렇게 말하였다. 그러나, 나는 호적 따위를 문제로 삼는 것이 아니라고 그는 마음속으로 중얼거렸다.

「어려운 이야기는 잘 모르겠습니다. 그저 木火의 위패만 돌려주시면 됩니다. 木火는 장가도 못가고 죽어서, 어차피 후손도 없지 않습니까? 그래서 나중에 제 아이를 하나 木火 양자로 보낼까 생각하고 있습니다만…」

「그런가… 어쨌든 木火 양아버지가 저런 상태라서 말이네.」

마당 앞에서 개가 앞발을 들고 춤이라도 추듯 달려가, 어둠 속으로 사라졌나 했더니, 다시 모습을 드러냈다. 福春舍가 골똘히 생각에 잠겨있는 동안, 金生은 가만히 그 개 노는 모습에 눈길을 주고 있었다. 마음 속으로는 물론 다른 일을 생각하고 있었지만, 때때로 다른 일에서 갑자기 제정신을 차린 듯, 福春舍님 마음의 움직임이 마음에 걸렸다. 서늘한 미풍이 볼에 느껴졌다.

그러나, 福春舍도 결국, 木火의 영혼을 위해서 그 말에 찬성하였고, 즉시 길일을 정하기 위해 방안에 들어갔다. 金生은 후련한 마음으로 자리에서 일어나, 그 근처를 걷다가, 별이 빛나는 밤하늘을 올려다보고 눈을 감았다.

「木火야. 아버지. 어머니.」

하지만, 이제 막 잃어버린 분실물이라도 찾은 것처럼, 木火가 다시 내 가까운 곳으로 돌아온다는 기쁨을 느끼면서, 갑자기 북받쳐 오르는 슬픔에 소리를 죽일 수도 없었다. 그는 간신히 이를 악물고, 소리 죽여 부들부들 떨고 있었다.

福春舍가 정한 방법에 따라, 비용절약도 할 겸, 제사와 양자입양을 같은 날 진행하기로 결정하였다. 농사일이 그때부터 바빠졌지만, 金生은 매일밤 같이 福春舍댁을 찾아갔다. 양자입양서도 紅紙에 깔끔하게 적었다. 馬力埔(지명)에 사는 둘째 동생 大頭에게도 알려야 하나 고민했다. 가끔은 본가로 오는 것도 나쁘지 않다고는 생각하였으나, 결혼한지 얼마 안된, 그것도 남의 집에서 데릴사위로 신혼생활중인 동생의 처지를 생각해 연락하지 않기로 하였다. 그는 아내에게만 알렸을뿐, 아무에게도 알리지 않았다. 기일은 얼마 후 결정되었다.

마침내 그 날이 왔고, 金生은 선향과 양초, 파초(바나나과의 식물. 여기서는 아마도 바나나 같은 열매를 의미하는 듯)를 몰래 사들였다. 논에 나가 괭이질을 하는 동안에도, 태양이 서쪽으로 기울어 가는 것을 몇 번이고 쳐다보며, 밤이 오기만을 애타게 기다렸다. 제사는 戌時(오후7시에서 9시)였는데, 적어도 제사 1시간 전에는 木火 양부모님 댁에 가야만 했다. 태양이 서쪽으로 기우는 동안, 그는 둘째 아들 입양사실을 함께 기뻐해준 아내가 떠올랐다. 어차피 우리에겐 큰 아들이 있으니 괜찮다며, 둘째 아들 입양을 허락해준 아내에게는 계속 고마운 마음이 들었다. 저녁이 되자, 아내가 처가 식구들에게 알렸는지, 모두가 그 사실을 알고 있었다. 그러면서 비밀로 하려 했던 자신을 원망하며, 장모님은 진작 알았면 떡이라도 준비할걸 그랬다고 말씀해주셔 金生은 이에 감동받았다. 그러나, 그는 지금까지 조신하게 살아온 우리 형제들을 생각해보면 남에게 의지하고 매달려서는 안된다고 생각했다.

이윽고 해가 저물었고, 金生이 木火의 위패를 들고 돌아온 것은, 이미 戌時(오후7시에서 9시)에서도 1시간이나 지난 후였다. 날은 이미 완전히 어두워져, 서쪽 산 끝자락에 달빛이 희미하게 빛나고 있었다.

金生은 데릴사위 신분이었기 때문에, 조상님들의 위패를, 조롱에 담아 매갈이 방에 걸어놓고 모셔놓았었다. 그는 그 방에 동생의 위패를 들고 들어갔다. 어두컴컴한 매갈이 방안에는 석유램프가 놓여있었고, 광주리가 쌓여있는 방 한 켠에는 젖먹이를 안고, 두 아들을 양쪽에 세워둔 아내가 그를 기다리고 있었다. 金生은 들보에 걸려있는 조롱을 의자 위에 내려놓고, 조상님 위패를 바구니에 넣은 채, 그 앞에 공물을 차렸다. 그리고는 木火의 위패를 함께 두게 된 사실을 조용히 조상님께 고하였다. 아이들에게도 절하게 하고 향을 남김없이 꽂더니, 그는 향 연기를 쫓으면서 아아, 이제야 木火가 아주 우리 집으로 돌아왔구나, 저 세상에서도 분명 부모님과 함께일게 틀림없다고 생각하였다. 뭐랄까… 멍한 듯한, 그러면서도 들뜬 듯한, 떠나간 막냇동생을 보고 싶어하는 마음이, 가슴속을 뜨겁게 하였다.

매갈이 방 바깥 문을 개가 들어오려고 앞발로 긁는 소리가 들렸다. 유리가 없는 창에서 바람이 불어들어 오자, 촛불이 바람에 흔들려 꺼질 듯 하여, 방안은 수상쩍은 불빛으로 어지러웠다. 당장이라도 꺼질 듯 흔들리는 불빛 속에서, 金生은 숨죽이고 위패를 바라보며, 木火의 영혼이 지금 막 우리 집으로 돌아온게 아닌가 생각했다. 향불 연기가 옆으로 깔리더니, 위패를 빙그르르 돌기 시작하자, 金生은 갑자기 북받쳐 오르는 오열을 느끼고, 몸에 힘을 주며 꾹 참고 있었다. 멀리서 개 우는 소리가 들려왔다.

아내도 아이들도 숨 죽이고 있는 것이 등뒤에서 느껴졌다.

「木火는 역시 자기 집으로 돌아오고 싶었던거야.」

그는 뒤를 돌아보며 아내에게 말했다.

「자자, 숙부님께 절해야지.」

아내는 그에게서 시선을 떼고 아이들 손을 잡았다. 일부러 그렇게 피하는 아내의 속마음을 헤아린 그는, 작은 손으로 합장하고 있는 아이들을 보며 미소를 떠올렸다.

제사가 끝나고, 金生은 다시 위패 앞에 양자입양서를 놓고, 파초 등을 올렸다. 그리고, 드디어 木火의 자식이 될 둘째 아들의 손을 잡고, 그 손에 향을 쥐어주고 정중하게 절을 올렸다. 이번에는 향불 연기가 똑바로 위로 올라갔다. 분명 木火도 기뻐하고 있을거라고 생각하였다. 문득 木火얼굴이 눈앞에 떠올랐다.

金生은 木火에게 보여주려는 듯, 자 이 녀석이 네 아들이야, 라며 둘째 아들을 앞으로 밀었다.木火가 웃고 있는 것 같았다. 그는 오래간만에 막냇동생의 웃는 얼굴을 본 것 같았다. 어쨌든 자신이 생각해도 꽤나 좋은 일을 한 것 같아 기분이 좋아진 그는, 마음속이 행복함에 채워져 갔다.

밤도 꽤 깊어진 듯, 마당에서는 벌레 울음소리가 한층 더 요란스레 울려 퍼졌다. 여전히 쉬지 않고 문을 긁어대던 개는, 이번에는 쿵쿵거리며 콧소리를 내고 있었다.

모든 행사가 끝나자 바쁜 아내는 혼자 밖으로 나갔다. 金生은 향이 다 타는 것을 보고 일어나, 위패를 다시 조롱 속에 넣어 들보에 걸어 놓았다. 위패를 잡은 손이 희미하게 떨리기 시작하였다. 木火 한 명이 늘어난 무게가 팔에 전해지는 것이라고 생각하였다. 그리고 아직 이 어둠 속에 木火가 남아서, 자신의 팔을 잡아당기고 있는거라고 생각하고는, 그는 눈을 감고 한동안 움직이지를 않았다. 木火의 얼굴이 또렷이 떠올랐다.

「아빠~.」

갑자기 어린아이 울음소리가 들려, 그의 환상은 깨져 버렸다. 밑을 내려다 보니 둘째 놈이 큰 입을 벌리고 울고 있었다. 큰 놈이 혼자서 파초를 안고 있는걸 보고, 그는 무슨 일이 있었는지 곧 헤아리고, 둘째는 이제 木火의 아들이란 생각에,

「이 놈. 동생한테…」

큰 놈을 보고 말했다. 다시 木火의 얼굴이 머릿속에 떠오른 것 같았다. 그러나 문득 그 木火의 얼굴이 자신을 비난하는 듯한 표정같아, 그는 당황하며 손을 빼더니,

그 손으로 둘째를 꼭 안아주었다.

황요찬 옮김

천잉쩐 (陳映真 1937~2016)

1937년 신주(新竹)에서 출생하였고 타이베이의 잉거(鶯歌)에서 성장했다. 본명은 천용산(陳永善)이지만, 어렸을 때 사망한 형의 이름인 천잉쩐을 필명으로 사용했다. 담강문리학원(현재 담강대학교) 외국어문학과를 졸업했다. 1959년 『국수가게(麵攤)』를 발표하며 등단하였다. 1985년 11월 천잉쩐은 잊힌 약자들을 주제로 하는 보도문학(報導文學) 간행물 『인간(人間)』을 창간했다. 뿐만 아니라 1980년대를 대표하는 잡지 『문계(文季)』, 『하조(夏潮)』 등의 주(主)편집인으로 활동하였다. 천잉쩐은 시종일관 '하나의 중국', '대만과 중국의 통일'을 주장한 인사로도 유명하다. 그는 중국 통일파의 입장에서 대만 독립파와 격렬한 논전을 벌였다. 1989년 중국 대륙에서 천안문 사건이 발생하자, 대만문화계 대표로 베이징을 방문해서 진압된 민중의 입장을 지지하는 성명을 발표했다.

6월의 장미 六月裡的玫瑰花

피곤한 달빛

문이 열렸다. 지하동굴같이 어두운 바(bar)에 한 줄기 백색 햇빛이 순식간에 스쳐갔다. 한 명의 야위고 키가 큰 흑인이 걸어 들어왔다. 두터운 문이 그의 뒤에서 천천히 닫혔다. 흑인은 바에 들어오기 전부터 부르던 노래를 가볍게 흥얼거리면서 에어컨에 가까이 있는 작은 테이블로 더듬어 가서 자리를 잡았다. 그런 후 카메라를 테이블에 놓고 두꺼운 입술로 담배갑에서 기다란 담배 한 개피를 뽑아내어 불을 붙였다. 그리고는 연기를 뽑아내면서 여전히 노래를 흥얼거렸다.

─모니다(Monida), 아름다운 모니다여!

이제 겨우 열네 살에

희고 통통한 아기를 낳았네

….

한 명의 바걸(bar girl)이 걸어와 그의 곁에 앉았다. 흑인은 여전히 노래를 불렀다. "모니다, 너는 어제나 즐거웠지, 한 번도 원망하지 않았지." 바걸은 한쪽에서 기다리고 있는 보이(boy)를 보면서 흑인에게 말했다.

"한 잔 사 주실래요? 어때요?"

흑인은 눈을 가늘게 뜨고 기지개를 켜면서 입을 약간 벌렸는데 새하얀 이빨이 드러나 어둠 속에서 빛이 났다. 그가 입을 벌리자 그 가지런한 이빨이 하반부 얼굴을 거의 다 차지했다. "당연히" 그가 말했다.

"위스키소다" 그녀는 보이를 보며 말을 했다. "당신은?"

그는 매우 열심히 그녀를 바라보았다. 새하얗고 말 같은 그의 이빨은 두꺼운 입술로 덮여져 있었다. 그의 머리카락은 털옷에서 막 풀어낸 털실과 같이 빼곡히 말려 있어서 마치 돌출된 뒷통수에 풀로 붙인 것 같아 보였다. 그는 또한 한 쌍의 매우 큰 튀어나온 눈을 가지고 있었다. 그 눈은 매우 진지하게 그녀를 바라보고 있었는데 그녀에게는 일에 지치고 늙어 진이 빠진 고향의 누렁소를 생각나게 했다.

"하이, 아가씨." 그는 추파를 던지며 말했다.

"에밀리 황이라고 해요." 그녀가 말했다. "식구들은 다 에이미라고 부르죠."

"하이, 에이미."그가 말했다.

"술을 시켜 주기를 기다리고 있는데요." 그녀는 웃으며 말했다.

"진(Gin)에 얼음을 넣어 줘." 그가 말했다.

지하동굴에는 온통 평상복과 군복을 입은 미국병사들이었다.

낮은 천장은 소파같이 꾸며져 있고 약한 등불들이 곳곳에 박혀서 빛나고 있었는데 피곤한 달빛을 연상시켰다.

에밀리 황은 핸드백에서 담배를 꺼냈다.

"당신을 어디선가 본 듯 한데요." 그녀는 아무렇지도 않게 말했다.

"기억 안 나는데." 그는 흰 이빨을 노출시키며 희롱하듯이 웃었다. 그가 담배에 불을 붙이게 놓아두었다. 그녀는 이 희롱의 의미를 잘 알고 있었다. 그러나 대수롭지 않다는 식으로 그가 그녀의 드러난 등을 꼬집게 내버려 두었다. "당신이 일하는 부대로 가는 길가에서라든가." 그녀가 말했다.

그는 즐겁다는 듯이 웃었고 그 황소 눈을 가늘게 떴다. 술에 만취한 퉁퉁한 남자가 소리를 크게 질렀다. "하느님께 맹세할 수 있어. 이곳 여자들이 도쿄여자보다 천배는 나아. 맛도 좋고 가격도 싸고…"

"에밀리, 귀여운 아가씨" 흑인이 말했다. "부대로 가는 길에서 만난 적이 있을 리가 없어. 월남에서 막 왔거든."

그의 검은 색 큰 손바닥이 그녀의 결코 희다고 할 수 없는 손을 덮어 눌렀다. 그의 손톱은 마치 유갈색의 작은 돌멩이 같았는데 해변에서 바닷물에 잘 씻겨 깨끗해진 것 같았다. 에밀 리가 시킨 위스키소다와 흑인이 주문한 얼음 넣은 진이 들려 나왔다. 흑인은 손을 뻗어 자신의 잔을 잡아 바로 입으로 가져갔다. 그는 큰 눈을 실눈으로 만들면서 말했다.

"목이 말라." 그는 다른 한 손으로 그녀의 등을 쓰다듬었다. "우리는 어디서도 만난 적이 없어. 일주일 휴가를 받아 처음으로 여기 왔거든."

"아…" 그녀가 말했다. 그가 쓰다듬는 손의 촉감은 예상보다 훨씬 부드러웠다. "어쨌든…" 그녀가 말했다. "환영해요. 병사님."

그들은 잔을 부딪쳤다.

"바니라고 부르면 돼." 그런 후 그는 군인 말투로 말했다. "합중국 육군 제26군단 직속기동연대 상등병 벨나이 E 윌리엄스가 당신에게 춤을 청합니다."

그가 일어서자 한 마리 긴 다리를 가진 바다거미 같았다. 그녀는 점차 결코 잘 생겼다고 할 수 없는 이 흑인병사에게서 기분이 좋아졌다. 에밀리 황은 이 기분 좋음의 중요성을 잘 알고 있었다. 왜냐하면 이렇게 사람을 기분 좋게 하는 손님을 늘 만날 수 있는 게 아니기 때문이었다. 만약 이런 손님이 한 명이라도 있다면 그녀들은 자신의 직업을 잠시라도 잊을 수가 있고 더구나 간혹이긴 하지만 연애에 도취되는 모종의 즐거움도 맛볼 수 있게 될 지도 모른다. 음악은 미친 듯이 빨라지고 있었지만 그들 둘은 모서리에서 오히려 천천히 서로를 더듬고 있었다. 에밀리는 올려 보느라 아픈 목을 들어 그가 얼굴을 맞댈 수 있게 했다. 그의 검은 손이 그녀의 결코 희지 않은 등을 쓰다듬고 있었다. 그녀는 건장한 여인이었는데 특별히 넓은 어깨를 가지고 있었다. 두 가지 다른 색깔의 피부가 서로를 부둥켜안고 있으니 모종의 욕정이 느껴졌다.

"당신은 작전에 투입되면 용감했나요?" 그녀가 말했다.

그는 그 두터운 입으로 그녀의 큰 귀를 찾아냈다. 그리고는 낮은 소리로 말했다.

"오늘밤 침대에서 알게 될 거야."

그녀는 낮은 소리로 웃었다. "당신은 나쁜 남자야." 에밀리가 말했다. 그러다 맞은편에서 잘 생긴 백인 군관과 질투가 날만큼 예쁜 여성이 서핑댄스를 추고 있는 것을 발견했다. 그 흰 여자는 수지 황 같은 긴 머리를 가지고 있었다. 그녀의 춤추는 모습은 마치 달빛 아래 출렁이는 물결처럼 차갑고 격렬했다.

에밀리 황은 정신을 집중해서 보고 있었다. 그러고는 말을 했다.

"바니, 예쁜 여자를 보여 줄게요." 그녀는 그의 얼굴에 붙이고 있는 자신의 머리를 누르면서 말했다. "하지만 좋아해서는 안 돼요."

흑인 병사는 웃기 시작했다. "스위트 걸. 그러지 않을게." "맹세해요?" 그녀는 말했다. "나는 ―맹세합니다."그가 말했다. 그녀의 향기가 그를 흥분시키기 시작했다. 그는 그녀의 드러난 등 전체를 애무하기 시작했다. 그녀는 밀어내었다. 그는 그 '예쁜 여자'를 보기 시작했다.

"오!" 그가 말했다. "소대장 스텐리 퍼키!"

그 잘 생긴 백인 군관이 얼굴을 돌려 바라보았다. "지저스 크라이스트" 벨나이가 말했다. "그는 나쁘고도 오만한 놈이야."

"아이고, 이런 바보 같으니라고." 군관이 그를 보고 말했다. "이 바보 같은" 그는 기쁜 듯이 말하며 긴 머리 여자를 데리고 왔다. "스텐리 소대장님" 흑인이 웃으며 말했다. "여기서 만나다니 반갑습니다."

군관은 소리를 내어 건강해 보이는 이빨을 드러내면서 웃기 시작했다. 그의 가슴팍은 넓었고 얇은 입술 가에는 생기 있는 짧은 수염이 나 있었다. 황금색의 머리카락은 가지런하게 그의 각진 두상에 붙어 있었다. "이런 바보 같으니라고." 그는 즐거운 듯 말했다. 그는 전형적인 미국 동부 출신의 유력 가문 자제였다. 군관의 얼굴은 태양에 그을려서인지 아니면 술에 취해서인지 붉어 보였고 이로 인해 매우 생기가 돌았다. 그는 어쩔 줄 몰라 하는 흑인 사병을 한 동안 당당하게 쳐다보고 있었다. 그가 말했다.

"알고 있나? 오늘이 너의 위대한 날이라는 것을." 그는 하하하 큰 소리로 웃기 시작했다. 사실 소대장 스텐리 퍼키는 약간 취기가 올라 있었다. 그는 소리를 낮추어 말했다. "아마도 너의 가족사에서 가장 위대한 날이 될 거야." 그는 악의가 가득한 눈을 깜빡였고 목소리를 높여 외쳤다.

"젠틀맨 여러분, 조용, 조용."

그는 스탠드로 걸어 나갔다. "젠틀맨, 조용히." 그가 말했다. 그리고는 조명 아래서 미소를 짓고 있었다. 마치 연설을 하기 위해 준비하고 있는 젊은 참의원같이. 이 지하동굴 같은 바는 얇게 돌아가는 레코드 소리만 들릴 뿐 조용해졌다. 그가 말했다.

"소대장 스텐리 퍼키는 여기서 선포합니다. 우리 위대한 합중국은 상병 벨나이 E 윌리엄스에게 명예를 수여합니다."

바 내부의 군인들은 일제히 모서리에 서 있는 흑인 사병을, 에밀리 황을 뒤에서 안고 정신 나간 듯이 서 있는 모습을 쳐다보았다. 술에 취한 웃음소리와 장난하듯 박수소리가 터져 나왔다.

소대장 스텐리는 동부 특유의 좀 인공적인 엑센트로 흑인 상병 벨나이 E 윌리엄스에게 장기간 촌락에 숨어 지내던 적들을 섬멸한 공을 인정하여 하사관으로 승진함을 선포했다. 그는 마치 대학에서 강연하는 듯한 태도로 말했다.

"벨나이 E 윌리엄스는 위대한 합중국 전사이자 위대한 애국자입니다. 그는 우리 합중국을 지탱하고 있는 신념을 위해 먼 전장으로 원정을 나갔습니다. 독립적이고 자유로운 우방을 보위하고 협조하기 위해 전쟁에서 싸울 때 그는 이미 우리나라의 기초라고 믿어 의심치 않는 공정, 민주, 자유와 평화의 전통을 영광스럽게 했습니다."

진실과 취기가 합쳐진 박수가 열렬히 울려 퍼졌다. 하사관 벨나이는 언제부터인지 울먹이고 있었다. " 아, 아 지저스 크라이스트," 그는 울면서 말했다. "울지 마세요. 나의 베이비" 에밀 리가 기쁜 듯이 말하면서 마치 담벼락보다 더 크게 자란 나무를 안듯이 그를 안았다. "하느님, 제가 얼마나 기쁜지요." 그는 소리 내어 울더니 마침내 대성통곡을 하기 시작했다.

"하느님, 예수…" 그가 말했다.

"울지 마세요. 착한 아기" 에밀리의 눈가도 붉어졌다. "울지 마세요. 착한 아기."

"울지 마세요. 착한 아기." 누군가 일제히 조롱하듯이 따라했다.

"하느님, 아버지."그는 실성을 하며 말했다. "내 증조부는 한낱 노예였어요."

"울지 마세요. 착한 아기" 그녀가 말했다.

"울지 마세요. 착한 아기." 술취한 사람들이 일제히 따라서 말했다.

마못(Groundhog)

하사관과 에밀리는 즐거운 하룻밤을 보냈다. 하사관 벨나이에게는 마치 세계의 모든 희망의 문이 그를 위해 열린 것 같았다. 성공, 희망, 영예와 존엄이 모두 그를 향해 자상하고 겸손하게 미소 짓고 있었다. 그리고 그의 영예와 즐거움은 온전하게 에밀리에게 전해졌다. "알아?" 하사관이 그의 손가락으로 그녀의 낮은 코를 누르며 말했다. "당신이 재잘재잘 끝없이 말하는 게 마치 작은 참새 같아."

그녀는 말을 멈추었다. "그런 게 싫어요?" 그녀가 우울해져 물었다. 하사관이 그녀를 안았다. 그의 검은 몸은 마치 한 그루 야생의 열대수 같았다. 그는 그녀의 작은 코에 키스했다. "아니‥ 조금도 싫지 않아…"그가 말했다. "당신은 세상에서 나를 즐겁게 해준 유일한 여자야." 그는 그녀를 놓아주며 마주하고 무릎을 꿇고서 왼손을 반쯤 들고 오른손을 그녀의 어깨에 올리고 엄숙한 얼굴로 말했다.

"나는 아프리카의 군왕이다. 나는 덥고 어두운 토지를 통치한다. 나는 그곳의 삼림, 격류, 뱀과 구렁이, 맹수, 상아와 다이아몬드 위에 군림한다."

그녀는 즉시 침대에서 엎드려 절을 했다. 그녀의 유방이 침대시트에 늘어져 닿았다. 그녀는 이어 말했다. "왕이시여, 아 왕이시여"

"당신은 왕의 참새요. 당신은 왕이 사랑하는 첩이요." 그가 말했다. "당신은 왕과 더불어 휴가를 같이 보내는 유일한 행운의 여인이요."

작은 참새는 정에 겨워 감동한 듯이 하사관을 포옹했다. 그녀는 그에게 입을 맞추었는데 마치 한 마리 흰색의 조그마한 어미닭이 검은 진흙의 대지에서 즐겁게 모이를 쪼고 있는 것 같았다. "나는 당신의 작은 참새야. 나는 왕의 애첩이야." 그녀는 소리 내어 말했다. "나는 당신을 모실 것이고 당신을 바람이 부는 또 다른 작은 시골로 데려 갈 거야."

"또 다른 작은 시골?" 하사관이 물었다.

"그래요. 나의 왕이여." 작은 참새가 말했다. "오늘 우리가 갔던 곳 같은 그렇게 작은 마을이에요." 왕이 말했다. "아…바람이 부는 작은 시골이라… 마치 당신이 태어나고 자란 고향 같은…"

검은 색의 왕은 침대에 누워있었다. 관광호텔의 크고 괜찮은 침대였는데 침대머리에는 황금색의 정교한 조각이 있었다. "오래되고 오래된 우리의 남방에 당신이 가 봤으면." 하사관이 말했다. "우리는 그곳에서 살았지. 대대로 그곳에서 노래하고, 기도하고, 눈물도 흘리고 술에 취하기도 하고 열심히 일도 하면서 우리의 뼈를 그곳에 묻어왔지."

"당신이 좋아만 한다면 내일 당신을 데리고 다른 촌락에 가 볼 거예요." 작은 참새는 흥분해서 말했다. "그곳에는 작은 고기잡이 부두가 있는데 어선들은 바쁘게 바다에서 잡아온 생선과 새우들을 부두에 풀어 놓아요."

"아‥ 아니야." 하사관이 말했다.

"좋으실 대로요." 작은 참새는 말했다. 그녀는 침대에서 내려와 물을 따라 그에게 주었는데 그녀의 어깨는 넓고 미끄러워 마치 개간을 기다리는 산등성이 같았다.

하사관은 몸을 비스듬히 돌려 물을 마셨다. 그는 마치 어린아이를 안듯이 두 손으로 컵을 부여 잡았다. 그녀는 그의 검은 색 배를 애무하면서 자신의 손이 그에 비헤 매우 희다는 것을 발견했다. 그러나 그녀는 결코 흰색의 여자는 아니었다. "이곳의 풍경이 어디든 다 똑 같다고 했지 않았어?" 하사관이 미안한 듯이 물었다.

"맞아요." 그녀는 웃으며 말했다. "Yeah, that's true."

"Yeah, that's true." 하사관이 말했다. 그는 컵의 밑면을 통해 천장을 보았는데 한 쪽 눈은 가늘게 실눈을 뜨고 있어 마치 망원경으로 멀리 있는 곳을 관찰하는 것 같이 보였다. 그는 낮게 말했다. "Yeah, that's true. 어디든 다 똑같지. 전 세계의 시골은 다 똑같이 생겼어."

그녀의 손이 그의 검은 색 몸을 더듬고 있었다. "그래요?" 에밀리가 말했다.

"오늘 본 시골은 도처에 다 논이었어. 태양이 바람에 이리저리 흔들리는 벼이삭을 비추고 있었어. 포성만이 없을 뿐이지. 연기도 없고, 빽빽한 삼림도 없고---그렇지 않았다면 우리가 전투를 벌인 곳과 너무나 닮았어." 그는 갑자기 소리 내어 웃기 시작했다. 에밀리가 그의 비밀스런 부위를 만졌기 때문이었다. 그는 그녀를 피하면서 컵을 침대 옆의 탁자에 놓았다. 그러고는 또 킥킥거리며 웃었다. "당신은 조그만 탕부야."

"안 좋아요?"

"아니, 하지만 지금은 아냐." 하사관은 이렇게 말하며 우울하게 자신에게 잡혀있는 그녀의 손에 키스했다. 그녀는 웃기 시작했다.

"당신의 뜻은…" 그녀가 말했다. "시골의 그런 모습을 좋아하지 않는 이유는…"

"모르겠어." 하사관이 말했다. 그의 두터운 입술이 마치 빨판 같이 힘 있게 그녀의 손등을 핥고 있었다.

"전쟁 때문이에요?"

"아, 아니." 하사관이 재빠르게 말했다. "나의 증조부 역시 군인이었어. 그는 로버트 리 장군쪽에 참가해서 북쪽 양키들을 무찔렀지." 그는 탁자를 보면서 컵과 하모니카 사이에 놓여 있는 담배갑을 집어 들어 그 두꺼운 입술로 길고 흰 담배를 하나 뽑아내었다. 그녀는 라이터로 불을 붙였다. 그의 모습은 정말 군인 같아 보였다.

"이제 나는 하사관이야." 그는 자신이 넘치는 투로 말했다. "하사관에서 더 올라가면 소위, 중위, 대위, 다시 더 올라가면 소령, 중령, 그런 후에는 대령이지."

"반드시 그렇게 될 거에요." 그녀는 즐겁게 말했다. "당신은 반드시 그리 될 거예요."

"그때가 되면 사람들은 나를 벨나이 대령이라고 부르겠지---내가 늙을 때까지 말이야. 젊은이들이 나를 벨나이 대령님, 벨나이 대령님 이렇게 부르며 공경하겠지."

그녀는 사실 소위 대령이라는 영예가 뭔지 알지 못했다. 그러나 그녀는 진심으로 그가 어느 날엔가 한 명의 대령이 되리라고 믿었다. 그에게 하사관을 임명한 야성적이면서도 멋진 그 스텐리 소대장처럼 될 것이라고 생각했다.

"그때가 되면 사람들은 나를 친목회의 위원으로 초청하고 백인들과 함께 연회도 참가하며 심지어 백인 아이들에게 쓸모 있는, 총명한 충고를 하게 될 거야." 그는 미소를 띠며 말했다. "게다가 깨끗하고 조용한 큰 집을 가지게 될 거야. 높게 자란 남방의 벵골보리수가 비호하는. 벵골보리수의 그림자가 잔디밭에 영원히 녹음을 드리우고…."

"벨나이 대령님" 그녀는 낮게 말했다. "대령님의 부인에 대해서는 얘기 안 하시는 군요."

하사관은 즐거운 가운데 놀라움을 표시했다. 그의 작은 참새는 근심이 있는 듯 은색의 머리핀을 만지작거리고 있었다. 그는 손을 뻗어 그녀를 당겨 포옹하면서 말했다. "나의 베이비, 나의 작은 참새…" 그녀는 소리를 내지 않고 잘 길들여진 비둘기처럼 그가 하는 대로 맡기고 있었다. 그러나 그녀는 시종 집중을 할 수 없었다. 그녀가 말했다.

"그들은 모두 고상한 사람들인가요?"

"누가 고상한 사람이야?"

"벨나이 대령님의 친구들 말이에요."

"당연하지. 그들은 다 고상한 사람들이지." 하사관은 웃으면서 말했다.

"당신은 그들의 한 사람의 딸과 결혼하겠군요." 그녀는 쓸쓸하게 웃었다.

흑인 하사관은 조용하게 에어컨의 바람이 나오는 출구를 쳐다보았다. 차가운 바람이 천천히 불어와 깊이 잠든 커튼을 흔들었다. 그는 새로운 야심으로 인해 곤란한 듯 모종의 감동을 거절하고 있었다. 그러나 그는 여전히 말하기를,

"나는 누구하고도 결혼하지 않아. 너와 결혼할거야. 나의 아가, 나의 작은 참새."

"정말이에요?" 그녀는 기쁘게 말을 했다.

"정말이지." 하사관이 말했다.

에밀리가 꿈틀거리며 그의 팔 안으로 파고 들어 먼 고향의 마못을 떠올리게 했다. "정말이죠?" 그녀가 말했다. "하느님에게 맹세하지. 당신이 나의 대령부인이야." 그가 말했다. 그는 자신의 마못에 키스하기 시작했다. 그러나 그는 그녀가 섹스에 집중하지 못하는 것을 알고 있었다.

"바니" 그녀가 친밀하게 불렀다.

"Yeah?"

"바니, 내 말은" 그녀는 가볍게 그의 검은 색 손가락을 깨물었다. "그렇게 말해 주어서 너무 기뻐요."

"무슨 얘기야?" 하사관이 말했다.

"무슨 뜻이기는요?" 그녀가 웃으며 말했다. "나는 술집 여자에 불과해요. 대령의 부인이 될 수 없잖아요."

"에이미!" 그가 말했다.

"내가 술집 여자가 아니라해도 나는 양녀예요. 아시겠어요?"

"오.. 나는 모르겠어." 그가 웃으며 말했다. "하지만 상관없어. 당신은 나의 대령부인이야."

"양녀는 어릴 때 팔려간 그런 여자예요." 그녀가 말했다. "내 어머니도 양녀였어요. 나의 외할머니도요."

"하느님 아버지" 하사관은 탄식하듯 말했다. "백 년 전 우리도 짐승처럼 팔렸지. 하지만 봐 이제 나는 하사관이 되었는 걸…."

"맞아요. 당신을 위해 기뻐해요." 작은 참새는 즐겁게 말을 했다. "나는 어려서부터 그 어두운 방에서 자랐어요. 당신이 본 시골의 그런 집에서요. 하지만 무슨 상관이에요? 지금은 그들 누구보다 잘 사는 걸요. 마치 당신이 하사관인 것처럼. 그리고 내일이면 아주 멋진 대령이 될 지도 모르잖아요."

"당신이 그런 집에서 자랐다고?" 하사관은 침울해졌다. "내가 공을 세운 그 전장 말이야. 그곳에도 그렇게 낮고, 어두운 집이 있었어. 나는 총을 들고 집으로 들어갔어. 조그만 여자애가 모서리에 앉아 팔이 떨어져 나간 인형을 안고 있었지. 그 애는 놀라지도 않고 울지도 않았어. 당신도 그런 집에서 자랐단 말이지?"

"당신이 껌을 그 작은 여자애에게 주었다고 말해줘요." 그녀는 간절하게 말했다. "당신은 그 작은 여자애를 부대로 데리고 가서 많은 캔과 식료품을 주었군요."

"당연하지." 하사관이 말했다. "당연하지. 하느님 아버지 내가 가진 모든 껌과 캔과 식료품을 그 아이에게 주었어."

"그럴 줄 알았어요." 그녀는 위안을 얻은 듯 말했다. "오늘도 당신을 둘러싼 아이들에게 껌을 나누어 주었잖아요."

하사관은 침묵했고 바로 담배를 하나 꺼내 불을 붙였다. 그가 말했다. "하지만 나는 당신이 사는 이곳이나 그곳의 논을 좋아하지 않아. 그 태양도 싫어 그 악의적인 삼림도 싫고 숲속에 숨어있는 제기랄 그들이 마치 거머리같이 구토 나게 해."

"The son of a bitch!" 그녀는 저주하듯 말했다.

"누가 누군지 알아 볼 수가 없었어. 제기랄." 하사관이 분노하며 말했다. "하지만 나도 그들의 집이 우리가 지른 불로 다 타버린 것이 좋은 것만은 아니야. 정말이야. 나도 농부거든."

"하지만 전쟁이 끝나면 당신은 대령이 되잖아요."

"맞아." 조금 우울해진 하사관은 갑자기 기분이 좋아졌다. "생각해

봐. 내 증조부가 로버트 리 장군의 군대에 참가했을 때는 일개 마부에 지나지 않았어."

이렇게 그들은 흥분하기 시작했고 차츰 피곤함 속에서 잠들어 갔다. 그러나 날이 밝아 오기 시작할 즈음 하사관은 돌연히 깊은 잠에서 깨어나 소리치기 시작했는데 그 소리는 마치 언어를 사용하기 전 시대의 인류가 두려움 속에서 내는 절규 같은 것이었다.

당신은 한 마리의 오리

하사관 벨나이 E 윌리엄스는 병이 들었다. 그날 이후 그는 매일 밤마다 장시간의 악몽에 시달렸으며 어떻게 해도 악몽에서 깨어나지 못했다. 그는 시외에 있는 예쁘장한 정신병원으로 보내졌다. 그의 치료를 맡은 이는 야심이 넘치는 젊은 의사였다. 그는 유창한 영어를 구사했지만 하사관은 그를 좋아하지 않았다. 왜냐하면 잊고 싶은 지난 일을 계속 물어왔기 때문이다. 그러나 악몽은 마치 귀신의 혼백 같이 깊은 밤 일정한 시각에 매일 그를 괴롭혔고 그로 인해 두려움에 떨었다. 때문에 하사관은 점차 이 잘난 체하는 중국의사에게 의지할 수밖에 없었다. 사실상 그는 줄곧 자신 있고, 잘난 체하며 고상한 사람들에 대해 혐오감과 두려움을 갖고 있었다.

"좀 좋아졌습니까?" 의사가 웃으며 말했다. 그의 목소리는 약간 오리가 소리 지르는 것 같다고 하사관은 생각했다. 그는 의기소침해져서 말했다.

"악몽이 없어지지 않아요. 아시다시피."

"우리가 결국 찾아내게 될 거예요." 오리가 말했다. "우리가 찾고 있는 중입니다. 무슨 일이 당신을 이렇게 만드는지." 그는 직업적인 미소를 지었다. 그는 정말 잘난 체하는 오리(duck)였다. 의사(Doc.)가 아니라.

"Yeah, duck." 하사관은 장난스럽게 웃었다. "Yeah, duck."

"좋습니다." 의사가 말했다. "한 번 생각해 보죠. 이전에도 이런 악몽에 시달린 적이 있나요?"

"하느님 아버지, 한 번도 없어요." 하사관은 화가 난 듯 말했다. "한 번 정도 있었겠지. 하지만 그 때는 어린 아이였을 때니까."

"어렸을 때 이런 적이 있었다고요? 좋습니다." 의사는 기쁜 듯이 말했다. "왜 그랬는지 기억합니까?"

"기억 못 합니다."

그들은 침묵하기 시작했고 의사는 그를 보며 미소를 지었다. 그는 정말 미운 오리라고 하사관은 생각했다. 그러나 그는 또 우울해졌다.

"아마도 내가 무서워서…. 모르겠어요." 그는 힘없이 말했다. "내 아버지는 듣기 좋은 노래들을 많이 부를 줄 알았어요. 특히 누가 기타를 빌려주기라도 하면…."

"당신의 아버지는 노래를 잘 불렀나요?"

"세상에 그보다 더 잘 부르는 사람은 없을 거예요." 하사관은 쓸쓸하게 말했다.

"그게 뭐 무서운 건 아닐 것 같은데. 안 그래요?"

"모르겠어요." 하사관은 두 손으로 얼굴을 가리고 머리를 쉴 새 없이 흔들었다. "모르겠습니다." 그는 말했다. "의사 선생, 내가 모든 것을 다 당신에게 알려 줘야 되는 거요?"

"당연히 모든 일을 다 알려 줘야 합니다." 오리는 부드럽게 말했다. "우리는 당신을 도우려고 하니까요. 보세요."

의사는 하사관에게 담배 한 개피를 건넸다. 담배를 들고 있는 하사관의 손이 미세하게 떨렸다. 그러나 의사는 일부러 이를 무시했다. "좋습니다." 하사관은 힘없이 말했다. "그는 늘 나를 데리고 밤에 놀러 나가곤 했습니다. 깊은 밤의 가로등 아래서 눈물을 흘리곤 했지요. 그는 내게 잘 해 주었어요. 의사 선생." 하사관은 피곤한 표정으로 웃었다. 의사가 말했다.

"계속 하세요. 듣고 있습니다."

"그는 한 모금 한 모금씩 술을 마셨지요. 그리고는 그 원숙한 저음으로 가볍게 노래를 불렀어요." 하사관이 말했다. "추운 밤에 술을 다 마시고 노래를 부른 후 아이들아 우리 집으로 돌아 가자꾸나."

"당신 아버지가 아이들아 우리 집으로 돌아 가자꾸나 이렇게 얘기했다고요. 계속 하세요."

"우리는 집으로 돌아갔어요. 어떤 때는 그 백인이 아직 가지 않아서 우리는 숨어서 그를 기다렸지요. 그런 후 어머니가 문밖으로 그 백인을 보내면—그는 더러운 돼지였어. 어머니는 아무 것도 입지 않았어요."

하사관은 울기 시작했다. 탁자에 놓여있는 컵에는 생기 있어 보이는 붉은 장미가 한 송이 꽂혀 있었다.

"감정을 털어내는 것은 당신에게 좋은 일입니다." 의사가 말했다. "지금은 다 지나간 일입니다. 감정을 쏟아내는 것은 당신에게 좋은 일입니다."

"그러기를 바래요." 하사관이 말했다. 그는 다른 담배 하나를 물었다. "우리가 집으로 돌아가면 아버지는 어머니를 때리기 시작했고 욕을 해댔어요. 그러면 어머니는 낮은 소리로 울면서 한 번도 반항하지 않았어요. 그런 후 우리는 한 침대에 모두 모여 잠을 잤어요." 그는 담배를 물이 담긴 재떨이에 비벼 껐고 물이 천천히 담배를 적시는 것을 지켜보았다. 그가 말했다. "바로 그런 날 밤에 나는 악몽을 꾸었어요."

"정말 슬픈 이야기군요." 의사는 부드럽게 탄식하듯 말했다. "하지만 내게 이 이야기를 한 것에 대해 후회할 필요는 없어요. 나는 의사니까. 우리는 이미 방향을 잡았어요. 어떤 분노와 두려움과 불안한 일이 당신에게 악몽을 꾸게 하는지? 우리 이 방향으로 찾아 봅시다. -- 당신이 이런 것을 내게 말한 데 대해 후회할 필요는 없어요." 그가 말했다. "나는 의사니까요."

"그건 당신이 나를 치료할 수 있냐에 달려 있죠."

의사는 하사관을 향해 웃기 시작했다. "지금은 좀 좋아진 것 같군요." 하사관이 말했다. "지금 나도 당신에 대해 좀 편해졌어요." 의사는 또 웃었다. "좋습니다." 의사가 말했다. "좋습니다. 기록에는 당신이 공을 세웠다고 되어 있어요.--전투는 당신에게 어려움을 느끼게 하지 않지요?"

"그런 거 없습니다." 하사관이 말했다.

"예를 들어 두려움이라든가.."

"두려움은 조금 있지요." 하사관이 열심히 말했다. "시작할 때는 그랬죠. 하지만 얼마 후 좋아하게 되었지요. --알잖아요. 내 평생에 처음으로 백인과 동등하게 전호에 숨어서 건빵을 먹고 포커를 치고 임무를 수행하고 하나도 차별 없이. 그들도 적에 의해 격퇴되기도 하고 하나도 특별할 것 없죠. 전쟁을 할 때는 완전한 합중국의 공민이 되는 겁니다."

"전쟁 이전에는 어땠습니까?"

하사관은 웃기 시작했다. "전쟁 전에요? 하느님 아버지. 아주 어릴 때부터 백인이 사는 거리에 가면 안 된다는 것을 알았죠. 아. 그 깨끗하고 예쁘고 넓은 거리. 지저스. 어릴 때부터 딕, 탐, 제이미와 놀 수 없다는 것을 알았어요. 이게 나를 화나게 해요. 의사 선생. 나의 세계는 그렇게 조그만해. 영원히 실망스럽고 더럽고."

"당신은 민감한 아이였군요." 의사가 말했다.

"한번은 몰래 비누로 내 얼굴을 죽을 듯이 씻은 적이 있어요." 하사관은 큰 소리로 웃기 시작했다. "씻으면 피부가 희게 될 것 같아서.--지저스 크라이스트"

"아.." 의사가 말했다. "그래서 군대를 좋아했군요. 딕, 탐 등과 같이 작전도 하고. 열등감도 느끼지 않아도 되고."

"모르겠어요." 그가 말했다. "어떤 때는 정말 전쟁이 영원히 끝나지 않으면 좋겠다 싶어요. 한번은 탄환이 비처럼 쏟아지는 걸 무릅쓰고 로저를 전호로 끌고 왔어요. 로저는 배를 타고 올 때 알게 된 사람인데 적군이 그의 왼쪽 어깨를 쏘아서 어깨가 다 날아갔어. -- the son of bitch!--그가 말했어요. '바니, 나를 구해줘서 정말 고마워'라고. 그런 후 그는 아무 일도 없다는 듯이 죽어 버렸어요. 그가 말했어요. '바니. 정말 고마워'라고. 내 반평생 그 어떤 백인도 나한테 그런 얘기를 한 적이 없어. 나는 울었어요. 의사 선생." 하사관은 자조하듯이 말했다. "그들은 말했어요. 바니는 정이 많은 사람이라고."

"당신은 그럴 거예요."

"당신은 몰라." 하사관이 말했다.

"당신은 그래요." 의사가 말했다. "한 번 생각해 보죠. 최근에 악몽을 꾸기 전에 무슨 특별한 일이라도 있었는지."

"사실은 최근이 내게 있어 가장 즐거운 때였어요." 하사관이 말했다. "어떤 여자를 만났거든요."

"그 여자를 사랑하게 되었군요." 의사가 즐겁게 말했다.

"늘 생각해요. 내가 그녀를 사랑하게 되었나? "하사관은 말했다. "그녀는 바걸인데 내가 그녀를 사랑하게 되었나?"

"그녀가 당신을 곤혹스럽게 하나요?"

"절대로 아닙니다." 그가 말했다. "에밀리는 좋은 여자예요. 에밀리는 가련한 천사예요."

"에밀리는 가련한 천사라고요?"

"에밀리는 가련한 천사예요." 하사관이 말했다. "에밀리는 양녀예요. --어려서 남에게 팔려간 그런 여자 애예요."

"그녀도 당신을 좋아하나요?"

"모르겠어요." 하사관이 말했다. "당신들의 말로 하면 그녀는 열등감을 가지고 있어요.--내가 맞는 말을 했죠?"

"yes, infiriority complex."

"에밀리는 내가 자신에게 과분하다고 했어요. 왜냐하면 나는 언젠가 대령이 될 테니까." 하사관은 수줍게 말했다. "그녀가 한 말이에요."

"어쨌든 그녀는 당신을 곤혹스럽게 하지 않았나요?"

"절대로 그렇지 않습니다. --하느님은 아십니다.--에밀리는 착한 여자예요."

"그녀가 가련한 천사라고 당신이 말했잖아요?" 의사가 말했다. "뭐 다른 거 생각나는 것이 없나요?"

"그녀는 내게 자신이 그 낮고 어두운 집에서 자랐다고 말했어요." 하사관이 말했다. "이게 나를 곤혹스럽게 해요. 하지만 에밀리가 나를 곤란하게 하는 건 아닙니다.--에밀리는 가련한 천사예요.”

“그 낮고 어두운 집이 당신을 곤혹스럽게 합니까?”

하사관은 돌연 당황하기 시작했다. “아마도 그런 것 같아요.” 그는 숨을 거칠게 몰아쉬며 말했다. “아마도 그런 것 같아요.”

“중요한 관건을 찾아낸 것 같군요. 하사관.” 의사는 엄숙하게 말했다. “그걸 놓지 말아요.”

“에밀리가 나를 데리고 작은 마을에 놀러 갔어요.” 하사관은 침울하게 말했다. “그곳의 태양, 태양아래 논, 심지어 무성한 삼림이 또 다른 촌락을 생각나게 했습니다.”

“그 마을을 기억합니까?”

“기억나지 않았으면 좋겠어요. 그 때 우리보다 네 배나 많은 적들이 우리를 사방팔방으로 에워싸고 있었어요. 그 검은 상의를 입은 거머리들, 제기랄 그놈들이...” 하사관은 화가 난 듯 말했다. “우리는 섬멸당했어요. 그 새끼들한테.”

“당신들이 섬멸당했다고요? 계속 말해 보세요. 하사관.”

“나 혼자만 살았어요. 적들이 물러난 뒤 나는 나의 자동소총을 가지고 밤새 달렸습니다. 그 뒤 아마도 나무뿌리에 넘어져 그대로 잠이 들었나 봅니다. 깨어났을 때 총을 안고 나무아래 누워 있었으니까요.” 하사관이 말했다. “아마도 그 강렬한 태양 때문이었나 봅니다. 나는 매우 긴장했어요. 긴장해서 총을 잡고 있었어요. 무슨 소리가 나거나 움직이는 게 보이면 바로 총을 쏘려고요.”

“당신은 매우 긴장하고 있었습니다. 소리가 나거나 움직이는 게 보이면 바로 방아쇠를 당길 생각으로.” 의사가 말했다.

“아마도 나는 이렇게 생각하며 그 작은 마을로 들어갔을 거예요.

그 태양 속으로." 하사관은 우울하게 말했다. "그 논들, 그 사나운 삼림. 나는 계속 총을 쏘며 갔어요. 낮고 작은 집으로 들어설 때까지."

"낮고 작은 집으로 들어갔어요. 계속하세요."

"집안에 작은 여자아이가 앉아 있었어요. 팔이 부러진 인형을 안고."

하사관이 말했다. "그 여자아이는 두려워하지도 않고 울지도 않았어요. 그냥 눈을 크게 뜨고 나를 보기만 했어요. 나는 방아쇠를 당겼어요. --지저스 크라이스트--"

하사관은 울기 시작했다. 의사는 찬물을 한잔 따라 주었다. "의사 선생. 나는 그럴 수밖에 없었어요. 믿어 주세요." 그가 말했다.

"나는 온전히 당신을 믿습니다." 의사가 말했다. "물을 마시고… 나는 온전히 당신을 믿습니다."

"누가 누군지 분간이 안 되었죠.--그들은 다 똑같이 생겼으니까. 평평한 얼굴, 비스듬히 찢어진 눈, 검은 색 면셔츠. 그런데 나는 혼자였어요. 나를 믿는 거예요?"

"온전히 믿어요." 의사가 말했다. "당신이 전쟁터에 있었다는 것을 잊지 않았어요."

"나는 그 낮고 작은 집 밖에서 잠에 빠져 있었어요." 하사관이 가볍게 말했다. "우리 부대가 차를 몰고 오기 전까지. 그들은 내가 마을 전체를 섬멸했다고 말했어요."

하사관은 또 울기 시작했다. "하느님, 아버지" 그가 말했다. "당신은 반드시 알아야 합니다. 내가 일부러 그런 게 아니라는 것을. 누가 공산당인지 또 누가 아닌지 분간이 안돼요…."

"물 한 잔 마셔요. 하사관." 의사는 부드럽게 말했다. "감정을 발설

하는 것은 당신에게 좋은 일입니다.--- 매우 좋은 일이지요."

"오. 하느님..." 하사관은 혼자 중얼거렸다. 그의 눈에서 눈물이 검은 볼을 타고 조용히 흘러 내렸다. 마치 빗방울이 오래되고 검은 바위에 매달려 있는 것 같았다.

붉은 색 스카프

하사관 벨나이 E 윌리엄스는 한 아름의 붉고 노란 장미꽃을 안고 택시에서 내려 그의 바다거미같이 긴 다리를 내딛어 조그만 아파트로 향했다. 칠월의 더운 기운이 협소한 계단 주위에서 그를 둘러싸고 있었다. 그의 얼굴은 삐져나온 땀으로 인해 빛나고 있었고 땀은 털실처럼 말린 그의 머리카락에 베어나 있었다. 하지만 하사관은 오히려 즐거운 듯이 노래를 불렀다.

--모니다, 아름다운 모니다여.

당신은 즐겁지. 한 번의 원망도 없었지.--

그는 계단을 올라갔기 때문에 숨이 찼다. 그가 작은 방문을 열었을 때 그녀의 귀여운 하지만 튼튼해 보이지 않은 작은 침대가 한 눈에 들어왔다. 침대에는 하나의 은색 머리핀이 놓여져 있었다.

"에밀리!" 그는 즐겁게 숨을 몰아쉬었다. 그가 말했다. "에밀리 나의 작은 참새!"

그녀는 욕실에서 달려 나왔다. 오래된 잠옷을 입고 있었고 붉은 색의 수건으로 그녀의 머리 전부를 싸매고 있어 그녀의 약간 튀어나온 뒤통수를 더 잘 보이게 하고 있었다. "아!" 작은 참새가 말했다. "아!" 그들은 포옹했다. 그는 그녀의 여전히 물이 떨어지고 있는 목에 키스했다. "아, 아" 그녀는 기뻐서 눈물을 흘렸다. "바니, 이 나쁜 남자.." 그녀가 말했다. "정말 나쁜 사람이야!"

하사관은 몸을 구부려 바닥에 떨어진 붉고 노란 장미꽃잎을 집었다. "봐." 그가 말했다. "퇴원했어. 나오자마자 바로 차를 잡아타고 돌아온 거야." 그녀는 기뻐서 웃었다. "이렇게 예쁜 장미꽃을!" 그녀는 말하면서 눈물을 흘렸다.

"유월 한 달을 전부" 그는 장미꽃을 네 개의 목이 넓은 빈 병에 나누어 꽂았다. 그는 말했다. "유월 한 달을 전부 그들은 우리를 못 만나게 했어." 그는 나머지 꽃을 또 나누어 컵과 빈 깡통에 꽂았다. "하지만 당신은 매일 장미꽃 한 송이를 보내왔어. 유월 한달 동안 내내."

"그들이 당신에게 잘해 준다고 내게 말했으니까요." 그녀가 말했다. "정말 그랬어요?"

"Why, Yeah!" 그는 또 흰색의 말처럼 생긴 이빨을 내보이며 웃었다. "나를 오랜 친구처럼 대해줬지."

"줄곧 걱정했어요." 그녀는 그의 카키색 군복을 벗기고 그의 검고 야윈 가슴에 입을 맞췄다. "내게는 삼촌이 한 명 있어요. 내 기억으로 그는--"

"그는--" 하사관이 말했다.

"그들은 그를 검은 집에 묶어 두었어요. 이십년이 넘게"

"미쳐서?" 하사관은 이빨을 드러내며 웃었다.

"그 이야기 하지 않기로 해요." 그녀는 급하게 말했다. "나는 그냥 걱정을 했어요."

"미치광이를 무서워하지 마." 하사관은 부드럽게 말했다. "그들은 다만 마음을 다쳤을 뿐이야. 마치 피부에 상처가 난 것과 같은 거야.

라고 오리가 이렇게 말했어." 그는 그녀에게 그 의사가 잘난 체하는 오리와 얼마나 닮았는지 말해 주었다. 그녀는 군복을 걸었다. "하나도 안 무서워요. "그녀는 유쾌하게 말했다. "우리 잊어 버려요. 그렇게 해요." 그는 뒤에서 그녀를 안았다. 하사관이 말했다. "지금은 한 마리 즐거운 숫소처럼 건강해졌어. 에밀리, 당신은 나의 신부야. 나와 결혼해 주겠어?"

그녀는 몸을 돌렸다. 그들은 침묵했다. 그녀의 눈에는 즐거운 눈물이 반짝이고 있었다. "나는 영원히 당신의 신부예요." 에밀리가 말했다. 그녀의 낮은 코가 유쾌하게 벌렁거렸다. "나는 영원히 당신의 신부예요. 하지만 당신은 나와 결혼할 수는 없어요. 나는 술집 여자인걸요."

"작은 참새. 내말을 들어 봐." 하사관은 엄숙하게 말했다. 그는 전부의 태양을 검은 색으로 칠할 만큼 엄숙했다. 그가 말했다. "알잖아? 내가 노예의 자손이라는 것을···한 명의 노예라는 것을."

비록 그녀가 'Slave'를 '노예'로 번역된다는 것을 알았다고 하더라도 그 뜻을 충분히 이해하지는 못했다. 그녀는 고개를 가로로 흔들며 말했다.

"하지만 당신은 대령이 될 사람이잖아요." 그녀는 붉은 색의 수건을 풀었다. 그녀의 짧은 반쯤 젖은 머리카락이 차갑게 흘러 내렸다. "하지만 달라지는 건 없어요. 나는 영원히 당신의 신부예요." 그녀는 웃으면서 말했다. "당신이 돌아가기 전까지 나를 사랑해 주면 그걸로 돼요."

"당신은 바보 같은 작은 참새야." 그는 건강이 충만한 사람처럼 자신 있게 말했다. "하사관이 말한다. 그가 당신을 아내로 맞이할 것이라고, 당신과 결혼할 것이라고."

"이럴 필요 없어요. 정말로요." 그녀가 말했다. 그녀는 그의 품속에서 즐겁게 몸을 움직였다. 마치 갈색의 마못처럼. "당신이 돌아가기 전에 나를 사랑해주면 돼요.--온전히 나를 사랑해 주면—그러면 돼요." 하사관 벨나이 E 윌리엄스는 우울하게 말했다. "그들이 당신에게 내가 가야한다고 말했어?"

"당신들은 결국 가야 하잖아요." 그녀는 낮은 목소리로 말했다. "잊어 버려요. 그냥 즐겁게 당신의 휴가를 보내기로 해요. --휴가가 얼마나 남았나요?"

"나흘" 그는 낮은 소리로 탄식하면서 침대 머리맡의 탁자에 놓인 붉고 노란 장미를 바라보았다. 그들은 침묵했다.

"나흘." 그녀는 힘없이 말했다.

"작은 참새. 내 말을 들어봐..."

작은 참새는 소리 없이 눈물을 흘렸다. "나흘이라도 좋아요." 작은 참새가 말했다. 그녀는 자신의 잠옷을 벗었다. 풍성한 유방이 약간 움직였다. 그녀는 침대 옆의 선풍기를 켜고 침대에 옆으로 누웠다. "작은 참새 내 말을 들어 봐...." 하사관은 그녀에게 키스했다. "병원에 있을 때 나 자신에게 말했어. 평생 처음으로 내 자신이 얼마나 중요한지 알게 해준 사람이 있다고. 그 사람이 바로 당신이야. 나의 작은 참새. 나는 또 자신에게 말했어. 평생 처음으로 나의 인생에 하나의 목표가 생겼고 그것을 위해 노력할거라고." "당신을 사랑해요." 작은 참새는 탄식하면서 말했다. "당신을 사랑해요." 하사관은 가볍게 그녀의 전신에 입을 맞추었다. "당신을 떠나고 싶지 않아. 내말 믿어? 하지만 그 전쟁터로 돌아가야만 해. 삼림 속에 숨어있는 검은 색 거머리들을 다 죽여야만 해. 제기랄. 나는 용감한 군인이 되어야 해. 대령이 되어야 해. 그래서 당신을 자랑스럽게 해 줄거야." 에밀리는 몇 번이고 그에게 한 달 동안 당신의 아이를 가졌었다고 말하고 싶었다. 반드시 예쁘고 검은 색의 남자아이였을 거라고. 그러나 그녀는 다만 생각에 그쳤다. 아버지를 닮아 한 쌍의 큰 눈을 껌벅거릴 것이라고. 하지만 그냥"당신을 자랑스럽게 생각할 거예요."라고만 말했다. 그녀는 즐거운 듯 미소를 지었다. 하사관은 흥분해서 숨을 몰아쉬었다. 아이는 필시 예쁜 남자애였을 거야. 한 쌍의 큰 눈을 아버지처럼 껌벅거리는. 그녀는 혼자 생각했다.

찬란한 햇빛

어느 안개가 낀 밤 그녀는 퇴근을 하고 집에 돌아왔다. 문 아래서 하나의 예쁜 흰색 봉투를 집어 들었다. 그녀는 등불을 켜고 봉투 안에서 한 장의 매우 정교하게 장식된 편지를 꺼냈다. 그녀는 한 마리 분노하는 독수리가 예리한 화살을 잡고 있는 것을 보았다. 마치 날개를 펴고 날아가려는 것처럼. 그녀는 곧 바로 하사관으로 진급했을 때의 증서에도 똑같은 독수리가 있었다는 것을 기억해 내었다. 그녀는 즐겁게 편지지에 입을 맞추었다. "바니, 당신은 해냈군요. --비록 어떤 직급으로 승진했는지는 모르겠지만." 그녀는 혼자말로 말했다. "you make it, Barney, you make it!"

그녀는 예쁜 편지지를 책상에 놓았다. 하사관 벨나이 E 윌리엄스의 사진이 안경 속에서 웃고 있었다. 그녀는 옷을 벗고 목욕을 시작했다. 즐겁게 휘파람으로 그의 "아름다운 모니다"를 부르며 그가 승선할 때의 모습을 떠올렸다. 세일러 모자를 쓴 옆얼굴이 마치 용감한 군인 같아 보였다. 그때 찬란한 햇빛이 그 거대한 전함을 비추었고 그의 새 카키색 군복을 비추었다. 그는 자꾸 긴 팔을 들어 그녀를 향해 흔들었고 그녀는 배 아래서 울고 또 울었다. "스윗 하트, 잘 지낼게." 그는 큰 소리로 말했다. "당신을 보러 돌아올 거야. 반드시!" 그런 후 전함은 천천히 항구를 떠났다. 너무나 찬란한 햇빛이었다. 그녀는 샤워기의 쏟아지는 물줄기를 향해 얼굴을 들고 이빨을 드러내며 웃었다. "내일 바텐더인 샤오류에게 이 편지를 읽어 달래야지." 그녀는 혼자 말했다. "이번에는 적어도 소위겠지. 소위 벨나이 E 윌리엄스!" 그녀는 웃음을 참지 못하고 소리를 내었고 입에 가득 모인 물을 뱉어 내었다.

불빛 아래 그 예쁜 봉투는 조용히 누워 있었다.

그는 의심할 여지없이 민주, 평화, 자유와 독립을 위해 싸웠습니다. 그는 합중국의 전통인 정의와 신념을 위해 몸을 바쳤습니다. 그의 희생은 전 세계 자유의 인민들이 노역을 반대하고 인간성에 반하는 행동들에 대해 투쟁을 진행하는데 있어 하나의 유력하고도 웅변적인 거석이 되었습니다.

-1967년 7월 『文學季刊』 4期

최말순 옮김

부록 1

• 카렌 손버 Karen L. Thornber

카렌 손버 (Karen L. Thornber)

비교문학, 세계문학, 동아시아 및 인도양 지역의 문화와 문학에 이르기까지 폭넓은 분야에서 연구를 하고 있다. 전 지구적이고 보다 광범위한 문화적 의식의 주요한 요소로서의 텍스트의 생산, 유통, 소비 그리고 재구성에 특히 관심이 많다. 뿐만 아니라 문화횡단(Transculturation), 포스트 콜로니얼리즘(postcolonialism), 에코 크리티시즘(ecocriticism, 문학과 환경) 등에도 주목하고 있다. 연구 대상 언어는 중국어(현대 및 고전), 일본어(현대 및 고전), 한국어, 힌두어, 우르두어, 프랑스어, 독일어 등 매우 다양하다.

제국 일본 내에서의 여행,
독자 접촉, 작가 접촉*
One Travel, Readerly Contact,
and Writerly Contact in the Japanese Empire

일본 제국의 지배 영역은 19세기와 20세기 다른 제국주의 열강들과 마찬가지로 복수의 예술적인 접촉 성운(contact nebulae)을 만든 것으로 특징지어진다. 일본 제국 내 다(多)문화권 사이의 차이점은 약화되는 동시에 강화됐다. 빈번한 다문화권의 상호 작용으로 경계가 불안정하게 되기도 했지만, 다문화권 접촉이 증가하면서 불안감이 말할 것도 없이 심화되면서 식민지 정책은 종종 강력한 분리의 수사를 낳았다. 그런 환경 속에서 서로가 긴밀히 통합된 여행, 독자 간 접촉 그리고 작가 간 접촉이 번성하면서 제국(들)과 그 여파 속에 있는 문화적 교섭의 모호함을 명확하게 비추는 많은 문학적 접촉 성운이 만들어졌다.

(예전의) 제국의 중심 도시(帝都, metropoles)들은 그 도시들을 여행하고, 학교와 대학에 재적해 그들의 언어를 배우고, 전문적인 상대방과 친교를 강화하려고 했던 식민지적인 그리고 탈식민지적인 지식인들

---

* 이 글은 Karen L. Thornber, *Empire of Texts in Motion: Chinese, Korean, and Taiwanese Trans cultures of Japanese Literature* (Harvard, 2009) 가운데 "One Travel, Readerly Contact, and Writerly Contact in the Japanese Empire" 를 번역한 것이다.

카렌 손버   591

을 종종 강력하게 끌어당겼다. 19세기와 20세기에 자신들의 고향에서 기회를 찾는 것이 힘들어서, 아프리카, 카리브 해 지역, 동유럽과 중앙유럽, 라틴아메리카, 중동·남·남동 아시아로부터 수만 명의 학생들이 교육을 받기 위해 유럽(러시아와 소련을 포함해) 그리고 미국으로 갔다. 동시에 그에 비교할 만한 수의 반(半)식민지 상태의 중국과 식민지인 조선, 대만의 지식인들이 일본에서 유학했다. 그들은 제국의 중심 도시에서 전문적인 차원에서는 환영받았지만, 식민지 출신이라는 이유로 편견과 학대를 받는 등 확실히 엇갈렸다. 일본의 우월함과 친밀감이라는 모순된 수사는 중국과 조선의 오랜 문화적 종속의 역사와 물론 관련된 것으로, 동아시아의 식민과 반식민지적인 상황에 대해서 특히 양가적인 조건을 만들어 냈다. 하지만 유럽이나 미국에 간 지식인들처럼 일본을 찾은 이들 지식인들은 변화를 맞이하고 있는 고국에서 중요한 역할을 할 수 있는 지식과 기술을 배우는 것을 집요하게 추구했다. 귀국 후, 이들(많은 남녀)은 정치, 군사, 의학, 공업, 교육, 경제에서는 물론이고, 비(非)언어예술, 공연, 문학에서 영향력 있는 위치를 차지했다.

또한 식민지와 반식민지는 많은 이들을 매혹했다. 주요 예술가들을 포함해 수만 명의 지식인들이 제국의 권력을 등에 업고 제국 내 영토에 속한 지역을 방문했다. 그중 일부는 수년에 걸쳐 그곳에 체재하거나 혹은 정착민들 가운데 합류했다. 이들의 여정은 종종 호기심이나, 상상, 정치적 명령, 혹은 경제적 기회로 인해 출발했지만, 식민지나 반식민지 출신 사람이 제국의 중심도시에서 체재한 기간과 비교했을 때는 짧은 기간이었다. 일반적으로 외지의 일본인들은 해당 지역 사람들과 최소한도로만 소통했으며 식민지나 반식민지 언어를 배우기 위해 좀처럼 지역 기관에서 공부하지 않았다. 식민지 사이 혹은 반식민지 사이의 여행은 또한 잘 알려져 있었고 어떠한 경우는 꽤 중요했다. 하지만 세계의 다른 지역과 마찬가지로, 동아시아에서 식민지 혹은 반식민지 지식인들이 행한 여행의 진로는 그 깊이나 기간에 있어서 다른 이들을 훨씬 앞지르는 것이었다.

대도시의 문화 생산물은 자국 내에 있거나 해외에 있는 식민지 혹은 반식민지 대중들에 의해 소비됐으며, 그것은 제국 내 대도시에서보다 그 외부에서 더욱 저항할 수 없이 매혹적인 것이었다. 서적은 특히 중독성이 강해서 지속적인 독자 접촉 성운을 형성할 수 있었다. 호미 바바가 상기하듯이 "19세기 초엽 이후 문화적 글쓰기에 있어서 영국의 식민주의를 생각할 때 지속적으로 반복되는 장면이 있다. 그 반복을 통해서 정말로 의기양양하게 제국 문학의 임관식을 치르게 된다. (중략) 그것은 식민지 인도, 아프리카, 카리브 해 지역의 야생과 무언의 낭비들로부터 영국 책을 우연히 발견하게 되는 시나리오다." 또한 바바는 이 책들이 좀처럼 그 상태 그대로 남겨져 있지 않았다고 쓰고 있다.

"책의 발견은 즉각적인 독창성과 권위의 순간이며, 역설적으로 그것이 반복되고, 번역되고, 오독되고, 대체된다는 점에서 책의 현존을 경이롭게 만든다는 의미에서 또한 이동의 과정이다."[01]

01 Homi K. Bhabha, "Signs Taken for Wonders : Questions of Ambivalence and Authority under a Tree Outside Delhi, May in 1817," Critical Inquiry 12 : 1(Autumn 1985), p.144.

문학 교육은 많은 식민지적인 기획에서 중요한 부분이었다. 대영제국은 1835년부터 인도에서 통치 권력과, 기관, 그리고 법을 강화시키기 위해서, 그리고 표면상의 품성을 기르는데 문학 교육을 사용했다.[02] 하지만 그런 조건에도 불구하고 독자 접촉은 종종 자발적으로 이뤄졌고, 그러한 충실한 접촉은 종종 최초의 조우에서부터 시작됐다. 19세기에 상인들은 셰익스피어를 인도에 소개했고 계몽적인 동시에 즐거움을 주는 극장을 세워서 그곳에서 다양한 연극을 공연했다. 특히 영국의 극장과 셰익스피어의 문학은 대단히 급속히 현재에 이어지는 지역적인 추종자를 얻었다.[03] 제국의 중심 도시에서 문학 독자들 중에서 누구보다도 열정적인 독자는 그 누구보다도 작가들이었다. 인도의 작가 아니타 데사이(Anita Desai, 1937~)는 어린 시절 어둠이 깔리기 전까지 밖에서 뛰어놀던 시절을 회상하며 "우리는 집에 와서 밀턴(Milton)이나 워즈워스(Wordsworth), 브론테(Brontë) 자매, 디킨즈(Dickens) 책의 복사본을 몇백 번이고 읽었다."[04]고 썼다. 이와 비슷하게 C.L.R.제임스(1901~1989)도 영문학에 대해 어린 시절부터 가졌던 그

---

02 Gauri Viswanathan, *Masks of Conquest*, Columbia University Press, 1989 - Language Arts & Disciplines; Harish Trivedi, *Colonial Transactions*, Manchester University Press, 1995, p.27을 참조할 것. 서적의 권위에 대한 더 일반적인 논평에 대해서는 Sandra Pouchet Paquet, "Foreword," in George Lemming, T*he Pleasures of Exile*, University of Michigan Press, 1960, p.17를 볼 것.

03 Poonam Trivedi, "Introduction," in Poonam Trivedi And Dennis Bartholomeusz, eds, *India's Shakespeare : Translation, Interpretation, and Performance, Pearson Education India, 2005,* pp.13-15.

04 Anita Desai, "Various Lives," in Isabelle De Courtivron, ed. *Lives in Translation: Bilingual Writers on Identity and Creativity,* Palgrave Macmillan, 2003, p.12.

의 열정을 숨기지 않고 표현하고 있다.

나는 여덟 살 무렵 새커리(Thackeray)의 『허영의 시장(Vanity Fair)』을 읽었다. 그 집에서 나를 거쳐 간 모든 책들 중에 이 책은 나의 호메로스(Homer)이자 바이블이 되었다. 나는 이 책을 첫 페이지부터 마지막 페이지까지 읽고 그리고 다시 시작해 끝까지 읽고 다시 읽었다. 다른 새로운 책을 다 읽은 후에도 나는 다시 『허영의 시장』으로 돌아갔다. 몇 년 동안 나는 이 책이 고전 소설이라는 것에 대한 아무런 생각이 없었다.

내가 이 책을 원했기 때문인데 (중략) 내가 대학 도서관에서 『허영의 시장』옆에 놓인 새커리의 다른 책 36권을 발견했을 때 (중략) 그 책을 처음부터 읽었고, 때로는 두 권을 한꺼번에 읽었으며, 그리고 이십 년 후에도 다시 읽었다. (중략) 새커리를 읽은 후에는 디킨즈, 조지 엘리엇과 많은 양의 영문학 소설을 읽었다. 뒤이어 매튜 아놀드(Mattew Arnold) 선집, 셸리(Shelly), 키에츠(Keats)와 바이런(Byron), 밀턴과 스펜서(Spencer)를 읽었다. 하지만 마을에 있는 공공도서관에는 필딩(Fielding), 바이런(Byron), 돈 후안(Don Juan) 등 모든 시리즈 등이 갖춰져 있었다. 나는 해즐릿(Hazlitt), 램브(Lamb)와 코리지(Coleridge), 센이츠배리(Saintsbury)와 고즈(Gosse), 브리태니커 백과사전, 챔버즈(Chamber's) 백과사전 등에서 비평을 발견했다. (중략) 나는 아마도 그때까지 읽었던 모든 것을 기억해 낼 수 없었고 열여덟 살이 되기 전에 내가 있었던 에세이나 구절을 여전히 찾아봤다. (중략) 나는 크리켓이나 영문학

에 대해서 무진장한 열정을 채웠다.[05]

대만의 작가 예스타오(葉石濤, 1925~) 또한 젊은 시절 일본 문학을 탐독한 것을 묘사하며 그의 기억을 떠올리고 있다.

나는 낮과 밤으로 읽었다. 그 당시 식민지 대만에서 살 수 있는 모든 중국문학이나 외국 문학을 읽었다. 물론 일본문학은 내 주요 관심사였다. (중략) 이즈미 교카(1873~1939), 오자키 고요(1867~1903), 구니키다 돗뽀(1871~1908), 후타바테 시메이(1864~1909) 그리고 다른 굉장한 메이지(1868~1912) 시대 작품을 읽었다. (중략) 그 중에서도 히구치 이치요(1872~96)를 좋아했다. (중략) 일본문학을 읽는 것은 이미 내게는 중독이었다. 메이지 작가들로부터 시작해 다이쇼(1912~26) 시기 텍스트로 곧장 움직였다. 나는 나쓰메 소세키(1867~1916), 아쿠타가와 류노스케(1892~1927), 시라카바하[백화파], 그리고 신칸카구하[신감각파], 몇몇의 로노하(勞農派) 계열의 좌익 작가의 거의 전 작품을 읽어서 내가 읽지 않은 것이 없을 정도였다. 나는 중학교 이학년 전에 일본문학 주요 작가들의 모든 작품을 읽었다.[06]

대도시 독자들은 식민지와 반식민지 문학의 틀림없는 열렬한 소비자로 그 책들(주로 번역서들)이 나오자마자 바로 달려갔다. 일본에서 상당한 규모의 중국문학 시장이 형성된 것은 일본이 만주국을 장악한 이후로, 이 당시 일본 교과서에는 동시대 중국 창작품을 포함하고

---

05   Cyril Lionel Robert James, *Beyond a Boundary*, Duke University Press, 1983, pp.27, 37, 43.

06   Ya Shitao, *Yige Taiwan Laoxiu zuojia de wuling niandai*, pp.12-13, 36.

있을 정도였다.[07] 루쉰이 1936년에 작고하자 일본인 작가들은 에세이 형식이나, 잡지의 추도 특별호, 그리고 마침내는 전문 연구 등으로 자신들의 비탄을 쏟아냈다. 이는 일본인 지식인들이 중국인 지식인들에게 품고 있던 강한 감정을 드러낸 것이다. 데이비드 폴락은 일본인들이 루쉰의 사상을 받아들인 것에 대해서, "근대 중국 작가 루쉰의 영향력 있는 글쓰기는 전통의 위기와 근대화에 대한 극도의 필요성에 대해 쓴 것으로, 이는 일본에서 광범위하게 읽혔으며, 중국에 있는 일본인들보다도 일본에 있는 사람들에 의해 더욱 가슴에 새겨졌다."[08]고 쓰고 있다. 또한 일본인들은 중국의 연극에도 깊은 인상을 받았다. 1907년에 도쿄에서 만들어진 『흑인 노예의 하늘을 향한 울음』은 해리엇 비처 스토(Harriet Beecher Stowe, 1811~1896)의 소설 『톰 아저씨의 오두막』(1852)을 개작해서 만든 것으로 일본 연극계 인사들의 도움을 받아서 연극화돼 호평을 받았으며, 일부 일본 비평가들은 배우들의 연기와 무대 장치가 일본보다 우수하다고 했을 정도였다.[09] 게다가 저명한 일본인 극작가 아키타 우자쿠(1883~1962)는 도쿄에서 연극 무대에 오른 중국 학생 차오위(曹禺, 1910~96)의 『일출』(1935)을 본

---

07 Fujii Shōzō, "Lu Xun in Textbooks and Classes of Chinese," in Earl Roy Miner and Haga Tōru, eds, *Contents of the ICLA' 91 Tokyo Proceedings : The Force of Vision 4 : Translation and Modernization.* University of Tokyo Press and International Comparative Literature Associationm, 1995, pp.24-25.

08 David Pollack, Reading Against Culture : *Ideology and Narrative in the Japanese Novel,* Cornell University Press, 1992, p.41.

09 (土肥)春曙, 「清国人の学生劇」(『早稲田文学』, 1907.7, p.115); (伊原)青々園, 「清国人の学生劇」(『早稲田文学』, 1907.7, p.113); Nakamura Tadayuki, "Chunliushe yishigao Ⅰ," p.41. Siyuan Liu, "The Impact of Shinpa on Early Chinese Huaju," *Asian Theatre Journal* 23 : 2(Fall, 2006), pp.344-345에 인용됨.

후 중국작가 궈모뤄(郭沫若)에게 외쳤다.

중국인들은 진정으로 천재들이야. 광범위하게 『일출』을 연기하는 것을 일본에서는 좀처럼 볼 수 없단 말이지.[10]

조선문학은 일본인들 사이에서 이보다는 조금 덜 환호를 받았지만, 일부의 일본인 작가들과 편집자가 이를 독자들이 읽을 수 있게 출판했다. 그들은 다양한 동기를 갖고 이들의 작품을 게재했다. 1930년대 중반 『오사카마이니치신문(大阪毎日新聞)』 조선판이 조선문학 선을 포함해 조선문화 특집을 연속적으로 기획해 조선과 일본 독자에게 "진정으로 반도 문화의 완전한 성지"를 준비했다.[11] 기쿠치 칸(1888~1948)은 『모던니뽄(モダン日本)』 1939년 11월 편집 후기에서 "사람들이 조선에 대해 아는 것이라고는 금강산과 기생뿐이다. 하지만 조선은 문학적 기반이 있으며 많은 작가들의 작품을 우리들은 그동안 보지 않았다. 다행스럽게도 이번 잡지에서 우리는 많은 조선인 작가의 작품을 소개했는데 그것이 나를 기쁘게 한다."[12]고 겸손하게 썼다.

『만인작가소설집-포공영(満人作家小説集-蒲公英』, 1940) 선집과 가와

---

10 Guo Morou, "Zhongguoren dique shi tiancai," p.762.

11 Nayoung Aimee Kwon, "Translated Encounters and Empire: Colonial Korea and the Literature of Exile," Ph.D. dissertation, University of California Los Angeles, p.199, 오사카마이니치 조선판1934년 6월 11일자에서 이 시리즈에 대한 광고를 인용하고 있다. 권나영은 이 시리즈가 "일본 독자들의 열정을 소비하기 위해 일본어 가운데 조선문화를 포함하고 있다."(p.203)고 지적하고 있다.

12 梶井陟, 「現代朝鮮文学への日本人の対応(2)」, p.111.

바타 야스나리(1899~1972) 등이 편집한 두 권의 『만주국각민족창작선집(満洲国各民族創作選集)』(1942, 1944)은 둘 다 점령된 만주에서 활동하는 중국, 조선, 일본, 그리고 다른 민족의 작품에 접근할 수 있도록 기획한 문학적 접촉 성운이다.[13] 이 지역의 메이냥(梅娘, 1920~)을 포함한 몇몇 한인(漢人) 작가들은 일본 제국이 유지되는 기간 동안 칭송을 받았던 작가들이었다.[14]

(반)식민지 상호 간의 독자 접촉은 또한 두드러질 만큼 중요한 것이었다. 조선인 작가 장혁주(1905~98)가 쓴 일본어 소설 텍스트는 대만에서도 읽을 수 있었다. 예를 들어 대만인 작가 뤼허뤄(呂赫若, 1914~1951)는 장혁주가 쓴 작품을 여러 권 샀다고 그의 일기에 쓰고 있다.[15] 뤼허뤄는 자신의 이름 첫 자를 장혁주의 이름 첫 자에서 따와서 지었을 정도로 장혁주에게 열렬히 반응했다.[16] 대만인 작가는 장혁주의 성공을 따라할 수 있기를 갈망했으며, 그가 쓴 작품을 『대만신문학臺灣新文學』을 포함한 대만 잡지에 다시 게재해서 대만 작가들에게 전범으로 제공했다.[17]

---

13 가와바타 야스나리 등이 편집한 『満洲國各民族創作選集1, 2』(創元社, 1942, 1944)를 참조할 것.

14 Norman Smith, Resisting Manchukuo: *Chinese Women Writers and the Japanese Occupation*, UBC Press, 2007, pp.xii, 57.

15 Zhong Ruifang, ed., *Lü Heruo riji*, p.294.

16 張季琳, 『台湾プロレタリア文学の誕生:楊逵と「大日本帝国」』, 東京大学大学院人文社会系研究科博士論文, 2001.7, p.12.

17 이러한 맥락에서 조선인 작가 김사량과 대만인 작가 룽잉쭝 간의 감정을 자극하는 서한 교환은 중요하다. 이에 대해서는 下村作次郎, 『文学で読む台湾--支配者·言語·作家たち』(田畑書店, 1994.1, 2010~2012)를 참조할 것.

이보다 더 인상적인 것은 중국 근대문학이 만주, 조선, 대만에서 그 지역 작가들에 의해 소비된 것이다. 대만 잡지에서는 중국 문학을 그 원문과 함께 일본어 번역문을 함께 실었다. 대만인 작가 종리허(鍾理和, 1915~60)는 작가 랴오칭슈(廖清秀, 1927)에게 1957년에 보낸 편지에서 어린 시절 대만에서 있었던 일에 대해, "우리는 루쉰, 바진(巴金, 1904~2005), 라오서(老舍, 1899~1966), 마오둔(茅盾. 1896~1981), 위다푸(郁達夫, 1896~1945), 그리고 다른 신문학 세력의 작가들 작품을 살 수 있었다. 나는 이 책들에 너무나 빠져들어서 거의 먹고 자는 것을 잊어버렸다."[18]고 쓰고 있다. 중국 5·4운동으로 나온 문학은 조선에서도 유명했다. 작가이며 혁명가인 유수인(1905~)은 향수에 젖어 회상하고 있다.

우리는 루쉰의 「광인일기」(1918)를 너무 흥분해 사실상 거의 미칠 정도로 여러 번 읽고 이야기했다. [19]

5.4운동 이후 나온 문학 이외에도 그 당시 중국 문학은 일본이 금지 도서로 정했음에도 불구하고 만주국에서도 흥미를 끌었다. 중국의 동북에 있던 작가와 출판인들은 1920년 중국의 신문학 운동에 적극적인 역할을 했다. 일본이 이 지역을 장악한 이후 그 서적의 유통을 금지했지만 그들을 단념시키지 못했다. 그들은 일본에서 중국문학을 사서 고향으로 보내 검열을 피해 읽었다. 예를 들어 메이냥은 1930년 말부터 1940년 초까지 도쿄에 있는 동안 중국 동북지역에서는 금

---

18   Zhong Lihe, *Zhong Lihe shujian*, p.135.

19   Li Zhengwen, "Lu Xun zai Chaoxian," p.34에서 인용.

지된 루쉰의 모든 저작과 번역 작품을 포함해 상당한 분량의 '중국 신문학'을 읽었다.[20] 그녀는 국민당이 장악하고 있는 중국 서부 지역의 작품 또한 읽었다. 하지만 제국의 중심 도시의 문학을 넓은 스펙트럼으로 선호하고 읽었던 식민지와 반식민지의 독자들과는 현저히 다르게, 제국에서 식민지와 반식민지 창작물은 비교적 쓸쓸하게 몇몇 작가들의 작품에만 집중된 것이었다. 또한 종종 편향된 것이기도 했다. 동아시아에서 언어의 장벽이 형성되고, 비교적 소량의 번역만 나왔던 것은 모두 일본인들이 자신들의 문화 생산물이 우수하다는 믿음에서 비롯된 것이다. 이는 서양 작품에 대한 독자들의 강한 선호도는 물론이고, 동시대의 중국, 조선, 그리고 대만 문학에 대한 문화 교섭적인 친밀도가 형성되는 시기를 지체시켰다.

놀랄 것도 없이, 제국 내에서의 여행과 독자 접촉이 수반하는 것은 식민지, 반식민지, 그리고 제국 도시의 문단이 서로 무수히 얽히면서 발생하는 중요한 작가 접촉이다. 파리, 런던, 베를린, 도쿄, 그리고 다른 제국의 도시들은 제국 내부나 그 사이에서 문학적 상호작용을 하는 필수적인 성운이다.[21] 북경, 상하이, 서울, 타이페이, 신징(장춘) 그

---

20 Xu Naixiang, Huang Wanhua, Zhoggu kangzhan shiqi lunxianquwenxueshi, p.376. 蕭軍(1907~1988)의 반일 소설 「八月的鄕村」(1935)는 많은 중국문학 텍스트 가운데 점령된 만주국 출신의 독자가 자신의 고향보다도 일본에서 작품을 더 쉽게 접할 수 있는 것 중의 하나였다. 梅娘「松花江的哺育」(pp.230-233). Norman Smith, Resisting Man-chukoku, p.70에서 인용. Dan Di 「Riji Chao」에서 이와 비슷한 언급을 하고 있다. 이에 대해서는 Norman Smith, "Wielding Pens as Swords," p.114 참조.

21 대부분의 동아시아 내 작가 간의 접촉이 동아시아 내에서 이뤄졌지만, 중국 작가 (徐訏, 1908~1980)와 일본 작가 아사부키 토미코(朝吹登水子, 1917~2005)는 프랑스에서 서로 교류한 것을 포함해서 그 중 일부는 지구의 다른 곳에서도 이뤄졌다. 이에 대해서는 Frederick Green, "Re-appropriating zhiguai," Paper presented at

리고 세계의 다른 식민지와 반식민지의 도시의 중심은 문화 간의 예술적 대화를 가능케 하는 역동적인 성운으로서도 또한 기능한다. 제국의 도시와 식민지/반식민지 작가들은 정기적으로 다른 작가들의 문학회에 참가해서 다른 작가들의 정기간행물에 작품을 발표했고 깊은 우정을 쌓았다. 이러한 내부와 사이에서 벌어진 식민지/반식민지의 문학적 대화는 아주 흥미로운 것으로, 이는 새로운 문학 형태를 발전시켰다. 이러한 교섭은 대개 정부의 지시로 강요된 공동체가 생기기 훨씬 전에 서로 얽혀있는 문학 교섭을 낳았다. 하지만 제국의 언설과 단단히 자리 잡은 편견은 그들에게 대가를 요구했으며, 그것은 종종 예술가들의 관계를 복잡하게 만들었으며 손상시켰다. 많은 식민지와 반식민지 극작가, 소설가, 시인, 그리고 단편소설 작가는 제국의 중심 도시의 문학 단체가 그들을 정말로 동등하게 취급하지 않아서 종종 애를 먹었는데, 이들의 인정받기 위한 몸부림침은 제국의 대도시 밖에 자리 잡은 제국 내 다른 도시 작가들의 경험과 유사했지만, 그들보다 결국에는 더욱 힘든 일이었다. 식민/반식민지 작가들의 제국에 대한 협력은 그들의 고국을 해방시키는 것까지는 나아가지 못했다 하더라도 대부분의 경우 그들의 목적이 자신들의 고향을 강하게 만들려는 의도를 가졌으나, 그 그림자를 짙게 드리웠다. 제국의 중심 도시의 문학을 수용하고 또한 그 상대방과 함께 일하면서, 이들 작가들은 종종 공모, 묵인, 그리고 저항을 뒤섞었다. 동아시아 내부의 여행, 그리고 도쿄와 다른 도시 성운에서의 독자 및 작가 접촉은 이

the New England Regional Conference for the Association for Asian Studies, 2008를 참조했다.

글의 주요 과제인 지역 사이의 텍스트 간 접촉에 대한 검토 작업 설정
을 도와줄 것이다.

여행 그리고 메트로폴에서의 접촉

　일본이 청일전쟁(1894~1895)과 러일전쟁(1904~1905)에서 승리를 거두
면서 그 결과로 생긴 세계열강으로서의 지위는 동아시아 역사 관계
에 전환점을 만들었다. 이 지역의 가장 강한 국가로서 일본은 대단
히 빠르게 새로운 아시아 모더니티의 전형이 되었다. 그 후 40년에 걸
쳐 아시아 지역의 수십 만의 학생과 활동가들이 일본의 도시로 여행
했고, 그것은 일본을 고동치는 접촉 성운으로 만들었다. 조선은 일본
에게 무역을 개항한 강화도조약(1876) 이후 몇 년간 유학생을 일본으
로 보내기 시작했고, 중국은 청일전쟁에서 패배한 1895년 이후 유학
생을 일본으로 보냈다. 대만의 학생들은 1910년대 중반부터 일본으
로 여행을 시작했는데 그것은 더 높은 교육을 받아 고향에서보다 더
좋은 기회를 잡기 위해서였다. 20세기의 굽이에 대만은 중국이나 조
선보다 덜 발달됐고 교육을 받은 계층 또한 더 적었다. 게다가 이 섬
은 아편전쟁을 끝낸 난징조약(1842)에 의해 설정된 개항장 체계(treaty-
port system)에서 제외되면서 서양 제국의 압력에도 시달리지 않아 공
업화가 시급하게 이뤄지지 않았다. 그렇기는 하지만 결국 많은 대만
학생들은 일본 정부가 대부분의 젊은이에게 직업교육을 강요하는 점
령된 만주보다 더 많은 학생을 일본에 보내기에 이르렀다.[22] 중국, 점

22　Norman Smith, *Resisting Manchukoku*, p.27.

령된 만주, 조선, 그리고 대만에서의 동시다발적인 이동은 그 광범위함을 말해주는 것이지만, 식민지와 반식민지의 지식인들에게는 자기모순적인 일본을 향한 끌림을 나타내는 것이기도 했다.

대부분의 식민지와 반식민지의 동아시아 사람들은 일본에서 서양문명을 이룬 엔지니어링, 어업 관리, 법, 정치, 의학, 군사과학, 과학, 그리고 기술 등의 실질적인 학문을 배우러 갔으나 이러한 지식은 일본이 자신들에게 유리하게 체화했거나 변경한 것들이다. 이들 방문자들은 학문을 추구하면서 당시 일본에서 순환되고 있던 정치적 이상에 몰두했으며 일본의 개혁가들과 강한 유대 관계를 발전시켜 나갔다. 많은 수의 중국, 조선, 대만인들은 일본이 제공할 수 있는 다양한 문화적 기회 중에서도 특히 일본의 활기찬 출판 산업을 수용했다. 물론 이들은 일본에서 중국 책 가운데서도 특히 고전 서적을 찾을 수 있는 것에 흥분했고, 일본이 중국문화의 저장고 역할을 한 것을 상찬했다.[23] 하지만 그들은 또한 일본과 서양이 제공하는 서적에도 이끌렸다. 왕성한 중국의 에세이 작가이며 번역가인 저우쭤런(周作人, 1885~1967)은 20세기 전환기를 맞이한 도쿄에 있는 서점 현장의 상황을 열정적으로 묘사하고 있다.

(친형인) 루쉰은 종종 중고 서점에 갔고 그가 어느 정도 돈이 있을 때는 새로운 책을 보러 갔다. 우리는 혼고에 있는 독일 책을 다루는 난코도南江堂, 간다에 있는 나카니시야(中西屋), 니혼바시의 마루젠(丸

---

23 胡適, "Riben Dongjing suo jian Zhongguo xiaoshuo shumu ti'an xu,". Zhang Shaochang, "Women weishenme yao yanjiu Riben," pp.2-3에서 인용.

善)에서 서구 언어로 쓰인 책들을 찾았다. (중략) 루쉰은 일본에서 새로 나온 책과 잡지를 읽기 위해 도쿄도(東京堂)에 갔다.[24]

이와 비슷하게 중국의 작가이며 혁명가인 셰빙잉(謝冰瑩, 1900~2000)은 1930년대 도쿄의 서점에 대해 다음과 같은 의견을 피력했다.

도쿄의 출판계는 엄청난 속도로 변화했다. 작가의 명성과 관계없이 책은 일본에 들어온 지 두 주 만에 번역됐다. 책값 또한 대단히 저렴했다. 그러므로 많은 외국인이나 특히 문학을 하려는 사람들이 도쿄로 유학을 오는 것은 놀랄 만한 일이 아니다.[25]

반면 일본과 중국 조선, 대만의 독자들은 번역된 일본과 서양의 작품(후자는 처음에는 일본어 번역)과 일본어와 서양 문학(후자는 처음에는 일본어 번역)을 열렬히 소비했으며 작품 창작을 일본어, 조선어, 중국어로 했다. 그들은 고국에서 동료 작가들과 문학회를 만들고 문학잡지를 창간했을 뿐만 아니라, 일본 문학회와 일본의 정기 간행물에 참가해서 그들과 가까운 관계를 형성했다. 몇몇의 일본 제국의 대도시 작가들은 일본문단이 종종 식민지와 반식민지 작가들의 결과물을 무시한 것과 달리 이들의 작품을 상찬했다.

일본에서 살았던 식민지와 반식민지 지식인들의 혼종적이고 양가적인 문화, 그리고 에스닉(ethnic), 전문적(예술적인 것을 포함해서)인 정체

---

24   Zhou Zuoren, *Lu Xun de gujia*, p.295.

25   Xie Bingying, *Nubing zizhuan*, p.260.

성은 20세기 초엽 동아시아 문화권을 더 복잡하게 만들었다.[26] 그다지 이례적인 경우는 아니라 해도, 적어도 경계를 흐리게 한 인물로는 예를 들어 국제적인 갈채를 받은 작곡가·보컬리스트·작가인 쟝원예(江文也, 1910~1983)를 들 수 있다. 그는 복합적인 공간(대만, 일본, 그리고 중국)에서 활동한 정체성으로 내셔널리즘, 모더니즘, 그리고 코스모폴리타니즘과 맞붙어 싸웠으며, 식민지인으로서의 모더니티 그리고 예술적 정체성과 민족적 정체성을 둘러싸고 개인적인 투쟁의 장으로 넘어갔다.[27] 쟝원예는 푸젠 성(중국 남동부)에서 대만으로 이주한 대만의 객가客家에서 태어났고, 십 대에 일본으로 가서 일본인 및 유럽인 전문가의 교육을 받고 성공적인 예술가로서의 경력을 시작했으며 1930년대 중반에는 중국으로 이주했다. 그는 정치적 박해와 일본, 대만, 홍콩 그리고 유럽으로부터 쇄도하는 수많은 이주 제안에도 불구하고 여생 동안 중국 본토에서 삶을 보냈다. 쟝원예는 여행을 자주 가서 세계 각지의 예술계와 친밀한 관계를 유지할 수 있었다. 지속적 노력의 생산품은 대만과 중국, 과거와 현재의 '혼(spirit)'을 획득한 것으로, 이러한 구성 요소들은 중국, 일본, 대만, 그리고 유럽의 예술적 가닥이 혼합된 매력적인 태피스트리(tapestry)이다.

하지만 그들은 또한 초국가적인 예술가가 지닌 소외와 방향 감각의 상실을 암시하기도 했다. 예를 들어 일본에서 출판된 서곡과 종결부 구

---

26 Jennifer Robertson, "Preface," p.xi. Robertson의 초점은 대만의 의사들이 일본에서 교육을 받은 것에 대한 것이지만, 그녀의 고찰은 식민지와 반식민지의 전문교육 일반에 적용할 수 있다.

27 David Der-wei Wang, "The Lyrical in Epic Time," lecture at Harvard University, February 9, 2007.

성의 북경에 관한 100편의 일본어 시가 들어있는 쟝원예의 선집인 『북경명(北京銘)』(1942)은 일본을 명확하지 않은 존재로 표현했다. 그는 「스차하이의 여름 마츠리(什刹海の夏祭り)」에서 다음과 같이 쓰고 있다.

나는 어디에서 온 것인지 잊었고 / 또한 어디로 가고 있는지도. / 도쿄? 하고 물었다 / 나는 방향을 잃었다.[28]

여기서 도쿄는 출발점도 아니고 도착점도 아니다. 하지만 일본의 수도가 갖는 자력(磁力)은 이 도시에 대해 듣기만 해도 혼란스러울 정도로 대단히 강력하게 남았다. 북경도 또한 포착하기 힘든 것으로 나온다. 이 시인은 『북경명』에서 중국의 도시를 유창하게 쓰고 있지만 그가 어떠한 확실한 표시를 남길 수 없음을 보여준다. 그는 시 서두에서 다음과 같이 선언했다.

나는 피부 위에 지울 수 없이 쓴다 / 백 개의 표석과 백 개의 청동 삼각대에 무엇을 지울 수 없이 쓰나

그는 그 자신에 입각해서만 오로지 쓸 수 있음을 시사한다.[29] 시 끝부분에서 그는 그 진단을 확정하며 애매모호하게 그의 기록을 "휴식하라, / 이 살과 함께 천천히 흩어져라" 하고 재촉했다.[30]

---

28 江文也, 「中秋節の夏祭り」, p.50.

29 江文也, "Mei'ni yosuru joshi," p.4.

30 江文也, "Mei'ni yosuru kōda," p.123.

한국의 대표적인 단편 소설 작가인 김동인(1900~1951)은 1945년 탈식민화로부터 몇 년이 지나 저명한 한국인들의 양성소였던 도쿄의 메이지가쿠인(1915~1916) 시절을 회상했다.

그보다 아래 들기 싫어서 서로 좀 소원하게 되었던 요한과 다시 가까이 사귀고, 문학을 토론하고, 차차 문학으로의 정열이 높아 갔다. 동경 명치학원이란 학교는 조선사람과는 매우 인연 깊은 학교다. 명치학원 조선학생 동창회 명부를 보자면 박영효(朴泳孝), 김옥균(金玉均) 등이 그 첫머리에 쓰여 있고, 내가 그 학교에 재학할 동안에도 백남훈(白南薰)이 5학년에 재학하였고, 문일평(文一平), 이광수도 명치학원 출신이요, 화백 김관호(金觀鎬)의 그림이 나 재학할 때도 그 학교 담벽에(김관호도 명치학원 출신이다) 장식되어 있었고, 현재의 조선을 짊어지고 많은 일꾼이 명치학원을 거쳐 사회에 나왔다.[31]

김동인은 한국 동문들의 다양한 직업에 대해서 언급하고 있지만 주요한 등 창작에 관해서는 이상할 만큼 침묵한다.[32] 이 회상기에서 김동인은 그것에 대해 명확히 밝히고 있는데 좋든 나쁘든 그의 문학 동료는 일본인이었다.

일본서도 시마자키 도오손(島崎藤村) 이하의 많은 문학자가 명

---

31 『김동인 전집15』(조선일보사, 1988)에서 직접 인용.

32 주요한은 1920년대 조선의 자유시 운동에서 선구적인 역할을 했다. 1940년대 그는 친일적인 선전시를 썼다.

치학원 출신이라, 따라서 문학풍이 전통적으로 학생들에게 흐르고 있었다. (중략) 3학년 때에 나도 3학년 회람잡지에 소설 한 편을 썼다. (중략) 동창(일본애)들은 아직껏 내게 가지고 있던 생각을 다시 고쳐먹고 문학담을 하자고 하숙으로 찾아오는 동창이 꽤 여럿이 생겼다. 그리고 소년다운 열정과 희망으로 너는 장차 조선의 소설가가 되어라. 나는 일본의 소설가가 되마. 그리고 조선과 일본이 서로 문학으로 교류하며 끝까지 문학 교제를 하자고 굳게 손까지 잡았던 동무도 여럿이다. 지금은 이름까지 잊어버린 그때의 동무들ー 과연 그들은 그때의 희망처럼 문학으로 출세를 하였는지? 그때는 일본도 아리시마 다케오(有島武郎), 기쿠치 칸(菊池寬), 아쿠다가와 류노스케(芥川龍之介) 등도 출세하기 이전이요, 기쿠치의 스승인 나쓰메 소세키(夏目漱石) 등의 시절이었다. 나는 그때 소년다운 야심이 만만하던 시절이라, 더욱이 나의 아버지가 나를 기르실 적에 유아독존(唯我獨尊)의 사상을 나의 어린 머리에 깊이 처박았으니만치 일본문학 따위는 미리부터 깔보고 들었으며 빅토르 위고까지도 통속작가라 경멸하리만치 유아독존의 시절이었다. 따라서 일본 동창 아이들과 문학담을 하면서도 너희 섬나라(島國) 인종에게서 무슨 큰 문학생이 나랴 하는 생각은 늘 품고 있었다.[33]

김동인의 일본인과 조선인이 아닌 작가에 대해 언급하며 그의 명치학원 시절을 위치시키고 있는 것은 조선 근대문학의 창시자 중 한

---

33 김동인, <문단 30년의 자취>, pp.432-433.

명이며 조선 근대문학자 가운데 저명한 기관을 처음으로 졸업(1910)한 것으로 잘 알려진 이광수(1892~1950)에 대한 직접적인 거부이기도 하다. 이광수는 김동인이 언급하는 이 시기에 조선문단에 강력한 존재로 부상하기 시작했다. 식민지 시기의 상처가 겨우 치유되기 시작한 1949년 시점에 김동인이 위와 같은 언급을 하고 있는 것은 거의 틀림없이 이광수와 그의 문학을 대조시켰기 때문에 파생된 것이라기보다, 그가 이광수가 일본에 협력한 것을 비판했기 때문이었다. 그것은 원래 이광수가 거침없는 내셔널리스트였다가 그 누구보다 더 조선에서 일본제국을 향해 선동적인 행동을 한 인물 중 하나로 변해갔던 것과 관련이 깊다. 하지만 김동인의 언급은 또한 흥미롭게도 20세기 초엽 명치학원에서 공부한 저명한 다른 조선 작가들을 빼먹고 있다. 여기서 그가 밝히고 있는 조선인 작가와 문학은 일본의 작가와 문학에 대한 것에 못지않게 애매모호하다. 그의 내면에 부각한 이에 대한 명백한 무시는 내면에 있는 젊은 시절의 자만심에 기인한 것이기는 하지만, 그보다 더 깊은 어떠한 것에 기인했을 가능성이 크다.

일본의 매혹

20세기 초엽 중국, 조선, 그리고 대만에서 대단히 많은 수의 사람들이 적어도 교육 과정 중 일부를 일본에서 이수했다. 이러한 사실은 우리가 20세기 동아시아 내의 관계를 고찰할 때 무역 협정이나 조약, 그리고 전쟁 이상의 것을 시야에 넣어야 한다는 것을 떠올리게 한다. 시작은 물방울처럼 미약했지만 일본으로의 흐름은 급속히 홍수처럼 변했다. 중국의 첫 유학생 그룹이 일본에 도착한 것은 1896년인데 이들이 변발과 긴 옷을 입은 것으로 비웃음의 대상이 됐으며, 그로 인해 그들 중 일부는 몇 주 만에 고향으로 돌아갔다. 하지만 대부분의 중국 학생들은 유학을 단념하지 않았다. 누가 이 여정에 참여했는지 추정하는 것은 시기에 따라 그 정확한 숫자가 달라지지만, 일본에 있던 중국 학생들 중 많은 수는 —특히 이들은 학교에 비정기적으로 다녔다— 학교에 정식으로 등록하지 않은 상태였다. 공식적인 수치를 보면 1896년에 중국 유학생은 오직 13명, 1898년에는 18명만이 있었다. 그 숫자는 1901년에는 몇백 명 단위로 변했고, 1930년에는 1,000명 이상을 기록했다.[34] 1905년 일본이 러일전쟁에서 승리하자 엄청난 수의 중국 유학생이 유입됐는데 1904년에 1,300명, 1905년과 1906년에는 적어도 8,000명이나 10,000명이 넘었을 가능성이 크다.[35] 이와 대조적으로 1906년에는 오직 몇백 명의 중국 학생이 미국에서 유학하고 있었다.[36] 일본으로 유학 온 중국인 유학생 수는 1906년 이후 줄어들다가 1911년 신해혁명 이후 상당히 많이 회복돼, 1914년에는 적어도 5,000명의 중국 학생이 일본에 있었다. 1914년에서 1923년 사이에는 교육의 기회가 보다 광범위하게 가능하게 되면서 상당히 꾸준히 학생 수가 감소(5,000에서 1,000으로) 했음을 확인할 수 있는데, 그 후 1930

34　実藤惠秀, 『中国人日本留学史』, くろしお出版, 1970.10. 수치가 대단히 광범위하지만, 사네토의 이 책은 일반적으로 가장 신뢰할 수 있는 연구이다. 900쪽 이상에 걸친 興亜院 편집의 『日本留学中華民国人名調』(출판사, 출판연도 불명)은 20세기 초반의 40년에 걸친 중국인의 일본 유학을 집대성한 책이다.

35　Roger F. Hackett은 1906년 일본에 13,000명의 중국인 유학생이 있었다고 추정하고 있다. (Fuqing Huang, *Chinese Students in Japan in the late Ch'ing period*, p.142)

36　Li Yu-ning, *The Introduction of Socialism into China*, The Centre for East Asian Cultural Studies, 1982, p.108.

년이 되면 이 수치는 다시 3,000명으로 증가한다. 그리고 또 한 번의 대폭적인 감소는 1932년에서 1933년에 일어나는데 이는 일본의 만주 점령에 의한 것으로, 그 숫자는 1935년에 6,500까지 줄어들었다가 1936년에서 1937년 사이에는 정체 상태로 유지된다. 중국 유학생들은 중일 간의 상호 교섭에 뚜렷한 한 획을 긋게 되는 중일 간 전면전이 발발한 1937년 7월 이후 많은 수가 일본을 떠나기 시작한다. 왕성한 창작을 했던 중국의 작가 궈모뤄(郭沫若)는 일본에서 유학을 하고 있었는데 1896년에서 1937년 사이에 대략 잡아 300,000명의 중국 유학생을 일본이 유치했다고 공표했다. 궈모뤄가 추산하고 있는 수치는 매우 후한 것이지만 일본이 압도적인 견인력을 발휘해 자신들의 고향에서 얻을 수 있는 것보다 더 좋은 교육을 갈망하던 중국인 유학생들을 끌어들인 것만은 부인할 수 없다.

일본의 매력은 식민지 조선의 지식인들에게 그보다 더 강력히 작용했다. 많은 조선인들은 일본이 어떻게 민족성(national character)을 잃지 않고 근대 세계에 적응할 수 있었는지에 대한 매력적인 모델을 제공한다고 믿었다.[37] 많은 조선 지식인들이 갖은 일본의 잠식과 그 후의 식민지화에 대한 양가적인 태도는 확실히 그들이 제국의 중심 도시에서 공부하려는 욕망의 발단이 되었다. 또한 일본이 정책적으로 조선인 학생이 고향 땅에서 고등 교육 기관에 입학할 수 있는 정원을 제한한 것도, 점점 더 많은 조선인 유학생이 일본으로 교육의 기

---

37 Chung Chai-sik, "Changing Korean Perceptions of Japan on the Eve of Modern Transformation," *Korean Studies* 19, 1995, pp.39-50. M.J. Rhee, T*he doomed empire : Japan in colonial Korea, Ashgate*, 1997, p.39; Andre Schmid, *Korea Between Empires*, 1895~1919, Columbia University Press, 2002, pp.103-113도 참조할 것.

회를 찾아 떠나게 된 배경이 되었다. 1880년대 초기, 적은 수의 조선인 유학생은 저명한 메이지 시기의 지식인, 후쿠자와 유키치(福澤諭吉, 1835~1901)가 이끌어 가던 게이오의숙(慶應義塾)과 같은 기관으로 유학을 떠났다. 1880년대 초기 동안 후쿠자와는 조선인 학생을 유치했으며 그들을 학교와 집으로 따뜻하게 맞아들였다. 그는 조선이 약한 상태로 있게 된다면 그것이 일본을 더욱 취약하게 만들 것이라 확신했고, 동아시아를 지키고 그 이웃을 문명으로 이끌고 가는 것이 일본의 책임이라고 믿었다.[38] 조선인들은 일본의 학교에 다니는 것에 관심을 가졌으며 그 수는 중일전쟁 이후까지 상당한 수로 증가했다. 대략 1897년에 200명의 조선인 유학생이 일본에 체류했고, 10년 후 그 수는 대략 500명까지 증가했으며 1909년에는 거의 800명에 달했다.[39] 일본이 조선을 병탄한 1910년 전에 일본에 있는 중국인 유학생의 수는 조선인 유학생보다 많았다. 하지만 1912년에 이르면 3,000명이 넘는 조선인 유학생이 교육을 받기 위해 일본으로 건너갔다.[40] 그로부터

---

38 후쿠자와는 1884년 12월 4일의 갑신정변이 실패로 끝난 후 극적으로 태도를 바꾼다. 후쿠자와와 조선의 종합적인 관련에 대해서는 杵淵信雄, 『福沢諭吉と朝鮮: 時事新報社説を中心に』(彩流社, 1997)과 Albert M. Craig, *The Early Thought of Fukuzawa Yukichi*, Harvard University Press, 2009를 참조할 것,

39 Carter Eckert et al., *Korea Old and New, Published for the Korea Institute*, Harvard University by Ilchokak, 1990, p.275; Andre Schmid, *Korea between Empires*, p.109, 수치 등은 『태극학보』에서 인용, 6:12, 김기주 「한말 재일한국유학생의 민족운동」. 구한말에 일본으로 유학 간 조선인 학생에 대해서는 阿部洋, 「舊韓末の日本留学(1)」, (『韓』 1974, pp.63-83), (「舊韓末の日本留学(2)」), (『韓』 1974, pp.95-116), (「舊韓末の日本留学(3)」)(『韓』 1974, pp.103-127)을 참조할 것.

40 Carter Eckert et al., *Korea Old and New*, p.275. 김순전은 「서구의 충격과 문학적 대응 양상」 『일본근대문학 : 연구와 비평』(2002, p.145)에서 매우 다른 수치를 제시한다.

30년 후, 일본의 칼리지나 대학에 재적하고 있던 조선인 유학생 수는 13,000명으로 비약적으로 늘어났으며, 각 급 학교의 조선인 유학생 수는 30,000명에 이르게 된다.[41] 1920년대 일본에 있는 조선인 유학생 수는 정치적인 상황에 따라 크게 좌지우지 됐지만, 관동대진재(1923)에서 제2차세계대전 기간 사이에 그 수는 점진 적으로 증가했다. 이는 중국인 유학생보다 조선인 유학생이 현격히 높은 비율로 일본에서 교육을 받게 된 현상을 낳았다. 이 인상적인 수치가 나타내는 것에도 불구하고 식민지 기간 동안, 그중에서도 특히 일본이 전쟁에 많은 것을 동원한 1938년 이후, 조선인 전체 학생 수 비율로 보자면 정말로 적은 비율의 학생만이 일본에서 체류했다.[42] 실제 식민지 시기는 조선의 역사에서 그 이전에 경험해 보지 못한 규모로 조선인의 디아스포라 상태를 촉진했다. 일본이 반도를 탈취한 1905년과 일본이 패전한 1945년 사이에 수백만의 조선인이 중국(특히 만주), 일본, 사할린, 그리고 시베리아 연해주로 이주했다. 1944년에는 조선인의 전체 인구

---

41 George De Vos, Changsoo Lee, "The Colonial Experience," in *Koreans in Japan : Ethnic Conflict and Accommodation*, University of California Press, 1981, pp.31~57; 재일한국유학생연합회『일본유학100년사』(p.59). 일본에 있던 조선인 유학생에 대한 보다 자세한 정보는 『일본유학100년사』(pp.67~253)을 참조할 것.

42 Michael Weiner, *The Origins of the Korean Community in Japan*, 1910~1923, Manchester University Press, 1989, p.62. 식민지기 일본에 있던 조선인에 대한 보다 자세한 것은 Abe Kazuhiro, "Race Relationships and the Capitalist State," *Korean Studies* 7, 1983, pp.35~60; Naitou Hisako, "Korean Forced Labor in Japan's Wartime Empire," in Paul H. Kratoska, *Asian Labor in the Wartime Japanese Empire*, M.E. Sharpe, 2005, pp.90~98; 李瑜煥,『在日韓国人五十年史-発生因に於ける歴史的背景と解放後に於ける動向』(新樹物産出版部, 1960)을 참조할 것.

의 10퍼센트에 해당하는 수가 조선 밖에서 생활하기에 이르렀다.[43]

대만인은 점차 자강론에 접근하면서 수십 년 만에 일본으로 유학을 떠났는데 그것은 많은 수의 중국인 유학생이나 조선인 유학생의 첫 유입 이후부터였다. 조선인도 그랬지만, 대만인 학생들은 일본에 있는 고등교육 기관의 입학 허가를 얻어내는 것이, 일본총독부가 그들을 위해 마련한 몇 안 되는 정원 중 하나를 차지하는 것보다 쉽다는 것을 깨달았다. 그래서 대만의 똑똑하고 야망에 넘치는 많은 학생들이 교육을 위해 북동쪽으로 항해했고, 그들 중 반수 이상이 의학과 법을 공부했는데 (이것은 대만의 현실을) 잘 반영한 것이었다.[44] 공식적인 통계를 보면 오직 60명의 대만인 유학생이 1908년에 일본의 학교에 재적했으며, 400명 이하의 유학생이 1915년에 재적했다. 하지만 1920년에 이르면 대만에서 고등교육에 대한 욕구가 높아졌고, 일본정부는 대만 학생이 제국의 중심 도시로 유학할 수 있는 숫자 제한을 완화하기 시작했다. 경찰의 추산에 따르면, 1912년에는 적어도 2,400명의 대만인 유학생이 일본에서 학교를 다녔다고 한다. 그 다음 10년에는, 이 숫자는 4,000명을 넘어섰으며, 1942년에 이르면 대만인 유학생의 수는 7,000명을 넘어섰다.[45] 조선인도 그랬지만, 중국인보다 현격하

---

43 Bruce Cumings, *The Origins of the Korean War*, Random House Publishing Group, 2010, pp.53-61을 참조할 것.

44 대만인 학생들의 전공으로 인한 와해에 대해서는 We Wenxiang, *Riju shiqi Tawiwan shehui lingdao jieceng zhi yanjiu*, pp.122-123을 참조할 것.

45 E. Patrica Tsurumi, *Japanese Colonial Education in Taiwan*, Harvard University Press, 1977, pp.126-129; Harry J. Lamley, "Taiwan Under Japanese Rule," in Murray A. Rubinstein, ed. *Taiwan : A New History*, M. E. Sharpe, 1999, p.230. Lamley는 끝부분에서 제2차세계대전 당시 20,000에서 30,000명의 대만인이 일본에서 살았다

게 많은 퍼센티지의 대만인이 그들의 교육을 일본에서 받았는데, 그 이유는 대만이 일본의 식민지였기 때문이다. 일본은 또한 만주 학생들에게도 매력적이었는데, 1933년에 오직 116명의 학생이 일본으로 보내졌지만 그 수는 1935년에는 1,214명으로, 1937년에는 1,844명으로 늘어나며, 1939년과 1940년에는 1,200명으로 다시 감소했다. 중국, 조선, 대만인 학생들과 마찬가지로 이들은 주로 의학, 공학 기술, 그리고 무역을 전공으로 선택했다.[46] 일반적으로 일본에 온 중국, 조선, 대만의 지식인들은 그들이 다양한 범위의 중학교나 고등학교에 다닐 수 있었던 도쿄에 살았지만, 그 일부는 일본의 수도 도쿄에서 멀리 떨어진 최남단 섬이며 수 세기에 걸쳐서 동아시아와 일본 사이의 관문 역할을 담당했던 규슈에서 교육을 받았다.[47] 그들 중 일부는 다른 학생들이 일본 정부로부터 지원금을 받을 때 자비로 학교에 다녔지만, 대다수는 자신의 고국에서 지원을 받았다. 동아시아의 리더들은 일본이 어떻게 하면 서구의 위협을 물리치고 독립 국가가 될 수 있는가에 대한 거부할 수 없는 예를 제공한다고 믿었다. 외국 학생들에게 일본은 지리적으로 가깝고, 공통의 지적 유산과 철자법이 있는데다, 유학생들에게는 맞춤형의 짧은 유학 프로그램을 제공해 선호하는 목적지가 됐다. 분명히 일본은 항상 첫 번째 선택지는 아니었다. 중국의 작

고 추정하고 있다(p.230). 이와는 조금 다른 수치는 賴瑞琴, 「日本統治期の台湾文学における留学体験」(pp.3-6)을 참조.

46 東亜経済調査局, *The Manchoukuo Year Book*, p.685; Interdepartmental Committee for the Acquisition of Foreign Publications, *The Manchoukuo Year Book 1942*, p.665.

47 규슈에서 수학한 중국인 작가들에 대한 상세에 대해서는, 岩佐昌暲, 『中国現代文学と九州−異国・青春・戦争』와, 横山宏章, 『長崎が出会った近代中国』을 참조할 것.

가 톈한(田漢, 1898~1968)은 원래 유럽이나 미국에서 살고 싶다는 꿈에 대해 말했던 많은 사람 중 하나였다.[48] 상당수의 대만 학생들이 일본에서 유학하는 것으로 그치자, 결국 중국이 첫 번째 선택지가 되었다. 하지만 대부분의 중국, 조선, 그리고 대만 학생들은 일본에 한 번 살게 되면 그들이 잡을 수 있는 기회를 이용했으며, 그들 중 일부는 몇 년씩 체류했고 일본인과 결혼하는 사람도 있었다. 일본 정부는 '골칫거리'인 외국의 방문자들을 통제하는 엄중한 정책을 썼지만, 그들은 대체로 일본이 접촉 성운으로 자치하는 위치를 받아들였다. 이 경우 그들은 교육자로 동아시아와 서구를 이었고, 일본은 중국, 조선, 대만의 학생들이 자신의 고국으로 돌아가는 흐름을 장려했다.

일본에 있는 중국, 조선, 그리고 대만의 학생들은 제국의 중심에서 활동하는 많은 활동가들의 경향에 종종 접근했다. 이들 그룹에는 일본에 주로 정치적 이유로 온 동아시아 사람들이 합류했다. 일본에 있는 식민지와 반식민지 활동가들은 그들만의 조직을 만들었다. 쑨원(孫文, 1866~1925)이 만든 중국혁명동맹회(1905년 설립)는 가장 이른 시기에 설립된 중요한 혁명동맹 모임 중 하나였으며, 여기에 동정적인 일본인들의 지원을 받았고 중국의 첫 번째 국가적 혁명 조직으로 1911년 청조를 전복시키는데 중요한 역할을 담당했다.[49] 게다가 아시아에

---

48 Tian Han, "Lixiang de ziwei,". 인용은 Heiner Frühauf, "Urban Ex-oticism and Its Sino-Japanese Scenery," p.167. Michelle Yeh는 몇몇의 중국 근대 시인 가운데 유럽과 미국에서 수학한 명단을 제시하고 있다. ("There Are No Camels in the Koran," p.15).

49 상징적인 결속을 보이기 위해서 중국의 후진타오 주석이 일본을 2008년 5월에 방문한 첫날밤, 일본 총리 후쿠다 야스오는 쑨원이 즐겨 찾던 곳이며 후일 일본인들과의 개인적 결속을 가진 중요한 장소였던 도쿄 히비야공원에 있는 마

전역에 걸친 활동가들은 1905년 이후 일본인 활동가들과 끈끈한 유대 관계를 구축했으며, 일본의 아나키스트, 사회주의자, 공산주의자, 그리고 페미니스트 운동에 관여했다. 1900년대 초기, 일본에 있는 중국인들은 일본사회당이 후원하는 모임에 참가했고, 그 지도자에 해당하는 아베 이소오(安部磯雄, 1865~1949), 가타야마 센(片山潛, 1859~1933), 그리고 고토쿠 슈스이(幸德秋水, 1871~1911) 등과 밀접한 관계를 유지했다. 중국인들은 특히 마르크스주의 경제학자 가와카미 하지메(河上肇, 1871~1946)에게 관심을 가졌으며 초기 중국공산당에서 중요한 역할을 담당했던 아이쓰치(艾思奇, 1910~1966), 천왕다오(陈望道, 1891~1977), 둥비우(董必武, 1886~1975), 리다자오(李大釗, 1888~1927), 그리고 저우언라이(周恩来, 1898~1976) 등은 일본에서 시간을 보내며 일본의 마르크스주의자

쓰모토로 식당에서 식사를 했다. Seima Oki, "Hu Visits Sun Yat-sen's Favorite Eatery," p.3. 신해혁명 당시 일본에 와 있던 교환　대해서는 小島よしお, 『留日学生の辛亥革命』를 참조할 것, 또한 Michael Gasster, *Chinese Intellectuals and the Revolution of 1911 : The Birth of Modern Chinese Radicalism*, University of Washington Press, 1969; Marius Jansen, "Japan and the Chinese Revolution of 1911," John K. Fair-bank and Kang-ching Liu, eds, *The Cambridge Hisotry of China*, vol. Ⅱ, Late Ch'ing 1800~1911, 2. Cambridge University Press, 1980, pp.339-374, The Japanese and Sun Yat-sen, Stanford University Press, 1970; Jhon E. Schrecker, "The Reform Movement of 1898 and the Meiji Restoration as Chi'ing-i Movements," in Akira Iriye, ed. *The Chinese and the Japanese : Essays in Political and Cultural Interaction.* Princeton University Press, 1980. pp.96-106. 동맹회의 리더들을 포함해 많은 중국인들은 메이지유신(1868)에 큰 자극을 받았다. 彭沢周, 『中国の近代化と明治維新 (1976年) (東洋史研究叢刊)「29」』와 Douglas Reynolds, China, 1898~1912 참조. 쑨원과 다른 중국인들이 필리핀의 혁명가 Mariano Ponce를 포함해 다양한 환경을 지닌 운동가들과 우정을 발전시킨 것에 대해서는 木村毅, 『布引丸-フィリピン独立軍秘話』(1981)를 참조할 것.

들과 제한적인 접촉을 가졌던 이들에게 강한 인상을 품었다.[50]

일본인 혁명가들 외에 다른 급진적 외국인들을 찾아보자면, 조선인도 또한 일본의 사회주의와 공산주의 운동에 참여했고, 일본의 지도적인 공산주의자들은 충실한 조선인 제자를 두었다.[51] 1933년까지 큰 규모의 일본 지하 노동조합 운동은 이 활동에 지워지지 않은 영향을 끼친 조선인 거주자들로 구성됐다.[52] 게다가, 일본에 있던 조선인들은 1919년에 있었던 3.1운동에서 가장 밝은 불꽃 중 하나를 제공했다. 미국의 우드로 윌슨(Woodrow Wilson) 대통령이 1차세계대전의 목표(1918년 1월에 발표한 14개 조항의 평화원칙 중 하나)로 제기한 민족자결주의에 영향을 받아서, 이들은 조선의 독립을 주장하는 선언문을 발표했고 고국에 있는 조선의 활동가들이 이 투쟁의 대열에 참여할 것을 확신했다. 그럼에도 불구하고 서울 및 전국으로 퍼진 이 대규모 시위

---

50 Chow Tse-tsung, *The May Fourth Movement*, Harvard University Press, 1960, pp.32-33. 일본인과 중국인 사이의 맑시즘과의 관련에 대한 상세는 Chen Yingnian, "Jindai Riben sixiangjia zhuzuo zai Qingmo Zhongguo de jiejue he chuanbo," pp.262-282; Joshua Fogel, *Ai Ssu-ch'i's Contribution to the Development of Chinese Marxism*; Germaine Hoston, "A 'Theology' of Liberation?" pp.165-221; Ishi-kawa Yoshihiro, "Chinese Marxism in the Early 20th Century and Japan," pp.24-34; 王永祥, 高橋強, 『周恩来と日本-苦悩から飛翔への青春』(2002)을 참조할 것,

51 Robert A. Scalapino, Chong-sik Lee, *Communism in Korea*, vol.I, pp.134-135; Carter Eckert, Korea Old and New, p.275. 조선인 공산주의자와 일본과의 관련에 대해서는 Robert A. Scalapino, Chong-sik Lee, *Communism in Korea*, University of California Press, 1972; Richard Mitchell, *The Korean Minority in Japan*, University of California Press, 1967, pp.60-66; Dae-Sook Suh, *The Korean Communist Movement*, Princeton University Press, 1967.

52 朴慶植, 『在日朝鮮人運動史-8·15解放前』(1979, p.221); Samuel Perry, "Korean as Proletarian," *positions : east asia cultures critique* 14 : 2 (Fall, 2006), p.283에서 인용.

는 조선을 일본의 지배로부터 해방시키는데 실패했으나, 이 민족운동은 상하이에서 1919년 4월에 설립된 망명한 대한민국임시정부를 통해서 확장됐다. 일본에 있는 대만인들도 다수의 독립주의자, 사회주의자, 공산주의자, 그리고 아나키스트 그룹 및 저명한 일본인 활동가들과의 연대 및 우정을 통해서 이와 비슷한 정치적인 행동을 감행했다.[53] 때로는 일본에 있는 중국인, 조선인, 그리고 대만인은 일본인들의 불평등한 처우에 함께 대항해 항의했고, 인도나 필리핀, 베트남에서 방문한 활동가들과 협력했다.

여성들은 일본에 있는 중국인, 조선인, 그리고 대만인 지식인 전체 중에서는 아주 적은 비율이었지만 대부분이 남성 활동가들과 마찬가지로 행동에 참여했다. 예를 들어 윤심덕(1897~1926)은 여성으로서는 처음으로 총독부 지원 장학금을 받고 일본에서 음악 공부를 하러 1915년에 일본으로 가서, 아오야마학원대학에서 3년에 걸쳐서 일본어를 공부하다 1918년 4월에는 도쿄음악학교로 옮겼다. 그로부터 5년간 그녀는 가수로서 일본에서 활발히 활동한 후, 격동의 만주와 조선에서 3년 동안을 보내고 나서 1926년 7월에 일본으로 돌아왔다. 그녀는 제국의 중심에서 자신의 경력에 활기를 되찾는 듯 보였으나 그

---

53 이것은 자작인 사카타니 요시히로, 기노시타 토모사부로, 나가타 히데지로, 그리고 목사인 우에무라 마사히사를 포함한다. 자작인 사카타니는 대일본평화협회의 회장이었고, 기노시타는 메이지대학의 총장, 나가타는 귀족원의 멤버, 목사인 우에무라는 도쿄신학대학의 학장이었다. Ann M. F. Heylen, "Taiwanese Students in Metropolitan Tokyo,"(인터넷 자료)에 의하면 일본에서의 일어난 대만인 활동가들의 활동에 대한 상세는 垂水千惠, 『呂赫若硏究』(茶の水女子大学大学院博士論文, 2001, pp.36-41); E. Patricia Tsu-rumi, *Japanese Colonial Education in Taiwan*, Harvard University Press, 1977, pp.177-211.

해 애인인 극작가 김우진(1897~1926)과 정사를 하는 것으로 생을 마감했다.[54] 한편, 많은 식민지와 반식민지의 여성들이 일본의 급성장한 페미니스트 운동을 통해 격려를 얻고, 일본의 개혁에서 새로운 모델을 찾았지만, 만주에서 온 메이냥이나 단디但娣(1916~92)를 포함한 일부 여성들은 일본인들이 여성을 대하는 태도에 불안감을 느끼며 일본 제국에서 여성에게 불균등한 기회를 제공하는 것에 대해 지속적으로 항의했다. 노만 스미스(Norman Smith)는 "복종하는 현모양처의 순종적인 이상에 대해 받아쓰게 하는 프로파간다에도 불구하고, 만주에서 왕성한 창작 활동을 펼친 중국 여성작가들은 이러한 국가적인 가부장적인 토대를 비판하는 글을 썼다."[55]고 지적한다. 하지만, 국가를 강화하기 위해서 시골 여자들에게 메이지 후기 일본의 모델인 '현모양처'에 주의를 기울이도록 설득했음에도 불구하고, 이들은 권리를 박탈당한 집단이 동아시아 전역에 걸쳐서 확장되는 기회를 통해 중요한 역할을 하기를 바랐다.[56] 특히 이런 방식으로 일본과 도쿄

54 Theodore Jun Yoo, *The Poilitics of Gender in Colonial Korea*, University of California Press, 2008, pp.1-2. 극작가 김우진은 와세다대학을 졸업하고 영문학으로 학위를 받았다. 김우진의 이름은 도쿠토미 로카의 소설 『뻐꾸기』를 번안한 인물과 동명이니 혼동하지 말아야 한다.

55 Norman Smith, Resisting Manchukuo, p.60. 메이냥과 단디의 작품에 대해서는 岸陽子, 『中国知識人の百年-文学の視座から』(2004, pp.180-210)를 참조할 것.

56 일본에 있던 중국인 여성에 대한 상세에 대해서는 石井洋子「中国女子留学生名簿」(pp.49-69); 미사키 히로코, 「東京女医学校」(pp.63-72), Mary Rankin, "The Emergence of Women at the End of the Ch'ing," in Margery Wolf, Roxane Witke, eds, *Women in Chinese Society*, Stanford University Press, 1975, pp.49-53; 実藤恵秀, 『中国人日本留学史』(1939, pp.75-79); 『中国留学生史談』(1981, pp.31-32); Norman Smith, *Resisting Manchukuo*; Ellen Widmer, "Foreign Travel through a Woman's Eyes," *Journal of*

에서, 또한 다른 도시들에서도 유사하게, 국가적인 정치적 동요의 성운이나 혁명적인 발상이 확산된다는 점에서 많은 이들이 제국 정부에 반대되는 방향으로 향하게 됐다.

곽형덕 옮김

Asian Studies 65 : 4, 2006, pp.763-791; Zhou Yichuan, "Minguo qianqi liuri xuesheng-zhong de nuxing." 일본에 있던 대만 여성에 대해서는 E. Patricia Tsu-rumi, *Japanese Colonial Education in Taiwan*, p.126을 참조. 20세기 초엽에 일본에서 교육을 받은 몇몇의 동아시아 여성들은 자신들의 경험에 대해 제국의 중심 도시에서 여성으로서 생활했던 것에 대해 매혹적인 견해를 덧붙여 후일 기술하고 있다. 이에 대해서는 Han Youtong, 「東 大法学部研究室での五年間」(人民中国雑誌社), 『わが青春の日本-中国知識人の日本回想』수록, pp.113-125을 참조할 것.

부록 2

일제말 대만의 리얼리즘 논쟁

- 구도 요시미 工藤好美
- 하마다 하야오 濱田隼雄
- 니시카와 미쓰루 西川滿
- 양쿠이 楊逵
- 류슈친 柳書琴

구도 요시미 (工藤好美 1898~1992)

오이타(大分) 현 출신으로 1924년 와세다 대학 문학부 영문과를 졸업했다. 타이페이 제국대학 문정학부 교수를 역임했으며, 주요 저서로는 『문학론』·『영문학 연구』(朝日新聞社), 『칼라일(Carlyle, Thomas)』(研究社), 『말과 문학(ことばと文学)』·『문학개론』(南雲堂) 등이 있다. 타이페이 제국대학 강의록은 『고리키 연구』라는 제목으로 이와나미 서점에서 간행되었다. 전후에는 와세다대학, 나라여자대학, 나고야대학, 교토대학, 아오야마가쿠인대학, 도카이대학 등에서 학생들을 가르쳤다.

대만문화상과 대만문학 台湾文化賞與台湾文學
특히 하마다(濱田)·니시카와(西川)·장원환(張文環) 세 분에 관해서

◇

황민봉공회(皇民奉公會)가 제정한 대만문화상 제 1회 시상식이 거행 되었다. 종래까지 비교적 소홀히 다루어지던 대만 문화가 황민봉공 회와 같은 공적 단체에 의해 정식으로 다루어지게 되었고, 그 첫 번째 시상식이 무사히 거행된 것은 경하(慶賀)해야 할 것이다. 나는 이 기회 에 수상하신 분들 -특히 주로 하마다(濱田), 니시카와(西川), 장원환(張 文環) 세 분- 을 중심으로 대만문학의 한 면을 언급해 보려 하는데, 그 전에 문화상 그 자체에 관해 한마디 논하기를 허락 받고자 한다. 그 이유는, 대만문화상의 제정은 그 자체만으로도 훌륭한 취지인 만큼, 그 문화상의 내용과 운용에 만전을 기해주기를 희망하기 때문이다.

우선 첫 번째로 하고 싶은 말은, 대만문화상이 '문화'라는 타이틀을 내걸었음에도 불구하고 수많은 문화가운데 극히 일부에 불과한 문 학, 음악, 연극만을 대상으로 하며, 학술 및 그 밖의 일반문화의 중요 한 부분을 간과하고 있다는 사실이다. 참고로 황민봉공회가 제정한 대만문화상보다 약간 앞서 제정된 아사히(朝日)신문사의 아사히문화 상 시상내역을 살펴보면, 금년도 아사히문화상 9건 중, 회화(繪畵), 음

악, 문학, 영화, 연극 관련이 6건, 학술 관련이 3건(그 중, 이화학[理化學] 관련이 1건, 의학관련이 2건)이다. 전자 6건은 넓은 의미에서 예술에 관한 것이며, 후자 3건은 이른바 과학에 관련된 것이다. 그리고 내 기억이 맞다면 올해 아사히문화상은 예년에 비해 예술방면 시상이 많았고 학술(과학)방면이 적었는데, 예년에는 학술방면 시상이 더욱 많았던 것으로 기억하고 있다.

이렇게 아사히문화상의 시상결과와 대만문화상의 이번 시상결과를 비교해보면, 어느 쪽이 정말로 「문화상」이란 타이틀을 내걸 가치가 있는지 자연스레 분명해질 것이다. 게다가 대만에는 대만이란 특수한 사정이 있는데, 이 사정이 대만문화상이 왜 편파적이 되었는지 그 이유를 확실히 말해주고 있다. 대만 문화에서 의(醫), 이(理), 농(農), 문(文), 정학(政學)방면의 학술부문은, 전문 학부를 설치한 대학의 존재 덕분에 다른 문화방면, 특히 이번 대만문화상을 수여받은 예능방면보다도 문화적 수준이 높다는 것은 이미 잘 알려진 사실이다. 실제로 이번 아사히문화상을 수상한 일본학술방면의 업적은, 일본 전체학계의 최고봉을 차지하고 있다. 그렇다면 만약 이번 대만문화상이, 대만의 문화 중 비교적 뒤쳐져있는 분야를 장려한다는 의미에서 이런 시상을 결정한 것이라면 그래도 이해하려고 노력해 보겠지만, 일반문화에 대한 빛나는 기여를 표창하기 위해 대만문화의 강점인 학술방면을 무시한 처사라면 이는 결코 용납될 수 없을 것이다. 다만, 학술방면의 업적은 대만보다는 오히려 일본색채가 강하므로 대만의 황민봉공회에게 표창을 맡기지 말고 공신력 있는 다른 중앙기관에 맡겨야 한다는 의견도 있지만, 이미 대만문화상이라고 이름 붙인 이상, 대만거주자에 의한 문화적 기여의 표창을 꺼릴 필요는 없을 것이다.

대만문화상은 실은 대만예능상이다. 그러나 회화(繪畵)를 포함하지 않았다는 점 때문에 완전한 예능상으로 간주하기에는 무리가 있다. 그렇다면 과연 대만의 회화는 연극이나 음악, 문학보다도 뒤쳐져 있는 것일까? 아마 대만문화상에서 회화가 제외된 것은, 총독부 주최 전람회의 존재 때문일 것이다. 이 전람회에서는 총독상 외 다른 다양한 회화부문의 시상이 거행되는데, 이 때문에 대만문화상에서 회화부문이 제외되었을 것이다. 그런데 이 총독부 주최 전람회 회화부문 시상 -그 상금금액이 문화상의 그것에 비해 비교가 안 될 정도로 적다는 것은 잠시 접어두기로 하고- 은 1년에 단 한 번 열리는 전람회에 출품된, 한 가지 작품을 대상으로 거행된다. 그럼에도 화가들의 노력은 멈출 줄을 모르고 계속 이어지고 있다. 화가의 노력이란 대개 자신의 개인 전람회 같은 곳에 집중되는 법이건만, 이렇게 애쓰는 화가들의 노고를 치하하는 행사는 현재 대만 그 어디에서도 찾아볼 수 없다. 이런 화가들의 노력이야말로 황민봉공회 문화상 시상에 포함시키는 것이 당연하지 않을까?

　　좀더 상세하게 문학 부문에 관해서만 말해 보겠다. 이미 다른 사람도 지적한 적이 있지만, 대만문학상과 대만시가(詩歌)상이 따로따로 존재하는 것은 정말이지 납득이 가지 않는다. 소설은 문학이지만, 시가는 문학이 아니란 말인가? 그리고 문학의 창조적 활동을 추진하기 위해서는 반드시 좋은 비평이 필요한데 -사실 현재 좋은 비평을 찾아보기 힘들다는 것이 대만 문학의 불행이지만- 장래 문학비평 방면에서 표창할 가치가 있는 훌륭한 비평이 나왔을 때에 그 비평에 대한 상은 뭐라고 이름 붙여야 할까. 나는 이미 대만문화상이라고 하는 총칭(總稱)적인 이름이 있는 이상, 그 아래에 다시 대만문학상이라는 명칭의 상을 만들 필요는 없다고 생각하지만, 만약 그래도 대만문학상이란 명칭을 사용하고 싶다면, 대만문학상을 문학 일반에 대한 상 이름으로 하고, 그 안에 소설이나 시가(詩歌)와 평론 등을 포함시키면 된다고 생각한다.

마지막으로 올해 문화상의 시상계획을 보면, 시상 범위가 문학, 연극, 음악 이 3부문으로 한정되어 있고, 각각의 부문에서 수여되는 금액이 처음부터 3부문으로 나뉘어 정해져 있는 것 같은데, 이래서는 선택의 폭이 너무 좁을 뿐 아니라, 경우에 따라서는 불공평함마저 발생할 수 있다. 만약 반드시 예산을 미리 정해놓아야만 한다면, 문화상 전체의 금액만을 미리 정해놓고 문화계 각 방면의 전문가들로부터 수상자 후보추천을 받은 다음, 합동위원회 같은 자리에서 수상자를 선정하고, 부문에 상관없이 모든 수상자에게 같은 금액을 수여해야만 할 것이다. 또한 심사가 한쪽을 치우치지 않도록 심사위원이 매년 바뀌는 것이 바람직한데 특히 개인적 취향이나 주관적 평가가 들어가기 쉬운 문학과 예술 부문에서는 더욱 필요하다.

이상 대만문화상을 한층 의의 있는 상으로 만들기 위한 몇 가지 주문과 희망을 말해 보았는데, 모처럼의 좋은 기회이므로 덧붙여 대만의 문학, 특히 제1회 시상에서 영예로운 문학상을 수상하신 하마다 하야오, 니시카와 미쓰루, 장원환씨 등, 이 세 분에 관해서도 생각해보려 한다. 시가상은 야마모토 요코[山本孕江] (「요코구집(孕江句集)」의 저자이며, 하이쿠잡지 「ゆふかり」의 편집자) 씨에게, 공로상은 단가(短歌)잡지

「아라타마(あらたま)」(대표 히즈메바시[樋詰] 씨, 히라이[平井] 씨, 하마구치[濱口] 씨 등)와 「야생림」(대표자 다부치[田淵] 씨)에게 수여된 것은, 그 여러 해에 걸친 예도정진(藝道精進)과 힘들게 잡지출판을 꾸려온 것을 생각해 본다면, 지극히 당연하며 또한 경사스러운 일이라 생각한다. 다만 이 3가지 상이 모두 하이쿠와 단가(短歌)에 수여되었고, 이른바 '시(詩)'가 선정에서 누락된 것이 언뜻 기이하게 보일지도 모르겠다. 그래서 선정결과가 이렇게 나온 몇 가지 이유를 생각해 보도록 하겠다. 예를 들어 작년에는 제대로 된 시집이 단 하나도 나오지 않았으며, 또한 근년 들어서는 오랜 역사를 가진 시 잡지가 모두 종적을 감추어 버렸다. 그러나 나는 이런 것에서 한 걸음 떨어져 바라보면 -문화상을 받을지 못 받을지는 시에 있어 본질적인 문제가 아니다- 대만의 시는 지금 커다란 위기에 직면해 있다고 생각한다. 대만의 시는 일본 근대시의 하나의 식민지적인 발전이라 할 수 있는데, 이 일본의 근대시 -「아리아케슈(有明集)」나 「하쿠요큐(白羊宮)」에서 시작된 이른바 근대'시'는, 신체시(新體詩)를 모태로 탄생하였다. 그러나 '시'는 신체시에서 탄생하자마자 바로 엄격히 신체시와 선을 그었는데, 이로써 신체시가 가지고 있던 당시의 현실생활과의 관계마저도 단절되고 말았다. 신체시는 그 천박한 문명개화사상과 함께, 새로이 세계에 등장하려고 하는 오랜 역사를 가진 젊은 민족의 꿈과 야심을 가지고 있었다. 3명의 학자가 선두에서 이끌었는데, 민중들을 잘 이끌었고 또한 그 민중들에게 지지받고 있었다. 이 신체시는 먼 과거로부터의 반향과 함께, 막 동트려 하는 미래에 대한 동경을 가지고 있었는데, 비록 미숙하였지만 성실하고 진지하게 시를 읊으며 가련한 서정시를 시도하였다. 그리고 때로는 대담하게도 장편 서사시(敍事詩)나 극시(劇詩)에

도 손을 댔으며, 전통 민요와 속요(俗謠)도 신체시와 소원(疎遠)하지 않았고, 메이지(明治)의 그리운 창가(唱歌)도 이 신체시와 아주 가깝다고 할 수 있다.

그러나 정작 신체시에서 탄생한 '시'는 이미 어떤 의미에서도 일반 대중의 것이 아니었다. 그것은 허용된 일부 소수자의 신비한 주문처럼 대중들의 생활과는 동떨어져 있었고, 시대정신 바깥쪽에 서 있었다. 일찍이 신체시는 민중의 관념과 정조(情操)를 표현함으로써 문단의 중심이 되려고 하였다. 그러나 그에 비해 시는 문단에서 분리되어 문학의 주류가 되기는커녕 하나의 지류조차 이루지 못하였고, 도리어 일종의 back water(물구덩이 또는 역류)가 되기에 이르렀다. 예를 들어 자연주의 소설은 결코 완전한 예술적 형식에 도달할 수 없었다. 그리고 이 실패에서 생겨난 그 어수선함과 혼돈은 ―일종의 '사람은 좋으나' 눈치는 없는, 그러면서 호감은 품을 수 있는 성실함과 함께― 민중들과의 접촉과 동화(同化)에서 비롯되었다. 그러나 일찍이 워즈워스가 정당하게 비난한 시의 빈곤, 즉 '시어(詩語)'에도 견줄만한 부자연스러운 어휘와 어법아래 숨겨진 인간성의 빈곤, 인간성의 희박과 왜곡과 변질은, 시가 민중으로부터 멀어지고, 민중을 통해 움직이는 역사적 현실에 등을 돌린 결과였던 것이다. 만약 서정시(敍情詩)가 자연스러워서, 그 자연스러움 때문에 항상 새롭고도 건강한 정조를 스스로 만들어 내는 음악적 표현이라고 한다면, 이른바 '시'는 절대로 서정시가 될 수 없었다. 왜냐하면 이런 '시'들이 성립되기 이전에 이미 서정시는 도손(藤村)에 의해 고전적인 형식을 부여받은 상태였으나, 그 후에 등장한 시인들은 그 고전적인 방향에서는 더 이상의 발전을 이룰 수가 없었기 때문이다. 시인들은 오히려 자신들의 시에서 새로운 예술적 효과를 내기 위해, 정조를 헐뜯고 엉뚱한 방향으로 억지로 왜곡하려 하였다. 정조는 이런 시인들의 완전히 제멋대로 된 가책과 고문에 부딪쳐, 뜻하지 않게 쇠퇴하여 마침내 고갈되고 말았다. 더이상 자신의 힘으로는 홀로 설 수 없게 된 정조는 수많은 감각과 복잡하게 뒤얽혀, 환상과 결부된 -통일된 건전한 정신이 구심이 되어 주변 정신을 동화하는 것이 아니라, 반대로 정신이 중심을 잃어버리고 말초적(末梢的)인 것으로 분산되어 가듯이 퇴폐적이 되어 갔다. 이런 이유로 발생했을 때부터 퇴폐적인 것이 이런 시들의 특성이었다. 그리고 우에다 빈(上田敏)과 그 밖의 사람들에 의해 수많은 이국(異國)의 시가 소개되었는데, 이 시들이 모두 이른바 '세기말'의 시였던 것은 아니지만, 이 시들의 영향 때문에 결국 퇴폐주의 방향으로 흐르게 된 것도 부정할 수 없는 사실이었다.

일본 근대시의 이러한 불행한 출발이 화근이 되어, 그 후 이 나라의 시 발전에 언제까지고 나쁜 영향을 끼치게 된다. 시는 수없이 다시 태어나려고 하였다. 그러나 그때마다 과거의 낡은 기억이 새로운 환상을 흐리게 만들고, 새로운 결심을 둔화시켰다. 그렇다면 오늘날, 만약 시가 새롭게 다시 출발하려 한다면 과거에 이용했던 소재는 깨끗이 버려야만 할 것이다. 과거 소재의 완벽한 망각이야말로 시인들이 지향해야 할 과제라고 생각한다. 만약 그래도 과거를 못 잊겠다면, 시는 아예 더 오래된 과거로, 즉 '시' 이전의 신체시 시대로 돌아가야 하지 않을까. 물론 현대를 살아가는 우리가 신체시인의 치졸한 기법에서 배워야 할 것은 많지 않을 것이다. (그것은 마치 현대 역사소설가가 메이지 정치소설이나 역사소설에서 기술적으로 배워야 할 것이 없다는 것과 똑같은 것이다.) 그렇지만 한편으로 신체 시인들에게는, 현실에 대한 태도, 민중에게로의 접근방법, 새로운 세계관과 그 표현에 대한 성실한 노력 등, 현대 시인들이 참고로 삼아야 할 많은 것이 있지 않을까. 어쨌든 시인은 우선 무엇보다 먼저 인간이어야만 한다. 시인은 '시적(詩的)인·너무나도 시적인' 모든 기성관념과 기법을 미련 없이 버리고, 말하자면 완전 초보 시인이 되어 겸허하고 성실하게, 현실과 역사에 대해 몸을 맡겨야만 한다. 그렇게 하면 지금은 비록 희미한 힘과 의미로 충실하게 맥진(驀進)을 계속하는 역사는, 시인을 안에서부터 채우고, 다시 시인은 그 역사의 필연적인 힘에 이끌려 시를 쓰기 시작할 것이다-새로운 세계의 선언을, 새로운 세계의 새로운 시를.

일본 시의 과거는 그대로 어느 정도까지는 대만 시의 과거이기도 했다. 다시 말해 일본 시의 과거의 전통이, 그 가장 과장된 형식 그대로 이 섬에 보존될 수 있었던 것은, 바로 격리된 대만의 특수한 지리적, 문화적 여러 조건이 있었기에 가능했다고 할 수 있다. 나는 이 사실을, 예를 들면 대만에서 남용되고 오용되던 낭만주의라는 단어 속에서 찾아낼 수 있으리라 생각한다. 낭만주의에는 일종의 항상 현실로부터 이탈하려는 태도가 있었다. 그러나 낭만주의가 현실에서 이탈하려는 것은, 이탈을 통해 정신의 주체성을 명확하게 하고, 그 주체적인 정신이 다시 객체적인 존재인 이른바 현실을 향하여 압력을 가하는 건설적 또는 창조적인 활동의 조건을 준비하기 위해서이다. 존재의 질서 속에 매몰되어 있는 모든 것은, 그 존재에 압력을 가하여 그 존재를 새롭게 만들거나, 다시 만들기란 불가능하다. 참된 창조적인 행위 -역사 속에서 말하자면 보다 높은 역사적 진실을 만들어 내는 예술적 활동은, 직접 역사를 새롭게 다시 만들어 가기 위한 역사적 실천이자, 이러한 창조적인 행위의 가장 중요한 부분이며, 실제로 양자는 모두 구상력(構想力)을 원리로 한다는 점이 공통된다- 참된 창조적인 행위는, 객체적인 존재와 차원을 달리하는 주체적인 정신이 존재의 차원으로 내려와, 존재의 질서에 따라 활동하는 부분에서만 성립된다. 존재는 항상 과거적인 성격을 띠고 있다. (예를 들면 사회는, 관습과 관습의 제도화 없이는 존재할 수 없다. 그런데 관습은 전통적인 것이며, 전통은 말할 필요도 없이 과거적인 것이다.) 행위는 이에 반해 미래적인 것이다. 과거에서 한정되어 탄생한 행위이지만, 도리어 미래를 선점하고, 역으로 미래에서 과거를 한정시키려고 하는 것이 현재의 행위라고 할 수 있다. 정말로 꿈을 가진 행위만이 이런 활동이 가능하다. 그러나 그 꿈은 과거의 추억이 아니라, 미래의 환상이다. 이것이 바로 낭만주의가 몽환적이라고 일컬어지는 까닭이며, 이러한 낭만주의는 오히려 리얼리즘으로 통하여 리얼리즘의 건설적·창조적인 모멘트(요소)로서, 리얼리즘 그 자체 속에 포함되어 있어야만 한다.

낭만주의의 위험은, 낭만주의의 현실이탈로 인해, 처음에 가졌던 건설적인 동기와 열의를 잃어버리고, 단순한 현실도피로 추락하는 부분에 있다. 우리는 그러한 추락의 예를 19세기말의 문학에서 찾아볼 수 있다. 이른바 세기말의 문학은 주관과 객관을 갈라놓았으며, 객관에 대해 주관을 지키는 인위적인 가공물에 지나지 않았다. 사람들은 그것을 상아의 탑이라 불렀다. 그러나 실제로는, 상아의 탑은 정신의 감옥이자, 무덤이었다. 현실 세계와의 모든 교섭과, 그 세계에서 성립하는 모든 풍부하고 참신한 경험의 기회를 박탈당한 인간의 정신은, 스스로 자기 자신을 갉아먹을 수밖에 없었다. 세기말 문학의 살아있으면서 죽은 경력, 정당하게 퇴폐적이라 불리우는 그 모든 현상은 바로 여기서 시작된 것이다.

　화제를 바꾸어 보자. 대만에서 낭만주의는 어떻게 이해되고 있었을까? 건설적인 낭만주의로? 아니면 퇴폐적인 낭만주의에 가까운 것으로? 그러나, 진짜 문제는 낭만주의의 단순한 이해가 아니라, 실제 시를 쓰는 사람이 어떤 태도로 낭만주의를 선택 –만약 반드시 낭만주의의 어떤 종류를 선택해야만 했다면– 했는가 이다. 그리고 대만의 시인들은 과연 실수 없이 제대로 선택하였을까.

　그러나 나는 현재, 역사의 커다란 전환기를 맞이하여, 헛되이 시시콜콜한 과거사에 빠질 생각은 없다. 뿐만 아니라, 대만의 시인들도 결코 그저 하나의 경향에 포함되려 하지 않았으며, 그들 중에는 예외적으로, 일반적 또는 지배적인 분위기를 깨뜨리고 참신한 가락을 연주하는 사람도 있었는데, 그러한 예외가 얼마나 있었는지 세어 보는 것도, 우리의 오랜 즐거움이었다. 특히 작년에 문예 대만에서 시도된 「대동아전쟁」과 같은 연작(連作)시에서는 신구(新舊) 시인들이 모두 모여 구래(舊來)의 경향에 이별을 고하고, 새로운 타이틀을 새로운 어조로 노래하려 하였다. (단, 시인들 중에는 이런 부류의 시를 '순수'한 시의 견지에서 보면 그리 중요한 것이 아니며, 자신이 시도하는 시인으로서의 본질적인 노력은 다른 방면으로 향하고 있다고, 남몰래 마음속으로 생각하는 사람도 있을지 모르겠다. 그러나 이 생각은, 현재가 '비상시(非常時)'이며 이 시기가 지나면 다시 이전의 생활로 돌아갈 수 있을 것이라는 생각과 똑같은 착각이며, 만약 그렇게 생각하고 있다면 시의 참된 회생(回生)은 바랄 수 없을 것이다) 물론 이런 시의 연작(連作)이라는 것 자체가, 가치가 있는지 어떤지는 지금은 큰 문제가 아니다. 다만 나는 이것이 하나의 계기가 되어 대만의 시가 역사적인 정신의 세례를 받아, 상실된 시대의 생활과의 관계를 회복하게 되기를 기대하고 소망하는 것이다.

◇

니시카와 미쓰루씨는 대만을 대표하는 시인 중 한 분이다. 이번에 수상 받은 저서는 산문(散文) 단편집 「적감기(赤嵌記)」인데, 이 책에 담긴 작품은 산문이면서도 과거의 시의 전통을 이어 받고 있으며, 더욱이 하나의 완전한 예술적 표현을 담고 있다. 그런데 예술의 오묘함은, 작가가 표현하고자 하는 예술을 표현하는 행위를 통해, 오히려 예술을 작가에게서 떼어놓고, 작가를 자신의 작품에서 해방시킨다는 점에 있다. 자서전은 그 좋은 본보기라 할 수 있다. 자서전이란 자신에 의한 자신의 기술이지만, 자서전의 작가는 이렇게 글 속에서 자신을 표현함으로써, 자서전 속에 표현된 자신으로부터 벗어나게 된다. 왜냐하면 자서전 -적어도 좋은 자서전은, 작가가 자신을 객관화하지 않고서는 쓰일 수 없다. 그런데 자신을 객관화한다는 것은, 쓰여지는 자신이 쓰는 자신으로부터 소외되고, 과거의 자신이 현재의 자신으로부터 이탈하는 것을 말하는 것이다. 그리고 모든 창작은 일종의 자서전이다. 작가는 어떤 소재를 어떻게 다루던, 그는 항상 직접 또는 간접적으로 자신의 감정과 관념을 작품 속에서 표현하고 있는 것이다. 그리고 그 표현이 예술적으로 완전하면 완전할수록, 바꿔 말하면, 그 표현이 객관적이면 객관적일수록, 그는 그 자신의 감정과 관념으로부터 자유로워지는 것이다. 즉 감정과 관념으로부터 '졸업'하게 되는 것이다. 그런데 니시카와 미쓰루씨의 경우도, 니시키와씨가 「적감기」에서 과거의 시의 전통 -그리고 그것은 어느 정도는 니시카와씨 본인의 이력이긴 하지만- 에 거의 완전한 예술적 표현을 부여하는데 성공하였기에, 이윽고 그 과거의 전통에서 자유의 몸이 되어, 니시카와씨 자신을 위해, 그리고 나아가서는 대만의 시를 위해 그 전통을 정화(淨化)하고 건강하게 해줄 것으로 기대한다. 사실, 예술적 표현을 부여한다는 것은, 작품 속에서 표현되는 것으로부터의 초월 없이는 불가능한 일이므로, 니시카와씨는 이미 「적감기」에서 자신과 대만 시의 과거를 극복하고, 그 위에 우뚝 솟아나 있는 것이다.

실제로, 이 단편집에 담긴 여러 작품은, 지금까지의 니시카와씨의 대부분의 시들과 마찬가지로, 과거 -그것은 지나간 과거이든, 현재 속에 남아 있는 과거이든, 결국 같다는 것이다- 를 그린 것인데, 과거를 그렸다기보다, 오히려 과거에 자신을 맡기고 저자자신의 감정을 서술하고 있다. 그러나 그럼에도 불구하고, 이 산문 이야기는 니시카와씨 시의 특징인 정념(情念)의 집요함, 칙칙함을 느끼게 하지 않는다. 문체도 알기 쉽고 분명하다. 사람에 따라서는 이 작품들 중 어떤 특정작품 -예컨대 「운림기(雲林記)」같은- 을 단순한 스케치(엣세이)에 불과하다고, 뭔가 아쉽고 허전하게 생각할지도 모르겠다. 그러나 나는 오히려 이러한 담백함이야말로, 지금의 니시카와씨에게 필요한 것이 아닐까 생각한다. 예를 들면, 이 단편집에 실린 작품 중 「적감기」라고 이름 붙인 수필을 보아도, 만약 과거의 니시카와씨였다면, 이 작품에 나오는 진(陳)이라는 청년을 중심으로 한 괴기미(怪奇味)를 더욱 강조했을지도 모른다. 그러나 현재의 니시카와씨는 억제의 효과를 알고 있다. 니시카와씨는 이야기의 이 부분을, 이를테면 과거를 불러내기 위한 일종의 주문 정도로 머물게 하였는데, 이렇게 함으로서 전체를 하나의 바람직한 역사이야기로 완성하는 데 성공하고 있다.

그리고 예술적으로 가장 완성도가 높은 것은 아마 「주자기(朱子記)」일 것이다. 이 이야기는 후루원(葫蘆運)이라고 하는 일종의 대만식 주사위놀음에서 시작되는데, 작품 속 인물들과 그를 둘러싼 분위기가, 주사위놀음의 원병(圓柄 :단면이 타원형에 가까운 칼자루)과 주사위의 관계처럼, 완전히 일치하고 있다. 그러나 이 작품은, 그 높은 완성도가 도리어 스스로를 바깥의 보다 넓은 세계로부터 격리시키고 있다. 나는 이 후루원이란 것을 본 적이 없는데, 이 주사위놀음의 마무리는 일종의 막다른 골목길일 것 같다. 만약 그렇다면, 마치 후루원처럼 이런 종류의 작품은 작품 자체로서의 가치는 둘째 치고, 이제는 막다른 골목에 도달해, 더 이상 그 어떤 길잡이 노릇도 할 수 없을 것이다. 그에 반해 「채류기(採硫記)」에서는 살아 있는 인간 -지나간 과거이지만, 인간으로서의 본질적인 본성에 따라 늘 살아있는 인간- 을 그리려고 한 노력을 볼 수 있다. 그리고 니시카와씨는 어느 정도까지 그것에 성공하고 있다. 물론 그것은 완전한 성공은 아니다. 그러나 이와 같은 인간에 대한 흥미가 점차 니시카와씨를 현실 세계로 이끌려 하고 있으며, 그곳에서 문학의 큰 길이 니시카와씨 앞에 활짝 열리게 될 것이니라.

장원환씨는 모든 종류의 정조(情調)와, 정조적(情調的)인 분위기에서 벗어나왔는데, 어쩌면 처음부터 이런 것들을 아예 갖고 있지 않았을지도 모른다. 장원환씨는 직접 현실과 부딪쳐가며, 현실의 일각(一角)

을 도려낸다. 만약 장원환씨가 성공한 작품 -예를 들면 「밤원숭이(夜猿)」같은 작품- 이 일종의 정조(情調)를 감돌게 한다면, 그것은 주관에서 오는 것이 아니라 객관에서 오는 것이며, 이를테면 현실자체가 가진 예술적 효과인 것이다. 장원환씨는 리얼리스트이다. 아마 대만 작가 중에 장원환씨 정도 되는 철저한 리얼리스트는 없을 것이다. 장원환씨의 강점은 그 리얼리즘의 강인함과 늠름함에 있으며, 이것이 장원환씨의 바람직한 현재를 만들어 주었고, 장원환씨의 장래를 한층 희망찬 것으로 만들어 갈 것이다.

그런데 리얼리즘이라고 해도 사실은 다양한 리얼리즘이 있다. 장원환씨의 리얼리즘은 어떤 종류의 리얼리즘일까? 한 마디로 말하자면 그것은 자연주의적 리얼리즘이다. 아니 완전하지는 않더라도 적어도 그것에 매우 가까운 것이다. 실제로 1907년(메이지 40년) 전후에 전성기에 달한 자연주의의 반향을 지금의 대만에서 찾아보기란 매우 힘들어 거의 그리울 정도이다. 그러나 말은 이렇게 하지만 그렇다고 자연주의가 결코 나쁘다는 의미는 아니다. 오히려 나는 일본의 근대문학의 불행 중 한 가지가 너무도 일찍 너무도 쉽게 자연주의와 이별한 것이라고 생각한다. 물론 자연주의는 어차피 소멸할 것이 소멸한 것일 테지만. 그러나 자연주의가 자신의 소멸을 막아 보기 위해 힘겨워도 좀 더 저항하고, 자연주의를 대신한 문학이 자연주의와의 생존경쟁에서 더욱 힘든 상황을 경험했더라면, 그 이후의 일본문학은 더더욱 중후하며 견실한 것이 되었을 것이라고 아쉬워하는 것이다. 그렇다고 장원환씨의 리얼리즘이 결코 자연주의와 정확히 일치하는 것은 아니다. 장원환씨의 리얼리즘은 다야마 가타이(田山花袋)의 안이함에 비해 현저하게 고삽(苦澁)하며, 그 점에서 마사무네 하쿠초(正宗白

鳥)에 가깝다고 할 수 있지만 그렇다고 하쿠초의 냉소주의는 아니었으며, 그보다 더욱 건실하고 강한 인내심을 가지고 있었다. 그러나 동시에 장원환씨 작품 중에는, 장원환씨를 정당하게 자연주의 계통과 연결시킬 수 있는 몇 가지 특성이 있는 것도 부정할 수 없다. 장원환씨의 리얼리즘은, 예를 들면 모든 자연주의가 그렇듯 일종의 환경적 리얼리즘이다. 자연주의에서는 개성과 환경을 유기적인 일체로 파악하고 있다. 즉 개성은 환경에 의해 한정되며, 환경은 개성을 중심으로 자연주의 속에 확산되어 유기적인 일체가 되고 있는 것이다. 바꿔 말해, 개성과 환경, 개성과 개성 사이에서 대립관계를 찾아볼 수 없는데, 대립과 모순이 없다면 인간 행위도 성립될 수 없으므로, 장원환씨의 소설 속에서는 인간 행위를 입체적으로 표현하지 않고, 인간의 질(質)의 평면적인 묘사를 통해 소설 내용을 형성하고 있다. 그런데 행위에는 아리스토텔레스 식으로 말하자면 처음과, 중간과, 끝이 있다. 그러나 정지적(靜止的)인 질(質)에는 이런 것이 없다. 이것이 자연주의가 '조리에 맞지 않는 소설'이란 말을 듣는 이유이며, 장원환씨의 소설도 명확한 조리를 갖고 있지는 않다. 물론 그렇다고 전혀 조리가 없는 것은 아니며, 「거세한 닭(閹鷄)」과 같은 작품은 확실한 조리를 어느 정도는 갖고 있다. 그러나 이 작품에서는, 개성(여주인공)과 환경 사이에 일종의 대립이 있는데, 이 대립으로 인해 개성의 행동이 어느 정도 필요하게 되었고, 이런 행동이 이 작품을 평면적인 자연주의에서 입체적 극적인 리얼리즘 쪽에 가깝게 하고 있는 것이다.

그런데 소설이란, 그것이 어떤 종류이든 하나의 완성된 효과를 지향하며, 또한 이러한 효과를 가짐으로써 예술로서의 자격을 얻게 된다. 소설이 이처럼 하나의 완성된 효과를 가질 수 있는 것은 그 소설이 하나의 완성된, 전체를 완결시키는 세계를 형성하기 때문에 가능한 것이다. 소설 속의 행위와 그 표현은, 방금 논한 이유 때문에 이처럼 쉽게 완결성을 가질 수가 있는 것이다. 그렇다면 인간의 질(質)은 어떻게 이런 완결성을 갖고 소설 속에 나타날 수 있는 것일까? 원래 인간의 질은 단순히 정지(靜止)되어 있는 것인가? 인간의 질이 오히려 어떤 행위가 되어 소설 속에 나타나고, 그런 까닭에 형태가 있는 것으로 파악될 수 있는 것은 아닐까? 그리고 인간의 질이 언뜻 보기엔 정지되어 있는 것처럼 보여도, 실은 외부 압박에 저항하며, 때로는 안에서 솟아나는 행위에 대한 유혹을 억제하고 있는 것이다. 그리고 이러한 저항과 억제 사이에서 자신을 긴장시키는 과정을 통해, 비로소 인간의 질이 터득되고 표현될 수 있는 것은 아닐까? 메이지의 자연주의 소설은 조리 –예술적으로 보아 제대로 된 효과 있는 조리를 갖지 못하여서 소멸되었다. 이 사실은, 예를 들면 자연주의소설을 대신한 시라카바파(白樺派) 문학이 인도주의적인 의도와 계획을 가지고 있었는데, 이 시라카바파 중 기쿠치 간(菊池寬) 씨 등이 집필한 '테마 소설'에서 노골적으로 테마를 내세운 것으로도 잘 알려져 있다. 그리고 자연주의소설이 예술적인 조리를 가질 수 없었던 것은, 결국 그것이 행위의 입장으로 나설 수 없었기 때문이라고 생각된다.

장원환씨의 소설은 탄탄하면서도 차분한 스토리 전개에도 불구하고 명확한 조리를 중심으로 한 긴밀한 구성의 결여 때문에, 어떤 막연한 큰 압력을 느끼게 하는데 –이렇게 큰 압력을 느끼게 할 수 있는 작가는 아마 대만에서는 이 분 밖에 없을 것이다– 이 압력 때문에 조리가 흩어져 하나의 뚜렷한 초점으로 모이지를 않는 것이다. 장원환씨는 완성된 예술적 효과를 내기 위해, 미리 준비된 습관적인 정조(情調)

로 대상에 가까이 접근해야 할 것인가? 그러나 이런 접근법은 분명히 감상주의, 혹은 감상적인 낭만주의로의 전락이 되고 말 것이다. 아니면 「테마소설」의 테마와 같은 효과를 노려야만 하는 것일까? 이런 방식은 지적(知的) 명쾌함으로 센스 있는 작품을 만들어 낼 수 있을지도 모르지만, 아마 장원환씨에게는 어울리지 않을 것이고, 또한 장원환씨의 중후한 리얼리즘을 이러한 지적곡예(知的曲藝)로 만족시키기에는 너무도 아쉬운 마음이 든다. 차라리 장원환씨는 그 리얼리즘을 더욱 깊이 파고들어, 이 세계의 밑바닥에 있는 역사적인 사실 파악에 전념해야 하지 않을까? 현실의 단편 중 그 어떤 것도 역사의 일부가 아닌 것은 없다. 그리고 역사는 항상 움직이는 것이며, 게다가 역사가 움직이는 것은 자연이 움직이듯이 움직이는 것이 아니라, 인간의 실천을 통해서 움직이는 것이다. 자연주의 소설이 제대로 된 행위를 그려내지 못했던 이유는, 자연주의 소설이 참된 역사적 정신을 파악하지 못했기 때문이었다. 만약 장원환씨가 역사적 입장을 고양 시키고 심화할 수만 있다면, 장원환씨는 자연주의적인 모든 제한에서 해방되어, 살아 있는 인간의 행동 −이 경우, 행동을 가장 넓은 의미로 이해하기 위해, 예를 들면 행동의 억제와 같은 것도 포함하여 일종의 행동으로 생각해야만 한다− 을 그릴 수가 있게 될 것이며, 이 행동의 완결성에 의해, 장원환씨의 지금까지의 소설에서 비교적 결여되어 있었던 효과와 인상의 통일을 부여할 수 있는 것은 아닐까?

물론 역사의 파악과 그 표현은 누구에게나 힘든 작업이며, 특히 장원환씨의 경우에는 다양한 사정 때문에 더더욱 힘들었으리라 생각한다. 또 장원환씨가 주로 다루는 농민의 생활은, 역사사회분야에서 역사적으로 움직이는 것 중 가장 느린 것이다. 그러나 모든 것이 움직이는 역사 속에서, 어느 한 생활 층의 생활이 움직이지 않는다든가, 혹은 움직임이 느리다는 것은, 그 자체로 하나의 역사적인 현상이자, 또한 역사적으로 설명해야 할 사정이다. 역사적인 각도에서 보여지고, 역사적인 설계 속에 놓여진 농민의 생활은, 장원환씨의 소설 속에서 반드시 지금까지와 다른 예술적인 형식과 효과로 나타날게 틀림없다.

그리고 나는 장원환씨에게는 앞으로의 비약에 반드시 필요한 역사적 의식이 결여되어 있다고 생각한다. 반면 하마다 하야오씨는 이 역사적 의식을 갖추고 있다. (그리고 여기서 이런 말을 해도 좋을지 모르겠지만, 서신으로 니시카와 미쓰루씨도 대만 종단철도 건설사(史)를 소재로 한 소설 준비를 하고 있다는 소식을 들었는데, 나는 소설 준비를 한다는 사실 자체도 기뻤지만, 또한 그것이 니시카와씨에게도 바람직한 영향을 줄 것이라는 점에서, 니시카와씨를 위해 기뻐하고 있다.) 하마다씨의 「남방이민촌(南方移民村)」은 하나의 역사소설이다. 그리고 그것이 역사소설 -보다 높은 의미의 역사소설이 되기 위해서는, 단순히 과거 역사를 다루는 것이 아니라, 미래에 대한 전망으로서의 역사관을 갖고 있어야 한다. 역사란 이미 논한 대로, 단순히 과거에 있던 것도 아니고, 과거로부터 한정된 것도 아니며, 도리어 미래에게 한정된다는 의미를 가지는 것인데, 이런 이유야말로 역사관이란 것을 성립하고 정착하게 만드는 것이다. 즉 역사관이란 단순한 역사, 단순히 지나간 과거로서의 역사와는 달리, 미래에 대한 의지와 신념을 포함하며, 이런 것으로 현재의 행위를 결정하고 과거를 지금도 여전히 의미가 있는 것으로 받아들이며 현재로 끌어와, 되살리는 것이다. 이러한 의미의 역사관은 모든 역사기술 -역사소설도 그 일종이다- 에 있어 필요불가결한 것이지만, 미래에 대한 전망을 포함하기 때문에, 미래를 정확하게 파악하기란 늘 곤란하였다. 게다가 하마다 씨는 그런 곤란함을 극복해내고 애써 모은 과거 자료를 바탕으로 현재의 살아있는 역사소설을 완성한 것이다.

물론 그렇다고 「남방이민촌」이 이런 이유로 완전하다는 의미는 아니다. 아마 그 사실은 명민한 하마다 씨 본인이 가장 잘 알고 계시리라 생각한다. 「남방이민촌」은 일찍이 그 마을을 덮친 홍수의 범람처럼 격렬하고도 큰 힘으로 독자의 마음에 감동을 준다. 그럼에도 불구하고 독자는 동시에 그 인상적인 전체가, 작품의 필연성에 따라 모이고 움직이는 것이 아니라, 작가의 두뇌 속에서 반쯤 자의적 혹은 관념적으로 조립되고 있다는 느낌을 받는 것은 왜일까? 나는 그것은 역시 역사와 역사관과의 관계에 의해 설명되리라 생각한다. 하마다씨의 역사관 -나는 특히 소설의 후반에서 대동아전쟁이 시작되어, 이민촌의 남쪽 이전을 둘러싼 문제가 다루어지며, 이야기가 급격히 전회(轉回)하는 부분에서 노골적으로 드러내는 역사관을 말하는 것이지만- 은 아직까지도 하마다씨의 실제의 신념이 되어 있지 못한 것이 아닐까? 이런 역사관은 말하자면 공공연한 명제로서 외부로부터 부여된 것에 불과하며, 이런 역사관이 작가에 의해 그대로 과거의 사실로 떠맡겨진 것은 아닐까? 참된 역사와 참된 역사소설이란, 역사적 사실과 역사관이 한걸음씩 양보하며 다가가서, 역사적 사실은 역사관에 의해 인도되어 처리되는 동시에, 역사관이 역사적 사실 속의 역사적 사실 그 자체의 의미 또는 경향으로서 발견되는, 그런 관계가 성립되었을 때, 비로소 쓰여질 수 있는 것이다. 그렇지 않다면, 자료를 아무리 모아 조사했다고 해도, 그것만으로는 리얼리즘-역사적 리얼리즘이 될 수 없는 것이다. 역사적 리얼리즘은 이미 논한 대로, 단순한 객관적 자연주의적 리얼리즘이 아니며, 더욱이 역사를 참된 역사로 만드는 역사관이, 실은 역사적 현실 그 자체를 파고 들어가서도 찾을 수 없다면, 역사는 결국 공허한 관념이 될 수밖에 없다. 하마다 씨의 역사소설이 이른바 '잘 조사된 소설'이면서도, 여전히 어딘가에 가공의 작품 같은 느낌을 가지게 하는 것은, 이런 이유 때문이 아닐까?

그러나 우리는, 모든 사람이 올바른 역사관을 가진다는 것이 얼마나 어려운지를 생각해야만 한다. 이 경우 공식적인 역사관은 문제가 되지 않는다. 왜냐하면 역사관은 가지기는 쉽지만, 실은 역사관을 가져봤자 아무런 의미도 갖지 못하기 때문이다. 내가 올바른, 혹은 참된 역사관이라고 하는 것은, 우리의 행위를 인도하며, 우리의 예술을 내부에서 고취(鼓吹)시키는 원리가 되는 역사관을 말한다. 이러한 역사관 없이는 우리는 역사적인 그 어떤 일도 이룰 수가 없다. 그러나 이런 역사관을 가지기란 항상 힘들었는데, 요즘 시대에서는 더더욱 그러하다. 이것이 우리의 딜레마이다. 다만 우리의 위안거리는, 현대를 사는 우리가 올바른 역사관을 갖기 힘든 이유가, 실은 지금 현대에서는 역사가 급격히 전회(轉回)하며, 낡은 역사 속에서 새로운 역사가 계속 발생하고 있기 때문이라는 점이다. 인간이 인간을 신뢰하는 것을 중단하지 않는 한, 우리는 인간의 역사를 신뢰할 수밖에 없다. 그리고 역사에 대한 신앙은 그것만으로 이미 하나의 역사관이다. 하마다씨의 역사관은 형식적으로는 어떤 것이든, 그것은 그 근저(根底)에서 이러한 인간과 역사에 대한 신앙에 의해 유지되며, 그것이 하마다씨의 역사소설을 소재의 어두움에도 불구하고 본질적으로 밝고 건강한 것으로 만들며, 독자들 마음속에 역사의 난국을 타개하기 위해 필요한 용기를 부여하는 원인이 되고 있다.

타이페이 제국대학 문정학부 교수

황요찬 옮김

하마다 하야오 (濱田隼雄 1909~1973)

이바라기(茨城) 현 센다이(仙台) 시 출신. 현립 센다이 제2중학교에서 타이페이 고등학교 문과에 진학하여, 나카무라 지헤이(中村地平) 등과 대만 최초 고교생 순문학 동인지 『발자취(足跡)』를 창간했다. 졸업 후 일본의 도호쿠(東北) 제국대학 법문학부에 입학, 사회주의운동과 농민운동에 심취했다. 1933년 도쿄 생활에 환멸을 느끼고 모친과 함께 다시 대만으로 건너가 타이페이 사립 정수(靜修)여학교를 거쳐, 타이난 제1고등여학교, 타이페이 사범학교에서 교편을 잡았다. 또한 『문예대만(文藝台灣)』 동인 활동을 하며 니시카와 미쓰루와(西川滿)도 친분을 쌓았다. 주로 리얼리즘 문예 작품을 동 잡지에 게재하였다. 대표작으로는 일본인 이민촌(臺東·鹿野村)의 30년에 걸친 사탕수수 재배를 위한 고투를 그린 장편소설 『남방이민촌』(『문예대만』에 연재 후, 1942년 해양문화사에서 단행본으로 간행)이 있다. 또한 1944년 말에는 대만출판문화주식회사에서 장편소설 『초창(草創)』을 간행하였다.

비문학적 감상非文學的な感想

　작년 가을에 있었던 대동아 문학자대회에서 받았던 생생한 인상이 아직도 남아, 앞으로 어떻게 문학을 해야 할지 한창 반성 중이던 나에게, 이번에는 대만문화상 수상이라는 고마운 소식이 날아 들었다. 지금도 나는 이 수상소식에 내심 너무도 부끄러운 하루하루를 보내고 있다. 말로는 쉽지만, 나는 문학봉공(奉公)의 성의를 다하면 되는 것이다. 즉, 황민(皇民)의 길을 내 작품에서 구현하면 되는 것이란 말이다.

　하지만, 나는 지금도 여전히 방황 중이며, 자신감을 갖지 못한 채 부끄러워하고 있는 것이다. 결전하의 문학, 특히 대만문학이 어떤 방향으로 나아가야 할 것인가에 관한 다양한 의견이 쏟아지고 있다. 하지만 전쟁 문학이라고 주장하는 사람의 작품에서도, 일본문학의 전통이라고 고하는 사람의 작품에서도, 나는 그 의도를 충분히 만족시킬만한 작품을 발견할 수 없었다. 납득할만한 작품이 단 하나도 없는 것이었다.

　나는 혹시 내 미숙함 때문에 발견 못하는 것일지도 모르겠다는 생각에, 내 자신을 돌아보며 거듭 반성하였다. 그러나 결국 그들이 내세우는 주장은 참신함에도 불구하고, 정작 그들의 작품 속에 들어있는 것은 문화지상주의적인, 즉 예술지상주의적인 외국식 낭만주의와,

그리고 그 아류에 불과한 낭만주의, 그리고 폭로(暴露)취향의 깊은 늪에서 완전히 빠져 나오지 못한 자연주의의 말류(末流：말단의 보잘 것 없는 유파)에 불과한 작품들이 너무 많다는 것이다. 이 작품들 중에 내 문학적 가치관을 흔들만한 것이 있다고는 생각하지 않는다.

나는 결국 내 나름대로 길을 개척할 수밖에 없을 것이며, 또 그렇게 하는 것이 당연할지도 모르겠다. 하지만, 비록 형식상으로나마 엄청난 진전기(進展期)에 접어들어 있는 현재의 본도(本島：여기서는 대만을 가리킴) 문학이 많든 적든 일종의 혼미상태에 빠져있는 것은 아닐까 하는 우려를, 실은 나뿐 아니라 다른 사람들도 하고 있는 것이다.

나는 평론이라든가 비평이라든가, 어쨌든 남의 작품 논하기를 지금까지는 될 수 있는 한 삼가해왔다. 그 이유는, 소설에서 내 의견을 말하면 그것으로 충분하다고 나름대로 원칙을 정해놓았기 때문이었다. 하지만 앞으로는 내 자신의 길을 개척하기 위해 내가 겪고 있는 혼미 상태를 있는 그대로 드러낼 생각이다. 따라서 여기에서 내 감상의 대상은 내 작품을 처음으로 포용한 대만문학이 될 것이다. 나는 남의 작품만을 놓고 이러쿵저러쿵 논하는 것에는 여전히 반대이다.

우리는 지금까지 문학, 문학이라고 하며 문학에만 초점을 맞추고, 문학이전의 것에는 미처 생각이 미치지 못하였다고 생각한다.

나는 얼마 전 바쇼(芭蕉)와 부손(蕪村)에 관해 쓴 책 두세 권을 읽고, 진심으로 감명받은 적이 있었다. 두 사람은 하이쿠(俳句) 이전의 것을 제자들에게 가르쳐 깨우치게 하고 있었다. 풍아(風雅)나 이속(離俗)이나 비록 그 명칭은 다르지만, 둘 다 화법(畵法)에서 말하는 기운생동(氣韻生動：그림이나 글 등에서 기품이 생생히 느껴지는 것)을 제일로 치던 사고방식이다. 기운생동 없이 하이쿠를 생각하지 말 것이며, 풍아의 마음과 이속의 마음을 연마하지 않고서는 하이쿠를 쓸 수 없다고 하는 것이다.

우리는 풍아나 이속이라는 말이 낡고 오래되었다고 해서, 이에 관해 제대로 생각해보지도 않고 간과하고 살아왔으나, 전통을 살린다는 것은 바로 이런 것에 관해 진지하게 지혜를 짜 보는 것이다.

단어가 낡고 오래된 것이라면 한 번 새롭게 만들어보자. 앞으로는 문학 이전의 교양이라고 부르겠다.

우리의 대만문학은 지금까지 이 교양을 무시해 온 것이 아닐까? 말하자면 문학적으로만 사물을 보고, 생각하였고, 다시 말해 문학적 기법을 연마하는 데에만 문학적 교양을 생각해 온 것은 아니었을까?

나는 언젠가 본도 작가에게 이 교양에 관해 생각해 본적이 있냐고 말한 적이 있다. 그러자 그 작가는 즉시 비굴한 표정을 지으며 "역시 대학을 나와야 알 수 있지 않을까요"라고 말했다. 나는 꼭 그렇지는 않다고 부정을 했지만, 그 이상은 아무 말도 못했던 것이 생각난다. 교양이란 것이, 적어도 문학의 교양이란 것이, 고작 학력 차이로 받아들여지는 부분을 보며, 나는 우리 문학의 교양수준이 얼마나 낮은지 알 수가 있었다.

나는, 극단적으로 말하자면, 바로 이런 점에 대만문학의 최대의 결함이 있다고 생각한다. 그렇다고 여기에서 교양 강의를 하려는 것은 아니다. 다만 문학이전의 것에 좀 더 노력해야 한다고, 내 문제로써 생각해 보고자 한다.

문학자는 문학자이지 속세인이 아니라는, 이런 잘못된 자부심은 버리자. 속세인의 의미가 부손이 말하는 이른바 저잣거리의 속세사람들을 가리키는 것이라면, 원래부터 속세인이 아닌 쪽이 정상일 것이다. 그렇지만 이런 국가적 중대 시기에서 전쟁을 염두에 두지 않은 태도로 집필 활동을 한다든가, 국가에 대한 애국심 하나 없는 몸뚱이로 문학으로 보국(報國)을 운운하는 것은, 아무리 생각해 봐도 문학자의 태도가 아니다.

이런 잘못된 문학자의 태도를 바로 잡는 것이 대만문학 교양의 출발점이라고 나는 생각한다. 이를 생각하면 교양을 어떻게 고양시키고 심화할 것인지 저절로 깨닫게 될 것이다. 이것은 학교에서 배우는 것이 아니다. 그렇다고 문학에 관한 지식만을 수집했다고 깨달을 수 있는 것도 아니다.

바쇼는 풍아란 무엇이냐는 물음에, "대나무에 관련된 일은 대나무에게 물어보라"고 답하였고, 부손은 어떻게 하면 이속할 수 있느냐는 질문에 "시를 낭독하라"고 하였다. 그러면서 또한 "책을 많이 읽으면 서책의 기운이 상승하고, 속세의 기운이 떨어질 것 (多読書則書巻之気上升市俗之気下降矣)"이라고 답하였다. 이 두 사람의 방법은 훌륭하지만 서로 다르다. 우리의 방법도 반드시 하나일 필요는 없다. 나 자신의 방법도 분명하지는 않다.

그러나 어쨌든 문학이전의 교양을 더욱 심화해야 한다는 자각이야말로, 앞으로의 문학을 개척하는데 있어 우리에게 반드시 필요한 요소일 것이다. 그리고 이 개척만이, 우리의 문학을 잘못된 길로 빠지지 않게 해줄 것이라 확신할 수 있다. 오로지 이 개척에 의해서만 우리 문학의 역사관·세계관의 결여를 막을 수 있다고 생각하는 것이다.

나는 지금 '잘못된 길'이라고 했다. 우리 문학이 빠지기 쉬었던 '잘

못된 길'이란 무엇일까?첫 번째로 저급한 문학지상주의를 떠올려 본다. 우리는 다음 같은 표현을 자주 말하고 자주 들었다. "흠, 소재는 괜찮은데, 문학적으로는 좀……" "재미는 있는데 문학적으로는 어떨지……"

물론 문학은 문학적이어야 한다. 하지만 여기서 생각해 볼 문제는 이 문학적이라는 표현을 너무도 안이하게 사용하려는 태도이다. 사실 지금까지 우리는, 문학적이라는 단어를 특별한 이유 없이 글 쓰는 기법적인 의미정도로 사용하고 있는 경우가 많았으며, 문학이 주는 감동의 '상(相)'이 분명히 계속 변하고 있음에도 미처 그 변화를 깨닫지 못하는 경우가 많았다고 생각한다. 나는 여기에서 다시 부손의 '불역유행(不易流行)'을 강조할 생각은 없으나 '불역(不易)'만 연연하다가, 안목이 극단적으로 좁아져 오로지 문학적으로만 기울었던 경향은 자각해야만 한다. 우리가 문학적이라는 표현에서, 그 문학이 무엇이었는지를 규명할 수 있다면 문제를 분명히 인식할 수 있을 것이다. 우선 첫 번째로, 끝까지 승화하지 못한 자연주의의 말단(末端)을 예로 들어 보겠다.

나는 굳이 말단이라는 단어를 사용하기로 하겠다. 나는 내 작품 「횡정지도(橫丁之圖)」를 생각해 보았다. 이 작품이 가진 불쾌함을 생각해 보자는 것이다. 우리 문학의 하나의 과정으로서 자연주의가 의의를 갖고 있다는 것은 말할 필요도 없다. 하지만 어디까지나 그것은 과정으로서이다. 그런데 이런 과정을, 마치 영원한 가치라도 있는 양 금지옥엽 매달리고 있으니, 나는 그것을 말단이라고 부를 수밖에 없다는 것이다.

말단은 우선, 우리의 문학이 현실의 부정적인 부분에 완전히 홀딱

반해있는 형태로 나타나고 있다. 우리 문학의 소재는 두말할 필요도 없이 이 섬에 살고 있는 사람들이다. 내지인(內地人), 본도인(本島人)을 불문하고, 또한 의식하든 안하든 상관없이, 지금의 결전 하에 살고 있는 사람들이 우리 문학의 소재인 것이다. 그런데 이 사람들의 행위는 물론, 심지어 심리적인 것조차도 현재의 본도의 전체적 흐름에 대한 긍정적, 적극적인 것과 부정적인 것이 병존하고 있다. 여기서 말하는 부정적이란, 노골적으로 긍정과 적극의 반대입장에 있는 것만을 가리키는 의미가 아니다. 전체적 흐름에 대한 몰이해, 무관심, 혹은 현실도피와 같은 나약한 모습 등, 모든 것을 포함하는 것이다.

우리 문학 중에서, 특히 본도인을 그린 작품의 대부분은 이런 의미에서 보자면 부정적 현실의 어설픈 사생(寫生)에 불과하다는 것을 다시 한 번 생각해 봐야 할 것이다. 본도인 작가가 언제까지고 본도인들의, 황민답지 못한 비적극적 비긍정적인 면만을 다루고 있는 것이 바로 말단적 현상이 아닐까?

특히 본도인 독자층으로부터 이런 작가들의 자세에 대한 분개의 목소리가 들려왔을 때, 이런 독자들의 분개를 저속한 비판이라며 받아들이지 않는 태도는 생각해볼 문제일 것이다.

여기서 다시 당연히 이른바 사소설(私小說)이 떠오른다. 사소설이 일본문학의 본질이라고 안이하게 이해하는 것은, 그 과정으로서의 한계에 대한 무지 때문이다. 언제까지고 완전히 사소설 속에 갇혀 있는 한, 그것이 아무리 심리적으로, 이른바 외국 문학류의 심각한 결함이 있다는 것을 안다고 해도 말단의 성(城)에서 빠져 나오지 못하리라 생각하는 것이다.

두 번째는, 첫 번째 것과 언뜻 보기에 대조적으로 보이면서도, 사실은 종이 한 장 차이인 퇴폐적인 낭만주의이다. 애당초 우리의 문학을 현실주의네 낭만주의네 하며 구별 짓는다는 자체가 지금으로서는 위험하기도 하며, 다소 어리석어 보일지 모르지만, 일단은 그렇게 부르기로 하겠다.

특히 낭만주의는 퇴폐적이라고 부를 수밖에 없다. 내가 이렇게 말하는 것은, 나는 퇴폐가 아닌 올바른 낭만주의를 생각하고 있기 때문인 것이다. 그렇다고 안이하게 낭만주의를 무조건 부정적인 것으로 단정짓지는 않겠다.

나는 낭만주의를 현실의 연장선 위에 심은 이상(理想)이 낳은 것이라고 단순하게 규정지을 수밖에 없다.

나는 이제와 새삼 공상과 환상과 이상을 강조할 생각은 없다. 그저 생각하고 싶은 것은 이상뿐이다. 현실적으로 가능한 연장을 인식하고 직시함으로 심어지는, 그리고 그것이 가능하기 때문에 영원해야 하는 이상을 생각하고 싶은 것이다.

이러한 이상이 없는 퇴폐적인 낭만주의는 현재의 우리의 문학에서 몰아내야 마땅할 것이다.

그 극단적인 예를 들자면, 이번 해의 대만의 현실을 완전히 무시하고 있는 제멋대로 쓰여진 문학작품을 들 수 있다. 물론 전쟁과 결전하의 생활을 그린 것 중에도 이런 작품은 있을 수 있다. 심지어 역사적인 것을 소재로 하는 작품에도 이런 경향은 얼마든지 있을 수 있다. 문학을 하는 사람으로 말해보자면, 문학을 하는 데 있어 '지(志)'의 결여 혹은 애매함이 그 원인이라 보고 있다.

문학에서 '지(志)'라는 말을 들으면 내 머릿속에는 바로, 문학할 뜻을 가진 척하는 사람, 시류 편승을 노리는 사람, 이런 사람들이 불현

듯 떠오르게 된다. 그리고 나도 모르게 그렇게 밖에 생각 못하는 내 자신이 한심스럽게 느껴지게 되는 것이다. 쓸데없는 자의식이라고 할 테면 해도 좋다. 이것이 내 문학의 약점이란 것은 나도 잘 알고 있는 바이기도 하다.

'지(志)'가 없는 문학의 결과는 비록 추구하는 것이 미(美)라고 할지언정, 왕성하게 영원히 이어지는 미가 아니라, 허무하고도 말초적인 미이며 마치 참수당한 머리가 진한 화장을 기다리고 있는듯한 느낌마저 든다. 이런 미를 서정미라고 칭송하면서, 지식계급의 보물이라도 되는 양 과장되게 토해내는 허무한 한숨이 아직도 여운을 끌고 있는 것은 아닐까. 그래서인지, 왕성하고 위대하며, 그리고 영원으로 이어지는 미가 배어 나오는 제대로 된 서정미마저 우리는 무조건 먼저 부정부터 하려고 했다. 이 서정미에 대해 제대로 탐구하려고 노력한 적이 있던가?

생각해보면 우리 문학의 가장 큰 문제는, 뭐니뭐니해도 마사시(正志)가 가지고 있는 이상이 결여되어 있던 점이라고 생각한다.

화려하게 낭만이라고 말해야만 남방의 작렬하는 태양 빛이라도 본 것 같지만, 실상은 착각에 불과하다. 실제로는 눈앞이 어지럽고, 백주대낮에 나 자신을 잃어버린, 그저 공중에 붕 떠 떠돌고 있는 빛이 아니었던가. 현실에 얽매인 자는 여전히 부정적인 현실의 힘에 압도당한 채 살아갈 것이다. 그러나 현실은 오히려 시시각각 그 긍정적인 부분을 확대하고 가고 있는데, 이런 사실조차 깨닫지 못하고, 따라서 언제까지고 빛을 얻지 못한 채, 똑같은 어둠 속에서 못 벗어난 채, 의심하고 망설이고 있던 것이 아니었던가?

내가 대동아 문학자 대회에서 가장 먼저 받은 감동은, 이 대회가 대동아 전쟁의 전과(戰果)의 하나로써 탄생했다, 는 점이다.

이 대동아전쟁이 동아시아에 널리 퍼뜨리고 있는 하나의 이상, 그 이상 아래에서만 대동아 문학이 언급될 수 있다는 점이 나에게 감동을 준 것이었다. 그리고 지금 다시 내 작품 「남방이민촌(南方移民村)」을 떠올려 본다.

나는 「횡정지도」를 자연주의적 폭로소설의 영역을 벗어나지 않은 것이라고 생각하며, 이 작품에서 나의 갱생을 도모하였다. 그 결과로 완성된 것이 남방이민촌이었다. 나는 이 작품에서, 전통적인 일본농민의 견인불발(堅忍不拔)의 아름다움을 추구하였다. 고난 속에서 그들이 새롭게 만들어 낸 빛을 그리려고 한 것이었다. 나는 이렇게 하나의 이상을 정립하려고 노력해왔다. 그리고 그 결과는 이상이 앞서게 된 것이었다.

이상이 앞서게 된 이유는 무엇일까? 내가 마침내 도달해낸 결론은 바로, 나의 이상이 미숙했다는 사실이었다. 나는 루예(鹿野村)의 현실에 직면하고, 루예가 가지고 있는 부정적인 양상에 너무 얽매인 나머지, 나도 모르는 사이에 내가 배제하려고 하였던 생각에 조종당했다는 것을 깨달았다. 이것은 또한 대동아 전쟁에 대한 나의 이해가 제대로 살아 있지 못하였기에 나온 결과였다고 생각한다. 만약 지금 가지고 있는 이 마음가짐으로 다시 쓴다면, 남방이민촌은 아마도 다른 형태로 표현되었을 것이다.

나는 내 작품을 그 증거로 내세웠다. 그렇다고 내가 하는 반성을 남들에게 강요할 생각은 없다. 우리의 문학이 대동아 전쟁의 참된 의의를 투철하고도 일관되게 밝히려고 애쓴다면, 우리가 갖추지 못한 이상이 탄생할 것이라고 말하고 싶은 것이다.

　앞서 언급한 교양이란 것도 비굴한 민족의식과 반성 할 줄 모르는 우월의식을 아무 미련 없이 버리고, 지금의 대동아의 이상을 우리 것으로 만들어 보자는 하나의 방법이었다.

황요찬 옮김

니시카와 미쓰루 (西川滿 1908~1999)

후쿠시마(福島) 현 아이즈 와카마쓰(會津若松) 출신으로 시인이자 소설가, 평론가이다. 1910년 3세 때 부친을 따라 친척이 운영하는 대만 기룽의 치우산(秋山) 탄광으로 이주하였다. 1914년 타이페이 제4 심상소학교 시절부터 문학에 흥미를 가져 문예지를 발행하였다. 니치렌(日蓮)에 흥미를 가지고 『소설 니치렌 성인(日蓮聖人)』, 『장편 서사시 니치렌 성인』 등 니치렌 관련 작품을 다수 남겼다. 1920년 타이페이 제1 중등학교 시절에는 시집 『사랑의 환영(愛の幻影)』, 『상아의 배(象牙の船)』 등 단행본을 자비로 제작하기도 하였다. 1933년에 와세다 대학 불문과를 졸업하고 『대만일일신보(台灣日日新報)』에 취직했다. 『대만 풍토기(台灣風土記)』(1939), 『화려도(華麗島)』(1939), 『문예 대만(文藝台灣)』(1940) 등을 창간하였다.

문예시평 文藝時評

어느 날인가 수요회에서 이즈미 교카(泉鏡花)의 이야기가 나왔는데, 일본의 전통을 살린 대작가로, 후세 문학사상 제대로 된 지위를 부여해야 하는 것은 역시 교카와 로항(幸田露伴)일 거라고 말하는 쇼후시(松風子) 씨의 의견에 나는 전적으로 동감하며 매우 감동했다. 그런데 놀랍게도 얼마 되지는 않지만 그 자리에 참석한 이들 대부분이 거기에 찬동했다. 이렇게 되고 보니 마치 수요회가 아니라 교카회라고 웃었는데, 아마도 오늘날 가장 왜곡되고 부당하게 매도당하고 있는 것은 교카가 아닐까 한다. 물론 교카가 때로는 황당무계한 마각을 드러낸 작품이 없지는 않지만 그 문장의 화려함, 어휘의 풍부함, 구성의 뛰어남, 일본문학의 전통을 살린 이른바 문학상의 '예(藝)'의 위대함은 결코 몰각되어서는 안 된다.

지금까지 대만의 문학 주류를 이루어 온 똥 리얼리즘은 메이지 이후 일본으로 들어온 구미적 문학 수법으로, 벚꽃을 사랑하는 우리 일본인 입장에서는 완전히 공명할 수 없다. 값싼 인도주의의 편린인지 몰라도 속악(俗惡)한 심각함, 무비판적인 생활 묘사, 그 어디에 일본 전통이 살아 있다는 말인가.

이것은 특히 본도인(本島人) 작가에게 하고 싶은 말이기도 하다. 진정한 리얼리즘은 결코 그런 것이 아니다. 변함없이 의붓자식 학대나 가족 간 갈등을 풍속 묘사하고 있는 사이, 본도의 다음 세대는 근행보국대(勤行報國隊)으로, 지원병으로 활발한 행보를 보이고 있다. 현실에 등을 돌린 무자각적인 리얼리즘 작가, 아이러니가 아닐 수 없다.

이즈미 교카가 어떤 방면으로 나아갔는지, 오늘날 쓸모없는 사람처럼 생각되고 있는 교카를 끌어낸 것은, 교카 안에 흐르고 있는 전통 답습을 일단 생각하고 싶었기 때문이다. 교카는 낭만파라고도 하고 고답파라고도 하는 등 여러 가지로 불리는데 가령 낭만파라고 하더라도 이것도 똥 리얼리즘과 같이 최근까지 대만에 자주 보이는 퇴폐적 구라파 로맨티시즘 신봉자 작품과는 큰 차이가 있다고 생각한다.

다음은 교카 작품에 있어 '예(藝)'라든가 '조각'이다. 적어도 '문예'라면 어떤 것을 그릴 때 이 두 가지가 결핍되어서는 안 된다. 대만 작가의 '무예대식(無藝大食)' 대식, 조잡하고 거친 것은 좋은데 장르를 넘어선 혼란한 '문장', 이쯤 되면 신문기자의 비웃음을 사는 것도 무리는 아니다.

미리 말해 두지만 나는 교카의 아류가 되라든가 흉내를 내라는 것이 아니다. 교카는 이미 과거 사람이며, 오늘날 교카와 같은 글쓰기는 시대착오이기도 하다. 그러나 교카와 같은 대작가 안에 있는 취해야 할 점, 배워야 할 점을 우리 것으로 만들고, 대동아전쟁 하, 편승(便乘)문학다운 진정한 황국문학의 수립을 이루어야 한다고 말하고 싶은 것이다. 온고지신이라는 것은 천고의 격언이다.

발자크라든가 톨스토이와 같이 가타카나(カタカナ) 이름의 서양 작가의 작품을 읽을 여유가 있다면, 부디 가까이에 있는 교카의 작품에서 배우라고 말하고 싶다.

요컨대 이른바 구미를 모방한 똥 리얼리즘의 작품 따위를 쓰는 한, 가령 그것을 구미 문자로 번역한다고 해도 상대해 줄 리 만무하며 무시만 당할 것이다. 우리는 일본의 문학자로서 구미인이 절대로 따라올 수 없는 전통 정신이 살아 있는 작품을 쓰면 된다. 문학세계에서도 영미 색채를 배격하고 싶다. 이것이 지금 우리가 교카를 호출하는 가장 큰 이유이다.

　교카를 싫어하는 사람에게는 다소 과장된 말일지 모르지만 『겐지 이야기(源氏物語)』를 가져와도 좋다. 세계에 자랑할 만한 『겐지 이야기』는 결코 똥 리얼리즘이 아니다.

손지연 옮김

양쿠이[*] (楊逵 1905~1985)

본명은 양꾸이(楊貴)이다. 중학교 시절 문학과 소설을 좋아해서 다이묘 13년(1924년) 사상의 출로를 찾고자 홀로 일본으로
건너갔다. 일본대학 문학예술과 야간부에 합격하였다. 이 시기 양쿠이는 중국 및 대만의 신문학운동의 영향을 받아 대만유학
생들과 함께 '대만문화연구회(台灣文化硏究會)'와 '연극연구회(演劇硏究會)'를 결성하였다. 쇼와 2년(1927년)에는 대만으
로 돌아가서 농민운동과 신문화운동에 전념하였다. 쇼와 9년 '대만문예연맹(台灣文藝聯盟)'에 가입하면서 『대만문예(台灣
文藝)』 편집에도 참여하였다. 이듬해 10년에는 '대만신문학사(台灣新文學社)'를 창립하여 잡지 『대만신문학(台灣新文學)』
을 출간했다. 쇼와 12년 정간되었다.

민국(民國) 36년(1947년) 2. 28 사건 직후 『평화선언(和平宣言)』을 발표하였고 2. 28사건 중 체포된 사람들의 석방을 요구
하였다. 평화적인 방법으로 국민당과 공산당의 내전을 해결하려고 하였으며, 이로 인해 감옥에서 12년 동안 옥살이를 하였다.
「신문배달부(送報伕)」, 「거위엄마 시집가다(鵝媽媽要出嫁)」 등이 유명하다.

'똥' 리얼리즘의 옹호 糞リアリズムの擁護

똥의 효용에 관해서

여기에서 새삼스레 똥의 효용을, 그것도 정색하며 논의한다는 것이 기이하게 들릴지도 모르겠다. 그러나 똥의 효용을 모두 알고 있는 것 같지만, 실제로는 똥의 진실은 사람들에게 잊혀지고 있는 것 같다.

언젠가 읽었던 어느 똥 학자의 연구에 따르면, 똥에도 마을 사람 똥, 아이 똥, 농민 똥이라는 식으로 각각 등급이 있다고 하는데, 이중 농민들의 똥이 그 초라한 음식 때문에 가장 비료분이 적다고 했다. 그런데 이 가장 조악한 농민들의 똥조차 얼마나 농민들이 소중히 여겼는지 알 수 있는 재미있는 이야기가 있다.

어떤 농민이 축제 때 읍내에 장보러 갔었다. 이것저것 장을 본 농민은 짐을 묶어 막대기에 걸고 어깨에 메고 귀갓길을 서둘렀는데 갑자기 똥이 마려웠다. 집에 가서 일을 보기에는 집이 너무 멀었다. 그래서 길가에서 볼일을 봤는데, 그대로 버리기엔 아까와 토란 잎을 주워 똥을 싼 다음, 풀로 동여매고 역시 그 막대기에 걸고 돌아왔다. 유유히 집에 도착한 그는 똥 꾸러미를 풀어 마당에 버렸는데, 그만 실수로

* 이 글에서는 이동량(李東亮)이라는 필명을 사용했다.

고기 꾸러미를 버리고, 똥 꾸러미를 소중히 주방에 가져다 놓은 것이었다. 나중에 늙은 아내가 밥 때가 되어 고기를 찾았으나 고기가 없어 온 집안을 다 뒤져보았으나 찾을 수 없었다. 농민은 고기가 없을 리가 없다며 토란 잎을 풀어보았는데, 그것은 고기가 아니라 똥이었다는 이야기다.

화학비료가 없었던 옛날 농민에게 농업 증산을 위한 유일한 수단은 돼지, 소, 닭들의 똥과 함께 인간의 똥이었다.

이런 생각은 필시 대만에만 국한된 이야기는 아닐 것이다. 히노 아시헤이(火野葦平) 씨의 『분뇨담(糞尿譚)』을 읽어 보신 분이라면 잘 아시겠지만, 이 책을 보면 똥이 얼마나 중요한 역할을 하고 있는가. 시마키 겐사쿠(島木建作)씨의 생활의 탐구에서도, 농민과 똥의 문제가 극명히 그려져 있다. 그 밖에도 누구의 소설이었는지 잊었지만, 귀농한 장군이, 분뇨가 얼마큼 부패되었는지 알아보려고 분뇨통에 손을 넣고 그 냄새를 맡아 보았다는 내용을 본 기억이 있다. 이야말로 진정한 농민정신이리라 생각한다.

좀 더러운 이야기이긴 하지만, 앞서 언급한 분뇨봉(糞尿棒 : 똥을 막대기에 걸고 온 농민 이야기) 이야기를 요즘 들어 자주 듣게 되는 것만 봐도, 화학비료가 없는 이 시대 농민들이 얼마나 똥을 소중히 여기고 있는지 쉽게 상상할 수 있을 것이다. 똥 없이는 쌀은 여물지 않으며, 채소는 재배할 수 없는 것이다.

이것이 리얼리즘인 것이다.

완전한 똥 리얼리즘인 것이다.

똥에는 낭만 따위는 없다.

사람들이 얼굴을 돌리고 사람들이 코를 막는 똥이지만, 그러나 이 똥의 리얼리즘 없이 살아온 사람이 있다면 한 번 나와보라고 하고 싶다.

낭만주의에 관해서

똥에는 낭만주의가 없다고 나는 말했다.

사람들이 얼굴을 돌리고, 사람들이 코를 막는 똥- 이라고 나는 말했다.

그러나 이것만이 똥의 진실이 아니다. 이것은 한쪽 면만을 보고, 표면적인 현상만을 보고 하는 이야기이다.

똥을 뿌린 후 찰랑찰랑 윤기가 흐르는 나물들, 쑥쑥 자라나는 식물 모두를 보라. 이 얼마나 풍요로운 낭만인가!

어두운 면만을 보며, 어두운 면만을 그리며, 그 속에서 감도는 희망, 성실함을 미처 알아보지 못하여 울적하게 하는 허무주의자들의 자연주의적인 관점이라면, 이런 낭만은 느끼지도 못할 것이다.

니시카와(西川)씨가 이런 자연주의적인 허무주의를 경멸하는 것이라면, 그 부분에 있어서 만큼은 우리도 동감할 수 있다. 하지만 자연주의 배격에서 시작해 똥 리얼리즘까지 배격하게 된다면, 미안하지만, 그것은 신기루가 될 것이며, 사상누각이 될 것이며, 자연주의적 허무주의자들에게는 선택의 여지가 거의 없게 될 것이다. 그것은 사실정신을 말살하고 있다는 점에서는 일치하고 있다.

자연주의적 허무주의자들이 구린내 나는 것을 휘젓고 비탄에 잠기는 것과는 반대로, 아예 처음부터 그 구린내 나는 것에 뚜껑을 덮고 보려 하지 않기 때문이다. 얼굴을 돌리고 코를 막고 진실을, 현실을 보지 않으려 하는 결과에 빠지는 것이다. 하지만, 현실은 현실인 것이다.

낭만주의자들(사실은 낭만주의도 아무것도 아닌 현실도피주의이지만)이, 얼굴을 돌려 보지 않으려 해도 코를 막아도 현실은 현실로서 존재하는 것이다. 덮어서 감출 수 있는 것은 존재하는 현실이 아니라, 오로지 그 사람의 눈과 코뿐인 것이다.

그러면서 서방 정토에서 놀며, 마조(媽祖 : 항해와 어업의 수호여신)와 연애이야기에 흠뻑 빠져있다 한들 도대체 무슨 의미가 있는가? 어리석은 자의 일장춘몽 같은 이야기다.

진실된 낭만주의가 그런 것일 리 없다. 진실된 낭만주의는 현실에서 출발하여 현실에서 희망을 가지며, 구린내 나면 그 악취를 없애고, 어두우면 조금이라도 그것을 밝게 하려는 자세를 가지고 있어야 한다. 사람들이 얼굴을 돌리고 사람들이 코를 막는 똥에서 그 비료적 가치를 찾아내 그것이 쌀을 여물게 하며, 채소를 살찌우는 효용이 있다는 것을 보아야 한다. 그리고 똥에 희망을 맡기고, 똥을 사랑하며, 그것을 활용하는 곳에 있어야만 한다. 사회에 관해 말하자면, 긍정적인 면만 넣을 놓고 보면서 부정적인 면을 덮어 숨기려 해서는 안되며, 또한 부정적인 면을 보다 긍정적인 면을 보는 판단력이 흐려지는 일이 없도록 해야만 한다.

즉 현실을 직시하며 긍정적인 면 속에 숨어 있는 부정적 요소도 찾아내고 그것을 극복해 가면서, 동시에 울적한 부정적인 면에서 긍정적 요소를 배양하여 그 스스로의 힘으로 부정적인 면을 긍정적인 면으로 전환시켜 가야만 한다. 이것이야말로 건전하면서도 또한 황당무계하지 않은 낭만주의인 것이다. 그러나 이 낭만주의는 결코 리얼리즘과 상극하는 것이 아니며, 리얼리즘에 입각했을 때 비로소, 이 낭만주의는 꽃이 피는 것이다. 리얼리즘을 배격하지 않고서는 존재할 수 없는 것이 낭만주의라고 한다면, 그것은 공상이며, 황당무계하며, 비행기대신에 근두운에 올라타는 것이며, 어리석은 자의 꿈인 것이다. 마조와의 연애이야기에 불과하다.

리얼리즘에 관해서

이로써 필자가 생각하는 리얼리즘은 대체로 그 윤곽이 잡혔다고 생각하지만, 구체적인 예를 들어 말해보자면, 우선 사카구치 레이코(坂口䙾子)씨의 『등(燈)』이란 작품(대만문학 여름호)을 들 수 있을 것이다.

이 소설은 출정하는 남편을 배웅하며, 이를 극복해내는 상인 아내의 심리를 남김없이 묘사한 작품이다. 천황의 마음을 명심하고 지키며 나라를 사랑하는 마음은 하나라도, 사람마다 각각의 생활양식과 주어진 환경에 따라, 그 사고방식이 좌우되는 법이다. 니시카와씨가 인쇄기(원문에서는 論轉機로 되어있으나, 輪轉機의 오타가 아닌가 한다)로 백 가지 결의를 인쇄하여 세상에 내보내는 것이 옳다 한다면, 우리가 실생활에서 단 1%의 결의라도 체득한다면 이를 옳지 않다고는 말할 수 없을 것이다. 기꺼이 남편을 전장에 보낼 마음이 있더라도, 그 마음에 여러 걱정과 고민이 있는 것도 당연한 것이다. 아내의 이 복잡한 심리를 음미하고 또 음미하며, 그 위에 쌓여 올려진 기쁨과 안심이 바로 진실인 것이다.

한 집안을 이루고 있는 이상, 남편이든 아내이든 그 집안에 대해 무책임할 수 없는 것이며, 만약 무책임하다면 그것은 당치도 않은 일인 것이다. 천황의 뜻을 공경하며 받드는 일본은 1억 명의 커다란 한 집안이다. 작은 집안에 무책임한 사람이 어찌 큰 집안인 국가에 대해 책임 있는 자세를 가질 수 있겠는가?

이 작품은 현실에 입각하면서도, 그러면서도 현실에 탐닉하지 않으며 현실 속에서 낭만을 살려낼 수 있었기에 우리에게 감동을 주는 것이다. 이는 근래에 없는 커다란 수확이다.

이것은 작자의 리얼리즘 정신에 의한 것이다. 한쪽에 치우침 없는 사실적(寫實的) 정신의 하사품인 것이다.

"일본정신에 관해 논할 때, 천만 가지 말로 악을 써대기보다는, 이런 아름다운 단편소설 한편이 얼마나 우리에게 감동을 주는지 모른다."라고 오신영(吳新榮) 군이 흥남(興南)신문에 썼는데, 완전히 동감하는 바이다.

다음으로 소설은 아니지만, 다테이시 데쓰오미(立石鐵臣)씨의 『예능제전(藝能祭典)의 날』도 리얼리즘 정신이 살아있는 한 가지 예이다. 예능축제 행사장의 소음과 무대 위의 불만족스러운 움직임을 보았지만, 다테이시 데쓰오미씨는 이런 것들을 무시하고 자리를 뜰 생각을 조금도 하지 않았다.

"새로운 인형모델을 생각해보기도 하고 동작을 생각해 보기도 하는데, 그러다 보면 내 아이디어가 마치 구름처럼 뭉게뭉게 피어 올라 크게 일렁거렸다."

"좀 따분할지 몰라도 나는 이런 종류의 극(劇)에 성원을 보내주고 싶었다. 인형극도 좋지만, 어쨌든 현재 우리 민중의 적극적이고 진취적인 자세에 응해 주는 것은, 이런 종류의 현대극이 성장한 덕분일 것이다. 그렇게 생각하며 배우들의 노력에 신뢰를 보내며 계속 지켜볼 것이다. 극에서 사용하는 많은 배우들의 언어가 대만어라는 것은 바람직하지는 않지만, 머지않아 틀림없이 좋아질 것이다."

이것은 대단한 애정 없이는 쓸 수 없는 것이다. 이른바 참된 리얼리즘이란. 현실에 입각하여 낭만을 살리는 것이며, 허무주의적 자연주의가 아닌 참된 리얼리즘은 어마어마한 사랑 없이는 나타나지 않는다는 것을 우리는 반드시 알고 있어야 할 것이다. 여기에는 그 무엇에도 눈을 흐리지 않는 혜안과, 어떤 것에도 판단력을 잃지 않는 공손하면서도 견고한 결심이 필요한 것이다.

"쫙 빼 입고 상점가를 기척도 내지 않고 걸어가는 하마다 하야오(濱田隼雄)씨를 우연히 만났다. 이제부터 예능축제에 가는 길이라고 한다. 시간도 슬슬 7시를 향하는 것 같았다. 하마다씨는 예능축제라고 했지만 나에게는 이능축제라고 들렸다. 그러나 옷차림은 꽤나 예능축제에 어울리는 훌륭한 것이었다."

마치 한 폭의 그림을 보는 것 같은 이 훌륭한 문장은, 화가인 다테이시 데쓰오미씨 눈을 통해서 비로소 이렇게 표현될 수 있었던 것이다.

다테이시 데쓰오미씨에게는 또 한 작품이 있는데, 『우차(牛車)와 여학생』이란 작품으로 「대만공론 5월호」에 실려 있는데, 이 작품 또한 리얼리즘에 딱 들어 맞는 좋은 예일 것이다.

이 작품은 다테이시 데쓰오미씨가, 벽돌을 쌓은 우차(牛車)가 진흙 도랑에 빠진 것을 여학생들이 도와주는 모습을 그려낸 것인데, 마지막에 다음 문장으로 매듭지어져 있다.

"우차의 소년은, 여학생들에게 도움을 받으면서도, 특별히 아무 말 없이 묵묵히 있었다. 그러나 속마음과 달리 감사의 말을 제대로 못하는 소년의 모습이 자연스레 떠오른다. 여학생들과 헤어질 때에도 아무 것도 (원본내용없음) 일 것이다. 그러나 소년은 분명히 속으로는 기뻐하고 있었을 것이다 나는 집으로 돌아가며, 그 소년이 그 기쁨 속에 자기도 모르게 품었을 그 무엇을 생각하고 또 생각해 보았다."

이 얼마나 배려심 깊은 마음씀씀이인가.

이 배려심이 결코 잘못이 아니란 것을 나는 믿는 것이다.

여학생들에게 도움을 받았음에도 "고맙다"라는 말 한 마디 없는 (못하는 것일지도 모르지만) 이 소년의 무례함을 썼는데, 훌륭하신 낭만주의자들 눈에 띄었다면, 아마도 "무례한 놈이군, 이래서 대만 놈들은 안된다는 거야!"라며 발로 걷어 차였을 것이라 생각된다.

"다행이네 우차소년이여, 다테이시 데쓰오미 눈에 띄어 다행인줄 알게나."

이렇게 생각하며, 나는 가슴을 쓸어 내렸습니다.

마지막으로 한 마디 하고 싶은 것은, 니시카와씨는 본도인(本島人 : 일본 통치하의 대만에서, 통치자인 일본인 측이 사용한 대만의 한족계 주민에 대한 호칭) 작가가 여전히, 의붓자식에 대한 이지메와 가족의 갈등 등을 내세(來世)의 행복 기원으로 풍속묘사하고 있는 것을 비난하시었고 (문예대만 5월호), 하마다씨는 본도인 작가가 즐겨 부정적인 면을 그리는 것에 관해서 비난하시었다(대만시보 4월호). 만약 이것이 현실을 시종 바람직하지 못한 묘사로 일관하고 있는 작품에 대한 비난이라면 필자로서도 크게 동감하는 바이다. 그런데 만약 본도인 작가 대부분이 그러한 부정적인 면을 그리면서도, 여기에서 한 걸음 더 나아가려고 하는 의지를 일부러 무시하려고 한다면, 그것은 동정해야 할 불쌍한 곡해라고 해야 할 것이다. 현실 속의 의붓자식 구박이든 가족의 갈등이든 외면하면 그만이겠지만, 그렇다고 못본척 하는 것도 또한 어리석은 짓이다. 문제는, 이러한 부정적인 면을 그리면서, 그곳에서 아무런 것도 찾아내지 못하는 허무주의자로 끝날 것인지, 아니면 이러한 현실에 입각해 어떠한 고난, 어떠한 건설적 의지가 단절되어 있는지 찾아봐야 한다고 생각하는 것이다.

일본정신은 2600여년의 전설을 갖고 있다고 우리는 이해하고 있다. 그러므로 마치 머리에 쓰는 모자처럼 쉽게 썼다 벗었다 할 수 있을 것이라는 경박한 사고 방식은 버려야 한다고 생각한다.

우리는 부지런히 일본정신을 체득하기 위해 노력하고 있다. 그리고, 천하통일의 정신을 이해할 수 있으리라 믿으며, "만백성들 중에 단 한 사람이라도 그 뜻을 얻지 못하는 자가 있다면, 그것은 모두 이 사람, 천황에게 책임이 있는 것이다"고 말씀하신 메이지 대제(明治大帝)의 높으신 뜻을 삼가 헤아려 알 수 있으리라 믿고 있다. 필자는 이런 말을 하면서도 우리를 포함한 대만본도인 전체가 생활 속에서 이 정신을 남김없이 완전히 체득하고 있다고는 생각하지 않는다.

그러므로 의붓자식 구박이네, 가족의 갈등이네, 그 밖에도 니시카와씨의 눈을 덮는 다양한 현실도 존재하겠지만, 우리 입장에서는 그 부정적인 면에 대해 니시카와씨처럼 외면하고 못본척 할 수도 없는 것이다. 우리는 설령 미미할지라도, 그 속에 있는 긍정적인 요소에 힘을 보태고 배양해 가야만 하는 책임을 가져야 한다. 이를 말살할 수는 없는 것이다. 현실에 대해 단 1%라도 힘을 보태가지 않으면 안되는 것이다. 이것 또한 봉공(奉公)의 정신이라고 믿으며, 봉공운동의 목적도 또한 여기에 있다고 믿는 것이다.

그렇다고 해서, 모두가 하마다 하야오씨처럼 "죽음으로 뭔가 보여주겠다"고 하면 그 또한 곤란하다.

황요찬 옮김

류수친 (柳書琴)

대만 칭화대학(清華大學) 대만문학과 교수이다. 일제시기 대만문학, 식민주의와 문학생산, 동아시아 지역의 식민지문학 비교 고찰 등에 주목하여 연구에 심혈을 기울이고 있다. 주요 저서로는 『「帝國」在台灣 : 殖民地臺灣的時空, 知識與情感』(2015), 『植民地文學的生態系 : 雙語體制下的臺灣文學』(2012)과 『荊棘之道』(2009) 등이 있다. 특히 『植民地文學的生態系 : 雙語體制下的臺灣文學』은 한국에서 『식민지문학의 생태계 : 이중어체제 하의 대만문학』이라는 제목으로 번역되어 있다.

'똥' 리얼리즘 논쟁[*] 糞現實主義論戰

　대만문학봉공회의 성립이 임박하여 문단통제정책이 또 다른 단계로 접어 들어가고 있었던 무렵, 대동아전쟁에서의 승리를 쟁취하고 대만문화인사들을 직업보국을 통한 사상전(思想戰)이라는 목적에 협조하도록 유도하기 위해 '대만문화상'이 창설되었다. 구도 요시미(工藤好美)의 평론이 촉발시킨 하마다 하야오(濱田隼雄)의 「비문학적 감상」이라는 글은 일제시기 마지막 문학 논쟁의 서막을 열었다.

　구도 요시미는 대만에 머무르던 시기 장원환(張文環), 뤼허뤄(呂赫若), 룽잉종(龍瑛宗), 우줘류(吳濁流), 왕바이위엔(王白淵) 등의 대만작가들과 친밀한 관계를 맺었다. 타이베이제국대학 문정학부(文政學部)의 조교수였던 그가 쓴 「대만문화상과 대만문학」은 사려 깊은 학원파(學院派)로서의 품격과 뛰어난 문예비평능력이 충분히 드러나는 글이다. 그는 우선 글에서 '제1회 대만문화상' 시상 항목에 있어서의 미흡한 부분을 객관적으로 검토하였다. 그리고 이를 통해 대만시단에서 등장한 세기말적인 퇴폐풍조와 타락한 낭만주의가 드러내는 현실도

---

[*] 이 글은 柳書琴, 「第三節　一. 1943年的一場文學論爭：糞現實主義論戰」, 『荊棘之道』, 聯經出版公司, 2009. 에서 일부를 발췌 번역한 것이다.

피적인 불건전한 경향을 지적했다. 수상작가들에 대해 평론을 할 때는 상당히 꼼꼼하게 작품을 살펴보고 현실과의 연계성, 그 (서사적) 기교 및 작품의 역사관을 분석했다. 구도 요시미는 비교하여 부각시키는 방법을 통해 장원환이 '처음 시작할 때는 어떤 정서에도 빠지지 않았다'라는 점을 들어 아주 교묘하게 니시카와 미쓰루(西川滿)를 돌려서 풍자했다. 또한 '아마 대만작가들 중에 장원환처럼 철저한 리얼리스트는 없을 것이다'라고 하면서 하마다 하야오를 설득하고자 했다. 뿐만 아니라 장원환의 리얼리즘 문예의 특성과 성과를 부각시키는 한편, 그가 주장하는 '역사적 리얼리즘' 문예관에 대해 설명했다.

하마다 하야오의 평론과 관련하여 전개된 이 논문의 마지막은 편폭이 상대적으로 짧고, 언어 선택도 엄격하다. (구도 요시미는) 리얼리즘 문예 창작에 애를 썼던 하마다 하야오와 관련해, 그가 타이동지역의 일본농업이민의 고통스러운 개척사 중에서 고심하여 소재를 선택했던 『남방이민촌(南方移民村)』을 긍정적으로 평가했다. (하지만) 구도 요시미는 전시국책 혹은 일본민족발전이라는 위치에 서있지 않았던 데다가 허위적 역사관과 허구적 현실에 무턱대고 동의할 수도 없었다. 아래는 구도 요시미가 쓴 글의 일부이다.

하마다 하야오씨의 역사관-특히 소설 후반부에 대동아전쟁이 시작되면서 이민촌이 더욱 남쪽으로 이동하려고 하는 모습은 문제의 핵심이 된다. 이야기가 급진전되는 가운데 내가 지적하는 바는 이 부분에서 드러나는 역사관이다.-은 현재까지 아직 작가의 실제적 신념이 되지는 못했다. 말하자면 그것은 단지 외부에서 주어진 관방(官方) 명제에 지나지 않는 것인데, 작가가 직접 그것을 과거 사실 위에 덧씌운 것이다.

결과적으로는 남진국책 아래에서 하마다 하야오가 적지 않은 영웅심과 기대감을 가지고 이 일본민족이 남방개척 이야기에 주목했다는 것이다. (그리고) 결국에는 다음의 비참한 평가를 받았다. "하마다 하야오의 소설은 소위 '조사업무를 잘 수행한 소설'임에는 분명하다. 하지만 그의 소설은 줄곧 일종의 허구적인 감각(=거짓)을 느끼게 하는데, 그 원인이 바로 여기에 있다." 제1회 대만문화상 주요 수상자 중의 하나였던 하마다 하야오로서는 이러한 평가가 상당히 난처했을 것이다.

제국대학교수로부터 비판을 받고, 하마다 하야오는 다음 달 「비문학적 감상」이라는 글을 발표했다. 이 수필에는 자존심에 상처를 입고 마음이 불편했던 흔적들이 드러나 있다. 글의 서두에서 그는 신중하면서도 불안한 필치로 작년 가을 '대동아문학자대회'에 참가하면서 그가 받은 충격을 토로했다. 그리고 돌아오고 나서는 몇 달 동안 끊임없이 반성하면서 '새로운 대만문학'에 대한 방안을 모색했다고 말했다. 그는 모든 것이 여전히 생각단계이고 아직 두서가 없지만, "상을 받은 나는 자발적으로 마음을 다해서 문학봉공에 정성을 다하기만 하면 된다. 그저 작품 속에서 구체적으로 황민의 길을 그려내면 된다."라고 자신의 의견을 밝혔다. 그 다음 단락에서는 결연한 어조로 대동아의 '위대한 이상' 아래에서 '대만문학'이 나아갈 방향을 서술했다. 하마다 하야오를 연구하는 나오타 마쓰오(松尾直太)는 글을 통해 하마다 하야오가 "다른 작가들이 결전(의 시대)에 대만문학이 걸어가야 할 방향에 관해 대체로 갖고 있던 생각들에 불만을 품고 있음을 드러냈다"라고 하며, 그렇기 때문에 자신의 초기 대표작인 「횡정지도(橫丁之圖)」와 중기 대표작인『남방이민촌』에 불만스러워했을 뿐만 아니라, 대동아문학자대회에 참가한 이후 '문학보국'의 결심을 몸소 체현하기 위해 더욱더 적극적으로 새로운 창작 노선을 모색하고자 하였다고 평가했다. 구도 요시미가 내놓은 대만에서의 낭만주의와 리얼리즘 문예에 관한 검토에 대해서는 그 역시도 지지 않으려는 듯 대화를 이어갔다. 그는 대만의 낭만주의문학이 현실을 벗어나고 리얼리즘문학은 자연주의의 말류가 되었다고 하며, 대부분의 '대만인 작가'들은 "현실의 부정적인 면만을 묘사하고 있다"라고 지적했다. 그리고 "대만인이 황민으로서의 자세가 적극적이지 않으며 인정할 수 없는 부분(이 있음)을 비판했다." 하마다 하야오의 비평이 문단 전체를 향한 것이었지만, 대동아이상이라는 명분을 내세우면서 대만작가의 황민화운동과 결전(決戰)에 대한 소극적인 자세를 비난했기 때문에, 수상자 중의 한 명이면서 본토문단을 대표하는 작가였던 장원환은 반응을 하지 않을 수 없었다.

장원환은 5월 1일 발행된『대만공론(台灣公論)』에 신속하게 (다음과 같이 자신의) 의견을 발표했다. "본도작가로서 비판을 받았으니 분명 마음이 무겁다. 그러나 가장 가슴이 아픈 것은 이로 인해 문단 전체의 수준이 떨어짐이 드러났다는 점이다." 하마다 하야오의 비평이 본도인 작가의 창작능력이 떨어진다고 비판했던 것이었다면, 장원환은 사실 비평 수준도 높지 않다는 말로 비꼬면서 응수한 것이다. 뿐만 아니라 하마다 하야오는 일본 고전을 공부해야만 비로소 황민정신을 이해할 수 있다고 생각했지만, 장원환은 그렇게 생각하지 않았다. 장원환은 "대만문학의 수준이 떨어지기 때문에 문학자는 반드시 간절히 온 마음을 다해 노력해야 한다, 그러므로 문학은 결코 현실 도피의 작업일 수 없으며 일종의 정신임무(精神任務)이다, 이외에도 황민화운동은 국민정신운동의 주체이므로, 문학은 정신건설작업이라는 성질을 갖고 있을 뿐만 아니라 자연히 황민이라는 위치에 서서 (문학이라는 의무를) 짊어지게 되는 것이다"라고 (자신의 생각을) 드러냈다.

장원환은 아주 교묘하게 '정신임무'라는 입장에서 대만작가의 문학활동과 국민정신총동원, 황민화운동 등의 '관제정신운동'을 동일한 것으로 한데 섞어버림으로써, 자기 및 기타 다른 대만작가의 문학활동이 국책의 입장에 위배되지 않음을 주장했다. 이처럼 나날이 긴장감이 고조되고 있던 가운데 나날이 긴장감이 고조되고 있던 중에, 하마다 하야오에 이어 재대(在台) 일본인작가의 수장격이었던 니시카와 미쓰루 역시 대만작가들을 비판하기 시작했다.

줄곧 대만문학의 주류로 간주되었던 '똥' 리얼리즘은 메이지 유신 이래 일본에 들어온 구미문학의 기법인데, 적어도 벚꽃을 사랑하는 우리 일본인에게는 근본적으로 결코 공감을 얻을 수 없다. 그것은 값싼 인도주의적 부스러기에 지나지 않는다. 지나치게 저속하고 어떤 비판정신도 없는 묘사이다. 거기에는 근본적으로 일본전통이라는 것이 전혀 없다.

나는 특히 이는 대만작가들의 폐단이라고 생각한다. 진정한 리얼리즘은 근본적으로 그러하지 않다. 이들 작가들이 못된 계모나 가족의 갈등 같은 악습을 심혈을 기울여 묘사할 때, 본도의(=대만의) 젊은이들은 근행보국대(勤行報國隊)나 지원병이라는 형식으로 활발한 행동력을 드러낸다. 현실을 완전히 외면한, 소위 리얼리즘 작가, 이것은 대단한 아이러니가 아닌가?

니시카와 미쓰루는 대만문학의 '똥' 리얼리즘을 비난했을 뿐만 아니라, '예술'과 '조탁'이라는 측면에서 유미주의의 대표적인 작가 이즈미 교우카(泉鏡花, 1873~1939)가 거둔 성과를 들어 대만작가를 비판했다. 그는 "일단의 대만작가들이 '예술을 모르는' 밥통이거나 글을 공들여서 다듬지 않는 것은 그래도 참을 수 있다. 그러나 밀림보다도 더 어지러운 '글'(은 도저히 참지 못하겠다. 그것이) 신문기자들에게 웃음거리가 되는 것은 이상한 일도 아니다."라고 말했다. 그는 '똥/벚꽃', '구미/일본', '외래/전통', '리얼리즘/순수한 미' 등 일련의 이항대립의 개념을 스케치한 후에, 대동아전쟁 속에서 '투기문학(投機文學)'이 아닌 진정한 '황민문학' 건립을 꾀하기 위해서는 작가들이 일본전통으로 돌아가야 한다고 호소했다.

니시카와 미쓰루의 이 글 또한 5월 1일에 발표되었는데, 기고할 당시에는 하마다 하야오에게 답하는 장원환의 글을 당연히 아직 보지 못한 상태였다. 니시카와 미쓰루, 하마다 하야오는 '대동아문학자대회' 혹은 일본고전문학의 전통(이라는 지평) 위에서 대만문학을 점검하며 대만작가의 리얼리즘 문학은 황민화와 결전을 대하는 자세가 소극적이고 부정적이라고 통렬하게 비판했다. (또한 그렇기 때문에 대만문학은) 황민문학이 아닌 '투기문학(投機文學)'이라고 주장했다. 두 사람은 상당히 공통된 인식을 가지고 있었다. 그러므로 이 논쟁의 발생은 (결코) 우연이 아니다.

가족문제를 서사의 주제로 삼은 뤼허뤄 역시 공격받은 대상 중의 하나이다. 그는 5월 7일자 일기에 분기탱천하여 한바탕 욕을 퍼부어 놨다.

니시카와 미쓰루의 「문예시평」의 졸렬함에 대해 금세 사방에서 비판이 쏟아졌다. 니시카와 미쓰루씨는 결국 문학실력을 통해 사람을 감복시키지 못하므로 그러한 악랄한 수단으로 사람을 간계에 빠뜨리고 싶어 하는 것이다. 문학음모활동가이다. 언제인지는 모르겠지만 가나세키(金關) 박사가 말했던 "대만문학의 성장을 방해하는 것이 바로 문학가이다"라는 것은 지극히 옳은 말이다. 하마다 하야오씨 역시 비겁한 놈이다. 문학은 결국은 작품이다. 좋은 작품을 써내야 하는 것이다!

뤼허뤄는 '음모'라는 시각으로 이 일을 바라봤다. 그리고 그는 이것이 대만문학의 발전에 방해가 되는 투쟁(=싸움)이 되리라고 생각했다. 니시카와 미쓰루 이후, 5월 10일 스와이민(世外民)은 「'똥' 리얼리즘과 거짓 낭만주의」를 발표했다. 그는 비문예평론의 정도(非文藝評論之正道)를 매섭게 비난하며 질책했다. 그는 니시키와 미쓰루가 작가의 창작적 입장과 태도를 신중하게 탐구하지 않았다고 비판하면서, 대만작가가 서사화하는 주제를 분석했다. 그리고 그는 (자신이) 장원환이나 뤼허뤄 등보다 자각적인 태도를 가지고 있다고 자부하는 모습을 보였다.

나는 니시카와 미쓰루씨의 심미적인 작품의 저류(低流)가 순수한 아름다움에 대한 추구임을 인정한다. 동시에 또한 나는 본도인 작가들의 리얼리즘에도 결코 '똥'이라는 이름을 함부로 뒤집어씌울 수 없다는 이야기를 하지 않을 수 없다. 왜냐하면 그것은 자기 삶의 반성과 미래에 대해 품고 있는 일단의 희망에서 출발한 것

이기 때문이다. 이들 작품들이 대만인 가정의 갈등을 묘사한 것은
이러한 현상이 바로 과도기적 현실 (아래) 대만사회의 가장 근본
적인 문제이기 때문이다. 니시카와 미쓰루는 이러한 대만사회의
실정에 대한 성찰에 태만했다. (니시카와의 비판은) 의례적인 표
상에 함몰된 것이고 그저 다른 사람의 잘못만을 지적하는 것일 뿐
이다. 이러한 행동은 그 (자신이) 소인배임을 폭로하는 것임에 다
름없다.

5월 17일 예스타오(葉石濤)가 나서서 스와이민을 비난하며 니시카
와 미쓰루를 변호했다. 하마다 하야오와 니시카와 미쓰루의 비난은
(초점이) 서로 다른데, 풋내기였던 예스타오는 직접적으로 장원환과
뤼허뤄의 작품이 황민의식이 부족하다고 비판했다. 그는 (아래와 같
이) 말했다.

기쁨과 영광의 축적, 건국이상(建國理想)의 정도(正道) 배양을
기초로 하여 건립된 당대 일본문학(에 있어) 지금은 메이지 시기
부터 외국에서 유입된 개똥 리얼리즘을 청산하고 다시 고전의 웅
장함으로 회귀할 수 있는 아주 좋은 기회이다. 그러므로 시대의
조류를 이해하지 못하는 얼굴로 의기양양하게 '대만의 반성'이나
'심각한 가정의 갈등' 등등을 가장하는 것을 보니 10년 전의 프로
문학의 대주제에 우쭐거리며 즐거워했던 무리들이 생각난다. 그
들에게는 정문일침을 해도 지나치다고 할 수 없다.

예를 들어 장원환의 「밤 원숭이(夜猿)」나 「거세된 수탉(閹鷄)」

중에 도대체 무슨 세계관이라고 하는 것이 있나? 게다가 장원환 씨가 대만식 일어로 쓰는 그러한 독자적이고 비현실적인 문장은 정말 이해하기 어렵다. 나는 여러 차례 반복해서 읽고서야 겨우 이해할 수 있었다. 읽고 난 후에 내가 느낀 감상은 이것은 되돌아 갈 수 없는 꿈일 뿐이고 내 기억 속에 남아 있는 과거의 대만생활 정도이다! 이것이 도대체 사람들이 말하는 리얼리즘이란 말인가? 뤼허뤼씨의 「合家平安」, 「朝庭」은 확실히 시골에서 상연하는 신파극이다.

예스타오의 글이 나온 바로 다음날, 장원환은 이에 대해 크게 분노했다. 뤼허뤼는 자신의 일기에 장원환에 대해 깊은 동지애와 존경심을 드러냈다.

5월 24일『흥남신문(興南新聞)』은 예스타오에 반박하는 글을 실었다. 윈링(雲嶺)은 "다른 사람의 낭만주의에 시비를 걸어서 혹은 다른 사람의 리얼리즘을 받아들이지 않음으로써 자기의 작품을 칭찬하는 것(과 같은) 이러한 종류의 계략은 비열한 것이다."라고 생각했다. '염분지대(鹽份地帶)' 시인의 영수였던 우신롱(吳新榮)은 당시의 황민화운동의 논리와 어휘를 충분히 이용하여 (소위) 자기의 창으로 자기의 방패를 찌르는 식으로 반박을 진행했다. 그는 예스타오가 황민봉공회 문학상을 받은 장원환 작품의 세계관에 대해 의심한 것을 들어 이는 황민봉공회의 권위를 모욕하는 것과 같다고 질책했다. 그러므로 우선 예스타오가 황민의식을 갖추었는지를 마땅히 물어야 한다고 주장했다. 이외에도 그는 만약 대만의 과거 생활을 기록한 것이 문제라고 비난한다면 니시카와 미쓰루의 「적감기(赤嵌記)」, 「용맥기(龍脈記)」 역시도 질책을 받아야 하는가? 하고 되물었다. 또한 그는 한때 "내가 '상아탑의 귀신'을 들어(=이라는 말로) 예술지상주의를 심하게 질책한 적이 있었다. 그러나 나는 이러한 예술지상주의 또한 나쁘지 않다고 생각한다. 오히려 내가 듣기로는 니시카와 미쓰루가 어느새 '미적 추구'를 포기했으며 '비장한 결의'를 가지고 재출발했다."라고 썼다. 이를 빌어 니시카와 미쓰루가 유미주의에서 황민문학, 문학보국으로 전향했다고 조롱한 것이다. 이후 『문예대만(文藝台灣)』 6·7월 호에서 니시카와 미쓰루와 하마다 하야오는 지지 않고 계속해서 반격을 했다.

발간된 잡지에서의 공개된 논전 이외에도 대만작가들은 비공식적으로 계속해서 대책을 상의했으며 대만작가에 동조하는 입장에서 일본문화인들을 훈계했다. 이는 그것이 보통의 문학논쟁이 아님을 보이는 것이다. 이렇듯 정치적 색깔이 농후한 논전을 맞닥뜨리자 대만작가들은 모두 전전긍긍했다. 뤼허뤄는 비판을 받고 있는 작가의 한 사람으로서 지금 받고 있는 압력과 앞으로의 창작방향에 대한 고민을 자신의 일기에 적어두었다. 6월 15일 논쟁기간에 당할 대로 당한 그는 마침내 '나는 천박한 시대로 밀려들어가고 싶지 않다. 나는 진실되고 예술적인 자세를 견지할 것이며, 영구한 작품을 쓸 것이다.'라는 결론을 내렸다. 7월의 마지막 날, 뤼허뤄는 「석류(柘榴)」를 통해 그를 공격하는 사람들에게 강력한 해명을 내놓았다. 「석류」는 작가가 일관되게 특히 좋아했던 대만 향촌 가족 이야기를 주제로 하였지만 정면으로 관찰하는 시야를 채택했다. 소설 속에는 예스럽고 아름다운 낭만주의적 일본 전통도, 혁혁한 대동아의 이상도 보이지 않는다. 그리고 결전체제를 찬양한다거나 황민화 생활을 묘사하는 것도 없다. 전개되는 내용은 완전히 대만적 가치(세시풍속, 민속신앙, 가족관, 효와 우애에 대한 윤리)에 의해 구조화되었으며, 가난한 인민들이 깊은 가족애를 통해 이 향토사회에 마지막 숨을 불어넣어주고 있다는 것이었다.

「석류」는 『대만문학(台灣文學)』 3권 3호에 실렸다. 동시에 이 호에서는 왕창슝(王昶雄)의 「급류(奔流)」와 伊東亮(楊逵 양쿠이)가 쓴 「'똥' 리얼리즘의 옹호」를 강력하게 추천하였다. 양쿠이는 글에서 리얼리즘과 낭만주의에 대한 (자신의) 시각을 진술하는 한편, '본도작가'가 현실의 부정적인 면을 묘사한다고 쓰면서 그 이유를 아래와 같이 밝혔다.

> 의붓아들을 학대하고 가족이 다투는 등의 여러 가지 니시카와 미쓰루씨로 눈을 꼭 감아버리고 보지 않을 수 있게 하는 현실 또한 존재한다. 그러나 이러한 결점들을 대할 때, 우리들은 니시키와 미쓰루씨가 하듯이 그렇게 못 본 척 할 수는 없다. 그 중에는 약간은 긍정적인 요소가 있고 우리는 그것을 비호하고 배양할 책임이 있기에 그것을 말살할 수는 없다고 생각한다. 비록 백분의 일일 뿐이라도 반드시 현실 속에 넣어야 한다.

글에서 양쿠이는 한편으로는 하마다 하야오와 니시카와 미쓰루 등 반대 진영의 인사들이 품은 의구심에 대해 확고한 태도로 반박하면서, 한편으로는 장원환이나 우쩌류 등처럼 조심스럽게 "우리는 부지런하고 근면하게 열심으로 일본정신을 몸소 익혀야 한다"라며 몸을 사렸다.

신민영 옮김

엮은이

김재용
연세대 영문학과와 동대학원 국어국문학과 졸업.
현재 원광대 국어국문학과 교수.
한국근대문학과 세계문학을 전공하고 있다.
저서로는 『협력과 저항』, 『분단구조와 북한문학』, 『세계문학으로서의 아시아문학』 등이 있다.

신민영
연세대학교 비교문학과에서 1940년대 한반도와 대만에서 발표된 소설 비교 연구를 주제로 박사학위를 받았다. 「대만 소설 「道」에 나타난 이중 억압 기제와 식민지인의 자기 정체성 연구」(2013), 「우줘류의 장편소설 『아시아의 고아』에서 드러나는 식민지인의 정체성 연구」(2014) 등의 논문을 발표했다. 현재 원광대학교 글로벌동아시아콘텐츠교실에서 책임연구원으로 재직하고 있다.

옮긴이

황요찬

경희대학교 동대학원에서 일본어를 전공하였다. 옮긴 책으로 미시마 유키오 『우국』, 모리 오가이 『사카이사건』, 다자이 오사무 『추억』, 다니자키 준이치로 『어머니를 그리며』 등이 있고 일본문학 관련 다수의 번역 활동을 진행 중이다. 일본어 학습교재도 다수 저술하였다. 현재 이치고이치에 강사로 재직 중이다.

심정명

서울대학교 비교문학과에서 석사를 마치고, 오사카대학 일본학연구실에서 내셔널리즘과 일본의 현대 소설에 대한 연구로 박사학위를 받았다. 한양대학교 비교역사문화연구소에서 HK연구교수로 재직하고 있다. 옮긴 책으로 『히틀러 연설의 진실』(2015), 『유착의 사상』(2015), 『스트리트의 사상』(2013), 『발명 마니아』(2010), 『피안 지날 때까지』(2009) 등이 있다.

곽형덕

카이스트 인문사회과학부 연구교수. 와세다대학 문학연구과와 컬럼비아대학 동아시아학과에서 학위를 받았다. 저서로 『김사량과 일제 말 식민지 문학』(2017)이 있고, 번역서로는 『아쿠타가와의 중국기행』(2016)과 『김사량, 작품과 연구』(전5권, 2008-2016) 등이 있다.

손지연 원광대학교 글로벌동아시아문화콘텐츠교실 책임연구원. 나고야대학에서 일본 근현대 문학 및 문화를 전공하였다. 동아시아의 전쟁과 폭력의 상흔을 젠더와 내셔널 아이덴티티의 관점에서 조명하는 작업에 관심을 두고 연구를 진행하고 있다. 지은 책으로『동아시아 근대 한국인론의 지형』(공저),『오키나와 문학의 힘』(공저) 등이 있고, 옮긴 책으로『폭력의 예감』(공역),『전쟁이 만들어낸 여성상』,『일본군 '위안부'가 된 소녀들』등이 있다.

신여준 서울대에서 문학박사 학위 취득. 베이징대학 방문학자. 서울대 인문학연구원 중국문학연구소 선임연구원 역임. 중국현대문학 관련 다수의 저역서 및 논문이 있음.

김태성 1959년 서울에서 출생하여 한국외국어대학교 중국어과를 졸업하고 동대학원에서 타이완 당대문학 연구로 박사학위를 받았다. 중국학 연구공동체인 한성문화연구소(漢聲文化硏究所)를 운영하면서 중국문학작품 번역과 문학교류 활동에 주력하고 있다.『고별혁명』,『인민을 위해 복무하라』,『딩씨 마을의 꿈』,『풍아송』,『황인수기』,『나와 아버지』,『사람의 목소리는 빛보다 멀리 간다』,『마르케스의 서재에서』등 백여 권의 중국 문학 및 인문서를 한국어로 번역했다. 2016년 8월에 중국 광전총국이 주관하는 중화도서특별공헌상을 수상했다.

김창호 강원대학교 중어중문과 졸업 후 중국 길림대학에서 석사학위를 취득했고, 동북사범대학에서 일제강점기 한·중 문학비교로 박사학위를 취득했다. 현재 강릉원주대학교, 강원대학교, 한림대학교에서 강의하고 있다. 공저로『재중강원인생활조사연구-흑룡강성 편』(2007),『재중강원인생활조사연구-요령성 편』(2010),『中國現代文學與韓國資料叢書·評論卷』(중국, 2014),『기억과 재현-만주국 붕괴 이후의 동아시아 문학』(2015) 등이 있으며, 근대시기 만주문학에 관한 다수의 논문이 있다.

김관웅 연변대학교 조선문학 교수

송승석 인천대학교 인문학연구소 교수

최말순 대만 정치대학 중문학과에서 일제시기 대만문학과 근대성에 대한 연구로 박사학위를 받았다. 현재 대만 정치대학 대만문학연구소 부교수로 재직하고 있다. 저서로는『海島與半島 : 日據臺韓文學比較』(해도와 반도 : 일제시기 대만과 한국의 문학비교)(2013)가 있으며, 한국에서 일제시기 대만문학 연구논문집인『대만의 근대문학:운동 제도 식민성』(2013)세 권을 펴냈다. 옮긴 책으로는 대만작가 朱西寧(주시닝)의 소설집인『이리』(2013)가 있다.

신민영

연세대학교 비교문학과에서 1940년대 한반도와 대만에서 발표된 소설 비교 연구를 주제로 박사학위를 받았다. 『타이완 소설 「道」에 나타난 이중 억압 기제와 식민지인의 자기 정체성 연구』(2013), 『우쭤류의 장편소설 「아시아의 고아」에서 드러나는 식민지의 정체성 연구』(2014) 등의 논문을 발표했다. 현재 원광대학교 글로벌동아시아콘텐츠교실에서 책임연구원으로 재직하고 있다.